Gunnar Kaiser
Unter der Haut

PIPER

Zu diesem Buch

New York während des letzten Sommers der 1960er-Jahre: Der Literaturstudent Jonathan Rosen folgt gerade seinem ›definitiven Mädchen‹, als er die Bekanntschaft des bibliophilen Dandys Josef Eisenstein macht. Durch den geheimnisvollen älteren Mann lernt der unerfahrene Junge nicht nur die Welt der Kunst und des Geistes kennen, sondern auch die Macht der Verführung und erlebt in diesen hellen Tagen sein Coming-of-Age. Zu einem ersten sexuellen Erlebnis kommt es in Eisensteins Atelier, wo Jonathan mit einer jungen Frau schläft, die beide Männer in einem Diner angesprochen haben. Mit der Zeit wächst in Jonathan ein Verdacht, dass über seinem Mentor ein furchtbares Geheimnis liegt. Doch diese Ahnung wird erst Jahrzehnte später und an einem ganz anderen Punkt seines Lebens zur Gewissheit.
»Ein Buch, das schier explodiert vor Büchern, Sinnlichkeit, Sucht, Verbrechen, Geschichte und Geschichten.« *Welt am Sonntag*

Gunnar Kaiser, geboren 1976 in Köln, arbeitet als Lehrer für Deutsch und Philosophie. Er betreibt den Blog »Philosophisch leben« und den Youtube-Kanal »KaiserTV«. In renommierten Literaturzeitschriften und in Anthologien veröffentlichte er Kurzgeschichten und Gedichte. Sein erster Roman »Unter der Haut« wurde in sechs Sprachen übersetzt.

Gunnar Kaiser

UNTER DER HAUT

Roman

PIPER

Mehr über unsere Autoren und Bücher:
www.piper.de

MIX
Papier aus verantwortungsvollen Quellen
FSC® C083411

Ungekürzte Taschenbuchausgabe
ISBN 978-3-492-23856-4
April 2019

Umschlaggestaltung: zero-media.net, München
Umschlagabbildung: FinePic®, München (Haut);
Gettyimages/John Bavosi/Science Photo Library (rotes Motiv)
Satz: psb, Berlin
Gesetzt aus der Minion
Druck und Bindung: CPI books GmbH, Leck
Printed in the EU

Für S.

BUCH EINS

NEW YORK, 1969

I

Als ich jung war, suchte ich nach Mädchen. Meine Suche begann am frühen Morgen des Tages, an dem ich zwanzig Jahre alt wurde, und sie endete unter den Sternen der letzten Sommernacht meines Lebens. Damals und dort, wo ich herkomme, nannte man Jungs wie mich mondsüchtig, und ein Süchtiger war ich. Aber mein Fall war wohl noch ein bisschen spezieller.

Im Frühling hatte ich mein Elternhaus verlassen, war nach Manhattan gezogen und hatte ein Studium begonnen. Das wenige, was ich brauchte, verdiente ich mit dem Ausfahren von Fleisch an die jüdischen Metzger in Williamsburg und Staten Island. Zumindest erzählte ich das meinen Eltern, wenn sie wissen wollten, wie ich meine Zeit verbrachte, und es war nicht gelogen.

Die Wahrheit war es aber auch nicht. Die Wahrheit war: Ich trieb mich mit der Kamera, die mein Bruder mir vererbt hatte, in der Stadt herum, tagsüber in den Straßen von Brooklyn und nachts in den Clubs und Bars südlich der Houston Street, knipste hier die Transvestiten vor den Kellereingängen auf der Greenwich Lane, da die Hände eines rauchenden Partypärchens, dort die Wäsche, die zwischen den Dächern flatterte. Ich lief und schaute. Und suchte nach Mädchen.

Mein Job zwang mich früh aus dem Bett, im Morgengrauen fuhr ich für zwei Stunden die Läden ab und kehrte mit einem leeren Lieferwagen und ein paar Scheinen in der Tasche vor neun zum Großhändler zurück. Danach gehörte der Tag mir und meiner Rolleiflex. Ich wanderte durch die Straßen und verschwendete mein Leben, als wäre ich unsterblich. Weit nach Mitternacht schlich ich mich ohne Reue in meine Höhle am East River, fiel ins Bett und träumte davon, eines der Mädchen, die im Laufe des Tages meinen Weg gekreuzt hatten, im Arm zu halten. Wir schrieben das Jahr 1969, der Mond stand im siebten Haus, ich war zwanzig und bekam eindeutig zu wenig Schlaf.

Sie war das definitive Mädchen, wie man so sagt. Keiner sagt das so, auch damals nicht, aber für mich war sie es an diesem Tag, und dieser Tag war alles, was ich hatte. Sie war es definitiv, endgültig und absolut. Sie kreuzte meinen Weg eines Frühsommermorgens auf der Flatbush Avenue hinter dem Prospect Park. Aus der Finsternis eines Subway-Eingangs war sie emporgestiegen, und nun ging sie vor mir her, rotblonde Locken, Lederjacke und ein veilchenblauer Rock, sah aus wie eine Göttin aus dem Modekatalog. Ich schätzte sie etwa drei Jahre älter, aber ich hatte mir vorgenommen, dass mich das nicht kümmern würde. Sie war auch kein Mädchen mehr, sondern eine erwachsene Frau, erwachsener zumindest, als ich es war. Studierte vielleicht im letzten Semester Kunstgeschichte, hatte einen Bildband über Caravaggio in ihrem Rucksack und jobbte irgendwo in einem Café. Aber sie war es, definitiv, ich wusste es, und ich folgte ihr. Dieser Tag durfte nicht enden, solange ich nicht entweder ein Foto oder einen Kuss von ihr hatte. Oder beides.

Ihr Weg führte uns durch den schattigen Junimorgen und durch halb Brooklyn, vorbei an den Hare-Krishna-Jüngern und den Obdachlosen vom Atlantic Terminal, bis sie schließlich, als wartete sie auf jemanden, vor einem Diner stehen blieb, sich die Haare im Spiegel des Schaufensters richtete und eintrat. Ich kannte den Laden. Hier hatte ich freitags meine versiegelte Lohntüte hingetragen, wenn es brechend voll war, weil die Dockarbeiter den gleichen Gedanken hatten und die gefüllten Tacos für einen halben Dollar zu haben waren. Aber zu dieser frühen Stunde war nicht viel los. Im Innern empfing mich eine selbstzufriedene Trägheit inmitten von schwebenden Staubkörnern, auf den Tischen lag goldenes Licht, und in der Luft hing noch immer der Geruch vom Bier und Rauch der letzten Nacht. Ein alter Mann saß mit einer Zeitung in der Ecke und trank Tee, ein schwarzes Pärchen in der Mitte übertönte mit seiner Unterhaltung und dem Klicken der Billardkugeln die Musik, und am Tresen blickte Pedro, ein junger Latino mit zierlichem Schnurrbart, etwas gelangweilt mein definitives Mädchen an. Sie hatte sich an einen kleinen Tisch am Fenster gesetzt, ein Buch aus ihrem Rucksack gezogen und im Licht des Morgens, das auf das Kupferrot ihrer Haare und das Elfenbeinweiß ihres Gesichts fiel, zu lesen begonnen. Für einen Moment stand ich verloren in der Mitte des Raums, war fehl am Platz, weil ich hier doch eigentlich nichts zu suchen hatte, nichts Ehrbares jedenfalls, sondern ein Gespräch mit einem fremden Mädchen, einen Kuss und eine Nacht mit ihr. Aber ich hatte an meinem Geburtstag einen Schwur abgelegt: von jetzt an kein Feigling mehr zu sein. Von jetzt an keine Rücksicht auf Verluste zu nehmen. Wild leben wollte ich, wild und unersättlich.

Daran erinnerte ich mich jetzt, und da offenbar keiner Notiz von mir nahm, fasste ich mir ein Herz, löste mich aus meiner Starre, legte die Kamera auf den Tisch neben dem Mädchen und nahm Platz. Von hier aus konnte ich sie beobachten und, wenn die Zeit reif war, ein Wort an sie richten. Mädchen ansprechen ist wie Fotografieren, auf den entscheidenden Augenblick kommt es an. In der Zwischenzeit versuchte ich, den Titel ihres Buches zu erkennen, vielleicht hatte ich es ja gelesen oder konnte wenigstens so tun. Doch im gleichen Moment trat Pedro vor sie hin, nahm ihre Bestellung entgegen und schlurfte wieder hinter seinen Tresen zurück, ohne mich eines Blickes zu würdigen. Ich bewunderte die Gelassenheit, die er trotz der Anwesenheit dieser Göttin an den Tag legte. Während die Müdigkeit des Morgens Oberhand über seine männlichen Regungen behielt, wurde ich immer unruhiger, je näher der passende Moment zu kommen schien und je öfter ich darüber nachdachte, wie ich sie bloß ansprechen sollte.

Die Erregung lähmte mich. Ich konnte meine Augen nicht abwenden von ihr, von diesem überwältigenden Wesen mit den zu strahlenden Augen und den zu langen Wimpern – anstarren musste ich sie, wie sie selbstvergessen vor sich hin blickte, eine Schauspielerin aus einem Antonioni-Streifen. Als Pedro ihr fünf Minuten später einen Kaffee hinstellte, hatte ich noch immer nicht gewagt, auch nur ein Wort an sie zu richten. Jetzt, da er vor mir stand, bestellte ich stotternd das Erstbeste, was mir in den Sinn kam. Um zehn Uhr morgens hatte ich in dem

Bemühen, cool und lässig zu klingen, mit heiserer Stimme ein Bier bestellt. Ich hatte weder den Titel ihres Buches ausmachen noch irgendwelche anderen Details erkennen können, die es mir erlaubt hätten, ein zwangloses Gespräch mit ihr zu beginnen – ein unverdächtiges und harmloses Gespräch, wie es Männer und Frauen an so vielen Orten dieser Erde führen. Eines, für das man weder gesteinigt noch öffentlich geächtet wird. Warum bist du bloß so ein Feigling, Jonathan, trotz all deiner Schwüre und guten Vorsätze zum neuen Lebensjahr?

Während ich mich dies fragte, war ein Mann vor ihren Tisch getreten. Er musste sie angesprochen haben, denn sie sah zu ihm empor, lächelte und schlug das Buch zu. Ich vermutete, dass er irgendwo in einer dunklen Ecke gesessen hatte, außerhalb meines Blickfelds. Jetzt näherte er sich dem Mädchen bis auf wenige Schritte und wechselte ein paar Worte mit ihr, doch so leise, dass ich nichts verstand. Erst hatte ich angenommen, dass die beiden einander kannten, dann aber schnell einsehen müssen, dass er ihr ebenso fremd war wie ich. Die Schnelligkeit, mit der dieser Mann, ein hochgewachsener Jude Ende vierzig im weißen Hemd mit steifem Kragen, so etwas wie Vertrautheit zwischen ihnen aufgebaut hatte, verblüffte mich, denn sie lächelte erneut, sagte etwas und ließ mit einem Blinzeln zu, dass er ihr gegenüber Platz nahm.

Seine nächsten Worte verstand ich. Sie waren so laut und klar gesprochen, dass ich sie bis heute nicht vergessen habe.

»Und wenn wir auch die ganze Welt bereisen, um das Schöne zu finden – wir finden es nur, wenn wir es in uns tragen.«

Dies sprach er in einem Singsang, dass ich annahm, er rezitiere einen Vers aus irgendeinem Gedicht. Das Mädchen lachte laut auf, strich sich mit zwei Fingern eine Strähne aus der Stirn und dann mit dem Handrücken über das Buch vor ihr.

»Haben Sie es gelesen?«, fragte sie.

»Gelesen?« Er nahm das Buch, befühlte den recht zerschlissenen Leineneinband, sonnengelb mit grünem Lesebändchen, und hob es auf seine Handflächen, als wäre es ein kleines Tier, das dort in seiner Obhut schlummerte. »Ich habe es geschrieben.«

»Dann sind Sie also Ralph Waldo Emerson?« Sie lachte. »Sehr erfreut, Sir. Ich dachte, Sie wären längst tot?«

»So könnte man sagen«, antwortete er. »Aber nennen Sie mich ruhig Ralph.«

Sie schlug die Augen nieder und schmunzelte, während Mr Emerson das Buch betrachtete und, die Geste des Mädchens von eben wiederholend, mit den Fingerkuppen sanft über den Einband fuhr. Jetzt, da er es in der Hand hielt, konnte ich endlich den Titel erkennen.

R. W. Emerson. Natur

Dann sprach er wieder. Etwas an seiner Stimme störte mich, doch ich konnte nicht sagen, was es war.

»Das ist eine schöne Ausgabe, die Sie da haben. So was bekommt man nicht an jeder Ecke.«

Eine Pause entstand, in der mein Mädchen die Augen niederschlug. Mir war nicht klar, was an dem Buch so kostbar sein sollte, gern hätte ich es näher betrachtet, um mitreden zu können, doch ich musste aufpassen, dass mein Starren nicht zu auffällig würde. Das schwarze Pärchen am Billardtisch musste meine Neugier mitbekommen haben und tuschelte bestimmt schon über mich.

Schließlich sagte sie: »Ein Geschenk meines Vaters.«

Der Mann zog das Buch nah an sein Gesicht heran. Er schien daran zu riechen, seinen Duft einzuatmen, mit geschlossenen Augen, als lägen alle Geheimnisse der Welt zwischen diesen beiden Deckeln verborgen. Dann fuhr er mit der Handinnenseite behutsam über den Rücken, senkte den Kopf und sagte: »Ein großartiges Buch.«

Ich hörte das Mädchen auf dem Stuhl hin und her rutschen, als wäre sie plötzlich von irgendetwas erregt. Ich hatte nun all meine Scheu vergessen, stierte wie ein Idiot hinüber und sah ihren Blick vom Buch in den Händen des fremden Mannes zu seinen Augen wandern.

»Ich trage es immer bei mir.«

Das Lächeln war aus ihrem Gesicht verschwunden.

»Ich habe auch eine Ausgabe davon zu Hause«, sagte der Mann beinahe flüsternd, aber gerade laut genug, dass ich ihn verstand. Er schien auf ihre Unruhe einzugehen, sie mit seinen Worten beruhigen zu wollen. »Der Erstdruck der Essays. Ein prunkvoller Band aus Concord, den Emerson womöglich selbst einmal in Händen gehalten hat. Er ist schon etwas älter, aber das sieht man ihm nicht an. Willst du ihn sehen?«

Mit diesen Worten erhob er sich, ohne ihr das Buch zurückzugeben, und sie ließ es zu. Für einen Moment dachte ich, er würde vor ihr auf die Knie gehen und ihr einen Antrag machen, doch er blieb aufrecht stehen und sah sie an, und nach drei endlosen Sekunden stand auch sie auf, nahm Jacke und Rucksack, folgte Mr Emerson, ohne sich noch einmal umzusehen, und verließ mit ihm den Diner.

War ich wütend oder begeistert? Ich weiß es nicht mehr, und vielleicht wusste ich es damals auch nicht. Nicht nur, dass er mir mit einem billigen Zaubertrick das definitive Mädchen weggeschnappt hatte, ohne mich überhaupt eines Blickes zu würdigen; nicht nur, dass sie mit einer Bereitwilligkeit auf ihn eingegangen war, als wäre sie an diesem Morgen allein zu diesem Zweck hierhergekommen; nicht nur, dass er so alt war wie sie und ich zusammen und unser Vater hätte sein können – was mich am meisten verwirrte, war die Tatsache, dass dieser Mr Emerson mein Mädchen nicht ein einziges Mal berührt hatte, nicht an der Schulter, nicht am Rücken, nicht an der Hand, und dass sie trotzdem, wie von einem unsichtbaren Faden gezogen, mit ihm mitgegangen war.

Ich trank mein Bier aus. Das Billard-Pärchen war verstummt und stand unschlüssig da, der Mann mit der Zeitung döste vor sich hin. Pedro räumte die Tische ab und sah mir grinsend hinterher, als ich meine Kamera schnappte, die Tür aufstieß und ins Freie trat.

2

Das New York dieser Tage und der junge Mann, der eine Kamera um den Hals sowie meinen Namen trug – beides existiert nicht mehr. An mir ist jetzt kein Haar, keine Hautzelle, die ihm gehörten, und auch die Stadt, durch deren Straßen er lief, ist so lang schon verschwunden, dass es nicht einmal den alten Bildern gelingt, sie herbeizurufen. Wenn ich die Fotos betrachte, die man mir zugeschickt hat und die jetzt wieder vor mir liegen, finde ich auf ihnen keinerlei Hinweis darauf, wie das Leben damals wirklich war. Die Bürgersteige, die Autos, die lärmenden Kinder mit ihrem Springseil, der Sonnenaufgang überm Pier 1, die Straßen mit den Zigeunercafés, die Katzen, die sich bei Einbruch der Dunkelheit in den Hinterhöfen versammeln, die schlaffen Arme der älteren Männer in ihren Unterhemden, die letzten Hippies vom Bridge Park – all das, was ich einst festgehalten habe, erscheint mir heute falsch und nachgemacht, wie gekünstelt und affektiert, als hätte sich mit dem Staub auch eine Schicht Nostalgiekitsch auf das Fotopapier gelegt. Auch von den Einzelheiten des Hauses in der Willow Street, vor dem ich an diesem Tag im Juni '69 zum ersten Mal stand, habe ich andere in Erinnerung als die, die das Foto mir zeigt. Ich erinnere mich nicht an den kleinblättrigen Efeu, der an den Seiten des Portikus aus dicken Steinvasen emporrankt und bis zum zweiten Stock hinauf die gesamte Fassade verdeckt, nicht an die Fensternischen mit ihren sechsgeteilten Scheiben, so schmal und hoch wie Schießscharten, die die Front wie eine Festung wirken lassen, kaum an die drei georgianischen Giebel aus rotem Ziegel, von denen die beiden kleinen den Dachfirst bilden und der große, von schlichten Säulen getragen, über dem Hauseingang prangt. Ich erinnere mich nicht.

Und das, obwohl ich seit dem Tag, mit dem ich diese Aufzeichnungen beginnen muss, so oft vor seinem Haus stand wie vor keinem anderen in meinem Leben. Wie kommt das? Sind die Bilder schlecht gemacht? Wollen sie mich betrügen mit ihren seltsamen Blickwinkeln, mit ihren Stockflecken und ihrer schwarz-weißen Patina? Oder hat sich mit den Jahren etwas vor meine Erinnerung geschoben, das Bild eines Traums, so unmerklich, dass es mich an diesen unbestechlichen Zeugen der Vergangenheit zweifeln lässt? Bin in Wahrheit ich es, auf den sich eine Schicht Nostalgiekitsch gelegt hat?

Aber ich erinnere mich ja. Ich erinnere mich an die Stille, die herrschte, wenn man vor den fünf Stufen stand, die zur Pforte hinauf und unter den Vorbau führten. Das gesamte Gebäude war nämlich, als eines der wenigen in diesem Abschnitt der Willow Street, vom Bürgersteig aus einige Meter nach hinten versetzt, sodass sich zwischen den Mauern der Nebenhäuser eine Art Hof ergab, den der Besucher zu queren hatte, bevor er die Stufen zu den Ebenholzflügeln des Eingangstors ersteigen konnte. Noch heute habe ich den Geruch in der Nase, der mich im Schatten des kopfsteingepflasterten Hofs an diesem Tag und allen weiteren empfing, ein Duft von feuchter Kühle, ein modriger Hauch, den die alten Efeuranken und die klammen, seit je vom Sonnenlicht unberührten Backsteine ausströmten. Ich erinnere mich an das Gefühl der Kälte in meiner Hand, als ich das gusseiserne Geländer der Vortreppe umklammert hielt, wie um mich am Umkehren zu hindern, und an die Glätte des Torknaufs, den ich zögernd drehte, bevor mir schließlich bewusst wurde, dass es von nun an keinen Weg zurück gab.

Dies war das Haus, in das der Jude aus dem Diner mein Mädchen entführt hatte. Ich war ihnen bis in diese Straße gefolgt, hatte gesehen, wie sie ins Dunkel des Hofes eingebogen waren, und von hier aus gab es keine andere Möglichkeit, als dass sie zusammen das Treppenhaus betreten hatten, in dem ich jetzt, nicht einmal fünf Minuten später, einsam und zögerlich stand.

Später, in Israel, habe ich noch oft an dieses Stadthaus da oben in Brooklyn Heights gedacht. Ich habe von ihm geträumt, von seiner Lage auf der Klippe über der New York Bay, von den bernsteinfarbenen Handläufen der Treppen, von seinen hohen

Decken und dem marmornen Kamin, als wäre es ein menschliches Wesen, das mit mir noch eine Rechnung offen hatte. Ich habe mir seine Proportionen, den Geruch und die Kühle, die in mich drang, vorgestellt und geschaudert, ohne mir darüber Rechenschaft abzulegen, ob mein Schaudern nur der Erinnerung an die Überreizung geschuldet war, die meine unerfahrenen Nerven in jenem Sommer, von diesem Junitag an, hatten erleiden müssen, oder ob ich schauderte, weil ich langsam zu ahnen begann. Doch zugleich bereitete es mir Lust, daran zu denken und zu erzittern. Irgendwann spürte ich dieses Verlangen, all das wieder zurückzuholen und mich zu gruseln vor lauter … ja, wovor? Warum die Erinnerung mich stets in diesen Zustand der ängstlichen Gier versetzte, darüber machte ich mir lange Zeit keine Gedanken, und ich kann es mir auch heute, da ich in einer völlig anderen Ecke der Welt sitze und Fotos aus einem vergessenen Leben in der Hand halte, nicht erklären. Vielleicht ist es, weil ich noch immer nicht weiß, wer der Mensch, der dort im obersten Stockwerk wohnte, wirklich war.

Und so kommt mir die Erinnerung an das Haus und seinen Bewohner manchmal vor wie die früheste Erinnerung aus meiner Kindheit. Die blinden Scheiben der Fenster, ungeputzt wie die Gläser einer uralten Brille, die Blätter des Efeus und der Zeitung vom Vorabend, die auf dem Pflaster liegen und unter meinen Schritten knirschen, das bleifarbene Licht, das träge in den Hof fällt. Ich sehe mich auf der Treppe vor dem Eingangstor stehen, Tag für Tag, mit einem Bündel Bücher unter dem Arm oder einem Mädchen an der Hand, sehe ihn, wie er da oben im Salon sitzt, rieche den Rauch der Zigarren und den Duft des Leders, höre seine Stimme mir ein hundertstes Mal zuflüstern.

Mein Kopf spielt mir Streiche. Ich erinnere mich daran, dass mein Bruder mir beibrachte, wie man einen Football wirft, ich war sechs, doch es kommt mir vor, als wäre es viele Jahre nach meiner Begegnung mit diesem Mr Emerson geschehen. Ich weiß nichts mehr vom Tag meiner zweiten Hochzeit, obwohl ich ihn erst vor ein paar Jahren und höchstens zwanzig Meilen entfernt von hier verbrachte. Doch ich weiß noch, als wäre dieser erste Tag meines bewussten Lebens gestern gewesen, dass ich zitterte, als ich den Knauf drehte und zum ersten Mal in die Halle eintrat, deren Kühle den jungen Besucher so oft noch empfangen sollte.

3

»Du musst Johnny sein.«

Ich weiß nicht mehr, was ich antwortete, als mein definitives Mädchen vor mir stand und mich bei einem Namen nannte, der nicht meiner war. Niemand nannte mich Johnny damals, meine Eltern riefen mich Jonathan, und wenn es ernst wurde, sprach mein Vater es deutsch aus, und mein Bruder sagte nur »Kleiner« zu mir.

»Ich bin Gretchen.« Sie lächelte und gab mir die Hand.

Ich hatte nicht geklopft, hatte nicht einmal ein vernehmbares Geräusch gemacht, war einfach nur vor der einzigen Tür im letzten Stockwerk stehen geblieben und hatte geatmet. Sie stand angelehnt offen, sodass ich, wie betäubt in der Dunkelheit wartend, einen schwachen Streifen Licht sehen und Stimmen hören konnte. In den unteren beiden Etagen war ich an schwarzlackierten Türen vorbeigekommen, keine Schilder, keine Namen, Wohnungen ohne Klingeln, ohne Fußmatten. Kein Zeichen menschlichen Lebens hatte mich dort empfangen, sodass meine Neugier mich wie ein Raubtier weiter hoch getrieben hatte, bis ganz nach oben, wo ich nun lauschend auf dem letzten Treppenabsatz verharrte.

Ein Mann sprach, dann eine Frau. Ein Mädchen vielleicht. *Das* Mädchen. Eine Pause entstand, ich regte mich nicht. Ich spürte mein Herz gegen den Atem ankämpfen. Dann ging die Tür auf, und vor mir stand sie, mit ihren hohen Wangenknochen und dem kupferfarbenen Haar, lächelte und führte mich hinein.

Vor Aufregung brachte ich nichts anderes heraus als ein zögerliches »Kennen wir uns?«.

Doch sie ging schon vor mir her, den langen Flur entlang. Ich sah die Bücher in den Regalen rechts und links, die bis zur Decke reichten, und dann die Linien ihres Körpers. Ihre Schultern, ihre Hüften, ihren Hintern. Der Flur, der schmal und schattig war und erst auf den letzten Schritten ein wenig breiter wurde, kam mir vor wie der Eingang in ein Bergwerk. Mit einem Mal schossen mir Gedanken durch den Kopf, die ich vielleicht schon früher hätte haben sollen: Wie war ich hergekommen? Was wollte ich hier? Warum hatten die beiden mich erwartet? Hatten sie mich im Treppenhaus gehört? Hatten sie meine Verfolgung bemerkt? War ich ihnen etwa schon im Diner aufgefallen?

Und noch während ich dies dachte, traf mich die Erkenntnis, dass es zum Umkehren zu spät und alles Fragen sinnlos war.

»Du musst an deiner Unpünktlichkeit arbeiten, wenn du ein wahrer Künstler werden willst.«

Seine Stimme war das Erste, womit er sich zu erkennen gab. Die tiefe, kehlige Stimme des Juden aus dem Diner, ich hörte sie aus der Mitte des weiten Zimmers erklingen, in das Gretchen mich geführt hatte. Ein schwacher Schimmer rötlichen Lichts drang durch die mit schweren Filzvorhängen versehenen Fenster herein und reichte gerade hin, die größeren Gegenstände des Raumes erkennbar zu machen. Es war eher ein Salon, ein übergroßes Bibliotheks- und Studierzimmer mit einer in Marmor gefassten Feuerstelle, an drei Seiten von deckenhohen Bücherschränken gesäumt. Rechts stand eine Staffelei mit Leinwand, links ein Klavier aus Eichenholz. Vor den Fenstern ein altmodischer Mahagonischreibtisch, ein Sessel und zwei längliche, mit Kissen versehene Diwane, auf deren linkem unser Gastgeber mehr lag als saß. Die Wohnung nahm wohl das gesamte Stockwerk ein, wahrscheinlich war hier irgendwann aus drei Apartments ein einziges gemacht worden.

Wieder störte mich etwas an seiner Stimme, als sei sie falsch, nicht seine eigene. Gretchen setzte sich auf einen der beiden Sessel, zu ihren Füßen der Rucksack, und lächelte angesichts meiner Hilflosigkeit. Entweder wollten die beiden mich auf den Arm nehmen, oder hier lag eine Verwechslung vor, die aufzulösen nicht allein meine Sache war. Zwischen Gretchens Platz und dem rechten Diwan lagen zwei Bücher auf einem niedrigen Tischchen; am sonnengelben Umschlag des einen erkannte ich

Emersons *Natur* wieder – im anderen, ein schwerer Lederband, vermutete ich die aufsehenerregende Ausgabe aus Concord, die Emerson selbst in der Hand gehalten und die mich heute gelehrt hatte, dass man auch mit alten Büchern junge Frauen verführen konnte.

Der Hausherr hatte sich bislang nicht bewegt, sodass ich mich nach ein paar Sekunden Stille gezwungen fühlte, den ersten Schritt zu tun. Ich trat auf ihn zu und war im Begriff, ihm die Hand zu reichen, da schnellte er mit einer Behändigkeit, die ich ihm nicht zugetraut hatte, vom Diwan empor, machte einen Satz auf mich zu, sodass ich zurückwich, und verbeugte sich mit vor der Brust zusammengelegten Händen. Ich konnte nicht anders, als seinen Gruß zu erwidern. Die Hände gefaltet, blieb ich stehen, während er sich von mir und Gretchen abwandte und ans Fenster trat.

»Ich denke, für heute reichen ein paar Porträtaufnahmen. Den Körper machen wir später.«

Wir schwiegen. Ich sah Gretchen an, die ich beinahe vergessen hatte. Wie wunderschön sie war. Die Dunkelheit umspielte sie wie einen Edelstein, der noch das spärlichste Licht einfängt und verstärkt und eine ganze Höhle damit ausleuchtet. Mr Emerson hatte einen der Vorhänge zur Seite geschoben, sodass ein Spalt Tageslicht auf die Bücherwände fiel, und etwas Unverständliches gemurmelt. Jetzt drehte er sich zu uns um, während hinter ihm der Stoff wieder vor das Fenster schwang. Er nickte zur Kamera um meinen Hals und durchschritt den Raum bis zu einer von Bücherschränken gerahmten französischen Tür.

»Im Atelier ist das Licht um diese Tageszeit besser.«

Ich verstand, oder vielmehr: Ich hoffte zu verstehen. Er hatte den linken Flügel der Tür mit einem Faustst0ß geöffnet, ich erhaschte einen Blick in das lichtdurchflutete, bis auf ein großes Bett leere Zimmer dahinter, er öffnete auch den zweiten Flügel und blieb im Rahmen stehen. Als nun auch Gretchen sich aufmachte und an ihm vorbei ins Helle trat, war ich mir sicher, dass es sich um einen Irrtum handelte – einen Irrtum allerdings, den ich beim Schopfe zu packen hatte. Was immer hier vor sich ging und was immer geschehen würde, ich befand mich schließlich mit dem definitiven Mädchen in ein und demselben Haus, war von ihr angesprochen worden, hatte ihren Namen erfahren und war – wenn es auch kaum mein Verdienst war – im Begriff, Fotos von ihr zu machen. Mein neues Leben begann vielversprechend.

Die gleißenden Sonnenstrahlen im Atelier ließen mich die Lider zukneifen. Sie schienen auf das schneeweiße Bett in der Mitte und wurden von den vier Messingknäufen an seinen Ecken reflektiert. Wände und Decke, selbst die Balken über den Fenstern waren hell gestrichen, nur die Bodendielen schimmerten eisgrau. Während unser Gastgeber im Türrahmen stehen blieb, betrat ich den schlichten Raum und rätselte, was genau die Bezeichnung »Atelier« hätte rechtfertigen können; es erschien mir mehr wie ein unfertig eingerichtetes Schlafzimmer.

Gretchen ließ sich an der Kante der Matratze nieder, saß mit übergeschlagenen Beinen auf der weißen Decke, nahm Platz inmitten des Lichtkegels, der die Häuser und Straßen von ganz Brooklyn zu erleuchten schien, nahm Platz in diesem Heiligenschein, präsentierte ihr Perlenlächeln und strahlte mit der Sonne um die Wette. Und gewann.

Ich befürchtete, die zwei Dutzend Fotos, die ich von ihr machte, würden hoffnungslos überbelichtet und verwackelt zugleich sein, so hell strahlte ihre Schönheit und so sehr zitterte ich, während ich meinem spontanen Auftrag nachkam und der schweigende Mr Emerson uns beiden vom Türsturz aus zusah.

Sie wusste genau, wie sie fotografiert werden wollte, sie benötigte keine Anweisungen. Das war nicht ihr erstes Mal. Sie rückte ihr Gesicht ins beste Licht, mal schaute sie in die Linse, lächelte ihr zu oder sah sie nachdenklich an, mal blickte sie verträumt unter ihren langen Wimpern hervor und aus dem Fenster, mal biss sie sich auf die halbe Unterlippe wie von Selbstzweifeln geplagt, dann wieder öffnete sie die Lippen so, als würde der Lufthauch einen unsichtbaren Schmerz stillen, mal hob sie den Brustkorb, mal ließ sie die Schultern sinken, mal fuhr sie sich mit den Fingern durchs Haar. Sie wusste, wie es ging, wusste, wie schön sie war, und offenbar wusste sie auch, wann ein Film zu Ende war; denn mit dem letzten Klicken stand sie auf, strich sich über den Rock und bedankte sich bei mir mit einem Kuss auf die Wange. Die Kamera glitt mir aus den Händen, und ich konnte sie gerade noch vor dem Aufprall auf den Dielen retten. Gretchen hatte das Atelier verlassen.

»Wenn du willst, können wir morgen mit den Sitzungen anfangen.«

Mir wurde erst nach ein paar Sekunden klar, dass er nicht mich, sondern sie gemeint hatte. Ich sah beide im Halbdunkel des Salons stehen und ihr Gesicht aufleuchten, als sie sich zu ihm umdrehte und etwas sagte. Schließlich führte sie die Hände vor der Brust zusammen und verbeugte sich vor ihm. Er legte ebenfalls die Handflächen aneinander und neigte ihr langsam den Kopf zu.

Dann verschwand sie in der Finsternis, ebenso schnell, wie sie vor einer Stunde erst aus der Subway hinter dem Prospect Park in mein Leben getreten war.

4

»Ein kluges Mädchen geht, bevor es verlassen wird.«

Langsam begann ich zu ahnen, woher das Unbehagen stammte, das seine Worte mir bereiteten. Es war nicht, was er sagte, und auch nicht sein nachlässiger, fast larmoyanter Tonfall, es war etwas gänzlich anderes. Bevor ich darüber nachdenken konnte, winkte er mich zu sich heran. Ich zog die Türflügel zum Atelier hinter mir zu und trat wieder in den Salon, wo ich nun mit dem Hausherrn, der Gretchen eben noch hinausbegleitet hatte, allein im Dunkel stand; die einzige Lichtquelle waren Glühbirnen über den Bücherschränken, die seine Sammlung offensichtlich kostbarer Bände erhellten.

Er sah mich an, wir schwiegen. Zum ersten Mal nahm ich seine Gestalt in Gänze wahr; er war hochgewachsen und schlank, und obwohl sein Körper von einer Art orientalischem Morgenmantel umhüllt war, konnte ich an ihm eine gewisse Sportlichkeit, ja, Fitness erkennen. Seine Bewegungen waren geschmeidig, leichtfüßig, eher die meines älteren Bruders als die des Mannes von fünfzig Jahren, für den ich ihn gehalten hatte. Jetzt, da er zur Staffelei ging und die Leinwand herunterhob und ich, noch immer mit dem Rücken zur Wand und den Händen vor der Brust wie ein Schüler auf die Fragen des Rabbis wartend, ihn genauer betrachten konnte, wurde ich unsicher – seine grauen Schläfen, die weißen Linien um seine schwarzen Augen in einem blutleeren Gesicht, die drei Furchen auf der Stirn, seine raue Stimme, all das widersprach der Breite seiner Schultern, den grazilen und zugleich energischen Schritten und den kräftigen Händen, die die Leinwand hielten und zu mir hindrehten, sodass ich sehen konnte, dass sie leer war.

»Gretchen ist ein kluges Mädchen«, sagte er, und in diesem Moment wurde mir klar, was seine Worte auf mich so verstörend wirken ließ. Er sprach ihren Namen, den ich nun zum ersten Mal aus seinem Munde hörte, nicht auf die amerikanische Weise aus, mit dunklem, hohlem R nach dem ersten

Buchstaben und einem schnellen Zischen am Ende, sondern so, wie mein Vater es ausgesprochen hätte. So, wie mein Vater meinen Namen deutsch aussprach, wenn er ernst wurde, sprach auch dieser Mann den Namen des Mädchens deutsch aus, wie überhaupt, das merkte ich jetzt, allen seinen Sätzen ein leichter deutscher Akzent innewohnte. Ein normaler Amerikaner hätte es vielleicht nicht bemerkt, aber die strenge, leicht monotone Melodie seiner Sätze, das etwas zu weit vorne gebildete L in »girl« sowie der harte Konsonant am Ende mancher Wörter – es erinnerte mich plötzlich so sehr an die Sprechweise meiner Eltern, vor allem meines Vaters, dass ich mir sicher war, auch Emersons Vorfahren mussten Deutsche gewesen sein, hatten ihn vielleicht die ersten Lebensjahre ausschließlich in ihrer Muttersprache aufgezogen. Vielleicht hatte er sogar in Deutschland gelebt.

Doch ich sagte nichts. Stattdessen betrachtete ich die jungfräuliche Leinwand und begann zu frösteln. Entweder war es im Raum spürbar kälter geworden, oder ich schauderte, da mir bewusst wurde, dass ich nicht länger drum herumkam, die Verwechslung aufzulösen und mich als den mondsüchtigen Stalker zu outen, der ich war. Er musste mein Schaudern gespürt haben, denn im gleichen Moment lehnte er die Leinwand ans Klavier, rieb sich die Hände und sagte: »Und hübsch ist sie auch. So hübsch, dass es kühler wird, wenn sie den Raum verlässt.«

Er zog den Morgenmantel aus und ließ ihn auf den Sessel fallen; darunter trug er bloß eine Leinenhose, sodass er jetzt mit nacktem Oberkörper vor mir stand.

»Ein Mädchen, das so klug ist wie sie, so aussieht wie sie und dann auch noch Bücher liest – so ein Mädchen triffst du nicht alle Tage. Da musst du zugreifen, mein Junge.«

Ich war bemüht, ihn nicht anzustarren, seine grau behaarte Brust und die runden Schultern, die langen kräftigen Arme unter der spröden Haut, den Oberkörper eines ehemaligen Boxers, um den er nun ein weißes Hemd hüllte. Mit einem Kopfnicken bedeutete er mir, mitzukommen, anscheinend wollte er das

Apartment verlassen. Er stellte sich vor eine Art Kosmetiktisch in der rechten Ecke des Salons, dort nahm er das Jackett, das er auch im Diner getragen hatte, vom Bügel, zog es über, strich sich die Haare vor dem Spiegel glatt und zupfte abschließend an den Manschetten seines Hemds, bevor er sich lächelnd zu mir drehte, als wollte er fragen, ob er so ausgehen könne.

Ich nahm meinen Mut zusammen.

»Aber jetzt ist sie weg. Sie haben sie mir ausgespannt, nur um sie gehen zu lassen?«

»Ich habe sie gehen lassen, damit sie wiederkommen kann.«

»Warum sollte sie?«

»Aber warum denn nicht? Sie hat die Aussicht, von einem Kerl wie mir gemalt zu werden. Vielleicht von einem Kerl wie dir flachgelegt zu werden, wer weiß? Was könnte es Reizvolleres in ihrem jungen Leben geben? Ist das nicht der Grund, weswegen sie sich Morgen für Morgen hübsch machen? Weswegen sie sich ins Café setzen, ihr Haar von der Sonne bescheinen lassen und ihre Bücher vor sich ausbreiten: die Hoffnung, dass sie eines Tages jemand anspricht, der ihr wahres Wesen erkennt?«

Er ging zum Schreibtisch, öffnete ein langgezogenes Schächtelchen und nahm erst einen Zigarillo heraus, dann einen zweiten, den er mir mit hochgezogener Augenbraue entgegenhielt. Hinter und über ihm bemerkte ich das gerahmte Bild zwischen den Vorhängen, den Abdruck eines Kupferstichs, den ich aus einem Schulbuch kannte: der breitbrüstige Zeus des Phidias auf seinem Thron. Darunter er und sein Spitzbubenlächeln. Ich schüttelte den Kopf, mehr über seine Worte als über sein Angebot. Er legte den zweiten Zigarillo wieder zurück und steckte sich seinen an. Heute weiß ich nicht mehr, ob ich seinen Worten damals nur aus Prinzip widersprach, obwohl ich heimlich genau so von den Mädchen dachte, wie er es ausgedrückt hatte, oder ob sich diese Auffassung vom Wesen der Frau erst später in meinem Kopf bildete, erst im Verlauf jenes Sommers.

»Nein?«, fragte er. »Glaubst du, die Mädchen träumen von guten Noten in der Schule und einem Lob ihrer Mutter, wenn sie nachts allein im Bett liegen? Denkst du, ihr wahres Wesen will nicht erkannt werden?«

»Ich hab keine Ahnung, was ihr«, bei diesem Wort krümmte ich zwei Finger in der Luft, »wahres Wesen will. Aber ich glaube nicht, dass es darin besteht, flachgelegt werden zu wollen.«

Zumindest nicht nur, dachte ich vielleicht, sprach es aber nicht aus. Er zog an seinem Zigarillo, atmete langsam aus und fügte dem Geruch im Raum, dieser leicht abgestandenen Mixtur aus Leder und Rauch, eine kräftige Note des zweiten hinzu.

»Hoffentlich sind deine Fotos besser als deine Menschenkenntnis, mein Junge.«

Ich protestierte hilflos. »Ich wär mir da nicht so sicher.«

»Vertrau mir, sie kommt wieder. Und außerdem«, er schritt zum Tisch neben dem Sessel, in dem Gretchen gesessen hatte, und nahm den sonnengelben Band in die Hand, »hat sie etwas liegen lassen, das sie bald vermissen wird.«

Der funkelnde Himmel über der Brücke, die Sirenen der Einsatzwagen vom Parkway her, die offenen Fensterläden und die hungrigen Mienen in den Schlangen vor den Delis erinnerten mich daran, dass es Mittag in Brooklyn war und der Sommer bevorstand. Der ältere Mann, der da rauchend die Pierrepont Street entlangschritt und mir ein Gefühl gab, das ich kaum benennen konnte – als würde er mich in seinem Leben akzeptieren, als wollte er mich irgendwie dabeihaben –, ließ mich glauben, dass es der aufregendste Sommer meines jungen Lebens werden würde. Ein Sommer übermäßiger Energie und Neugier. Der definitive Sommer, gewissermaßen.

Wir gingen nebeneinanderher, er mit Hut auf dem Kopf, ich mit Gretchens Antlitz vierundzwanzigmal im Kasten, er in einen weichen, cremefarbenen Mantel gehüllt, ich in Unglauben und Erregung und Hoffnung. Sollte ich ihm dankbar sein oder böse? Offensichtlich war er mir immer einen Schritt voraus gewesen, hatte mich in Pedro's Diner bereits gesehen, bevor ich mich neben Gretchen gesetzt hatte, hatte sie nur angesprochen, um mir eins auszuwischen (oder mich etwas zu lehren?), hatte mich und meine Kamera geprüft, einen Plan geschmiedet und eiskalt durchgezogen.

Wir spazierten südwärts, durch Cobble Hill und dann unter den beinah verblühten Magnolienbäumen des Carroll Park entlang, bevor wir schließlich ein Restaurant betraten, in dem er nicht zum ersten Mal verkehrte, wie ich an den Reaktionen der drei jungen Kellnerinnen – blond, brünett, schwarz – erkannte. Wir aßen, ich Spiegelei, er gehackte Leber mit einem Minzblatt, wir tranken, ich Orangensaft, er Rotwein, er redete, ich bezahlte. Was er sagte, schien durch nichts angeleitet, es waren Gedanken zu verschiedenen Themen, eher ein belangloser Plausch. Er sprach über Malerei und wo man gute Leinwände bekam, über die Transzendentalisten, das Führen von Tagebüchern, die Mieten im Viertel. Wir sprachen nicht mehr über Mädchen und das wahre Wesen der Frau, und wir schwiegen über Gretchen.

»Was nimmst du für deine Fotos?«, fragte er schließlich, als wir wieder auf die Straße traten.

»Ich weiß ja nicht mal, ob sie gut geworden sind. Vielleicht können Sie die gar nicht gebrauchen …«

»Mach dir darüber keine Sorgen«, sagte er. »Wir brauchen sie. Bring sie nächste Woche einfach mit.«

Er verbeugte sich mit dem Hut in der Hand, setzte ihn lächelnd auf und ließ mich stehen.

Seinen wahren Namen erfuhr ich an diesem Tag nicht.

5

Offenbar war ich ein begnadeter Fotograf geworden. Vielleicht lag es aber auch einfach nur am Objekt. Ich wartete zwei Tage damit, die Rolleiflex zu öffnen und den Film zum Shop zu bringen. Der Inhaber war ein alter Schwarzer mit weißem Bart, sein Laden lag auf der Lexington Avenue und hieß Harlem One-Hour-Photo, für meine Aufnahmen aber brauchte er vierundzwanzig Stunden. Weitere vierundzwanzig Stunden verbrachte ich damit, mich der Versuchung zu erwehren, die Fotos anzusehen. Ich ließ den Umschlag ungeöffnet zwischen den Theoriebüchern und meinen Vorlesungsmitschriften auf dem Sperrholzkasten liegen, der mir in meiner Bude im sechzehnten Stockwerk des südlichsten der Triborough-Häuser als Arbeitstisch diente, und betrachtete seine braunen Kanten von der Matratze aus. Ein Sperrholzkasten, eine Weichschaummatratze, eine elektrische Kochstelle, ein Bord an der Wand mit sieben Büchern darauf und eine Footballkarte von Babe Parilli auf dem Sims unter dem Fenster, das zwanzig Meter Ausblick auf die nächste Häuserwand gewährte – das war es eigentlich schon mit dem Zimmerchen, dessen Miete mir meine Eltern bezahlten und in dem ich so wenig Zeit wie möglich verbrachte. Doch in den Tagen nach meiner Begegnung mit Gretchen und dem deutschen Maler verließ ich meine zwölf Quadratmeter nur, wenn es unbedingt nötig war: zu einem mit Vorhängeschloss versehenen Bad auf dem sisalteppichbelegten Flur, das ich mir mit einem Dutzend anderer Bewohner teilte, größtenteils Italiener, von denen ich bis auf Marihuanaschwaden, nächtliche Schreie und den Dreck auf der Toilette wenig mitbekam; zum Supermarkt an der Ecke, um Eier, Speck, Äpfel und zwei Tüten Milch zu kaufen; und schließlich zum Fotoladen, wo mir der alte Schwarze mit dem weißen Bart wissend zuzwinkerte. Während dieser Tage tat ich alles, um nicht an Brooklyn zu denken, nicht an das Haus in der Willow Street, nicht an Gretchen und nicht an den Mann mit dem deutschen Akzent. Es gelang mir nicht.

Mittwochmorgen warf ich mich schließlich wie ein ausgehungertes Tier auf den Umschlag. Ich zog die Fotos hervor, breitete sie auf meiner Decke aus und verstand nun, warum mir der Mann im Laden zugezwinkert hatte. Sie waren brillant. Makellos waren sie, als hätten wir mehrere Tage gearbeitet und aus tausend Bildern nur die besten vierundzwanzig ausgesucht. Die besten vierundzwanzig, die nun vor mir lagen und von denen jedes einzelne perfekt wirkte und zugleich so, als wäre es spontan entstanden. Sie waren grandios, und ich fühlte mich plötzlich wie der Cartier-Bresson von New York City. Aber das war es nicht. Ich fand damals keine Worte dafür, was ich sah, und noch heute, wo ich sie aus dem einzigen Karton, der von meinem früheren Leben in Amerika übrig geblieben ist, hervorgekramt habe und in der Hand halte, fällt es mir nicht leicht, den Eindruck zu beschreiben, den diese Bilder damals auf mich machten. Das Mädchen, das da in Schwarz und Weiß auf meinem Bett lag, ein junges, vielversprechendes Starlet, eine zukünftige Leinwandgöttin, war ganz offensichtlich in mich verliebt. Oder scharf auf mich. Oder aber sie hatte gerade mit mir geschlafen. Auf jeder einzelnen Aufnahme, ob sie lächelte, schüchtern, wild, verträumt oder ernst blickte, ob sie in die Kamera sah oder in die Ferne – auf jeder Aufnahme hatte die Verbindung, die das Mädchen mit dem Betrachter einging, etwas unbeschreiblich Intimes. Als wäre da eine Art magisches Band, wie zwischen einem Magnetiseur und seinem Opfer, wobei unklar war, wer von uns beiden welche Rolle spielte.

Das Seltsame war, dass ich in den fünf Minuten, als diese Aufnahmen entstanden waren, von alldem nichts gespürt hatte. Aber ebenso, wie Gretchen an diesem Vormittag in Brooklyn auf diesem Bett gesessen hatte, lag sie nun auf meinem. Und ebenso, wie Gretchen in diesem Moment genau gewusst hatte, wie sie fotografiert werden wollte, wusste sie auch jetzt, wie ich sie anschauen sollte.

Eine Sekunde später verspürte ich ein beunruhigendes Gefühl im Magen. Unwillkürlich dachte ich daran, dass ich versprochen hatte, ihm diese Bilder zu zeigen, und meine Handflächen wurden feucht. Ich stellte mir vor, dass er sie so sehen würde – so, wie ich sie jetzt sah. Eine Mischung aus Abscheu und Eifersucht überfiel mich. Ich stellte mir seinen Blick vor, diesen durchdringenden Blick der kohleschwarzen Augen, wie er auf ihr ruhte, wie er in sie drang. Stellte mir den Abdruck vor, den seine Spinnenfinger auf dem Papier hinterließen. Stellte mir sein Lächeln vor, ein lüsternes Schmunzeln, das ihm der Gedanke daran, sie zu malen, bereitete. Stellte mir vor, wie sie ihm dabei den gleichen leidenschaftlichen Blick zuwarf, und da, mit einem Mal, kam mir der Gedanke, der mich vor Übelkeit fast erbrechen ließ: Was, wenn ihr intimer Blick von Anfang an gar nicht mir, dem Fotografen, gegolten hatte, sondern ihm und nur ihm, dem Mann, der ihr Antlitz schließlich malen würde? Dem Mann, in dessen Atelier, auf dessen Bett sie schließlich Stunden, ja, Tage zubringen würde? Dem Mann, mit dem sie mitgegangen, dem sie in seine Höhle gefolgt war? Was, wenn das magische Band, das doch eindeutig auf diesen Fotos zu erkennen war, gar nicht zwischen meinem definitiven Mädchen und mir bestand, sondern zwischen ihr und diesem fremden Juden, der mein Vater hätte sein können? Wenn ich weder Magnetiseur noch Opfer in dieser Geschichte war, sondern einfach nur ein Mittelsmann, ein unfreiwilliger Handlanger oder gar unbeteiligter Beobachter, den der reine Zufall in diese Geschichte hineingebracht hatte? Ich brauchte Gewissheit. Hastig schob ich die Bilder wieder in den Umschlag zurück, zog mich an und verließ mein Zimmer.

Ich fuhr bis zum Atlantic Terminal, ging die Flatbush Avenue entlang bis zum Prospect Park, stellte mich an den Aufgang der Subway Grand Army Plaza, an dem ich Gretchen zum ersten Mal begegnet war, und wartete. Hier war sie emporgestiegen aus der Tiefe, hier war sie mir erschienen, hier musste ich sie wiedersehen. Ich hatte keine Ahnung, was genau ich vorhatte, doch das war mir egal. Ich wollte nicht denken, ich wollte handeln. Nach einer halben Stunde jedoch gab ich auf, irrte durch die Straßen von Brooklyn und kam schließlich zu Pedro's Diner.

Die beiden Schwarzen spielten noch immer Billard, und von seinem Platz hinter der Theke begrüßte mich Pedro mit ebenso müdem Blick wie drei Tage zuvor. Sie war nicht hier.

In dem Moment ging mir auf, wie Gretchen auf die Idee gekommen war, mich Johnny zu nennen, als ich im Treppenhaus mit offenem Mund vor ihr gestanden hatte. Pedro, dessen Vater (ebenfalls Pedro) der Laden gehörte, hatte mich so begrüßt, wie jedes Mal seit meinem ersten Besuch im Diner, als er meinen Vornamen auf der Lohntüte gelesen hatte, aus der ich die in der Woche verdienten Scheine zog, um sie für Tacos und ein paar Bier auszugeben. Statt Jonathan hatte er mich Johnny genannt, und ein aufmerksamer Mann, der in einer Ecke saß und seinen Kaffee umrührte, hatte es gehört. Er hatte mich gesehen, hatte bemerkt, dass ich nur aus einem einzigen Grund hier aufgetaucht war, und war mir zuvorgekommen. Und auf ihrem Weg zu seinem Apartment oder später, oben im Salon, als das Gespräch auf die Kunst kam und darauf, dass er Maler sei und sie gern porträtieren würde, hatte er Gretchen erzählt, dass gleich sein Fotograf Johnny komme, der ein paar Bilder von ihr schießen könne für seine Vorarbeiten. Und wie bestellt stand ich Minuten später vor der Tür.

Ich fragte Pedro, ob der Typ, der vor ein paar Tagen mit diesem hübschen Mädchen abgezogen war, öfter herkomme.

Er musste nicht eine Sekunde nachdenken. »Señor Eisenstein?« Sein Blick wurde munterer. »Hast du grade verpasst. Vor einer halben Stunde war er hier.«

»Du kennst ihn?«

»So gut wie dich«, sagte Pedro.

»Also gar nicht …«

»Ich weiß nur, dass er Eisenstein heißt, Bücher verkauft, und dass ihr beide das gleiche Hobby teilt.«

Er schürzte seine Lippen, zog die Augenbrauen hoch und grinste so anzüglich, dass ich mich vor mir selber schämte. Ich ahnte, dass er mit »Hobby« nicht die Leidenschaft für seine Tacos meinte. Aber was genau wusste er?

»Er verkauft Bücher?«

»Hat er gesagt. Aber so, wie er aussieht, ist er eher Zuhälter oder so was.«

Ich lachte. »Wie kommst du darauf?«

»Ich hab einen Cousin. Emilio, zehn Jahre älter als ich. Wohnt in Co-op City. Der ist Zuhälter. Ein netter Typ, aber wie der immer guckt. Und dieser Eisenstein hat genau diesen Ausdruck im Gesicht, wenn er hier sitzt. Da ist irgendwas mit seinen Augen. Das vergisst du nicht so leicht.«

Pedro machte eine Pause, in der er mein Glas vom Tresen nahm und spülte. Dann grinste er erneut und sagte: »Außerdem schleppt er hier jede Menge Mädchen ab. Jeden Tag kommt er her, trinkt einen Kaffee, und wenn hier mal was Brauchbares auftaucht, kannst du wetten, dass sie irgendwann mit ihm mitgeht. Zuhälter, ich sag's dir.«

Ich spürte das Verlangen, zu protestieren und Pedro über das wahre Wesen von Señor Eisenstein aufzuklären. Ihn zu belehren, dass der Anschein manchmal trüge. Dass Eisenstein kein Zuhälter war, sondern ein Künstler, ein bedeutender Maler, wahrscheinlich deutscher Herkunft, so wie ich, ein Jude, so wie ich. Ich spürte das Verlangen, mit meiner intimeren Verbindung zu diesem Mann zu prahlen. Doch schnell merkte ich, dass ich, obwohl ich bei ihm zu Hause gewesen war und mit ihm Mittag gegessen hatte, genauso wenig wusste wie Pedro, vielleicht noch weniger. Und so schwieg ich, zahlte und verließ den Diner.

Schließlich hatte Pedro recht. So ein Gesicht vergisst du nicht. Als ich in den nächsten Tagen versuchte, mein altes Leben wiederaufzunehmen, gingen mir Eisensteins Ausdruck, sein Blick, sein Lächeln, seine Mimik nicht mehr aus dem Kopf. Am Donnerstagmorgen fuhr ich wieder Fleisch aus, ein paar Hundert Pfund Innereien nach Staten Island, am Nachmittag hörte ich eine Vorlesung über viktorianische Lyrik, und überall, wo ich hinkam, meinte ich, ihn zu sehen. Die unterschiedlichsten Typen erinnerten mich plötzlich an ihn. Der Zahlmeister vom Westville Kosher Market, ein schmaler, halb erblindeter

Sepharde namens Alkalai, der mir für gewöhnlich zu viele Scheine in die Tüte steckte, ließ mich fast zusammenzucken. Sein hageres Gesicht, die hohen Wangen unter tiefschwarzen Augen, in denen nur dann und wann ein weißer Streifen blitzte – so hatte er doch ausgesehen. Der Mitarbeiter des Professors an der Columbia, der ihm die Tasche trug und die Tafel putzte, ein kräftiger, gutaussehender Typ Ende vierzig, der schon ein paar Jahre zu viel an seiner Habilitation arbeitete – ein jüngerer Halbbruder von Eisenstein. Die grauen Pomadesträhnen an den Schläfen, die dichten Augenbrauen unter der breiten Stirn, der schmale Schnurrbart unter der länglichen Nase, die ihn aussahen ließen wie den jüdischen Errol Flynn – das war er.

Am Freitag kaufte ich mir die Essays von Emerson in einem der Antiquariate auf der Lexington Avenue. Bei Goldberg's Books, um genau zu sein. Sie lagen dann lange auf dem Sperrholzkasten in meiner Höhle in East Harlem, später zwischen Thoreau und Alcott in meinem Arbeitszimmer in Montauk und schließlich, nach meiner Ausreise, in einem Karton zusammen mit den Schwarz-Weiß-Fotografien und meinen alten Manuskripten. Mister Goldberg, der mich zu dem Regal führte, in dem die vergilbte Ausgabe von 1838 stand, sah Eisenstein ähnlich fast wie ein Zwilling. Die gleiche hohe Statur, deren Eindruck er durch die Gewohnheit noch verstärkte, die kräftige Kinnspitze höher zu tragen als das Kiefergelenk, was seinen Adamsapfel betonte und ihm zugleich den Anflug von Arroganz verlieh, das stolze Schreiten durch die Gänge … und als auch er zum Abschied sich nur leicht vor mir verbeugte, konnte ich gerade noch an mich halten, ihn nicht auf seinen vermeintlichen Bruder anzusprechen. Doch auch hier schwieg ich, zahlte und ging.

Am Ende der Woche hatte ich mir Eisensteins Gesicht so oft vorgestellt und es so oft in den Gesichtern der Passanten meines Lebens entdeckt, dass ich beinahe vergessen hätte, wie mein definitives Mädchen aussah.

Wären da nicht die Fotos gewesen.

6

Als ich sie wiedersah, war ich sprachlos. In der Woche, die vergangen war, war es wärmer geworden, man ging an einem Frühlingsmorgen aus dem Haus und lag wenige Stunden später an einem Sommermittag mit offenem Hemd im Park. Die Magnolien waren verblüht, aber die Mädchen der Stadt nahmen an Reiz erst noch zu, und auch Gretchen schien seit unserer ersten Begegnung noch schöner und anmutiger geworden zu sein. An diesem Abend trug sie ein leichtes trägerloses Kleid mit großen Karos, sodass die Haut ihrer Schultern im Licht schimmerte, übertroffen nur vom Glanz ihrer Haare, Wellen aus venezianischem Gold, die ihr Gesicht umflossen. Die Äderchen, die blass und bläulich von der Rundung ihres Kiefers bis zur Kuhle zwischen den Sehnen verliefen, vibrierten kaum erkennbar unter dem sommerbraunen Relief ihres Halses, der Saum des Kleides bedeckte ihre Brüste knapp unter dem ersten Ansatz der Vertiefung dazwischen, die Beine knapp über dem Ansatz der Oberschenkelmuskeln, und ihre schmalen Füße standen nackt und eng nebeneinander auf den Holzdielen.

Das war sie, mein definitives Mädchen.

Ein paar Wochen später, als Gretchen bereits aus meinem Leben verschwunden war, habe ich versucht, in einer Art Notizheft meine Eindrücke festzuhalten, und schon damals begriff ich, wie vergeblich es war, einen Ausdruck für all das zu finden, was mir hier geschah. Wie fruchtlos der Versuch, dieses Mädchen zu beschreiben. Wie töricht, das Unvorstellbare mit Worten und Sätzen vorstellbar machen zu wollen. Das war es, was ich nie verstehen, nie hinnehmen konnte. Und auch jetzt, da ich das Notizheft wieder in Händen halte, um ein zweites Mal diese Tage im Sommer '69 festzuhalten, muss ich mir eingestehen, dass ich es nicht kann. Dass es unmöglich ist. Und dass ich es trotzdem tun muss.

Gretchens bloße Gegenwart brachte mich aus der Fassung, obwohl ich mich so gut auf diesen Moment vorbereitet hatte.

Vielleicht aber hatte mich die lange Zeit, die ich allein mit ihren Fotos in meinem Zimmer verbracht hatte, auch nur verrückt gemacht. Da saß sie nun, wie schon sieben Tage zuvor, auf dem großen weißen Messingbett in der Mitte des Ateliers und sah mich an. Doch anders als damals lächelte sie mir nicht zu, sondern blickte streng zu mir hin, die runden Kuppeln ihrer Knie züchtig nebeneinandergestellt, die bloßen Arme hinter ihrem Becken abgestützt, die Bögen ihres Schlüsselbeins mir hinhaltend ... alles an diesem Körper sah mir ernsthaft und abwartend entgegen.

Das Atelier war dunkler, Vorhänge aus Gaze bedeckten die hohen Fenster ganz, sodass alles Licht, das auf ihren Körper fiel, gedämpft wurde und der Raum in ein mattes Orange getaucht dalag, ein Sanddorndunst, in dem die Staubkörner tanzten. Ich konzentrierte mich auf das, was zu sehen war, was der Stoff des engen Kleides dem Blick des Betrachters freigab, obwohl ich darauf brannte zu sehen, was darunter war. So stand ich, jung und unerfahren, die Kamera vor dem Gesicht wie eine Maske, die meine Erregung verbergen sollte, und wusste nicht, was zu tun war. So lange hatte ich von Mädchen geträumt, nie aber war es auch nur ein wenig brenzliger geworden, wenn man von dem ungefragten Kuss in der Stallscheune absah, den mir die zwölfjährige Tochter des Farmers auf die Lippen gedrückt hatte, bei dem ich mit sechzehn drei heiße Augustferienwochen verbrachte. So lange hatte ich mir alles nur vorgestellt. Vier Sommer später schließlich hatte ich mir vorgenommen, ernst zu machen, hatte mir geschworen, mit einem schönen Mädchen zusammenzukommen, koste es, was es wolle, in einem Haus mit ihr zu sein, im gleichen Zimmer, und nun, da es so weit war, ohne dass mir klar war, wie genau es so weit hatte kommen können, zitterte ich vor Anspannung und konnte kein einziges Foto schießen.

Und nun war es ausgerechnet ihr Körper, der festgehalten werden sollte. Ausgerechnet diese Gestalt, diese Form, diese Oberfläche, und ausgerechnet jetzt, da ich erregter war als je zuvor, war es mein Job, den Grund für diese Erregung abzulichten, ihn kühl und professionell zu Papier zu bringen, damit ein anderer ihn später würde malen können. Ich zögerte, stockte, drehte am Objektiv herum, als fände ich die richtige Einstellung nicht. Minutenlang machte ich kein einziges Bild, sondern versteckte mich hinter den beiden Augen meiner Rolleiflex, durch die ich Gretchens Körper musterte.

Ihr schien es aufzufallen. Sie regte sich nicht, blieb wie atemlos nach hinten gelehnt sitzen und streckte mir ihre Brüste entgegen, doch ihr Gesicht verriet sie. Anders als in der Woche davor war ihr Teint herber, die Wangen gerötet und die Grübchen darunter dunkler, als wäre ihr das Blut in den Kopf gestiegen. Der Raum um uns wurde kleiner, das Licht diffuser, die Luft schwerer. Auch sie war also aufgeregt, vielleicht so aufgeregt wie ich, und erst in dem Moment, da ich dies bemerkte, kam er mir wieder in den Sinn. Er, der in den letzten Minuten, die ich mit diesem Mädchen in seinem Atelier verbracht hatte, gänzlich aus meiner Welt verschwunden war, obwohl er doch nur wenige Schritte entfernt von uns stand und rauchte – im Türrahmen zum Salon wartend, durchbrach er die Stille nur mit vereinzelten Zügen an seiner Zigarette. Er hatte, als ich ihn wiedersah, seltsam nervös auf mich gewirkt. Auch war er nicht mehr der freundlich-arrogante Gentleman wie beim ersten Mal, sondern kam mir vor wie ein Hasardeur im Moment, da die Würfel fallen, ein verzweifelt Wettender kurz vor dem Ende des Rennens. Hastig aufgestanden war er, als ich in den Salon oder die Bibliothek oder das Studierzimmer, wie immer er es nennen mochte, eingetreten war, nur, um sich kurz zu verbeugen, mich zur Ateliertür hinüberzuwinken und sich dann wieder auf die Kante des Diwans fallen zu lassen, auf dem er zuvor gelegen hatte. Und nun stand er dort unter dem Sturz der Tür, durch die ich getreten war, um Gretchen wiederzusehen, wachte im schwarzen Eingang zu seiner Höhle und war kaum auszumachen in seinem dunklen Anzug. Den Umriss seines Körpers, die Züge seines Gesichts konnte ich nur erahnen, bloß das Weiße in seinen Augen blitzte tückisch aus der Finsternis hervor, als ich jetzt zu ihm hinsah.

Dabei hatte ich kurz vorher noch geglaubt, dass niemand anwesend sei im obersten Apartment des Hauses in der Willow Street. Allein und verloren war ich den langen Flur entlanggegangen, diesmal ohne Gretchens Führung. Denn ohne zu klopfen oder mich sonst wie bemerkbar zu machen, war ich eingetreten. Entweder hatte der Hausherr mich erneut erwartet oder er hatte tatsächlich die für New Yorker alles andere als typische Angewohnheit, seine Wohnungstür nicht abzuschließen. Mit der Kamera vor der Brust und einem gehörigen Kloß im Hals hatte ich schließlich den Salon betreten, der noch immer von keinem Tageslicht erhellt, noch immer in alten Zigarrenrauch und den Geruch lederner Bücher gehüllt dalag und noch immer vom Bildnis des thronenden Zeus über dem Arbeitstisch beherrscht wurde. Bevor ich zur Besinnung kam, fand ich mich auch schon im Atelier wieder, wo Gretchen wie von einem Puppenaussteller auf das Bett drapiert war und mich keines Blickes würdigte. Erst als ich mir die Kamera vors Gesicht hielt, wie um mich zu schützen vor dem Anblick ihres Körpers, der mich sprachlos machte und zittern ließ, weil ich fürchtete, zu Stein zu werden, wenn ich meine Augen nicht abwandte von ihm – da erst schaute sie zu mir hin mit ihrem strengen Divenblick, als wüsste sie selber um die Macht ihrer Augen und hätte mich aus einer grausamen Laune heraus im ersten Moment verschonen wollen. Und erst als ich mich entschied, dass es nichts werden würde mit den Fotos heute, weil ich zu sehr zitterte, weil das Licht zu diffus und ihre Gestalt zu schemenhaft blieb, bemerkte ich, dass er, Eisenstein, uns vom Türrahmen aus beobachtete.

Obwohl mir das, was in den nächsten Minuten oder Stunden passieren sollte, so klar und deutlich vor Augen steht, auch heute, zwanzig Jahre und zehntausend Meilen entfernt, kann ich mich nicht mehr erinnern, wer die Worte geäußert hatte, die nun im Raum standen. So klar und deutlich kann ich das alles wieder ins Gedächtnis holen, weil ich Wochen, Monate und Jahre später noch Tag für Tag, Nacht für Nacht daran dachte. Und das nicht so sehr, weil ich an diesem warmen Juniabend das erste Mal mit einer Frau schlief, sondern weil … nun, warum? Weil geschah, was geschah? Wie oft habe ich mich gefragt, ob mir mein erstes Mal auch so unauslöschlich ins Hirn eingebrannt wäre, wenn es unter, sagen wir, üblicheren Umständen vonstattengegangen wäre. Vielleicht mit einer Hure in Vaters Auto oder mit der Hausmeistertochter in der Garage hinter den Schneeschaufeln. Wie oft habe ich mich gefragt, ob mein lebenslanges Verhältnis zu den Frauen einfacher wäre, hätte es nicht mit diesem wunderlichen Erlebnis begonnen.

Wunderlich und unvergesslich – und trotzdem will mir nicht einfallen, wer genau damit begonnen hatte, wer sprach und wer zuhörte, wer handelte und wer abwartete. War sie es? Oder er? War ich es? Oder war es nur eine Stimme in meinem Kopf, die mir in diesem Moment des Zögerns, da ich die Kamera abgesetzt und erst zu dem rauchenden Mann im Schatten, dann zu der liegenden Frau im Licht hingesehen hatte, befahl zu tun, was ich tat? Oder hatte ich mir nur irgendwann später, in einem Traum vielleicht, ausgemalt, da habe jemand gesprochen, um die Unwahrscheinlichkeit des Geschehenen, eines schweigenden Einvernehmens in das, was passierte, abzumildern, und hatte diesen Traum dann für bare Münze genommen?

Vielleicht war ich den Worten, die mir befahlen, mich zu ihr zu setzen, gefolgt, vielleicht waren sie auch meiner Tat gefolgt. Da saß ich jedenfalls, und plötzlich, mein Körper nur noch eine Handbreit von ihrem entfernt, hatte das Zittern aufgehört wie bei einem durch die einzig richtige Geste aufgehobenen Fluch. Eine trotz der zurückgelegten Strecke noch immer wie unüberwindbar scheinende Handbreit war ich von ihr entfernt, konnte sie betrachten, all die Herrlichkeit ihres Körpers, den sie mir hinhielt, denn, ohne zu schwanken oder zurückzuzucken, blieb sie halb sitzen, halb liegen, schlug den Blick nieder, atmete schwer und wartete. Ich betrachtete sie und stellte fest, dass Gott, wenn er denn tatsächlich tot war, nicht vor allzu langer Zeit gestorben sein konnte, wenn ein solches Geschöpf existierte. Wie ein Maler, wie ein Bildhauer, wie der Architekt einer gotischen Kathedrale betrachtete ich die fehlerlose Ausführung eines meisterhaften Plans, den Bau ihres Körpers, die Maserung ihrer Haut, die marmorne Glätte ihres Gesichts, den Glanz ihrer Schultern, die feinen blonden Härchen in ihrem Nacken, diese Schicht goldbraunen Samts an ihrem Hals und die Adern darunter, die Knochen des Schlüsselbeins wie Strebebögen über der Apsis ihres Dekolletés, das Gewölbe ihres Brustkorbs. Was wohl darunter war?

Erneut befahl er mir, erneut gehorchte ich. Hob meinen Arm, als wollte er ihr einen Grashalm aus dem Haar streichen, der an ihr hängen geblieben war, als sie ein paar Stunden zuvor noch unter den Magnolien im Park gelegen hatte, doch auf halbem Weg besann er sich, zögerte und dachte daran, das Band der Kamera vom Hals zu lösen, da es doch unbequem war und störend, dann aber, endlich, fasste er Mut, überwand die letzte, unüberwindbar scheinende Hürde, endlich streckten sich seine Finger vor und empor zu dem Ort, der nun unter der Vielzahl derer, die sie hätten erreichen können, als einziger auf der Welt übrig geblieben war, und berührten die Stelle, die hinter ihrem rechten Ohr zwischen dem Ansatz des dort dunkleren, fast braunen Haares und dem Strang des Nackenmuskels frei lag. Dort kamen sie zu liegen. Verweilten dort, als fände hier alles Sehnen ein Ende, zumindest für einen Augenblick. Dann erkundeten sie weiter, was zu erkunden war, fühlten, was zu fühlen war, den Nacken, die Kurve zwischen Hals und Schultern, fühlten die Konturen der Haut, das Ohrläppchen, die Wange, die Stirn, die Wurzel der Nase zwischen den Augenbrauen, das Augenlid, die Wimpern, die Schläfe, den kurzen durchsichtigen Flaum dort, die eigensinnige Oberlippe, die weiche, keinen Widerstand leistende Unterlippe, die Kehre des Kinns, den Panzer des Kehlkopfs, den Ansatz der Wirbelsäule unter dem Schädelknochen, die Schulterblätter, die Muskeln ihrer Brust, ihr sanftes Beben.

Seine Finger fühlten ihren ganzen Körper, seine Hände erfassten sie, seine Arme ergriffen sie. Sie ließen es geschehen, vergaßen die Zeit.

7

Wie ich nach Hause kam, weiß ich nicht mehr. In der Nacht fand ich mich in meinem Bett wieder, seit Stunden wach und an die Zimmerdecke starrend. Oder hatte ich doch geschlafen? Die Bilder dieses Abends ließen mich nicht los. Gretchens Torso dreht und wendet sich im Schein des Abendlichts, das durch den Vorhang ins Atelier strömt, ihre Haare sind ein Fluss aus Malven und Himbeeren über meinem Gesicht, rechts und links neben meinen Kopf legt sie die zierlichen Arme, so schlank wie die einer Mittelschülerin. Ihre Fersen halten meine Schienbeine, ihre Schenkel drückt sie gegen meine Hüften, ihr Becken zuckt über meinem. Ihre Augen sind ohne Halt, ihr Blick ist weich, ihr Mund halb geöffnet. Ich meinte, ihren Geruch noch an mir zu haben, den Duft ihrer Haut, den Duft ihrer Ellbogen und Achselhöhlen, das Parfum auf ihrem Brustbein, das Shampoo in ihren Haaren, das Aroma ihres Schoßes, das Hauchen ihres Mundes, ihren tiefen Atem – all das glaubte ich an mir selbst wahrnehmen zu können. Und zwischendurch war da auch immer wieder der Duft von alten Büchern und Zigarren, den ich längst verschwunden wähnte, untergegangen in dem Übermaß an neuen, verwirrenden Reizen. Ich spürte allein mit mir selbst ihre Berührungen: Ihre Hände gleiten meinen Hals empor, ich befühle ihre Rippen, fasse ihre Brüste, ergreife ihre Hüften. Als wäre meine Handfläche ein Gesicht, als hätten meine Fingerkuppen Augen. Sie können sie sehen.

Inmitten all dieser Bilder sehe ich ihn noch heute, sah ich ihn in der Nacht, sah, wie er uns zusah. Inmitten all dieser Erinnerungen meiner Sinne steht er. Steht in seinem Höhleneingang, schweigt, raucht und schaut. Still, ohne zu atmen. Und wir finden es nicht unerhört. Wir fühlen uns geborgen. Die Scham unserer Nacktheit ist aufgehoben im Schutz seines Blickes.

Auch in den folgenden Nächten spürte ich nach, was ich erlebt hatte. Ich sah, roch, schmeckte, hörte, berührte sie, machte aus diesem einmaligen, nie wiederkehrenden Moment eine Kette immer gleicher, immer befriedigenderer Empfindungen, verlängerte sie künstlich, berauschte mich an meiner Macht, das Vergangene wieder und wieder hervorholen zu können, seinen Fluss nicht den natürlichen Weg gehen zu lassen, sondern ihn zu stauen und zu lenken, wohin ich wollte, ihn zu zwingen, mir dienstbar zu sein, wann immer es mir beliebte. Ich schlief kaum.

Und so gab ich mich dem Träumen von diesem Mädchen hin. Morgens fuhr ich meilenweit gedankenlos durch die Stadt und landete schließlich an der New Jersey Turnpike, ohne zu wissen, wie ich dort hingekommen war. Als ich auf dem Parkplatz des Schlachthauses von Yonkers die Arbeiter Rinderhälften an mir vorbeitragen sah und an Gretchens Becken denken musste, begann ich mich zu schämen. Ich schämte mich, wie ich mich Jahre zuvor beim Masturbieren geschämt hatte. Ich schämte mich dafür, im Besitz einer solchen Macht zu sein und sie ganz nach Belieben ausnutzen zu können. Niemanden musste ich fragen, niemanden um Hilfe bitten. Ich war in dieser schlaflosen Woche endlich frei zu fühlen, was ich wollte, und die neue Freiheit ließ mich schaudern.

Doch als nach ein paar Tagen und Nächten der Reiz der Erinnerung schließlich doch nachließ, verstand ich, wie die Dinge liefen. Ich war süchtig geworden. Es dauerte allerdings noch eine Woche, bis ich verstand, wonach.

Am Wochenende fuhr ich raus zu meinen Eltern. Ich wollte die Abgeschiedenheit von Sullivan County nutzen, um endlich mit meiner Leseliste voranzukommen. Hawthorne lesen, die Reiseberichte der Siedler, vielleicht Emerson. Das erzählte ich ihnen zumindest, und fast wäre es keine Lüge gewesen. In Wirklichkeit aber waren die beiden Tage in meinem Elternhaus am Swan Lake und vor allem die Nächte in meinem alten Kinderzimmer ein Versuch, den Kampf gegen die Sucht aufzunehmen.

Der Versuch, den Reiz des Erlebten für immer aus meinem Gedächtnis zu tilgen.

»Bist du nicht auch der Meinung, dass Manieren heutzutage ungemein überschätzt werden, Gittel?«, fragte mein Vater beim Abendbrot. Er stellte den rechten Ellbogen auf den Tisch, legte seinen Kopf auf die Handfläche und sah meine Mutter mit großen Augen an. Offenbar war er über meine saloppe Haltung erbost und äffte mich nach, denn ich saß in mich versunken und abwesend da, doch wie so oft hatte sich in seine Rage ein Funken Spott geschlichen, eine Art Augenzwinkern, das sich in seiner Stimme wiederfand.

»Warum haben wir dich überhaupt auf die besten Schulen des Landes geschickt, mein Sohn?«

Darüber mussten wir beide lachen, denn weder hatten meine Eltern mich auf die besten Schulen des Landes geschickt, noch nahm einer von uns an, dass man in diesen Tagen dort bessere Manieren hätte lernen können als die, die meine Mutter und mein Vater ihren beiden Söhnen unter großem Aufwand beigebracht hatten. Man bringt es nicht vom armen Einwanderer zum angesehensten Architekten der Gegend durch Nachlässigkeit und Pfuscherei. »Schludern« war sein Ausdruck dafür, offenbar weil er glaubte, es sei ein jiddisches Wort.

Und tatsächlich lebten meine Eltern in dem Ehrfurcht gebietenden Haus am Seeufer wegen der Arbeit, die meinen Vater im Umkreis von hundert Meilen unentbehrlich gemacht hatte. Was er dabei jedoch regelmäßig zu erwähnen vergaß, war, dass er seit Jahren als Experte für die Planung öffentlicher Bedürfnisanstalten gefragt war und nicht für prestigeträchtige Museen und Opernhäuser, wie er es sich als junger Architekturstudent ausgemalt hatte.

Ich ließ die Hand sinken, hob den Kopf und setzte mich aufrecht hin.

»Was macht das Studium, Jonathan?«, fragte meine Mutter.

Um Zeit zu gewinnen, nahm ich einen Bissen von dem Rindfleisch, das sie uns serviert hatte.

»Ich muss mich wohl erst dran gewöhnen«, sagte ich, nachdem ich hörbar geschluckt hatte, »wie der ganze Laden läuft. Alles ist so ... anders. Die Professoren, na ja. Und die Vorlesungen ... wie man dabei was lernen soll, das hat man uns auch auf den besten Schulen des Landes nicht beigebracht. Aber das muss wohl so sein, das war vielleicht immer schon so.«

Und als ich meine beiden Eltern schweigend mit ihren Tellern beschäftigt sah, setzte ich hinzu: »Aber manchmal würde ich mir wirklich wünschen, dass wir uns mal mit etwas Lebendem beschäftigen. Ich meine, richtige Literatur, keine Bücher, die schon tot waren, als man sie schrieb. Stattdessen haben wir *so was* auf der Leseliste.« Ich hielt Hawthornes *Scharlachroten Buchstaben* hoch, den ich als Alibi auf den Stuhl neben mich gelegt und in den ich noch nicht ein Mal hineingesehen hatte.

»Na, Hauptsache, du bist schön fleißig und lernst ordentlich.«

Weit entfernt davon, etwas anderes erwartet zu haben, war ich an diesem Abend doch verärgert darüber, dass meine Mutter mir nicht zugehört hatte. Im Gegensatz zu meinem Vater, von dem ich mir das bisweilen gewünscht hätte.

»Oh, ich bin mir sicher«, warf er ein und legte sein Besteck zur Seite, »dass sie einem in New York City zurzeit eine Menge nützlicher Dinge fürs Leben beibringen.«

Ich sah auf. Mir ging der Gedanke durch den Kopf, dass er von meinen Erlebnissen der letzten Woche erfahren haben könnte und nun darauf anspielte. Doch ihn zu sehen, wie er mit beiden Händen vor dem Mund eine Höhle bildete, hörbar Luft einsog und dabei die Augen verdrehte, ließ mich verstehen, dass er, der sich schon seit Jahren über die laxer werdenden Sitten und das unverschämte Auftreten der »jungen Leute von heute« aufregte, die Lebensweise meinte, die einen Mann in meinem Alter, der seine Tage auf dem Campus der Columbia und die Nächte in SoHo und auf der Lexington Avenue zubrachte, zwingenderweise verderben musste.

»So schlimm, wie du immer annimmst, ist es gar nicht«, sagte ich, wohl wissend, dass es nicht *so* schlimm war, sondern viel schlimmer. Keine Lüge, aber auch nicht die Wahrheit über den Kerl, der doch eigentlich zu alt dafür war, jedes Mädchen anzugaffen, das in der Subway die Beine übereinanderschlägt.

Meine Mutter schüttelte nur den Kopf, wie sie es immer tat, wenn sie über ein bestimmtes Thema nicht weiter sprechen wollte, zog die Tischdecke glatt und schaufelte mir noch ein paar Kartoffeln auf den Teller.

Doch mein Vater beharrte und bestand auf der Befriedigung seiner Neugier, die er ganz für sich wohl als väterliche Fürsorge bezeichnete.

»Dann stimmt es also nicht, was man so hört über eure Generation, die alles besser machen will?«

»Wo hörst du denn so etwas?«

»Dein alter Herr ist vielleicht nicht mehr der Frischeste, aber wir leben hier ja nicht – wie sagt man? – hinter einem Stein. Ich lese, ich schaue TV ... Die Leute hier sprechen über nichts anderes mehr als über dieses Fest, das sie drüben in Bethel abhalten wollen. Dann fallen sie alle hier ein, die Gammler und Freaks mit ihren langen ungewaschenen Haaren, das reinste Chaos wird das geben ... nicht wahr, Gittel? Drüben in Liberty hat sich so ein Pärchen eine leerstehende Kirche gekauft, und jetzt machen sie ein Hippiezentrum daraus. Und was passiert? Nur Pazifisten und Vorbestrafte laufen da rum und machen die Kinder meschugge. Und kürzlich erst haben wir so eine Sendung gesehen über dieses Greenwich Village, nicht wahr, Gittel?«

Es fiel mir in diesem Moment schwerer als sonst, doch ich verkniff mir aus Weisheit oder Gewohnheit die Klugscheißerei, seinen sprachlichen Ausdruck zu berichtigen, und sagte stattdessen: »Als wenn die vom Fernsehen wüssten, wie es im Village zugeht.«

»Du scheinst es ja besser zu wissen, Jonathan. Aus eigener Anschauung gewissermaßen.«

»Ja und? Ich wohne in Manhattan, ich arbeite für mein Geld, ich führe mein Leben. Auch ich lebe nicht – wie sagt man? – *hinter einem Stein.*«

Ich wusste, meine Eltern hätten es lieber gesehen, wenn ich wenigstens nach Williamsburg gezogen wäre, zu den anderen Juden, und nicht zu den Polacken und den Spiks und Wops von East Harlem, aber die Nähe zum Campus und die unschlagbar günstige Miete dort hatten sie schließlich einlenken lassen.

»Vergiss nicht, dass deine Mutter und ich immer noch dein Studium finanzieren.«

»Dafür bin ich euch auch auf ewig dankbar. Aber ich wusste nicht, dass es bedeutet, dass ich so lange nach euren Maßstäben leben muss.«

»Es würde ja schon reichen, wenn du deine Vorlesungen ein wenig ernster nehmen würdest. Warum erzählst du uns nicht, womit du deine Tage so zubringst?«

Ich hatte geahnt, dass der Abend, im schlimmsten Fall das gesamte Wochenende zu einer Gewissensprüfung ausarten konnte, doch so schlimm hatte ich es mir nicht ausgemalt. Meine Mutter schüttelte den Kopf und reichte mir zum dritten Mal die Sauciere.

»Macht euch da bitte keine Sorgen«, sagte ich und klopfte wie zur Bestätigung auf den Hawthorne, der jetzt neben meinem kalt gewordenen Steak lag, »ich ziehe mein Studium durch.«

»Und dann wirst du Rechtsanwalt oder Richter und zahlst uns ...«, mein Vater unterbrach sich selbst, eine Kunstpause, in die nicht einzufallen wir alle gelernt hatten, »... ach nein, Richter studieren ja normalerweise nicht Literatur. Lass mich nachdenken ...«, er legte einen Finger denkerisch an die Stirn, »Literatur ... Literatur ... was kann man damit noch mal werden?«

Kurz überlegte ich, einige realistischere Berufsaussichten aufzuzählen, wie man sie uns im Studentensekretariat genannt hatte. Lehrer, Literaturprofessor, Journalist ... Doch die Art, wie mein Vater mich am Abendbrottisch bloßzustellen versuchte, machte mir bewusst, dass er nicht an einer sachlichen Auseinandersetzung interessiert war und ich daher auch nicht vorzugeben brauchte, ihn überzeugen zu wollen.

»Mit Literatur wird man zumindest kein drittklassiger Architekt, der seine Tage damit rumbringt, Klohäuschen zu entwerfen.«

Im ersten Moment befürchtete ich, er würde ausholen, um mir die verdiente Ohrfeige zu geben, doch dann merkte ich, dass er eine Sekunde lang unschlüssig, ja, unsicher dasaß, den Zeigefinger noch immer an der Stirn, bevor er sich die Serviette vom Schoß riss und sie auf den Teller schleuderte, mitten auf sein ebenfalls kaltes Steak, aufstand und wortlos den Raum verließ.

Ich sah meine Mutter mit einem Blick an, der ihr sagen sollte, dass er mich doch provoziert hatte, aber sie blickte nicht zurück, sondern bewahrte seine Serviette mit gekonntem Griff davor, zu viel Bratensauce aufzunehmen, als würde sie das jeden Abend tun.

Kurz bevor die Tür zum Wohnzimmer zuzufallen drohte, drehte mein Vater sich um und setzte noch einmal einen Fuß ins Esszimmer.

»Wenn das dabei rauskommt, wenn man seiner Heimat den Rücken kehrt, dann sollten wir überlegen, ob wir nicht lieber hätten dableiben sollen. Dann wär uns einiges erspart geblieben.«

Damit ging er. Ich aß die Götterspeise mit den Pfirsichscheiben auf, die Mutter mir auftischte, dann ging auch ich.

In den nächsten Tagen hatten wir uns nicht viel zu sagen. Wir gingen uns aus dem Weg. Mit meiner Mutter fuhr ich im neuen Wagen meiner Eltern, einem geräumigen Kaiser Darrin, für ein paar Einkäufe nach Liberty und sprach über Sam, dessen Briefe aus Saigon uns einige Tage zuvor erreicht hatten. Sam war eh der Naches der Familie, da konnte ich mir eine andere Rolle aussuchen. Obwohl er noch die Möglichkeit gehabt hatte, sich mithilfe eines Collegestudiums vor der Vaterlandspflicht zu drücken, hatte er sich freiwillig eingeschrieben und schickte nun im Abstand von zwei Wochen ein paar Seiten, in denen er in unbeholfenen Worten seine Abenteuer als Maschinenschlosser in der Navy beschrieb. Mutter antwortete ihm mit Polaroidfotos und Rosenkonfitüre. Ich half ihr ein wenig im Garten, während mein Vater auf seiner Bank am Ufer saß und auf den See hinausblickte. Ich wickelte die Läufer aus dem Flur in Teerpappe und lagerte sie für den Sommer in den Schuppen ein. Ich nahm den Hawthorne wieder zur Hand, der mir besser gefiel, als ich erwartet hatte, und doch konnte ich mich nicht recht konzentrieren. Statt des Geistes von Hester Prynne erfüllte Gretchens Gestalt die nächtliche Leere meines Kinderzimmers. Mein Plan, mit der Leseliste weiterzukommen, scheiterte grandios. Selbst auf der Rückreise am Montagmorgen, als ich drei Stunden mit dem *Scharlachroten Buchstaben* im Schoß im Zug nach Manhattan saß und doch Zeit gehabt hätte, starrte ich nur aus dem Fenster. Meine Gedanken waren gefesselt, gefangen in ihren Haaren und in seinem Blick. Beides war mir mit der Entfernung von ihr und mit den unaufhörlich länger und wärmer werdenden Tagen des Frühsommers von Sullivan County nur noch begehrenswerter geworden, begehrenswert und reizvoll bis zur Empfindung körperlichen Schmerzes.

Weit entfernt, die Erinnerung an die Willow Street abzutöten, hatte das Wochenende meine Sucht nach alldem noch verstärkt und meinen Entschluss reifen lassen, ihn wieder aufzusuchen.

8

So plötzlich, wie Gretchen in mein Leben getreten war, verschwand sie auch wieder daraus. Einmal noch traf ich sie, einmal noch schlief ich mit ihr. Dieses zweite und letzte Mal fand erneut in Eisensteins Apartment statt, doch jetzt war es nicht mehr das Licht des Ateliers, sondern der Nebel aus Bücherstaub und Zigarrenrauch im Salon, der uns beide umgab, während ich meine Erinnerung an ihren Körper auffrischte. Anders als beim ersten Mal, das keine acht Tage zurücklag und mir doch wie eine Ewigkeit her vorkam, war unser Beisammensein an diesem frühen Nachmittag nicht voll unausgesprochener Angst und Heimlichkeit, sondern wie etwas, das uns natürlich und beinahe selbstverständlich vorkam. Etwas, das unweigerlich geschah und unabwendbar war.

Fern davon, vertraut zu sein, war ihr Körper mir nun bekannter geworden. Zumindest ein bisschen weniger fremd. Das allerdings löste das Rätsel ihres bloßen Daseins kaum auf – das Rätsel, vor das mich ihre Anwesenheit noch immer stellte, ihre erneute Anwesenheit in Eisensteins Wohnung, ihre wiederholte Hingabe an mich, die von ihrer ersten Tat den Hauch des bloß Einmaligen, des Unfreiwilligen, des nur zufällig Geschehenen und im Akt bereits Bereuten nahm. So, wie es diesmal allen klar war, dass Gretchen bewusst und wollend das Abenteuer einging, das Eisenstein und ich für sie bedeuten mochten, so ging sie dieses Mal auch mit mir um, und so gestaltete sich auch unsere erneute Vereinigung: bewusst, wollend, absichtsvoll – eine besitzergreifende, fast berechnende Intimität bemächtigte sich unser in diesen nachmittäglichen Stunden.

Einen Vorwand brauchten wir nicht mehr. Eisenstein malte nicht, ich war kein Fotograf und sie kein Modell. Sie war eine Frau, und wir waren Männer. Der Salon war keine bildungsbürgerliche Bibliothek, sondern eine Lasterhöhle. Ein halbseidenes Hinterzimmer, das Zeuge unserer Leidenschaft wurde. Meine Unsicherheit wich einem unverhohlenen Begehren nicht nur nach ihrem Körper, sondern danach, mit ihm meinen eigenen verlassen zu können. Zu fühlen, was sie fühlte. Es war nicht mehr allein ihre Schönheit, die ich besitzen wollte. Es war die Vermutung einer Innenwelt, zu der ich in diesen Augenblicken und Höhepunkten – und nur in ihnen – Zutritt erhalten konnte.

Auch Gretchens Interesse an mir schien sich gewandelt zu haben. Sie zeigte eine Neugier mir und meinem schmächtigen, weißen Körper gegenüber, einen nervösen Drang danach, zu wissen, was sie mit ihm anstellen konnte, und diese Erfahrung, dass meine Glieder für einen anderen Menschen Bedeutung haben konnten, war noch etwas, das neu für mich war. Sie umschlang mich mit Armen und Beinen, zog mich an sie heran, in sie hinein, umschloss mich, hielt mich im festen Griff ihrer kleinen Hände, presste die Schenkel um meine Hüften; dann wieder stieß sie mich von sich, schlug mir auf Brust und Schulter, schob mir ihr Becken entgegen wie einen Schild, der sie vor meinen Angriffen schützen sollte, und biss mir so heftig in die Unterlippe, dass ich mein eigenes Blut schmeckte.

Doch auch ich ergriff Besitz von ihr. In dem Maße, wie ich meine Muskeln unter ihren Händen wachsen, fester werden fühlte, entdeckte ich eine zusätzliche Quelle der Lust – die Lust, die nicht mehr ausschließlich im Entdecken und in der Bewunderung des fremden Körpers bestand, sondern in der Ausübung eigener Kraft und eigenen Wollens auf ebendiesen Körper – und im Gewahrwerden seiner Reaktionen darauf. Ich zerrte an ihr, zog ihre Haare, bog ihr den Kopf in den Nacken, während sie über mir saß. Ich drückte ihr die Arme hinter den Rücken, dann wieder spreizte ich sie auf beide Seiten des Diwans, wenn ich auf ihr lag, renkte ihr fast die Schulter aus und genoss die Unsicherheit darüber, ob ihr Gesicht verzerrt war vor Schmerz oder vor Lust.

Eisensteins Anwesenheit, der hinter dem mächtigen Schreibtisch unter dem Zeus-Bild in seinen Sessel gesunken war, störte uns nicht. Wir nahmen ihn kaum wahr. Schon beim ersten Mal hatte sein stummer Blick uns beide seltsamerweise eher angespornt als verschüchtert, eher gereizt als gehindert, und doch war mir undeutlich im Hinterkopf die Vorstellung erschienen, es könnte irgendwie nicht richtig sein, was wir hier taten. Der Gedanke, ich müsste doch Scham verspüren wenn nicht vor den Augen eines fremden Mädchens, so doch vor denen eines erwachsenen Mannes, der mein Vater hätte sein können – und noch mehr die Befürchtung, das Ausbleiben dieser Scham weise auf einen schon lange geahnten psychischen Defekt hin, eine perverse Veranlagung, eine missratene Natur, die mir früher oder später zum Verhängnis werden würde. Auch in den Tagen bei meinen Eltern hatte ich diese Gedanken, trotz aller Bemühungen, sie als Überbleibsel meiner gottesfürchtigen Erziehung wegzudeuten, nicht aus meinen Erinnerungen verbannen können. Jetzt jedoch, nackt in den Armen dieses wunderschönen Mädchens liegend, fühlte ich nichts dergleichen. Weder Scham noch Verlegenheit darüber, dass ich mich nicht schämte. Weder dachte ich an die Eigentümlichkeit der Situation noch daran, was ein solches Ereignis mit meinem Leben machen würde. Ich nahm, was sie mir gab, und gab ihr, was sie wollte. Und Eisenstein sah zu.

Dann war es vorbei. Ich lag in ihren Armen, sie in meinen, nackt und eng umschlungen auf der rot-braun karierten Leinendecke, Atem an Atem, Flüstern an Flüstern, Haut an Haut. Die Sonne ging unter, ich hörte eine Musik, der Klang der Stadt schien zu verschwinden, unser Herzschlag wurde langsamer, jemand rauchte. Die Schatten wuchsen, es wurde kühler. Dann die Stille. Die Bücherwände rückten zusammen, umstanden uns wie Wächter, gaben uns Zuflucht und Obdach. Wir lagen da, die Welt war dahin, wir wollten nichts mehr.

Irgendwie verging dann die Zeit, vielleicht hatte ich geschlafen, vielleicht auch geträumt, doch die Zeit war vergangen, der Moment war vorbei.

Wir zogen uns an, schweigend standen wir voreinander im Dunkel. Dann brachte ich sie zur Tür und sah sie nie wieder. Bis zum heutigen Tag ist mir beides ein Rätsel: ihre bloße Existenz wie ihr plötzliches Verschwinden. Bis zum heutigen Tag kamen viele weitere nach ihr, und ebenso viele gingen wieder. Doch bis zum heutigen Tag vermisse ich dieses Mädchen. Ihre Schönheit, ihren Blick, ihre Finger auf meiner Haut.

Doch das wusste ich nicht, als sie von mir schied mit zwei Küssen auf die Wange und einem tiefen Blick … in meinen Adern welches Feuer, in meinem Herzen welche Glut! … ich wusste es nicht und konnte es nicht wissen, als sie lächelte und ihr Lächeln ganz mir galt, niemand anderem gelten konnte als mir, als sie aus der Tür trat und sich am Treppenabsatz noch einmal umwandte zu mir, und ich stand und sah ihr nach, sah sie im Nichts verschwinden, noch minutenlang stand ich und lauschte ihren Tritten auf den Stufen nach.

Dann machte ich mich auf den Weg zurück durch den dunklen Korridor. Ein ganzer Tag war vergangen – ein Tag, an dem ich Gretchen und Eisenstein endlich wiedergesehen hatte, und er war noch abenteuerlicher und aufregender geworden, als ich ihn mir auf dem Bett meines Kinderzimmers liegend ausgemalt hatte. Ohne in meiner Absteige Zwischenstopp einzulegen und ohne einen Gedanken an das Versprechen gegenüber meinen Eltern zu verschwenden, war ich nach Brooklyn gefahren, aus der Einsamkeit von Sullivan County ohne Umwege in die Einsamkeit seiner Höhle hinein. Ich hatte den Neunuhrzug zur Grand Central Station genommen und war, anstatt Richtung Norden und East Harlem zu gehen, bis City Hall gefahren und die letzten Meilen bis zur Willow Street zu Fuß gelaufen, in der Absicht, beim Marsch über die Brooklyn Bridge einen klaren Kopf zu bekommen. Wie fieberkrank war ich angesichts der Hoffnung, ihn wiederzusehen, angesichts der Unsicherheit, wie er auf mich, der sich seit dem Abend mit Gretchen über eine Woche nicht gemeldet hatte, reagieren würde, und angesichts der Angst, seine Tür verschlossen vorzufinden.

Doch er war da, wie immer, und wie immer stand seine Wohnungstür einen Spaltbreit offen. Vielleicht hatte ich gehofft, ihn zu überraschen, und das in einer Situation, die mein Bild von ihm zurück in die Realität holen würde – das Bild eines jüdischen Jay Gatsby, der sich als Künstler ausgab, sein Geld mit undurchsichtigen Geschäften verdiente, seine Tage mit der Lektüre kostbarer Bücher verbrachte (wenn er nicht gerade in Cafés und Diners saß und Mädchen auflauerte, die zu jung für ihn waren) und seine Nächte in schummrigen Bierkellern, zwielichtigen Clubs und auf Fifth-Avenue-Partys. Vielleicht hatte ich gehofft, ihn bloßstellen und so die Faszination, die mich ergriffen hatte, zerstören zu können, als letztes Mittel, meiner Sucht Herr zu werden.

Lautlos und schnell war ich an diesem Morgen an den Bücherregalen entlanggehuscht und in den Salon getreten. Doch die Versunkenheit, in der ich Eisenstein dort fand, verstärkte meinen Eindruck von ihm nur noch mehr. Er stand im Unterhemd vor seiner Staffelei, die er nah ans Fenster gerückt hatte, obwohl durch die Vorhänge kaum Licht fiel. In der Hand hielt er Pinsel und Palette, doch er malte nicht, sondern stand reglos da, die kräftigen Schultern und Oberarme angespannt wie ein Boxer, seine Augen auf die Leinwand geheftet. Erst als ich mich nach einigen Sekunden räuspernd bemerkbar machte, erblickte er mich, warf Pinsel und Palette auf den Schreibtisch und begrüßte mich auf seine Art. Ich empfand das Bedürfnis, ihn zu umarmen, ihm zumindest die Hand zu drücken oder von mir aus auch nur seine Füße zu berühren nach der endlosen Woche, die wir nichts voneinander gehört hatten. Doch irgendetwas an ihm, eine Aura kalter Freundlichkeit, befahl mir, mich mit der Verbeugung zu begnügen. Er wies mich zu den Diwanen in der Mitte des Raums, wo bereits zwei Gläser Portwein und eine Zigarre auf dem Tischchen bereitlagen, ich setzte mich, ließ mich fallen, sank in die Kissen, als wäre ich soeben nach Hause gekommen. Er lag neben mir wie ein Prinz aus dem Morgenland im weißen Unterhemd und steckte sich die Zigarre an. So verbrachten wir den Tag hinter blickdicht verhangenen Fenstern im Halbdunkel seines Salons, liegend, lachend, lesend, lümmelnd, Wein trinkend und uns gemeinsam mit dem Rauch ein und derselben Zigarre benebelnd. Das war unser Bed-in. Doch der Weltfrieden war uns egal, uns interessierten die Frauen.

Wir sprachen, wir aßen, wir hörten Musik. Im Schrank stand ein Mahagoni-Plattenspieler mit 78er-Drehteller. Eisenstein legte ein paar Platten auf, Klavierstücke von Beethoven und Brahms, Cellosonaten von Bach, Arien von Gluck. Ein ganzes Fach seiner Bücherschränke war für Schallplatten reserviert, doch da gab es keinen Jazz oder Swing, Folk oder gar Rock 'n' Roll. Nach Mahler sei Schluss für ihn, sagte er, neueres Zeug komme ihm nicht ins Haus. Höchstens Gershwin.

»Nenn mir einen, der das kann«, flüsterte er, während wir Kathleen Ferrier lauschten, die die Rückert-Lieder sang, »und ich fange wieder an, andere Musik zu hören.«

Als ich Wochen später seine Sammlung durchstöberte, um *Another Side of Bob Dylan* hineinzuschmuggeln, stellte ich fest, dass die neueste Scheibe in seinem Schrank *La Traviata* war, dirigiert 1960 von Carlos Kleiber, und die älteste, dirigiert von dessen Vater Erich (ein Zufall?), eine argentinische Aufnahme von *Tristan und Isolde* aus dem Jahr 1948. Zwischen diesen beiden Jahren schien für ihn alles erschienen zu sein, was zu hören sich lohnte.

Gegen Mittag holten wir Schinken und Käse aus der Küche, dazu Brot und die zweite Flasche Portwein. Diesmal gingen wir nicht vor die Tür, besuchten kein Restaurant, wir blieben zu Hause und vertrödelten die Zeit. Zeit war sowieso etwas, was in seinem Reich nicht existierte. An den Wänden keine Uhren, Stunden und Minuten verschwammen zu einer trägen Masse, die Tage fransten aus bis zur Beliebigkeit. Und doch will es mir jetzt wie ein Warten erscheinen, ein Warten auf etwas Ungeheuerliches, das geschehen musste, unabwendbar. Eisenstein berichtete von einer *Rheingold*-Aufführung in der Met, die er in der letzten Woche gesehen hatte, und einer bezaubernden jungen Sängerin, deren Namen er vorher noch nie gehört hatte. Dann erzählte er mir von den zahlreichen Todesfällen, die sich in der Geschichte der Metropolitan Opera zugetragen hatten, von Herzinfarkten auf der Bühne und Unfällen dahinter, Selbstmorden im Publikum und sogar von einem Mord.

»Vor ein paar Jahren, es war noch in der alten Met an der Neununddreißigsten Straße, fand man in einem Luftschacht unterhalb der Lobby die Leiche der jungen französischen Violinistin Renée Hague – nackt, gefesselt und geknebelt. Seit drei Tagen wurde sie vermisst, ihr Ensemble war bereits nach Paris zurückgeflogen, die Leute sprachen schon von Entführung. Doch es stellte sich raus, dass jemand sie erst getötet, dann geknebelt, dann geschändet, dann gefesselt und dann zwanzig Meter den Schacht hinuntergeworfen hatte. Seltsame Reihenfolge, findest du nicht auch?« Er lachte. »Manche munkelten, dass die Met deswegen abgerissen und neu gebaut wurde. Nicht aus Altersgründen. Den Mörder hat man bis heute nicht geschnappt.«

Ermuntert vom Alkohol begann auch ich zu plaudern und erzählte von meinem Leben seit der Ankunft in New York, von meinem Job als Ausfahrer von koscheren Schnitzeln und Hähnchenkeulen, den Vorlesungen an der Columbia und den Studentinnen dort. Eisenstein ließ sich nicht anmerken, ob er mir zuhörte oder bloß vor sich hin döste oder dem Streichquartett lauschte; wenn ich redete, hatte er die Augen geschlossen und zog hin und wieder an einer Zigarette. Er blieb mir fern. Doch er machte auch keinerlei Anstalten, mich zu unterbrechen, und so fasste ich mit den länger werdenden Schatten, die wir in seinem Salon vorüberziehen sahen, den Mut, mehr und mehr von mir preiszugeben. Ich erzählte von meiner Kindheit in den Catskill-Bergen, von meinem Bruder in Vietnam und von meinen Eltern. Als ich sagte, dass sie '33 aus Deutschland geflohen waren, schlug Eisenstein die Augen auf und sah mich an.

»Du kommst also vom Borschtschgürtel, wie? Solomon County … schöne Gegend da.«

»Solomon County?«

»Sagen die jungen Leute das heute nicht mehr? Aber *Jüdische Alpen* ist dir doch wohl ein Begriff …?«

Ich lachte.

»Ja, das sagt man noch. Unser Wagen hatte früher sogar einen Aufkleber hinten: *Mein Schloss liegt in den jüdischen Alpen.*

Und für ein paar Jahre in den Fünfzigern, kurz nach meiner Geburt, haben meine Eltern so einen kleinen Bungalow an New Yorker Juden vermietet.«

»Ein Koch-allein«, sagte Eisenstein jetzt auf Deutsch.

Und ich antwortete ihm ebenfalls auf Deutsch.

»Genau. Ein kleines Häuschen am Lebanon-See, zur Selbstversorgung. Juden haben damals oft keine Unterkunft bekommen im Staat New York, hat mein Vater mir erzählt, und da haben sie sich eben selbst beholfen. Aber mittlerweile haben die Feriensiedlungen und Zeltlager fast alle zugemacht.«

»Müssen die Juden von New York wohl wieder nach Europa ins Lager fahren …«

Mein Deutsch und meine Erfahrung darin, wie mein Vater zu reden pflegte, reichten gerade aus, dass mir die Zweideutigkeit von Eisensteins Satz bewusst wurde, doch ich kannte ihn noch nicht gut genug, um zu wissen, ob sie genau so beabsichtigt war oder einfach nur sprachlicher Unbeholfenheit oder einer doppelsinnigen Übersetzung des Wortes *camp* geschuldet.

Bevor ich ihn darauf ansprechen konnte, schmunzelte er und wechselte wieder ins Englische: »Wenn uns heute eine Fahrt nach Übersee genauso viel kostet wie drei Stunden mit dem Auto nach Norden, in welch gelobtes Land sind wir dann endlich gekommen! Uns wurde wahrlich nicht zu viel versprochen. Gott segne Amerika!«

Ich bewunderte seine Bibliothek, staunte über die zahllosen Bücher in ihren roten, braunen, schwarzen Ledereinbänden und fragte ihn, ob er sie je gezählt habe. Er verneinte, und so gingen wir durch das Apartment und schätzten sie zusammen auf mehr als fünftausend. Die Bücher verdeckten die drei fensterlosen Wände des Salons auf gesamter Länge und dreieinhalb Meter hoch bis unter die Decke, sie stapelten sich neben der Tür zum Bad, der Korridor war ein einziger langer Büchertunnel, und selbst in der Küche lagen welche auf dem Kühlschrank. Nur die Wand mit den beiden Fenstern zur Willow Street und das Atelier nebenan waren bücherfrei. Hier gab es keine Pflanzen, wie in anderen Wohnungen, keinen Gummibaum und keine Orchidee, nicht einmal einen Topf Kresse in der Küche. Hier gab es kein Grün und keine frische Luft, keine Marmorbüsten oder sonstiges Zeug, das Platz gekostet hätte – dieses Reich gehörte den Büchern.

Eisensteins Privatbibliothek kam mir schon an diesem ersten von vielen Tagen, die ich nun von den frühen Morgenstunden an bis in die Nacht hinein bei ihm verbringen sollte, tadellos und vollendet vor. Nicht nur Qualität und Zustand der Bände, auch die Auswahl der einzelnen Titel und ihre Ordnung waren außerordentlich. Obwohl ich nicht ansatzweise alle Aufschriften lesen konnte und von denen, die ich las, nur teilweise gehört hatte, wusste ich, ich stand vor einer kostbaren Sammlung, die ein sehr begüterter Mann über Jahrzehnte aufgebaut haben musste. Wäre die Welt um uns herum untergegangen und wären nur diese fünftausend Bände gerettet worden, man hätte mit ihnen das Gedächtnis der Menschheit erneuern können.

Wir standen vor den Wänden wie vor Gemälden in einem Museum, und wir rauchten und tranken nach Lust und Laune.

»Man muss mit den Büchern leben«, sagte er, »sonst ist es sinnlos, sie zu besitzen.«

Sein Umgang mit den Büchern war alles andere als sakral. Da lag schon mal eine hundert Jahre alte Ausgabe des Nibelungenlieds zwischen Weinflasche und Schinken auf dem Küchentisch, wie auf den Stillleben eines barocken Malers. Niemals habe ich ihn einen Handschuh überziehen sehen, wenn er einen alten Band aus dem Regal nahm. Manchmal las er wie ein Zweitklässler mit dem Finger auf der Seite. Am Ende des Tages hatten wir zahlreiche Bücher auf dem Boden des Salons und auf den Diwanen verstreut, doch als ich am nächsten Morgen wiederkam, standen sie alle wieder wohlgeordnet an ihrem Platz. Da waren die Klassiker der großen Literaturen der Welt, von Homer und Hesiod, Ovid und Vergil bis zu Gogol und Kafka. Der *Beowulf* und der *Rosenroman*, Dante, Petrarca, Cervantes, Shakespeare und Goethe, der *Talmud*, die *Thora*, die *Bibel*, der *Koran*, das *Gilgamesch-Epos*, die *Upanischaden*, der *Pali-Kanon*,

Konfuzius und Laotse, die *Märchen aus Tausendundeiner Nacht*, das *Buch der Könige*, die *Historien* von Herodot und Cäsar und Tacitus, Horaz, Cicero, die lateinischen Theaterschreiber, philosophische Texte von Platon bis Kierkegaard und Wittgenstein, naturwissenschaftliche Klassiker wie Keplers *Neue Astronomie*, Darwin, Sigmund Freud und Egon Friedell und solche, deren Namen und Verfasser ich damals noch nicht kannte. Die meisten waren in Englisch geschrieben und viele in Deutsch, doch daneben unzählige in Latein, Griechisch, Hebräisch, Sanskrit, Arabisch, Chinesisch, Japanisch, in Französisch, Italienisch und Spanisch und anderen mir fremden Sprachen. Die Frage, ob Eisenstein jedes von ihnen gelesen hatte, konnte ich mir daher verkneifen – wie sollte es möglich sein, in einem einzigen Leben mehr als fünftausend Bücher in über zwanzig Sprachen zu lesen?

Es war die vollkommene Bibliothek, das vollkommene Denkmal menschlicher Vorstellungskraft und Inspiration, und nichts, was ich in späteren Jahren sah, sollte mir wertvoller erscheinen als dieses Reich, in dem die Zeit stillstand.

Ich erzählte ihm, halb lachend, halb erregt durch die Beschämung, die mich überkam, von meiner eigenen kleinen Sammlung. Ich musste sie nicht schätzen, denn es waren jene sieben Ausgaben, die da in meiner Harlemer Bude auf dem Brett neben dem Fenster standen. Ich schämte mich nicht, denn obwohl meine Bibliothek nicht den Namen verdiente und mir neben seinen Prachtexemplaren vorkam wie ein paar in Lumpen gehüllte Bettlermädchen neben einem Harem voller reich geschmückter Schönheiten, war ich doch stolz auf sie. Ich hatte sie alle gelesen, manche fünf oder sechs Mal, ich wusste genau, in welcher Anordnung sie standen, hatte einsame Nächte mit ihnen verbracht und konnte mich bei einer jeden von ihnen erinnern, wo ich sie zum ersten Mal in die Hand genommen hatte. Manche hatte ich von weit her mitgebracht. *Der Graf von Monte Christo*, dessen Seiten noch immer gewellt waren, weil ich ihn (zwölf war ich) an den Niagarafällen gelesen hatte, sogar unten auf dem Passagierschiff, während meine Eltern Arm in Arm ihre zweiten Flitterwochen erlebten und mein Bruder am Heck die Provinzmädchen anflirtete. Jules Vernes *Die Geheimnisvolle Insel*, Leinen mit schreiend gelbem Umschlag, die ich eines Sommers für zwei Dollar bei einem Strandbouquinisten am Cape Cod erstanden hatte. Noch immer rollten die Sandkörner aus ihren Seiten. Jack Londons *Wolfsblut* und *Ruf der Wildnis* in einer Doppelausgabe, meinem Bruder aus dem Schrank geklaut, denn dort verstaubte sie seit Jahren ungelesen hinter den Micky-Maus-Heftchen. Die Originalausgabe von Kästners *Emil und die Detektive*, da träumte ich meinen Bruder und mich hinein, ins Berlin der zwanziger Jahre, wie wir Fälle lösten und Verbrecher zur Strecke brachten. Meine Tante aus München hatte sie mir geschenkt, als sie bei uns zu Besuch war. Ich war zehn und unheimlich stolz darauf, dass ich Deutsch nicht nur verstand, wenn meine Familie es sprach, sondern dass ich auch lesen konnte, was jemand vor Urzeiten in einem so fernen Land auf der anderen Seite der Welt geschrieben hatte.

Das waren die vier aus meinem Kinderzimmer. In New York kam Nietzsches *Zarathustra* hinzu, ins Englische übersetzt von W. Kaufmann, denn auf Deutsch war Nietzsche in keinem Buchladen der Stadt zu finden gewesen – drei Mal gelesen und nie verstanden. Dann *Wendekreis des Krebses*, ein abgegriffenes schwarzes Taschenbuch, für einen viel zu hohen Preis von einem Typen bekommen, einem bärtigen Glatzkopf, der aussah wie Allen Ginsberg und sich immer auf dem Campus rumtrieb, bei allen bekannt dafür, mit allerlei Dingen zu handeln, die für einen ordentlichen Studenten lebensnotwendig waren. Und schließlich, im Frühling dieses Jahres, weil seit Wochen alle davon sprachen, hatte auch ich nicht widerstehen können, war an meinem zwanzigsten Geburtstag in den Buchladen an der Lexington Avenue gegangen, hatte meinen Ausweis gezeigt und das Buch gekauft, von dem ich hoffte, dass es mir eine Therapie ersparen würde: *Portnoys Beschwerden*.

»Seit ich das gelesen habe«, sagte ich, »weiß ich, dass ich Schriftsteller werden will. Was sonst soll ich tun?«

Eisenstein grinste mich an.

Das waren sie, meine glorreichen sieben Geliebten. Als Allerletztes dazugekommen war nun meine Erwerbung aus dem Antiquariat, Emersons Essays. Wenn die Welt untergegangen wäre und nur sie nicht, hätten sie dem Gedächtnis der Menschheit zwar nur sehr vage auf die Sprünge helfen können, aber den Überlebenden doch eine Menge Vergnügen bereitet. Mehr waren bislang nicht dazugekommen. Mein bisschen Geld wollte ich lieber für Frauen und gefüllte Tacos in Pedro's Diner ausgeben, dachte ich und lieh mir die Bücher fürs Studium in der College-Bibliothek aus. So wie den Hawthorne, den ich an diesem Tag von Solomon County heruntergefahren hatte.

Ich holte zwischen den Seiten des *Scharlachroten Buchstaben* meine Leseliste hervor und zeigte sie Eisenstein – die hundert Titel vornehmlich englischer, aber auch klassischer griechischer und lateinischer, französischer, spanischer und deutscher Literatur, die man uns am College ans Herz gelegt hatte.

»Dies sind die hundert maßgeblichen Werke«, hatten sie uns in feierlichem Ton eröffnet, »ohne die kein Literaturstudent auskommen kann. Das ist Weltliteratur. Lest sie, bevor ihr ins fünfte Semester kommt, danach wird es zu spät sein.« Es war eine im wahrsten Sinne klassische Liste, deren Titel sicherlich ohne Ausnahme in diesem Raum versammelt waren, und so nahm ich an, dass sie ihm gefallen würde.

Doch Eisensteins Errol-Flynn-Lächeln verschwand, als er sie sich ansah. In seinen Augen las ich Verwunderung, fast Verärgerung. Doch er war nicht etwa, wie viele meiner Kommilitoninnen, empört darüber, dass von den fünf Büchern auf der Liste, die von Frauen geschrieben wurden, vier mehr als hundert Jahre alt waren (*Middlemarch*, *Stolz und Vorurteil*, *Jane Eyre* und *Onkel Toms Hütte*), dass also Emily Dickinson nur zwischen fünf Männernamen in Klammern stand (hinter *Amerikanische Lyrik des 19. Jahrhunderts*) und etwa Mary Shelley, Virginia Woolf, Harper Lee oder Flannery O'Connor nicht aufgeführt waren. Seine Empörung galt auch nicht der Tatsache, dass schwarze Autoren gar nicht zu existieren schienen, kein Langston Hughes oder Richard Wright, nicht einmal der ältere

Alexandre Dumas, oder dass die Liste so unverhohlen europäisch-amerikanisch daherkam. Es war etwas anderes.

Er las fünf Namen langsam und betont vor: »Thomas Stearns Eliot. Ezra Pound. Fjodor Michailowitsch Dostojewski. Louis-Ferdinand Céline. Knut Hamsun.«

Er schwieg, offenbar auf eine Reaktion meinerseits wartend.

»Dir fällt nichts auf?«

Ich schüttelte den Kopf.

»*Die Ratten sind unter den Pfählen, die Juden sind unter dem Bau, Geld in den Pelzen*. Das ist von Eliot. Und hat Pound nicht gesagt, der Jude hat den Zweiten Weltkrieg verursacht? *Der Herr ganz Europas ist der Jude und seine Bank*. Dostojewski. Von Céline und Hamsun will ich gar nicht reden.«

»Aber die Bücher selber, das ist eben Weltliteratur«, verteidigte ich halbherzig meine Professoren. Ich verstand seine Aufregung nicht, denn ich war mir sicher, unter den Exemplaren seiner Bibliothek auch einen Dostojewski oder Hamsun gesehen zu haben. »Wenn die Autoren sich verrannt haben, hat das doch mit ihren Werken oft nichts zu tun. Das muss man eben trennen.«

»Verrannt, sagst du. Das waren keine Kinder, Jonathan. Da könnte man genauso gut sagen, der Pharao hat sich nur ein wenig ›verrannt‹, als er sich die Israeliten jahrhundertelang als Sklaven hielt.«

Eisenstein schüttelte den Kopf, ließ die Liste zu Boden gleiten, schloss die Augen und sank gleichzeitig tiefer in die Kissen des Diwans. Er atmete durch, dann begann er wieder so leise zu reden, dass ich ihn kaum verstand: »Kein schwarzes Bewusstsein, keine Befreiung der Frau, keine Sozialisten, okay. Damit kann man leben, die Zeiten ändern sich, und so was braucht anscheinend seine Zeit. Aber gleich fünf Judenhasser auf einer Leseliste für die künftige Elite des Landes?«

Mit diesen Worten sprang er auf, verschüttete um ein Haar den Portwein, ging zum Regal und zog mit rascher Hand ein Exemplar heraus. Er blätterte.

»Hier. Der Juwelier Issai Fomitsch Bumstein.« Er hatte eine

Stelle gefunden und las: »*Mein Gott, was war er doch für ein spaßiger und drolliger Mensch! An die fünfzig Jahre alt, schwächlich, voller Runzeln, mit schrecklichen Brandmalen an der Stirn und an den Wangen, schmächtig, mager, mit der weißen Hautfarbe eines Hühnchens. In ihm war ein komisches Gemisch von Naivität, Dummheit, Verschlagenheit, Frechheit, Einfalt, Schüchternheit, Prahlsucht und Unverschämtheit.* Wieder Dostojewski. *Aufzeichnungen aus einem Totenhaus.*«

Eisenstein schlug das Buch so fest zu, dass ein Staubwölkchen emporstieg.

»Das ist ein Zeichen, verstehst du, Jonathan! Was sollen all eure Proteste, wenn sie nicht einmal dazu führen, dass die Fakultät ihre Leselisten überdenkt?«

»Ich habe nicht protestiert«, sagte ich. »Ich war wütend auf die Idioten vom Studentenausschuss, die im Mai das Sekretariat blockiert haben, genau an dem Tag, als ich nach New York kam, sodass ich mich nicht einschreiben konnte und deswegen ein ganzes Semester später anfangen musste.«

»Vielleicht lag es ja an dir«, sagte er und schlug die Augen wieder auf. »Vielleicht hast nur du gefehlt, um die Proteste zu einem Erfolg zu machen, sodass keine Antisemiten und Faschisten mehr auf dieser Liste stehen. Man kann nie wissen, was ein einzelner Mann erreichen kann, wenn er nur überzeugt von seiner Sache und zielstrebig genug ist.«

Er schenkte uns erneut ein. Jetzt lächelte er wieder, sein Zorn schien verflogen. Ich schwieg.

»Stell dir vor, Jonathan: Vor nicht allzu langer Zeit hättest du in diesem Land nicht mal studieren dürfen. An den Universitäten gab es Zulassungsbeschränkungen für Leute wie dich und mich. In Harvard betrug die Quote zehn Prozent, obwohl fast die Hälfte der Bewerber jüdisch war. Und weißt du, wie der Präsident von Harvard das begründet hat? ›Das beste Mittel für weniger Antisemitismus ist ganz einfach: weniger Juden.‹ Vor ein paar Jahrzehnten noch hättest du in diesem Land mit Vorsicht auf die Straße gehen müssen, wenn sie Ostern gefeiert haben. *Juden haben unseren Gott getötet!* stand an den Kirchentafeln, ich hab's gesehen. Diese Zeiten sind fürs Erste vorbei, aber solche Autoren«, er winkte mir mit dem Dostojewski zu, »werden immer noch gelesen.«

»Aber auch hier stehen sie doch im Schrank«, wandte ich ein. Und all die anderen Autoren, die er Judenhasser nannte, beherbergte er natürlich auch in seiner Bibliothek, wie ich später feststellen sollte: Gustav Freytag, Gogol, Edith Wharton und natürlich Martin Luther.

Er schmunzelte verlegen, als hätte ich ihn beim Diebstahl von Süßigkeiten ertappt. »Du hast recht, ich bin der Allerschlimmste von ihnen. Ich habe vor langer Zeit einmal versucht, alles auch nur irgendwie Zweifelhafte von hier zu entfernen, doch dann stellte ich fest, dass ich bei Shakespeare hätte anfangen müssen, und ließ es gut sein.«

Er stellte den Dostojewski wieder ins Regal zurück, schlenderte ein paar Meter weiter und zog einen anderen Band hervor, einen roten mit goldener Beschriftung.

»Wenn du rätst, von wem es ist, hab ich eine Überraschung für dich.«

Erneut blätterte er, dann tippte er auf eine Stelle und las: »*Im Frühling mag ich gern im Grünen weilen, und Einsamkeit mit einer Freundin teilen, und einem Kruge Wein. Mag man mich schelten: Ich lasse keinen anderen Himmel gelten.*«

»Dostojewski ist es nicht ...«

»Da bist du schon mal einen Schritt weiter.«

»Goethe?« Was mochte das für eine Überraschung sein?

»Knapp daneben. Sieh her ...« Er kam zu mir, reichte mir das Buch und zeigte auf eine Stelle auf dem Titelblatt. Ich las meinen eigenen Namen.

»Vielleicht war das dein Urgroßvater – wer weiß das schon?«

Ich hielt das Buch in Händen und setzte mich auf. Es war von einer leichten Staubschicht bedeckt und an den Seiten abgegriffen. Auf der Vorderseite stand auf Deutsch in goldenen Buchstaben inmitten eines reich verzierten orientalischen Wappens: *Die Sinnsprüche Omars des Zeltmachers*, und auf dem Titelblatt: *Aus dem Persischen übertragen von Friedrich Rosen. Berlin 1922.*

Ich war begeistert und wollte weiter darin stöbern, wollte nachsehen, was mein möglicher Vorfahr geschrieben hatte, doch Eisenstein nahm mir das Buch wieder aus der Hand und legte sich auf seinen Diwan.

»Das ist das berühmte *Rubaiyat* des Omar Khayyam. Elftes Jahrhundert, Persien. Und dies ist eine der beiden Übersetzungen, die ich davon habe. Die bessere. Der Übersetzer, dieser Friedrich Rosen, war übrigens Außenminister des Deutschen Reiches, Vorgänger von Walther Rathenau.«

Doch ich hatte von beiden Namen noch nie gehört und dachte, wenn wir einen echten deutschen Außenminister in unserer Familie gehabt hätten, hätte mein Vater sicherlich jeden Tag beim Abendessen darauf angespielt.

»Wer weiß«, sagte Eisenstein, schlug das Buch auf, stellte es auf seine Brust und blätterte.

Eine ganze Weile las er mir und sich die Vierzeiler von Omar dem Zeltmacher vor, die meiste Zeit ging es darin um Mädchen und Wein. Er las gut, leise und langsam, doch melodisch und in einem makellosen Deutsch, wie ich es von meinem Vater kannte. So hatte auch er mir vor langer Zeit vorgelesen, wenn ich krank im Bett lag. Wir tranken weiter. Irgendwann schloss er das Buch sanft und ließ es auf seinem Herzen ruhen.

»In all den Jahren«, sagte er, »habe ich nicht rausgefunden, worauf es mehr ankommt im Leben: ein Mädchen zu verführen oder ein gutes Buch zu lesen. Ich finde einfach keine Antwort. Dabei ist das doch die wichtigste Frage im Leben eines Mannes.«

Ich hatte die Augen geschlossen und sah Gretchen vor mir tanzen. Ich musste dringend aufhören zu trinken.

»Ich weiß nicht«, sagte ich. Meine Zunge fühlte sich schwer und langsam an. »Beides kommt mir verführerisch vor.«

Eisenstein hatte sich leise erhoben, als wollte er mich nicht aufwecken, und war zu seinem Schreibtisch gegangen.

»Ich glaube«, sagte er, während er auf seinem Sessel Platz nahm, »das Geheimnis ist, nie in die Situation zu kommen, sich zwischen beidem entscheiden zu müssen. Solange beides geht, ist das Leben kein Irrtum.«

9

Ich weiß nicht mehr, ob sie genau mit diesen Worten eingetreten war, doch plötzlich stand sie vor mir, in der Mitte zwischen den beiden Diwanen, im Bücherstaub und Zigarrennebel. Sie trug ein weites, weißes T-Shirt und kurze Jeans, ihr rötliches Haar schimmerte im spärlichen Licht, sie lächelte und sah mich an. Ich wollte aufstehen, doch sie setzte sich neben mich auf den Diwan und legte ihre Hand auf meine Brust. Dann beugte sie sich über mich und gab mir einen Kuss.

Ich hatte zwar nicht erraten, von wem das Gedicht gewesen war, aber eine Überraschung hatte er trotzdem für mich.

Stunden später, als ich sie zur Tür gebracht hatte, durch den Korridor wankte und den mit der diffusen Trübheit eines Aquariums erfüllten Salon betrat, den Kopf leer und voll zugleich wie nach einem heftigen Rausch, jedes klaren Gedankens unfähig und belagert von tausend Bildern der vergangenen Augenblicke, kauerte Eisenstein noch immer hinter dem Schreibtisch. Keinen Zentimeter hatte er sich bewegt, soweit ich ihn im Halbdunkel ausmachen konnte, hinabgeglitten war er und versunken in die pechschwarzen Polster des Sessels, die Ohren auf Höhe der Armlehnen, den Kopf zwischen die Schultern gezogen, sodass sein sonst imposanter Körper wie der eines schmächtigen Kindes wirkte. Und doch nahm sein Gesicht nun einen anderen Ausdruck an. Hatte Eisenstein zuvor in sich gekehrt gewirkt, unbeteiligt wie der vornehme Betrachter eines Kunstwerks, eines Happenings, das Gretchen und ich vor ihm veranstalteten, so war sein Blick jetzt, da er mit mir allein war, von einer klinischen Neugier und einer Indiskretion, als müsste er unbedingt erfahren, wie ich das angestellt hatte, was er soeben gesehen hatte. Als gäbe es da etwas zu erfahren …

Unschlüssig stand ich mitten im Raum und sah auf das wenige, was ich von ihm erspähen konnte, hinab – seine weißen Finger, ein glimmendes Zigarettenende dazwischen, die halb offenen Lippen. Seine schwarzen Augen funkelten mich aus der Dunkelheit an, ein Raubtier in seiner Höhle.

»Und?«

»Was, und?«

»Und … wie war es?« Er flüsterte.

»Wie war … was?«

Meine Beine begannen zu zittern. Die ungewohnten Anstrengungen der letzten Stunde machten sich bemerkbar. Ich war hungrig und übersättigt zugleich.

»Mein Gott, Johnny, stell dich nicht dümmer, als du bist. Nun sag schon.«

Ich ließ mich auf den Diwan fallen, dorthin, wo ich eben noch neben Gretchen gelegen hatte, und lehnte nun halb aufrecht mit dem Kopf an der Armstütze, sodass ich Eisenstein nicht mehr sehen konnte.

»Sagen? Was soll ich sagen?«

»Erzählen sollst du, verdammt!«

Sein Flüstern war einem ungeduldigen Zischen gewichen.

»Wovon soll ich erzählen, du warst doch dabei? Was soll ich erzählen, was für dich neu wäre? Hast du nicht die ganze Zeit dort gesessen und alles gesehen?«

»Gesehen, Jonathan, ich habe gesehen. Aber war ich deswegen schon dabei? Hab *ich* mit ihr geschlafen? Hab *ich* sie berührt? Noch lange nicht. Nur *du* warst dabei, Jonathan. Bin ich etwa du? Bin ich in deinem Kopf, bin ich in deinem Körper? Ich will einfach, dass du mich teilhaben lässt. Erzähl mir von ihr, von ihrem Körper, von ihren Bewegungen, ihrem Duft, ihrer Haut. Erzähl mir von deinen Empfindungen, von allem, was du gefühlt hast. Lass es mich fühlen, Jonathan, lass mich fühlen, was wirklich geschehen ist. Erzähl mir, wie es war.«

Ich stockte. Seine Stimme war lauter geworden, sein Tonfall ernster, als ich es von ihm gewohnt war, und mir war, schon bevor das dritte »Jonathan«, diesmal ganz deutsch, mich endgültig an die strenge Anrede meines Vaters erinnerte, als hätte er für einen Moment vergessen, den fremdländischen Akzent seiner Wörter zu verschleiern.

»Die Inspiration ist mir gerade nicht gewogen, glaube ich.«

»Dann musst du ihr Herr und Meister sein.«

Er ließ nicht locker.

Ich stotterte herum. Ich verstand nicht. Er hatte es doch gesehen, was gab es noch zu erzählen? Ich wusste nicht, wie das ging, mit bloßen Worten in ihm etwas lebendig werden zu lassen, was zuvor in mir lebendig gewesen war.

»Ich … weiß nicht, was ich sagen soll.«

Er schrie nicht, aber der ganze Raum war jetzt von seinen Worten ausgefüllt.

»Was soll das heißen, ›Ich weiß nicht, was ich sagen soll!‹?«

Er hatte den ersten Teil seines Satzes auf Deutsch gesprochen und nur meine Worte auf Englisch wiederholt. Ich stotterte erneut irgendwas, begann darüber zu philosophieren, dass doch jedes Erleben einmalig ist und unbeschreiblich und dass jeder Mensch einzigartig ist und die Dinge anders wahrnimmt als sein Nachbar. Und dass Wörter, die menschliche Sprache, doch gar nicht dafür gemacht seien, den Reichtum des flüchtigen Moments wiederzugeben.

»Wie zum Teufel willst du jemals Schriftsteller werden, wenn du das nicht kannst? Weißt du was?« Er war jetzt sehr laut geworden und fügte auf Deutsch hinzu: »Du leidest an Impotenz, Jonathan. Beschreibungsimpotenz.«

Dann war alles still, bis auf seinen Atem hinter mir. Etwas bewegte sich, er war offenbar aufgestanden. Ich hörte seine Stimme, zum letzten Mal an diesem Abend. Er hatte endgültig ins Deutsche gewechselt und flüsterte wieder, in fast singendem Ton, als zitiere er aus einem alten Buch.

»Wenn du mir nichts erzählen willst, dann weiß ich nicht, warum du überhaupt hergekommen bist.«

Ich drehte mich um und sah seine dunkle Gestalt hinter dem Schreibtisch hervorkommen. Er ging zur Ateliertür, öffnete sie und stand nun im letzten Abendlicht, das aus dem Zimmer zu uns drang.

»Dann kannst du auch gleich gehen«, sagte er, warf die Tür hinter sich zu und ließ mich allein.

Nach ein paar Minuten völliger Stille stand ich auf und nahm meine Sachen. Bevor ich den Salon verließ, trat ich vor die Staffelei neben dem Schreibtisch und drehte die Leinwand zu mir. Sie war weiß.

Dann ging ich, vorbei an all den Büchern, durch den Korridor, trat ins Treppenhaus und hörte die Apartmenttür hinter mir ins Schloss fallen.

10

Und seine Tür blieb zu. Drei lange Tage traute ich mich nicht mal in die Nähe der Willow Street, und als ich schließlich doch hinging, war niemand da. Zum ersten Mal stand ich dort oben auf dem letzten Treppenabsatz vor verschlossener Tür, als wäre sie nun, da ich sie einmal geschlossen hatte, nie wieder zu öffnen. Und so war es auch die nächsten beiden Male: Ich wartete, ich atmete flach, ich klopfte, ich lauschte, und keiner machte auf. Mich überkam die Angst, er könne ausgezogen sein oder für längere Zeit verreist, und das wäre es gewesen mit unserer Bekanntschaft und meinem definitiven Sommer. Am Montagvormittag aber, unverhofft, war die Tür wieder angelehnt gewesen, und ich fand Eisenstein im Salon, auf einem der Diwane liegend. Er empfing mich, ohne sich zu erheben. Er legte die gezwungene Liebenswürdigkeit des blasierten Weltmannes an den Tag und tat so, als wäre nie etwas gewesen. Während im Hintergrund die Callas sang, schenkte er mir lächelnd und rauchend Portwein ein, und schließlich lagen wir wieder nebeneinander und plauderten über den *Grafen von Monte Christo*, Emersons Essays und Dostojewski.

Die Tage dazwischen aber, die Zeit meiner Vertreibung, waren süß und melancholisch und unerträglich gewesen. Ich las nicht, ging nicht zu den Vorlesungen, streunte nach der Arbeit auf dem Campus herum und lief ein paar trällernden Mädchen in pinken Miniröcken hinterher, den nicht länger braven Töchtern aus Belleville und North Bergen. Doch ich sprach keine an, und keine nahm auch nur Notiz von mir, nur ein *Komm doch mal rüber* von den Huren auf der Seventh Avenue. Ich hatte geglaubt, mein erstes Mal hätte alles geändert. Dass ich nun selbstbewusster und überzeugter sein müsste, weil ich doch bewiesen hatte, dass ich es konnte, weil ich wusste, wie es ging, und weil ich doch jetzt ein Mann war und kein Kind mehr. Aber nichts dergleichen, ich war immer noch der kleine Junge, unerfahren und schüchtern. Ich lag auf meinem Bett, schrieb ein Gedicht, das es mit Rimbaud und Hart Crane aufnehmen sollte, und warf es weg. Ich vertrieb mir die Zeit mit Gretchens Fotos und meinem Transistorradio. Die Stationen spielten *Get Back* rauf und runter, *Get back to where you once belonged* sang Paul mir zu, und ja, das war genau der Gedanke, der mich in diesen Tagen quälte. *Get back, Jojo.*

Doch ich konnte nicht. Die Macht und Größe und Verdorbenheit von New York City, ihr Glitzern und Flirren und Dampfen und Gleißen bei Tag und bei Nacht, ihr Hämmern und Rollen und Treiben, ihr hastiger Puls, lauter und heller als Fabrikhallen am Montagmorgen, zogen mich an, zogen mich zu sich, und so durchquerte ich die Nacht mit meiner Rolleiflex im Anschlag, schoss wieder Bilder von ihr, sah und roch und hörte sie, wie sie schrie und klatschte, trommelte und tanzte, ihre erhabene und atmende und morsche Wildnis, die Bongospieler am Washington Square Park in ihren quietschgelben Ponchos, die goldenen Kreuze der San-Gennaro-Prozession, das Singen der Italienerinnen und das Weinen der Jungfrau Maria, und wieder eine Parade, hier spielen sie Banjo, dort schreien sie Ho Chi Minh und NLF, eine Reiterstaffel wiehert vorbei auf der Bowery, eine auf der Seventh Avenue, Friedensmärsche zum Central Park, Be-ins und Strohfeuer auf der Schafsweide, ein Verbrannter und drei verletzte Polizisten, unterm Triumphbogen die Rucksacktouristen aus Europa, darüber die Möwen vom Pier 45, stehlen den Tauben ihr auf den Terrassen der Uni-Mensa zusammengeklaubtes Mittagsmahl direkt aus den dreckigen Schnäbeln, und Ecke Broadway und Lafayette, voll mit den Schwarzen und Ticos vom City College, und die Zuhälter und die Huren und die Acid Heads, die hinter den Mülltonnen lauern, auf mich?, ja, auf mich und auf die Ladys mit ihren sechs Hunden am Sonntagnachmittag, auf die dreibeinigen Katzen auf Wellblechdächern, auf die Ratten am Harlem River, auf die tätowierten Männer in ihren zu kurzen Jeans, auf die Jongleure und die Clowns vom Bryant Park, wie sie mich umschwärmen mit ihren Tricks, wie die günstigen Gelegenheiten und die Taxis und die hübschen Schülerinnen mit ihrer blauen Sammelbüchse für den Jewish National Found mich umschwärmen wie Bienen auf der Suche nach ihrem Imker, und sie summen: *Jojo was a man who thought he was a loner*, ja, das hat er gedacht!, wie überhaupt alles summt und singt, die Gusseisenfassaden und die Pizzabäcker und die Kräne auf dem World Trade Center, wie alles brüllt und donnert und gellt, es brummen die Chrompferde auf der Manhattan Bridge, es heulen die Motoren auf der Canal Street, die Subway jault und johlt und kreischt über unseren Köpfen und pfeift und bebt und scheppert unter unseren Füßen, der Blauhosenmann lärmt, der Fischverkäufer blökt, die alte Algonquinsquaw plärrt, die Kindergartengruppe grölt, und der Landstreicher keift, in seinen ausgedienten Vagabundenstiefeln steht er da und verkauft Alibis, der bärtige Joe Namath wartet mit dem *Jesus-starb-für-unsere-Sünden*-Schild Church Ecke Worth Street auf mich, verdächtigerweise steht er jeden Tag vor dem Hauptportal der Chase Bank, sehr verdächtig, Mister Namath!, Che Guevara spricht mit mir von der Mauer herunter und ruft: No More Miss America!, und die zukünftigen Miss Americas drehen sich, wiegen sich, locken mich die Straßen entlang, schwingen ihre Hüften, kämmen sich die Haare im Gehen, winken mir zu, süß und melancholisch und unerträglich. Und ich, ich bin doch nur ein armer Zwanzigjähriger mit zwanzig Kupfermünzen in der Tasche und will einfach nur dabei sein und kann es nicht und bin es doch immer irgendwie.

Ich verfluchte mich und meine Unfähigkeit. Ich gab dem heruntergekommenen Napoleon am Empire State Building meine letzten Dollars. Ich klaute einen Bagel bei Katz's Delicatessen, weil ich kein Geld mehr hatte. Ich aß ihn am Ufer des East River, wo ich den Bocciaspielern zusah. Ich las die Worte der Propheten auf den Wänden der Subway-Stationen. Ich ging ins Kino, sah *Butch Cassidy und Sundance Kid* im Apollo und träumte mich und Eisenstein nebeneinander auf Pferden durch den Wilden Westen reiten – sah er nicht genauso aus wie Paul Newman, nur eben mit schwarzgrauen Locken, und sah ich nicht aus wie Robert Redford, nur eben ohne Schnurrbart? Ich träumte uns Züge in die Luft sprengen und um die gleiche Frau streiten, um die bezaubernde Katharine Ross als Etta Place als Gretchen. Und ich sah uns nach Bolivien fliehen und zusammen im Kugelhagel sterben. »Junge, ich sehe klar, und der Rest der Welt trägt eine Brille«, sagte Eisenstein zu mir, und Junge, wie recht er hatte.

Wo er jetzt ist? Wie soll ich das wissen? Man erhofft Auskunft von mir, der ich Eisenstein trotz allem kaum gekannt und jetzt seit zwanzig Jahren nicht mehr gesehen habe, doch ich beteuere immer wieder aufs Neue, dass ich nichts weiß und dass, wenn ich etwas wüsste, mir nicht klar wäre, ob mein Wissen zu etwas zu gebrauchen wäre. Keine Ahnung, warum man ihn sucht und was man sich von meinen Erinnerungen erhofft, ich verstehe ja nicht einmal, was ich mir selbst davon erhoffe, wenn ich nun das Unterste nach oben kehre. Ich weiß ja, was ich von meinem Gedächtnis zu halten habe.

Tag für Tag zu beschreiben, hatte ich mir vorgenommen, jeden Tag und jede Nacht meines ersten und letzten Sommers der Liebe. Und nun, da ich Nächte damit zugebracht habe, die Fotos meiner Rolleiflex zu entwickeln, in alten Notizbüchern zu blättern und Kisten mit Andenken hervorzukramen, habe ich nicht mehr geschafft, als ein paar stümperhaft und kitschig geschriebene und falsch und widersprüchlich erinnerte Seiten über ein paar Momente zu Papier zu bringen, die mir aus unerfindlichem Grund bedeutsam erschienen.

Vielleicht war ich nicht glücklich in jenem süßen, melancholischen, unerträglichen Sommer der fremden Bücher und der fremden Mädchen, aber ich war auch nie glücklicher, weder vorher noch nachher. Ahnte ich nicht bereits nach meinem ersten Tag mit Eisenstein, nach den Abenden mit ihm und Gretchen und Medea und Beatrice und allen, die folgen sollten, und wusste ich nicht nach seinem Verschwinden, dass mein Leben nun nicht nur einen gänzlich anderen Verlauf nehmen würde, sondern auch, dass ich tun und lassen konnte, was ich wollte, und trotzdem niemals an die Höhe dieser Tage und Wochen heranreichen würde? Tage und Wochen des Flanierens und des Sehens, des Eroberns und Verführens, des Lesens und Erzählens. Ich brachte ihm Platten mit: die *Songs of Leonard Cohen*, Bob Dylans *Nashville Skyline*, das Weiße Album der Beatles, eine Single von Nilssons *I Guess the Lord Must Be in New York City* ... neumodisches Zeugs, aber wir hörten es gemeinsam. Momente, die in der Zeit aufgehoben scheinen wie die Gespräche mit ihm beim Bummel durch die baumgesäumten Straßen von Brooklyn, der Sex mit den Mädchen, *Suzanne* und *Lay Lady Lay*, unsere Abende in den leerstehenden Fabriketagen von SoHo, in den Lofts von Lower Manhattan und den Nachtclubs des Village, unsere Streifzüge bis Sheepshead Bay und Flatlands, die Nächte in der Bibliothek von Park Slope, das Rauschen der Pinien und der Duft der Luft östlich des Connecticut River.

Solche Momente. Ich stehe am Fenster seines Apartments, blicke zwischen den Vorhängen hindurch und auf die mittäglich belebte Straße hinab, wo eine Dame ihre Strümpfe zurechtzupft, eine Mutter ihren Sohn ruft, die älteren Anwohner sich Klappstühle in den Schatten gestellt haben, um ein wenig zu sitzen und zu plaudern, wo zwei Eisverkäufer in einen Zwist geraten sind, beide mit beginnender Glatze und muskulösen, dunkel behaarten Unterarmen, wie Brüder sehen sie aus, die sich um das Recht des Erstgeborenen streiten, dort vor dem Eingang der Beth-Hillel-Grundschule ihren Wagen aufzustellen, wo nun eine Horde Kinder durch die Tore gestürmt kommt und sie schreiend umringt. Die kleinen Barbaren mit den Kippot und den kurzen Hosen werden nicht beachtet von den fuchtelnden Italienern, die sie überragen wie Leuchttürme. Ich sehe sie anbranden, sehe sie brüllen, doch ich höre sie nicht. Kein Ton dringt von der Straße herauf, an mein Ohr gelangt nur die Callas, die die Violetta singt, unterbrochen allein von meiner eigenen Stimme, die sich bemüht, nicht zu zögern und zu stocken, während ich schildere, was ich sehe.

Erzähl einfach, was du siehst, und wenn du denkst, du hättest alles erzählt, sprich einfach weiter, hör niemals auf, denn da ist immer etwas, was du noch nicht gesehen und noch nicht erzählt hast.

Es ist meine Übung. Eisenstein liegt in den Kissen, ein schwerer Folioband bildet ein vor grobkörnigem Tageslicht und Profanität schützendes Dach über seinem Gesicht, sein Ellbogen berührt beinahe die Holzdielen, seine Finger haben die Zigarre losgelassen, die erloschen neben den Fuß des Tischchens gekullert ist. Ich weiß nicht, ob er eingeschlafen ist, doch ich wage nicht, aufzuhören. Ich schildere, wie die Horde die beiden Eiswagen belagert, ungeduldig hin und her springt, drängelt und schubst. Wie der eine Italiener wild mit der Eiskelle gestikuliert und um sich schlägt, während der andere, jünger und kräftiger, mit blitzendem Ohrring, aber auch zurückhaltender, ihn mit aufgerissenen Augen anblickt.

Ich frage mich, warum der eine so hektisch gestikuliert, wenn er doch klar im Recht ist – er kann es sich leisten, ruhig zu bleiben, der andere ist schließlich später angerückt.

»Nicht«, sagt Eisenstein. Er schläft also nicht. »Ich will deine Meinung nicht wissen. Du beschmutzt die Szene mit deiner Meinung.«

Ich konzentriere mich also wieder auf das Sehen, versuche, jedes Detail so genau wie möglich wiederzugeben, um das Bild vor seinen Augen entstehen zu lassen, um das er mich gebeten hat.

»Beschreib. Beschreib mir, was du siehst, aber beschreib es mir nicht so, als ob *du* es sehen würdest. Beschreib es mir, als ob es einfach da wäre, ohne dich, ohne deinen Blick und deine Perspektive. Beschreib, was ist, und beschreib es so, dass ich es sehen kann. Und nicht nur sehen will ich es, hören will ich die Geräusche, den Lärm der Straße, die Gespräche, riechen will ich ihre Gerüche, schmecken will ich den Geschmack der Welt da unten auf meiner Zunge. Fühlen will ich, was die Lebewesen da unten fühlen. Wenn all deine Sinne sprechen könnten, was würden sie sagen?«

Ich sehe ein zweites Mal hin, und dann sehe ich sie. Ich kenne sie erst seit ein paar Tagen. Eisenstein und ich haben sie auf der Brooklyn Bridge angesprochen, sie heißt Medea, ihre Eltern sind Griechen. Sie hat dunkle Augen und ein noch dunkleres Herz, sie spielt Gitarre in einer Band und arbeitet als Kellnerin bei Ottomanelli's am Park. Später habe ich dort einen Kaffee getrunken und ihr »meine« Adresse gegeben und gesagt, ich würde hier auf sie warten. Eisensteins Worte, mir in den Mund gelegt.

Und dann kommt sie wirklich, läuft, ohne nach rechts oder links zu blicken, quer über die Straße in einem geblümten Kleid, das Haar offen, ihr Hals sonnengebräunt, als hätte sie einen endlosen Sommer in der Heimat ihrer Väter verbracht, ihr Schritt ist der einer antiken Göttin, sie schwebt über den Asphalt, an den Eisverkäufern vorbei, die in diesem Augenblick ihren Streit ruhen lassen, an den Kindern vorbei, die wie durch magische Hand auseinanderstieben. Sie schreitet in den Vorhof unseres Hauses, ihr schwarzes Haar verschwindet unter dem Dach des Portikus. Ich spüre, wie sie den Messingknopf dreht, die Eichenholztür aufdrückt, in die Kühle des Treppenhauses eintaucht, die Stufen hinaufläuft bis ganz nach oben und schließlich an der Apartmenttür stehen bleibt, noch einmal tief atmet, aus einem Schleier aus Herzklopfen und Zittern heraus- und in unsere Wohnung tritt.

Hinterher schilderte ich ihm nicht, was ich sah. Ich schilderte, was ich fühlte, beschrieb es so, als ob ich selber nicht dabei gewesen wäre. Ich sagte, was meine Finger mir sagten. Das war mein Teil einer Abmachung, die keiner von uns beiden je aussprach. Ich versuchte es, so gut es ging. Ich nahm an, dass er mit mir und meinen Fähigkeiten nicht zufrieden war; seiner Meinung nach litt ich nun einmal unter Beschreibungsimpotenz, und die sei sehr schwer zu heilen. Niemals würde ich es zum Schriftsteller schaffen, wenn ich das nicht in den Griff bekam. Doch er warf mich nicht raus, er hörte mir zu und rauchte und schwieg. Und mit der Zeit und mit den Mädchen lernte ich das eine oder andere dazu.

Ich fragte ihn nicht nach seiner Vergangenheit, und er interessierte sich nicht für meine. Immer wenn er das Thema wechseln oder eine Frage nicht beantworten wollte, sprang er ins Jiddische: »Freyg nisht, sog nisht!« – und ich war still. Hinterher bereute ich, nie darauf bestanden zu haben, doch meine Reue legte sich, als ich begriff, dass er mir niemals wahrheitsgemäß geantwortet hätte. Die Leute wussten nichts über ihn, die Mädchen log er an, warum sollte er gerade mir vertrauen? Nur wenig wurde mir im Laufe der Zeit klar: dass er tatsächlich in Deutschland geboren worden war, irgendwo in der Mitte in einem kleinen, unbedeutenden Städtchen, wie er sagte; dass er in Berlin gewohnt haben musste (im Flur hing in Schwarz-Weiß ein Bild, das ihn unter einer Allee von Lindenbäumen zeigte, und als ich ihn danach fragte, wich er nicht aus, sondern wies auf einen Punkt am Bildhorizont und sagte feierlich: »Das Brandenburger Tor!«) und dass er kurz vor dem Kriegseintritt der USA ins Land gekommen war, das ich damals noch als »unser Land« bezeichnete. Sein Deutsch war besser als meins, verständlicherweise, da die einzigen Quellen meiner Sprachkenntnisse mein Bruder, zwei Schulstunden die Woche und die gelegentlichen Besuche bei der Mutter meiner Mutter in Pennsylvania waren … vor allem aber meine Eltern, die zwar daheim unentwegt Deutsch sprachen, aber eben doch nur meine Eltern waren. Selbst in Liberty, wenn er mit meinem Bruder und mir Angelzeug kaufen ging oder wir ein Spiel besuchten, ließ mein Vater bei Gesprächen mit den Stadtleuten Phrasen einfließen wie »genau«, »meine Güte« oder »macht nichts«. »Die Sprache nimmt man eben mit«, pflegte er zu sagen, und wenn ich damals nach der Schule die Hauptstraße entlangging und hörte, wie zwei Menschen sich unterhielten und einer von beiden sagte »mox nix«, dann dachte ich, mein Vater hätte ihnen das beigebracht in seiner liebenswerten, sturen Art. Anders als die Juden, die wir kannten, gaben meine Eltern nicht viel darum, besonders amerikanisch zu wirken, darum sprachen sie Deutsch und, wenn Sam und ich sie nicht verstehen sollten, in einem seltsamen Dialekt, aus dem ich nur einzelne Wörter heraushörte und den ich erst später, '72, bei meinem ersten Besuch in München, wiedererkannte. Anders als die Juden, die vor den dreißiger Jahren nach Amerika gekommen waren und erst in den Fünfzigern von der Lower East Side aufs Land gezogen waren, versteckten meine Eltern weder ihr Jüdischsein noch ihre deutsche Herkunft, und so besuchten ihre Söhne zum einen an drei Tagen in der Woche die Thoraschule in Ferndale, Sullivan County, und bekamen zum anderen jeden Freitag Deutschunterricht bei Miss Hoover, die eigentlich Fräulein Huber hieß und eigentlich pennsilfaanisch sprach.

Eisenstein hingegen hatte bis zu seinem zwanzigsten Lebensjahr kein Englisch gesprochen. Die Leute, die sich mit ihm unterhielten, schienen das nicht wahrzunehmen, denn solange ich mit ihm unterwegs war, wurde er kein einziges Mal auf seine Herkunft angesprochen, was in New York normalerweise ständig passierte, wenn jemand merkte, dass sein Gegenüber einen eigenartigen Tonfall oder einen ungewöhnlichen Vornamen hatte. Eisenstein imitierte den Brooklyner Akzent nahezu perfekt, ließ das R am Ende fallen und bestellte Ko-uh-ffee mit drei Silben, und so glaubten die Leute, er wäre hier geboren worden. Mit mir aber sprach er Deutsch.

Das Zweite, was ich wusste, war eher ein Nichtwissen – ich wusste, dass alles, was er bei den Menschen, die ihn nur flüchtig kannten, als seine Beschäftigung ausgab, nicht der Wahrheit entsprach. Er war kein Maler, wie ich bereits vermutet hatte, als ich die Leinwand leer und weiß vorfand, auf der eigentlich Gretchens Bild entstehen sollte. Das alles stellte sich schnell als Schwindel heraus, um die Schicksen zu beeindrucken. Musiker war er ebenfalls nicht, denn bis auf seine langen Klavierspielerfinger und die Tatsache, dass er auf pathologische Weise auf seine Hände achtgab, und bis auf seine Passion für Opern, Konzerte, Lieder, Kammermusik und Klavierstücke und darunter vor allen anderen für die *Goldberg-Variationen* war nichts an ihm, das für das Verhalten eines Musikers typisch war: Er spielte beim Hören eines Stücks nicht auf einer imaginären Tastatur oder dirigierte im Stillen, er summte nicht mit, und er traf sich auch nie mit anderen, um Hausmusik zu machen. Sein Klavier war stets geschlossen, die Noten, eine Partitur des *Don Giovanni*, standen immer an ein und derselben Stelle aufgeschlagen (*Der Komtur erscheint*). Auch Schreiben sah ich ihn nie, es gab keine Notizbücher, keine Schreibmaschine, keine losen Blätter, keine Manuskripte. Sein penibel aufgeräumter Schreibtisch war nicht mal ein richtiger Arbeitstisch und mit Sicherheit nicht der Tisch eines Schriftstellers, der an einem bedeutenden Manuskript arbeitet, eher eine Ablage für seine Zigarrenkästchen und, viel mehr noch, eine Art Sichtschutz, hinter dem er sich halb verbarg, wenn er mich und die Mädchen beobachtete.

Woher sein Geld kam, blieb mir verborgen. Wovon er die Bücher erstanden haben mochte, seine Miete bezahlte und den Leuten die Drinks in den Bars spendierte, erfuhr ich nicht. *Freyg nisht, sog nisht.* Vielleicht war er nur der Abkömmling einer vermögenden Familie, der verlorene Sohn reicher Eltern, der seine müßiggängerischen Tage damit zubrachte, sein Erbe zu verprassen.

Mir war auch nicht klar, was er tat, wenn ich nicht bei ihm war. Oft lag er lange im Bett, stand erst kurz vor Mittag auf und ging dann im Morgenmantel in seine Bibliothek. Bis zum Abend döste er in dieser Höhle vor sich hin, hörte Beethoven oder blätterte in einem Buch. Es war ein recht verbummeltes und zuchtloses Leben, das er da führte. Er schien keiner ernsthaften Beschäftigung nachzugehen; nie überraschte ich ihn inmitten einer wichtigen Angelegenheit, nie hatte er ein dringliches Telefongespräch zu führen, nie brach er gerade auf zu irgendeinem unaufschiebbaren Termin. Auch sah ich niemals Notizen herumliegen oder ihn vertieft studieren. Die Auswahl seiner Lektüre folgte keinem erkennbaren System, sodass man wenigstens hätte sagen können, er bilde sich planmäßig weiter. Alles war Spiel, alles war im Grunde ohne Belang, immer hatte er Zeit im Überfluss, und stets war er bereit, sich ablenken zu lassen.

Abgesehen von den Mädchen, die wir fanden, gab es keine Frauen in seinem Leben. Er führte die Existenz eines Mannes, der den Gedanken an eine ernsthafte Beziehung schon im frühen Mannesalter aufgegeben hatte. Und selbst die Vorstellung, dass er ins Bordell ging, war lächerlich, ebenso lächerlich wie die, er wäre in der Lage oder willens, eine konventionelle Ehe zu führen und gar Kinder großzuziehen.

Anderen Besuch als mich empfing er offenbar keinen, doch zum Scherz zitierte er zuweilen einen deutschen Dichter, dessen Namen ich vergessen habe: »Ich bin kein Menschenfeind. Aber wenn Sie mich besuchen wollen, bitte kommen Sie pünktlich, und bleiben Sie nicht zu lange.«

Heute, da *ich* der Gastgeber bin und meinem ungebetenen Besuch nicht als Menschenfeind erscheinen will, stelle ich also fest, was ich alles nicht wusste über Josef Eisenstein. Wer er nicht war, kann ich versuchen zu beschreiben. Doch ich kann nicht sagen, was er nicht getan hat. Meine Gegenwart aber störte ihn nicht. Sie brachte ihn sogar dazu, wieder die Stadt zu erkunden.

»Als wir zusammen essen waren«, gestand er, den Hut in der einen, den Sommermantel in der anderen Hand, »war es das erste Mal, dass ich draußen war seit mindestens vier Wochen. Lass uns gehen.«

Die Möglichkeit, mir New York zeigen zu können, gab ihm ein Gefühl sinnvollen Tätigseins. Und so kam es, dass wir uns in den nächsten Wochen gemeinsam um die Häuser treiben ließen. Wie lebten in den Straßen, in den Bars und auf den Bänken des Washington Square wie auf einem riesigen, niemals endenden Straßenfest.

Solche Momente. Wir stehen im Sonnenschein mitten auf der Brooklyn Bridge, es ist ein warmer Junitag, der Wind singt in den Wanten aus Stahl. Wir sehen den Kränen über uns, den Autos und Motorrädern und Lastwagen unter uns und den Passagierfähren und den Schleppbooten ganz unten zu und drehen die Zeit dreieinhalb Jahrhunderte zurück, stehen neben Henry Hudson auf der *Halbmond* inmitten des East River, unter einem fremden neuen Himmel, umgeben von Silberpappeln und

Diamantweiden auf den Inseln und Inselchen und von Wasserläufen und Flüssen, ein goldenes Wolkenband am Horizont, die Harsimusbucht im Westen, der Krähensumpf, davor die Ufer von Mannahatta unter den Rauchschwaden der Lenape, mit denen wir Bekanntschaft machten, Fuchspelze und Quahogs und Trompetenschneckenhäuser tauschten, nachdem wir Matouk im Osten, die Insel der jungen Krieger, und die Narrioch-Halbinsel im Süden, das Land ohne Schatten, umfahren hatten, durch den Belt hoch in das obere Haff, vorbei an der Nussinsel, Paggank, auf der ein paar Jahre später dreißig holländische Familien landen werden, endlich in einem sicheren Hafen, vorbei am Land der Canarsie und den Dutzend winzigen Zweimannbooten im Uferschilf und hinein in den östlichen Fjord, nachdem wir dem Mauritiusfluss meilenweit nordwärts gefolgt waren, bis zu einem Ort, den die Menschen dort Pempotowwuthut-Muhhcanneuw, die Feuerstelle der Mohikaner, nannten, erfolglos auf unserer Suche nach der Nordwestpassage für die Niederländische Ostindien-Kompanie, doch erfolgreich dabei, all das pinienbestandene Land links und rechts des Flusses für die Vereinigten Niederlande zu beanspruchen, die später dort, da hinten, siehst du, an der Südspitze der Insel, hinter dem American International Building, ihr Fort errichten werden, das dann im Laufe der Zeit seinen Namen sechs und seine Besitzer acht Mal ändern wird, während um es herum die Häuser hochgezogen, die Straßen befestigt, Holzwälle aufgestellt und die Piers angelegt werden, an denen die Schiffe aus Europa anlegen, ein paar waghalsige und abenteuerlustige Männer und Frauen ausspuckend, Händler und Handwerker und Handlanger, Punzer und Pelzjäger und Prostituierte, keine gottesfürchtigen Pilger wie oben in Neuengland, sondern Glücksritter und Geldmacher.

»Ein einmaliges Menschenexperiment ist das«, sagt er. »Gib all den Armen und Unterdrückten, all den Leuten, die mit ihrem Leben nicht zurechtkommen, einen sicheren Hafen, wirf das Schlimmste und das Beste aus allen Ecken und Enden der Welt auf einen winzigen Flecken, rühre kräftig durch und warte, was passiert.«

Damit zeigt er auf die Küstenlinie Manhattans, die sich vor uns erstreckt von Süden bis Norden wie der Dschungel vor dreihundertfünfzig Jahren, in den wir nun einzutauchen bereit sind.

Es ist heiß, doch er trägt noch immer Staubmantel und Hut, während ich in Jeans, Turnschuhen und einem T-Shirt mit Batikmuster neben ihm gehe. Wir geben sicherlich für jeden Passanten und jedes Mädchen, das wir ansprechen, ein amüsantes Bild ab, aber wenigstens fallen wir auf.

»Du musst auffallen«, sagt er zu mir, »du musst aus der Masse hervorstechen wie ein Totempfahl über den Spitzen der Wigwams, du musst Napoleon sein und der Minotaurus zugleich. Das ist der einzige Weg, um irgendetwas zu erreichen in der Welt.«

Wie aufs Stichwort läuft sie uns in die Arme, die Welt, lächelnd, friedlich, schlendernd, nichts ahnend, ist uns aus den Zelten und Wäldern und Hügeln entsandt worden wie eine Botschafterin ihres Stammes, ihr schwarzes glattes Haar, mit Zedernöl benetzt, streng in der Mitte gescheitelt, glänzt im Junilicht, sie trägt ein kurzärmliges, tief geknöpftes Hemd aus Seide, das ihre braunen Arme sehen lässt und einen braunen Ausschnitt ihres Dekolletés, und eine Gitarre auf dem Rücken. Medea ist mit uns auf gleicher Höhe unter dem westlichen Brückenpfeiler. Vielleicht wundert sie unser fremdartiges Aussehen. Ich will Eisenstein auf sie aufmerksam machen, doch er hat sie längst erblickt und sich einen Satz überlegt, denn er stellt sich ihr in den Weg, lässt sie nicht passieren, bevor sie ihm das Zauberwort gesagt hat.

Sie lacht und schweigt, sieht uns mit großen dunklen Augen an.

»Vor hundert Jahren stand an dieser Stelle ein Schrankenhäuschen«, sagt er. »Wer nach Brooklyn rüber wollte und den Anschein machte, Hausierer oder Wegelagerer oder Bettler zu sein, der musste Wegezoll entrichten. Also, was bist du?«

Sie lässt sich darauf ein, hat keine Eile, ziert sich nicht. Sie lehnt sich ans Geländer, nimmt ihre Gitarre und hält sie sich vor die Brust.

»Ich bin nur eine arme Sängerin.«

»Musikanten und anderes fahrendes Volk müssen eine Kostprobe ihrer Kunst geben, bevor sie Zugang erhalten. Andernfalls: Zoll entrichten oder umkehren.«

Sie hängt sich die Gitarre um, stimmt ein paar Akkorde an, sieht aus und singt wie Joan Baez, *How many roads must a man walk down*, begleitet vom Rauschen der Lastwagen unter uns. Ein paar Passanten umringen uns, schnipsen, klatschen, geben ein paar Münzen, gehen heiter weiter. Als sie fertig ist, spenden wir Beifall und machen ihr Platz. Sie lässt die Münzen vor ihren Füßen liegen und schreitet an uns vorbei, noch immer lächelnd und friedlich und fröhlich. Ich merke, dass Eisenstein nur dasteht und abwesend in die Ferne blickt. *How many times must a man look up,* er überlässt mir das Feld, denke ich und folge ihr ein paar Schritte. Ich hätte mir etwas überlegen sollen, während sie gesungen hat, nun aber stottere ich und stammele etwas von einem Termin, ob sie an einem interessiert wäre. »An einem Vorspieltermin meine ich, wir haben Kontakte zu einem Plattenstudio, vielleicht reicht es für einen Vertrag, vielleicht kommst du mit uns groß raus, und vielleicht wäre es lukrativ für dich, was meinst du?« Ich fühle mich nicht gut bei meiner Lüge, sie ist so offensichtlich und durchschaubar, und daher glaubt sie mir nicht.

Sie schüttelt den Kopf und lacht.

»Ich spiele nie für Geld. Geld zerstört alles, das Gefühl und die Liebe und die Kunst und so.«

So leicht, wie es Eisenstein mit Gretchen gelungen ist, lässt sie sich nicht ködern. Ich muss an meiner Überzeugungskraft arbeiten, denke ich, oder an der Qualität meiner Lügen.

»Außerdem habe ich einen Job, der nichts mit Musik zu tun hat, ich brauche keinen Plattenvertrag.«

Dann verrät sie uns, dass sie in einem Café als Kellnerin jobbt, Ottomanelli's am Park, und lässt uns stehen.

Solche Momente. In Chinatown sehen wir eine Hundertschaft ein Sit-in auflösen. Zwölf, fünfzehn Mädchen und Jungs in ihren besten Secondhandklamotten, das Sonnenlicht fängt sich in ihren bunten Rüschenhemden, sie sitzen auf dem Asphalt der Hester Street direkt vor einem Asia-Supermarkt, singen ein paar Lieder und halten Plakate hoch. Als die Männer in Uniform kommen, haken sie sich beieinander unter, doch es hilft nichts. Das sind keine Polizisten, denke ich, als ich die Ausrüstung der Männer sehe, das ist das Militär. Einer schreit in ein Megafon, ein anderer nimmt einem Langhaarigen mit Stirnband das Tamburin weg und schmettert es an die Häuserwand des Supermarkts. Die Mädchen und Jungs rufen »Ho Ho Ho Chi Minh« und haben es geschafft, dass ich mich schuldig fühle, weil ich so alt bin wie sie und bloß danebenstehe. Nicht mitmache für die gute Sache.

Um uns herum hat sich in Sekunden eine Menge gebildet, die zusieht. Der Himmel zieht zu, und wir müssen gehen.

Nach dem Regen dampfen die Gullys in der Lower East Side, und auf den ölverschmierten Straßen schillern die Pfützen regenbogenfarben. Der Himmel hängt voll wässriger Wolken, und aus einem offenen Fenster hören wir jemanden Klavier spielen, erst leise und unkenntlich, dann entwickelt sich eine Melodie, die ich schon einmal gehört habe.

»Irving Berlin«, sagt Eisenstein und fängt an, auf dem Bürgersteig vor sich hin zu dirigieren. »Hörst du? *Blue Skies*. Und der gleiche Mann hat *White Christmas* geschrieben und *God Bless America*! Dabei hat der gute Izzy das Schtetl nie wirklich verlassen.«

Dann singt Eisenstein mit. *Never saw the sun shining so bright, never saw things going so right*, und da höre auch ich die galizische Kapelle mit Klarinette und Fidel und Schofar aufspielen in ihren klagenden chassidischen Tönen. Später zeigt er mir das Haus, in dem Ira und George Gershwin aufwuchsen, ein schmaler weißer Bau auf der Second Avenue, mitten im jiddischen Theaterviertel. Die Gershwins wohnten im zweiten Stock hinter den Feuerleitern, das Haus hat bessere Tage erlebt, die Scheiben des Ladengeschäfts im Erdgeschoss sind mit Plakaten zugeklebt. An der Bushaltestelle direkt vor dem Eingang sitzen Porgy und Bess im Schatten und singen *Summertime*.

»Der gute George wollte eigentlich immer zurück nach New York. Ist aber nur achtunddreißig Jahre alt geworden und drüben in Kalifornien gestorben.«

Wir laufen die Straßen ab, gehen essen im East Village (»Kleindeutschland war das mal«, sagt Eisenstein, »vor hundert Jahren war das hier die größte Ansammlung von Deutschen außerhalb Deutschlands, du konntest die *Kölnische Zeitung* kaufen und anständiges Bier trinken, aber die Zeiten sind vorbei«), besuchen Folksbihne und Grand Theatre, fragen ein paar hübsche blonde Mädchen nach ihren Telefonnummern und Namenstagen, treffen Allen Ginsberg in der Bowery und trinken ein Bier mit Cole Porter.

»Du nimmst das Schtetl immer mit, Jonathan. Hast es in dir drin, ob du Gershovitz heißt, Baline, Eisenstein oder Rosen. Hast es unter der Haut, Jonathan. Kannst du nix machen.«

So vergingen die Tage. Ich lief durch mein Leben wie eine Kamera mit offenem Verschluss. Nachts hielt ich alles so getreu wie möglich in meinen Notizbüchern fest, wie er es verlangte. Das sollte meine Übung sein. Ich wollte ein Buch schreiben, doch ich konnte nicht. Damals wusste ich nicht, ob und wann der Tag, an dem das alles entwickelt und abgezogen werden würde, einmal kommen würde, doch nun scheint er gekommen. Das Jahrzehnt ging seinem Ende entgegen, doch mein Leben begann. War ich glücklich damals? Es hört sich so an. Zumindest misstraute ich meinem Glück nicht.

II

Ich weiß noch: Es war der Tag, an dem Willy Ley drüben in Queens gestorben war, wir hörten es die Zeitungsjungen noch am Nachmittag rufen.

»Ein weiterer Nazi tot«, sagte Eisenstein. »Die Amerikaner müssen erst zum Mond fliegen, bevor ihre deutschen Raketenwissenschaftler sterben dürfen.«

Ein bewölkter und schwüler Spätjunitag, dessen Abend die ersten Sommergewitter vom Atlantik her hatte aufziehen sehen. Nach dem Regen wanderten wir durch Brownsville und Crown Heights, sprachen ein paar Mädchen im Prospect Park an, passierten das Brooklyn Museum und den Aufgang der Subway-Station, an dem ich Gretchen zum ersten Mal gesehen hatte, und kamen schließlich nach Park Slope. Es war ein eigenartiger Tag gewesen, eigenartiger noch als die an sich schon eigenartigen Tage mit Eisenstein. Er war schweigsamer, abwesender und wirkte noch distanzierter als sonst. Auf der Straße ging er hastig, ließ mich einen halben Meter hinter sich zurück. Wenn ich aufholte, sah er stur nach vorne. Bei unseren Gesprächen mit den Mädchen überließ er mir beinahe ganz die Initiative, stand daneben und beäugte mich, beinahe misstrauisch.

Nach Einbruch der Dunkelheit erfuhr ich, was an diesem Tag so besonders war. Auf der Sixth Avenue, ein paar Straßen nördlich des Green-Wood-Friedhofs, führte er mich durch eine schmale Einfahrt hinein in einen vermüllten Hinterhof. Er blieb stehen.

»Du musst jetzt schwören.«

»Was soll ich denn schwören?«

»Schwöre, dass du niemals einer Menschenseele davon erzählst.«

»Wovon erzählen?«

»Das wirst du schon noch sehen. Erst schwöre.«

Ich schwor.

»Schwörst du es bei Gretchens Brüsten?«, fragte er.

Der heiligste Schwur. Ich breche ihn erst jetzt.

Dann standen wir vor den Türen eines niedrigen Backsteingebäudes, das sich dort, eingezwängt zwischen Garagen, Kirchenschiff und Grundschule, versteckte. Ein langgezogener Kasten, eher Bunker oder Kaserne als Wohnhaus. Die umstehenden Häuser, fünfstöckige Brownstones, wirkten, als würden sie es schützen, wie die Mauern einer mittelalterlichen Burg. Kein Schild, kein Zeichen verriet, wo wir waren, doch als ich hinter ihm eintrat, verstand ich. Wir stiegen ein paar Stufen hinab, ich zog die schwere, mit Eisenstäben versehene Tür hinter mir zu. Das Innere dieser Baracke war eine Art Souterrain, die vergitterten Fensterschlitze unter den Klimaanlagen hätten höchstens Sicht auf die Knie der Leute draußen zugelassen, wäre jemand dort im Burghof gewesen. Doch wir waren allein. Wir standen in einem schwach erleuchteten Vorraum, der von einem mächtigen Tresen beherrscht war, den die Eintretenden passieren mussten. Ein ältlicher, wohlfrisierter Herr, der wie ein Zwerg hinter seinem riesigen Schalter wirkte, lugte hervor und nickte Eisenstein zu. Dann fixierte er mich, ohne eine Miene zu verziehen. Instinktiv blieb ich stehen, als könnte mich sein Blick bei einer falschen Bewegung zu Boden schmettern. Eisenstein, der bereits im Hauptraum war, drehte sich um und winkte mich zu sich. Ich nickte dem Männchen zu, das mich jedoch nicht mehr beachtete, sondern in ein Buch versunken war, und folgte Eisenstein ins Innere.

Wir gelangten in eine Art Halle, von der aus mehrere Gänge rechts und links in Nebenräume führten. Wir waren vollkommen allein. Eine Atmosphäre der Stille, der Konzentration und der Einsamkeit empfing uns, und es war mir, als müssten im Hintergrund leise gregorianische Choräle erklingen oder zumindest eine auf der Orgel gespielte Toccata in Moll. Doch ich vernahm nur das Rauschen der Luftentfeuchter.

Eisensteins Verhalten allerdings stand zu dieser Klosterstimmung in krassem Kontrast. Er rannte beinahe, als hätte er etwas gewittert, eine schwache Spur, der er hastig folgen musste. Der Hauptraum war weitläufiger, als von draußen geahnt, und erinnerte mich an Eisensteins Salon – auch hier war es dämmrig und trübe, auch hier hallten unsere Schritte und Stimmen von den schwarzen Dielen wider, auch hier waren die Wände mit Büchern bedeckt, so kostbar und selten wie in der Willow Street. Doch mochten hier zehn, vielleicht zwanzig Mal mehr davon versammelt sein. So weit mein Auge reichte, Wand an Wand, Reihe an Reihe voller Bücher. Einige lagen aufgeschlagen in Vitrinen, andere standen in verriegelten Schränken, und es roch neben dem alles beherrschenden Lederduft nicht nach dem erkalteten Rauch von Zigarren und Zigaretten, sondern nach Bohnerwachs und Waschbenzin. An einer Säule hing ein kleines Plastikschild, darauf fast unleserlich mit Filzstift gekritzelt die Worte, die ich mir später ins Notizbuch schrieb:

Ein gutes Buch ist das kostbare Blut eines großen Geistes, einbalsamiert und gehütet für ein Leben nach dem Leben. John Milton.

Eine Art Lesesaal erstreckte sich in der Mitte. Eisenstein eilte an den vier Lehnsesseln vor den breiten, für das Präsenzstudium reservierten Eichenholztischen vorbei. Ich folgte ihm keuchend und wie ein Novize seinem Meister mit gesenktem Kopf, bis wir in einen kleinen Nebenraum gelangten, der mir noch düsterer und niedriger vorkam. Natürliches Licht gab es so wenig wie frische Luft. Hier wie dort standen Regale aus lackiertem Metall, keine kostbaren Mahagonischränke, wie sie zu all den Büchern, die dieser Ort beherbergte, besser gepasst hätten. Eisenstein blieb unvermittelt vor einem Regal stehen und besah mit eigenartig ruckartigen Kopfbewegungen dessen Inhalt.

Die Regalbretter waren nicht beschriftet. Auch Kataloge oder Register hatte ich nirgends gesehen. Wer hier ein Buch suchte, wusste, wo er es finden würde. Das war nicht die New York Public Library mit Löweneingang und Deckenfresko, nicht prunkvoll und einladend, sondern ähnelte eher, schlicht und unscheinbar, einem Depot, einer längst vergessenen Zweigstelle, in die sich nur wenige verliefen. Es war auch nicht die Leihbibliothek von Liberty, in der ich die verregneten Nachmittage meiner halben Kindheit mit der Lektüre von Pfadfinderbüchern zugebracht hatte. Hier legte man keinen gesteigerten Wert auf Öffentlichkeit und leichte Zugänglichkeit, so viel war klar. Man blieb unter sich.

Eisenstein schien fündig geworden zu sein. Er nahm ein Buch aus einem der oberen Regale, zog es an seine Brust und hielt einen Moment inne, als spräche er ein Dankgebet. Nach einem kurzen Studium – er wirkte erleichtert – reichte er mir das Exemplar. Es war ein unerwartet schweres Buch, alt, dickleibig, mit einem seltsam roten Einband. Die Seiten hatten einen Goldschnitt, auf den stilisierte Rosenranken geprägt waren. Auf dem Deckel sah ich ebenfalls ein üppiges florales Motiv, doch das war kein Leder, sondern es war weicher und nachgiebiger, fast wie rötliches Moos.

»Purpurner Samt«, sagte Eisenstein, der meine Reaktion beäugt hatte, »und die Rosen sind mit Gold-, Silber- und Seidenfäden draufgestickt und dann plissiert. Etwas Gleiches gibt es auf der Welt kein zweites Mal.«

»Was ist das für ein Buch?«, fragte ich, denn ich hatte Angst, es zu öffnen.

»Die Genfer Bibel von 1583. Gedruckt in London von Christopher Barker. Barker war der Hofdrucker Königin Elisabeths I., und diese Bibel wurde ihr am Neujahrstag des Jahres 1584 überreicht. Elisabeth hat diese Bindungen höher geschätzt als Leder, man sagt, sie habe in ihrer Jugend sogar selber Einbände dieser Art gestickt. In ihrer Bibliothek befanden sich Tausende ähnliche Bücher, in Samt und Seide geschlagen, manche mit Perlen, manche mit Edelsteinen versehen, doch keines war von dieser Qualität.«

Er machte eine Bewegung, als wollte er mir die Bibel wieder abnehmen, doch er schien sich zu beherrschen und gebot mir mit einer Geste, das Buch zu öffnen. Ich betrachtete das Titelblatt, eine bunt geschmückte Seite mit schwarz und rot gedrucktem Titel (*THE BIBLE, Translated according to the Ebrew and Greeke*), den Buchstaben E und R für *Elisabeth Regina* auf blauen Wappenschildern und vier dickbeinigen Putti an allen vier Ecken.

»Die Genfer Bibel war die beliebteste aller Versionen im England des sechzehnten Jahrhunderts, und dieser Druck war sicherlich der vollkommenste und meisterlichste. Allein die Titelseite ist ein Kunstwerk für sich. Es heißt, Elisabeth habe in ihren Messen aus diesem Exemplar lesen lassen, und auch Jakob I., ihr Nachfolger auf dem Thron, hatte eine. Aber als die King-James-Bibel fertiggestellt war, hat man diese Übersetzung wieder in den Schrank gestellt und vergessen.«

Ich schüttelte ungläubig den Kopf. Wie konnten solche Kostbarkeiten nicht in der königlichen Bibliothek im Buckingham-Palast, in Oxford oder wenigstens der Public Library zu finden sein, sondern in diesem abseitigen Lagerhaus in Park Slope, Brooklyn?

»Sie war tatsächlich in Oxford, wurde in der Bodleiana aufbewahrt, nachdem der Antiquar Francis Douce sie ihr Anfang des neunzehnten Jahrhunderts vermacht hatte. Der wiederum hatte sie aus dem Britischen Museum, wohin sie nach Jakobs Tod übergeben worden war.«

»Aber wie kam sie aus Oxford ausgerechnet hierher?«

»Das könnte man sich bei all diesen Werken fragen. Auf verschlungenen Wegen, würde ich sagen.«

Nie hat mir Eisenstein eine andere Antwort als diese äußerst unbefriedigende gegeben, auch nicht, als ich bei unseren späteren Besuchen nachfragte. Ich erfuhr bloß, dass es sich bei diesem Ort um eine Art Stiftung handelte, von mehreren Bücherliebhabern eingerichtet, begüterte Privatiers, die ihre wertvollen Bände gemeinsam sammeln und füreinander ausstellen wollten. Nur Auserwählte hatten Zutritt zu diesen heiligen Hallen, Eisenstein zählte dazu und ich in diesem Sommer auch.

An diesem Abend und an den folgenden sah ich zahlreiche andere Beispiele solch unbezahlbarer Buchkunst, die die namenlosen Sammler in diesem verschwiegenen Verlies horteten. Bald schon ahnte ich, dass das alles nicht mit rechten Dingen zuging, denn wenn es hier Bücher gab, die einstmals Königen und Kaisern, Bischöfen und Päpsten gehört hatten, mussten sie irgendwann in öffentlichen Besitz übergegangen sein – und dann, auf verschlungenen Wegen, waren sie in die Hände obskurer Sammler gelangt, die sie fortan vor den neugierigen Augen des Pöbels verbargen, und das konnten keine gesetzmäßigen Wege sein. Ob Eisenstein selbst einer von ihnen war oder ob ihm von den reichen Privatleuten aus welchen Gründen auch immer bloß Zugang zu den Räumen der Stiftung gewährt wurde, blieb mir verschlossen. Fest stand jedenfalls: Er kannte sich in diesen Räumen aus, als hätte er sie eingerichtet, bewegte sich zwischen den Regalen wie ein Magier in seiner Hexenküche und zeigte mir, was mir zu zeigen er für richtig hielt.

Da waren Bücher aus aller Herren Länder, indische, arabische, persische, japanische, chinesische, antike griechische und lateinische, mittelalterliche Inkunabeln aus Salamanca und Paris, aus dem Italien der Renaissance, provenzalische und byzantinische Codices, Herbarien, Bestiarien, Atlanten, Erstdrucke der Schriften der Gründerväter, Handschriften mit Illuminationen aus Irland, Ungarn oder Armenien, deutsche Romane vom Beginn des Jahrhunderts in Liebhaberdrucken und kuriose Einzelstücke aus allen sieben Erdteilen. Die Qualität des Leders und Papiers war außergewöhnlich, und ihre Ausstattung übertraf alles, was ich bis dahin gesehen hatte. Hier gab es Beschläge aus reinem Gold, Stickereien aus Seide, Ornamente aus gewebten Borten und Tressen, Spitzen und Volants, Zierknöpfe aus Jade und Elfenbein, gefertigt in den unterschiedlichsten Stilen der Kunstgeschichte. Da war das Album der Malereien des Mogulreichs, zusammengestellt im Indien der Shah-Jahan-Zeit, in Lackfirnis gebunden, sechzig Blatt, von denen jedes einzelne mit einem ornamental kalligrafierten Deckblatt vom nächsten getrennt war. Die Zeichnungen illustrierten Szenen aus dem persischen *Buch der Könige*: Rustam erschlägt den Drachen, Shirin entdeckt den toten Farhad, Layla besucht Majnun in der Wüste. Daneben Bilder aus dem Leben der Mogule, Falknerei, Jagdszenen, Porträts von Einsiedlern und Derwischen, sogar ein Bild von Jesus Christus und der Jungfrau Maria war darunter.

Da war, auf Pergament in rotem Ziegenleder mit Goldprägung, das *Filocolo* des Boccaccio aus dem fünfzehnten Jahrhundert, geschrieben und gebunden am Hofe von Mantua von Andrea da Lodi mit Miniaturen von Pietro Guindaleri aus Cremona. Da war die schwarz-grüne Ausgabe von Kierkegaards *Entweder – Oder* auf Dänisch aus dem Jahr 1843, in dünnem Bibelpapier und noch unter seinem Pseudonym Victor Eremita veröffentlicht. Da war der *Don Quijote de la Mancha* von 1605, in geschnürtem Etui gebunden und auf Kalbspergament gedruckt. Da waren die vier zu ihren Lebzeiten erschienenen Romane Jane Austens, 1811 bis 1815, allesamt ohne Angabe von Namen und Ort, und daneben die im gleichen Stil gehaltenen Erstausgaben der beiden posthumen Romane, die nun endlich den Namen ihrer Verfasserin offenbarten.

Da war Casanovas *Geschichte meines Lebens* im Raubdruck von Tournachon, der die deutsche Übersetzung Anfang des neunzehnten Jahrhunderts wieder ins Französische übertrug. Da war die *Naturgeschichte* von Plinius dem Älteren, ein in Holzbretter gebundener Druck auf Velinpapier aus Venedig mit vielfarbig schillernden Miniaturen an den Rändern der Kapitelanfänge und dekorierten Initialen auf jeder Seite. Allein die Miniaturen herzustellen, erklärte Eisenstein mit leuchtenden Augen, habe vier Jahre beansprucht. Seine Nervosität hatte sich nun, da wir inmitten all dieser Kostbarkeiten standen, gelegt; wie ein Abhängiger kam er mir vor, dessen Verlangen gestillt worden war und über dessen Gesicht nun wieder der Glanz der Befriedigung huschte, für einen gnadenvollen Moment.

Später stiegen wir ein Stockwerk tiefer. Eine enge, mit Büchern vollgestapelte Wendeltreppe führte im hintersten Nebenraum hinab in eine riesige Höhle, eine Krypta, das gewaltige Verlies dieser Burg. Hier gab es nur einen Raum, und auch der war bis auf den letzten Meter mit Regalen zugestellt, die so eng standen, dass zwei Männer kaum aneinander vorbeigekommen wären. Hier unten war es kühl, es roch nach Leder und Blei, und es war ebenso menschenleer wie in den stillen Räumen im Erdgeschoss.

»Eine Schande, dass man hier nicht rauchen darf.«

Mit diesen Worten steckte Eisenstein sich eine Davidoff zwischen die Lippen, zündete sie an und reichte mir die Packung. Ich schüttelte den Kopf und schaute mich um, denn ich hatte zu viel Respekt vor all den unschätzbar wertvollen Exemplaren und zu viel Angst, von dem zwergenhaften Alten entdeckt und rausgeworfen zu werden.

»Tabakrauch macht diese Bücher nur besser«, sagte Eisenstein. »Was weißt du überhaupt, wenn du das nicht weißt? Das Leder, die Bindung, das Papier. Pergament sowieso. Je älter sie werden, desto mehr Rauch benötigen sie. Rauch konserviert. Es tötet den Holzwurm. Selbst die Seidenstickerei auf der Genfer Bibel oben hätte eine gesündere Patina, wenn hier mehr geraucht würde.«

Er zog ein Buch aus dem Regal, hielt es vor sich hin und strich langsam über den vorderen und hinteren Deckel, dann über Bauch und Rücken. Schließlich hauchte er eine bleifarbene Dunstwolke über den Einband und befühlte es erneut, die Zigarette im Mundwinkel, mit den Kuppen von Zeige- und Mittelfinger der rechten Hand.

»So ist's besser.«

Da verstand ich sie zum ersten Mal wirklich – die Geste, die mir schon in Pedro's Diner und später in seiner Bibliothek aufgefallen war, wenn er ein Buch in den Händen hielt, es liebkoste und ihm schmeichelte, wenn er über seine Oberfläche streichelte, als wäre sie lebendig und von feinen Nerven durchzogen. Er berührte die Bücher, als könnten sie es fühlen. Wenn Eisenstein Zeit hatte, so wie an diesem stillen Sommerabend unter Tage, ertastete er all die Körper, derer er habhaft werden konnte, mit äußerster Sorgfalt und Zartheit von oben bis unten, außen und innen. Als erführe er sie dieserart anders, als es je einem Menschen vergönnt war. Als gäben sie Töne von sich, die nur er hörte. Als könnte er sie nur so wirklich lesen.

Eisenstein reichte mir das Buch. Es war nun die umgekehrte Abfolge, als wenn ich Gretchen und Medea und all die anderen Mädchen berührt hatte und ihm später davon erzählte, damit er es auch wahrnähme. Nun berührte er und ließ mich nacherleben. Aber genau wie er bei mir konnte auch ich bei ihm nur vermuten, was er wirklich fühlte. War ich in seinem Kopf, in seinem Körper?

Als ich den Band berührte, wurde mir klar, dass dies mein erstes Mal war. Es war kein Zufall, dass er genau hier mit mir stehen geblieben war, um sich die Zigarette anzuzünden. Das Buch, das er hervorgezogen hatte, war nicht irgendeins. Es war das Buch, mit dem meine Liebe begann. Seine äußere Gestalt war unscheinbar, viel weniger aufsehenerregend als die Prachtexemplare oben, nicht bestickt, nicht mit Elfenbein versehen, nicht in Holz eingeschlagen und ohne Goldschnitt, sondern in einfaches dunkles Leder gebunden. Es war leicht, es war warm, es lag in meinen Händen wie der Arm eines schlanken Mädchens.

Ich schloss die Augen und fühlte. Dann passierte es. Ich weiß nicht, wie viel Zeit vergangen war, doch plötzlich schreckte ich hoch, riss die Augen auf und ließ das Buch beinahe aus der Hand gleiten. Ich sah Eisenstein fragend an, doch er rauchte nur und nickte lächelnd. Ja, das war kein Traum, keine Einbildung, oder wenn, dann eine, die ich mit ihm teilte. Das Buch hatte gezuckt unter meinem Griff, wie ein kleines Tier in seinen Träumen, hatte sich für den Bruchteil eines Augenblicks leicht in meinen Händen bewegt, hatte in meinen Fingern gebebt, als pulsiere Blut unter seiner Oberfläche.

Ich sah hin, und da lag es in meinen Armen, noch immer unscheinbar und unschuldig, reglos und dunkel und tot. Aber ich hatte mich doch nicht getäuscht? Geklopft hatte es darin gegen meine Fingerkuppen, gehoben und gesenkt hatte sich das Leder in meiner Hand, geatmet hatte es!

Vorsichtig schlug ich es auf und las den Titel: *Justine oder Vom Mißgeschick der Tugend.*

Eisenstein durchbrach das Schweigen.

»Wegen dieses Buches wurde der Marquis de Sade ins Irrenhaus gesteckt. Das waren noch Zeiten, oder? Man wurde nach dem Schreiben eines Buches für geisteskrank erklärt! Heutzutage kommt man nicht mal mehr ins Gefängnis dafür, das

Werk wird höchstens verboten und ein paar Jahre später in einer gezähmten Fassung veröffentlicht. Wie schade. Dabei geht es doch beim Schreiben eigentlich um nichts anderes als darum, von seinen Mitmenschen für verrückt gehalten zu werden.«

Ich blätterte ein wenig. Die Seiten waren aus einem eigenartigen, strohgelb schimmernden, wie Büttenpapier gemusterten Material, weich und empfindlich und so nachgiebig, dass man keine bleibenden Falten hätte hineinmachen können.

Dann las ich ein paar Sätze, die ich mir später aus dem Gedächtnis notierte:

Das Gleichgewicht muß erhalten werden, und das geschieht nur durch Verbrechen. Das Verbrechen liegt also in den Absichten der Natur und kann sie daher nicht verletzen.

Ich denke nur an den Frevel, ich liebe nur den Frevel, der Frevel soll alle Augenblicke meines Lebens kennzeichnen.

Der Mord ist das oberste Gesetz dieser Natur, der die Toren verständnislos gegenüberstehen.

»Du hältst in Händen die erste Fassung«, sagte Eisenstein. »Verfasst während seiner Haft in der Bastille am Vorabend der Revolution. Später hat der Marquis die *Justine* noch zweimal umgeschrieben, doch diese Fassung ist die beste. Sie wurde erst vor sechzig Jahren von dem französischen Dichter Guillaume Apollinaire wiederentdeckt und 1930 von einem Publikumsverlag in Paris erstmalig veröffentlicht. Diese Ausgabe aber stammt aus dem Jahr 1919.«

»Wie ist das möglich?«

»Apollinaire hat 1909 eine Werkausgabe zusammengestellt, die *Justine* jedoch nur unvollständig darin veröffentlicht. Ein paar Seiten, mehr nicht. Ein anonymer Bewunderer schrieb ihm einige Jahre später, er sei am gesamten Roman interessiert, er wolle ihm das Manuskript abkaufen, Geld spiele keine Rolle. Apollinaire jedoch sträubte sich, ließ den Brief unbeantwortet. Ein paar Wochen später war er tot. Er starb am 9. November 1918, vermeintlich an der Spanischen Grippe, doch die wahren Todesumstände liegen im Dunkeln.«

»Und ein Jahr später erscheint dieses Buch hier …«

»*Erscheint* trifft es nicht ganz. Diese *Justine* ist ein Einzelstück, ein Liebhaberdruck, den man in der Sammlung des Barons von Teck fand, nach dessen tragischem Ertrinken im Rhein. Zuvor gehörte es einem Sekthändler aus Bingen. Auch der ertrank, als sein Schiff stromabwärts kenterte.«

»Tragisch.«

»Manche sagen auch: schicksalhaft. Aber sieh dir an, wie sie gemacht ist – der Einband, der Satz der Seiten, allein die Schriftart. Das ist eine Centaur, eine Renaissanceform der Antiqua, wohl eine der schönsten Schriftarten aller Zeiten. Sie war damals gerade erst gefunden worden und wird auch heute nur selten verwendet. Aber immer, wenn ich einen Text finde, der in Centaur gesetzt ist, kann ich wie auf magische Weise nicht aufhören zu lesen, bis ich die letzte Seite aufgeschlagen habe.«

Ich war geneigt, ihm recht zu geben. Das gefällige Antlitz der einzelnen Typen, von makelloser Schlichtheit, ihre Anordnung untereinander, der Abstand zwischen den Zeilen, der weiße Raum an den Rändern – das alles strahlte eine Harmonie aus, eine Verheißung von Seelenruhe, die sich auf jeder Seite wiederholte, sodass ich das Gefühl bekam, ich würde in den Text hineingesogen werden, obwohl er auf Französisch war und ich kaum ein Wort verstand. Aber hier ging es nicht ums Verstehen, es ging ums Hingerissensein. Es ging um den Zustand einer völligen, weltabgewandten Klarheit des Geistes, den das Lesen einer Buchseite auslösen konnte.

»Auf diesem Band scheint ein Fluch zu liegen«, weckte Eisenstein mich aus meiner Träumerei, »der sämtliche Besitzer dahinrafft; darum wird er hier aufbewahrt, wo es keinen namentlich bekannten Besitzer gibt. So hat man dem Schicksal ein Schnippchen geschlagen.«

»Und wie ist er nach Amerika gekommen? Auf verschlungenen Wegen?«

»Ganz recht. Es heißt, ein jüdischer Antiquar habe es 1929 erstanden und 1933 mit nach Frankreich genommen. Aus Angst vor den Deutschen und aus weiser Voraussicht ist er 1938 ausgewandert und mit dem Schiff nach New York aufgebrochen, doch auf der Überfahrt starb er an einem Herzinfarkt. Die *Justine* muss in seiner Kabine zurückgeblieben sein. Das Schiff, die *MS Normandie*, war ein riesiger französischer Passagierdampfer, der größte seiner Zeit, Träger des Blauen Bandes. Die *Normandie* wurde aber, als der Krieg ausbrach, nach ihrer Ankunft in Manhattan von den USA beschlagnahmt, und die *Justine* gleich mit, ohne dass jemand von ihr wusste. Die Franzosen forderten ihr Schiff zurück, doch die Amerikaner weigerten sich. Ein paar Jahre lag es oben am Pier 88 gegenüber von Weehawken, wo es fast gänzlich ausbrannte. Bei der Bergung entdeckte ein italienischer Feuerwehrmann dann die *Justine* in der Kabine des Antiquars und nahm sie heimlich an sich, um sie für ein paar Dollar bei seinen Geschäftspartnern, den ehrenwerten Herren von der Mulberry Street, loszuschlagen. Und die fanden schließlich jemanden, der für dieses Kunstwerk eine Menge Geld zu zahlen bereit war.«

»Ein ganz besonderes Buch also.«

»Fass sie an. Fühlst du es?«

Ich fühlte es.

Es war spät geworden. Wir waren allein, zwei Männer im Keller, um uns herum Stille. Wie spät es war, wie viel Zeit vergangen war seit unserem Eintreten – ich konnte es nicht sagen. Irgendwann stieg ich wieder nach oben, doch dort waren die Lichter bereits gelöscht. Der Alte hatte seinen Posten verlassen. Es herrschte eine gespenstische Ruhe. Erschreckt stolperte ich durch die Dunkelheit, rüttelte vergeblich an der Tür. Auch die Fenster ließen sich nur einen Spaltbreit öffnen, und durch die Gitter kam niemand raus noch rein. Als ich auch keinen Hinterausgang fand, kehrte ich zu Eisenstein in den Keller zurück.

Der hatte es sich in einem Gang mit ein paar Büchern bequem gemacht, die er als Unterlage benutzte. Er lag da zwischen zwei Regalreihen mit verschränkten Armen auf einer Reihe von Büchern, die er auf dem bloßen Boden ausgebreitet hatte und die von seinem Kopf bis zu den Füßen reichte, eingehüllt in seinen Mantel, unnahbar wie ein steinerner Kreuzritter auf seinem Sarkophag. Einen etwas höheren Stapel hatte er sich unter den Kopf geschoben, seine Augen waren geschlossen. Ich trat näher, ungewiss, ob er noch wach war. Als ich über ihm stand, schlug er plötzlich die Augen auf und blickte mich an, als hätte er gerade von mir geträumt.

»Mister Rothbard lässt uns heut Nacht hier schlafen.«

Eisenstein flüsterte. Es war anscheinend nicht das erste Mal, dass er hier unten eingeschlossen wurde.

Ich machte es ihm nach, betastete im Nebengang ein paar Bände im Regal und wählte sie nach dem Grad ihrer Weichheit aus. Ich bereitete mir aus ihnen eine Liegestatt, legte das weichste Buch zuoberst und bettete meinen Kopf darauf. Durch die Reihen der Bücher in den untersten Regalfächern sah ich Eisensteins Körper reglos auf der anderen Seite liegen. Er hatte mir den Kopf zugewandt, doch ich konnte nicht erkennen, ob er mich ansah oder bereits schlief.

»Stell dir vor«, hörte ich schließlich sein Flüstern, »die ganze Welt bestünde aus Büchern.«

Die Vorstellung fiel mir nicht schwer.

»Das wäre schrecklich, nicht wahr? So schrecklich, wie wenn es keine Bücher gäbe. Die Welt lebt im Spalt dazwischen, den die Bücher uns lassen.«

Ich befürchtete, es würde eine lange, schlaflose Nacht werden. Da lag ich nun mit über der Brust verschränkten Armen, meinen Kopf auf einem alten deutschen Roman, den Duft von Leder und Pergament in der Nase. Jetzt erst merkte ich, dass ich schon seit Stunden fror, denn ich trug nur ein T-Shirt, und hier unten war es kühl wie in einer Krypta.

Doch ich schlief lang und tief und tiefer und träumte wild. Als ich am nächsten Morgen erwachte, war mir, als hätte ich die gesamte Geschichte des Buchs, auf dem mein Kopf gelegen hatte, sich vor meinen Augen abspielen sehen. Als wäre ich selber eine Figur dieses Romans.

BUCH ZWEI

UNTER DER HAUT

Aus dem Leben eines Verbrechers

Erster Teil

I

Das zwanzigste Jahrhundert, so viel können wir bereits sagen, auch wenn uns zu seinem eigentlichen Ende noch ein paar unbedeutende Jahre in Aussicht stehen, war ein Jahrhundert der Extreme. Wer nicht extrem war in diesem Saeculum, der war entweder ein Mensch der Vergangenheit, naiver Bewohner und Abkömmling einer in selige Vergessenheit gefallenen, tintenklecksenden Vorwelt, oder er gehörte bereits einer nicht allzu fernen Zukunft an, einer Zukunft der Lauwarmen und Mittelmäßigen, einer bereits im Aufzug begriffenen Generation voller Bequemlichkeit und Einverstandensein, deren massengefertigte Menschen halb belustigt, halb verächtlich auf die Extremen hinabschauen und blinzeln. Diese hingegen, die Maßlosen und die ohne Beispiel und Vorbild, konnten sich des Gedächtnisses der Nachwelt sicher sein – zu dankbar ist doch der menschliche Geist für die Auswüchse des Exzentrischen, Extremen und Extravaganten. Die Namen eines Mao oder Hitler oder Stalin, Idi Amin oder Pinochet, eines Pol Pot oder Suharto, eines Mengele oder Göth, aber auch die eines Tschikatilo oder Fritz Haarmann sind der Haut des vergangenen Jahrhunderts wie zum Zeichen seiner Ruchlosigkeit für immer eingebrannt.

Auf der Liste der Bösewichte ist der Name des Mannes, dessen Geschichte wir hier erzählen wollen, nicht aufzufinden. Josef Eisenstein nämlich war eines der genialsten und unbekanntesten Scheusale zugleich. So mancher Zeitgenosse, wenn nicht ein jeder, würde ihn als Bestie bezeichnet haben, als Monster und Ausgeburt der Hölle; und vielleicht hätten einige wenige in ihm auch das Genie erkannt, das in seinen Werken wenn nicht die Zeit, so doch wenigstens das Zeitalter überdauern wird. Wenn jedoch niemand je seinen Namen nennt und dabei entweder erschauert oder bewundernd staunt – oder beides –, so ist dies allein der Tatsache geschuldet, daß die Werke und Taten dieses Mannes so grausam und genial zugleich waren, ja, ihr Genie in ihrer Grausamkeit begründet liegt und umgekehrt, daß sie der Welt verborgen bleiben mußten – es vielleicht immer bleiben müßten, würden wir hier nicht tolldreist versuchen, das Unerhörte ein für allemal niederzuschreiben und dem Vergessen zu entreißen. Dieses Schicksal, den eigenen Namen niemals mit seinen Taten verbunden zu sehen, teilte und teilt Eisenstein freilich mit vielen Scheusalen nicht allein dieses im Vergehen begriffenen Jahrhunderts, sondern der Geschichte der Menschheit überhaupt. Genug Massenmörder, Kriegsverbrecher, Terroristen, Schlächter, Serienkiller und andere Unmenschen wird es gegeben haben, deren Namen nicht auf uns gekommen sind, obwohl auf ihrem Gewissen das Leiden und das Leben Unzähliger lastet – oder auch nicht lastet –, und wenn wir Heutigen nur die großen Tyrannen und Despoten kennen, so hindert uns dies doch nicht an dem nur heimlich eingestandenen Gedanken, daß in dem unwegsamen Massiv der Psychopathen und Kapitalverbrecher, die die menschliche Natur hervorgebracht hat, die Namhaften unter ihnen bloß den auch noch von ferne sichtbaren Gipfel bilden.

Rückt man aber näher heran an das Reich des dem gewöhnlichen Volke Unvorstellbaren, richtet man seinen Blick auf die Schattenseiten und in die Abgründe des menschlichen Lebens, so wird man feststellen, daß die bekannten Namen nur sehr selten auch denjenigen angehören, in deren Grausamkeit auch ein gewisses Maß an Genialität gemengt war – ja, deren Grausamkeit erst durch ihre Genialität das Aroma des Interessanten bekommt, dessen wir Durchschnittlichen zum Zwecke einer gewissen Reizung unserer sonst doch recht faden Existenz so sehr bedürfen. Dieses die Nerven aufs höchste spannende Aroma strömt uns aus dem Schicksal Josef Eisensteins bereits mit dem Tag seiner Geburt im Jahre 1919 entgegen.

Jedoch … Wenn die Geschichte seines Lebens hier ausgebreitet werden soll, so wird der Leser wohl schon jetzt, nach diesen einleitenden Worten, nicht umhinkönnen, frühe Zweifel anzumelden an der Wahrhaftigkeit des Geschilderten. Auch im Verlauf der Geschichte werden, so können wir versichern, derartige

Zweifel weder gänzlich zerstreut noch überhaupt gemildert werden können – zu kolossal ist das Ausmaß an Schrecklichkeit, die in ihren Einzelheiten zu schildern wir dem Geist der Geschichte zu schulden meinen, als daß Vorbehalte gegen die Aufrichtigkeit und Zuverlässigkeit des Erzählers nicht nur verständlich, sondern auch überaus erwartbar wären. Und so sei hier, nicht zum letzten Mal, versichert, daß die Elemente der Geschichte, die sich dem Leser auf den folgenden Seiten ausbreiten wird, nicht nur dem rein stattgehabten Leben mit treuem Auge abgeschaut, ja, wenn das Wort erlaubt ist: mit treuer Hand abgefühlt wurden, sondern ebenso einer höheren Wahrheit verpflichtet sind, wie sie, wenn auch nicht jedem Detail stets die erwünschte Unzweideutigkeit und Glaubwürdigkeit zukommen kann, die Natur dem Menschen nur in den erhabensten Werken der Kunst zu offenbaren pflegt.

Die Geburt also. Oder vielleicht beginnen wir noch ein wenig früher. Josef Eisenstein nämlich wurde in den Wirren des achtzehnten Jahres unseres an Wirren nicht eben armen Jahrhunderts gezeugt, am Abend des nämlichen Tages, der den Roten Baron über der Somme fallen sah. Am Morgen ebendieses Tages, etwa zehntausend Kilometer westwärts entfernt, erwachte ein Junge unter einem Pflaumenbaum, unter dem er am Abend zuvor, müde von der Feldarbeit, eingeschlafen war. Als bei Sonnenaufgang der Frühtau sich an den Halmen bildete, fielen schließlich auch von den Blättern des Pflaumenbaumes einige Tropfen herab, einer von ihnen, der zuvor mit den Exkrementen eines Fregattvogels in Berührung gekommen war und einige Teile mitsamt den darin sich befindlichen Erregern der Grippe in sich auf und mit sich genommen hatte, mitten in den Rachen des mit offenem Munde schlummernden Jungen. Dieser erwachte also, klopfte Dreck und Staub des Vortags von den Schenkeln und machte sich auf den Weg zum Haus seiner Eltern, wo seine Mutter ihn zur Begrüßung mit einer gehörigen Tracht Prügel empfing.

Der Junge erkrankte am folgenden Tag an einer schweren Grippe, die ihn zwei Wochen lang ans Bett fesselte und schließlich dahinraffte, nicht jedoch bevor er Gelegenheit hatte, den Erreger der Krankheit an seine Mutter, seinen Vater und seinen älteren Bruder weiterzugeben. Während Mutter und Vater drei Tage nach dem Tod ihres Sohnes gemeinsam am Grab standen, war dieser ältere Bruder, wir wollen ihn Jim nennen, bereits aufgebrochen auf eine lange Reise, von der er nicht zurückkehren sollte. Der Krieg hatte Jim gerufen, und Jim war dem Ruf gefolgt, bis nach Europa war er gekommen, wo er den Virus den meisten seiner Kameraden und einer Hure in Amsterdam weitergab. Von hier breitete sich die Grippe, die man später die Spanische nennen sollte, weil die ersten Meldungen über eine Epidemie aus der weniger von strenger Zensur eingeschränkten spanischen Presse stammten und man daher naturgemäß den Herd der Erkrankung auf der Iberischen Halbinsel vermutete, nach Westeuropa, Italien, Schweden, ja, bis in den Himalaja aus. Im Jahr 1920 schließlich, als die Epidemie endlich abzuklingen schien, hatten neben Jim, seinem kleinen Bruder und der holländischen Hure zwanzig Millionen Menschen den Tod gefunden, dreimal mehr, als der Weltkrieg für sich gefordert hatte.

Etwa neun Monate nach dem besagten Aprilmorgen, an dem Richthofen abgeschossen, Jims kleiner Bruder erwacht und Josef Eisenstein in einem kurzen, aber schmerzlosen Akt gezeugt worden war, war der Erreger mit der sogenannten Herbstwelle auch nach Weimar gelangt, wo er vor allem die ganz Jungen und die ganz Alten, die Armen und Hungernden angriff. Es gingen Gerüchte um, wer Schuld daran hatte, und man hörte abergläubische Vorstellungen darüber, wie die Krankheit sich verbreitete, Mutmaßungen über Fisch, der von den Franzosen vergiftet worden sei, über Staub und zu leichte Pyjamas, über geschlossene oder offene Fenster oder gar den unvorsichtigen Umgang mit alten Büchern. Die Stadtverwaltung reagierte schnell und verordnete ihren Mitarbeitern strengste Hygienevorschriften. Die Straßenbahn verweigerte Personen ohne Mundschutz die Mitfahrt, Schulen blieben geschlossen, in Krankenhäusern herrschte Quarantäne. In Erwägung der gefährlichen Situation entschlossen sich Josefs werdende Eltern, das Kind ohne ärztliche Betreuung zu Hause in der Parkstraße entbinden zu lassen, im Beisein nur der treuen und alten Amme Maria, die seinerzeit schon den nun zum Vater werdenden Hausherrn sowie seinen älteren Bruder auf die Welt geholt hatte.

Eisensteins Geburt fiel auf einen frostigen Februartag. Wochenlang war es so kalt gewesen, daß der Neptunbrunnen auf dem Marktplatz zugefroren war, nun aber erreichten die Temperaturen einen derartigen Tiefpunkt, daß das Eis sogar auf der Ilm im Park eine fingerdicke Decke bildete. Der letzte Kriegswinter hatte seine Opfer gefordert, die Kohlen waren schon lange ausgegangen, und Brennholz war ebenfalls so knapp, daß die Leute sich daranmachten, im Webicht und in Tiefurt Bäume zu schlagen. Auch in dem Haus in der Parkstraße, das die Eisensteins seit 1912 bewohnten, war das Brennmaterial aus, und so herrschte im gesamten Gemäuer eine beißende Kälte. So kalt war es, daß Maria, die Amme, gleich fünf wollene Decken bereithielt, zwei für das Kind, drei für die Mutter.

Josefs Mutter Fanny, eine geborene Mendel, freute sich über den Ankömmling fast genausosehr, wie sie sich freute, daß ihre Leidenszeit nun endlich vorbei war, die Zeit der Babylonischen Gefangenschaft, als die sie ihre Schwangerschaft halb im Scherz titulierte. Denn gefangen sah sie sich mit dem Tag, da ihr die Umstände, in denen sie sich befand, bekannt wurden – gefangen von einem Ungeborenen, das sein Leben begann, indem es das ihre beendete. Das ihre, das doch selber kaum erst begonnen hatte. Denn Fanny war immer noch jung. Bereits vor dem Krieg, als Sechzehnjährige, hatte sie beachtliche Erfolge auf der Bühne gefeiert, so daß sie nun hoffte, ja, erwartete, daß mit Kriegsende ihre Karriere eine nahtlose Fortsetzung erführe, ja, sogar noch zu höheren Sphären sich aufschwünge. Jetzt, da im Hochsommer auch für den verbohrtesten Nationalisten die Niederlage des Reiches abzusehen war, jetzt, da es bald Frieden geben, normale Zustände wiederhergestellt und die Menschen wieder in die Theatersäle strömen würden, hungrig nach all den Jahren der Entbehrung auf Unterhaltung und Abwechslung, jetzt würde Fanny ihren Mädchentraum wahr machen können und als neuer Stern am Himmel emporsteigen.

Wie enttäuscht, neben aller Mutterfreude, mußte sie gewesen sein, als sie die frohe Kunde erreichte. War da doch dieser störende Umstand, dieses Lebewesen, das ein Recht aufs Existieren anmeldete zur Unzeit, ein Mensch, der ihre Träume zunichte zu machen drohte. Als Mutter, so ahnte sie, würde sie nicht nur weniger flexibel sein, was Angebote großer Häuser anging, auch ihre Begehrtheit würde sinken, sobald das Publikum sie nicht mehr als junge, jungfräuliche Amazone wahrnahm, sondern als die Matrone, die sie war. Von den Unbilden, die eine Schwangerschaft ihrem Körper zufügte, ganz zu schweigen. Im Korsett würde sie fortan auftreten müssen, so ihrer mädchenhaften Behendigkeit ein Ende machen, ihre ausgelaugten Brüste würde sie stützen und ihr faltiges Dekolleté verbergen müssen.

Fern davon, sich in Gedanken an eine vorzeitige Beendigung der Schwangerschaft zu ergehen, ertappte sie sich doch hier oder da bei dem stillen Wunsch, das Kind möge behindert sein oder lebensuntüchtig, auf daß sich die Notwendigkeiten von selbst einstellten. Der Mensch, pflegte sie Humboldt zu zitieren, muß das Gute und Große wollen, das Übrige hängt vom Schicksal ab.

Doch in diesen Momenten, die sie untätig und zu jeder sinnvollen Beschäftigung unfähig im Lesezimmer verbrachte, erinnerte sie sich auch daran, daß die Heirat mit Doktor Samuel Josef Cahn Eisenstein vom ersten Tag an, einem schwülen Julitag des Jahres 1914, bedeutete, daß sie Kinder gebären würde. Wenn es denn bei diesem einen bliebe, wäre das noch ein recht günstiges Geschick. Sie mußte es also bewerkstelligen, daß ihr Mann nicht zur Unzeit die Gelegenheit bekam, ihr ein weiteres Kind zu machen. Vielleicht wäre es ihr dann doch vergönnt, trotz Mutterschaft und ruinierter Figur die Karriere fortzusetzen.

Nicht, daß sie ihren Mann nicht liebte, aber sie liebte ihn halt seines Geldes wegen. All die Möglichkeiten jedoch, die ihr eine Ehe mit dem betuchten und berühmten Professor eröffnet hatte, sah Fanny vom Tag der Verkündigung bis zur Niederkunft rapide schwinden. Gleichviel: Als es schließlich, am Morgen des sechsten Februar, soweit war, freute sich Fanny Eisenstein über den Anblick ihres ersten und – wie sich später herausstellen sollte – einzigen Sohnes. Über den Anblick, sagen wir, denn nachdem sie den kleinen Körper befühlt und festgestellt hatte, daß er kalt war, kalt wie der einer Totgeburt, und daß von der Nähe zu ihm keine Erwärmung erwartet werden konnte, war ein kurzer Blick alles, was die von der Anstrengung der Geburt und der schneidenden Kälte im Haus Ermattete ihrem Sohn an diesem Tag schenken konnte. Sie freute sich also und übergab das schreiende Bündel der Amme, die es wusch, trocknete, in die Wolldecken wickelte und ins Nebenzimmer trug. Dort, in einem viel zu großen, fast saalartigen Raum, legte Maria den Säugling in sein Bettchen, wo er schließlich irgendwann Ruhe gab.

Fanny, die vom Geschrei ihres Sohnes hinter der geschlossenen Doppeltür nichts mitbekam, konnte es kaum abwarten, ihrem Mann, sobald er wieder in der Stadt war, den kleinen Josef zu zeigen. Bis dahin sah sie es als ihre Pflicht, auf ihre Schönheit und Gesundheit zu achten, hüllte sich in drei Decken und schlief ein.

Josef Eisensteins Vater machte zu diesem Zeitpunkt einen weiten Bogen um die Stadt und zählte Kartoffelschalen in seiner Manteltasche. Er war auf der Rückfahrt von Jena, wo er soeben seine Veranstaltungen für das Sommersemester angekündigt hatte, war mit dem Mittagszug am Bahnhof angekommen und mußte sich nun seinen Weg um das Zentrum herum suchen, anstatt, wie gewohnt, geradewegs über Carl-August-Allee, Wieland- und Schillerstraße zu dem Anwesen zu gelangen, in dem seine Familie seit Generationen lebte. Samuel Josef Cahn Eisenstein nämlich, Doktor der Philologie an der Alma Mater Jenensis, gehörte einer Familie an, deren Weimarer Wurzeln sich bis 1770 zurückverfolgen ließen, bis zu dem Tag, an dem Anna Amalia einen Schwanfelder Warenhändler zum Hofjuden des

Fürstentums ernannte. Er war Nachfahre eines Cousins des Großherzoglichen Commissairs und Banquiers, der den Hof mit Silber beliefert hatte. Sein Großvater, so ging die Rede, hatte als Kind noch den alten Goethe auf seiner letzten Wanderung auf den Kickelhahn gestützt, und sein Vater hatte ebenda anno 1774 geholfen, das ein paar Jahre zuvor niedergebrannte Goethehäuschen wiederaufzubauen. Samuel selber hatte es nicht ins familiäre Bankgewerbe gezogen. Zum Zeitpunkt der Zeugung seines Sohnes war er mit neununddreißig Jahren ein in Fachkreisen bekannter und auch im Ausland hochgeschätzter Wissenschaftler, Dozent der allgemeinen und vergleichenden Sprachwissenschaften, Mitverfasser des *Indoarischen etymologischen Wörterbuchs*, eines Standardwerks des noch jungen Zweiges der historischen Linguistik. Sein Ruf hallte jedoch nicht nur seiner wissenschaftlichen Tätigkeit wegen weit über die Tore seiner Heimatstadt hinaus; seine Dienste als Offizier hatten ihm unter weiteren Auszeichnungen im Jahr 1916 das Wilhelm-Ernst-Kriegskreuz eingetragen, seine politische Tätigkeit als Stadtverordneter Weimars sicherte ihm einen Platz im Landtag, und nicht nur das. Seit dem vergangenen November hatte er sich in Briefen nach Berlin und in persönlichen Gesprächen auch erfolgreich darum bemüht, für die Wahl zur Nationalversammlung aufgestellt zu werden, und sich für diese nicht die schlechtesten Chancen ausgerechnet. Als im Januar dann die Entscheidung über den Tagungsort gar auf seine Heimatstadt fiel, war er außer sich vor Freude – fünf Tage später jedoch, bei Verteilung der Sitze, hatten die Stimmen für seine Partei nur knapp nicht gereicht, um ihn zum Zuge kommen zu lassen.

Zwei Wochen lang haderte Dr. Eisenstein mit sich und der Welt, sprach von Komplott und Intrige. An dem Morgen aber, von dem hier die Rede ist, entschied er sich, dem Ganzen nicht mehr Gewicht beizumessen, als es verdiente. Wenn diese Republik auf Männer wie ihn glaubte verzichten zu können, so würde sie aller Voraussicht nach nicht von langer Dauer sein. Er hingegen würde sich eben wieder der Wissenschaft und der Pflege seines gesellschaftlichen Lebens widmen. Im März bereits konnte er seine alten Skripte wieder hervorholen, denn um eine gänzlich neue Vorlesung zu entwerfen, dazu war er zu spät aus Frankreich zurückgekehrt. Dann würde er auch endlich sein lange in Aussicht stehendes Projekt in Angriff nehmen, eine neue, maßgebliche *Geschichte der deutschen Sprache.*

Ärgerlich war ihm auch das Tohuwabohu, das man jetzt in Weimar veranstaltete und das ihn an diesem Tag zwang, seinen Heimweg zu verlängern. Polizei an jeder Ecke, die Vertreter der Tagespresse aus der Hauptstadt und dann das graue Heer der Abgeordneten. Kopfschüttelnd ging er an den von ehrwürdigen Bürgern in hohen Stehkragen und ein paar Trotteln der Akademie in konstruktivistischen Blusen gesäumten Absperrungen zum Platz am Nationaltheater vorbei, wo ganze zwölf Wachtmeister mit Mundschutz auf der Treppe Wache standen, und betrat den *Schützen*, ein seit Menschengedenken den Kutschern vom Theaterplatz ausschenkendes Lokal. Dort nahm er eine Tasse Tee und beauftragte einen Burschen, ihm das hier vor Tagen vereinbarte Holz in die Parkstraße zu tragen. Der Bursche allerdings, ein blonder Schlaks von höchstens zwölf Jahren, war, wie Dr. Eisenstein bald bemerkte, nicht der gesündeste. Er hustete und keuchte so stark, daß Eisenstein fast geneigt war, ihm die Last abzunehmen, die ausgemachten Kartoffelschalen in die Hand zu drücken und das Bündel selbst nach Hause zu schleppen. Er konnte dem Gewissensdrang fast nicht mehr widerstehen, da waren sie auch schon am Frauentor um die Ecke gebogen und sahen die stuckbesetzte Fassade des Eisensteinschen Hauses. Der Doktor hieß den armen Tropf die Fracht vor dem Portal ablegen, hochtragen werde er sie schon selber.

In den Wohnräumen des ersten Stockwerks angekommen, schwitzte nun auch Eisenstein von der Anstrengung, die sein schmächtiger Gelehrtenkörper nicht gewohnt war, so stark, daß er gegen alle Vernunft meinte, der Bursche müsse ihn angesteckt haben und die Krankheit bereits ausgebrochen sein – eine Inkubationszeit von fünf Minuten, scherzte er bei sich, alle Achtung! Doch ob seine Erschöpfung bloß ein normaler Vorgang war oder nicht: Die Gefahr, daß dieser Bursche ihn angesteckt haben könnte mit Tuberkulose, Lungenpest oder der gleichen Influenza, unter der seit sieben Tagen halb Weimar litt, war hoch genug. Er entschied also, seine Frau nur von ferne zu begrüßen. Als er sie in ihrem Bett schlafend erblickte, fielen ihm wieder ihre Umstände ein, doch Maria, die ihm das Holz abgenommen hatte, teilte ihm die frohe Botschaft mit. Und so stattete er auch seinem neugeborenen Sohn einen Besuch ab, bei dem er allerdings peinlichst darauf achtete, weder die Amme zu berühren noch dem Säugling, der ihm dort in der hinteren Ecke des Saales wie eine verpuppte Larve vorkam, näher als auf zehn Schritte zu kommen. Das Kind werde sich schon irgendwann zum Schmetterling verwandeln, dachte er. Dann begab er sich mit zufriedener Miene in sein Studierzimmer und machte sich an die Arbeit.

An diesem Tag war Maria also die einzige, die Josefs bedürftigen Körper berührte, nachdem er den Leib seiner Mutter verlassen hatte. Und solange die Grippe im Land wütete, sollte das auch so bleiben.

2

Ob es nun an der noch immer wild wütenden Influenza lag, von der sich die Einheimischen nicht sicher waren, ob die Übel, die sie mit sich brachte, nicht doch übertroffen wurden von den Massen der Abgeordneten, die seit Wochen Straßen, Plätze und Restaurants der Stadt verstopften, oder einfach am schon beachtlich fortgeschrittenen Alter der Amme und der Länge des Lebensfadens, der ihr zugeteilt war – eine Woche nach Josefs Geburt entschlief Maria friedlich und mit einem Lächeln auf den Lippen auf der Chaiselongue, wo sie die vergangenen Tage und Nächte über den kleinen Josef wachend verbracht hatte.

»Was soll denn das?« sagte Dr. Eisenstein, als er das Kinderzimmer betrat. Seine Frau, beunruhigt vom Ausbleiben der Geräusche, die sonst allmorgendlich von nebenan ans Bett der Wöchnerin drangen, hatte die tote Maria gefunden und ihn sogleich verständigt. Er stützte beide Fäuste in die Seite und schüttelte den Kopf, ganz so, als hätte man ihm einen bösen Streich gespielt und er müsse nur noch den Schuldigen ausmachen, um ihm eine Standpauke zu halten. Unschlüssig verharrte er in der einmal eingenommenen Körperhaltung.

»Vielleicht hätten wir das Kinderzimmer doch heizen lassen sollen«, sagte Fanny.

Dr. Eisenstein schüttelte erneut den Kopf, diesmal über die Vermutung seiner Frau, die Kälte im Kinderzimmer könne etwas zum Ableben Marias beigetragen haben.

»Zu warm ist es auch nicht gut«, sagte er.

»Wir müssen ihn hier wegschaffen«, sagte Fanny, offensichtlich um die Gesundheit ihres Wöchlings besorgt. Auch sie bewegte sich nicht.

»Ganz recht.«

Beide lauschten. Dr. Eisenstein war sich nicht ganz sicher, wen seine Frau mit »ihn« gemeint hatte – seinen Sohn oder den Körper der toten Gouvernante. Einerlei, dachte er, so oder so mußte etwas geschehen. Doch weder er noch Fanny lösten sich aus ihrer Starre. Berühren wollten sie die alte Maria nicht, nach allem, was man über die Gefahr einer Ansteckung hörte. Fanny stillte schließlich noch, was bedeutete, daß sie ihre Milch mit Marias kundiger Hilfe abpumpte und dem Kind in Fläschchen zukommen ließ. Ob das aber bereits angesteckt war oder nicht, trauten sich seine Eltern nicht zu sagen. Alles schien friedlich in dem Bettchen, kein Husten, kein Niesen, kein fiebriges Ächzen. Vielleicht war es bereits …? Aber nein … da! – die Decke bewegte sich doch, ging leicht auf und ab. Das Kind schlief ruhig und fest.

Nach einer halben Minute des Schweigens, die man ihnen als Trauerzeit hätte auslegen können, machten Josefs Eltern auf dem Absatz kehrt, verließen das Zimmer, in dem ihr Sohn wohl oder übel noch ein Weilchen allein neben der Toten verbringen mußte, schlossen die Türen hinter sich fest zu und gingen, nachdem sich der Hausherr um die nötigen Formalitäten gekümmert hatte, wieder ihren eigenen Beschäftigungen nach.

An jungen Mädchen herrschte kein Mangel. Doch Eisenstein beschloß, daß darauf zu achten war, daß die Neue nicht nur kerngesund, tüchtig und belastbar war, sondern auch zu absolutem Gehorsam in der Lage. Schließlich würde ihre Anstellung für sie bedeuten, Josef streng von der Berührung durch andere fernzuhalten und auch selber mit keinen anderen Menschen in Kontakt zu kommen – zumindest, solange die Grippewelle nicht abgeebbt war. Ach ja, und eine Schickse sollte sie sein.

Also wurde, zehn Tage nach Josefs Geburt und drei nach Marias Ableben, die einundzwanzigjährige Henriette Condé aus dem nahen Schöndorf ins Eisensteinsche Haus geholt, eine zierliche und schüchtern dreinblickende Französisch-Reformierte, die ihre Fähigkeit als Kindermädchen bereits an drei jüngeren Schwestern bewiesen hatte, die sie zusammen mit der Mutter in einem Gartenhäuschen aufzog.

Für Henriette freilich, von deren gesunder Konstitution sich Dr. Eisenstein selbst überzeugt hatte, bedeutete die Anstellung die Möglichkeit, ihre Familie durchzubringen, zumal der junge Vater sie nicht in Geld, sondern in Naturalien bezahlte: Wöchentlich lieferte man fortan einen Korb mit zwei Dutzend Eiern, einem halben Pfund Kartoffeln, einem Kohlkopf und einer Wurst aus Schmalkalden ins Schöndorfer Gartenhäuschen. Sie selber aß in der Küche, nachdem sie der Hausherrin ihre Einmachsuppe, Zwieback und Malzbier ans Bett gebracht hatte, sie nächtigte auf der nämlichen Chaiselongue, auf der schon ihre Vorgängerin geschlafen hatte, und von dort aus ließ sie den kleinen Josef nur aus den Augen, wenn sie diese schließen mußte.

Als Henriette den kleinen Josef zum ersten Mal sah, war sie äußerst verwundert. Er lag da von Kopf bis Fuß eng in Bandagen gewickelt, die sowohl vor Läusen als auch davor schützen sollten, daß er sich mit seinen Händchen selbst verletzte. So klein und schmächtig schien der zehn Tage alte Säugling, so bleich und still und reglos, daß sie im ersten Moment zweifelte, ob in ihm überhaupt noch ein Fünkchen Leben war. Sie fragte sich, ob er nicht vielleicht zu wenig Milch bekam, doch Frau Eisenstein versicherte ihr, alles sei in bester Ordnung, der Junge sei nun mal ein wenig zarter, er komme schließlich auf seine Mutter.

Am gleichen Tag führte Dr. Eisenstein mir ihr ein Gespräch über die Notwendigkeit der korrekten Behandlung seines Nachkommen.

»Unter keinen Umständen«, sagte er, während er vom Türsturz des Kinderzimmers aus das Schaukeln des Bettchens verfolgte, das Henriette mit ihrem linken Fuß verursachte, so daß seine Pupillen leicht hin und her pendelten, »unter keinen Umständen darf Josef mit fremden Personen in Berührung geraten. Sehen Sie ihn sich an, Henriette, wie schmal und blaß er ist, und Sie werden verstehen, daß wir alles tun müssen, um seine anfällige Konstitution zu schützen. Vermeiden Sie also alles, was ihn der Gefahr aussetzen könnte. Wickeln Sie ihn stets fest und sicher in Bandagen. Darüber hinaus achten auch Sie darauf, den Umgang mit Personen zu meiden, ob direkt oder indirekt, die im Verdacht stehen, Krankheitserreger in sich zu tragen. Und das sind momentan so ziemlich alle in dieser Stadt.«

Henriette, die sich bewußt war, daß Dr. Eisenstein seinen Sohn gar nicht sehen konnte von dem Platz aus, an dem er stand, blickte den Kleinen an, wie er friedlich schlummerte. Recht hatte er ja schon, Josef war ein schmächtiges Kerlchen, selbst ihre kleinste Schwester war bei der Geburt kräftiger gewesen als dieser Hänfling mit dem blutleeren Gesicht. Aber ob die Bandagen, ob die Umgangsregeln daran etwas änderten? Ihre Schwestern hatten sich schließlich auch im Dreck gewälzt, mit den Hunden gespielt und waren von der gleichen Hand gemaßregelt worden, die kurz zuvor noch die Gänseeier aus dem Nest geholt hatte. Und gestorben daran war keine.

Henriette nahm sich trotz dieser Bedenken zu Herzen, was ihr Hausherr befahl. Mehr noch – als sie hörte, wie ernst es dem Vater war, und gewahrte, wie sehr es von ihrer Fügsamkeit abhing, daß ihre Mutter und ihre Schwestern weiterhin mit Lebensmitteln versorgt würden, entschied sie, der Vorsicht des Vaters eine noch größere Vorsicht hinzuzusetzen. Weder der kleine Josef noch sie konnten es sich leisten, daß er krank wurde. Und so unterwarf sie seine Pflege in den ersten Wochen einer strikten Observanz.

Spaziergänge durch die verschneiten Straßen der Stadt unternahm sie keine. Auch der Park war für Josef und sie tabu. Lebensmittel ließ sie vor der Tür abladen, holte sie erst später und wusch, schrubbte und kochte sie. Die Flaschen und die Brustwarzen der Mutter entkeimte sie mit Alkohol, die Wickel des Kleinen wusch sie in so heißem Wasser aus, daß sich von ihren verbrühten Händen nach ein paar Tagen die Haut schälte. Die Fenster des Kinderzimmers blieben stets verschlossen, auch die Vorhänge waren die meiste Zeit zugezogen, als könnte das Licht der Sonne die schwächliche Verfassung des Kindes noch mehr angreifen. Die Türen wurden nur für sie geöffnet, und gelüftet wurde erst, nachdem sie das Bettchen mit einem der blickdichten Leinentücher bedeckt hatte. Und auch sie selber, obwohl sie sich kerngesund fühlte, achtete darauf, den kleinen Josef so selten wie möglich zu berühren.

Nach ein paar Wochen jedoch begannen sich erste Zweifel im Kopf der hübschen Henriette breitzumachen. Fern davon, zuzunehmen, kräftiger zu werden, zu wachsen oder seine bläßliche Hautfarbe zu verlieren, schien der kleine Josef eher noch schwächlicher geworden zu sein. Auch die Lebenszeichen, die er von sich gab, seit dem Tag ihrer ersten Begegnung eh schon spärlich genug, wurden weniger und schwächer. Die Eltern jedoch, die sich kaum je im Zimmer blicken ließen, schien das nicht zu bekümmern. Sollte ihre Vorgängerin ihnen auch versichert haben, alles gehe seinen natürlichen Gang und ein Kind wachse schon, wenn es an seiner Entwicklung sei, so hatte Henriette doch mit ihren Schwestern genug Erfahrung, um zu wissen, daß Kinder in diesem Alter nicht mehr nur den ganzen Tag schlafen, sondern auch das Köpfchen heben oder beim Wickeln die Dinge, die sich vor ihrem Gesicht befinden, fixieren. Nichts davon beim kleinen Josef. Seine Unfähigkeit, bewegliche Dinge mit den Händen zu greifen oder ihnen zumindest mit den Augen zu folgen, kam ihr wie mangelnde Neugier dem Leben gegenüber vor. Als hätte das Kind irgendwann entschieden, daß die Welt ihm nichts bieten könne, was sein Interesse wecken würde, und daher alle Versuche der Kontaktaufnahme abgelehnt. Sein Hunger wurde nicht größer, als hätte er sich auf die einmal beschlossene Ration eingestellt. Auch lachte das Kind nicht, wie sie es von ihren Schwestern kannte, es reagierte auch nicht auf ihr Gesicht, wenn sie lächelte oder Grimassen schnitt. Der kleine Josef sah einfach unbeteiligt zur Seite oder durch sie hindurch. Das allerschlimmste aber, fand Henriette, war die Tatsache, daß es ihm egal war, ob sie im Zimmer war oder nicht. Ob er sie sehen konnte oder nicht, schien an seinem immer gleichen Gemütszustand nichts zu ändern. Was ihr bei den Schwestern als große Last erschienen war, nämlich die Unfähigkeit, allein zu bleiben, wünschte sie sich nun sehnlichst herbei, und sei es auch nur, um ihren weiblichen Stolz zu befriedigen.

Henriettes Zweifel an der gesunden Entwicklung ihres Zöglings wurden schließlich so groß, daß sie beschloß, das strenge Reglement der Kinderstube zu überdenken. Weder der kleine Josef noch sie selbst konnten es sich leisten, daß er an Entkräftung stürbe. Zudem schien nun in Weimar mit dem Winter endlich auch die Grippe im Abklingen begriffen zu sein. Sie faßte sich also ein Herz, hob das Kind samt Wolldecke und Leinentuch aus seinem Bettchen, trug es zum Kinderwagen, der seit Februar ungenutzt im Flur stand, und machte mit ihm einen heimlichen Ausflug.

Es war also ein sonniger Märzvormittag, an dem der kleine Josef zum ersten Mal wirklich das Licht der Welt erblickte, und von dem Moment an, da frische Luft seine Nase umwehte, schien auch er lebendiger zu werden. Er rekelte und dehnte sich in seiner Kiste, streckte die Händchen empor, gluckste vor sich hin, und als sie den Ilmpark erreichten, schien sogar ein kleines Grinsen auf seine Wangen gezaubert. Dies wiederum machte Henriette so glücklich und stolz, daß sie die Zeit vergaß und immer weiter in den Park hineinlief.

Henriette wußte nicht ganz, welcher Gedanke sie hierhingeführt hatte, doch nun, nach einer zweistündigen Wanderung mit dem Kinderwagen vor sich, stand sie am Gartenhäuschen in Schöndorf, ließ sich von ihren Schwestern drücken und küssen und merkte erst jetzt, als sie auch von ihrer Mutter herzlich umarmt wurde, wie sehr ihr die Familie in den letzten Wochen des Eingesperrtseins in die Weimarer Villa gefehlt hatte. Auch vom kleinen Josef konnten die Mädchen ebenso wie die Mutter nicht ablassen – er, der noch immer so ungewohnt munter dreinblickte, entzückte die Damen so sehr, daß sie ihn aus seiner fahrenden Kiste hoben, ihn der Decke entledigten und eine nach der anderen hochhielten, herzten und küßten.

Und der stille bleiche Säugling, gerade wenige Monate alt, schien es zu genießen, daß man sich um ihn kümmerte. Er mochte vielleicht nicht viel mitbekommen von dem, was um ihn herum geschah, aber wie er da so auf dem Schoß der Älteren saß und hin und her geschaukelt wurde, wie er seine Fäustchen um die Finger der Mittleren schloß, die sie ihm hingehalten hatte, und wie er in herzerheiterndes Glucksen ausbrach, als die Jüngste ihm sachte ins Gesicht pustete – da machte es den Eindruck, als würde er aufleben.

3

Zwei Wochen später waren ihre Schwestern tot. Der Virus aus Kansas hatte nun, beinahe ein Jahr später und in einem anderen Erdteil, auch hier seinen abermillionsten Tribut eingesammelt, und das gleich in dreifacher Zahl. Das Verfluchte an ihm war nicht, daß er so unerbittlich vorging, so viele Opfer forderte und Staatsgrenzen und Weltmeere überquerte, sondern daß er so wählerisch war. Daß er prätentiös war wie ein verwöhntes Kind und nicht gleich die ganze Familie dahinraffte, sondern nur einzelne Mitglieder, während die Überlebenden, erstaunt und erbost über soviel Willkür, kopfschüttelnd an den Gräbern standen. Auch Henriettes Mutter und sie selbst blieben verschont, blieben frei von jeglichem Anzeichen der Krankheit, so sehr unbeachtet vom Tod, daß Frau Condé sich schließlich auf die Körper ihrer drei kleinen Töchter warf, flehend, er möge sie nicht verschmähen.

In ihrer Seelennot gestand Henriette dem Doktor, daß sie gegen die Anweisungen gehandelt und seinen Sohn entführt hatte – als hoffte sie, damit das Schicksal besänftigen und das Schlimmste abwenden zu können. Dann bat sie um Urlaub. Eine alte Bekannte der Familie, Adele Flachsland aus der Rießnerstraße, eine zuverlässige, unterrichtete und akkurate Person, nahm ihre Stelle ein, und so war Henriette in der Lage, für die kommende Zeit wieder in ihr Elternhaus zurückzukehren und dort alles Menschenmögliche zu tun.

Doch das half nicht. Kein Zwieback, kein Honigwasser, keine Essigstrümpfe, keine Wadenwickel, weder Kamille noch Lindenblüte. Auch ihre Gebete blieben unerhört. Das Zittern wurde heftiger, die Gesichter immer blasser, der Schweiß auf ihren Kinderstirnen kälter. Das Fieber stieg, die Krämpfe nahmen zu, dann kamen der Auswurf und die grüne Galle. Nicht einmal ein Schlückchen Tee konnten sie noch bei sich behalten. Ihr Stöhnen wurde lauter, klagender, elender, bis es zuletzt spärlicher wurde, dumpfer und ganz verebbte. Dann nahm er sie sich, der Tod, innerhalb einer Fünfstundenfrist griff er zu, wo er doch schon mal da war. Erst die Jüngste, dann die Zweitjüngste, dann die Zweitälteste, so daß Henriette, obgleich wohlauf und ohne Symptome, sich bereitete, vor ihren Erlöser zu treten. Doch der wollte sie nicht. Sie fühlte sich nicht geschwächt, hatte kein Kratzen im Hals, keine Feuchtigkeit im Nacken, keine glasigen Augen. Der Tod hegte kein Interesse an ihr.

So stand sie drei Tage später allein neben ihrer Mutter an den frisch ausgehobenen Gräbern ihrer drei Schwestern auf dem Hauptfriedhof. Henriette wollte ihre Mutter gerade unterhaken, denn der Pastor hatte bereits Asche zu Asche geworfen, den Abschiedssegen und das Vaterunser gesprochen, da bemerkte sie, daß noch ein dritter Trauergast anwesend war. Dr. Eisenstein war gekommen, um der Mutter sein Beileid auszusprechen. Bestürzt, nur mühsam gefaßt sah er aus, wie er dastand in respektvoller Distanz, in schwarzem Mantel und grauen Hosenbeinen. Er grüßte, als die beiden Frauen auf ihn aufmerksam wurden, indem er den Hut abnahm und sich tief verbeugte.

Doch Henriette ahnte, daß seine Bestürzung, wenn nicht gespielt, so doch anderer Natur war, als ihre Mutter es annehmen mußte. Sie wußte, daß der Herr Doktor *ihr* die Schuld gab am Tod der Mädchen. Und sie konnte nicht umhin, ihm recht zu geben. Schließlich hatte sie sich gegen seinen ausdrücklichen Befehl aufgelehnt, war heimlich fortgegangen und hatte somit Unheil über Unschuldige gebracht. Dr. Eisenstein und sie wußten beide, daß der Gedanke, der ihre beiden Köpfe seit Tagen in Beschlag genommen hatte, der Gedanke nämlich, daß die drei und auch Maria, die Amme, gestorben waren, weil in dem kleinen Josef irgendein bösartiger Erreger schlummerte, im Grunde unsinnig war. Eine solche Behauptung war reine Spekulation, eine durch nichts haltbare Unterstellung, Katholikengewäsch. Und auf Grundlage einer solchen Supposition den Stab über Henriette zu brechen war mehr als unziemlich.

Dr. Eisenstein aber tat, was getan werden mußte.

»Es wird vielleicht besser sein«, sagte er, während sie zu dritt die Allee Richtung Trauerhalle entlangschritten, »wenn Sie sich in nächster Zeit ein wenig um ihre alte Mutter kümmern, Henriette. Machen Sie sich um Ihre Einkünfte keine Gedanken; es wird Ihnen, selbstverständlich, ein Paket zugesandt werden. Bis auf weiteres. Und eine Nachfolge haben wir auch schon gefunden.«

Bis auf weiteres. Dr. Eisenstein, dachte Henriette, hat ein schlechtes Gewissen.

Und sie hatte recht. Aber auf Eisensteins Gewissen lastete nicht nur die Tatsache, daß er Henriette für etwas beschuldigte, das ihr unmöglich zur Last gelegt werden konnte, sondern auch das Eingeständnis seiner eigenen Glaubensschwäche. Die Überzeugung nämlich, daß all dies wissenschaftlich zu erklären sei, hatte ihn zwischenzeitlich verlassen, und statt dessen hatte er sich der Vorstellung hingegeben, Geister und Dämonen hätten von dem kleinen Josef Besitz ergriffen. Was die kluge Henriette nicht ahnen konnte, war, wie unwohl sich Eisenstein fühlte bei dem Gedanken, die Anwesenheit seines eigenen Fleischs und Bluts könne einen primären Kausalzusammenhang haben mit dem Tod unschuldiger Menschen. Doch konnte er auf Grundlage dieses Gedankens wohl kaum praktische und plausible Schlüsse ziehen, und so war Henriette der Bock, der zu Asael in die Wüste geschickt werden mußte. Was blieb ihm anderes übrig.

Um sein Gewissen zu beruhigen, hatte er Frau Condé nicht nur weitere drei Monate Schmalkaldener Wurst nach Schöndorf schicken lassen, sondern auch die Bekannte eingestellt, die für Henriette eingesprungen war. Diese, eine weitaus ältere, weitaus weniger hübsche, machte ihm auf die ersten Momente hin den Eindruck, als sei sie stumm oder taub oder gar beides, denn kein Zeichen des Verständnisses war auf ihrem Gesicht zu lesen, gab er ihr einen Befehl, einen Ratschlag oder ähnliches. Doch offensichtlich kümmerte sie sich gut um den kleinen Josef, denn anders als die hübsche Henriette hatte sie keine eigenen Ziele im Sinn, sondern tat stets, wie ihr geheißen.

Adele Flachsland aber war weder stumm noch dumm. Sie konnte sprechen, wenn sie das auch in zusammenhängenden Sätzen nur tat, wenn sie schlief. Sie war auch nicht taub. Das einzige, was in ihr nicht funktionierte, war das Organ für den Empfang menschlicher Regungen. Sie hatte Schwierigkeiten, sich in andere einzufühlen, daher hielt sie es auch nicht für notwendig, ihnen ein Zeichen des Verstehens oder der Zustimmung zu geben. Sie tat, wie ihr geheißen, und damit war es gut. Den kleinen Josef behandelte sie mit derselben gleichmütigen Apathie, mit der sie einen frischgestrichenen Gartenzaun behandelt hätte, den sie hätte hüten sollen. Sie sah es nicht als notwendig an, ihn zu berühren, und so tat sie es auch nicht. Zu seinem bloßen Überleben war es notwendig, ihn an feste Kost zu gewöhnen, seinen schmächtigen Körper wöchentlich mit einer Bürste abzuschrubben und ihm die Windeln zu wechseln, wenn die Zeit es gebot. Tätscheln und Hätscheln, Kitzeln, Krabbeln und Patschen, Grimassenschneiden, Anpusten, Klatschen, Schwatzen und Brabbeln – all das war nicht nach Adeles Art. Und da Josef auch niemals schrie, wehklagte, nieste oder hustete, gab es auch keine Veranlassung, darüber nachzudenken, es anders zu halten.

Den Eisensteins war es recht. Josefs Mutter, die am Grund für den Wechsel zwischen Henriette und Adele nicht interessiert war, interessierte sich auch nicht für das Verhalten der Amme. Jede Frau, die ihren Sohn über die schwierigen Jahre hinwegbrachte, war ihr genehm. Solange sie sie nicht zu sehr in Anspruch nahm und auch dafür sorgte, daß Josef das nicht tat, machte sie sich keine Gedanken. Josefs Vater hingegen, der an dem Kleinen etwas größeren Anteil nahm, weil er das Gefühl hatte, mit seinem Sohn auch die Nachfolge der Familie Eisenstein geregelt zu haben, hielt Adele für ein Geschenk des Himmels. Denn wenn auch Henriette sicher lieblicher anzusehen gewesen war, klüger und gewitzter allemal, und ihr Verhalten Gefühl und Empfindsamkeit vermuten ließ, waren offenbar nach allem, was geschehen war, gerade Adeles innere Kälte und Teilnahmslosigkeit für seinen Sohn die angemessenen Lebensbedingungen. Mit Adele Flachsland als Kindermädchen würde Josefs Berührung keine Gefahr mehr für Unschuldige darstellen.

So geschah es. Tage und Nächte verbrachte Josef in seinem Kinderzimmer, unterbrochen nur von kleinen Ausflügen durch Salon und Flur und an frühen Morgen oder späten Abenden in den nahe gelegenen Park. Menschen sah er keine, außer seiner neuen Amme, seinem Vater und gelegentlich seiner Mutter. Das mußte genügen.

Und Josef wuchs. Entgegen Henriettes einstigen Befürchtungen blieb er nicht klein wie ein Einmonatiges, sondern bekam allmählich eine seinem Alter angemessene Fülle und Größe. Bleich war er noch immer, doch seine Ärmchen wurden länger, seine Beinchen kräftiger, schließlich begann er sich aufzurichten, zu sitzen, zu stehen und den einen Fuß vor den anderen zu setzen, wie es auf der körperlichen Seite eben vor sich zu gehen pflegte.

Auf einer anderen Seite aber schien seine Entwicklung ganz und gar nicht dem zu entsprechen, was man, was vor allem sein Vater von ihm erwartete. Er sprach nicht. Kein Laut, kein unverständiges Brabbeln, kein Wort kam über seine Lippen. Als Monate nach seinem dritten Geburtstag der kleine Josef noch immer nichts von sich gegeben hatte, was einem Gefühlsausdruck oder einem Versuch der Kontaktaufnahme gleichgekommen wäre, begann Dr. Eisenstein, sich Gedanken zu machen. Sollte ausgerechnet der Sohn eines renommierten Linguisten der Fähigkeit, mit der wir vom Tier uns unterscheiden, entsagen müssen? Sollte er stumm bleiben auf ewig, ein Fisch unter Menschen, oder sprachlich eingeschränkt, ordinär und primitiv, wie die Kinder, die man im Wald gefunden hatte?

Gewiß, man wußte von Kindern, die jahrelang kein Wort sprachen, um dann mit ganzen wohlformulierten Sätzen die Anwesenden zu überraschen. Man wußte auch von Kindern, die nicht sprachen und ihr natürliches Mitteilungsbedürfnis statt dessen anderweitig befriedigten. Kinder, die eher schrieben als sprachen, oder welche, die malten, trommelten oder eine Geheimsprache entwickelten, bis sie dann endlich doch die ersten verständlichen Laute artikulierten. Aber man wußte eben auch von Menschen, die im Alter von zwei Jahren Latein und Französisch reden konnten wie das Lübecker Wunderkind oder dreijährig Griechischlektionen erhielten wie John Stuart Mill. Oder die Thora auswendig aufsagen konnten, wenn sie sechs waren. Daß sein Sohn augenscheinlich zu solchen nicht gehören sollte, sorgte beim Verfasser des *Indoarischen etymologischen Wörterbuchs* für nicht geringen Verdruß.

Schließlich, es war im Sommer 1922, begann der kleine Josef zur Erleichterung seiner Eltern doch zu sprechen, und wenn es auch keine ganzen, wohlformulierten Sätze waren, schon gar keine Thorazitate, so doch mehr oder weniger sinnbehaftete Äußerungen, banal zwar, aber ihrem Zweck dienend und sich vage an bestehenden Formen der deutschen Grammatik orientierend. Vorhersagbar war dies gewiß und fern davon, bei Dr. Eisenstein für Verwunderung zu sorgen. Was in ihm aber eine geradezu wissenschaftliche Neugier entfachte, war die Tatsache, daß Josef überhaupt so alt geworden war. Es war nicht unbedingt zu erwarten gewesen.

4

Wie schnell die Zeit dahineilte. Kurz nach dem Ausbleiben des Wochenflusses hatte Fanny Eisenstein ihre Bestrebungen, sich auf der Bühne einen Namen zu machen, wiederaufgenommen und im Herbst, in der ersten Aufführung des Nationaltheaters nach der Abreise der Delegierten, in einer Rolle reüssiert, die ihr wie auf den Leib geschnitten schien, als Frau Miller nämlich aus Schillers *Kabale und Liebe*. Dr. Eisenstein hingegen hielt, wie geplant, wieder Vorlesungen, gab Seminare und führte die Arbeit an seinem *opus magnum* fort, der gewichtigen Abhandlung zur Geschichte der deutschen Sprache. Auch ihr gesellschaftliches Leben hatten sie aufgefrischt, und im Grunde war es für sie nach dem Krieg nicht viel anders als davor. Der Ludergeruch der Revolution war verflogen, Influenza und Inflation hatte man überlebt, was sollte jetzt noch kommen? Wer vor dem Krieg seinen Gefallen daran gefunden hatte, über die Verhältnisse zu schimpfen, fand auch jetzt Grund genug dazu. Wer klug war, schlug sich durch, und wer nicht aufpaßte, kam unter die Räder. Wer gefallen war, war tot, die übrigen aber mußten dafür sorgen, daß das Leben weiterging.

Das tat es, was blieb ihm anderes übrig. Die Eisensteins führten es nun zwischen Festempfang und Bühne, zwischen Galadiner und Podium, Katheder und Amusement. Aufgrund der eher heiklen Verbindung einer so attraktiven wie geltungssüchtigen und weltgewandten Schauspielerin mit einem so gescheiten wie umtriebigen und wortgewandten Gelehrten wurde das Haus in der Parkstraße rasch zu einem der prominentesten im Weimar der Nachkriegsjahre. Die Eintagsfliegen waren wieder in die Hauptstadt zurückgekehrt. Wer jetzt noch hier war, wollte bleiben. Minister, Diplomaten und Sekretäre, Professoren und Privatgelehrte, Theaterleute und Musiker, Bildhauer und Maler, Schriftsteller und Journalisten, Professionelle und Dilettanten, Juden und Christen, Orthodoxe und Freidenker, Kaisertreue und Republikaner, Soldaten und Zivilisten, Männer und Frauen, aufstrebend und absteigend in Rang und Namen – alle verkehrten sie gerne und oft im Eisensteinschen Salon, dessen hohe Fenster einen Ausblick aufs Fürstenhaus, auf die Rückseite vom Elephanten und, wenn man sich ein wenig vorbeugte, auf die Herzogliche Bibliothek und die Linden im Ilmpark boten. Daß die Eisensteins Juden waren, war eine Sache, an der man sich belustigen konnte, die man zu ignorieren hatte oder die man – wie nicht zuletzt der Prinz – eben hinnehmen mußte. »Wenn alle Juden so wären wie die Eisensteins ...«, hatte jemand einmal im kleinen Kreis begonnen, und jeder der Anwesenden konnte den Satz im Geiste beenden. Als dann aber der Prinz einmal dagewesen war, schrieb Samuel an seinen Bruder nach Berlin: »Wenn Vater das noch hätte erleben dürfen!«

Und so war Josef Eisensteins erste Erinnerung nicht die an ein Gesicht, eine Berührung, einen Geruch, sondern an die Stimmen all dieser Männer und Frauen. Stimmen, die das Haus erfüllten, den Salon, den großen Flur, die Wohnstube, das Studierzimmer, das Zimmer der Mutter. Denn eines seiner ersten Kinderspiele bestand darin, die Gäste seiner Eltern zu belauschen. Unbemerkt zu bleiben wie ein kleines Tier. Zu schleichen wie eine Schlange und sich hinter die Möbel zu stehlen wie eine Schabe. Er war klein, hager und biegsam, dabei flink wie ein Iltis. Niemand beachtete ihn. Und weil er von dem, was die Menschen dort oben sprachen, nicht viel verstand, kam er sich bei diesen Spielen noch mehr vor wie von einer anderen Rasse. Eine Maus oder ein kleiner Vogel vielleicht.

Einige Jahre nachdem Adele Flachsland die Eisensteins verlassen hatte, kam eine weitere Person ins Haus. Der junge Absolvent der Rechtsschule, ein schlanker, blonder Leutnant der Reserve, der die Stelle als Erzieher und Hauslehrer angenommen hatte, sprach in einem ruhigen, langsamen Tonfall, oft leise, bald flüsternd, bis man ihn kaum mehr verstand. Etwas war da in seinem Sprechen, das Josef faszinierte. Es war so anders als die Art, wie etwa sein Vater redete, aber auch anders als bei all den anderen Männern, die er belauscht hatte – weicher und weiblicher, wie der tiefere Ton einer Klarinette, und wie ein Instrument schien sie manchmal zu singen und zu spielen und zu zaubern. Der junge Mann selber schien das nicht zu bemerken, denn es waren die Momente, in denen er außer und neben sich zu sein schien, seiner selbst nicht bewußt, da seine Stimme diesen zaubrischen Klang annahm.

Wenn Wilhelm Guthmann, so sein Name, hinter Josef stand oder in dem Unterrichtszimmer, wo sie die Vormittage verbrachten, mit auf dem Rücken verschränkten Armen einherging, adrett gekleidet im Cutaway mit grauer Weste und Taschenuhr auf und ab schlenderte, während er seine Aufgaben durchging, sprach er wohlklingend, aber unauffällig. Wenn er Vokabeln abfragte, Texte diktierte oder Anweisungen gab, war seine Stimme die eines schüchternen, aber doch gewöhnlichen jungen Mannes. Wenn er aber, nachdem die Schulaufgaben gemacht und die Vokabeln gepaukt waren, sich neben seinen Schüler an den Tisch setzte und anhob vorzulesen, wandelte sich seine Sprechweise in Melodie und Farbe. Dann waren die Geschichten, die er bald ablas, bald frei erzählte, wie Lieder. In diesen Momenten weckte Wilhelm mit seiner Stimme und mit den Gestalten und Welten, von denen sie erzählte, in seinem Schüler Vorstellungen, die lange dort geschlummert haben mußten. Abends dann träumte Josef diese Geschichten weiter, spann sie fort zu einem Gewebe ungezügelter Phantasie, und wenn er sich selbst die Produkte seiner Einbildungskraft nacherzählte, so geschah dies stets mit der lockend-betörenden Stimme seines Lehrers.

Wilhelms Geschichten wurden zu Josefs Verbindung mit der Welt da draußen. Niemand, nicht seine Eltern, nicht seine Amme, hatte ihm je vorgelesen. Der Knabe, der noch immer kaum das Haus verließ, verspürte jetzt eine Lust, die ihm die Wangen rötete, wenn Wilhelm vorlas oder eine Erzählung ersann, den Faden der Fabel weiter und weiter spinnend. Es machte ihm die Welt entbehrlich. Wilhelm holte ihm das Leben in seine kleine Festung hinein. Keinen Grund mehr gab es, sie zu verlassen.

Wilhelm las wild und ohne Logik in der Abfolge. Er las an einem Tag aus dem Dahn über Rom und am nächsten aus dem Dähnhardt *Völksthümliches aus dem Königreich Sachsen*, las erst Schwab und dann den *Robinson Crusoe* und am gleichen Tag aus dem Tacitus, aus der *Geschichte des Jüdischen Krieges* von Flavius Josephus und aus den *Geschichten aus tausendundeiner Nacht.* Wenn er las, war Wilhelm nicht mehr Wilhelm. Er wurde zu der Geschichte, die er erzählte, und zu den Gestalten, denen er seine Stimme lieh. Wurde zu Siegfried dem Drachentöter, zu Gunnar von den Giukungen und Hagen von Tronje. Wurde Helena und Kassandra, Penthesilea und Kalypso, das Mädchen mit den Schwefelhölzern und die kleine Meerjungfrau. Andersen liebte er, mehr als die Grimms oder Perrault, dann kamen die Märchen von Oscar Wilde und natürlich der Bechstein.

Mehr als alle Märchen und Heldensagen von Menschen begeisterten Josef jedoch Geschichten, die von Tieren handelten. Ob es Kühe oder Affen waren, Mäuse, die gegen Frösche zu Krieg zogen, Füchse, Hasen oder Igel – ihre Geschichten ließen ihn nicht los. Menschen, so dachte er, waren bei allem doch banal, durchschaubar und bisweilen ekelerregend. Tiere hingegen blieben für immer Fremde, was sie auch anstellen mochten. Tiere biederten sich nicht an. Und so las Wilhelm ihm Tiermärchen vor und Fabeln, von Äsop bis La Fontaine und Lessing. *Die Ameise und die Heuschrecke*, *Meister Lampe*, *Die zwei Schakale.*

Als er ihm eines Tages die Äsopsche Fabel von der Fledermaus erzählte, konnte Josef des Nachts nicht schlafen. Er mußte stets an die kleine Geschichte denken, wußte jedoch nicht, warum. Die Fledermaus, hörte er Wilhelm singen, war ins Gras gefallen und von einem Wiesel geschnappt worden. Als das Wiesel auf ihr Flehen hin keine Gnade zeigte, sondern sie mit der Begründung verspeisen wollte, daß es alle Vögel hasse, sagte die Fledermaus: »Ich bin doch kein Vogel. Ich kann die Vögel nicht leiden. Ich bin eine Maus.« Und das Wiesel schenkte ihr das Leben. Als die Fledermaus später von einem anderen

Wiesel geschnappt wurde, flehte sie erneut. Doch dieses Wiesel haßte alle Mäuse. Daraufhin sagte die Fledermaus: »Aber ich bin doch keine Maus. Ich hasse alle Mäuse. Ich bin ein Vogel.« Und kam wieder mit dem Leben davon.

In den Tagen darauf wollte Josef die Fabel immer wieder hören, als könnte das Geschehen dadurch ein anderes Ende nehmen. Er wunderte sich über die Ungeschicklichkeit dieser Fledermaus, noch mehr aber über die Dummheit der Wiesel. Später erzählte Wilhelm andere Geschichten über Fledermäuse, er suchte regelrecht nach ihnen. Eine erzählte von Fledermäusen, die bei einer Schlacht zwischen Landtieren und Vögeln parteilos blieben und sich erst auf eine Seite schlugen, als diese die Oberhand gewonnen hatte; eine andere davon, daß die Fledermäuse eigentlich Schwalben waren, aber einst wegen ihrer abstoßenden Gestalt von der Schwalbenkönigin verstoßen worden waren und dazu verflucht, ihr Leben kopfüber in dunklen Höhlen zu verbringen, die sie nur in der Nacht verlassen durften. Offenbar hatten einige Tiere einen schlechteren Leumund als andere.

In diesen Stunden war es, da Wilhelm etwas für seinen Schüler zu empfinden begann. Josef war ein seltsames Kind, skurril in den Momenten geistiger Abwesenheit und unnahbar bisweilen, doch wenn er vorgelesen bekam, wandelte sich sein sonst undeutbarer Ausdruck und nahm Zeichen von Eifer und Konzentration, ja, Gescheitheit an. Wilhelm fand Gefallen daran, daß er den Jungen mit der bloßen Kraft seines Erzählens aus sich herauslocken konnte, das war offenbar etwas, was niemandem sonst je gelungen war. Immer länger dehnte er die Lesestunden aus, immer beiläufiger und hastiger ließ er Schulaufgaben und Vokabelpauken erledigen, und immer erpichter wurde er darauf, seinen Schüler mit neuen Geschichten in Spannung zu versetzen. Vielleicht war es nur Mitgefühl, vielleicht waren es die vielen gemeinsam, im gleichen Raum am gleichen Tisch verbrachten Vormittage, vielleicht war es auch ein pädagogischer Eros, was Wilhelm über die Zeit für Josef empfand. Vielleicht war es aber auch mehr.

Irgendwann ging Wilhelm dazu über, seinem Schüler das ein oder andere Exemplar dazulassen, damit dieser abends weiterlesen konnte. Mit den Jahren wurden es Dutzende Bände, die das Kinderzimmer bevölkerten. Nie nämlich verlangte Wilhelm ein einmal überlassenes Buch zurück, selbst wenn es kostbar war wie eine Erstausgabe der *Thüringischen Volksmärchen* oder eine Voß-Übersetzung der *Aeneis*. Auch nicht, wenn einige für das Bücherregal eines Neunjährigen im Grunde nicht schicklich waren und man Wilhelm für seine unpassenden Geschenke hätte tadeln können. Da waren Geschichten von Krieg und Liebe und Tod, vom Verfall einer Familie oder gleich des ganzen Abendlandes. Geschichten von jungen Männern, die unglücklich wurden und Hand an sich legten. Nathanael stürzt sich vom Turm, Werther schießt sich in den Kopf, Heinrich Lindner ins Herz. Als gäbe es keine andere Möglichkeit im Leben, mit Elend und Kummer umzugehen. Aber Wilhelm wußte, daß Herr und Frau Eisenstein kein Auge hatten für den Buchbestand ihres Sohnes.

Und so schenkte er ihm Kostbares und schwärmte ihm vor von noch größeren Kostbarkeiten, von denen er zu Studienzeiten in Berlin einmal gehört hatte. Von einer Prachtausgabe des *Dekameron* oder der seltenen Istanbuler Edition des *Jüdischen Krieges*, in marokkanischem Samt eingeschlagen und mit goldenen Schließen. Dafür würde er sogar Hebräisch lernen, sagte Wilhelm und lächelte.

Seine kleine Sammlung wurde Josef Band für Band, Stein für Stein zum Bollwerk gegen die Gefahr, die da draußen auf ihn lauerte und so lange übermächtig schien. Mit all diesen Büchern hatte er endlich das Werkzeug in der Hand, sich vor jeglicher Gewalt zu schützen, und die Waffen, zum Gegenangriff überzugehen. Tag und Nacht blätterte er und schmökerte, vergrub sich, tauchte ein, ließ sich hinab in diese zweite Welt, die ihm zur ersten wurde, und schimpfte, wenn ihn ein Ruf zu Tisch oder zu sonstiger Pflicht daraus hervorzerrte. Obgleich er auch Wilhelm eigenartig fand und Mitleid hatte, wenn der ihm Vokabeln einpauken wollte, so regte sich in ihm wegen der Bücher doch ein Gefühl der Dankbarkeit für diesen Mann.

Josef verstand bald, daß Wilhelm anders war, konnte sich nur lange Zeit keine Vorstellung von der Ursache machen. Daß es daran lag, daß er Christ war und nicht jüdisch, schloß er bald schon aus, denn alle Angestellten im Hause Eisenstein waren, aus langer Tradition heraus, Gojim, und keiner war wie Wilhelm. Daß er im Krieg, von dem er manchmal erzählte, Dinge erlebt haben mochte, die er lieber verschwieg, wurde erwogen, dann jedoch verworfen. Es mußte etwas anderes sein.

Josefs Vater hingegen wußte vom ersten Augenblick, was in Reserveleutnant Guthmann vor sich ging. Fern davon, dessen etwas heikle Verfaßtheit zu belächeln, zu verpönen oder gar zum Anlaß zu nehmen, dem tüchtigen jungen Mann die Anstellung zu verwehren, machte er sich doch gewisse Gedanken darüber, welchen Eindruck Wilhelms Auftreten auf Josef machen würde. Verweichlicht, verweiblicht wollte er seinen Sproß nicht sehen, und des Eindrucks, daß Guthmann Gefahr laufe, Josef zu sanft zu behandeln, sei es aus falscher Rücksicht oder aus eigenem Hang zur Liederlichkeit, konnte Dr. Eisenstein sich nicht ganz erwehren.

So bat er seinen neuen Bediensteten irgendwann zu einem Gespräch, in dem er ihn darauf aufmerksam machte, daß all sein Ansinnen, seinen Sohn betreffend, dem Ziel galt, einen guten Deutschen, einen guten Juden und einen guten Menschen aus ihm zu machen. Die Reihenfolge sei gleichgültig, denn das eine bedinge in diesem Fall das andere. Er eröffnete Wilhelm, daß es Sinn und Zweck seiner Beschäftigung im Eisensteinschen Hause sei, dem Knaben in Zucht und Disziplin ein Vorbild zu sein.

»Daher halte ich Sie dazu an«, sagte Dr. Eisenstein, »meinen Sohn ordentlich ranzunehmen. Wichtiger noch als die Brocken an Wissen, die Sie ihm beibringen, ist die rechte Einstellung zu der Welt, die sich hinter ihnen verbirgt.«

»Sehr wohl, gnädiger Herr.«

»Eine Einstellung von wissenschaftlichem Eifer und Neugier, die sich in jungen Menschen nur im Verbund mit der ziemenden Selbstbeherrschung und Arbeitsmoral ausbildet.«

»Sehr wohl, gnädiger Herr.«

»Wenn er einen Fehler macht ...«, sagte Dr. Eisenstein und schlug sich selbst mit der flachen rechten Hand auf die ausgestreckten Finger der linken. Dann machte er eine Pause und sah den Leutnant an. »Schlagen Sie ihn aus Liebe.«

»Sehr wohl, gnädiger Herr.«

Doch obwohl Wilhelm botmäßig versprach, die nötigen Mittel anzuwenden, wenn es hieß, Josefs Eigenwillen zu brechen, ahnte er im stillen, daß er zu absolutem Gehorsam nicht in der Lage sein würde. Nicht in dieser Sache. Als es dann soweit war und es galt, Josef, der bei der Konjugation des Verbs *partiri* ganze zehn Schnitzer machte, mit harter Hand zu maßregeln, wunderte er sich nicht, daß ihm die nötige Überzeugung dazu fehlte.

Schläge rufen die Tugenden des Sklaven, nicht die des freien Menschen hervor, sagte er bei sich, denn er hatte die Ratgeber für Erziehung und Entwicklung des Kindes, die gerade in Mode waren, gelesen. Und er wollte sich gerade dareinfinden, daß er als Erzieher eben neue Wege gehen und den Schwächen seiner Schüler mit anderen Methoden begegnen müsse. Josef aber wiederholte einmal gemachte Lapsus bis ins Unerträgliche, war oft langsam und vergeßlich, und bisweilen machte er Fehler in Bereichen, in denen er zuvor über sicheres Wissen verfügt hatte. Interesse schien er nur den Geschichten entgegenzubringen, die Wilhelm ihm am Ende des Vormittags erzählte. Als mit der Zeit noch immer keine angemessenen Fortschritte, weder in Latein oder Griechisch noch im Rechnen, zu verzeichnen waren und Wilhelms Prügelverzicht immer törichter schien, begann er zu befürchten, man könnte es, wenn er seinen Schutzbefohlenen nicht schlüge, übel auslegen, nämlich als zu große Anteilnahme an dem Jungen. Nicht nur als Rücksicht oder mangelnde Gesinnung, sondern als Zuneigung, Wohlwollen, übermäßiges Interesse, als Zärtlichkeit gar und heimliches Verliebtsein.

Wilhelm wußte, unter keinen Umständen durfte dieser Verdacht aufkommen. Dr. Eisenstein würde sich zu seiner Entlassung gezwungen sehen, sein Ruf als Hauslehrer wäre ruiniert. Josef würde er nie wiedersehen dürfen. Also schlug er ihn.

Wilhelm mußte die leise, doch hartnäckig aufsteigende Zaghaftigkeit unterdrücken, ehe er seinen Schüler zurechtwies. Es war ein Vormittag im Frühling, Josef saß am Tisch, die Grammatik lag geschlossen vor ihm. Er mühte sich. Nach dem zwölften Fehler bei der gleichen Verbreihe holte Wilhelm aus und traf Josef an der Kopfseite, knapp über dem rechten Ohr. Sein Schlag war ihm viel zu heftig geraten; Josef, der ihn nicht hatte kommen sehen, blickte ihn völlig verdutzt an und rieb sich die Schläfe. In den Augen des Jungen konnte Wilhelm weder Tränen ausmachen noch die Erkenntnis, wie das Verb korrekt zu beugen war. Nichts als Erstaunen und Verwirrung sprachen aus seinem Blick. Eine Ewigkeit lang sah Josef seinen Lehrer an, wie um an dessen Gesicht den Grund für diese Tat ablesen zu können, dann senkte er den Kopf, nahm die Hand von der Schläfe und legte sie wieder neben das Buch vor sich. Sie zitterte.

Auch Wilhelms Hand hatte gezittert, und das noch am Abend desselben Tages. Am nächsten Vormittag kam er nicht. Dr. Eisenstein wunderte sich. Erst dachte er, es sei vielleicht wieder irgendein christlicher Feiertag, den er übersehen hatte, dann nahm er an, der gute Herr Guthmann sei verhindert und könne niemanden schicken lassen, ein Telefon besaß er ja nicht. Vielleicht war er krank. Als Wilhelm allerdings auch Tags drauf fernblieb, wies Dr. Eisenstein den Diener an, den Lehrer in seinem Zimmer am Berkaer Bahnhof aufzusuchen. Der fand ihn nicht, nur die Taschenuhr auf dem Schreibtisch. Wilhelms Sachen waren unangetastet, seine Vermieterin wußte von nichts. Erst eine Woche später, einen Tag nach Palmsonntag und einen vor Purim, stieß Dr. Eisenstein in der Zeitung auf eine Notiz darüber, daß Spaziergänger im Webicht die Leiche eines jungen Mannes gefunden hätten. Ein tragischer

Unfall, hieß es, doch die Polizei, mit der Eisenstein noch am selben Tag sprach, ging von einem anderen Hergang aus. Ein Abschiedsbrief wurde nicht gefunden. Wilhelm hatte sich ins Herz geschossen.

5

Samuel Eisenstein war kein abergläubischer Mensch. Aberglaube bringt Unglück, hatte er damals gespöttelt, als er seine Kameraden ihre Gewehre mit Taubenblut einreiben und sich Schutzbriefe in die Stiefel stecken sah. Dämonenfurcht und Wunderglaube, all dies war nichts für ihn, war eine Sache für Christen oder Chassiden, ein wildes, ungezähmtes, schlechtes Denken, die aus bloßer Unwissenheit geborene Sucht, im einzelnen das Ganze zu sehen, anstatt das jeweilige Ereignis an und für sich erklären zu wollen. Und doch hatte er sich bereits nach dem Tod von Henriettes Schwestern bei dem Gedanken ertappt, ob es so etwas wie Verwünschungen, Flüche, Heimsuchungen nicht vielleicht doch geben könnte. Oder, wenn sie vielleicht nicht auf die Art existierten, wie die Köhler es sich einbildeten, dann doch als Phänomene, die bislang von der Wissenschaft noch nicht erklärt worden waren, prinzipiell aber erklärbar blieben. Phänomene, die aufgrund dieses Mangels an rationaler Erhellung nebulös waren und dem Laien also wie Auswirkungen einer übersinnlichen Kraft vorkamen. Metaphysica wie der böse Blick etwa, das Auge des Basilisken, Ohnmacht, Lähmung und Tod bringend, wovor sich die Menschen mit Handzeichen und Amuletten zu schützen suchen, Rachepsalmen oder Bindezauber oder ein Familienfluch, mit dem sich die Kette der Verstrickung von Schuld und Sühne über mehrere Generationen verlängert. Doch stets hatte Dr. Eisenstein seine Gedanken an derartige Erscheinungen als närrisches Spekulieren abgetan.

Nach Purim aber, als er Wilhelms Körper im Leichenhaus wiedererkannte, ergriff die Vorstellung von ihm Besitz, ein schlechter Stern stehe über seinem Sohn. Mit klarem Verstand betrachtet war alles wahrscheinlich nur ein Werk des Zufalls, Maria, Henriettes Schwestern, nun auch Wilhelm, vielleicht beliebte Elohim auch zu würfeln, aber was, wenn doch etwas dran war an dem Glauben der Heiden und Ketzer? Wenn irgend etwas an dem Kleinen war, das Unglück und Schaden über jeden brachte, der sich zu sehr mit ihm einließ? Daß Adele, die wie zu jedem anderen Lebewesen auch zu Josef sicherlich keine gefühlsmäßige Verbindung unterhalten hatte, noch lebte und sich augenscheinlich bester Gesundheit erfreute, kam ihm mit einem Mal wie eine Bestätigung seiner nur halb und nur im stillen formulierten Theorie vor.

Und so begann er, sich vor Josef zu fürchten. Wenn er ihn sah und sich unbeobachtet vorkam, suchte er nach Anzeichen dafür, daß sein Sohn »den Blick« hatte. Rollende Augen, zitternde Pupillen oder Schielen, Äderchen im Weiß des Augapfels oder blaue Ränder darunter. Er achtete darauf, wie Augen und Gesicht des Kindes gewachsen waren, untersuchte den Wuchs von Brauen und Stirn, prüfte, welchen Ausdruck sein Gesicht annahm, wenn er schlief, wie er den Kopf hielt, wenn er sprach, wie er die Füße setzte, wenn er ging, und spekulierte schließlich, ob seine Schultern zu mager waren oder die Brust zu eingefallen.

Und so geschah es, daß Dr. Samuel Eisenstein seinen einzigen Sohn zum ersten Mal tatsächlich ansah. Dies gründliche Hinsehen bewirkte, daß er in dem mittlerweile Zehnjährigen nicht seinen Nachkommen, nicht sein Abbild sah, nicht sein eigen Blut, sondern ein Wesen, das ihm absonderlich vorkam. Josef war in dem Moment, da sein Vater ihn so genau zu betrachten begann, zu einem Eindringling geworden, einem Pfahl, der in seinem Fleische steckte, einem aus der Art geschlagenen Geschöpf, beziehungslos und ohne Wurzeln.

Und wenn es nun irgend etwas in seiner Vergangenheit oder der seiner Familie war, das für das eigenartige Phänomen verantwortlich gemacht werden mußte? Eben ein Familienfluch, oder die Strafe für im Krieg begangene Taten oder dafür, daß er seine Frau nicht mehr liebte? Beim Anblick seines Sohnes fühlte er sich selbst schuldig. Drei Tage nach Purim kaufte Dr. Eisenstein in Jena ein scharlachfarbenes Tuch, auf dem in gelber Seide eine offene Hand mit einem Auge in der Mitte eingestickt war. Es ähnelte das Tuch demjenigen, das seine Mutter an die Tür seines Zimmers gehängt hatte, als er selber ein kleines Kind war, und das er seinen Vater einmal als Schmonzes bezeichnen gehört hatte. Er kaufte das Tuch und verstaute es in seiner Aktentasche, als er aber nach Hause kam, schämte er sich für seine Eselei. Schmonzes, dachte nun auch er und schüttelte den Kopf. Einen Tag später nahm er das Tuch in seiner Aktentasche wieder mit nach Jena und entsorgte es dort.

Fanny Eisenstein bekam von alldem wenig mit. Ihr Interesse galt in diesen Tagen einem Engagement, das ein ehemaliger Verehrer ihr offeriert hatte, eine Rolle an einem der renommiertesten Theater der Hauptstadt und damit des Reiches. Hätte sie aber etwas von all dem, was ihren Mann umtrieb, bemerkt, es hätte sie wohl kaum verwundert. Die Angst, die sie in Samuel gespürt hätte, wäre nicht auseinanderzuhalten gewesen mit der, die sie schon immer – nur heimlich sich selbst und Dr. Spielvogel, ihrem Analytiker, eingestanden – in Gegenwart ihres Sohnes empfunden hatte. Sie hätte nicht sagen können, ob das Unbehagen, das Gefühl der Beklemmung in der Brust, das sie manchmal überkam, wenn sie Josef ansah, nur eine Antwort der Natur auf die Verschiedenheit ihrer beider Wesen war oder ob es doch auf eine Art Neurose hinweis, ein hysterisches Symptom, das sich zeigte, weil sie sich von ihrem Sohn vergewaltigt fühlte. Schließlich seien, so hatte Dr. Spielvogel es formuliert, Schwangerschaft und Geburt – gerade die Geburt! – für eine Frau doch ein traumatisches Erlebnis, und die Seele wisse nicht zu unterscheiden zwischen einem aggressiven sexuellen Akt und der Gewalt, die das Kind auf ihren Körper oft uneingewilligterweise ausübe. Und so müsse das Seelenleben sich vom Erlebnis des Schreckens durch Verdrängung entlasten, worin wiederum der Grund für hysterische oder obsessive Anfälle zu finden sei.

So wenig Frau Eisenstein mit ihrem Mann über die Sitzungen bei Dr. Spielvogel sprach, so wenig sprach sie auch über ihre in Gegenwart des Sohnes auftretenden Beklemmungen. Für sie war das Theater schon immer der Weg gewesen, vor dem, was sie ängstigte, zu fliehen; und wieviel mehr noch war das in diesen Tagen der Fall, wo ein Blick in die Zeitung genügte, um einem nervenschwachen Gemüt wie dem Fanny Eisensteins jeden Lebensmut zu nehmen. Noch dazu, wenn es ein jüdisches Gemüt war. Vielleicht, so hatte sie einmal gedacht, nachdem sie von der Lektüre der *Vossischen* überreizt und ermattet in den Liegestuhl gesunken war, vielleicht war es auch einfach die Angst *um* ihren Sohn, der in einer Welt aufwachsen mußte, in der es Fackelzüge gab und Straßenkämpfe und Blutnächte (denn wo es Blutnächte gab, würde es bald vielleicht auch Blutwochen geben, ganze Blutmonate sogar), in der man weltweite Krisen befürchtete und in der einem jungen Juden bald nicht mehr blieb als die Wahl zwischen Palästina und Tod. Einmal hatte Spielvogel ihr, in einer Anwandlung selbstvergessener Melancholie, die Worte gesagt, die sie nie vergessen sollte: »Im gleichen Maße, in dem der deutsche Wille an Schärfe gewinnt, wird für uns Juden der Gedanke, in Deutschland Deutsche sein zu können, unmöglicher werden, und man wird sich vor der letzten Alternative sehen, die da lautet: in Deutschland entweder Jude zu sein oder nicht zu sein.«

Vielleicht also besaß Fanny doch so viel mütterlichen Instinkt, daß die Sorge in Form von Kopfweh und Brustenge Besitz von ihr ergriff, wenn sie ihres doch eigentlich bemitleidenswerten Sohnes ansichtig wurde. Wie auch immer – es war das Theater, das ihr Linderung und Trost versprach. Das in Aussicht gestellte Engagement, die Elisabeth in einer von Leopold Jessner persönlich inszenierten *Maria Stuart*, würde von ihr zwar den einstweiligen Abschied von Weimar verlangen, doch ihrer Laufbahn sicherlich einen unschätzbaren Gewinn bringen. Nachdem sie im Frühjahr '29 mehrere Male nach Berlin gefahren war, um am Gendarmenmarkt mit Jessner und seinem Inspizienten zu sprechen, teilte sie ihre Entscheidung, nach Berlin zu gehen, ihrem Mann mit. Nach Pessach nahm dieser Fannys Besuche in der Hauptstadt zum Anlaß, sie mitsamt ihrem Sohn zu begleiten.

Und so kam Josef zum ersten Mal nach Berlin. Man wohnt im Excelsior, besucht Onkel Ephraim in Grunewald und die Halbtante in Charlottenburg, fährt mit der Elektrischen nach Moabit und dem Schiff nach Spandau, am Kanal läßt's sich gut picknicken, man kauft die *Rote Fahne* und Eiscreme mit drei Kugeln, eine Schachtel Davidoff beim Zigarettenboy, der am Halleschen Tor mit seinem Bauchladen steht, hört Erich Kleiber die *Meistersinger* in der Krolloper (brillant!) dirigieren, man bestaunt am Abend die junge Louise Brooks in der *Büchse der Pandora* und flaniert am nächsten Morgen bei strahlendem Sonnenschein auf dem Ku'damm. Die schnellste Stadt der Welt! Das Chicago von Europa! Nachmittags beschwert man sich am Neuen See bei Bier und Weißwein über die schnippische Bedienung und bespricht die Zukunft. Womöglich gäbe es ja doch noch eine für sie, hier, in der Hauptstadt. War's hier nicht mit uns wie vor dem Krieg? Wenn Fanny erst einmal probehalber ... und während der Anstellung am Staatstheater kann sie im Hotel wohnen ... Samuel tut sich an der Universität um ... und Josef kann doch vorerst bei seiner Tante leben ... Und schließlich, vor Jahresfrist, würden die drei mit Ephraims Hilfe eine Wohnung in Dahlem oder Schmargendorf beziehen und glücklich und zufrieden sein. Hin und wieder öffnen sich einem Türen im Leben. Weimar ist schließlich nicht alles.

So geschah es, daß Josef noch vor seiner Bar-Mizwa von seiner beschaulichen Geburtsstadt in ein Wespennest zog, von seinem großen Zimmer mit den hohen Stuckdecken und Blick auf den Fürstenplatz in eine Kammer mit Flecken an den Wänden und Blick auf die Ziegelsteine der gegenüberliegenden Kaserne, von dem Unterrichtszimmer im Südflügel, wo Wilhelm ihm erst für jedes zwanzigste, dann für jedes zehnte korrekt gebeugte Verb eine weitere Geschichte aus der *Edda* vorgelesen hatte, zu dem nach Kreidestaub und erkaltetem Ofen riechenden Klassenraum der Volksschule Charlottenburg, in die er nun jeden Morgen ging. Es war ja nur für eine kurze Weile, hatten seine Eltern ihm versichert, als Tante Ruth ihn und seine drei Koffer am Bahnsteig in Empfang genommen hatte, doch

Josef interessierte das nicht. Bis auf die Sache mit der Schule, die er nicht verstand, gefiel ihm Berlin. Ihm gefielen die stählernen Bögen der Brücke über der Spree, über die er gehen mußte, wenn er von der Schule zurück nach Kalowswerder ging, ihm gefielen die bleichen und fernen Dächer um den Gustav-Adolf-Platz und der Springbrunnen in der Mitte, die getünchten Wände der Mietskasernen an der Mindener Straße, die Außenklos, die Steine der Hinterhöfe, die er durchqueren mußte, dort der Seifengeruch morgens und der Kohlgeruch und der nach frischem Kommißbrot aus den Küchen, ihm gefielen die glatten heißen Kacheln des Ofens, und ihm gefiel seine schattige Kammer, in der er nach der Schule auf dem Bett lag und las. Die Stadt machte auf ihn den Eindruck, als könnte man hier seine eigenen Geschichten erfinden.

Ihm gefiel auch seine Gastmutter, die er erst mit »Frau Schwarzkopf«, dann mit »Tante Ruth« anredete, obwohl sie eigentlich nur eine Halbschwester seines Vaters war. Die meschuggene Tante Ruth mit ihren unverständlichen Sätzen und der biegsamen Stimme. Es war ihm, als spräche sie eine längst ausgestorbene Sprache, die ihm immer fremd bleiben müßte. Aber es war nur ihr Dialekt, ein mit niederschlesischen Brocken durchmischtes Berlinerisch, das Josef in der ersten Zeit Mühe hatte zu verstehen. Denn anders als sein Vater, der stolz auf seine Vorfahren war (»seit 1729 in Dessau und im Anhaltinischen aktenkundig«), war seine Halbtante mütterlicherseits, also eigentlich überhaupt, nicht nur gojisch, sondern auch erst seit einer Generation im Reich ansässig. Ruths Mutter nämlich hatte ihren Vater, Josefs Großvater, in ihrer Heimatstadt Bielitz kennengelernt und war nach der Heirat zu ihm nach Berlin gezogen, wo sie Ruth im Jahr 1899 gebar.

Ihre eigene Tochter bezeichnete sie als »ahle Gake«, wenn sie sich über sie ärgerte, was eigentlich immer vorkam, und auch das gefiel Josef, selbst wenn er nicht wußte, was es hieß. Ihm gefiel sogar seine Cousine, die Geistesschwache, die gar nicht sprach und nur stumm vor sich hin schaute, wenn ihre Mutter sie so nannte und auf sie einredete, als erwarte sie eine

Antwort. Doch von Felice erwartete niemand eine Antwort, und auch sonst nichts. Zur Schule ging sie nicht, was Josef wie eine Gnade vorkam, weshalb er sie bei sich »die glückliche Felice« nannte. Manchmal half sie beim Klößemachen und schrubbte die Dielen oder fegte die Steine vor der Küchentür, aber die meiste Zeit saß sie mit halb geöffneten Lippen am Fenster und stierte auf die Platane im Hof. Ein gesegnetes Leben, dachte Josef, wenn er nach der Schule heimkam, den Hof durchquerte und sie so sitzen sah. Er sah sie nach draußen blicken, und er war sich sicher, daß sie ihn gesehen hatte, doch sie schaute ihn nicht an. Niemals schaute sie ihn an in diesen ersten Wochen seiner Anwesenheit in der Schwarzkopfschen Remise.

Es sei ja nur für eine kurze Weile. So hatten's die Eltern gesagt, doch es sollte anders kommen. Denn anders wurden die Zeiten. Türen blieben verschlossen und sein Vater in Weimar. Eine Stelle in Berlin schien aussichtslos. Im Spätsommer hatte er es nochmal versucht, hatte den Zug genommen, seinen Sohn besucht und mit Dekan und Rektor gesprochen. Man hielt ihn hin. Ein ehemaliger Kollege aus Jena verhandelte mit ihm über eine Anstellung als Privatdozent für Sprachkunde, starb dann aber Ende September. Und dann starb Stresemann.

Auch für Fanny Eisenstein sah die Lage nun schlechter aus. Sie hatte zwar das Hotel bezogen und wohnte jetzt im Osten der Stadt, doch ihren Vertrag konnte man nicht verlängern. Schon vor dem Herbst mehrten sich die Warnungen, personelle Engpässe, finanzielle Schwierigkeiten, Schreckensmeldungen allerorten, und als sich dann Ende Oktober Nachrichten aus Amerika verbreiteten, über Banken, die kurz vorm Bankrott standen, bekam man auch am Theater kalte Füße. Das Geld wurde knapp, die Zuschauer blieben weg, Jessner zweifelte. Es war eine schlechte Zeit fürs Risiko. Die *Maria Stuart* wurde »verschoben«, doch jeder wußte, was das bedeutete. Auch Frau Eisenstein war klar, daß sie sich anderswo würde umsehen müssen, also nahm sie schließlich ein Engagement am Theater in der Josefstadt an. Im November reiste sie ohne Umweg über Weimar nach Wien.

Und dort sollte sie bleiben. Schließlich wußte sie ihren Sohn bei Schwägerin Ruth in guten Händen. Die war mit den monatlichen Zahlungen ihres Halbbruders einverstanden und rückte dem neuen Familienmitglied, das seine Schulaufgaben bislang am Küchentisch gemacht hatte, den alten Sekretär aus dem Flur ins Zimmer. Wenn der Junge nun schon länger bleiben würde, sollte man sich doch auch darauf einrichten.

Ruth Schwarzkopf aus Kalowswerder war eine praktische Frau. Sie wußte, was sie wollte und wo sie es bekam. Sie besorgte noch Kohle, wenn die Nachbarn bloß mit Holz heizten. Und hatte genug Holz, wenn, wie im Winter einunddreißig/zweiunddreißig, die Nachbarn in ihren Stuben froren. Sie ließ sich das Holz aus dem Tiergarten schlagen, und in den verschiedenen Wintern waren es stets verschiedene Männer, die es ihr brachten.

Vielleicht, dachte Josef später, war das ihre Überlebensstrategie gewesen. Nachdem ihr erster Mann gestorben war, war sie allein mit ihrer schwachsinnigen Tochter in Berlin geblieben, und es hatte keine zwei Monate nach der Trauerzeit gedauert, bis sie wieder verheiratet war. Ihr zweiter Mann, Oberleutnant Hermann Schwarzkopf aus Wilmersdorf, Kriegsheld mit Eisernem Kreuz I. Klasse, war anno '17 an der Aisne gefallen, und kaum ein Jahr später war sie erneut jemandem versprochen. Als ihr neuer Verlobter aber kurz vor der Hochzeit erkrankte und starb, beschloß sie, den Rest ihres Lebens Witwe zu bleiben. Doch auf die Hilfe der Männer verzichtete sie deshalb noch lange nicht. Sie brachten ihr nicht nur Holz und Kohlen, sondern auch Erbsen und Speck, aus denen machte sie Eintopf, Steckrüben, aus denen machte sie Mus, Quitten und Zucker, aus denen machte sie Marmelade. Manchmal brachten sie Möbel, bauten ihr einen Verschlag in den Hof oder säten ihr Kresse in die Blumentöpfe. Einer, ein Mann von Welt offenbar, brachte Felice sogar ein neues Kleid mit.

»Männer und Frauen brauchen einander auf mannigfaltige, manchmal auch unübliche Weise«, pflegte Ruth zu sagen. Und mannigfaltig waren die Männer, die da ein und aus gingen in der Mindener Straße 22. Junge Flachsköpfe mit Bartflaum, stramme Soldaten, Kurzgeratene mit rotem Gesicht, Männer mit braunen Hemden und Männer mit roten, sogar ein Einbeiniger auf Krücken kam eines Tages und hatte einen Sack Kartoffeln um die Schulter gebunden.

Josef wunderte sich nicht, und doch war er neugierig. Es mußte etwas dahinterstecken, daß Tante Ruth es immer schaffte, für eine warme Stube und eine Suppe auf dem Herd zu sorgen, obwohl sie arbeitslos und Witwe war, alleinerziehende Mutter einer Idiotin und nun auch noch eines Schulknaben.

Als der zwölfjährige Josef den Boccaccio gelesen hatte, begriff er, wie es funktionierte. Er begann zu ahnen, was die Geräusche zu bedeuten hatten, die aus dem Schlafzimmer an sein Ohr drangen, während er lesend auf dem Bett lag. Meist war es nachmittags, manchmal abends, ganz selten wachte er des Nachts von dem eigenartigen Knarzen und Klagen und Jammern auf der anderen Seite der Mauer auf. Dann lehnte er sein heißes Gesicht an die kalte Tapete und strich mit den Händen darüber, und es war ihm, als brächte die Wand selber unter seinen Fingern diese Geräusche hervor. Er stellte sich vor, daß er sie ihr entlockte mit seinem Streicheln, daß die Wand so dicht neben ihm mit diesen Tönen seine Berührung erwiderte, daß das Grunzen und Brummen ihre Antwort war, die pochende, pumpernde, pulsierende Antwort auf sein sanftes Liebkosen.

Doch da es dieselben Geräusche waren wie tagsüber, wenn ein Mann soeben ein Pfund Ersatzkaffee gebracht hatte, wußte Josef, daß sie eine andere Ursache haben mußten. Und so schlich er sich eines Winterabends, er hatte noch nicht geschlafen, aus seinem Zimmer, ging durch den Flur und sah dort eine riesige Gestalt im Strahl des Mondlichts bei der Wohnungstür stehen. Als er näher kam, bemerkte er, daß die Gestalt, ein Mann von zwei oder drei Metern Größe, ihm den Rücken zukehrte. Breitschultrig wie breitbeinig stand er da, die Hosenbeine umringelten seine Knöchel, die Unterhose hing ihm zwischen den Knien, so daß der Glanz des Mondlichts auf seinem weißen, haarigen Hintern auf und nieder zitterte. Seine Pranken hielt er wie der kleine Jesus, der darüber an den Sturz genagelt war und mit schmerzverzerrter Miene auf die Szenerie herabblickte und sah, wie der Riese sich abstützte an den Zargen und wie er sich schabte und scharrte, auf und ab ging sein ganzer mächtiger Körper, am Holz des Türflügels.

Dann blickte Josef seiner Tante geradewegs in die Augen. Sie war unter dem Riesen begraben, wie eine winzige Hexe lugte sie unter der Schulter des Mannes hervor, der sie zwischen sich und der Tür eingezwängt hatte und mit seinen Stößen ebendort zu zerreiben drohte. Tante Ruth, im Nachtkleid, mit zerwühltem Haar, hatte die Augen geöffnet, doch sie sah ihren Neffen nicht. Vielleicht, weil sie im Mondlicht stand und er im Dunkel, vielleicht auch, weil ihr Geist gerade abwesend war. Josef dachte, daß es geboten wäre, ihr zu Hilfe zu kommen, zögerte jedoch, weil er Abscheu empfand vor der Vorstellung, den Riesen mit dem glänzenden Hintern zu berühren. Dann aber, als seine Tante ein leises Geräusch, ein Zischen wie das einer Dampflok, von sich gab, änderte er seine Meinung, denn er hielt dies für ein Zeichen, daß sie wohlauf war. Er beschloß, daß seine Hilfe nicht vonnöten sei, ging wieder zurück in sein Zimmer, legte sich ins Bett und kühlte sein heißes Gesicht an der Wand.

Seit diesem Vollmondabend im Winter verstand Josef, wie seine Tante es machte. Was er jedoch nicht wußte, war, daß Ruth nicht den Männern zu Gefallen war. Sie waren es ihr. Denn mit dem Tag seiner Anwesenheit in Kalowswerder hätte sie es im Grunde nicht mehr nötig gehabt, sich von den Männern befingern zu lassen. Was Josef nicht wußte, war, daß sein Vater aus Weimar auch nach dreiunddreißig so viel Geld schickte, daß sie zuweilen sogar ihren Nachbarn aushelfen konnte und daß sie mit den Männern vor allem deswegen verkehrte, weil es ihr Vergnügen bereitete. Aber selbst wenn Josef das gewußt hätte – er hätte es nicht verstanden. Er hätte es lieber gehabt, die Geräusche wären wirklich aus der Wand gekommen.

6

So gingen die Jahre dahin. Blutnächte gab es immer noch und, ganz wie Fanny Eisenstein befürchtet hatte, Blutwochen und einen ganzen Blutmai. Stresemann war immer noch tot. Seine Eltern sah Josef nicht, und bis auf eine Postkarte aus Österreich im Januar 1930 und einen Brief, den sein Vater mit dem Satz *Mach mir keinen Kummer!* beendete, hörte er auch nichts von ihnen. Weimar war weit weg, Wien noch viel weiter, und sein Zimmerchen mit dem alten Sekretär und dem Bücherbord neben dem Fenster war alles, was er brauchte. Berlin war gut zu ihm, denn die Menschen hier hatten ihre eigenen Sorgen und beachteten ihn nicht weiter. Bei den Leuten im Block galt er nur noch als der Schwarzkopf-Junge, obwohl sie hätten wissen können, daß Ruth nicht seine wirkliche Mutter war. Die wiederum nahm kaum wahr, ob er daheim war oder nicht, und Felice war ohnehin nicht die geringste Seelenregung anzumerken. Die Lehrer hielten ihn für ein wenig einfältig, ansonsten für eher mäßig, und die Kinder mieden ihn. Die Passanten auf der Sömmeringstraße sahen durch ihn hindurch. Es war ihm, als könnte er von heut' auf morgen verschwinden, und keiner würd's merken.

Und so wenig all diese Menschen Anteil an ihm nahmen, so sehr begann die Stadt selber, als wäre sie ein eigenständiges Wesen, ihre Faszination auf Josef auszuüben, die Dämme und Dächer, die Parks und Plätze, Fabriken und Friedhöfe, Kanäle und Kirchen, die Bögen der Brücken und Stege, die Laubenkolonien, die Seen und Teiche und Inseln, die Mietskasernen, die Gleisanlagen. Der Dampf aus den Kloaken, der Rauch aus den Schloten. Der dürre Glockenturm der Gustav-Adolf-Kirche, die Alte Liebe auf dem Tegeler See, Kolonialwaren Trotta am Klausenerplatz. Die Synagoge in der Behaimstraße. Er begann sie zu inspizieren, nach ihnen zu schauen, wie ein Zoowärter sich um seine Tiere kümmert. Auf immer längeren Märschen erkundete er die Stadt, erst nur Kalowswerder und den Huttenkiez, nach und nach Westend, Spandau, Wilhelmstadt und Witzleben. Dann in immer größer werdenden Kreisen. Als er vierzehn war, hatte er die Stadt vom Grunewald bis Friedrichsfelde durchwandert.

Wie Josef so lief und schaute, war es seine Eroberung der Stadt. Seine Eroberung der Welt. Er war eine Kamera mit offenem Verschluß. Eines Tages mußte das alles entwickelt werden, abgezogen und fixiert. Und so nahm er auf und sammelte ein, was er gesehen hatte. An manchen Wintermorgen stob der Schnee von den Türmen und Zinnen des E-Werks am Spreebord, das ihm wie ein Sultanspalast im Wüstenwind vorkam, wenn er die Caprivibrücke auf seinem Weg zur Schule überquerte. Oft kam ihm die Stadt dann wie ausgestorben vor und er sich selbst wie der einzige noch lebende Junge Berlins. Einen Sinn hatte er nur für die Bauten, die Landschaft und die Tiere. In den Ferien beobachtete er in der Frühe die Lieferwagen, Hundegespanne und Handkarren vor der Markthalle in der Arminiusstraße, wie sie sich drängten und stießen und aneinander rieben. Er kletterte über das Stemmtor der Charlottenburger Schleuse, da lagen die Güterschiffe wie gestrandete Walfische vor ihm im Wasser. Ein Pferd starb an den Stromschienen der Siemensbahn. Im Schloßpark fing er ein Bläßhuhn, im Lietzensee angelte er Saiblinge. Das alles war seins, das konnte niemand ihm nehmen. Kein Mensch konnte eine ganze Stadt zerstören.

Auf einer Wanderung durch Haselhorst im Oktober '33 fing Josef, er war jetzt vierzehneinhalb, eine Fledermaus und tötete sie. Schon seit längerem wußte er, daß sich dort in der Zitadelle ganze Kolonien während der Herbst- und Wintermonate ansiedelten, und schon öfter hatte er versucht, sie zu sehen und eine zu fangen. Vielleicht würde er ein Jungtier mit nach Hause nehmen und in seiner Kammer aufziehen. Doch erst wenn die Dunkelheit einsetzte, konnte er anhand der lautlosen Schwärme, die den Himmel über der Festung verdunkelten, ausmachen, wo sich ihre Ein- und Ausgänge befanden. Wenn er auf der Festungsinsel am Schweinekopf stand, auf der anderen Seite des Wassergrabens, dort, wo er die Sonne genau hinterm Juliusturm verschwinden sehen konnte, dann dauerte es nicht lange, bis sich die Tiere aus ihrer schattigen Höhlenwelt der Keller wagten, über seinen Kopf hinwegflirrten und sich in den Eiben und Eschen über ihm niederließen.

Er mußte an das Märchen denken, das Wilhelm erzählt hatte, als er acht war. Und sie taten ihm leid, verfluchte, entstellte, aus der Art geschlagene Kreaturen, ausgestoßen aus der Gemeinschaft der Schwalben, die sie eigentlich waren und nie wieder werden konnten. Er liebte und haßte diese Tiere zu gleicher Zeit. Er bewunderte sie für ihr invertiertes Leben, diese widernatürliche Art, bei Tage zu schlafen und in der Nacht zu jagen, kopfüber zu hängen, anstatt aufrecht zu sitzen, und für ihren Unwillen, eindeutig zu sein, ihre Weigerung, sich zu entscheiden zwischen der Existenz einer Maus und der eines Vogels. Er beneidete sie um ihre unmerklichen Flügelschläge und ihre lautlosen Schreie, die sie nicht benutzten, um mit Artgenossen zu kommunizieren, sondern allein, um Beute aufzuspüren und zu fangen. Er haßte sie dafür, daß er sie nicht hören konnte. Daß sie sogar vor ihm, der allabendlich in der Dunkelheit auf sie wartete und wie ein Freund nach ihnen sah, ihre Sprache verbargen. Und je mehr er sie dafür haßte, desto mehr verachtete er sich selbst dafür, daß er, wenn er auch noch so stumm und starr dastand und lauschte, nicht imstande war, ihre Rufe zu verstehen, sondern zu plump und untalentiert, zu menschlich eben, als daß die verfluchten Tiere es ihm gestatten würden, Anteil zu nehmen an ihrer Jagd. Sein Menschsein ließ ihn Abscheu empfinden vor sich selbst.

Er wußte nicht mehr, ob das Tier, das er gefangen hatte an dem Abend, ihm zugeflogen war oder ob er es sich gegriffen hatte. Gewiß, er hatte es angelockt mit seiner Lampe, doch es war dumm genug gewesen, darauf hereinzufallen, gierig genug, den lautlos lauernden Jungen unter dem Mückenschwarm nicht zu bemerken, und war ihm mitten in die Arme geflogen. Jetzt lag die Lampe im Gras, und das Tier zappelte in seiner Hand, zuckte und wand sich wie ein waidwundes Kaninchen, schlug wild mit den Flügeln und öffnete sein kleines Maul. Als er es mit zwei Steinen rechts und links und seiner Faust auf dem Unterleib am Boden fixiert hatte, fing es an zu keifen und zu fauchen. Eine keifende und fauchende Jesusfledermaus. Erst dachte Josef, er könnte dem Geschöpf, das jetzt nur noch das Köpfchen hin und her werfen konnte, die Geheimnisse seiner Sprache entlocken, indem er es auftrieb und reizte, ihm den Kopf nach hinten zerrte, die Flügelhäute spreizte, die Ärmchen nach hinten drehte und aus den Schultern renkte, ihm einen Zweig in den weichen Bauch stieß oder ihm das Fell an den Ohren abriß. Doch es blieb bei dem Keifen und Fauchen, das nicht seine wirkliche Sprache sein konnte, einem unverständlichen Schimpfen, mit dem ihm das Tier anscheinend etwas vorzumachen gedachte, und darüber wurde Josef so böse, daß er einen weiteren Stein nahm und dem Tier langsam auf Maul und Nase drückte, bis die Schädelknochen splitterten.

Er stand auf, wischte sich den Dreck von den Knien und schaute in den Himmel. Es war dunkel geworden, die Fledermäuse in den Bäumen waren verschwunden. Er lauschte, alles war still. Nichts war geschehen. Die Natur hatte ihm keines ihrer Geheimnisse offenbart. Er war so dumm als wie zuvor.

Josef nahm die Lampe und ging. Nach ein paar Metern jedoch kehrte er um. Er ging zu der Stelle zurück, an der sein Opfer lag, und steckte die Fledermaus in seine Hosentasche. Dann machte er sich auf den Heimweg.

Ein paar Tage bewahrte er den Kadaver in der obersten Schublade seines Sekretärs auf und dachte nicht mehr daran, bis ihn ein beißender Gestank zwang, das Fach zu leeren. Er sah sich den nun ganz zerfallenen Körper an, die ledrigen Membranen zwischen Hand- und Fußgelenken, den grauen, fast ausgebleichten Pelz, das zerquetschte Köpfchen, und beschloß, sich nicht mit der Sache zufriedenzugeben. Wenn eine Fledermaus ihre Geheimnisse auch unter Folter nicht preisgab, mußte es einen anderen Weg geben, ihr auf die Schliche zu kommen. Wenn er sich nicht länger für seine Unfähigkeit, ihre Sprache zu verstehen, verachten wollte, mußte er diesen anderen Weg eben finden.

Also fing er weitere Exemplare und nahm sie mit in seine Kammer, um sie genauer zu erkunden. Erst versuchte er, sie so lange wie möglich am Leben zu halten, doch ihr ständiges Zischen und Fauchen und Flattern machten eine bedächtige Inspektion unmöglich. Schließlich tötete er sie noch am Ort der Gefangennahme, stopfte sie in seinen Rucksack und breitete sie zu Hause auf dem Bett aus, zum Ziel der unsterblichsten Experimente, wie er dachte. Die Antwort mußte irgendwo im Kopf stecken. Mit dem Skalpell, das er in der Schule gestohlen hatte, schnitt er Mund- und Nasenöffnung auf, zog Fell und Haut vom Schädel und besah sich, was darunter lag. Doch nichts an den Knochen und Knorpeln und Sehnen wies darauf hin, wie sie die Geräusche erzeugten, die nur sie selbst hörten, und wie sie die Geräusche hörten, die nur sie selbst erzeugten. Nicht die übergroßen Ohren mit ihren Rillen und Furchen und dem Deckellappen davor, nicht die kleinen karfunkelschwarzen Augen, nicht die winzigen Zähnchen, nicht die Drüsen am Mund, nicht die Tasthaare an den Nasenlöchern, nicht die Schädeldecke und auch nicht das zierliche, weißliche, gallertartige Hirn darunter wollten Josef verraten, worin ihr Geheimnis bestand. Er konnte noch so viele Fledermäuse fangen, noch so viele Körper sezieren und noch so tief in ihr Innerstes eindringen – das Rätsel blieb.

Es war bei der letzten Fledermaus, als Felice ihn ertappte. Josef hatte den Glauben, daß er der Fledermaussprache auf die Spur kommen würde, indem er die toten Körper aufschnitt, bereits verloren und das kleine Tier, ein Weibchen, nur noch seziert, weil es eh schon tot war. Alle anderen Leichenreste hatte er Tage zuvor am Spreeufer entsorgt. Er kauerte gerade, die Knie auf der Matratze, über dem halb entblätterten Schädel und stocherte lustlos im Ohrkanal, als sich die Kammer verdunkelte. Er blickte auf und sah draußen, dicht vor dem Fenster, im Hof, den Körper seiner Halbcousine stehen, die zu ihm hereinschaute.

Im ersten Moment meinte er, in den Umrissen ihres Kopfes den einer riesigen Fledermaus zu erkennen, da sein Blick so lange auf den Schädel seines Untersuchungsgegenstands fixiert gewesen war, doch dann nahmen ihre Züge Gestalt an, und ihre Augen verwandelten sich von kleinen Karfunkeln zu großen blauen Saphiren, von denen das schwache Licht seiner Zimmerlampe reflektiert wurde. Er war nicht sicher, was genau Felice durch die Fensterscheibe erkennen konnte und wieviel von dem, was sie sah, auch in ihrem Hirn ankam, doch er wußte, daß sie nicht darüber reden würde, was hier geschah. Die Tatsache aber, daß Felice dort stand, beunruhigte ihn. Draußen war es feucht und kalt, ein später Oktoberabend, und für gewöhnlich ging Felice ohnehin nicht ohne Begleitung vor die Tür. Er stand von seinem Bett auf und ging zu ihr. Sie war allein im Hof. Stand da im Kleid mit nackten Schultern. Er blickte ihr nun geradewegs in die Augen. Und sie blickte zurück, sah ihn an, es war ihm, als musterte sie ihn, zwischen ihnen nur das Glas seines Fensters.

Er löste sich, ging aus der Kammer und über den Flur in die Küche, wo die Hoftür offenstand. Von seiner Tante war nichts zu hören und zu sehen, anscheinend waren er und Felice allein zu Hause. Er trat nach draußen, wo sie noch immer vor dem Fenster stand, jetzt jedoch das Gesicht zu ihm hinwandte. Sie zitterte. Ihre Schultern vibrierten in der Kälte, auf ihren nackten Unterarmen war eine Gänsehaut zu sehen. Stumm standen sie da im dunkelnden Hof und sahen einander an. Es roch nach Kohleöfen und erstem Schnee. Er ging zu ihr, stellte sich vor sie, sie würde hier draußen noch erfrieren. Nun war keine Glasscheibe mehr zwischen ihnen, nur noch ein paar Zentimeter kalte Luft, ihr Kleid, sein Hemd, die Haut darunter. Er wußte, daß er sie bewegen mußte, wieder hineinzugehen, ins Warme, doch er wagte nicht, sie anzufassen. Nicht ein einziges Mal in den mehr als vier Jahren, die er und sie in der gleichen Wohnung lebten, hatte er sie berührt oder sie ihn. Sie hatte ihn ja nicht einmal angesehen, und auch er hatte kaum einen Blick für das arme Ding übrig gehabt, wieso auch. An diesem Abend aber, als sie da draußen stand und fror, starrte sie ihn an, die Lippen leise und langsam bewegend. Sie begaffte ihn.

Und er starrte zurück, sah sie unter dem Kleid zittern, die mageren Arme und die schmalen Schultern, das weiße, weiche Gesicht mit der Mädchennase, denn ein Mädchen war sie, war sie immer gewesen, ein Jahr jünger als er, und die Saphire rechts und links mit den schwarzen Einschlüssen, die leuchteten. Noch nie hatte er Felices Augen leuchten sehen, denn ihr Blick war blöde und leer sonst. Heute abend aber war es anders. Er sah ihre Hüften, ihr Becken, ihre Taille, ihre Brüste, all das war der Körper eines Mädchens – und doch war auch das heute abend anders. Es war der Körper einer fremden Frau.

Nun begann auch er zu frösteln, seine Hände zitterten, und seine Brust bebte. Schnell drehte er sich um, ging zur Küchentür zurück und wartete dort. Felice folgte, folgte ihm hinein, stand in der Küche. Er ging zu seiner Kammer und wollte gerade die Tür hinter sich schließen, als er sie hinter sich warten sah. Erneut starrte sie ihn an, dann an ihm vorbei auf sein Bett, wo noch immer die tote Fledermaus ausgebreitet lag.

Josef drehte sich um, sah zu den Fetzen aus Fell, Haut und Knochen hin, dann wieder zu Felice, deren Blick aufs Bett geheftet blieb. Er trat ein und setzte sich auf die Matratze. Zögernd kam sie näher, blieb vor ihm stehen. Er hörte ihren Atem, leise ging ihr Rumpf auf und ab und das kleine goldene Kreuz auf dem Brustbein mit ihm. Es war hier wärmer, die Gänsehaut an ihren Armen war verschwunden, doch sie zitterte noch immer. Jetzt faßte er sich. Er griff ihr Handgelenk, gerade über den Wurzelknochen, umschloß es fest mit allen Fingern und hielt still. Er sah das Blut in ihrer Kinderhand dunkler, blauer werden und fühlte ihren Rist unter seinen Fingern pulsieren. Felice setzte seiner Berührung nichts entgegen. Sie stand bloß da und blickte auf den Kadaver neben Josef.

Auch Josef zitterte noch immer. Sein Griff wurde fester, er spürte ihre Knochen zwischen seinem Zeigefinger und Daumen knirschen. Es mußte sie schmerzen, doch noch immer zeigte sie keine Reaktion. Er griff ihr anderes Handgelenk und begann zu ziehen. Jetzt widerstand sie, als wäre sie festgefroren vor dem Bett. Fester und fester zerrte er, bis er meinte, ihr die Arme aus dem Schultergelenk reißen zu müssen, wenn sie nicht nachgäbe. Doch sie blieb stehen, stärker war sie, als sie ihm jemals erschienen war, und ihre überraschende Stärke, gepaart mit dieser eigenartigen Passivität und Gleichgültigkeit, reizte ihn bis aufs Blut. Mit der einen Hand zog er ihren Arm zu sich, während er mit der anderen ihr nacktes Knie umfaßte, so daß sie einsank und beinahe vor ihm zu Boden gefallen wäre, hätte er sie nicht aufgefangen. Ihr Schauen, vom Anblick der Fledermaus gelöst, hatte nun kein Ziel mehr und wirkte wieder stumpf und abwesend. Das saphirne Leuchten in ihren Augen war verschwunden.

Josef, der den schmächtigen Leib Felices, an Hüfte und Knie gepackt, in beiden Armen hielt, schreckte dieser Wechsel ihres inneren Zustands nicht, nein, er spornte ihn an. Er beugte sich über sie und schob sie neben sich aufs Bett, so daß ihr Kopf gleich neben der Fledermaus zu liegen kam, ihre Füße berührten kaum den Boden der Kammer. Dann rollte er sich auf sie, berührte sie mit der größtmöglichen Fläche seines Körpers. Auf einmal kam er sich riesig vor, wie er sie unter sich begrub mit dem ganzen Gewicht seines Beckens auf ihrem, seines Brustkorbs auf ihrem, wie er sie zwischen sich und der Matratze zerrieb. Er wähnte sich stark und mächtig, während sie, die kleine Felice, ihm ausgeliefert und an die Decke starrend, die Lippen zum Spalt geöffnet, sich kaum zu atmen traute. Er fühlte sie, fühlte, spürte und ertastete, roch, schmeckte und witterte sie, einen Menschenkörper ganz nah, ganz dicht, unter sich, reglos und doch lebendig, tot und doch beseelt, aber womit? Er wollte ihren Schädel packen, schleudern, den Kasten aufbrechen und die Hirnfasern herauszerren, wie er es bei den Fledermäusen getan hatte. Doch da war es vergebens gewesen, nichts hatte ihm Aufschluß über ihre Innenwelt gegeben, wieso sollte es bei Felice anders sein? Es mußte einen anderen Weg geben, um an ihr Geheimnis zu rühren.

Er merkte die Lust in sich aufsteigen, ein Schwarm von Fledermäusen, der am Abend aus seiner Höhle emporwirbelt und seinen Himmel verdunkelt, spürte, wie ihm ein Trieb in Brust und Hals schoß und da anschwoll, so daß er Felice beißen wollte, um seiner Gier Platz zu verschaffen. Er spürte sein Geschlechtsteil hart in ihrem Schoß pochen. Er drückte fester zu, machte sich schwerer und schwerer, doch Felice blieb stumm, ihr Gesicht ohne Ausdruck, und seine Lust wurde nicht gelindert. Ebensowenig die Angst, die Scham, die Neugier. Er preßte sein Gesicht an ihres, seinen Schädel gegen ihre Stirn. Er mußte dahinterkommen. Was hatte diesen Wandel in ihr hervorgebracht? Was dachte sie sich dabei, falls sie überhaupt etwas dachte? Was ging in ihr vor?

Und in dieser Mischung aus Lust, Übermacht und Wissensdurst, so quälend und verzehrend, riß er ihr Kleid auf, riß sich die Hose herunter, verging sich an ihr. Er mußte Gewalt anwenden, mußte ihre Arme ausbreiten und mit seinen Fäusten fixieren, und da sie ihre Schenkel eng aneinanderpreßte, lag sie nun vor ihm wie der kleine Jesus. Ein kleines Jesusfledermausmädchen. Er mußte ihre Beine mit seinen Knien spreizen. Er wollte sie öffnen. Er wollte hinein in sie. Er wollte sie verletzen und ihr doch nicht weh tun. Er wollte ihre Sprache verstehen. Er wollte, daß sie ihm antwortete.

Als das Ganze nach einer gegrunzten Minute vorbei war, fiel er von ihr ab. Felice richtete sich auf, schloß ihr Kleid, ging durch die noch immer offene Tür in den Flur zurück. Dort drehte sie sich noch einmal um und sah ihn an. Sie lächelte. Ihre Augen funkelten in der Dunkelheit, doch er wußte nicht, ob sie ihn sahen, wie er mit erschlafftem Geschlecht auf dem Bett lag, oder doch wie zuvor das tote Fledermausweibchen neben ihm.

Dann verließ sie ihn.

7

Anfang 1934 brachte Josef das gestohlene Skalpell zurück. Er legte es einfach wieder in den Holzkasten, aus dem er es genommen hatte, als die Biologiestunde vorüber war und sein Lehrer abgelenkt von den Fragen der strebsamen Schüler. Es erstaunte ihn, daß er so einfach Dinge nehmen konnte, die ihm nicht gehörten, und sie zurückbringen konnte, wenn er keine Verwendung mehr für sie hatte. Auch die Fledermäuse hatte er ja genommen, als ihm danach war, und sie späterhin entsorgt. All das war unbemerkt und unbestraft geblieben. Er war unsichtbar.

Nachdem er sich des Skalpells entledigt hatte, probierte er es mit Schlüsseln. Lehrer ließen ihre Schlüssel beinahe täglich irgendwo liegen, man mußte nicht einmal in Taschen greifen, und im Grunde konnte man es nicht einmal Diebstahl nennen, wenn er sich dieser herrenlosen Gegenstände annahm. Die Räume, die sich ihm so erschlossen, kamen ihm unermeßlich vor. Das Gebäude der Herder-Oberschule in der Bayernallee, das er seit einem halben Jahr besuchte, war Irrgarten und Paradies zugleich, ein Palazzo mit Türmen und Erkern, ein Märchenschloß voller Geschichten und Legenden, in denen sich ein bald Fünfzehnjähriger verlaufen und einspinnen konnte, wenn er nur genug Einbildungskraft besaß.

Wäre Josef seinen Lehrern aufgefallen, sie hätten genau diese Einbildungskraft an ihm bestaunt, seine Erfindungsgabe, sein Vermögen, sich Dinge vorzustellen, die es nicht gab. Doch entweder fiel er ihnen nicht auf, oder sie hielten Josef nur für einen mittelmäßigen Knaben von minderer Auffassung, mit leserlicher Schrift zwar, doch langsam im Rechnen, witzlos im Aufsatz, ohne merklichen Ansporn oder Fleiß, unfähig, deutsch zu denken und deutsch zu handeln. Mehr noch, irgend etwas an seiner Gegenwart störte einige unter ihnen. Es war ihnen nur halb bewußt, aber beim Anblick von Josefs blutleerem Gesicht, seinem krausen schwarzen Haar empfanden sie einen tiefen

Widerwillen, leise, hartnäckig, beunruhigend. Er war diesen Lehrern ein Dorn im Auge, doch hatten sie ja keine Ahnung, warum.

Und so ließen sie Josef in Ruhe. Achteten seiner nicht, wenn er bei der Flaggenehrung den Arm nicht hoch genug emporhob oder beim Turnen vom Barren fiel. Schlugen ihn nicht, wenn er *Kameraden, die Rotfront und Reaktion erschossen* falsch ins Lateinische übersetzte und seinen Fehler dreimal wiederholte. Blickten bloß streng auf ihn herab und drehten sich weg, wenn er keine Antwort gab auf Fragen, die ein Primaner beantworten konnte: wer Friedrich Jahn war etwa, wo die Maas verläuft und wo die Memel, und von wem das Vaterlandslied stammt. Und so sahen sie auch nicht, wenn er Schlüssel an sich nahm und nach dem Unterricht Räume und Gänge erkundete, im Biologiesaal die Sammlung nach ausgestopften Mardern und Echsen durchstöberte oder am Fenster des Ostturms stand, seinen Blick seherisch über die Dächer schweifen ließ und sich vorstellte, er sei der Herrscher von Berlin.

An einem Frühlingsnachmittag fand Josef in der Schublade eines Lehrerpults einen Bund mit zwei Schlüsseln. Er mußte nicht lange überlegen, um zu erkennen, daß er damit den ihm bisher verwehrten Zugang zur Schulbibliothek in der Hand hielt. Die Bibliothek war ein weiter, gewölbeartiger Raum im ersten Stockwerk, der niemals geöffnet wurde. Oft schon hatte er vor der Eichentür gestanden und überlegt, wie er Einlaß erhalten könnte in die heiligen Hallen, die ihm wie das Herz der ganzen Burg vorkamen, wie ein Fürstensaal, in dem ein schlafender Kaiser thronte und darauf wartete, das Reich zu retten und zu neuer Herrlichkeit zu führen. Wenn er die Metallbeschläge berührte oder die hölzernen Sparren, war ihm, als sähen seine Hände einen Garten aus Büchern sich hinter ihnen erstrecken. Diese Räume dienten allein dem Lehrkörper zu Bildung, Besinnung und Belehrung; Schülern war der Besuch versagt. Was genau sich hinter den Mauern verbarg, war Rätsel und Geheimnis.

Nun aber, da Josef alleine war, fühlte er sich mächtiger denn je. Er hörte das Eisen im Schloß klicken, spürte den Widerstand der Blechfeder, er zwang das schwere Schloß mit Gewalt, dann krächzte der Türflügel und gab einen Spalt frei, durch den er ins Innere schlüpfen konnte.

Und wenn ihn auch kein Barbarossa in dem fensterlosen Gewölbe empfing, so doch ein Labyrinth aus Regalen, die eine Unzahl Bücher beherbergten: Fibeln, Folianten, dicke Wälzer und dünne Heftchen, Wörterbücher und Konversationslexika. Trübe leuchteten ihm ein paar Funzeln an der Decke den Weg. Dem Staub und dem Geruch von feuchtem Papier und Fäulnis nach zu urteilen, hatte der Lehrkörper seit längerem schon auf Bildung, Besinnung und Belehrung in diesen heiligen Hallen verzichtet. In den Regalen fand er, was er erwartet hatte: achtzehn tiefblaue Bände des Grimmschen Wörterbuchs, von *A* bis *Orgelwerk*, der Rest fehlte. Zwanzig braunlederne Brockhaus-Bände, Real-Wörterbücher, der Große Meyer. Dann Fibeln in zigfacher Anzahl, Abecedarien, Grammatiken, Katechismen aller Arten, der *Allgemeine Historische Handatlas*, das *Deutsche Lesebuch für höhere Lehranstalten* und eins für den arisch-olympischen Geist. Homer, Tacitus, Ovid. Goethe und Schiller. Dann Karl May, Schwabs *Heldensagen*, *Haus- und Volksmärchen*, *Mein Kampf*, Hamsun, *Die Weise von Liebe und Tod des Cornets Christoph Rilke*, *Mensch und Sonne*, *Der Wanderer zwischen beiden Welten*. Ein ganzes Regalbrett *Der Hitlerjunge Quex*. *Die Biene Maja* und *Heidis Lehr- und Wanderjahre*. Alpenrausch und Edelweiß. Mattengrün und Ackerfurche. Schollenkranz und Maienblut. Volksbewußtes Schrifttum. Alles war da.

Nun aber sah Josef, daß jedes Regal, beinahe jede Lade merkbare Lücken aufwies, merkbar daher, daß Bände quer standen, um einen Abstand zu füllen, daß einige umgefallen waren, wo man Exemplare entnommen hatte, und daß alphabetische Reihenfolgen jäh unterbrochen waren. Er wußte nicht, was da fehlte, aber er vermißte es. Nach einigem Wandern durch die Gänge entdeckte er schließlich, auf welches Schloß der zweite Schlüssel paßte. Es war eine kleinere Tür in der hinteren Ecke des Raumes, hüfthoch verdeckt von zeitungspapiergefüllten Kartonagen und beschriftet nur mit den Buchstaben *W. H.* Nachdem er den Zugang frei geräumt und die Tür aufgeschlossen hatte, stand er in einem engeren, lichtlosen Kabuff mit niedriger Decke, so klein wie seine Kammer zu Hause, ein Lager offenbar für Ausgemustertes oder noch nicht Eingeräumtes. Hier gab es keine Regale, dafür hatte man Bücher so hoch gestapelt, daß die Türme jeden Moment zu kippen drohten. Vorsichtig wand Josef sich hindurch und inspizierte die Buchrücken, deren Titel er in dem spärlichen Licht kaum entziffern konnte.

Das war es also: das Innerste. Er schreckte so jäh auf, daß die Stapel um ihn zu schwanken und zu taumeln begannen, und konnte sie gerade noch vor dem Einsturz bewahren. Josef wußte nicht, was ihn hatte aufschrecken lassen, doch er fühlte, daß in dieser Sekunde seine Macht ins Unermeßliche umgeschlagen war. Was hier vor ihm lag, war die Saat einer geradezu übermenschlichen Gewalt, die in ihm aufkeimte. Er war Cäsar und Nero in einem. Er war der Napoleon vom Westend. Er war der Minotaurus in seinem Labyrinth. Er war halb Heiliger, halb Unmensch.

Behutsam und schwer atmend strich er über die Buchrücken, betrachtete erneut Titel und Verfasser. Da waren sie, die Verfemten und Verfolgten, die Verbrannten und Verbotenen, mitten im Herzen der Schule ruhten und schlummerten sie versteckt und jedem Auge entzogen, eingeschlossen wie Insekten im Bernstein. Die große Mehrzahl der Titel sagte ihm nichts, doch als er Titel entdeckte wie *Der Rabbi von Bacharach*, *Das Kapital*, *Amerika*, die er entweder selber schon gelesen oder von denen er gehört hatte, wurde ihm klar, was das Kriterium ihrer Auswahl für dieses Lager gewesen war. Da waren Freud, Feuchtwanger, Lenin, Trotzki, Gide, Zweig, Roth, Toller, Benjamin, Kaiser und Dutzende, Hunderte andere, die man, ungeordnet zwar, aber doch mit einer gewissen Sorgfalt, hier hereingetragen und zu welchem Ziele auch immer aufeinandergeschichtet hatte. Nach etwa einer Stunde, die er im Halbdunkel kauernd und lesend verbracht hatte, legte er alle Bücher an ihre Orte zurück, schloß die Türen hinter sich und verließ das Schulgebäude.

In den folgenden Wochen kam Josef wieder und wieder, besuchte die kleine Zelle, in der die Undeutschen, wie er sie nannte, überwinterten wie die Fledermäuse von Spandau in ihrer Höhle. Jeder einzelne Band kam ihm wie eine Fledermaus vor, die Buchdeckel ihre Flügel, die Seiten und Buchstaben ihr Innerstes, das Josef endlich Rede und Antwort stand. Stets legte er die Schlüssel zur Bibliothek wieder ins Pult zurück, und stets nahm er sie sich wieder von dort, wo sie offenbar niemals angetastet wurden außer von ihm. Mit der Zeit lernte er die Namen und Titel auswendig, merkte sich, wo er welches Buch hingelegt hatte, um feststellen zu können, ob noch jemand Zugang zum Lager hatte. Doch stets blieb alles so, wie er es verlassen hatte, niemand kam dorthin, was für ihn die Frage noch unbegreiflicher erscheinen ließ, warum diese Bücher aufgehoben worden waren, anstatt sie wegzuwerfen oder gleich den Flammen zu übergeben.

Erst im Mai '34 faßte er den Mut, ein Exemplar mit nach Hause zu nehmen. Wie viel schwerer fiel ihm das doch, als ein Skalpell mitgehen zu lassen oder einen ausgestopften Uhu aus der Sammlung! Diese Bücher zu entwenden, auch wenn sie tausendmal herrenloser waren als verlegte Lehrerschlüssel, war Frevel. Und doch fühlte er, daß es an ihm war, genau diesen Frevel zu begehen. Er mußte sie retten, denn ihr weiteres Schicksal war mehr als fraglich. Das erste, das er in seine Tasche steckte, war Bertha von Suttners *Die Waffen nieder!*, dann kamen *Im Westen nichts Neues* und *Der Untertan*. Stets nahm Josef nur einen Band mit und erst nur die, deren Titel er kannte und von deren Verfassern er wußte, daß sie keine Juden waren.

An die Juden traute er sich erst im Juni. Er hatte bereits ein Dutzend Undeutsche mitgenommen und ihnen auf seinem Bücherbord Exil gewährt, als er begriff, daß er auch die jüdischen würde retten müssen. Er wußte nicht, warum es ihn eine noch größere Überwindung kostete als bei den Kommunisten und Sozialdemokraten, den Pazifisten und Anarchisten. Die Gefahr blieb die gleiche. Sollte man ihn nur mit einem einzigen dieser Bände in der Tasche erwischen, würde man seiner Tante einen Besuch abstatten und in seine Kammer eindringen, und verloren wäre alles. Man würde genauer hinsehen und endlich dahinterkommen, wer seine wirklichen Eltern waren.

Und doch – die Juden mitzunehmen war der Fehdehandschuh, den er nicht nur der Schule, sondern der ganzen Hitlerei ins Gesicht warf. Die Juden waren schließlich das Gewissen der Welt. Würden es immer sein.

Es geschah, es mußte geschehen, und es mußte *bald* geschehen. Mehr und mehr überkam Josef die Angst, daß er eines Tages vor einer leeren Zelle stehen würde, alle Bücher ausgeräumt, ausgewiesen, geächtet, deportiert nach nirgendwo. Es galt also, mehr als ein Buch auf einmal mitzunehmen, wenn er eine Chance haben wollte, die Undeutschen allesamt vor der Vernichtung zu retten. Doch das erwies sich als schwierig. Drei Bücher in der Tasche zu tragen, dazu noch eines unter jedem Arm, war die Grenze, die zu akzeptieren er sich gezwungen sah. Zu auffällig war ein Junge, der Nachmittag für Nachmittag schleppend und sich mühend von Westend nach Charlottenburg lief, zuviel Mißtrauen hätte seine Gestalt geweckt, so daß ihn früher oder später sicherlich einer am Arm gepackt und zur Rede gestellt hätte.

Fünf am Tag also und jetzt auch die Juden. Vor allem die Juden. Heine. Preuß und Rathenau. Babel, Kisch und Liebknecht. Schnitzler, Sternheim, Roth. Oppenheimer, Reich, Eisner. Marcuse, Wassermann, Wedekind, Werfel. Zuckmayer, Zweig, Zech Frank Döblin Brod Feuchtwanger Ehrenburg GroszTucholskySeghersGorkiSachsgidesteinerholitschermeyrink rosenfeldpinthushirschfeldluxemburg …

Daß sie auch in seiner Kammer so ungeordnet stehen mußten, wie er sie vorfand und mitnahm, schmerzte ihn. Es war einfach nicht genug Platz. Das Bord neben dem Fenster war seit dem letzten Jahr vollgestellt, also mußte er Schrank, Bettkasten und Schubladen nutzen. Doch auch die würden bald aus allen Nähten platzen. Bald schon beherbergte sein Zimmerchen hundert, vielleicht hundertzwanzig Exemplare. Er mußte sich etwas einfallen lassen. Vielleicht ließe sich in Felices Zimmer eine Ausweichmöglichkeit finden oder im Verschlag im Hof? Oder sollte er den Eingang der Fledermaushöhle in der Zitadelle suchen und die Bücher dort lagern, bis der Spuk vorbei war?

Doch soweit kam es nicht. Kurz vor den Sommerferien machte Josef eine Entdeckung, die ihm jede weitere Rettung vorerst verleidete. Er hatte an einem Nachmittag fünf in etwa gleich große, gleich schwere Bände eingesteckt, drei Schnitzler, einen Zweig, einen Werfel, hatte die Tür zur Zelle wieder verschlossen und die Kartonagen davorgestellt, als er beim Durchqueren des Hauptraums an einem Regal vorbeikam, dessen Bestand er bislang keine Beachtung geschenkt hatte. Was ihm nun aber ins Auge fiel, war sein eigener Name. In silbernen Lettern stand er da, auf dem Rücken eines dicken, gedrungenen, in Kalbsleder gebundenen Bandes. EISENSTEIN. Und dann: *Geschichte der deutschen Sprache*.

Josef legte seine Tasche nieder und ließ Zweig und Werfel zu Boden fallen. Er nahm den Eisenstein in die Hand, öffnete ihn, blätterte. *Geschichte der deutschen Sprache, Erster Band, verfaßt von Dr. Samuel Eisenstein, Universität Jena*. Josef war verwirrt. Er wußte, daß sein Vater lange Jahre an diesem Werk gesessen hatte, und es erstaunte ihn nicht, daß das Werk, zumindest ein erster Teil, auch erschienen war. *Frankfurt am Main 1932*. Doch was ihn erstaunte, nein: befremdete, nein: was ihm aufs äußerste mißfiel, war die Tatsache, daß das Buch seines Vaters hier in der Bibliothek stand und nicht in der Zelle nebenan! Was mochte den Menschen, der hier für Ordnung zu sorgen hatte, dazu bewogen haben, gerade seinen Vater zwischen all dem Blut und Boden stehenzulassen? War Samuel Eisenstein etwa kein Jude? War er ihnen nicht jüdisch genug? Zeugte die *Geschichte der deutschen Sprache* nicht von der zersetzenden Intelligenz eines Kosmopoliten? War in ihr nicht der Keim von

Bolschewismus und Finanzjudentum zu erblicken, zerstörte sie etwa nicht deutsche Sitte und Zucht?

Josefs erste Reaktion auf diese augenscheinliche Fehleinschätzung war es, seinen Vater in die Zelle bringen zu wollen, wo er hingehörte. Doch er stockte und besah erneut den Einband und die silberne Schrift darauf, die ihm seinen eigenen Nachnamen entgegenschrie. Es war ein schönes Buch, die ganze Mühe und Zeit, die sein Vater Tag für Tag, Nacht für Nacht geopfert hatte, steckte darin. Er wog es in den Händen und hielt es sich dann, langsam und sanft, ans Gesicht, wie um sich daran zu kühlen. Die Haut seiner Wange berührte das glatte Leder und fuhr sachte darüber, seine Finger streichelten Rücken und Seiten, liebkosten sie. Als er es wieder von seinem Gesicht löste, bemerkte er einige Tropfen, wie Morgentau, die das Leder benetzten, hinunterkullerten und auf den anderen Büchern am Boden aufkamen. Es war eine fremdartige milchige Flüssigkeit, deren Eigenart und Herkunft er kaum verstand. Hatte er selber geweint, oder hatte das Buch seine Tränen nicht an sich halten können? Schließlich richtete er sich auf und stellte seinen Vater dorthin zurück, wo er ihn gefunden hatte. Vielleicht gehörte er ja dahin. Wer konnte das schon wissen?

Hastig verließ er die Bibliothek, zog die Eichentür hinter sich zu und schloß ab. Erst zu Hause merkte er, durchgeschwitzt vom langen Marsch in Eile, daß er die fünf Bücher aus der Zelle in der Bibliothek hatte liegenlassen. Ausgerechnet unter dem von Tränen benetzten Eisenstein. Nun war es ihm unmöglich, auch nur ein weiteres Mal einen Fuß in die Bibliothek zu setzen. Der nächstbeste Lehrer, der am Regal vorbeikäme und die Juden dort auf dem Boden liegen sähe, mußte Alarm schlagen.

Am nächsten Tag nutzte Josef einen unbeobachteten Moment, um an das Pult zu gelangen; er legte den Schlüssel zurück und rührte ihn nie wieder an.

Die Sommerferien verbrachte Josef damit, in den geretteten Büchern zu lesen, und verdrängte jeden weiteren Gedanken an die Bibliothek. Als er jedoch im September wieder in die Schule ging, fand er dort, beim Gang vom Klassenzimmer zum Pausenhof, die Eingangspforte offenstehen. Einige Lehrer waren im Inneren zugange, anscheinend wurde umgeräumt. In den nächsten Tagen hieß es, man wolle die Bibliothek den Schülern zwecks Studium und Ausleihe wieder zugänglich machen, und als es dann im Oktober soweit war, betrat Josef das Gewölbe seit Monaten zum ersten Mal. Die Regale standen wie zuvor, auch die Bücher waren noch da, doch sie alle hatten die Plätze gewechselt, man hatte sich eine neue Systematik überlegt. Die Lücken auf den Brettern waren verschwunden.

Er wagte einen Blick in die hintere Ecke. Alle Zeitungskartons waren fortgeräumt, die Tür zum Kabuff stand offen. Das Lager war leer.

Dann ging er die Gänge entlang und suchte in den Regalen nach Büchern über die deutsche Sprache. Er fand ein paar Kompendien und Grammatiken. *Die Geschichte der deutschen Sprache, Erster Band*, fand er nicht.

Erst unten kam Josef wieder zur Besinnung. Er war hinausgestürzt, die Treppen hinab, und stand mit feuchten Händen und bebender Brust an der Ulme inmitten des Schulhofs. Es war seine Schuld. Er hatte Spuren hinterlassen. Man hatte das Lager geräumt, bevor er sie alle hatte retten können. Er schwor sich, in Zukunft vorsichtiger zu sein.

Er hatte gerade seinen Atem beruhigt, als er eine Hand auf seiner Schulter spürte. Das war nun der Lehrer, der ihn vor Monaten schon den Schlüssel hatte nehmen, die Bibliothek betreten und die Bücher hatte stehlen sehen. Oder der Rektor, dem seine Missetat gemeldet worden war. Oder gleich die Polizei. Als er sich aber umdrehte, sah er einem Jungen ins rotbackige Gesicht. Der hatte ihm irgend etwas zugerufen und wartete wohl auf Antwort. Josef, so erstaunt darüber, daß ein anderer Schüler es gewagt hatte, ihn zu berühren, fand keine Worte. Er stammelte nur, dann faßte er sich, atmete tief ein und blieb ungerührt stehen.

Der Junge, einen Kopf größer als er, bullig und schwer atmend, mit fleischigen Wülsten über den Augen, hatte die Faust noch immer auf Josefs Schulter liegen. Sie fühlte sich heiß und hart an, diese Faust, und bedrohlich, als sie jetzt seinen Nacken höherwanderte, am obersten Halswirbel zugriff und ihm die Knochen zu zerquetschen drohte. Josef überkam Panik, doch er konnte sich nicht bewegen. Es war Braun, den man insgeheim Rummel-Braun nannte, entweder weil er aus Rummelsburg stammte oder weil er aussah wie ein Kraftprotz vom Jahrmarkt. Josef hatte von ihm gehört.

Im Nu standen zwanzig, dreißig Schüler um sie herum, denn auch sie kannten Braun und wußten, wozu der imstande war, noch bevor ein aufsichtführender Lehrer sie entdeckt hätte. Sie wußten, daß Rummel-Braun keinen Grund brauchte für seine Angriffe, keinen anderen jedenfalls als den der reinen Lust, die der Anblick seiner eingeschüchterten Beute ihm bereitete. Und sie wußten auch, daß der ein oder andere Lehrer sich nicht allzusehr beeilte, dazwischenzugehen, vorausgesetzt, Braun hatte das richtige Opfer in den Fingern.

Es war das erste Mal, daß Josef von einem anderen Jungen aus eigenem Antrieb berührt wurde, hier in der Schule und überhaupt. Die Kameraden in seiner Klasse mieden ihn, auf dem Hof stand er allein, und auch mit den Jungs auf der Straße gab er sich nicht ab. Im Turnunterricht, ja, da kam es zu unfreiwilligem Kontakt, und Josef haßte es. Er verabscheute die Nähe zu anderen Jungenkörpern so sehr, daß er regelrecht Angst hatte vor der Umkleide, Angst vor der Stunde und Angst vor dem Sportlehrer. Der Geruch widerte ihn an, in Gegenwart all der feuchten Leiber drehte sich ihm der Magen um, und allein die Vorstellung entblößter Jungenhaut auf seiner ließ ihn zittern.

Nun, da Braun ihn wie ein Kätzchen am Nacken gepackt hielt und die Haut seiner Hand Josefs nackten Hals berührte, dachte er an die Bücher, die zu Hause in seiner Kammer auf ihn warteten. Zerschlagen und zertreten würde er zu ihnen zurückkommen, blutend aus Nase und Ohren, und sie würden ihm zuhören und Trost spenden. Er dachte an die Prügeleien, von denen er gelesen hatte, und überlegte, welche wohl schlimmer waren – die, die er untätig mit ansah, oder die, die er selbst über sich ergehen ließ. Die Ohnmacht erschien ihm beinahe als dieselbe, ein hilfloses Unvermögen, das nichts als Scham in ihm hervorrief. Während er Braun mit der anderen Faust ausholen sah, dachte er an eine Geschichte, die er in den Sommerferien gelesen hatte. Da ging es um Zöglinge eines Internats, die einen Mitschüler, der gestohlen hat, quälen und foltern. Und jetzt sollte Josef auf einmal selbst dieser Schüler sein? War das nun endlich die Strafe für all seine Verbrechen? Für seinen Ungehorsam? Wofür auch immer?

Er schloß die Augen. Doch nichts geschah, keine Faust traf ihn in Gesicht oder Magen, niemand versetzte ihm einen Tritt, auch der Nackengriff löste sich, und als Josef die Augen wieder öffnete, sah er Braun achselzuckend fortgehen und die Menge sich in alle Richtungen zerstreuen. Die Bestrafung blieb aus. Erst dachte er, ein Lehrer wäre gekommen, aber er stand ganz allein unter der Ulme mitten auf dem Hof, während alle anderen wieder ihren Dingen nachgingen, als wäre nichts geschehen. Und in der Tat, geschehen war ja auch nichts.

Seine Untätigkeit hatte ihn gerettet. Braun hatte die Lust verloren, und auf jemanden einzudreschen, der keine Anstalten machte, sich zu wehren, kam sogar ihm jämmerlich vor. Aber das wußte Josef nicht.

Als Braun am nächsten Tag nicht in die Schule kam, wunderte man sich. Ein Kerl von seiner Konstitution, der wurde doch nicht so schnell krank. Ein Pykniker, wie er im Buche stand. Als dann auch nach einer Woche kein Braun zu sehen war, nicht auf dem Schulhof und auch nicht im Klassenzimmer, und die Lehrer keine Antwort darauf gaben, was mit ihm war, machte das Gerücht die Runde, Josef hätte ihn umgebracht. Man wußte nicht, wie, man wußte nicht, wo und wann, aber man wußte, warum, und man wußte, daß Josef dazu in der Lage war. Sicher hatte er nicht gezögert, Braun hinterrücks in die Spree zu stoßen. Man hielt sich besser fern von einem wie dem. Einige wollten ein Messer in Josefs Tasche gesehen haben, und wieder andere munkelten sogar von Schwarzer Magie. Der stille, stumme Josef, sagten sie, habe Braun verflucht. Sieh dir seinen Schädel an, sagten sie, seine dürren Glieder, seinen flachen Brustkorb. Sieh dir seine Augen an, sagten sie, wie tief sie liegen und wie böse sie funkeln. So einer buhlt doch mit dem Teufel.

8

Wäre Josef tatsächlich mit dem Teufel im Bunde gewesen, er hätte sich nicht mehr darüber gewundert, warum er trotz seiner Diebstähle noch nicht zur Rechenschaft gezogen worden war. Warum sein Leben ihn Wege führte, die es anderen verbarg. Warum er Möglichkeiten hatte, die er, ginge es mit rechten Dingen zu, nicht hätte haben dürfen. Die anderen Juden in seiner Klasse wurden von Ausflügen ausgeschlossen, bei Festen mußten sie aufbauen helfen, daran teilnehmen durften sie aber nicht. Von den meisten Lehrern wurden sie im Unterricht nicht drangenommen, außer wenn es hieß, die Klasse zu fegen. Von den Behandlungen auf dem Schulhof, wo sie zusammengedrängt mit den anderen Juden standen, bevor ihre Pausenzeiten schließlich verschoben wurden, ganz zu schweigen. Josef jedoch war von alldem nicht betroffen. Er war soweit unverdächtig, er war der Sohn einer deutschen Mutter und eines im Krieg gebliebenen deutschen Vaters mit Eisernem Kreuz. Und dieser deutsche Sohn stand nun da und sah zu, wie man den zwei Jahre jüngeren Goldfarb des Diebstahls eines Fahrrads beschuldigte, das Josef selber vor einer Woche mitgenommen hatte. Am nächsten Tag stellte er es wieder zurück, ungesehen, doch die Schuld blieb an Goldfarb haften. Josef sah zu, wie Seligmann im deutschen Aufsatz ein Ungenügend bekam, weil er *Arminius* und nicht *Hermann* geschrieben hatte, und wie man Levitsky nach der Schule das Taschengeld abnahm.

Das alles sah er. Doch er hatte kein Mitleid mit den Juden, nicht mit Levitsky, nicht mit Seligmann und auch nicht mit dem kleinen Goldfarb. Er fand sie dumm. Wenn er sich verstellen konnte, wieso gelang es ihnen dann nicht? Oder wollten sie nicht?

Als Josef sechzehn war, dachte er auf seinen Wanderungen durch Berlin darüber nach, wie es ihm in Weimar ergangen wäre. Berlin war groß, hier war er eine Laus unter vielen. Weimar dagegen war ein Flecken, ein Winkel, ein Provinzstädtchen, das man an einem Tag durchlaufen hatte. Wer da lebte, wie sollte der sich verstecken? Sein Vater hatte Jena vor einem Jahr verlassen müssen. Er saß nun alleine in den viel zu großen Räumen seines Hauses und verfaßte Artikel für den Jüdischen Kulturbund. Anfangs hatte er seiner Halbschwester noch Briefe geschickt, in denen er von den neuen Verhältnissen berichtete und seinen Sohn grüßen ließ. Dann kam von dieser Seite nichts mehr. Seine Mutter war in Wien, offenbar wollte sie wieder heiraten, mehr war nicht zu erfahren. In Weimar hätte Josef wahrscheinlich das gleiche Schicksal erfahren wie Goldfarb, Seligmann und Levitsky. Berlin aber hatte anderes mit ihm vor. Je mehr Flaggen sie hißten und Fackelzüge sie veranstalteten, je mehr sie von ihren Automobilen herabschmetterten und in Uniform vor Kaufhaustüren standen, desto unsichtbarer wurde er. Sie waren ja so mit sich selbst beschäftigt. Für einen sechzehnjährigen Burschen hatten sie kein Auge.

Ein Jahr war vergangen seit Rummel-Brauns Verschwinden, da machte Josef eines Sommerabends bei einem Gang durch Friedenau eine Entdeckung. In einer menschenleeren Seitenstraße der Kaiserallee traf ihn ein Lichtstrahl aus dem im oberen Stockwerk offenstehenden Fenster eines Landhauses. Im ersten Moment hielt er das Gebäude, das so gar nicht in die Reihe der Mietshausfassaden passen wollte, sondern bloß zweigeschossig war, zurückgesetzt und von einem Zaun umgeben, ein gelber Würfel mit roten Ziegelstreifen unter einem breiten Zeltdach, für eine Schule oder eine Synagoge. Doch bald las er auf dem Schild neben dem Eingangstor, daß es sich um eine Bibliothek handelte. *Preußische Leih-Bücherei Niedstraße*. Ihn wunderte das Licht, in dessen Schein er jetzt stand, und er nahm an, man arbeite dort noch zu später Stunde. Als er aber näher trat, hörte er keinerlei Geräusche hinausdringen und sah auch keine Schatten sich regen, so daß er spekulierte, ob jemand vergessen haben könnte, das Fenster zu schließen und das Licht zu löschen. Er überwand den Eisenzaun, und schließlich halfen ihm Blumenkübel und Weinranken, an der Fassade emporzuklettern und das Fenster zu erreichen. Niemand war zu sehen, kein Laut war zu hören. Als er von der Brüstung ins Innere glitt, kam er sich wieder vor wie der achtjährige Junge, der iltisflink und schlangengleich Hindernisse überwand und von den Menschen unentdeckt blieb.

Versteinert stand er da. Das gesamte obere Stockwerk war ein einziger Raum, und der war, soweit er sehen konnte, mit deckenhohen Regalen vollgestellt. Zehntausend, zwanzigtausend Bücher mochten hier stehen und im Parterre vielleicht noch mehr. Das war es jedoch nicht, was ihn aus der Fassung brachte. Er war ins Innere einer Leihbibliothek eingedrungen und sah das, was zu erwarten war. Was ihn aber vor den Kopf stieß, war die plötzliche Entdeckung, daß er hier wirklich allein war. Daß die Regale nun sein waren. Daß er der Herrscher der abertausend Bücher war, die hier versammelt standen, zumindest bis zum nächsten Morgen.

Er löste sich aus seiner Starre und schritt die Gänge ab. Als erstes löschte er das Licht, eine am Sims festgeschraubte Schreibtischlampe, und schloss das Fenster. Anders als in der Bibliothek des Gymnasiums gab es in diesem Saal natürliches Licht, das nun schwach von draußen hereinfiel, wo die Sonne gerade untergegangen war. Erst mußte er seine Augen an die Dämmerung gewöhnen. Dann verschwand er in den Regalen.

Am nächsten Morgen weckte ihn ein Geräusch aus dem unteren Stock. Als er die Augen aufschlug, fand er sich zu einer Ratte verwandelt, die eingeschlafen war, nachdem sie ihren Freßrausch befriedigt hatte. Er kam zu Sinnen. Nein, er war kein Tier, er war Josef Eisenstein, und er befand sich noch immer im oberen Saal der Leihbücherei Friedenau. Sein Rücken war steif von dem harten Nachtlager, das er sich dort in einem der engen Gänge zwischen Kunstgeschichte und Musikalien errichtet hatte. Leise setzte er sich auf, dann lauschte er. Von unten waren Stimmen zu hören, Schlüssel klapperten, Türen gingen. Um aus dem Fenster zu klettern, war es zu spät, draußen war es bereits hell. Er konnte nur hoffen, daß man ihn hier oben einfach nicht entdeckte, wenn er still und reglos liegenblieb, und daß er im Verlauf des Morgens unauffällig nach unten, an der Theke vorbei und nach draußen schlendern konnte.

Leise räumte er die Exemplare, die ihm ein Lager für die Nacht geboten hatten, wieder zurück auf die Regalbretter, bis er Schritte von der Treppe hörte. Da entdeckte er, daß hinter den Büchern auf den unteren Etagen ein Schlupfloch war, genug Platz vielleicht, um einem schmächtigen Sechzehnjährigen Zuflucht zu bieten. Er zwängte sich in den Zwischenraum, preßte sich zwischen die dickleibigen Schinken der Kunstgeschichte und die, die im Regal auf der anderen Seite Bauch an Bauch mit ihnen standen, dann zog er die übriggebliebenen Bücher wieder vor sich aufs Brett, bis es dunkel wurde, und hielt den Atem an.

Die Schritte kamen näher, doch er konnte nichts sehen. Er lag wie in einem Schacht, der nirgendwo hinführte. Eng und staubig war's, keinen Finger hätte er regen können, ohne auf sich aufmerksam zu machen. Als sich seine Augen aber an das Dunkel gewöhnten, musterte er die Bücher, die dicht an sein Gesicht gepreßt standen, und auch wenn er aus der Nähe nichts entziffern konnte, wußte er doch, neben wem er hier lag. Denn den ganzen vergangenen Abend hatte er damit zugebracht, die Regale zu durchstöbern, die Folianten zu betrachten und die kostbarsten Einbände zu bewundern. Der Mond hatte Gänge und Wände beschienen, und sein Herz war aufgegangen wie eine Jasminblüte bei Nacht. Neben den vielen gewöhnlichen Büchern, den üblichen, die in jeder Bibliothek zu finden waren, neben Nachschlagewerken, Unterhaltungsliteratur und Zeitschriften gab es hier nämlich, wenn man nur genau genug suchte, wahre Schätze. Versteckt zwischen Allerweltsausgaben und Massenware standen Seltenheiten. Hier stieß er auf einen Band der *Naturgeschichte* des Plinius in dunklem, olivgrünem Leder oder auf ein Bestiarium mit Holzbeschlag, da fand er zwei riesige Welt-Atlanten, dort eine Miniaturausgabe der Bibel. Hier gab es Schund und hohe Literatur, und alles war säuberlich geordnet und katalogisiert. Hier wohnten nicht nur mehr, sondern auch kostbarere Exemplare als in der Bibliothek seiner

Schule, hier gab es alte und edel ausgestattete, hundert-, zweihundert Jahre alte Bände, Erstdrucke von Almanachen aus dem frühen neunzehnten Jahrhundert, eine reich ornamentierte Goethe-Gesamtausgabe und die Partituren der Wagnerschen Opern.

In der Kunstgeschichtsabteilung standen großformatige Wälzer mit bunten Bildtafeln und ausfaltbaren Drucken, Dürer und Altdorfer, Corinth und Richter. Kupferstiche, Radierungen, Ölgemälde. Und genau dort lag er jetzt, den Kopf geschmiegt an den Band über Rembrandt, mit dem er die Nacht verbracht hatte. Er schloß die Lider und gab sich dem sanften Druck des Buchs auf seine Wange hin. In der Ferne stiefelten die Verfolger noch immer die Gänge entlang, er jedoch lag still und kühlte seine Stirn am Leder. Vielleicht packte ihn gleich eine grobe Hand an den Füßen und zog ihn aus seinem Versteck hervor. Dann war es aus, ins tiefste Verlies würde man ihn sperren, und seine Bücher würde er nie wiedersehen.

Doch die Schritte verhallten, schließlich wurde es wieder still im Saal. Eine halbe Stunde mochte er noch dort im Schacht gelegen haben, dann wagte er den Ausbruch, nahm den *Rembrandt* aus dem Regal, kehrte zur Treppe zurück und stieg hinab. Von der Treppe aus sah er den unteren Raum hell erleuchtet, hier und da waren Menschen, Gäste anscheinend, die zwischen Regalen und Tischen umhergingen, und am Eingang standen zwei Frauen an einer Theke. Die eine alt, die andere älter, grau und weiß die Haare, beide in geblümten Kleidern, gebeugt und lächelnd. Er legte ihnen den *Rembrandt* vor, sagte, er wolle ihn ausleihen, habe aber seine Karte vergessen. Auf einen Pappkarton kritzelte er einen ausgedachten Namen mit falscher Adresse, dann nahm er, unter dem argwöhnischen Blick der Frauen, das Buch an sich und verließ dieses Schloß der Bücher durch das Haupttor.

Draußen war es bereits warm, der Himmel wolkenlos. Es mochte zehn Uhr sein, ein Samstagmorgen. Schule war keine, doch seine Tante, außer sich und aufgelöst, hatte sicher bereits die Polizei alarmiert. Als er nach einem zügigen Marsch von einer Stunde zu Hause ankam, saß sie in der Stube und hatte Besuch, sie im Morgenkleid auf dem Sofa, der Mann in Uniform auf dem Sessel, auf dem Tisch lag neben Teetassen und Keksteller eine Stange Nestor Lord. Beide sahen ihn an, der Mann lächelte, seine Tante nickte ihm freundlich zu. Felice saß abseits auf der Bank am Fenster und starrte in den Hof.

»Keine Schule heute, mein Junge?«

Nicht am Schabbat, sagte Josef. Der Soldat aber reagierte nicht. Auch die Tante fuhr fort, ihrem Gast Tee nachzuschenken. Wahrscheinlich war Josef doch stumm geblieben.

Reglos stand er da, sein Blick taumelte zwischen Felice, seiner Tante und dem Soldaten umher. Wenn man ihn nun endlich festnehmen wollte! Warum ging das alles in solcher Gemütlichkeit vor sich? Und wo waren Gewehr und Augenbinde, um ihn standesrechtlich zu erschießen? Aber offensichtlich war nichts dergleichen geplant, weder hatte die Leihbücherei Niedstraße seine Schritte verfolgt, noch hatte man die Gestapo auf ihn gehetzt, und Jude war er immer noch nicht. Nur ein gewöhnlicher Soldat saß da in seiner grauen Sommeruniform, trank Tee und lächelte ihn an.

»Zeig mal her«, sagte der jetzt und wies auf das Buch, das Josef vor der Brust hielt und beinahe vergessen hatte. Er streckte dem Mann den Einband entgegen, kam aber keinen Schritt näher.

»Sehr gutes Buch, Junge. Steht auch bei mir daheim im Schrank! Früh übt sich, wie? Mein Gott, in deinem Alter hab ich noch Karl Marx gelesen.«

»Karl May?« fragte Josef.

Der Soldat stockte, sah ihn unsicher an. Dann erscholl sein Gelächter in der ganzen Stube, so laut, daß Felice auf der Bank hochschreckte und den Blick von der Scheibe löste.

»Na, dein Steppke ist ja mal auf Zack!« sagte der Soldat. »Richtig, Karl May. Im Reiche des silbernen Löwen! Der Fremde aus Indien! Unter der Bettdecke hab ich's verschlungen!«

Und er sah Frau Schwarzkopf an und zwinkerte ihr zu, bis auch sie in ein fröhliches Kichern ausbrach.

In der Dunkelheit seiner Kammer dachte Josef darüber nach, ob er niedergeschlagen sein sollte oder angewidert. Betrübt darüber, daß seine Tante nicht einmal mitbekommen hatte, daß er die ganze Nacht fort gewesen war? Oder wütend, weil ein dahergelaufener Wehrmachtsoldat sein Buch schätzte? Er mußte offensichtlich wählerischer werden in der Wahl seiner Beute. Oder sollte er gar enttäuscht sein, daß sein halbherziger Diebstahl so folgenlos bleiben sollte? Daß man ihn weder denunziert hatte noch überhaupt zu verdächtigen schien und daß er noch immer der kleine arische Sohn seiner arischen Tante war?

Dann aber warf er sich aufs Bett und entschied sich. Das alles war ein großes Glück. Er konnte tun und lassen, was er wollte. Er war unsichtbar. Unberührbar. Er nahm das Buch zur Hand, schlug es auf und las, nun zum ersten Mal in Ruhe, Verfasser und Titel: *Julius Langbehn, Rembrandt als Erzieher.* Mit dem Gedanken im Hinterkopf, was an ihm sein mochte, daß der Soldat es nicht nur kannte, sondern auch lobpries, begann er mit dem Vorwort: *Es ist nachgerade zum öffentlichen Geheimnis geworden, daß das geistige Leben des deutschen Volkes sich gegenwärtig in einem Zustande des langsamen, einige meinen auch des rapiden Verfalls befindet.*

Der Mann in der grauen Uniform, Obergefreiter Meier, war in der nächsten Zeit häufiger bei den Schwarzkopfs zu Gast. Jetzt, da Onkel Ephraim in der Schweiz war und Josefs Vater ohne Anstellung, mußte Tante Ruth sich anders behelfen. Das Witwengeld allein hatte schon lange nicht mehr gereicht, denn schließlich gab es drei Mäuler zu stopfen, und sie selber hatte keine Arbeit. Sie tat, was sie konnte. Josef war klar, daß Meiers Anwesenheit eine Gefahr für seine Bücher bedeutete, denn sicher sein, daß der nicht aus Versehen irgendwann einen Fuß in seine Kammer setzte, konnte er nicht. Zwar waren die Exilanten dem Auge des arglosen Besuchers entzogen, doch bereits ein Blick in Schrank und Bettkasten hätte ihr Versteck aufgespürt.

Was Josef aber am meisten beunruhigte, war die Tatsache, daß er Gefühle körperlichen Wohlseins, ja, der Befriedigung und Lust verspürt hatte, als er in seinem Versteck in der Friedenauer Bibliothek das Gesicht am Leder und Papier eines Buchs gerieben hatte, das sich jetzt beim Lesen als ungenießbar herausstellte. Fern davon, alles zu verstehen, hatte er den Langbehn, nach einer Woche entnervender Lektüre, auf sein Bücherbord gestellt, denn ihn wegzuwerfen fand er nicht den Mut. Zu sehr wäre es ihm vorgekommen wie Verrat an einem einstigen Freund. Mochte auch sein Inneres stillos und lächerlich sein, so übte seine Ausstattung noch immer einigen Reiz auf Josef aus. Der Langbehn war wie ein etwas dämlicher und ordinärer, doch hübsch anzuschauender Geliebter, an dessen einstige Nähe man gern zurückdenkt.

Doch in seiner Kammer, zusammen mit den Exilanten, wollte Josef ihn nicht länger haben. Sollte er ihn also wieder nach Friedenau bringen? Die Leihdauer war längst abgelaufen, wahrscheinlich fahndete man schon nach dem Jungen, der einen falschen Namen angegeben hatte. Schädigung von Volkseigentum war das schließlich! Sollte er also ein zweites Mal einbrechen und das Diebesgut an Ort und Stelle zurücklegen? Vielleicht war das die vornehmste Art, einen alten Freund loszuwerden. Was aber sollte mit all den anderen geschehen? Auch sie konnten nicht bleiben, in der Schule war für sie kein Unterkommen mehr, und auch in eine Bibliothek konnte er sie guten Gewissens nicht schaffen. Zu groß war das Risiko, daß sie alle miteinander geschnappt würden.

Im Herbst begann Josef, in der Stadt nach einem Unterschlupf zu suchen, in dem die Bücher überwintern konnten, bis eine andere Zeit anbrach. Doch kein Keller, kein Verschlag und kein abgelegenes Waldstück schienen ihm dafür der angemessene Ort zu sein. All das war zu feucht und zu kalt und zu unsicher obendrein. Und was würde geschehen, wenn der Frühling käme, aber niemand mehr von der Existenz seiner Bücher wußte? Wer würde sie befreien? Die einzigen angemessenen Orte für Bücher blieben eben Bibliotheken oder Buchläden.

Schließlich war es der Langbehn, der Josef auf die Idee brachte. Wenn er ihn zurückstellen konnte, ohne daß jemand Wind davon bekam, dann konnte er das auch mit anderen Büchern bewerkstelligen. Seine Bücher sollten verschwinden, doch ohne Versteck. Für alle sichtbar und doch verborgen. Ausgewandert und doch nicht fern. Dies konnte nur geschehen, wenn er sie alle über die Stadt verteilte. Er mußte bloß achtgeben, nie mehr als ein Exemplar am gleichen Ort zu verstecken. So konnten sie am ehesten unentdeckt überdauern.

Wie einfach das ging. In Antiquariaten, Buchhandlungen und Büchereien hatte Josef ungehinderten Eintritt, an die Regale kam er unbeobachtet. Anfangs hatte er ein Buch noch in der Tasche getragen und auf einen heimlichen Moment gewartet, doch mit der Zeit lernte er, daß das nicht nötig war. Erhobenen Hauptes schlenderte er bald mit einem Band unter dem Arm in einen Laden, grüßte den Inhaber höflich, stöberte hier und da ein wenig an den Gestellen und Tischen, nahm das ein oder andere Exemplar prüfend in die Hand und stellte es wieder zurück, und dann, wenn er meinte, den rechten Platz ausgemacht zu haben, schob er auch seins daneben. Meist waren es Plätze ganz hinten im Gang und unten oder in einer Abteilung, wo sie die wenigsten Besucher zu befürchten hatten, bei der rechtswissenschaftlichen Fachliteratur etwa oder unter den Lehrbüchern der Mathematik. Oft plazierte Josef seine Schätze hinter die anderen oder, wenn der Buchrücken unverdächtig war, einfach in Reih und Glied daneben. Hier konnten sie schlummern, hier hatten sie es warm und trocken, beinahe sicher. Würde jemand ein einzelnes Exemplar dort entdecken und erkennen, dann wäre auch nur dieses eine verloren. Wenn es ganz schlimm kam, würde man den Laden durchsuchen, vielleicht den Inhaber verhören, doch die anderen blieben weiter unentdeckt. Und vielleicht, irgendwann einmal, käme ja die Zeit, wo sie alle ihre Verstecke wieder verlassen konnten.

Und so sah Josef sämtliche Buchhandlungen und Bibliotheken Berlins. Betrat sie, betrachtete und verliebte sich in sie. Auf seinem Feldzug wurde er zum Pilger, seine Offensive führte ihn in alle Himmelsgegenden, bis in die entlegensten Winkel der Stadt. Josef war ein Bücherwanderer, seine Besuche waren Wallfahrten, sein Jerusalem die Bücher. In diesem Herbst machte er Bekanntschaft mit Legionen von ihnen.

Und dann, in einem menschenleeren Antiquariat in der Berliner Allee, kam ihm beim Anblick eines Bandes, dessen Gestalt ihn gereizt hatte, ein ungeheurer Gedanke. Wenn er hier ungesehen ein Buch hinstellen konnte, konnte er ebenso ungesehen eines mitnehmen.

9

Was Josef beinahe verzweifeln ließ, war die Tatsache, daß er seine Sammlung verehrter und entarteter, geliebter und zersetzender Bücher hatte aufgeben müssen. Um sie zu schützen, hatte er ihnen die Freiheit geschenkt. Seine Kammer war bald wieder kalt und leer. Übriggeblieben waren nur die unverdächtigen Werke. Eine Ausgabe von Nietzsches *Antichrist*, in der er täglich las. *Mensch und Erde* von Ludwig Klages. *Die Weise von Leben und Tod des Cornets Christoph Rilke.* Rousseaus *Bekenntnisse* und die *Träumereien eines einsamen Spaziergängers.* Viel mehr waren es nicht, mit denen er seine Ödnis teilte. Nachdem er aber gelernt hatte, wie leicht er Bücher aus Bibliotheken und Buchläden entwenden konnte, hatte er ein Mittel an der Hand, um seine Pein zu lindern. Wenn er ein Buch stahl, fühlte er Genugtuung, ein Hochgefühl erfaßte ihn. Er kam sich mächtig vor, doch er wußte, eigentlich waren es die Bücher, die Macht ausübten über ihn.

Erst stahl er nur wenige, stahl dann, wenn ihn die Gelegenheit zum Dieb machte, weil der Verkäufer nicht anwesend war oder ins Gespräch vertieft, oder weil ein Buch ihm derart kostbar erschien, daß er sich nach ihm verzehrte, es einfach besitzen mußte. Dann aber wurden seine Raubzüge häufiger. Beinahe wöchentlich stahl er jetzt und in größeren Mengen, bis es schließlich zur Sucht wurde, die ihn nicht losließ. Immer mehr Bücher mußte er nun haben, doch dieses Mal achtete er nicht auf Verfasser und Titel, die Inhalte interessierten ihn nicht, und es lag ihm auch nicht daran, irgend etwas zu retten, sondern es ging ihm einzig und allein um die Erscheinung. Schon die Begegnung mit dem *Rembrandt* hatte Josef den Reiz spüren lassen, den eine kostbare und wertvolle Ausstattung ausüben konnte. Auch das Buch in der Berliner Allee, das er hatte mitgehen lassen, hatte eine ähnliche Wirkung gehabt – es rief ihn zu sich, es lockte ihn mit seinem Liebreiz, und er wußte bereits auf den ersten Blick, daß er es besitzen mußte. Allein das Besondere konnte diesen Rausch in ihm hervorrufen, allein das Glänzende und Kunstfertige, und so wurde er zum Dieb, der allein das Vollendete suchte. Die Schönheit der schönsten Exemplare bezauberte ihn, die anderen, die mittelmäßigen und gewöhnlichen, ließ er links liegen. Seine Kammer platzte dennoch schon bald wieder aus allen Nähten. Er hatte sie von den Undeutschen befreit, doch nun waren es doppelt so viele. Schrank und Bettkasten reichten seit langem nicht mehr, doch da unter den Bänden keine gefährlichen mehr waren, machte er sich auch keine Gedanken darum, daß der Obergefreite Meier oder sonstwer sie hätte entdecken können. Josef fühlte, er würde bald ausziehen müssen, allein, um den neuen Büchern ein schöneres Zuhause und mehr Raum zu bieten.

Im Winter entdeckte er sie. Er brauchte keinen zweiten Blick, keine erneute Berührung. Er sah, und er fühlte: Sie war die schönste unter allen. Sie war schlank, zierlich fast, aber doch von gesundem Bau, dabei nicht starr oder knöchern, sondern biegsam. Ihr Körper war wohlgeformt, und ihre Haut war weich, nachgiebig, makellos, als wäre sie jung und unreif, niemals der Sonne ausgesetzt gewesen und nie von einem Fremden berührt. Im Dunkel des Ladens schillerte sie rötlich, matt und perlmuttern. Sie war von samtener Oberfläche und feiner Struktur, doch mit einem Finger, der nur einen Hauch tiefer ging, erspürte er ihre Festigkeit, ihr Mark ganz innen, widerstandsfähig, gehärtet und massiv. Da war Zähigkeit in ihr, ganz innen, und wenn ihre Haut ihm auch das Gefühl gab, er wäre der erste, der jemals Hand an sie legte, so täuschte sie ihn doch nicht. Sie war Geschmeide, ebenmäßig und zart und doch so unverletzbar. Sie versprach, für immer ihm zu gehören, wenn er sie nur einmal besessen hätte.

Sie war die *Germania*. Josef liebte sie.

Doch nur einmal hatte er sie berühren können, nur einmal wurde es ihm gestattet, sie in Händen zu halten. Denn der Besitzer des Antiquariats am Spittelmarkt, in dem Josef sie das erste Mal gesehen hatte, wußte Bescheid über ihren Wert und Preis. Und er hütete sie wie seinen Augapfel. Er nahm sie aus der Vitrine, nachdem Josef ihn inständig gebeten und versichert hatte, er meine es ernst mit ihr. Weniger aus dem Glauben, Josef könne sie wirklich erstehen, als aus dem Gefühl, in dem Jungen einen wahren Büchernarren vor sich zu haben, erbarmte er sich und legte sie mit weißen Handschuhen vor ihn auf den Tresen. Josef hatte sie ansehen und bewundern können. Versunken stand er da, und plötzlich vernahm er ihre süße Stimme, sie flüsterte. Nimm mich! Lies mich! Und in einem viel zu kurzen Moment, in dem er unbeobachtet war, gelang es ihm. Seine Finger strichen über ihre goldene Prägung, lasen auf ihrem Rücken die Wörter *Tacitus Germania* ab. Endlich aber kam sie wieder in ihr gläsernes Gefängnis, wo Josef sie nur noch aus der Ferne betrachten durfte.

Von diesem Tag an ließ ihn der Gedanke an sie nicht mehr schlafen. Josef mußte wissen, wie sie innen war. Er mußte sie öffnen, ihre Seiten zwischen den Fingern spüren und ihr Aroma einsaugen. Er wollte wissen, ob es Pergament war oder Holzpapier oder Bütten oder gar Vergé, wollte sehen, wie die Buchstaben gesetzt, wie die Seiten gebunden und wie sie aufgebaut waren. Welche Schriftart hatte sie, gab es Initialen und, wenn ja, in welchen Farben?

So gab es im Dezember keinen anderen Ort, an den es ihn mehr zog, als den kleinen Laden hinterm Spittelmarkt, die zwei unscheinbar gelegenen Geschäftsräume von *Alte Bücher Hoffmann*, die man nur über eine Seitengasse westlich des Platzes erreichen konnte. Erst stieg man zwei Stufen zum Eingang hinab, und wenn man die Tür hinter sich zuzog, stand man im schummrigen Licht eines Halbkellers, dessen Fenster einen Blick auf vorbeispazierende Damenröcke und Herrenschuhe frei gaben. In einem so engen und düsteren Verlies also harrte seine Angebetete ihrer Befreiung? Josef war verzweifelt. Er fühlte sich ohnmächtig, und es quälte ihn, so wenig über die Angebetete zu wissen. Weder wußte er, wie alt sie war, noch, welche Sprache sie sprach, noch hatte er überhaupt mehr von ihr gesehen als die beiden Wörter auf ihrem Rücken. Er konnte nicht jeden Tag kommen und Stunden vor der Vitrine verbringen; schon bei seinem ersten Besuch hatte der alte Hoffmann, ein graubärtiger Buckliger mit wankendem Gang, ihn mißtrauisch von seinem Platz hinter dem Tresen aus gemustert. Er mochte wohl erkannt haben, was Josef zu ihm trieb. Er war auf der Hut.

Aber Josef fand einen Weg. Nach ein paar Tagen, es waren Winterferien, kam er dahinter, zu welchen Stunden der alte Hoffmann in seinem Laden war und wann er sich vertreten ließ. Nachmittags, nach Einbruch der Dunkelheit, verließ er in Hut und Mantel das Geschäft und schwankte Richtung Markt, wo er wie ein Zwerg an der Litfaßsäule stand und auf die Elektrische wartete. Wenn Josef sicher sein konnte, daß er ihn nicht mehr sah, ging er hinein.

Sie war nun hinter dem Tresen. Verwirrt war er, denn er konnte die Augen nicht lassen von ihr. Minutenlang streunte er durch die Gänge und ließ seinen Blick an den Bücherwänden entlangschweifen, und immer wieder mußte er zu ihr hinsehen. Von einem Platz hinter einem Regal aus, durch dessen Bücherlücken er spähen und sie wie durch ein Schlüsselloch begaffen konnte, studierte er sie. Er meinte, durch sie hindurchsehen zu können, durch alles, was sie trennte, hindurch, und ihre Haut spüren zu können unter seinem Blick, die junge makellose Haut ihres Rückens.

Er hatte etwas wie sie noch nie gesehen. Sie war älter als er, zwanzig, zweiundzwanzig vielleicht, hatte helles rotes Haar und selbst im Winter Sommersprossen. Ihr Gesicht war ebenmäßig, schmal und länglich und umrahmt von zwei Zöpfen, zwischen denen die kleinen Ohren leicht hervorstanden. Ihre Augen waren klar, rund und groß, dabei tief und von grüner Farbe, darüber wölbten sich feine rosa Brauen, und auf dem Unterlid lagen schattige Striche wie mit Kohle gemalt. An ihrem Hals, gleich neben dem Kehlkopf, hatte sie ein feuerrotes Muttermal. Auch sie war schlank und zierlich, wie die *Germania*, deren Wächterin sie an diesem frühen Dezemberabend war.

Sie war rein. Sie war lieblich. Sie war Wahrheit und Schönheit. Er wagte nicht, sie anzusprechen.

Am zweiten Abend, den er im Laden verbrachte, faßte Josef sich ein Herz. Er fragte sie, ob sie auch Schulbücher führten.

»Du meinst, Bücher für Lehrer?«

Sie schien sich nicht an ihn zu erinnern, oder tat sie nur so?

»Nein, für Schüler. Für den Unterricht.«

»Habt ihr denn keine Bücher bei euch in der Schule?«

Er stockte, dann sah er ihr fest in die Augen.

»Doch, wir bekommen Bücher geliehen, aber ich hab meins verloren.«

»Und jetzt hast du Angst, daß du es bezahlen mußt ...«

»Das wär ja noch das geringste. Schlagen werden sie mich.«

Zweifel stand in ihrem Blick, doch vermischt mit einer Prise Mitleid. Josef beschloß, noch einen weiteren Schritt zu tun.

»Und auch das wäre ja nicht das schlimmste, weißt du. Schläge vergehen, den Schmerz vergißt man.« Er rieb sich über den Ellbogen und schlug die Augen nieder. »Aber was sie sagen werden ...«

»Was werden sie denn sagen?«

»Daß ich ein Dieb bin, werden sie sagen, zu nichts zu gebrauchen, ein unehrlicher Hund, und dann werden es alle von mir denken. So einer bringt es zu gar nichts im Leben. Deutsche Jungen stehlen nicht. Und dann werden sie's dem Bannführer sagen, und der wird ihnen glauben, und dann wird der zu meiner Mutter gehen und ihr sagen, ich hätte ein Buch gestohlen, und meine Mutter wird's nicht verstehen und mich nur traurig ansehen.«

Er überlegte, ob er hinzusetzen sollte, daß seine Mutter krank und ans Bett gefesselt war, entschied aber, das wäre zuviel des Guten.

»Aber das können sie nicht machen«, sagte sie, und in ihrem Blick war aller Zweifel jetzt dem Mitleid gewichen, »das wäre doch gemein. Sie müssen dir glauben. Es kann einem doch schon mal passieren, daß man ein Buch verliert.«

»Es kann, es *darf* einem aber nicht passieren. Wenn ich nach den Ferien ohne Buch in der Klasse sitze …«

Wieder schlug er die Augen nieder, so daß er nur vermuten konnte, wie sie ihn in der Schweigepause ansah. Endlich unterbrach sie die Stille.

»Ich würde dir ja gern helfen, aber ich wüßte nicht, wie. Wir führen hier keine Schulbücher, dies ist ein Antiquariat.«

Mit hängenden Schultern drehte er sich um. Als er gerade die Ladentür geöffnet hatte, hörte er sie rufen: »Aber ich kann meinen Vater fragen, wer Schulbücher hat. Vielleicht kommst du morgen noch einmal wieder.«

Am dritten Abend verriet sie ihm ihren Namen, und der klang ihm wie ein ewiger Frühling. Wie konnte ein solcher Wichtel wie der alte Hoffmann eine solche Tochter haben? Sie wollte auch seinen Namen wissen, doch er entschied sich, zu lügen. Es war besser, keine Spuren zu hinterlassen. Als ihm auf die Schnelle nichts Besseres einfiel als »Fritz«, lachte sie laut auf und strahlte ihn an. Fritz und Frieda.

Draußen schneite es. Im Schein der Gaslaternen löschten die Flocken jede Erinnerung an eine Welt da draußen, an Spittelmarkt und Speyerstraße, Damenröcke, Herrenschuhe, Litfaßsäule und Zeitungsstand. Nur von fern hörte man noch die Elektrische bimmeln und ein einsames Auto hupen. Schneeberge häuften sich an den Scheiben des Ladens, so daß es hier drinnen dunkler und dunkler wurde und schließlich nur das trübe Licht der Schreibtischlampe auf Friedas Tresen und ihre grünen Augen den Raum erhellten.

Ihr Lachen machte Josef nervös, und das war mehr als ein schlechtes Zeichen. Er würde sie bestehlen, er würde ihr Schaden zufügen. Dann würde sie nicht mehr lachen. Dann gäbe es kein Fritz und Frieda mehr, und er würde sich schämen. Frieda stünde immer zwischen Fritz und seiner *Germania*. Er konnte es sich nicht leisten, Gefühle für dieses Mädchen zu haben.

»Es gibt ein Fachgeschäft für Schulbedarf und Unterrichtsmaterial in Schöneberg«, sagte sie. »Wenn du willst, rufe ich dort für dich an.«

Er nickte.

»Um welches Fach geht es denn? Weißt du vielleicht noch, wie das Buch heißt?«

»Es ist für Latein. Texte zum Übersetzen.«

»Also keine Grammatik, oder?«

»Nein, ein Lesebuch. Ein lateinisches.«

»Sonst weißt du nichts mehr?«

Er schüttelte den Kopf.

»Ich weiß nicht, ob das reicht. Ich kann dir nichts versprechen.«

Josef schlich – Schultern hängen lassen, Kopf leicht neigen, den Blick zu Boden richten! – zur Ladentür. Dann drehte er sich um und rief Frieda zu: »Es war ein rotes Buch.«

Am vierten Abend schließlich nahm er sie.

»Alles Gute zum neuen Jahr, Fritz!« begrüßte sie ihn, als er den Laden betreten hatte. Über die Feiertage hatte Josef an nichts anderes denken können als an die *Germania* und an Frieda. Das nervöse Gefühl, das bei der Vorstellung ihres Lachens in seiner Magengrube wühlte, bereitete ihm noch immer Sorgen. Beharrlich versuchte er, es zu ignorieren, es zu unterdrücken, und endlich fand er die beste Lösung darin, es wegzuatmen. Es langsam und konzentriert aus sich herauszupusten. Es war eine reine Frage des Willens. Wollen befreit: das ist die wahre Lehre von Wille und Freiheit. Er übte und übte, bis er zuletzt das Gefühl hatte, seines Gefühls Herr zu sein.

»Gleichfalls.«

»Wie alt wirst du dieses Jahr?« fragte sie.

»Siebzehn im Februar«, antwortete er.

»Schon fast ein Mann also, der kleine Fritz.«

»Der alte Fritz, bitte schön.«

Da war es wieder, ihr helles Mädchenlachen. Atmen. Tief. Ein. Und aus.

»Hast du mein Buch?« fragte er. Sogleich bereute er, er hätte doch fragen müssen, wie alt sie denn würde und an welchem Tag. Aber das Buch …

»Es tut mir leid«, sagte Frieda, und ihr Lächeln verschwand, »es gibt so viele Lateinbücher für die Schule, aber das, was sie im Gymnasium benutzen, ist nicht rot. Und du kannst solche Bücher auch nicht kaufen, da mußt du Lehrer sein. Du bist ganz sicher, daß es ein rotes Buch war?«

»So rot wie deine Haare«, sagte er. Sie lachte zum zweiten Mal. Er merkte ein leichtes Zerren im Magen, dann ließ er es heraus. Ein. Und aus. Der Triumph des Willens.

Er sah ihr in die Augen, sie blickte zurück.

»Es tut mir leid«, wiederholte sie.

»Vielleicht«, unterbrach er die Stille, weil sie anscheinend nicht von selbst auf die Idee kommen wollte, »gibt es noch eine letzte Rettung für mich. Wenn ich ein Buch hätte, das so ähnlich aussieht, das könnte ich dann in den Lateinstunden vor mich legen, und der Lehrer würde es nicht merken.«

»Ein rotes Buch?«

»Ein lateinisches. Dann ist die Tarnung vollkommen. Es wäre ja nur, bis ich das richtige irgendwo besorgt habe.«

»Ja, Fritz, wie du meinst. Laß uns sehen, ob bei den römischen Klassikern eins dabei ist, das …«

»Wie wäre es mit dem?« Er zeigte auf die Vitrine neben der Theke, hinter der Frieda gerade hervortrat. »Das sieht genauso aus wie mein Lateinbuch.«

Ihr drittes Lachen war berückend und verstörend wie sonst, doch schmerzhafter jetzt. Eine Nuance Spöttelei hatte sich hineingemischt, als hielte sie ihn für nicht ganz bei Trost. Er mußte das Gefühl aushalten, daß sie sich über seine Naivität lustig machte oder einfach darüber, daß er jünger war als sie. Ein. Und aus. Willenskraft. Dafür wird sie bezahlen. Es wird kein Fritz und Frieda mehr geben.

»Das kostet fünfhundert Mark, lieber Fritz, das kann ich dir leider nicht mitgeben. Deswegen ist es ja auch hinter Glas. Das darf nur Vater anfassen und nur so – warte!«

Sie holte die Stoffhandschuhe aus der Schublade hervor und stülpte sie über ihre viel zu kleinen Hände, so daß die weißen Fingerenden herunterbaumelten. Dann lachte sie vergnügt.

Josef machte große Augen. Wenn er es bei ihrem Vater geschafft hatte, das Buch von nahem zu sehen, mußte es ihm doch auch bei Frieda gelingen!

»Fünfhundert Mark? Für ein einziges Buch, und noch dazu für so ein dünnes?« Er stand jetzt auf Zehenspitzen dicht vor der Vitrine.

»Das ist die *Germania* von Tacitus. Das sagt dir doch was?«

»Was soll da schon drinstehen, das fünfhundert Mark wert ist?«

»Es geht nicht so sehr darum, was drinsteht. Schau dir an, wie sie gestaltet ist. Das ist hohe Kunst, mein lieber Fritz. Dies hier«, sie rückte näher an ihn und die Vitrine heran, »ist Vaters liebstes Stück, sein Augapfel. Wegen dieser Art Prachtstück, sagt er, ist er Antiquar geworden.«

»Wegen diesem Buch? Was soll daran so anders sein als an all den anderen, die hier stehen?«

Fritz und Frieda standen nun, im Halbdunkel des abendlichen Ladens, Schulter an Schulter nebeneinander und so nah vor dem Glas, daß es von ihrer beider Atem beschlug. Er fühlte ihren Brustkorb neben seinem auf und ab gehen, er hörte ihr Herz schlagen, und ihm, der seinen Blick starr auf die *Germania* gerichtet hatte, ihm war, als wäre es ihr Herz, das da pochte. Wieder flüsterte sie ihm zu: *Nimm mich! Lies mich!*, flüsterte und lockte so lieblich und hell, daß sich beinahe eine Erregung seiner bemächtigt hätte, die er doch unbedingt verbergen mußte. Um keinen Preis durfte Frieda merken, welche Lust ihn bereits ergriffen hatte.

Unüberhörbar atmete er aus. Wollen befreit.

Sie aber ließ sich nichts anmerken.

»Um das zu verstehen« – ihre Stimme wandelte sich nun in Melodie und Farbe, wurde leiser und weicher, wie der tiefere Ton einer Klarinette –, »muß man sehr viel Erfahrung haben. Man muß wissen, wie Bücher gemacht werden, wieviel Arbeit es ist. Wieviel Mühe und Schweiß ein Mensch aufbringen muß, bevor er darin zum Meister wird. Wieviel Wissen und Geschick. Wie kostbar und selten die Stoffe sind. Sieh nur hier, der Einband – das ist Chamois. Es braucht Monate, bis es gegerbt ist. Der Buchschnitt, da an der Bauchseite, das ist echtes Blattgold, genau wie bei der Prägung auf dem Rücken. Und der Rahmen mit den Schließen, sieh nur, Fritz, allein die winzigen Ornamente darauf« – Frieda wies mit dem Finger auf die hintere Seite der *Germania* und neigte sich dabei bedrohlich zu ihm hin, bis ihre Schultern sich beinahe berührten –, »alles aus Palladium.«

»Und innen?«

»Die Seiten sind etwas ganz Besonderes, so was hast du noch nie gesehen. Es ist sogenanntes Bombyzin, aus Baumwolle, die beim Schöpfen mit Seide versehen wird. Es sieht aus wie eine Schneelandschaft, auf die ganz früh am Morgen das erste Licht fällt. Und die Buchstaben darauf, also die Glyphen, so sagt man, die sind ganz, ganz schwarz und glatt, in völlig ebenmäßiger Antiqua, obwohl das damals noch sehr schwierig war, und ich glaube, es gibt auf einigen Seiten sogar Bilder, Radierungen aus dem letzten Jahrhundert.«

Fritz wollte zerspringen vor Begierde. Friedas Stimme, die ihm die Pracht und Schönheit der Angebeteten noch einmal so sorgfältig beschrieb, vibrierte nun in einem Echo, das eigens für ihn bestimmt schien. Das trieb ihm die Hitze ins Gesicht, und die Tatsache, daß er sie noch nicht anfassen konnte, ließ ihn beinahe die Beherrschung verlieren.

Schon lange mochte es Zeit sein, das Licht zu löschen und den Laden zu schließen. Ihr Vater wartete sicherlich auf sie. Doch sie blieb.

Sie unterbrach die Stille, flüsternd: »Das kannst du dir nicht vorstellen.«

»Nein, das kann ich nicht.«

Mit einem Mal blickte sie zum Eingang hin, als müßte sie jetzt noch Kundschaft befürchten, beugte sich quer über den Tresen, so daß er die Rundung ihres schmalen Rückens betrachten konnte, und holte einen Schlüssel aus der Schublade hervor. Ihre weißen Handschuhfinger verwickelten sich fast ineinander, als sie hastig die Vitrine aufschloß, dann nahm sie, plötzlich langsam und vorsichtig geworden, die *Germania* in ihre Hände und zog sie heraus. Sie legte sie auf den Tresen, genau an die Stelle, über die sie sich eben noch gebeugt hatte. Sie tat einen Schritt zur Seite, damit Fritz nähertreten konnte.

»Aber du mußt mir schwören, daß du ganz vorsichtig bist!«

Jetzt war er nur noch einen winzigen Moment und Abstand von ihr getrennt.

Er schwieg.

Sie schwieg.

Sie atmete.

Er bebte.

Frieda zupfte an ihren Baumwollfingern, zog einen nach dem anderen herunter und ließ die Handschuhe fallen. Nur mit entblößten Händen konnte sie die Schließen betätigen, um den Deckel zu öffnen und ihm die Kostbarkeiten ihres Inneren zu offenbaren. Da ergriff er sie. In dem Moment, da er sah, daß Friedas nackte Finger sich ihr näherten, begriff er, daß er ihr zuvorkommen mußte. Er packte zu. Beide Hände hielten ihren Körper fest umklammert, und er wollte gerade fortrennen, als er merkte, daß zwischen seiner Rechten und der Seite der *Germania* Friedas Hand eingezwängt war. Sie hatte sie ebenfalls ergriffen und knapp unter der oberen Schließe gefaßt, und nun lag seine Handfläche genau auf ihrem Handrücken, umklammerte ihn mitsamt seiner Beute. Sie sah ihn an, erschrocken und starr, wich jedoch nicht von der Stelle. Er stand vor ihr und blickte zurück, mitten in ihre klaren, großen, runden, grünen Augen. Wie lieblich und rein sie war.

Dann aber keuchte er seinen Atem aus, richtete sich auf und riß ihr mit zwei schnellen Stößen und Zügen das Buch aus der Hand, so heftig und hart, daß sie nach vorn taumelte, fast gegen ihn prallte und, als er einen Schritt zur Seite tat, zu Boden fiel.

Als Josef nun mit seiner *Germania* im Arm den Laden verließ, drehte er sich nicht noch einmal um.

10

Nach Epiphanias ließ man die Schüler wissen, daß Rummel-Braun gefunden worden war. Seine Eltern hatten die Überreste nicht mehr identifizieren können, die man in einer verwaisten Laube entdeckt hatte, in der Kolonie Lindenblüte direkt hinterm Zuchthaus am Plötzensee. Aber das Gebietsdreieck auf seiner um die Knochen schlotternden HJ-Uniform hatte die Polizei schnell darauf gebracht, daß es sich nur um den seit achtzehn Monaten vermißten Gymnasiasten aus der Herder-Oberschule handeln könne. Sein Fahrtenmesser, das neben ihm auf der Klitsche lag, hatte Braun anscheinend nicht mehr helfen können. Die Behörde war ratlos, hielt es aber für besser, die Schule zu informieren. Anfangs hielten sich die Lehrer zurück mit Spekulationen, doch nach einigen Tagen machte einer von ihnen eine mißverständliche Bemerkung, und von da an hieß es, ein Monster treibe sein Unwesen, ein Jungenmörder, der noch immer frei herumlaufe, der Vampir vom Plötzensee, so taufte man ihn heimlich. Und spekulierte, ob man ihn wohl jemals fassen könne. Die Schüler aber wußten, wer dieser Vampir war und daß er mitten unter ihnen weilte.

Josef war mit Wichtigerem beschäftigt. Nicht, daß ihn der Fund seines ehemaligen Peinigers vollkommen kaltgelassen hätte, der Gedanke an Rummel-Brauns Leichnam bereitete ihm sogar gewisse Sorgen. Denn wer konnte Josef versichern, daß er wirklich nichts mit dem Mord an seinem Mitschüler zu tun hatte? Vielleicht gab es, wie in dieser Erzählung von Stevenson, eine Nachtseite an ihm, die ihn Dinge tun ließ, die seine Tagseite nicht wahrhaben wollte. Vielleicht war er mondsüchtig und wandelte des Nachts durch die Straßen der Stadt, so wie dieser Professor Abronsius, von dem er in einer Geschichte gelesen hatte. Vielleicht aber, und diese Möglichkeit bereitete Josef ungleich stärkere Kopfschmerzen, war es auch ein Fluch, mit dem er belegt war, ein Unstern, der über ihm hing. Oft genug hatte er seine Mitschüler reden gehört über ihn – und wenn nun etwas dran war? Vielleicht war es die Strafe für all seine Missetaten oder einfach dafür, daß er gemeint hatte, einer Behandlung wie der, die Goldfarb, Seligmann und Levitsky erdulden mußten, entkommen zu können. Eine Heimsuchung dafür, daß er Jude war und doch noch immer kein Jude. Daß er tot war und doch noch immer lebendig.

Der Sinn für Humor, den das Schicksal offenbar hatte, wenn es ihn nicht unmittelbar strafte, sondern über einen makabren Umweg, ließ ihn in den ersten Wochen des Jahres '36 nicht schlafen. Sein Kopf dröhnte bereits nach dem Aufstehen, sein Gesicht wurde rot und heiß. Fieber schien in ihm aufzusteigen, das ihm den Schweiß auf die Stirn trieb und seine Hände zittern ließ. Josef wollte kaum essen, in der Schule hockte er bleich in der hintersten Bank, stierte vor sich hin, fühlte sich mehr noch als die Jahre zuvor allein und isoliert. Niemand sprach mit ihm, man ging ihm aus dem Weg, auch die Lehrer scheuten seine Gegenwart, ja, man schien seinen Blick zu fürchten. Wenn man ihm doch wenigstens einen Fahrradklau angehängt oder das Taschengeld abgenommen hätte! Tante Ruth, die vom Obergefreiten Meier einen Volksempfänger mitgebracht bekommen hatte (»Ein Geschenk von Doktor Goebbels für Frau Schwarzkopf!«), saß nur noch in der Stube, blickte verzückt auf den Bakelitkasten und hörte *Schön ist's bei den Soldaten*. Von ihrem Neffen nahm sie nichts wahr. Nur Felices Augen blitzten zuweilen, wenn sie ihn verstohlen aus ihrem Winkel heraus ansah.

Freilich war es nicht Anteilnahme am Schicksal von Rummel-Braun oder gar Reue, sondern die blanke Angst, es könnte etwas mit Frieda geschehen. Würde ihr etwas zustoßen, so hätte das Schicksal nicht nur Sinn für makabre Scherze, sondern auch großes Talent in der Wahl seiner Mittel bewiesen. Das machte wohl die lange Erfahrung.

Josef lag wach und dachte an ihre roten Haare. Er sah das Grün ihrer Augen ihn anstrahlen wie Hoffnung und Zuversicht und sich gleich darauf in Gift verwandeln. Ihr glockenhelles Lachen wuchs an zu einem spitzen Schrei, und der Anblick ihres

Rückens vor ihm auf dem Tresen wich dem ihres zu Boden stürzenden Körpers. Friedas Tugend und Unschuld wurden unter seiner Berührung zu Tand und Unrat, Wahrheit und Schönheit zu Wahn und Schund. Geschworen hatte er vor ihr! Und jetzt, welcher Wahn, wollte ihm der Reim vom Alexanderplatz nicht mehr aus dem Kopf: *Trau keinem Fuchs auf grüner Heid und keinem Jud bei seinem Eid.*

Das schlimmste jedoch war, daß ihm die *Germania* schon bald keinen Trost mehr spenden konnte. In den ersten Nächten mit ihr hatte er größte Wonne empfunden; es war ein Hochgefühl gewesen, ihre Seiten zu berühren, ihren Rücken zu streicheln, die Nase an ihr Leder zu halten. Sogar die lateinischen Sätze in der feingestochenen Antiqua zu lesen, die er nur halb verstand, hatte seine Brust vor Entzücken beinahe bersten lassen. Doch das war nun vorbei. Ihr täglicher Anblick, fern davon, ihm weiterhin ungetrübte Lust zu bereiten, vergrößerte nur seine Sorge, weil sie jetzt in seiner Kammer bleiben mußte, wo sie alles andere als sicher war. Zwar wußte niemand von ihr, und auf fünfhundert Mark hätte sie auch niemand geschätzt, der keine Ahnung hatte, doch war sie in Hoffmanns Verlies sicherlich geschützter gewesen. Er konnte nicht ungestört in ihr blättern, weil er stets befürchtete, daß man seine Kammer stürmen und alles beschlagnahmen würde. Die unbeschreibliche Schönheit der *Germania* schien jetzt, da sie in seinem Besitz war, zugleich bedrohter und bedrohlicher.

Selbst auf den Straßen fühlte er Gefahr. Seine Unsichtbarkeit war mit dem Abend, da er das Antiquariat Hals über Kopf verlassen hatte, dahin, als hätte die Ladentür seinen schützenden Mantel eingeklemmt und ihm von den Schultern gerissen. Jetzt war Josef, als sähe man ihn an, als erstarrten die Passanten auf der Sömmeringstraße vor ihm, und er sah in ihren Blicken den verwirrten Ausdruck Friedas, als er Hand an sie gelegt hatte. Er meinte, wie er sich an Fassaden entlangschlich, es wäre einer hinter ihm her. Doch das war nur er selber, sein Schatten, dem er nicht entkommen konnte. Dann wieder stand er vor einem Plakat und las, was er getan hatte. Sie hatten es in der ganzen

Stadt angeschlagen, seine Untaten waren endlich bekannt gemacht. Doch es war nur die Werbung für einen Film.

Das war nun also Reue. So fühlte sie sich an. Oder war es doch Angst, was ihn umtrieb? Gleichviel, er mußte handeln.

Berlin hatte geflaggt. Es war Ende Januar, es war eiskalt und mal wieder Jahrestag. Josef war mit der Elektrischen gefahren, hatte jedoch vom Bahnhof Friedrichstraße aus zu Fuß gehen müssen, weil die Gleise wegen des Fackelzugs durchs Brandenburger Tor gesperrt waren. Mal wieder. Ein eisiger Wind ließ Fahnen und Girlanden wehen, und trotzdem brach Josef Unter den Linden in Schweiß aus, weil die Massen, die sich bereits zum Spalierstehen versammelten, es ihm beinahe unmöglich gemacht hätten, mit seiner heißen Ware im Arm unbesehen und unberührt zu passieren. Als ab der Französischen Straße die stumpfe Menge sich zerstreute, begann er zu rennen. Er durfte nicht erst kommen, wenn sie den Laden schon geschlossen hatte.

Am Spittelmarkt stellte er sich neben den Eingang in der Kurstraße, so daß er von innen nicht zu sehen war und die Mauerecke ihn vor den Windstößen schützte, und wartete. Doch der alte Hoffmann verließ seine Höhle nicht. Nachdem Josef eine halbe Stunde lang in der Kälte gestanden hatte, geschützt nur durch den wollenen Mantel und die Ledertasche vor der Brust, wagte er einen Blick durch die Scheiben hinein. Da sah er sie, die stille bleiche Frieda, stumm stand sie da hinter dem Tresen und sah vor sich hin. Neben ihr der kleine Bucklige mit seinem grauen Bart und grimmiger Miene. Jetzt, da sein Augapfel verschwunden war, traute er seiner Tochter nicht mehr, den Laden für einige Stunden allein zu führen. Sicher hatte er sie gescholten, geschlagen vielleicht, und sie hatte geweint und geschwiegen. Wie hätte sie ihrem Vater auch auseinandersetzen können, was geschehen war?

Josef war unschlüssig. Solange der alte Hoffmann da war, konnte er unmöglich hinein und Frieda sehen. Er konnte ihr das Buch erst geben, wenn feststand, daß sie allein wären. Je länger er aber hier an der Ecke stehenblieb und gaffte, desto größer wurde die Gefahr, daß ihn jemand ansprach und ins Verhör nahm. Er war nicht mehr unsichtbar.

Plötzlich löste Frieda sich aus ihrer Starre, kam hinter dem Tresen hervor und ging auf ihn zu. Sie hatte ihn gesehen hier draußen, Diebe kommen immer an den Tatort zurück!, und jetzt konnte sie ihn schnappen und zur Rechenschaft ziehen. Doch ein zweiter Blick versicherte ihm, daß sie noch immer still und bleich dreinsah, ihren Mantel vom Haken neben dem Eingang nahm und den Laden verließ.

Schnell duckte er sich um die Ecke. Achtlos ging sie an ihm vorbei, Mantel und Schal wehten im Wind. Zehn Schritte blieb er hinter ihr, folgte der roten Fahne ihres Haars über die Lindenstraße bis zum Halleschen Tor. Über dem ging jetzt die Sonne unter, die Laternen wurden entzündet, Straßen und Plätze waren menschenleer. Jetzt erst bemerkte Josef, daß Frieda und er die einzigen Menschen in der Stadt waren, die einzigen auf der ganzen Welt an diesem Winternachmittag. An der Belle-Alliance überquerte sie den Landwehrkanal und ging dann am Ufer entlang Richtung Westen, dem schwindenden Licht am Horizont entgegen. An der Möckernbrücke überquerte sie den Kanal erneut und folgte dem Wasserlauf auf der Nordseite. Ihr Gang, eben noch forsch, geradlinig und voller Bestimmung, wurde von Minute zu Minute langsamer, so daß es Josef endlich vorkam, als stünde alles still. Bald ging sie wieder schneller, bald war sie in Gedanken versunken und erstarrt. Die Kälte schien sie nicht zu spüren.

Als Frieda unter der Hochbahn stehenblieb und auf die zugefrorene Oberfläche des Kanals hinabblickte, wie um zu ergründen, was darunter war, versteckte Josef sich hinter einem zitternden Buchsbaumstrauch. Sie auf diese Weise zu verfolgen schien ihm aussichtslos. Wenn sie in dem Tempo weiterging, würde sie ihn bald bemerkt haben, wenn es nicht längst schon geschehen war und sie einfach darauf wartete, daß er sein Versteck verließ und sich stellte. Und wenn er das tat und ihr das Buch bereits hier aushändigte?

Josef lauschte dem Pfeifen des Windes und dann wieder dem Klicken von Friedas Schuhen auf dem Asphalt. Sie setzten ihren Weg fort. Tirpitzufer, Herkulesufer, Corneliusstraße. Es wurde dunkler, die Laternen spärlicher, die Häuser verschwanden. Fledermauszeit. Sie gingen jetzt durch Wildnis und Urwald. Als Frieda kurz vor dem Tiergarten den Kanal ein drittes Mal, Richtung Zoo jetzt, überquerte, wußte Josef, sie mußte seit Minuten ohne Ziel sein – wenn sie denn je eins gehabt hatte, seitdem sie aus dem Laden getreten war. Ihr Weg führte sie zaudernd und zweifelnd am Wasser entlang und immer wieder darüber. Auf der Lichtensteinbrücke blieb sie stehen, mitten über dem Kanal lehnte sie an der Brüstung und schaute hinab auf das Eis.

Einen Moment war er unschlüssig am Ufer geblieben und hatte dem Gebrüll der wilden Tiere gelauscht, das eine Böe vom Zoo herübertrug. Er hatte vorgehabt, sie bis nach Hause zu verfolgen und vor der Tür anzusprechen, vielleicht würde sie ihn mit hineinnehmen für ein paar ungestörte Sekunden, er würde ihr alles erklären (was gab es zu erklären?) und ihr das Buch, die *Germania*, zu Füßen legen. Die nahm er nun aus seiner Ledertasche, denn waren sie hier nicht auch allein und ungestört? Warum warten? Er fühlte die Nervosität in der Magengrube rumoren. Atmen. Tief. Ein und aus.

Sobald er aber einen Fuß auf die Brücke gesetzt hatte, bemerkte er, daß Frieda taumelte. Als hätte das Gewicht seines Fußes auf dem Stein die ganze Brücke und das Mädchen darauf zum Schwanken gebracht. Bedrohlich nah stand sie dem Eisengeländer, weit hing das Rot ihrer Haare hinab, und tief versunken war ihr Blick, als zöge ihn etwas von unten aus dem Eis. Ihren Mantel hatte sie geöffnet, so daß die Schöße über der Brücke wehten wie schwarze Fahnen.

Josef begann zu rennen, das Buch in beiden Händen.

Sie sah ihn erst, als es zu spät war. So unerreichbar war sie gewesen, und so nah war er ihr plötzlich gekommen, daß sie aufschrie. Sie stieß einen weiteren Schrei aus, der über dem Kanal verhallte, als sie sein Gesicht sah. Er stand ihr nun unmittelbar gegenüber. Er versuchte, sie festzuhalten, sie aber hielt ihn auf Abstand, stieß ihn von sich, so daß sie erneut zu taumeln begann über dem Wasser. Ein falscher Schritt, und sie gerät aus dem Gleichgewicht. Er muß ihr näher kommen, ganz nah, sie in seine Arme schließen und vor sich selbst beschützen, doch wie soll er das tun, ohne sie ein weiteres Mal zu berühren? Noch immer hält er die *Germania* in beiden Händen, eine Umarmung ist so unmöglich. Sie hat das Buch nun an den anderen beiden Enden gepackt, hält es wie einen Schild vor ihrer Brust und schreit zum dritten Mal, hier aber wird ihr keiner zu Hilfe kommen. Allein sind sie, endlich allein. Sie zieht und stößt, und das macht ihn noch wilder, auch er zieht und stößt, heftig und hart, mit gewaltiger Kraft faßt er sie nun und hebt sie empor, ihre Dummheit macht ihn rasend, warum versteht sie denn nicht. Er will sie doch retten.

Frieda fiel leicht und sanft, wie eine schwarz-rote Feder, und mit ihr fiel die *Germania*. Josef sah sie schweben von oben, mit einem dumpfen, fast unhörbaren Ton aufschlagen und eintauchen in die weißen Schollen und Splitter, versinken in den eisigen Fluten und dahingehen in die Dunkelheit.

Er wunderte sich. Wie schnell das geht.

Über das Pfeifen des Windes hinweg drang vom Zoo her nur das Heulen der Hyänen.

II

Ein neuer Jahresring hatte angesetzt. Den sechsten Februar 1936 verbrachte Josef bei Kerzenlicht in seiner ungeheizten Kammer und las den *Antichrist.* Auf das junge Gemüt hatten die Worte des Buches keine geringe Wirkung: *Wir wissen gut genug, wie abseits wir leben,* stand da, *jenseits des Nordens, des Eises, des Todes – unser Leben unser Glück ... Lieber im Eise leben als unter modernen Tugenden und anderen Südwinden!*

Und dann die Frage: *Ein Jude mehr oder weniger – was liegt daran?*

In der Klasse hatte niemand Notiz davon genommen, daß Schüler Schwarzkopf, an dessen Stimme man sich schon kaum mehr erinnern konnte, so schweigsam war er, Geburtstag hatte. Auch Tante Ruth hatte sich nichts anmerken lassen – Josef wußte, sie hatte es nicht einfach vergessen, denn sie hatte nie gewusst, wann sein Geburtstag war. Und auch Post bekam er an diesem Tag, wie auch an den folgenden, keine, weder von seinem Vater noch von seiner Mutter. Doch Josef war nicht enttäuscht. Er genoß es vielmehr, in Ruhe gelassen zu werden. Jede Stunde, die er nach dem Abend, an dem Frieda und die *Germania* im eisigen Wasser des Landwehrkanals verschwunden waren, allein mit sich verbringen konnte, war ihm Labsal. Denn bis auf die notwendigen Gänge von der Mindener Straße bis zum Gymnasium und zurück ging Josef nun kaum mehr vor die Tür. Seine Streifzüge durch die Stadt hatten geendet. Zu groß war seine Furcht, man würde ihn entdecken, würde ihn als den Dieb und Mörder erkennen, der er war. Nun trug er das Kainsmal auf der Stirn, und ihm war, als müßten alle, wirklich alle es sehen. Die Kameraden in der Klasse – mieden sie ihn noch mehr als zuvor? Die Lehrer – sprach noch mehr Verachtung und Mißtrauen aus ihren Blicken als sonst? Und die Passanten auf der Sömmeringstraße, die Händler auf dem Gustav-Adolf-Platz – sie alle mußten es einfach sehen, mußten wissen, was er getan hatte!

Josef blieb in seinem Versteck, so oft und so lange er konnte. Es war ihm, als wäre er gemeinsam mit der *Germania* an diesem Winterabend untergegangen und müßte nun so lange unter der Oberfläche verharren, bis das Eis ihn wieder freigäbe. Er hielt still. In den kalten, einsamen Stunden in der Kammer hüllte er sich in seine Bettdecke, starrte zum Fenster hinaus, hörte die Stimmen der Nachbarn im Hof, das Klappern der Fahrräder und das Bellen aus Tante Ruths Volksempfänger und wartete. Wie ein Kranker fühlte er sich, der einer langwierigen Genesung harrt.

Doch als mit den ersten Aprilwochen und ein paar warmen Schauern von Westen her endlich der Frühling Einzug hielt in der Stadt, regte sich etwas in ihm. Es fühlte sich nicht nach Heilung an, und doch war da mit einem Mal etwas, das er nicht kannte. Es erwachte in ihm wie ein Trieb, er spürte ein Wachsen und meinte zu verstehen. Es war die Sehnsucht nach dem, was er einstmals berührt hatte, die stärker und stärker wurde und ihn schließlich wieder hervor- und hinaustrieb. Eine Sehnsucht, die ihn in die engen, winkligen Gemächer seiner Sinnlichkeit geleitet hatte. Wie wenig aber war ihm diese Sehnsucht selbst bewußt, nicht mal ein Wort hatte er dafür! Er wußte bloß, daß er etwas Undeutlichem gefolgt und dabei einen Weg gegangen war, der tief in sein Inneres und zugleich weit hinaus in die Welt führte.

Sobald er wieder mit dem Frühlingswind durch die kahlen Alleen Berlins streifte, erfuhr er, daß seine Angst, von der Welt für einen Verbrecher gehalten zu werden, nicht nur überflüssig gewesen war, sondern ihn bloß davon abgehalten hatte, dieser Sehnsucht und Sinnlichkeit neuen Raum und neue Wege zu verschaffen. Die Stadt hatte auf ihn gewartet wie eine alte Liebe, und nun, mit den länger werdenden Tagen, war sie voller Verheißung und Versprechen, ihm endlich zu bieten, wonach ihn gelüstete.

Sein erster Gang führte ihn zurück an den Ort, an dem alles angefangen hatte. An einem Freitagabend stand er vor dem Schaufenster von Hoffmanns Antiquariat und sah den Alten hinter dem Tresen stehen. Im Laden war es leer. Er stand da, starrte ins Leere und rührte sich nicht. Josef zwang sich, den Anblick des gebeugten Mannes, der mit seiner Tochter Frieda das Wichtigste verloren hatte und sich unweigerlich die Schuld dafür geben mußte, zu ertragen. Er widerstand der Versuchung, umzudrehen. Statt dessen prägte er sich Hoffmanns Ausdruck, seinen Blick, die hängenden Schultern über der eingesunkenen Brust fest ein – dieses Bild der Einsamkeit packte Josef und ließ ihn erschauern. Der Antiquar war ein gebrochener Mann. Und das hatte *er* gemacht. Welch ungeheure Macht doch in einem einzelnen Menschen steckte, zu entscheiden über Wohl und Wehe eines ganzen Lebens! Welch geheimnisvolle Macht!

Auf seinem Weg zum Landwehrkanal zurück hing Josef den Erinnerungen nach, die ihn während des Winters geplagt hatten. Zum ersten Mal war er wieder hier, sah Straßen und Häuser und Bäume wieder, die Zeugen seiner Untat gewesen waren. Jetzt, da sie bald wieder in vollem Grün standen, blickten sie ihn unbeteiligt, fast freundlich an. Auch die Menschen, die ihm entgegenkamen – ernsthafte Herren mit Hut, wohlfrisierte Damen –, würdigten ihn keines Blickes. Sein Kainsmal schien für sie unsichtbar zu sein.

Als er an die Brücke gelangte, ärgerte ihn diese Gleichgültigkeit fast mehr, als ihn die Angst vor der verdienten Strafe gelähmt hatte. Er sah hinab, suchte die Stelle, an der Frieda und die *Germania* auf die Eisfläche gefallen waren, und ballte die Faust. So sehr hatte er eine Strafe erwartet, daß ihm nun fast übel wurde bei dem Gedanken, daß niemand, nicht der alte Herr Hoffmann, nicht die Bürger dieser Stadt, nicht die Häuser und Straßen, ihn verstieß – ja, daß sogar die Bäume wieder blühen wollten ungeachtet seiner Frevel! Doch seine Wut löste sich auf, schwand, floß dahin wie das Gewässer unter ihm, als er begriff, welche Möglichkeiten ihm, den augenscheinlich keiner je beachtete, offenstanden. Als wäre das alles bloß ein Mißgeschick gewesen, der Fehltritt eines unreifen Knaben. Als dürfte er es noch ein weiteres Mal probieren und noch ein weiteres Mal, bis er erreicht hätte, was er wollte. Er hatte gehandelt, hatte alles auf eine Karte gesetzt und doch nicht bekommen, wonach ihn verlangte. Sein Durst blieb ungestillt. Aber offenbar war noch nicht alles verloren.

Die Erinnerung an die Berührung, seine erste wahre Berührung und zugleich die letzte seit so vielen Tagen und Nächten, überkam ihn. Wie oft hatte er an den Anblick der im Winterwind davontreibenden Frieda gedacht, wie oft hatte er sich das Geräusch des auf die Eisplatten treffenden Buches aus dem Kopf schlagen müssen, um nicht irre zu werden. Nun, da er wieder an diesem Ort stand, hätte er sich hinabgestürzt, wenn er darin auch nur den Hauch einer Möglichkeit vermutet hätte, sie wiederzubekommen. Er löste seine Faust, betrachtete die weißen Striemen seiner Fingernägel in der Handfläche und atmete tief ein und aus.

Ein seltsames Gemisch an Gefühlen ergriff in diesen Frühlingstagen Besitz von Josef. Der Zorn über die ausbleibende Strafe, die Sehnsucht, die Lust – und über all dem ein verblüffendes Hochgefühl angesichts der Stumpfsinnigkeit der Welt, angesichts ihres Desinteresses, seine Untaten aufgedeckt zu sehen, angesichts dieser geradezu wohlmeinenden Nichtachtung, der Bereitwilligkeit, die Augen zu schließen vor ihm und der Sünde, während sie zugleich voller Ingrimm und Raserei Menschen in Acht und Bann schlug, die sich nicht das Geringste hatten zuschulden kommen lassen ... all das ließ ihn wieder Pläne schmieden. Es waren nun keine Kinderträume mehr, sondern die mit Entschiedenheit gehegten Absichten eines ernsthaften Jünglings, undeutlich noch in ihrer genauen Ordnung und Abfolge, aber doch, was Richtung und Ziel betraf, entzifferbar. Das waren Pläne, deren Möglichkeit, ja, Wirklichkeit er beinahe körperlich spüren konnte, wenn er sich konzentrierte. Der Pfeil des Schönen hatte ihn getroffen. Er war zum Mann geworden.

Eisenstein wußte, um sein Ziel zu erreichen, mußte er noch tiefer hinein in den Körper der Stadt. Die Buchläden, die er bislang besucht hatte, waren von ihm kahlgefressen. Und alle anderen Geschäfte, in denen die braven Bürger der Hauptstadt verkehrten, ödeten ihn an in ihrer selbstgefälligen Mediokrität.

In die großen Bibliotheken ging er, stahl er sich, saß stundenlang unentdeckt zwischen hoffnungsvollen Studenten und abgerissenen Intellektuellen unter der großen Kuppel des Lesesaals der Staatsbibliothek und staunte. Dieser Ort wurde ihm nach und nach zum Tempel mit seinen tausend Hallen und Höfen, in denen der Geist aller Völker und Zeiten gegenwärtig war, der immer neuen Erweckung harrend, immer wieder bereit, den Adepten die vielstimmige Mannigfaltigkeit der Erscheinungen als Einheit erleben zu lassen. Und sein neugieriger Geist stöberte in diesem Reich, schlug tausend Wege durch den Urwald, verlor sich in Irrgängen und Höhlen und Ozeanen, ohne je ein Kleinerwerden dieser Welt zu bemerken.

Doch selbst hier, so wurde Eisenstein schließlich klar, würde er nicht das finden, wonach ihn gelüstete. Eine Vorahnung dieser Lust hatte ihn damals in der selig verbrachten Nacht von Friedenau und dann wieder in Hoffmanns Antiquariat gestreift. Die Lust, die einst die *Germania* in ihm hervorgerufen hatte ... das Gefühl, von ein und demselben Objekt zu gleichen Teilen sowohl absolute Befriedigung als auch deren ewige Verweigerung in Aussicht gestellt zu bekommen, gleich den Reizen einer Frau, die sich dem begehrenden Auge entzieht ... das Gefühl steter, niemals nachlassender Erregung, nach dem zu suchen er von nun an verdammt war ... – Josef wollte sich keinen Zweifel daran erlauben, daß es in dieser Stadt noch andere Möglichkeiten als die augenscheinlichen gab, wieder an ein Objekt zu kommen, in dessen Macht es stand, dieses Gefühl auszulösen. Die *Germania* konnte nicht, durfte nicht die einzige ihrer Art gewesen sein.

Es waren die abseitigen Winkel, die verschwiegenen, unzugänglich scheinenden Gebiete, von denen er sich nun Aussicht auf Erfüllung versprach. Und so verbrachte Josef Eisenstein den Frühling des Jahres 1936 damit, nach Schulschluß durch immer neue Gegenden der Stadt zu wandern. Immer entlegenere Viertel erkundete er, in immer dunklere Gassen und Hinterhöfe drang er ein auf der Suche nach dem einen Ding, ohne das ihm ein Leben nicht mehr wünschbar scheinen wollte. Hatte er als Sechzehnjähriger vor allem die bekannten und vertrauten Plätze besucht, die breiten Alleen und die von Lichtreklamen erleuchteten Chausseen, so wagte er sich nun in die verrufenen Kieze, in die zwielichtigen Lokalitäten, dorthin, wo die Armen wohnten, die Proletarier und Klassenkämpfer, die Schieber mit ihren künstlichen Gebissen, die Damen von der Demimonde, die Kesselflicker, Scherenschleifer, Katzelmacher und Westwanderer, die Kaschuben und Kujawier, die Polesier und Pommern und Pommerellen, nach Moabit und in den Wedding, nach Kreuzberg und Neu-Kölln, zum Schlesischen Bahnhof in Friedrichshain, in die Quartiere, in die sich kein Schutzmann verirrte, in denen man hinter vorgehaltener Hand munkelte und Fremden mißtrauisch nachsah, dorthin, wo allabendlich Männer mit breiten Hutkrempen schweigsam beisammenstanden und sich erst in alle Himmelsrichtungen davonmachten, wenn das letzte Geschäft abgewickelt war. Halbseidene Jobs, Nutten, Waffen, junge Burschen, Alkohol und alle Arten von Rauschgift suchten und fanden hier ihre Liebhaber. Und so mußte es hier auch Bücher geben, das stärkste Rauschgift von allen. Eisenstein ahnte, daß es in diesen obskuren Seitenstraßen jene andere Welt gab, die ihm verheißen worden war. Und daß er bloß Zugang zu ihr erhalten mußte. Doch dem blassen, schmächtigen Primaner wollte sich keine Tür öffnen. Man traute ihm nicht, und wie auch? Er hatte kein Geld, keinen Namen, niemanden, der für ihn bürgte. Und so blieben seine Wanderungen ziellos, seine Suche ohne Lohn.

Eisenstein beschloß, einen Köder auszulegen. Mehrere Abende wartete er unter dem Reiterstandbild Friedrichs des Großen darauf, daß auch die letzten Studenten die Staatsbibliothek verließen und die Tore des Haupteingangs von innen verschlossen wurden. Am dritten Abend entdeckte er, daß die Angestellten das Gebäude eine halbe Stunde später über die Dorotheenstraße verließen. Dem letzten, einem stämmigen

Mann in Uniform, folgte er am Abend darauf auf seinem nächtlichen Weg durchs Scheunenviertel. Er hatte die Hintertür drei Mal, oben, in der Mitte und unten, verschlossen und den Schlüsselbund in einen metallenen Koffer mit Zahlenschloß gelegt, den er nun an der linken Hand bei sich trug. Im Verlauf des Sonntags malte Eisenstein sich aus, wie er an den Koffer kommen könne. Der Türwärter war zu kräftig, als daß Eisenstein ihn einfach in einer ruhigen Seitenstraße in eine Hofeinfahrt hätte zerren können, und eine Waffe trug er wahrscheinlich auch. Er konnte ihm den Koffer auch nicht überfallartig entwinden und weglaufen, denn dann würde der Wärter Alarm schlagen, und Eisensteins Weg in die verlassene Bibliothek wäre ein für allemal versperrt. Es mußte anders gehen.

Bereits am Montagabend setzte er seinen Plan um. Am Rosenthaler Platz, als der Wärter an einer Ampel stehenblieb, inmitten einer Menschenmenge, die gleichmütig dem abendlichen Verkehr zusah, lauerte Eisenstein hinter ihm und wartete den geeigneten Zeitpunkt ab. Seine Vorstellung war, den Wärter durch einen kleinen Unfall für ein paar Stunden außer Gefecht zu setzen und in der Zwischenzeit mit den gestohlenen Schlüsseln in die Bibliothek einzudringen. Wenn der Wärter wieder zu sich käme und Alarm schlüge, wäre er längst über alle Berge.

Er stieß zu. Der Mann, durch den unerwarteten Schubser aus dem Gleichgewicht geraten, taumelte, tat einen Schritt vor, stolperte über den Bordstein und fiel in die heranrauschende Elektrische hinein. Er prallte mit dem Oberkörper gegen die Front, wurde einige Meter von dem bimmelnden Koloß mitgeschleift und kam auf dem Asphalt zum Liegen, während die kreischende Menge erst auseinanderstob, um sich sodann um seinen blutenden Körper zu versammeln.

Eisenstein mischte sich unter die aufgeregt plärrenden Passanten, quetschte sich zwischen Nerzmänteln und Gehröcken hindurch und ging vor dem zerquetschten Körper des Wärters auf die Knie, als wollte er den Puls fühlen. Doch es war bloß der Koffer, noch immer umklammert von einer störrischen

Faust, auf den er es abgesehen hatte. Er löste den Griff des Toten, nahm seine Beute an sich und machte sich davon.

Noch in der gleichen Nacht, während die Polizei den nächsten Verkehrsunfalltoten in ihre Kartei aufnahm, stand Eisenstein in der Dorotheenstraße, zwängte sich durch die schweren Eichenholztüren des Hintereingangs der Staatsbibliothek, ließ diese leise ins Schloß fallen und war allein. Er war nun im Vestibül, sah die Treppen hinauf und lauschte. Es war still. Tief sog er den Geruch ein, der ihm so vertraut war – den jahrhundertealten Duft von Leder und Pergament, Tinte und Druckerschwärze, der die Säle durchströmte. Zum ersten Mal war es ihm nun vergönnt, all die Herrlichkeiten, die dieses Gebäude beherbergte, ungestört zu genießen. Wie oft hatte er im Lesesaal gesessen, zwischen all den Studenten und Dozenten, die rechtmäßig hier waren, und an die Kunstwerke gedacht, die in Spezialabteilungen und Altbeständen verborgen auf ihn warteten. Eines Tages, hatte er sich geschworen, würde er sie finden und befreien.

Dieser Tag war nun gekommen, zumindest für eines unter ihnen. Eisenstein mußte sich konzentrieren. Während er durch die dunklen Gänge schlich, die Treppen hinauf, in die Säle und Zimmer, über Stiegen und Flure, geleitet nur vom Schein der Straßenlaternen, der durch die Fenster drang, war ihm, als müßte er nur die Tore verriegeln, um für die Ewigkeit hierbleiben zu können. Als könnte er dann Fürst dieser Burg sein, die er doch im Handstreich erobert hatte. Er stand oben auf der Galerie unter der weiten Kuppel des Lesesaals, legte die Hände aufs Geländer, blickte auf das Reich, das sich unter ihm erstreckte, und kam sich vor wie ein mächtiger Gott. Wenn all das sein war, war er am Ziel seiner Wünsche angelangt?

Doch das war eine Versuchung, der er nicht erliegen durfte. Diese Bücher waren Sirenen und Lotophagen zugleich – so kostbar und selten sie auch sein mochten, die Inkunabeln, Manuskripte und Notensammlungen, die hier in den Regalen versammelt waren, so wenig konnten sie ihm bieten, wonach es ihn dürstete. Er durfte sich nicht vom Genuß dieser gegenwärtigen Lüste blenden lassen, die im Vergleich mit den erinnerten schal und vergänglich waren. In dieser Nacht war seine Aufgabe eine andere.

Nach einigen Stunden hatte er endlich gefunden, wonach er suchte. In einem als Schausaal dienenden Raum im obersten Stockwerk standen einige flache Vitrinen, die der Ausstellung von Handschriften aus dem dreizehnten und vierzehnten Jahrhundert dienten. Er warf auf jedes Stück einen kurzen Blick und blieb dann, wie vom Donner gerührt, stehen. Hier, nicht aufgeschlagen wie die anderen, sondern zugeklappt, so daß nur Einband und Rücken zu sehen waren, lag das Buch, von dem sein Lehrer Wilhelm einstmals geschwärmt hatte: *Die Geschichte des Jüdischen Krieges* von Flavius Josephus. Der berühmte Istanbuler Druck von 1589, eingeschlagen in marokkanischem Samt, versehen mit Schließen aus purem Gold.

Eisenstein rüttelte an der Klappe der Vitrine, versuchte, sie mit einem der Schlüssel aufzuhebeln, und als das nichts half, schlug er das Glas mit dem Ellbogen ein. Behutsam nahm er das Buch hervor, wischte mit dem Ärmel darüber, kippte die letzten Splitter vom blutrot schimmernden Samt und atmete tief ein und aus. Dann schob er es sich unter den Mantel und verließ den Saal.

Seine Schritte hallten von den Wänden wider, als er mit wehenden Schößen durch die Gänge lief, das Buch, schwer wie der Kopf eines Menschen, fest an sein Herz gepreßt. Er kam durch den Lesesaal, passierte das Vestibül, eilte die Treppen hinab und warf, an der Tür zur Dorotheenstraße stehenbleibend, noch einen letzten Blick zurück in die Festung, die er nun schweren Herzens aufgab. Dann schleuderte er den Schlüsselbund hinter sich in den Raum, trat auf die nächtliche Straße hinaus und zog den Türflügel hinter sich zu.

In den Frühsommermonaten des Jahres 1936, in denen sich Berlin noch einmal von seiner heiteren, beinahe sorglosen Seite zeigte, ein letztes Mal für lange Jahre, fand Eisenstein endlich die Welt, deren Existenz er beschworen hatte. Er fand sie in den

Hinterhöfen, in Kellerräumen und Kaschemmen, in zweifelhaften Etablissements, die dem Auge der Obrigkeit noch entzogen blieben. Hier tat sich ihm nun, da er seinen Köder ausgelegt und seine Beute angebissen hatte, eine ganze Welt auf, die ihre Geschäfte lieber im dunkeln abwickelte, ungeachtet der Gefahr, die damit einherging. Doch die Menschen, die Eisenstein in dieser Unterwelt antraf, mit denen er sprach und handelte – waren sie nicht allesamt seit Jahren einer steten Bedrohung ausgesetzt, der sie sich geschickt entzogen hatten? Unter ihnen, den wahren Büchermenschen dieser Stadt, fand er zahllose Juden, Schwule, Ganoven, Kommunisten. Männer, denen man das Leben so sehr erschwert hatte, daß sie sich, weil sie nicht hatten gehen wollen, neue Beschäftigungen in den schmutzigen Ecken hatten suchen müssen, die man ihnen gelassen hatte. Männer, die lieber starben, als Deutschland zu verlassen.

Einer von ihnen war der Jude Abramsky. Salomon Abramsky, der spitznasige Alte aus der Luisenstadt, war einer derjenigen, die in einer dieser verkommenen Ecken, aus denen trotz allem die schönsten Blüten erwuchsen, ihre Geschäfte trieben. Er lebte in einem Mietshaus unweit der Oranienstraße. Von den vier Zimmern seiner Wohnung hatte man ihm das kleinste, von dem eine Treppe in den Laden hinabführte, gelassen, für die anderen war nach '33 Eigenbedarf angemeldet worden. Abramsky war ein kleiner Mann von schwer zu schätzendem Alter (vielleicht Ende sechzig? vielleicht über hundert?), mit schütterem, widerspenstig unter der Jarmulke hervorlugendem Haar und zwei vom ständigen Lesen im Halbdunkel schwächer werdenden Äuglein, die er hinter dicken Gläsern versteckte. Im Parterre hatte er einen kleinen Laden, in dem er früher Thora, Tanach und Talmud verkauft hatte, dazu sakrale Objekte wie Thora-Zeiger oder Mesusen. Nun aber saß er während des Tages pfeiferauchend in einem Sessel am Fenster, hörte Wagner und hielt ein Buch auf dem Schoß fest, als wäre es eine schlafende Katze, bis er um Punkt sechs die Tür abschloß, das Grammophon abstellte und unter leisem Stöhnen die Treppen in sein Zimmer hinaufschlich. Im Laden war auch an sonnigen Tagen das Licht spärlich, weil die Schaufensterscheiben seit Monaten gänzlich von einer trüben Schicht bedeckt waren, die, als man halbherzig das nun schon drei Jahre alte *Juda verrecke!* auf ihnen abgewischt hatte, übriggeblieben waren – unter diesen Umständen zog Abramsky es vor, seine alten Augen nicht weiter mit der Lektüre von Büchern anzustrengen, über deren Geist und Ideen er ohnehin mit niemandem mehr debattieren konnte. In seinen Laden kam schon lange kein Mensch mehr, niemand suchte hier ein Buch; im Gegenteil, man hatte ihn gezwungen, Hunderte von Bänden aus Wohnungsauflösungen weit über Wert anzukaufen. Und so saß Abramsky seit Jahren auf Unmengen von Büchern, die wie Flüchtlinge den verwinkelten Geschäftsraum in der Oranienstraße bevölkerten.

Eisenstein, der Abramskys Laden im Mai auf einer seiner Wanderungen durch Kreuzberg entdeckt hatte, mußte den geeigneten Zeitpunkt abwarten, an dem die Straße menschenleer war und niemand beobachten konnte, wie der junge Mann in der Schuluniform den Judenladen betrat. Auch wenn die Davidsterne wieder entfernt worden waren, wußte doch jeder in Berlin, in welche Läden man zu gehen hatte und in welche nicht. Als er das Läuten der Türklingel vernahm, blinzelte Abramsky überrascht hinter seinen Gläsern hervor und wollte sich erheben, ließ sich dann aber unter Ächzen in den Sessel zurückfallen.

Der Eindringling, ein bleicher Jüngling, stellte sich vor ihn hin, ein Paket unter dem Arm, und hielt dem musternden Blick des Inhabers stand, während hinter seinem Rücken der erste Aufzug des *Parsifal* endete … *durch Mitleid wissend, der reine Tor …*

»Was willst du, Junge?« fragte Abramsky.

»Ein Buch verkaufen.«

»Ich kaufe keine Bücher mehr. Woher soll ich das Geld nehmen?«

»Aber es ist ein besonderes Buch. Ich denke, Sie werden jemanden finden, der Ihnen etwas dafür bezahlt.«

Mit diesen Worten legte Eisenstein dem Alten das Paket in

den Schoß. Sprachlos blickte Abramsky hoch. Dann riß er das Leinenpapier auf, befühlte zitternd Einband und Rücken des Buches, das darin verborgen war, entzifferte mit zusammengekniffenen Augen die Schrift und öffnete langsam den Deckel. Mit seiner spitzen Nase schien er beinahe dahinter zu verschwinden, so klein war sein Schädel und so groß das Buch.

Während vom Grammophon her der zweite Aufzug begann, sah Eisenstein sich um. Abramskys Buchhandlung lag in einem von Staubpartikeln durchtanzten Pfeifenrauch, den die letzten durch die beschmierten Scheiben dringenden Sonnenstrahlen eher überschatteten als erhellten. Sie war kleiner als das Antiquariat des alten Hoffmann, beherbergte jedoch weitaus mehr Exemplare, wie er mit einem Blick bemerkte. Die Bücher in diesem Raum, der von ein paar deckenhohen Regalen unterteilt wurde, lagen kreuz und quer auf den Brettern und den Sprossen der Leitern, standen in zwei bis drei Reihen hintereinander oder stapelten sich am Boden, auf Hockern und Tischchen. Die Stapel, mannshoch, Stelen gleich, schienen zu schwanken, und die Borde der Regale, aus dunklem Ahornholz gefertigt, bogen sich unter der Last des augenscheinlich seit Generationen hier versammelten Bestands. Eisenstein konnte keine Ordnung ausmachen, und wenn es eine gegeben hatte, war ihr schon seit langer Zeit nicht mehr gehorcht worden. Was er aber auch erkennen konnte, als er in das Dunkel der hinteren Abteilungen vordrang, war, daß es sich bei vielen Büchern um unerwünschte handelte. Schädliche Bücher von zersetzender Natur, solche, die nur noch dort zu kaufen waren, wo man nicht mehr kaufen durfte. Bücher, wie sie Eisenstein nicht einmal im Lagerraum der Schulbibliothek gefunden hatte. Kommunistische Abhandlungen, Schriften von Marx und Engels und Lenin, von Sozialisten und Anarchisten wie Bakunin, Robert Owen oder Moses Hess, dann jüdische Literatur, Schriften der Rabbiner, die Mischna, die Tosefta, die Responsen des Moses Maimonides. Da waren Bücher in kyrillischer und solche in hebräischer Schrift, Bücher mit jiddischen Titeln, Bücher von Autoren, deren Namen Eisenstein kaum auszusprechen vermochte. Simcha

Bunem von Przysucha. Elimelech von Lyschansk. Und solche, die er nur zu gut kannte. Spinoza. Mendelssohn. Friedländer. Heine. Noch weiter hinten, ganz weit hinten, verborgen in den letzten schwarzen Winkeln, kaum zu entziffernde Titel okkulter Natur, Werke mit eigenartigen Exlibris und noch eigenartigerem Inhalt, Werke der Geheimkünste, der Kabbala, der Gnosis, der Theosophie. Die Reden des Meister Eckhart, das *Mysterium Magnum* des Jacob Böhme, Titel von Swedenborg oder Paracelsus, die *Tabula Smaragdina* und das *Directorium Inquisitorum* des Dominikaners Eymeric de Gironne. Alles schien vorhanden, in vorzeitlichem Tohuwabohu zwar und nicht immer im besten Zustand, aber vorerst trocken und sicher, hier versammelt wie zu einem letzten gemeinsamen Mahl. Eisenstein war im Paradies.

»*Die Geschichte des Jüdischen Krieges*«, holte ihn Abramskys Stimme wieder in die Wirklichkeit zurück. »Der berühmte Istanbuler Druck.«

Der Alte zog an seiner Pfeife, streckte die Nase hinter dem Einband hervor und flüsterte: »Woher hast du das, Junge?«

»Das kann ich Ihnen nicht sagen.«

Abramsky schien nicht verstanden zu haben.

»Woher du dieses Buch hast, will ich wissen.«

Eisenstein ging nun wieder zu Abramsky hin, der sich in seinem Sessel aufgerichtet hatte, nahm ihm den Flavius Josephus aus der Hand und sagte: »Ich verkaufe es Ihnen.«

Mißtrauisch blickte der Antiquar ihn an.

Im Hintergrund erklang das *Ich – will nicht. Oh! – oh!* der Kundry aus dem *Parsifal*. Und darauf Klingsors: *Wohl willst du, denn du mußt.*

»Du hast es gestohlen, oder?« Doch in Abramskys Stimme lag nichts Feindseliges mehr, sie klang eher interessiert, voller Wißbegier darüber, wie ein solcher Junge an ein solches Buch gelangt war.

»Da wo ich es herhabe, gibt es noch mehr von der Art.« Eisenstein näherte sich dem Grammophon auf der Fensterbank, aus dem noch immer Kundrys und Klingsors gemeinsamer Gesang im Zauberschloß ertönte. »Wenn Sie mir sagen, wer solche Bücher bei Ihnen kauft, verkaufe ich Ihnen das gute Stück. Und noch andere mehr.«

»Ich sagte bereits, ich kaufe keine Bücher mehr. Bist du schwerhörig, Junge?«

Plötzlich erstarb die Musik. Eisenstein hatte ins Grammophon gegriffen und die Platte zum Stehen gebracht.

»Ich frage mich, womit Sie diese Platten bezahlen. Das ist eine Aufnahme vom letzten Jahr. Muß Sie ein Vermögen gekostet haben.«

Dann ging Eisenstein mit dem Finger durch die zahlreichen anderen Platten, die unter der Bank aufgereiht waren. Da stand eine Gesamtausgabe des *Ring* aus dem Jahr 1932, dirigiert von Kleiber, Stücke von Carl Orff oder Hans Pfitzner, daneben Richard Strauss' *Elektra* und *Salomé* und viele andere, gespielt von den Wiener Symphonikern unter der Leitung von Wilhelm Furtwängler. Alle Platten waren in tadellosem Zustand, jede einzelne ein kleines Vermögen wert.

»Ich habe gespart«, flüsterte Abramsky.

Eisenstein sah ihn lange schweigend an.

»Nun gut.« Schnaufend erhob sich der Alte aus dem Sessel. Mit schmerzverzerrtem Gesicht schlich er zum Tresen, dessen Oberfläche ebenfalls von Bücherstapeln bedeckt war. Er schob ein wenig Platz frei, nahm einen Zettel hervor und kritzelte etwas darauf. Dann legte er ein paar Scheine auf den Zettel, faltete ihn zusammen und schob Eisenstein sein Angebot hin. Ohne zu zögern, legte Eisenstein den Flavius Josephus auf den Tresen, nahm Geld und Zettel und wandte sich zum Gehen. Bevor er die Tür hinter sich schloß und ins Freie trat, hörte er im Inneren wieder den Beginn des *Parsifal* erklingen.

In den folgenden Wochen besuchte Eisenstein Abramskys Laden noch viele Male. Hin und wieder hatte er ein Objekt dabei, das er aus einer Bibliothek oder einem Museum gestohlen hatte, doch meistens saßen sie nur in dem stillen Raum zwischen den Leitern und Hockern und Stapeln, hörten Wagner, tranken Tee und sprachen. Für die Ware, die Eisenstein mitbrachte, verlangte er nicht mehr als die Worte, die Abramsky für ihn übrig hatte – Worte, die eine neue Welt vor seinen Augen aufsteigen ließen, die geheime Welt der Bücher. In diesen Gesprächen lehrte der Alte den Jungen, was er in seinem langen Buchhändlerleben gelernt hatte. Er lehrte ihn die rechte Systematik, die verschiedenen Prinzipien ihrer Aufstellung – nach Disziplin, nach Datum des Erscheinens, nach Format, nach Sprache oder Nationalität des Verfassers – und daß seine Anordnung doch die einzig wahre sei: nämlich die nach Assoziation.

»Gleiches zu Gleichem, Josef. Denn das Buch, das man sucht, ist in der Regel das Buch daneben.«

Abramsky lehrte ihn, daß Sammeln eine Form von Liebe sei, die höchste vielleicht, daß er sich das Paradies als eine riesige Bibliothek vorstelle und daß vor die Pforten einer jeden ein Schild gehöre, das den Uneingeweihten abschrecke mit dem Warnruf, hinter dieser Schwelle habe so mancher schon sein Leben gelassen. Und er mahnte Eisenstein mit den Worten des Predigers: »Hüte dich, des vielen Büchermachens ist kein Ende, und vieles Studieren ermüdet den Leib« – eine Warnung, an die er sich selber am wenigsten hielt.

Eisenstein saß und lauschte der schwindenden Stimme seines Gegenübers. Hörte den Alten über besondere Bücher sprechen, die kostbarsten und seltensten Bände der Welt, über Einbände aus Kapbüffelleder, über die gotischen Drucktypen der Druckerei Enschede in Harlem, über Patrizen und Matrizen, über Chinapapier und die handgeschöpften Büttenpapiere mit den Wasserzeichen aus den Manufakturen von Vire. Darüber, daß seiner Ansicht nach das allererste gedruckte Buch auch das beste war und immer sein wird, die zweiundvierzigzeilige Gutenberg-Bibel, und darüber, daß er früher ein Buch erst weggegeben habe, wenn er sich hatte sicher sein können, daß es in guten Händen war ... denn ein edles Buch sei soviel wert wie ein Menschenleben.

»Es gibt Menschen, denen genügt ein einziges Buch, stell dir das vor! Für die Juden ist dieses eine Buch die Thora und für ein paar Philosophen ist es Platons *Staat* und für wieder andere Dantes *Göttliche Komödie*. Und tatsächlich sind alle Bücher ja auf die ein oder andere Weise bloß Kommentare zu diesem einen, das vielleicht noch nicht einmal geschrieben ist. Wenn die Zeit gekommen ist, fällt es vom Himmel, so wie die Thora damals.«

Eines Tages fiel Eisenstein ein Buch aus der Hand. Es war eine schwarzlederne Haggada, die Anweisung für den Sederabend vor Pessach. Nachdem er es aufgehoben und besehen hatte, wollte er es schnell wieder ins Regal stellen, doch Abramskys Stimme gebot ihm Einhalt.

»Ich muß es erst reparieren lassen«, sagte er.

»Aber es ist doch nur eine Ecke angestoßen. Ich biege sie gerade, dann sieht man es nicht.«

»Nein, Josef. Wer ein Buch zerstört, zerstört einen Menschen. Man darf es gar nicht so weit kommen lassen. Wenn ich Bücher hereinbekomme, die einen Makel haben, oder wenn sie durch falsche Lagerung oder Behandlung Abnutzungen zeigen, dann gebe ich sie zu Meister Cornelius. Er ist ein alter Freund, hat seine Werkstatt in der Sophienstraße. Cornelius ist der beste Buchbinder der Stadt, nur er kann solche Schäden ungeschehen machen. Gib es mir, ich werde es ihm schicken.«

Abramsky ließ sich den Schaden zeigen, den die Haggada genommen hatte.

»Oi va voi!«, rief er aus, als er gewahrte, um welches Buch es sich da handelte. »Du Unglücklicher! So etwas dürfen wir Cornelius nicht schicken. Nicht mehr. Er ist ein ehrbarer Mann. Stell es wieder dorthin zurück, wo du sie herhast, Josef.«

Später, als Abramsky in seinem Sessel eingeschlafen war und Eisenstein ein wenig in den Regalen stöberte, entdeckte er in der Abteilung der deutschen Klassiker, versteckt hinter einer Gesamtausgabe der Lessingschen Werke, einen Band, der ihn fesselte. Es war eine Ausgabe von *Aus meinem Leben. Dichtung und Wahrheit*, in Fraktur gesetzt und erschienen 1832 bei Cotta in Tübingen, ein goldgeprägter Leinenband in Großoktav mit Illustrationen von Orten aus Goethes Leben auf den lichtgebräunten Seiten – Frankfurt, Leipzig, Straßburg, Wetzlar in alten Ansichten, die sein Interesse weckten. Dann sah er die Bleistifteintragungen an den Rändern und schlug das Titelblatt auf. Rechts oben stand dort als Exlibris, ebenfalls mit dünnem Bleistiftstrich eingetragen, aber doch deutlich: *A. Schopenhauer, Frankfurt am Main.* Er konnte sich nicht erklären, über welche Umwege ein solches Exemplar in Abramskys Antiquariat gelangt war und warum es so versteckt hinter anderen Büchern gelegen haben mochte, doch dies tat seiner Faszination keinen Abbruch. Im Gegenteil. Er setzte sich nieder und vertiefte sich in die Lektüre, während er den Alten im vorderen Teil des Ladens schnarchen hörte. Nachdem er eine Stunde gelesen, geschaut, gefühlt hatte, steckte Eisenstein das Buch in seine Tasche und verließ das Antiquariat, bevor Abramsky wieder erwachte.

Bei ihrer ersten Begegnung hatte Abramsky ihm die Adresse eines Gewährsmanns gegeben, die sein Leben verändern sollte. Er hatte eine Fährte aufgenommen, jetzt hieß es, sie mit aller Leidenschaft zu verfolgen. Und er würde vorbereitet sein. Eines Abends kehrte er zurück nach Friedenau, stieg erneut in die Leihbücherei in der Niedstraße ein, entwendete dort die *Lieder-Edda*, eine jahrhundertealte Ausgabe in deutscher Übersetzung, und ging nach Hause.

In der darauffolgenden Nacht führte Abramskys Zettel ihn nach Moabit, in ein Lokal namens Alt-Lübeck, unscheinbar hinter der Heilig-Geist-Kirche in der Birkenstraße gelegen. Den Eingang zur Straße bildete ein großer steinerner Torbogen, beschmiert mit Hakenkreuzen, die man über Hammer und Sichel gemalt hatte, und vollgeklebt mit alten Versteigerungsankündigungen und Steckbriefen. Im Innern des Alt-Lübeck empfingen ihn Schweigen und dumpfe, fremdländische Musik. Nach einem kurzen Gespräch mit dem Wirt gelangte er in ein Hinterzimmer, in dem sich kurz vor Mitternacht ein halbes Dutzend Männer versammelten. Man rauchte, trank, nickte sich zu, man kannte einander. Man begutachtete gegenseitig die Waren und bot eigene feil. Das waren keine Verbrecher, sondern ehrbare Männer, und doch mußten sie sich zur Nachtzeit in Hinterzimmern treffen. Von dem schmächtigen jungen Mann mit den schwarzen Locken nahm niemand Notiz. Sobald er aber seine *Edda* auf den Tisch in der Mitte des Raumes gelegt hatte, konnte er sich des Staunens, ja, der unverhohlenen Bewunderung der Anwesenden sicher sein. Man betrachtete das Objekt des Neuen mit kennerhaftem Blick und befühlte es mit erfahrenen Fingern. Man bot Eisenstein Geld, er verkaufte meistbietend. So ging es auch die anderen Abende, an denen man sich im Alt-Lübeck traf. Niemand jedoch fragte je, woher Josef diese Bücher hatte.

Nun, da er endlich einen Zugang zu der anderen Welt erhalten hatte, riß ihn sein Verlangen immer tiefer hinein. Einmal in diese eigenartige Halbwelt eingeführt, war es für ihn fortan ein leichtes, Kontakt zu weiteren Händlern und Sammlern zu knüpfen. Jeder hier hatte, so merkte er bald, ein ähnliches Ziel. Sie waren Gleichgesinnte, in gleicher Weise nach dem einen strebend – alle waren sie auf der Suche nach dem letzten Buch, das ihre Sammlung vervollständigen würde. Nicht immer waren sie sich im klaren darüber, welches Buch dieses letzte, dieses vollkommene sein mochte, doch ein undeutlicher Drang trieb sie nachts in die Spelunken und geheimen Läden der Stadt, in die Lagerhallen der Auktionatoren, in die kleinen Hotels mit der Nachtglocke, deren Zimmer man stundenweise mieten konnte. Trieb sie dazu, ihr Leben zu riskieren. Josef fand in diesen schweigsam-lüsternen Gestalten eine Gesellschaft von Männern, die ihre Existenz einem höheren Zweck weihten, dem auch er zu opfern bereit war.

Bald jedoch merkte er, daß auch diese Menschen bei all ihrer Leidenschaft über das Herkömmliche, ja, Gewöhnliche nicht hinauskamen. Daß sie gar nicht darüber hinaus*wollten*. Die von ihnen begehrten Bücher waren bloß mehr oder weniger bekannte Titel, als verschollen geltende Bände, klassische Werke von Goethe, Schiller, Lessing, Kleist, romantische Gedichtanthologien, vom Verfasser signierte Erstausgaben, Rara und Kuriosa, namhafte Prachtexemplare mit ausgefallenen Illustrationen oder berüchtigte Privatdrucke. Etwas wie die *Lieder-Edda* eben, den Flavius Josephus oder Goethes Lebensbeschreibungen aus dem Besitz Schopenhauers. Sie waren Bücherfresser und Papiersäufer, sie sammelten, um zu besitzen. Sie waren die Narren, von denen Sebastian Brant spricht: *die viel Bücher um sich sehen, die sie nicht lesen und verstehen*. Ihre Suche war die nach dem Ruhmvollen, dem sie vor allem deswegen einen so großen Wert beimaßen, weil die anderen es auch taten. Sie erkannten ein gutgemachtes Exemplar, wenn sie es sahen – aber nur, wenn andere es zuvor gesehen und für wertvoll erklärt hatten. Sie erkannten es am Titel und am Namen des Verfassers, sie erkannten es am Namen des Verlegers oder am Ort des Erscheinens oder an seinem Alter. Aber sie erkannten es nicht vor aller Erfahrung, sie erkannten nicht das Buch an sich. Niemand suchte nach dem Neuen, dem Unbekannten. Niemand suchte nach dem, was keinen Namen hatte. Niemand suchte ein Buch, von dem er nicht einmal wußte, ob es überhaupt existierte.

Und im gleichen Moment gewahrte Eisenstein, daß ihm ebendies auch hier niemand bieten konnte. Nicht einmal Abramsky gegenüber, der trotz all seiner Kurzsichtigkeit doch rasch erkannt hatte, was es mit dem Wesen des jungen Mannes auf sich hatte, konnte er in Worten ausdrücken, was er begehrte. Der erfahrene Buchhändler, durch dessen dürre Finger Millionen von Bänden gegangen waren, schüttelte den Kopf, als Eisenstein ihm von der *Germania* und dem Gefühl erzählte, das er vor mehr als einem halben Jahr gehabt hatte.

»Das ist, als wollte man einen Gott anbeten, der sich nach dem siebten Tage für immer vor seiner Schöpfung verborgen hat!« knurrte er. »Das ist, als liebte man ein Mädchen, das noch nicht einmal geboren wurde!«

Auch die anderen Händler und Sammler nickten stumm, runzelten die Stirn, als dämmerte es ihnen, zuckten dann aber mitleidsvoll die Achseln. Eisenstein war es in diesen Wochen und Monaten gelungen, an die wertvollsten und seltensten Ausgaben zu gelangen, die die Hauptstadt für ihn bereitgehalten hatte. Wenn er in einen Laden, eine Bibliothek, ein Museum, ein Magazin einbrechen wollte, so konnte er es. Und in den Hinterzimmern bot man ihm für die Schätze, die er mitbrachte, weitere Kleinodien und seltenste Schmuckstücke zum Tausch an. Tatsächlich gab es hier Wertobjekte, die man im freien Verkauf schon lange nicht mehr erhielt. Doch eine *Germania* fand er auch hier nicht.

Fortan also führten ihn seine Wege hinaus aus der Stadt. Während Berlin von Scharen ausländischer Touristen, die die Sommerspiele sehen wollten, überrannt wurde, nahm er den Zug und fuhr aufs Land, dorthin, wo die Hakenkreuzfahnen wehten. Nun, da er durch den Verkauf seiner Beute an Geld gekommen war, konnte er sich die Billetts leisten, die ihn an Orte brachten, von denen man in Berlin bisweilen munkelte. Auch hier gab es private Sammler, deren Namen nur hinter vorgehaltener Hand weitergegeben wurden, hier wohnten sie in großen Villen am Stadtrand oder in versteckt gelegenen Anwesen an einem See. Sie empfingen Josef Eisenstein, der ihnen empfohlen worden war, sie sahen sich seine Ware an, waren interessiert, kauften. Doch auch sie konnten ihm nicht weiterhelfen. Ihre Sammlungen waren großartig, überwältigend, kostbar und einzigartig. Staunend schritt er Regale und Schränke ab, ließ Blick und Finger über die Buchrücken streifen. Und doch blieb er enttäuscht.

Berlin war ihm zu klein geworden. Immer größer wurden die Kreise, die er um die Hauptstadt zog, immer weiter fuhr er hinaus, immer heftiger trieb es ihn an. Es ging so weit, daß er eines Abends nicht mehr nach Hause kam. Tante Ruth aber, als sie ihn erst am folgenden Nachmittag, einem Sonntag, durch den Hof kommen hörte, kümmerte es nicht. Nur seine Anwesenheit in der Schule hinderte ihn noch daran, für mehr als nur die Wochenendtage auf Reisen zu gehen. So blieb er, nachdem er endlich im Juni seinen Schulabschluß gemacht hatte, oft mehrere Tage fort. Die nähere Umgebung der Hauptstadt, Orte wie Oranienburg, Königs Wusterhausen, Potsdam, Köpenick und

Zossen, hatte er besucht; nun zog es ihn fort nach Norden bis Greifswald und Schwerin oder in den Spreewald und bis hin nach Cottbus.

Eines Tages gelangte Eisenstein nach Templin. In den Berliner Kaschemmen hatte er hin und wieder den Namen eines Mannes gehört, der dort, im Uckermärkischen, eine erstrangige Sammlung sein eigen nenne, die in der Region ihresgleichen suche. Mehr noch – Clemens von Reventlow (so der Name), aus ostelbischem Adel stammend, Kriegsveteran und älterer Bruder des Gauleiters Pommern, sei Wächter eines Hortes der exquisitesten Buchschätze des gesamten Reiches, hieß es. Auf dem Herrensitz des Grafen, einer mit Birnbäumen bestandenen, fast burgartigen Anlage inmitten ausgedehnter Fichtenwälder, verbrachte Eisenstein mehrere Nächte; er schlief in einem den Bediensteten zugedachten Zimmerchen in der Vorburg, traf sich morgens mit dem Hausherrn zum Frühstück im Jagdzimmer und verbrachte dann die Stunden des Tages allein in der Bibliothek. Für die hatte von Reventlow vor Jahren den gesamten Westflügel der Renaissanceanlage räumen lassen, ein im rechten Winkel zum Hauptkörper stehender Anbau mit Zwerchgiebeln und Treppentürmen. Hier schloß sich Saal an Saal und beherbergte die seltensten Exemplare europäischer Buchkunst.

Clemens von Reventlow, direkter Nachfahre des preußischen Kavalleriegenerals gleichen Namens, der in der Schlacht von Fehrbellin so bedeutende Siege erkämpft hatte, war ein Mann von Prinzipien und Treue. Diese galten zuvörderst seinem Land, dann seiner schönen Frau und seiner liebreizenden Tochter, sogleich danach aber dem Buch. Wer das Vertrauen des Grafen gewonnen hatte, sei es durch einen hohen Rang in Heer oder Partei, sei es durch einen untadeligen Leumund, dem gewährte er Einblick in die Auswahl an Kleinodien, die er im Laufe seines Lebens von weit her hatte erbeuten und in seine Burg schaffen können. Unter ihnen waren Werke wie die *Astronomia nova* des Johannes Kepler, Prag 1609, der *Gottesstaat* des Heiligen Augustinus, ein Basler Druck von Johann Froben aus dem Jahr

1522 mit Schrot- und Holzschnitten von Hans Holbein dem Jüngeren, oder eine von einen anonymen Nürnberger Künstler angefertigte Kopie der *Großen Heidelberger Liederhandschrift*. Schließlich, Krönung und Glanzstück der gesamten Bibliothek: eine *First Folio* von 1623.

Eisenstein, der das Vertrauen des Grafen durch die Bürgschaften seiner Berliner Mittelsmänner, aber auch durch die Information gewonnen hatte, sein verstorbener Vater sei ein Kriegsheld, nutzte jede Minute, diesen fremden Wald zu erforschen, in den er nun gelangt war. Er studierte von früh bis spät, beäugte die Bände ausgiebig, nahm sie unter die Lupe und trachtete danach, ihnen ihre Geheimnisse zu entreißen. Er prüfte jeden Raum, jedes Regal, jede Abteilung, besah und beschnupperte und befühlte sie alle, von den ältesten mittelalterlichen Handschriften über Autographen Goethes oder Bachs bis zu seltenen Privatdrucken der Gedichte Stefan Georges und Liebhaberausgaben von Rosenbergs *Mythus des Zwanzigsten Jahrhunderts*. Nach ein paar Tagen, bevor sich der Graf zum Jagen in die Schorfheide begab, händigte er seinem Gast die Schlüssel zum Haupteingang des Oberhauses und zur Bibliothek aus, damit dieser auch während seiner Abwesenheit und zu späterer Stunde dort studieren konnte, ohne die Bediensteten bemühen zu müssen. Sie standen auf den Stufen des Hauptportals, die Sonne war noch nicht ganz aufgegangen. Auf die Frage seines jungen Gastes hin, wie es ihm gelungen sei, eine so umfassende wie exzellente Sammlung anzulegen, tippte der Graf mit zwei Fingern an den Lauf des Gewehrs, das zu schultern er im Begriff war, ließ den Blick über seine Besitztümer schweifen und sagte: »Manches fällt einem einfach in den Schoß.«

Am letzten Abend, den er auf dem Reventlowschen Gut verbrachte, lernte Eisenstein, daß er nicht der einzige war, der die Bibliothek zum stillen Studium benutzte. Er hockte gerade in der hintersten Ecke des hintersten Saales und ließ Exemplar für Exemplar durch die Finger gleiten, da hörte er leise Schritte vom oberen Stockwerk herabdringen. Der Graf und seine Frau, dies wußte er, waren bereits schlafengegangen. Jemand stieg die Treppe hinunter. Man hörte die Tür zum ersten Saal quietschen. Dann wurde dort das Licht angemacht. Eisenstein verbarg sich hinter einem Vorhang zwischen Fenster und einem Regal für das siebzehnte Jahrhundert. Er lauschte. Die Schritte kamen näher. Jemand ging durch die Säle, langsam und leichten Fußes, betrat schließlich auch den letzten Raum, wo er sich befand. Durch den Spalt des Vorhangs sah er eine junge Frau an den Bücherregalen stehen. Das blonde Haar fiel ihr lose über die Schultern. Sie trug nicht mehr als ein Nachthemd, darüber eine wollene Jacke, an den Füßen Pantoffeln. Sie war klein und schlank, hatte die Figur eines Mädchens, doch er konnte ihr Gesicht nicht erblicken. Sie suchte nach einem Band, zog ihn heraus, setzte sich auf den Sessel am Fenster und begann zu lesen.

Er hörte sie tief atmen. Ganz versunken saß sie da, keine Armlänge von ihm entfernt. Nun konnte er auch ihr Gesicht sehen, ein süßes Antlitz war das, mit wohlproportionierten Zügen, jung und faltenlos, fahl schimmernd im Licht der Sessellampe, über dem Weiß ihres Nachthemds und Halses. Die Nase gerade, die Stirn rein und blass, lange blonde Wimpern über den runden Augen, ein voller Mund, dessen Lippen beim Lesen halb offenstanden. Sie mochte gerade einmal siebzehn Jahre alt sein.

Er gab keinen Laut von sich. Eine Stunde stand er dort und sah sie lesen, Seite um Seite. Dann erhob sie sich, löschte das Licht und verließ die Bibliothek.

In der Nacht fragte er sich, warum er dieses Mädchen nicht schon an den Abenden zuvor gesehen hatte. Wußte sie, daß er da war, und hatte sich deswegen nicht in die Bibliothek getraut? Hatte sie heute geglaubt, er sei bereits abgereist? Oder war sie bloß ein Geist, ein Produkt seiner durch die ausdauernde Konzentration aufs empfindlichste gereizten Vorstellungskraft?

Doch offenbar handelte es sich tatsächlich um die Tochter des Grafen.

»Ich muß wohl mit Katharina ein ernstes Wörtchen reden«, sagte dieser am anderen Morgen beim Frühstück. »Sie liest wirklich zuviel.«

Dann fuhr Josef Eisenstein ab. Die Schlüssel nahm er mit.

Die nächsten Wochen und Monate brachten ihn an so manchen Ort, an dem er Bücher sehen und befühlen konnte. Er fuhr nach Stralsund und Schwerin. Er fuhr nach Dessau und Magdeburg, wo er Einblick erhielt in die Sammlung der Fürstin Radványi. Er fuhr nach Braunschweig und Wolfenbüttel, nach Halle und Sangerhausen, und ganz zuletzt führte ihn sein Weg nach Sachsen. Auf diesen Reisen machte er Bekanntschaft mit einer Unzahl an Bänden. Durch seine Hände waren so viele gegangen, auf so vielen hatte sein Blick geruht, daß ein gewöhnlicher Mann sicher bald vergessen hätte, wo er welches Exemplar bereits gesehen hatte. Eisenstein jedoch wußte auch nach Monaten noch genau Standort und Machart eines jeden Titels zu benennen. Er befühlte die Bücher, soweit es ihm gestattet war, von außen und innen. Er sammelte die Eindrücke, die seine Fingerkuppen ihm vermittelten, während sie über Deckel und Rücken, über das Papier, das Pergament, den Samt, das Leder glitten.

Und von welcher Vielgestalt waren die Eindrücke, die die Oberflächen gaben! Da war der kalte Effekt von Lack, die Derbe von gefirnister Leinwand, die Glätte des geschliffenen Marmors einer Statue aus dem achtzehnten Jahrhundert, der warme Ton von Goldplättchen, das elefantenhautrauhe Gehäuse eines Buches aus poliertem Holz, da war atmendes, teigiges Gamsleder, borstiges aus Persien, schuppiges aus Kairo, gefüttert mit Taft oder Moiré, das knirschende Saffian, das feine Chevreau, die samtene Fläche der Damaszenerblüte, da war Leder weich wie Chinawachs oder hart wie Fischbein oder faserig wie Bambus, das irisierende Perlmutt, der Flaum auf der Filzoberfläche eines mit Knochen verstärkten Rückens, wie Moos, der auf Schiefer wächst, da waren Ornamente aus Schildpatt oder Alabaster oder Elfenbein, Schließen aus oxydiertem Silber, harziges Schellack, Brokatseide, Papyrus oder hauchzartes Pergament, da war appretiertes Ripsgewebe, da war bläulich schillerndes Dünndruckpapier, kaum sichtbar von Goldpailletten durchwirkt. Es war eine Lust, die sich jeder Beschreibung entzog. Wie ärmlich war doch die Sprache gegen die Meisterschaft dieser Bücher, wie unzulänglich waren die Wörter, die darin standen! Für Eisensteins Finger waren all diese Häute, Schalen, Hüllen und Kapseln, all die Oberflächen dieser Welt, ein Versprechen aus einem Gefilde der Seligen.

Aber eben ein Versprechen nur. Unter ihnen fand er Reiz und Trost und Labsal und Gier, aber das Gefühl – das *eine* Gefühl – fand er nicht. Nichts genügte seinem Triebe.

Im August dann, als er für eine Reihe von Tagen in Leipzig nächtigte und sich mit den dort ansässigen Sammlern traf, fiel ihn mit einem Mal die Leere an. Er stand in der Thomasgasse, unweit von Auerbachs Keller, und bekam keine Luft mehr. So unerwartet sie kam, so deutlich war sie ihm auch: die nun nicht länger fernzuhaltende Erkenntnis, daß er auch hier nicht finden würde, wonach er suchte. Hier nicht und woanders nicht. Daß er um die ganze Welt reisen konnte und doch niemals ans Ziel seiner Wünsche gelänge. Vergeblich das Fahren! Wie von Sinnen war er gewesen, und nun, außer Atem, sank er in sich zusammen und hielt sich den heißen Kopf. Alle Buchhandlungen und Antiquariate, alle Bibliotheken und Sammlungen hatte er durchstöbert, Abertausende Bücher hatte er berührt, Legionen von Häuten befingert, doch das eine, das ihn damals die Verheißung des ganz und gar Außergewöhnlichen hatte empfinden lassen, wollte sich nicht mehr zeigen. Es war, als wäre damals ein Tor zugefallen, das sich ihm seitdem für immer verschloß.

Er spürte Wut aufsteigen, auf sich selbst und die Welt, vermischt mit Enttäuschung und Kummer. Seine Schläfen pochten. Es war die Pein, die in der Ahnung lag, seinen Plan vielleicht nie vollendet zu sehen, das Objekt seiner Begierde vielleicht für immer entbehren zu müssen, seine Fährte ein für allemal verloren zu haben.

Er schleppte sich zum Bahnhof zurück. Seinen nächsten Termin ließ er verstreichen. Nun war er der gebrochene Mann, den er in Friedas Vater gesehen hatte, als er durch das Schaufenster geblickt und sich gezwungen hatte, dessen unendliche Trauer in sich aufzunehmen. Nun, da er mit leeren Händen nach Hause fuhr und sich endlich eingestehen mußte, daß seine Lust auf der Welt ohne Gegenstück war, das sie hätte befriedigen können, kam er sich wie ein mißratener, nutzloser Bengel vor. Für keinen Dienst auf Erden würde er fortan taugen. Das Fieber, das ihn in den vergangenen Monaten dazu getrieben hatte, durch das Land zu fahren, war schlagartig gesunken und hatte anstelle eines stattlichen jungen Mannes, der sein Leben noch vor sich hatte, eine schwächliche, ziellos umhertreibende Hülle zurückgelassen. Die Leere, in die er fiel, war ungleich finsterer und tiefer als die, in der er nach dem Tod der Frieda Hoffmann und dem Verlust der *Germania* gesteckt hatte. Diesmal gab es keine Hoffnung, diesmal streckte ihm die Schwermut höhnisch grinsend ihren schwarzen Zottelkopf entgegen, verlachte ihn mit gebleckten Zähnen und drückte ihn nieder in die Kissen. Draußen auf den sommerlich heiteren Straßen mochten die Mädchen noch so verspielt kreischen, auf dem Land mochten die Seen noch so hell und die Himmel noch so weich sein, und in den Hinterzimmern von Moabit mochten noch so kostbare Bücher ihre Besitzer wechseln – ihm erschien kein Ausweg. Er wollte sich nicht umbringen, er wollte nur sterben.

Er las, versuchte es zumindest. Doch auch die Bücher, die ihm geblieben waren, konnten seinen Verdruß nicht lindern. Voller Wut schleuderte er sie, eins nach dem anderen, in die Ecke seiner Kammer. Den *Antichrist*, den *Rembrandt*, *Mensch und Erde*, den *Cornet*, alle sah er sie an der Wand zerbersten. Der Rausch der Zerstörung packte ihn, und er hatte eine böse Lust am Anblick des Häufleins ehemals ansehnlicher Bände, die nun wie die gefallenen Soldaten einer Schlacht mit zerschmetterten Gliedern auf der Erde lagen.

Als letztes ergriff er Goethes *Dichtung und Wahrheit*. In hohem Bogen flog es durch die Kammer. Eisenstein hörte das Papier reißen und den Einband brechen. Er erhob sich vom Bett und fiel vor dem Leichnam des zerstörten Goethe auf die Knie, als wollte er seinen Puls fühlen. Doch es war zu spät. Sein Kostbarstes war ihm zuschanden geworden. Er hatte es zerstört. Welch' geheimnisvolle Macht er doch hatte!

12

Der Tag, an dem Meister Cornelius' Frau starb, war ein wunderschöner Sonntag im August. Drei Tage später jedoch, als sie auf dem Französischen Friedhof in der Liesenstraße beerdigt wurde, regnete es in Strömen. Meister Cornelius, seine dreijährige Tochter an der Hand, stand unter einem Regenschirm, neben ihm seine Schwester, die das Neugeborene auf dem Arm hielt, dessen Leben das seiner Mutter gekostet hatte. Drei Tage war die kleine Elisabeth nun alt, und seit drei Tagen war ihr Vater nun Witwer. Meister Cornelius unterdrückte die Tränen, die ihn beim Anblick des in die Tiefe hinabgleitenden Sarges überkamen, hielt seine Tochter fester an der Hand und sah zum Himmel auf. Der hatte alle Schleusen geöffnet, zum ersten Mal seit Wochen, als wollte er sich über Cornelius lustig machen. Als die Zeremonie beendet war, führte der Priester, dem ein Meßdiener den Regenschirm zu halten hatte, die versammelte Trauergemeinde zur Halle zurück, wo man sich nach taktvollen Worten verabschiedete und seiner Wege ging. Cornelius und seine Schwester warteten noch eine Weile in der kühlen Halle, hofften, daß der Schauer doch noch vorüberziehen würde, und sahen der Dreijährigen beim Spielen mit den Kranzgestecken für die Beerdigungen um drei und um fünf Uhr zu.

Als man sich gerade entschieden hatte, den Friedhof zu verlassen, da der Regen augenscheinlich kein Ende nehmen wollte, trat ein Mann in die Halle und näherte sich den Wartenden. Der Eintretende, ein blasser, hohlwangiger Jüngling von kaum achtzehn Jahren, die schwarzen Haare triefend, die Kleider durchnäßt, öffnete seine Ledertasche, hielt sie Meister Cornelius hin und sagte:

»Ich habe Sie überall gesucht, Meister Cornelius. Hier – Sie müssen das reparieren, bitte. Heute noch!«

Für einen Moment glaubte Cornelius, wütend sein zu müssen, doch gleich darauf packte ihn die Trauer wieder an seinem schwarzen Kragen, und er sprach leise, in der Stimme die

Sanftheit dessen, der das Wertvollste im Leben unwiederbringlich verloren hat: »Ich glaube, da steht mir heut' der Kopf nicht nach.«

Der junge Mann aber ließ nicht ab. Während Cornelius und seine Schwester sich zum Gehen wandten, das eine Kind auf dem Arm, das andere an der Hand, rannte er, der sich nun mit dem Namen Josef Eisenstein vorgestellt hatte, zur hohen Glastür der Halle und stellte sich davor. Anstatt die vier allerdings vom Hinausgehen abzuhalten, öffnete er ihnen beide Türflügel, trat hinter ihnen in den Regen und sagte: »Sie kennen mich nicht. Aber ich kenne Sie. Salomon Abramsky ist ein gemeinsamer Freund.«

Cornelius öffnete seinen Regenschirm und hielt ihn über seinen und den Kopf der Tochter. Er blickte Eisenstein an.

»Abramsky? Lebt er noch?«

»Es geht ihm den Umständen entsprechend«, antwortete er und folgte den vieren die Liesenstraße entlang.

»Nun, Sie hätten sich keinen ungünstigeren Zeitpunkt aussuchen können mit Ihrem Wunsch, junger Mann. Wie Sie vielleicht sehen, haben wir einen Unglücksfall in der Familie. Die Werkstatt ist geschlossen, bis auf weiteres.« Nur ein einziger erneuter Blick hätte Cornelius davon überzeugt, daß der Fremde, der da hinter ihm vorsichtig den Pfützen auswich, keinerlei Einfühlung dafür besaß, was sich in Cornelius' Privatleben jüngst ereignet haben mochte. Ihn, der ängstlich gebeugt und so den Inhalt seiner Tasche mit dem eigenen Körper vor den Wassermassen schützend der Gruppe hinterhereilte, schien bloß das Buch zu interessieren, zu dessen offenbar unaufschiebbarer Rettung er einen Marsch durch das Unwetter auf sich genommen hatte.

Cornelius rührte Josefs Eifer.

»Um welches Buch handelt es sich denn?«

»Sie werden es ansehen, ja?«

»Sie haben mir ja noch nicht einmal einen Hinweis darauf gegeben, warum es so dringend ist.«

»Ich verstehe nicht.«

Bei diesen Worten dachte Cornelius daran, daß einst, vor langen Jahren, als er selber noch jung gewesen war und neu im Handwerk des Buchbindens, auch er nicht verstanden hätte, was er da eben gesagt hatte. Es wäre ihm vorgekommen wie die Frage eines Arztes an den in Lebensgefahr schwebenden Patienten, warum gerade seine Behandlung so dringlich sein sollte. Dieser Junge da, ein Schützling Abramskys offenbar, erinnerte Cornelius an sich selbst, und das fand er dann doch bemerkenswert. Auch er wäre vor zwanzig Jahren durch Wind und Wetter geeilt, wenn einer seiner Lieblinge Schaden genommen hätte, wäre ihm nur bekannt gewesen, wo der Meister zu finden wäre, der sich seiner Schätze in der Stunde der Not annähme. Und auch er hätte nicht abgelassen, ehe sein Liebling gerettet wäre.

Unter der schützenden Markise eines Tabakladens blieben die beiden stehen. Während Cornelius' Schwester die Dreijährige an die Hand nahm und seine Kinder nach Hause brachte, öffnete Eisenstein erneut seine Tasche, darauf bedacht, keinen Tropfen Wasser an das kostbare Objekt gelangen zu lassen. Cornelius warf einen kurzen Blick hinein und erkannte, inmitten eines Bauschs Holzwolle, wie ein junger Vogel in ein Nest gebettet, einen leinenen Einband und darin, in drei Stücken, einen Buchblock aus gebräuntem Velinpapier. Vorsichtig steckte er seine Finger hinein, schob einige Seiten auseinander und erkannte den Titel.

Als wäre er gebissen worden, zog er seine Hand zurück und sah den jungen Mann mit großen Augen an. Der aber nickte nur und schlug den Blick zu Boden.

Am selben Tag noch nahm ihn der Meister mit in seine Werkstatt. Die Buchbinderei in der Sophienstraße lag inmitten Dutzender anderer Werkstätten, Fabriken und Geschäfte; neben den Schneidereien, dem Textilwarenhändler, dem Küfer, dem Drechsler, dem Bürstenmacher, dem Brillenmacher, neben den Herrenausstattern und den Pelzhändlern. Vor einigen Jahren noch war dieser Teil der Sophienstraße eine florierende Geschäftsmeile gewesen, das Warenhaus Wertheim Ecke Rosenthaler Straße gewissermaßen als Aushängeschild, mit weitverzweigten Hinterhöfen, in deren Fabriken man Fahrradketten und Nähmaschinen herstellte, und den Läden der Schirmmacher und Schuster, in denen die feinen Bürger einzukaufen pflegten. Doch die Zeiten hatten sich geändert. Die Läden hier gehörten Menschen mit Namen wie Katz, Wolf und Hirsch, Weiß, Roth und Grün, Goldstein, Rubin und Demandt, Kaminski, Ranitzky und Horowitz.

Während deren Schaufenster nun entweder verriegelt oder beschmiert waren, florierte Cornelius' Buchbinderei. Aufträge kamen aus allen Ecken des Reiches, von Druckern aus Frankfurt, von Verlagen in Leipzig, von exzentrischen Privatleuten; die Staatsbibliothek rief ihn bisweilen bei schwierigen Fällen zur Beratung hinzu, und vor einigen Jahren hatte er die Restaurierungsarbeiten an den im Krieg beschädigten Exemplaren der Bibliothek von Löwen beaufsichtigt. Geheimnisvolle Männer traten an ihn mit den ungewöhnlichsten Aufträgen heran, wollten ihre Memoiren innen und außen in fleischfarbenes Schweinsleder binden und das Familienwappen draufprägen lassen oder ließen ihn ein nur einmal aufgelegtes Exemplar der *Blumen des Bösen* mit leuchtendem Emaille verzieren. Auf diese Weise hatte die hiesige Gemeinschaft der Bibliophilen, obgleich nicht eingeschworen und traditionsbewußt wie die englische oder französische, Cornelius, dem Schöpfer geschätzter Kleinodien und fähigen Restaurator, ein erkleckliches Auskommen geschaffen, das ihn die Not der Inflationsjahre hatte vergessen lassen. Und nicht allein war er ein gemachter Mann, renommiert in der Gilde des Buchhandwerks – er hatte eine gesunde Tochter und eine liebevolle Frau. Seit drei Tagen aber war das alles vorbei. Mit dem Tod seiner Frau lag seine Zukunft in Trümmern. Er sah die Scheiben seiner Werkstatt bereits mit Holzlatten verriegelt, sich selbst dahinter im Dunkeln sitzen und auf das Ende seiner Tage warten.

In diesen Minuten aber waren seine Sorgen verstummt. Jetzt, da er wieder in der Werkstatt stand, zum ersten Mal seit einer halben Woche, und ein Buch vor sich auf der Werkbank liegen hatte, dachte er nur an das eine. Den Deckel in die Hand zu nehmen, ihn zu wiegen, seine Machart abzuschätzen, über den Rücken zu streichen, die Goldprägung zu befühlen, die Risse, die das Leinen erlitten hatte, zu untersuchen – es war wie eine Linderung. Die Seiten des Blocks zu prüfen, die Bindung der Bögen, auch hier nach Schäden zu fahnden, die zu beheben in seiner Macht stünden … Cornelius war in seinem Element. Er vergaß sein Leid und arbeitete.

Eisenstein stand hinter ihm im Halbdunkel des bloß von schmalen Oberlichtern und dem Schein der Arbeitslampe erhellten Raums. Die Werkstatt in der Sophienstraße 21 lag einen Meter unter dem Asphalt, so daß wer hier unten arbeitete den Bürgersteig, die Passanten und die gegenüberliegende Häuserwand nur aus der Froschperspektive sehen konnte. Doch die beiden Männer hatten dafür keinen Blick. Gerade genug, daß sie ihre Mäntel ausgezogen hatten; ihre klammen Jacken behielten sie an. Cornelius hatte sich eine lederne Schürze vor den schwarzen Anzug gebunden, Eisenstein stand noch immer mit tropfenden Haaren und feuchtem Gesicht da, um ihrer beider Füße bildeten sich Wasserlachen. Während Cornelius begann, mit Feile und Borstenhaarpinsel im Innern des Buchdeckels einige Reste zu entfernen, an denen er später die ersten Stege festleimen würde, um den Buchblock wieder anzuheften, kam ihm Eisenstein in seinem Rücken näher und näher. Als Cornelius die zerrissenen Seiten aus der Heftung gelöst hatte, mit einer Nagelschere und einem Messer, das Eisenstein an das Skalpell aus der Biologiesammlung des Gymnasiums erinnerte, stand dieser nur noch einen Fußbreit entfernt. Cornelius aber schien seine Nähe nicht zu kümmern. Nun ging es darum, den Einband in die Bank einzuspannen, und er konnte eine helfende Hand gut gebrauchen. Er reichte dem jungen Mann die rechte Hälfte des Einbands, wies ihm mit einem Zeichen den Augenblick und die rechten Griffe, und Eisenstein verstand. Schulter an Schulter arbeiteten sie, rührten Leim an, bestrichen die Pinsel, klebten, schnitten und walkten, banden und zurrten und hefteten, der junge und der ältere Mann, beide einmütig schweigend, als hätten sie in ihrem Leben nie etwas anderes getan.

Als sie schließlich fertig waren, den restaurierten Goethe vor sich liegen sahen, ihre eigene Arbeit bewunderten, wußten sie nicht, wieviel Zeit vergangen war. Doch als sie die Werkstatt wieder verließen, war es tiefe Nacht.

So begann Josef Eisensteins Lehrzeit in der Sophienstraße.

In den folgenden Monaten brachte der Meister seinem Schüler so viel bei, daß es dem bald möglich war, ein Buch ganz ohne Hilfe zu binden. Cornelius zeigte, wie man Schäden ausbesserte, die durch falsche Lagerung entstanden waren, Sperrungen des Buchblocks, das Aufbauschen des Papiers, oder von Bränden verursacht, wenn der Rauch die Seiten geschwärzt oder die Hitze sie ausgetrocknet und spröde gemacht hatte. Er brachte ihm bei, versengte Ränder zu säubern und zu erneuern oder Wasserflecken mit Alkohol und Gallseife zu übertünchen. Er machte ihm vor, wie man den Buchschnitt marmorierte. Er lehrte ihn Methoden, die seit Generationen Zunftgeheimnis waren: wie man Druckstellen im Leder glättete, wie man Blattgold anfertigte und so anbrachte, daß es auch nach Jahrzehnten nicht abblätterte, wie man Lackierungen anrührte, die die Färbung der die schadhafte Stelle umgebenden Materialien imitierten, oder wie man Risse im Pergament, die ganze Illustrationen ruiniert hatten, mit dem Harz der Trauerweide und einem feinen Schminkpinsel unsichtbar zusammenklebte.

In den ersten Tagen nach der Rettung des Goethe hatte Cornelius noch gar nicht daran gedacht, den Jungen bei sich in die Lehre zu nehmen. Eisenstein war einfach jeden Morgen in die Werkstatt gekommen, hatte sich in eine Ecke gestellt und zugesehen, und der Meister hatte es zugelassen. Dann hatte er hier und da einen Handgriff tun können, ein paar Hilfsarbeiten erledigen, Ampullen ausleeren, Gläser reinigen, den Dreck wegkehren, Stoffreste und Lederfetzen einsammeln, Farben mischen. Nur wenig später aber war der Neue ihm unentbehrlich geworden. Die Arbeit ging rascher von der Hand, und ihre Resultate wurden zumindest nicht schlechter. Zwar schwiegen sie die meiste Zeit, doch allein die stille, tief in die Vorgänge versunkene Gegenwart des Jungen dämpfte das Gefühl von Einsamkeit und Trauer, die Cornelius andernfalls bedrückt und ihm das Werken unmöglich gemacht hätten.

Eisenstein sprühte nur so vor Wißbegier und Eifer. Die Ödnis der Schule lag hinter ihm, und diese Tätigkeit, die erste in seinem Leben, die ihn mit Befriedigung erfüllte, die erste, die er mit wahrer Ausdauer und Konzentration durchführte, ließ ihn nicht nur der geisttötenden Einförmigkeit der HJ entkommen, ihrer abstoßenden Körperlichkeit und gemeinen Kameraderie, sondern mit der ehrlichen Betätigung seiner eigenen Hände ein kleines Auskommen verdienen. Bald schon wagte er sich an eigene Stücke; Cornelius überließ ihm eine Bibel, deren mit zahlreichen Kupferstichen versehene Seiten durch zu feuchte Lagerung gewellt waren, oder einen Band über die Welteislehre, *Glacial-Kosmogonie* von 1913, deren Besitzer bereits außer Landes war und an dem Auftrag nicht mehr interessiert. Eisenstein stellte diese Objekte wieder her, als hätte er in seinem Leben nie etwas anderes getan.

Während Meister Cornelius sich nun öfter um seine Töchter kümmern, für sie kochen, bei ihnen in den Wohnräumen sein oder Erledigungen machen konnte, blieb Eisenstein bis spät in die Nacht in der Werkstatt. Wenn er sein Tagwerk vollbracht, die Schätze wohlhabender Sammler oder die Auftragsarbeiten einer Berliner Bibliothek ausgebessert hatte, widmete er sich weiter der Erforschung der Geheimnisse der Buchkunst. Es gab eine Unmenge von Macharten, die diese Kunst in ihrer jahrtausendealten Historie entwickelt hatte. In Cornelius' Werkstatt gab es Musterstücke der unterschiedlichsten Verarbeitungsformen, sowohl der üblichsten als auch der ausgefallensten Materialien, der verschiedensten Formate und Schnitte, von unterschiedlichster Konsistenz und Farbe. Dies waren zumeist keine Originale, sondern im Laufe der Jahre selbsthergestellte Exempel, an denen sich die Arbeit des Meisters immer wieder orientierte. Es gab da Größen von Folio bis Vigesimo und Vigesimoquart, es gab Miniaturbücher, Inkunabeln und Zimelien, illuminierte Handschriften, es gab Kettenbücher, wertvolle Stücke aus Klosterbibliotheken, die durch eiserne, aber auch silberne oder goldene Ketten vor dem Entwenden geschützt werden sollten, es gab spätgötische Bände und solche aus der Frührenaissance, solche aus Kopert, Broschur, Ganz- und Halbleder und solche aus Karton, es gab Pergament, Papyrus, Bast, Krepp, Filz und Seidenpapier. Die Werkstatt war mit der Zeit beinahe zum Hort eines jeglichen Rohstoffs geworden, der je zur Herstellung eines Buchs benötigt worden war, und ein jeglicher von ihnen übte eine ganz eigene Wirkung aus, als wäre er eine lebende, fühlende Person mit eigenem Charakter.

Eisenstein tauchte tief ein in das Rätsel, das ihm jedes Buch von neuem aufgab: darüber, wie es wirklich gemacht war. Wenn er eins in der Hand hielt, stellte sich ihm wie von selbst die Frage aller Fragen, nämlich welche Besonderheit es haben mochte, wie genau es beschaffen war – was es einzigartig und unterscheidbar von all den anderen machte. Daß er auf seinen Reisen Scharen von Büchern gesehen und befühlt hatte, war, dies wußte er jetzt, immer nur von außen gewesen. Nun, da er in das Geheimnis ihrer Herstellung eingeweiht wurde, hatte sich seine Sicht auf die Dinge verändert. Er blickte in sie hinein wie in das Innerste der Welt, suchte dort nach dem Geheimnis, das sie zusammenhielt.

Zu diesem Zweck nahm er auch seine Beutezüge durch die Antiquariate, Bibliotheken und Museen wieder auf. Wo immer er eines seltenen Buchs ansichtig wurde, ließ er nichts unversucht, seiner habhaft zu werden und es in die Sophienstraße zu schleppen. Dort untersuchte er es, nahm es auseinander wie ein Uhrwerk, um es gleich wieder zusammenzusetzen. Und dann, wenn seine Neugier befriedigt und das Rätsel der Individualität seines Studienobjekts gelöst war, brachte er es an den Ort, von dem er es genommen hatte, zurück. Und schnappte sich ein neues. Er schwor sich, nicht eher damit aufzuhören, als bis er das Handwerk beherrschte wie kein anderer in seiner Geschichte.

Eines Tages stahl Eisenstein in einer unscheinbaren Bücherei in der Boxhagener Straße ein Buch, an dem er aufgrund seiner rätselhaften Bebilderung schon lange Gefallen gefunden hatte. Es waren die *Kreisleriana* des E. T. A. Hoffmann, eine Ausgabe von 1813, die hier wie von der Welt vergessen in den Regalen stand. Die Stiche, die den Kapellmeister Kreisler bei den kauzigsten Verrichtungen und in phantastischsten Verrenkungen darstellten, waren, so vermutete er, von Hoffmann selbst angefertigt worden. Diese Zeichnungen wirkten auf Eisenstein stets, als wären sie bewegliche Bilder, ganz so, als müßte der Kapellmeister sogleich aus ihnen hervorspringen und wild dirigierend in der Kammer umhertanzen. Er konnte sich nicht erklären, wodurch eine solche Wirkung erreicht wurde. Seine Forscherlust war geweckt.

Den geeigneten Zeitpunkt zu finden, an dem er das Buch ungesehen greifen und in die Tasche stecken konnte, war ein leichtes. Er verließ die Bücherei, man merkte nichts, er lief in die Sophienstraße, es war bereits Nacht, er öffnete den Laden und machte sich an die Arbeit. Oben in Cornelius' Wohnung war alles still, offenbar schliefen alle, er hatte die Werkstatt ganz für sich. Während er mit Skalpell und Pinzette über die *Kreisleriana* gebeugt war, unterbrach ihn plötzlich die Stimme des Meisters.

Der stand da, in Schlafmütze, einen Hammer in seiner Hand, den er sinken ließ, als er seinen sich hinter die Werkbank bückenden Lehrling in Straßenkleidung erblickte.

»Du arbeitest noch so spät?«

Eisenstein antwortete nicht. Er blieb nur mit vor Schreck geweiteten Augen reglos an Ort und Stelle und dachte darüber nach, ob er das Buch noch mit einem Tuch abdecken konnte oder ob es dafür zu spät war.

Cornelius kam näher und legte den Hammer auf die Holzplatte. Es *war* zu spät. Er erblickte das Buch, das da aufgeschlagen lag wie ein Kranker inmitten einer Operation, die Fäden gelöst, die Bögen im Ansatz aus ihrer Heftung gezogen, daneben die verschiedenen Werkzeuge, mit denen Eisenstein dabei war, hier seine Arbeit zu verrichten.

»Was ist das für ein Auftrag?« fragte er jetzt, wohl wissend, daß es sich bei den *Kreisleriana* um kein Buch handelte, das er in den letzten Wochen hereinbekommen hatte.

Eisenstein schwieg weiter. Er empfand Angst und Wut zugleich – Wut auf sich selbst, da er so ungeschickt gewesen war und so unvorsichtig. Zu viel Lärm hatte er gemacht, zu versunken war er gewesen in die Arbeit, und nun stand er da und mußte zusehen, wie Cornelius begriff, was hier im Erdgeschoß vor sich zu gehen pflegte, während er und die Mädchen oben schliefen.

Was blieb ihm also übrig? In dieser Nacht erzählte Eisenstein seinem Meister von der *Germania*. Den Part mit Friedas Tod verschwieg er, doch es gelang ihm, zum allerersten Mal, mit der bloßen Kraft der Worte, einem Menschen verständlich zu machen, was er damals empfunden hatte. Diesmal stießen seine Erzählungen von den eigentümlichen Reizen, die die *Germania* auf ihn ausgeübt hatte, nicht auf taube Ohren oder Schulterzucken. Als er fertig war, sah der Meister ihn an und nickte.

»Was du schilderst, ist kein Trugbild, Josef. Solche Bücher gibt es. In der Geschichte der Menschheit tauchen sie immer wieder auf, an den unvorhergesehensten Stellen und zu den unerwartetsten Zeiten, sie bringen ihre Leser um den Verstand, reißen ihn eine Weile mit sich an einen anderen Ort, um dann wieder im Nebel der großen Ozeane zu verschwinden und nur einen rätselhaften Namen, einen vagen Eintrag in einer alten Bibliographie zu hinterlassen. Aber es gibt sie. Vielleicht ist da für jeden auch nur ein einziges von dieser Art versteckt in den Irrgärten der Bibliotheken, wer weiß es? Ein Buch, das nur für dich geschrieben wurde. Ein Buch, das alles umfaßt, was dir heilig ist im Leben. Es ist ein Buch, das du öffnest, und es nimmt hinweg die Sünde der Welt.«

Eisenstein atmete hörbar auf.

»Ich selber habe erlebt, wovon du erzählst«, fuhr Cornelius fort. »Bei mir war es keine *Germania*, kein antiker Text, und es war nicht in einem Antiquariat. Es waren *Die Vögel von Amerika* von John James Audubon, und ich sah sie zum ersten Mal bei meinem Aufenthalt in Löwen nach dem Krieg. Es sind vier Bände, hergestellt in den Jahren 1827 bis '38, und jeder von ihnen ist knapp einen Meter hoch und mehr als einen halben breit. Stell dir das vor, Josef, ein Buch so groß wie Elisabeth, größer noch! Es beinhaltet Kupfergravuren von Robert Havell und seinem Sohn und zeigt das ornithologische Leben Nordamerikas um 1800. In dem Moment, da ich sie in einer Vitrine liegen sah, wußte ich, ich würde nicht leben können, ohne sie einmal selber in Händen gehalten und ausgiebig studiert zu haben. Ich habe mich dann nach der Arbeit in der Bibliothek einschließen lassen, und so konnte ich eine ganze Nacht mit ihnen verbringen. Diese vier und ich – niemand hat es je erfahren.«

Eisenstein sah seinen Meister an. Dann schaute er stumm auf die *Kreisleriana* nieder.

»Aber dieses Buch ist kein solches«, erriet Cornelius seinen Blick. »All die Bücher, die wir bekommen, die wir restaurieren oder erschaffen, so selten und kostbar sie auch sein mögen, sind nicht von der Art, wie es die sind, die das Gefühl in dir hervorbringen.«

Eisenstein nickte. Cornelius strich über die einzelnen Teile des Buchs und wiegte den Einband in der Hand. Plötzlich sprang er ein paar Schritte zurück.

»Du mußt es zurückbringen. Du mußt es wieder zusammensetzen, so wie es war. Du bringst uns noch alle in Gefahr, verstehst du nicht? Was denkst du, was geschieht, wenn man ein gestohlenes Buch bei uns entdeckt? Mich stecken sie ins Zuchthaus, und die Mädchen kommen ins Heim. Hast du noch mehr gestohlen, Josef? Gibt es hier noch mehr davon?«

Nervös blickte Cornelius sich um. Während er wild mit dem Einband vor seinem Gesicht herumfuchtelte, schüttelte Eisenstein nur den Kopf.

»Josef, ich flehe dich an! Wenn es hier noch weiteres Raubgut gibt, dann sind wir alle verloren.«

Wie ein Häufchen Elend stand Eisenstein da, die Schultern gebeugt, den Kopf gesenkt. Dann stammelte er: »Aber … wenn es dieses Buch nicht ist … und dieses nicht … und das nächste auch nicht … was soll ich denn tun? Wie spüre ich es auf?«

»Ich weiß es doch nicht, Josef. Vielleicht kannst du nichts tun. Solche Bücher sind wie Walfische, sie erscheinen, wann es ihnen paßt, wo es ihnen paßt, und wenn sie wieder abtauchen, kann der Walfänger nichts weiter tun, als geduldig die Meere zu befahren, Aussicht zu halten und zu warten. Jahre, vielleicht Jahrzehnte.«

Doch Geduld war Eisensteins Sache nicht. Nun, da er gelernt hatte, wie man Bücher band, waren Gier und Glauben in ihm geweckt, das, was er nirgends finden konnte, eben selber herzustellen. Und wenn er alle weiteren Handwerke erlernen mußte, deren Vermögen dazu erforderlich war – das Schöpfen von Papier und das Gerben von Leder, die Herstellung von Wasserzeichen und Lesebändchen, den Satz und Druck von Bögen, die Kolorierung, wenn nötig auch die Anfertigung von Illustrationen, von Exlibris, von Kupferstichen und Holzschnitten … und wenn es gar nicht anders ging, dann würde er den Text dieses einen Buchs eben auch selber verfassen. Alles würde er tun, was geboten wäre, in der höchsten, virtuosesten Perfektion; nur warten, wie Cornelius es ihm geraten hatte, konnte er nicht. Das Leben war zu kurz.

13

So gingen die Monate ins Land. Fieberhaft eignete sich Eisenstein all das Wissen und all die Fertigkeiten an, die ihm zur Verfügung gestellt wurden, seinen Leitstern fest im Blick. Abramskys Kontakte in die Unterwelt sowie die offiziellen des Meister Cornelius erlaubten ihm, den anderen Meistern über die Schulter zu sehen: Gerbern und Kürschnern, Drechslern, Druckern und Setzern, Graveuren, Seidenstickern und Tressenwirkern, Handschuhmachern, Sattlern und Corduanmachern, Kupferstechern und Goldschmieden, Lackierern, Schleifern und Kunstmalern. In Cornelius' Werkstatt arbeitete er oftmals acht bis zehn Stunden, danach besuchte er Mommsens Ledergeschäft in der Metzer Straße, den Petersdorffschen Schmuckladen am Leopoldplatz oder die Punzereiwerkstatt Johannes Zielke & Söhne in der Nähe vom Weddinger Bahnhof. Wenn er deren Vertrauen gewonnen hatte, ließen sie ihn einige Handgriffe tun oder erläuterten ihm, was er wissen wollte. Ganz besonders angetan hatte es ihm die Gerberei Benjamin in der Landsberger Allee. Dort, weit draußen vor den Toren der Stadt, wohnte Herr Siegfried Benjamin, ein stämmiger Mann mit mächtigem Schnauzbart, in einem kleinen Häuschen neben seiner Werkstatt und stellte Leder aller Art her. Der gutmütige Herr Benjamin freute sich über die Gegenwart und Wißbegier des jungen Mannes, und so wies er ihn bei einem Bier und einer Pfeife in die Kunst des Gerbens ein. Auch hier lernte Eisenstein schnell.

Manchmal, spätnachts, schaute er noch bei Abramsky vorbei, saß gemeinsam mit dem Alten für die letzten Stunden des Tages still bei Tee und Wagner im Laden und sah, wenn er die Augen schloß, das vollkommene Buch ganz lebhaft, glänzend und pulsierend vor sich. Als müßte er nur zugreifen und …

Doch es blieb ein Wunschbild. Er konnte arbeiten, soviel er wollte, er konnte lernen, was und bei wem er wollte – seine

Kunst mußte doch immer beschränkt bleiben auf die Grenzen derer, die ihr Metier auf zwar meisterhafte, aber doch hergebrachte Weise beherrschten. Wie konnte er Neuartiges, Unerhörtes, Unerreichtes, Unbegriffenes hervorbringen, wenn er immer nur wiederholte, was es bereits gab? Mit Beginn des neuen Jahres ging ihm auf, daß er, um seinem Leitstern zu folgen, gänzlich unbetretene Pfade würde beschreiten müssen. In Abramskys Antiquariat fand er schließlich ein Zeichen, das ihm die Richtung wies.

Es war ein Buch mit dem Titel *Astrum Argenteum*, ein schwarzer Halblederband im Fanfarestil, von eigentümlichem Format, etwa so breit wie hoch, nicht sonderlich schwer, und doch seltsam schwankend in der Hand liegend. Unausgewogen, als steckten in ihm Münzen oder Kugeln, die hin und her rollten und das Gleichgewicht störten. Auf dem Einband prangten innerhalb der Ranken vorne als Wappen die Buchstaben *A.A.*, hinten das griechische Omega. Der Autor nannte sich Johannes vom Rosencreutz, offensichtlich ein *nom de plume*. Es handelte sich bei *Astrum Argenteum*, wie Eisenstein in den zahllosen Stunden der Lektüre feststellte, um eine Art Einführung in das Denken und die Riten eines okkulten Ordens gleichen Namens.

Daß er auf diesen Band gestoßen war, der seit Urzeiten in der hintersten Ecke des Ladens geschlummert hatte, wollte er keinen Zufall nennen. Er stöberte oft in Abramskys Sammlung, zumeist in den Abhandlungen über jüdische Geschichte und Religion, bisweilen zog er auch ein Werk von Marx hervor oder das eines russischen Anarchisten, fand es aber häufig ungenießbar und legte es enttäuscht zurück. Der Alte versicherte ihm, er solle es nur einmal ernsthaft versuchen mit der sozialistischen Literatur, die Zukunft der Menschheit werde darin prophezeit, unausweichlich werde sie früher oder später in die Phase eines kommunistischen Weltfriedens eintreten, unabwendbar werde das ausbeuterische System zusammenbrechen und ewiger Brüderlichkeit Platz machen: »Dann scheint die Sonn' ohn' Unterlaß.«

Eisenstein erwiderte ihm dann, daß, wenn es so oder so eintreten werde, er keinen Zweck darin sehe, sich noch groß damit zu beschäftigen. Er halte sich lieber an Dinge, auf die er einen Einfluß habe.

Von Zeit zu Zeit aber nahm er einen der Bände in die Hand, die sich mit Esoterik, mit der Kabbala oder der Mystik beschäftigten, die Predigten Taulers, pythagoreische Schriften oder die Tafel des Kebes. Gemeinhin konnte er in ihnen nicht mehr Sinn entdecken als bei Marx, doch das kümmerte ihn nicht. Er bewunderte ihre exquisite Ausstattung, das abschreckend Elitäre, den Gestus des Fernhaltens uneingeweihter Augen und den Hauch des Kryptischen, mit dem sie sich umgaben. Sei es, daß ihre Seiten in einer eigentümlich sinnlos scheinenden und noch zu entschlüsselnden Reihenfolge angeordnet oder in einer ihm unbekannten Schrift gehalten waren, sei es, daß sie mit Drudenfüßen, Horusaugen und sonstigen Symbolen versehen waren, oder sei es auch nur die Tatsache, daß sich manche nur unter Inkaufnahme ihrer völligen Zerstörung öffnen ließen. Allein die Aura, die diese Bücher verbreiteten, diese leise Erinnerung daran, was es in Zeiten einer alten Ordnung inmitten eines Volkes von Analphabeten bedeutet haben mochte, des Geheimnisses der Schrift kundig zu sein – nämlich Auszeichnung und Macht, Weiße und Schwarze Magie, Talisman und Zauberstab –, lockte ihn und zog ihn hin zu ihnen.

Dieser Band nun aber, das *Astrum Argenteum*, ließ sich ohne weiteres öffnen, war in einem leicht verständlichen Latein verfaßt und ergab durchaus einen gewissen Sinn. Es ging darum, daß zu allen Zeiten das Wichtige geheim und unerkannt geschehe und es irgendwo unter der Erde eine geheime Priesterschaft oder Verschwörerschaft gebe, welche aus anonymer Verborgenheit heraus die geistigen Geschicke zu lenken in der Lage sei, ihre mit Macht ausgerüsteten Abgesandten verkleide und auf die Erde schicke und so dafür sorge, daß die Welt nichts von der Magie mitbekomme, die da dicht vor ihren Augen getrieben werde. Aufgeführt waren zwölf Stufen, die der Aspirant zu gehen hatte, um in diesen geheimen Orden aufgenommen zu werden, dann weitere zwölf innerhalb des Ordens bis hinauf zum *magister* und zum *magus*, dann die sieben Zeichen, an denen der Beginn des Neuen Zeitalters auszumachen war, und die drei Aufgaben, die der Orden und alle seine Mitglieder zu erfüllen hatten, um sich vor dem Eintritt dieses Zeitalters der neuen Weltordnung würdig zu erweisen. In einem zweiten Teil erfuhr der Leser von den Hilfsmitteln, deren sich der Aspirant zum Ziele seiner Einweihung, der Adept zum Ziele des fortdauernden Aufstiegs in höhere spirituelle Sphären und der Magister schließlich zur Perfektionierung seiner selbst, zum Erreichen der letzten und höchsten Einsicht in die Rätsel des Universums zu bedienen hatte.

Eisenstein, dessen Schulkenntnisse ausgereicht hatten, das recht simpel gehaltene Latein des ersten Teils zu verstehen, bemerkte, wie bald danach Seite um Seite der Text sich seinem Verständnis entzog. Unbekannte Wörter, unüblich verwendete Phrasen, verdrehte Sätze, grammatikalische Phänomene, die er nicht zuordnen konnte – je höher die Stufen stiegen, desto kleiner wurde sein Einblick in ihre Erklärungen und desto größer die Anstrengung, dem Ganzen einen Sinn zu verleihen. Mit Hilfe von Abramskys Wörterbüchern und Grammatiken setzte er sich weiter daran, sich bis zum Ende vorzukämpfen. Als er schließlich glaubte, die meisten neuen Wörter gelernt, einen Sinn hinter den ungewohnten Phrasen gefunden zu haben, und verstand, daß es um rituelle Zeichen und Gegenstände, Dreizacke, Heiligenschreine, Totemtiere ging, drehte sich auf den beiden letzten Seiten alles noch einmal ins vollkommen Unverständliche. Hier war es ihm, als wäre der Text aus einer fremden, längst ausgestorbenen Sprache von einem taubstummen Skribenten in eine weitere und noch eine weitere Sprache übertragen worden, bevor er schließlich in dieser Version aufgezeichnet wurde. Mehrere Nächte verbrachte er mit den Rätseln dieser Absätze, von denen er nicht mal sicher war, ob es überhaupt eine Lösung gab, versuchte unzählige Methoden der Konstellation, Kombination und Neuordnung. Doch keine schien den Schlüssel zur Bedeutung dieser Seiten bereitzuhalten.

Eisenstein war allein im Antiquariat, es war dunkel, er saß beim Schein von Abramskys Lampe in dessen Sessel am Fenster. Der Alte war bereits schlafengegangen, er aber hatte sich geschworen, es heute zu schaffen. Es mußte eine Lösung geben, und nun, da er so weit gekommen war, würde er schließlich auch diesen letzten Teil entziffern. Doch auch er war müde, sein Kopf wog schwer, und so sank er über dem Buch zusammen und schlief ein.

Er fiel. Er fiel ihr hinterher, um sie zu retten. Er stürzte hinab, war hinabgesprungen, ohne zu zögern, hinein in die düstere Flut, und hatte sie gegriffen. Unten empfing sie eine kalte, dunkle, schwere Welt. Unter der Eisdecke lebte es sich leidlich, sie trieben und schwebten durch die Finsternis, beschienen von Korallen und Medusen, begleitet von undeutbaren Zeichen. Ein Drudenfuß, eine magische Zahl. Hier waren sie vereint zu trauter Dreisamkeit, Frieda, die *Germania* und er. Eng umschlungen hielt er sie, ihre eisblauroten Haare aufgelöst und wie Wasserpflanzen zart um sie gelegt. Er preßte sie eng an sich, und da, endlich, erwiderte sie den Druck seiner Hände, seine Umarmung. Nun spürte er ihre zarte Haut allüberall auf seinem Körper, an Jade erinnerte sie ihn, wie sie sanft sich an ihn schmiegte, seinen Fingern schmeichelte, seine Wangen liebkoste. Sein Herz pochte. Immer enger wurde ihre Umklammerung, immer inniger umhalsten sie sich, immer fester wurde ihr Griff, immer wilder ihr Verlangen, so wild, daß sie bald ineinander zu zerfließen drohten. Sie trieben und trieben und schwebten dahin, in trunkener Verzückung, in der sie nicht mehr wußten, wessen Lust es war, die sie empfanden. Und im Moment der höchsten Beglückung lösten sie sich tatsächlich auf, zergingen, schmolzen ineinander und waren eins. Eine Haut, eine Hülle, ein Körper. Dies währte eine selige Sekunde, bis er merkte, daß er nicht atmen konnte hier unten, er schnappte nach Luft, röchelte, japste, spie aus … und erwachte.

Als er sich aufrichtete, sah er, daß er das Buch, das *Astrum Argenteum*, auf dem sein Kopf gebettet gewesen war, mit seinem Speichel benetzt hatte. Er hatte so viel davon verloren, daß die beiden Seiten, die ihrer Entzifferung noch harrten, nun beinahe vollständig in einem schemenhaften Grau verschwammen. Das Papier wellte sich, die Druckerschwärze verlief unter seinen Händen, bis nur noch ein einziger randloser Fleck übrigblieb, so daß an eine Deutung des Textes nicht mehr zu denken war.

Das waren die Wochen gewesen, in denen sich Friedas Tod zum ersten Mal jährte, die Wochen, in denen Josef Eisenstein achtzehn wurde. Es sollte noch Monate dauern, bis sich ihm ganz und gar erschloß, was er da gesehen hatte, aber seit der Nacht in Abramskys Laden schlummerte die Gewißheit in ihm, das Geheimnis der *Germania* zu kennen. Er hatte ihre Schönheit angeschaut mit Augen, und noch mehr: Er hatte sie gespürt. Es war kein Zweifel möglich.

Bis zu dem Moment aber, an dem er ein selbstgeschaffenes Buch in der Hand halten konnte, das von ihrer Art war und ihr Geheimnis teilte, bedurfte es umfangreicher Studien. Eisenstein begriff, daß er erst am Anfang des Pfades stand, der in die heiligen Hallen dieser Wissenschaft führte – oder war es doch Zauberei, weiße oder schwarze, das Arkanum der Alchemie, mit dem er es hier zu tun hatte? Gleichviel – er mußte weitergehen. So stöberte er in Bibliotheken und beschäftigte sich mit der Zurichtung von Häuten, mit dem Vorgang des Entfleischens, mit dem Beizen, Äschern und Schwöden, dem Gerben mit Aluminiumsalz, mit Fett, mit Salz, Ei und Mehl, mit Chrom, Sumach, Eichenrinde, Urin oder Galläpfeln. Er beschäftigte sich mit dem Aufbau und der Funktionsweise der Haut, ihren Schichten und den verschiedenen Arten, die sich an einem einzigen Menschenkörper finden ließen, mit Leistenhaut und Felderhaut, mit Hornhaut und Keimschicht, Pigmentierung, Papillarlinien und Tastzellen. Er beschäftigte sich mit der Tradition des Skalpierens und der Technik des medizinischen Décollements, des schonenden Ablösens der Haut vom Muskelgewebe.

Das ging einige Wochen so. Er las, was er zu alldem zwischen die Finger bekommen konnte. Doch was ihn eigentlich in Bann geschlagen hatte, dem kam er auf diese Weise nicht näher.

In einer stillen Minute zwischen zwei Büchern, als Cornelius zu ihm in die Werkstatt hinabgestiegen war, wagte er also, den Meister auf seine Erkenntnis, die er ihm freilich nur als vage Vermutung unterbreiten konnte, anzusprechen. Der zauderte. Aber weil er in seinem Lehrling bloß professionelle Neugier zu erkennen meinte und ihm im Grunde keine Hintergedanken zutraute, erzählte er schließlich von einer alten, recht eigentlich ins Sagenhafte gehörenden Tradition der Buchbinderzunft.

»Ich habe selber einmal ein solches Buch gesehen«, sagte der Meister. »Es stand in der Bibliothek des Louvre, vielleicht steht es dort noch immer. Eine französische Bibel aus dem dreizehnten Jahrhundert, gebunden in die Haut eines Menschen. Keine schlechte Arbeit, soweit ich sehen konnte, aber auch keine außergewöhnliche. Auf den ersten Blick nichts, was ins Auge sticht. Wenn man dem Besucher des Museums nicht angegeben hätte, aus welchem Material der Einband bestand, wären die Menschen mit Sicherheit achtlos an ihr vorübergelaufen.«

»Aber berührt, Meister, haben Sie sie berührt?«

»Wie stellst du dir das vor? Warst du noch nie in einem Museum, Josef? Gewiß, ich hätte dieses Buch gern einmal in der Hand gehalten, um zu sehen, wie es gemacht ist. Was mich aber noch mehr faszinierte, war die Angabe des Museumsführers, die Haut stamme von einem Pariser Bischof. Er hatte seine sterbliche Hülle der Kirche vermacht und zur höheren Ehre Gottes zu einem Einband verarbeiten lassen.«

»Aber wer macht so etwas? Welcher Gerber macht menschliche Haut zu Leder? Welcher Buchbinder bindet in menschliches Leder?«

»Bestien, möchte ich meinen. Oder Genies, je nachdem. Denn mit Sicherheit muß es ungemein schwierig gewesen sein. Menschliche Haut zu Leder zu verarbeiten, selbst wenn man an die nötigen Utensilien kommt und die geeignete Umgebung findet, ist allein vom technischen Vorgang äußerst kompliziert. Unsere Haut ist ungleich feiner und fragiler als die eines

Schweins oder Kalbs. Die Gestaltung dieses Leders, das Färben, das Aufrauhen, die Pflege, dann die Prägungen, das Punzieren … das alles ist ein Aufwand, dessen Lohn man nie gewiß sein kann. Und dann die Gefahr, ertappt zu werden, verfolgt und für immer eingesperrt. Die Unmöglichkeit, solche Werke offen anzubieten. Das Risiko, seinen eigenen Ruf für immer zu ruinieren. Vom Ekel und der moralischen Frage ganz abgesehen. Wenn es solche Meister je gegeben hat, so sind sie längst Geschichte. In dunkleren Zeitaltern, in Zeiten des Aberglaubens, der Schwarzen Magie, ja, selbst im siebzehnten Jahrhundert, mag ein solches Handwerk noch seine verschwiegenen Abnehmer gefunden haben. Aber heute …«

Cornelius' Wort von den »dunkleren Zeitaltern« hallte in Eisensteins Kopf lange nach. Er machte sich auf, die Sache genauer zu erforschen, und mußte erkennen, daß es alles andere als eine Sage war. Eisenstein fand derart viele Exemplare genannt, bei denen man davon ausging, sie seien in Menschenhaut gebunden, daß er annehmen mußte, der Brauch sei noch lange und in vielen Regionen der Welt lebendig gewesen. Menschenhaut zu präparieren sei bereits bei den alten Ägyptern und den Mayas bekannt gewesen, dort aber zu anderen Zwecken. Bücher habe man vor allem im Mittelalter immer wieder in ein solches Leder gebunden, neben der Bibel gab es Nennungen etwa der *Regel des Heiligen Benedikt* oder der *Göttlichen Komödie*. Aber auch in den hellen Jahrhunderten der Renaissance und des Humanismus, der Aufklärung und der Empfindsamkeit seien solche Bücher entstanden. Das berühmte Lehrbuch des Andreas Vesalius über den Aufbau des menschlichen Körpers etwa, *De humani corporis fabrica*, mit den Illustrationen des Jan Stephan von Calkar, gedruckt im sechzehnten Jahrhundert und präpariert mit den Überresten des Taugenichts Jakob Karrer von Gebweiler. Ein Exemplar von Thomas Morus' *Utopia* befinde sich im Giftschrank eines Edinburgher Sammlers. Im fortschrittsbesessenen, optimistischen neunzehnten Jahrhundert habe man Gerichtsakten von Mordprozessen in die Haut der zum Tode Verurteilten gebunden; und so auch die *Blumen des Bösen* Baudelaires oder die Gedichte Arsène Houssayes, Balzacs Roman *Das Chagrinleder* oder *Tief unten* von Huysmans. Wie wahrscheinlich war es dann, daß auch im zwanzigsten Jahrhundert, in dem der Abstieg der Zivilisation in dunklere Epochen so rapide seinen Lauf zu nehmen schien, ein solcher Brauch noch immer seine Liebhaber fand?

Die meisten Exemplare, von denen man wußte, schienen nicht erhalten zu sein. Oft hatten Käufer, die des wahren Wesens ihres Kaufs nicht kundig waren, die Bücher an Unbekannte weiterveräußert oder sie gar zerstört. Einige waren verschollen, bloße Namen nur noch, ihre Spuren verliefen sich im Nirgendwo. Die Pariser Bibel im Louvre war allerdings bei weitem nicht das einzige Exemplar, das heute noch zu besichtigen war. In Oxford stand die *Selenographia* des Johannes Hevelius, ein Mondatlas aus dem siebzehnten Jahrhundert, gedruckt in Danzig von Andreas Hünefeld. In der Bibliothek der Sternwarte zu Toulouse fand man die Autobiographie des Astronomen Camille Flammarion, gebunden in die Haut einer seiner Bewunderinnen. Die University of Pennsylvania ließ anatomische Kompendien eigens in Menschenleder binden und stellte sie lange Zeit aus. Im gesamten Reichsgebiet, so ergaben es Eisensteins Recherchen, ließen sich mindestens drei, vielleicht vier Bände nachverfolgen, die in den Magazinen öffentlicher Bibliotheken, bei renommierten Sammlern oder in Museen katalogisiert waren. Das nahe gelegenste war eine Ausgabe von Goethes *Werther.* Eine Rarität unter den Raritäten. Es war nicht gedruckt, sondern von Hand mit blauer Tinte auf gelbem Chinapapier geschrieben, gehüllt in das Leder aus der Haut einer, wie man munkelte, früh und unter rätselhaften Umständen verstorbenen Auserwählten Napoleon Bonapartes. Diese junge Liebe, noch keine siebzehn, war ein einfaches Mädchen vom Lande, die jedoch die Leidenschaft des französischen Kaisers nicht erwiderte und damit ihr Schicksal beschlossen hatte. Es ging sogar das Gerücht, dieses Exemplar, das nun in den Magazinen der Anna-Amalia-Bibliothek in Weimar lagere, sei dasselbe, welches Napoleon auf St. Helena bis zu seinem Lebensende bei sich getragen habe.

Und so reiste Josef Eisenstein im Sommer 1937 zum ersten Mal nach langen Jahren in die Stadt seiner Geburt. Er fuhr auf drei Tage.

Er erkannte Weimar nicht wieder. Alles war so klein geworden, winzig geradezu. Die Stadt ein Dorf, das Labyrinth ihrer Gassen ein recht leicht überschaubares Gitter mehr oder weniger breiter Wege. Goethes Wohnhaus, das er als gewaltiges Bollwerk in Erinnerung hatte, war nicht mehr als ein grober, länglicher Klotz. Der weiße Schwan, der über dem Eingang des benachbarten Gasthauses hing, damals ein Ungetüm, ein lebendiger Vogel, war nun nicht mehr als angemaltes Pappmaché. Der heiter belebte Theaterplatz ein ödes Viereck, das Männer mit ernster Miene und braunen Hemden im Stechschritt überquerten.

Nicht oft hatte er in den vergangenen acht Jahren an Weimar zurückgedacht, denn hier gab es nichts, wonach ihn verlangte. Aber doch hatte ihm seine Erinnerung einen Streich gespielt, wenn sie die Kulisse derart aufgeblasen hatte, daß der Vergleich mit ihrem realen Vorbild sie nun ins Lächerliche schrumpfen ließ. Selbst die unendliche Weite des Parks, einst die natürliche Grenze seines Lebensraums, war ihm nun nicht mehr als eine Lichtung, als ein paar Wiesen zwischen einem Flüßchen und einem Waldsaum. Und auch die Großherzogliche Bibliothek der Anna Amalia, obzwar noch immer imposant in ihrer selbst die Baumwipfel überragenden Höhe, hieß seit ein paar Jahren bloß Thüringische Landesbibliothek und war doch eigentlich nicht mehr als ein recht plumper, jetzt hakenkreuzbeflaggter Kasten am Rande dieser Wiesen.

In ihrem Innern aber, das Eisenstein nun zum ersten Mal betrat, vergaß er seine Bestürzung. Ihn empfing der vertraute Geruch alter Folianten, vermischt mit dem Aroma frischgebohnerter Dielen und gewienerter Statuen. Die Regale im Rokokosaal, die marmornen Bögen, die Ölgemälde an den Säulen, die Büsten Schillers und Wielands – herrlich und berückend war alles, und zum ersten Mal kam es ihm sehr natürlich vor, daß er genau in dieser Stadt, nur hundert Meter von diesem Paradies entfernt, geboren worden sein sollte. Vielleicht hatte ihm die Nähe zu all diesen Kostbarkeiten schon vor der Geburt die Liebe zu den Büchern und den Orten, die sie bewohnten, eingeimpft; vielleicht war die Suche seines Lebens am Ende nur eine Rückkehr in diesen Garten Eden.

Aufgeregt suchte er die Regale Zentimeter für Zentimeter ab, konnte der Versuchung, einzelne Bände hervorzuziehen und zu liebkosen, kaum widerstehen. Er wußte, er würde hier oben nicht finden, wonach zu suchen er eigentlich gekommen war – der *Werther* war mit Sicherheit im Keller aufbewahrt. Doch die Bände, denen er begegnete, orientalische Handschriften der Ghaselen eines Rumi oder Hafez, von Goethe selbst für seinen *West-östlichen Divan* benutzt und der Bibliothek gestiftet, die Lutherbibel von 1535, geschützt hinter Glas und Kordel, oder die hundert Bücher aus der Zwangsversteigerung der Bibliothek Graf Kesslers, faszinierten ihn über die Maßen, so daß er den wahren Zweck seines Hierseins fast vergaß. Nach einigen Stunden aber, als man dabei war, die Bibliothek zu schließen und die Besucher hinauszubitten, nutzte er die allgemeine Unruhe, um sich umzusehen. Er suchte nach Schlupflöchern, in die gekauert er dem letzten Kontrollgang entgehen konnte. Er beobachtete, welcher der Angestellten über Schlüssel verfügte, wer wann welche Tür schloß und welche Wege ging. Draußen unter dem Ginkgobaum stehend, dessen Blätter er schon als kleines Kind gesammelt und gepreßt hatte, wartete er, bis die letzte Gruppe, zwei Männer und eine Frau, die Bibliothek verlassen hatte. Er folgte ihnen, wußte jedoch nicht auszumachen, wer den Hauptschlüssel mit sich führte. So lief er zur Bibliothek zurück; er konnte schließlich nicht alle drei nacheinander in den anfahrenden Verkehr stoßen. Nach Einbruch der Dunkelheit schlich er mehrmals um das Gebäude herum, fand jedoch keinen möglichen Eingang. Die unteren Fenster waren vergittert. Im Innern war noch Licht, er vermutete einen oder zwei Nachtwächter. Über den Ast einer Ulme, die nah der parkseitigen Wand wuchs, hätte er in eins der oberen Fenster springen können, doch der Lärm hätte jeden weiteren Schritt unmöglich gemacht. Er entschied, es am folgenden Tag damit zu versuchen, sich über Nacht einschließen zu lassen, und ging in seine Pension zurück.

In dieser ersten Nacht, die Eisenstein wieder in seiner Heimatstadt verbrachte, führte ihn der Weg, den er von der Bibliothek in die kleine Pension in der Brauhausgasse zurücklegen mußte, nun über die Parkstraße an seinem Elternhaus vorbei.

Beinahe hätte er ihm keine weitere Beachtung geschenkt, doch ein schwacher Lichtschein aus dem ersten Stock, von dort, wo seines Vaters Arbeitszimmer lag, ließ ihn aufblicken und stehenbleiben. Die übrigen Fenster waren schwarz. Es war seltsam, dies alles wiederzusehen, noch seltsamer aber, daß er seit seiner Entscheidung, nach Weimar zu kommen, keine Sekunde daran gedacht hatte, seinen Vater aufzusuchen oder gar bei ihm wohnen zu wollen. Nicht einmal in Kenntnis gesetzt hatte er den Doktor Eisenstein davon, daß sein Sohn sich in der Stadt aufhalten würde. Statt dessen hatte er sich, unter Falschangabe seines Namens und Alters, ein Zimmer im Eckermannhaus genommen, keine hundert Meter entfernt. Doch in diesem Moment, vielleicht milde gestimmt von den wundersamen Erlebnissen und Eindrücken in der Bibliothek, tat es ihm beinahe leid, seinen Vater noch nicht begrüßt zu haben. Was mit dem Alten sein mochte, fragte er sich. Ob er noch immer an seinem *opus magnum* schrieb, am lang ersehnten zweiten Band der *Geschichte der deutschen Sprache*?

Er schaute noch einmal zum Fenster hinauf, schüttelte den Kopf und setzte dann seinen Weg durch die stillen Gassen fort.

Den folgenden Tag verbrachte Eisenstein von früh bis spät in den Sälen der Bibliothek. Diesmal gelang es ihm, die Nachtwächterlogen auszuspähen, den Ort der Schlüsselbretter und Dienstpläne. Er fand den Weg zu den Lagerräumen im Keller, in denen Archiv und Magazin weitere Tausende Bücher und Dokumente aufbewahrten, darunter, wie er inbrünstig hoffte, auch den *Werther*. Doch noch war ihm alles versperrt, die Bibliothek war sorgfältig gesichert und geschützt gegen den Zugriff Unbefugter. Eisenstein erinnerte sich des Spiels, das er als kleiner Junge gespielt hatte, wenn seine Eltern Empfänge gaben und Gäste die Salons in der Parkstraße bevölkerten. Wie er sich als Ratte, als Zecke, als Wanze in die engsten Winkel gedrängt hatte, um den Blicken der Erwachsenen zu entgehen. Damals hatten sie keine Notiz von ihm genommen, heute würden sie es auch nicht tun. Denn er war noch immer der kleine Junge von damals, das kleine Gespenst im riesigen Schloß. Er mußte nur den rechten Zeitpunkt abwarten.

Der aber wollte und wollte nicht kommen.

So verließ er auch am zweiten Abend das Gebäude unverrichteter Dinge durch den Haupteingang, wartete erneut unter dem Ginkgo auf die letzten Wärter und irrte dann ziellos durch die Stadt. In der Parkstraße aber faßte er sich endlich ein Herz und klingelte.

Es dauerte eine Ewigkeit, bis man ihm aufmachte. Doch entgegen seiner Erwartung, ein Pförtner oder eine Bedienstete würde die Haustür öffnen, seinen Namen entgegennehmen und dem Hausherrn melden, stand dieser selber vor ihm. Die beiden Männer erkannten einander sofort, doch wollten sie es beide nicht wahrhaben. Der eine, ein graubärtiger Mann mit eingefallener Brust, müdem Blick und tiefen Stirnfurchen, war nur noch ein Schatten des Mannes, dessen Bild der andere für Jahre im Kopf gehabt hatte. Dieser nun, ein Jüngling, ein wenig blaß zwar wie sein Vater, aber schneidig in Haltung und Gestalt, hatte das Funkeln in den Augen, das der Alte vor Jahren noch besessen hatte.

Dr. Eisenstein, nicht ohne sich zweimal auf der Straße umzusehen, bat seinen Sohn herein. Während der Vater keuchend die Treppe hinaufschritt, bemerkte der Jüngere den bleiern modrigen Gestank von feuchtem Mauerwerk, der sich auch in den Wohnräumen fortsetzte. Er strich über die holzvertäfelten Wände und meinte, ihr Alter zu spüren. Oben widerstand er dem Drang, durch die Räume und Flure zu wandern. Der Doktor aber führte ihn geradewegs in sein Arbeitszimmer. Hier bot er ihm den eigenen Sessel an, den er hinter den Studiertisch gerückt hatte, während er selber auf einem Schemel Platz nahm.

Die beiden Männer schwiegen. Der Sohn hatte Zeit, des Vaters Studienzimmer, zu dem er früher kaum je Zutritt hatte, zu betrachten. Die Mahagonischränke waren vollgestellt mit Büchern, ebenso der Boden. Wie in Abramskys Laden stapelten sich auch hier die Bände bis unter die Decke, lagen auf behelfsmäßig angebrachten Brettern über dem Türsturz oder dem Fenstersims, doch alles schien noch chaotischer, noch vollgestellter, noch beengender. Der einzige freie Platz war die Stelle auf dem Tisch vor Josef, auf der, von Schreibutensilien, Nachschlagewerken und einer Tasse kalten Tees umringt, ein schwarzes Notizbuch aufgeschlagen dalag. Die Seiten waren leer.

»Ich nehme an, du bist nicht unter deinem Namen gereist, Josef?«

Dr. Eisensteins Stimme klang heiser und kraftlos.

»Du meinst, unter *deinem* Namen? Und wenn? Was wäre dabei? Hättest du dann Angst um dich selbst?«

»Bist du – oder bist du nicht, Junge? Ich muß es wissen. Hast du deinem Zimmerherrn deinen richtigen Namen angegeben?«

»Meinen richtigen Namen? Wenn ich nur wüßte, welcher das ist.«

»Du bist Josef Eisenstein, oder etwa nicht?«

»Wie soll ich das wissen? Mein Zeugnis wurde auf den Namen Josef Schwarzkopf ausgestellt, und so bin ich im Kirchenbuch der Herz-Jesu-Gemeinde eingetragen, Geburtsort Berlin. Meine Mutter ist die Verlobte eines Wehrmachtsoldaten, und mein Vater ist im Krieg geblieben. Mein Meister nennt mich Josef Schwarzkopf, und unter diesem Namen wurde ich hier in Weimar den Behörden gemeldet.«

»Sei froh. Du siehst, was mit einem passiert, der Eisenstein heißt in diesen Tagen.«

Josef verstand nicht.

»Dabei hält Er noch seine schützende Hand über mich. Andere von uns stecken noch viel mehr im Schlamassel. Viele sind weg, und die, die noch hier sind, leben in empörenden Verhältnissen. Mußten ihre Geschäfte verkaufen. Bei Sachs & Berlowitz steht von früh bis spät die SA vor der Tür und schreckt die Leute ab. Herr und Frau Mintz haben sich gemeinsam im Webicht erhängt. Und im Marstall hat die Gestapo jetzt ihr Gefängnis. Wer da reingeht, heißt es, verläßt es als gebrochener Mann. Wenn überhaupt. Irgendwann kommt es noch so weit, da werden wir alle ausgewiesen. Aber von unseren ›guten Freunden‹ interessiert sich offenbar niemand dafür.«

Es war das erste Mal, daß Josef seinen Vater von den Juden als von »uns« hatte sprechen hören.

»Das Haus haben sie mir gelassen, ich weiß nicht, wie ich Ihm dafür danken soll. Aber noch weniger weiß ich, wie lange das noch so gehen wird. Die Mieter im Erdgeschoß sind weg, andere zu finden ist illusorisch. Meine Stelle in Jena bin ich los, und nicht nur ich. Der Reichsbund jüdischer Frontsoldaten wurde aufgelöst. Meine Bücher werden nicht mehr verlegt. Meine einzige Beschäftigung ist jetzt die Arbeit an einem Buch, das ich zu veröffentlichen plane, wenn der ganze Spuk vorbei ist.«

Sein Sohn blickte weiter vor sich hin auf den Tisch, sah die weißen Seiten des Notizbuchs.

»Also, sei froh, mein Junge, wenn du davon nichts mitbekommst. Tante Ruth schreibt mir, daß du es gut bei ihr hast. Laß uns einfach stillhalten, dann wird das so bleiben.«

»Warum hast du nie zurückgeschrieben?«

»Verstehst du nicht? Die Zeiten sind vorbei, in denen ein Samuel Eisenstein Briefe an seine Liebsten schreiben kann, ohne sie in Gefahr zu bringen. Leb du nur weiter dein deutsches Leben in Berlin.«

»Was ist mit Mutter?«

»Ich weiß es nicht. Zum letzten Mal gesehen habe ich sie vor vier Jahren hier in Weimar, am Tag unserer Scheidung. Gehört habe ich noch zwei- oder dreimal von ihr, ein paar Briefe kamen aus Wien, mit vornehmlich organisatorischen Dingen. Da schrieb sie etwas von einer Anstellung am Theater in der Josefstadt. Ihre letzte Mitteilung ist eine Weile her, sie hat erneut geheiratet. Vielleicht hilft ihr das, wir können nur beten.«

Josef sah seinen Vater die Augen schließen und ein paar Worte murmeln. Der alte Mann saß vorgebeugt auf seinem Schemel, für den Sohn kaum als menschliches Wesen zu erkennen hinter all den Büchern, die auf dem Tisch zwischen ihnen ausgebreitet waren.

»Und ja«, sagte er, nachdem er die Augen wieder geöffnet hatte, »ich habe Angst um mich selbst. Jeden Tag und jede Nacht habe ich Angst um mich selbst. Und nun, da du hier bist, um so mehr.«

Die beiden schwiegen, während der Abend dahinging und die Schatten länger wurden. Bald war es finster draußen, nur noch die Glühlampe über dem Schreibtisch spendete einen schwächlichen Schein, es wurde kalt im Zimmer. Josef bekam Hunger, doch sein Vater machte keine Anstalten, ihm etwas anzubieten, und sei es nur eine Tasse Tee.

»Du hast also eine Anstellung gefunden«, sagte Dr. Eisenstein irgendwann. »Du bist Lehrling?«

Der Junge verriet seinem Vater, was er lernte und wo er arbeitete. Er erzählte ihm von Meister Cornelius und der Sophienstraße, von der Werkstatt und den Büchern, und konnte das Gefühl des Stolzes nicht unterdrücken. Vom *Werther* und dem eigentlichen Grund seiner Anwesenheit sagte er nichts, und der Doktor fragte auch nicht.

Statt dessen zuckte der mit den Achseln, richtete den Kopf zur Decke, als sähe er sich um, und sagte: »Nun, das muß ja auch irgend jemand machen.«

An dieses »irgend jemand« mußte Josef noch denken, als er schon längst wieder in Berlin war. Eine ganze Weile noch saßen sie still im Zimmer, dann löschte der Doktor das Licht und sah zum Fenster hinaus.

»Es ist nicht gut, wenn du zu dieser Zeit noch auf die Straße gehst, Josef. Wir wollen keinen Verdacht erregen. Du kannst hier schlafen.«

Er holte eine Matratze hinter dem Schrank hervor, dann

eine zweite aus dem Wohnzimmer. Sie schoben gemeinsam die Bücher zur Seite, dann betteten sie sich, so gut es ging, zwischen die Stapel, der Sohn auf der einen Seite des Tisches, der Vater auf der anderen.

Es war das erste und letzte Mal, daß beide in einem Zimmer schliefen.

Nach Mitternacht erwachte Josef aus unruhigen Träumen. Er hörte seinen Vater tief atmen und zog sich leise an. Er tappte durch die stillen Räume, nur wenig Licht drang von draußen herein. Hier, wo einst Leben und Vergnügung zu Hause gewesen waren, lag nun alles einsam und tot. Unter den hohen Decken des Salons herrschten Trostlosigkeit und Leere, wie in einem verlassenen Tempel. Die Möbel waren ausgeräumt, die Vorhänge bleich und mottenzerfressen. Auch sein altes Zimmer war ein verwaister Raum – dort, wo das Regal mit den Büchern gestanden hatte, die Wilhelm Guthmann ihm geschenkt hatte, schimmerte eine hellere Stelle auf der Tapete. Es war kalt.

Dann verließ er das Haus und machte sich auf den Weg zur Bibliothek. Er schlich erneut mehrere Male um das Gebäude. Alles war still, im oberen Stock brannte das Nachtlicht. Während er unter der Ulme stand und hochsah, faßte er sich ein Herz. Es mußte geschehen. Flink kletterte er am Stamm hinauf, hangelte sich am Ast entlang, von dessen Ende es zwei Meter bis zu einem der Fenster waren. Er machte einen Satz, spürte den Ast nachgeben und hörte noch das Brechen des Holzes, während er sich schon frei in der Luft befand. Dann fiel er krachend ins Fenster und hatte für den Bruchteil einer Sekunde den Eindruck, es gäbe nicht nach und er würde abprallen und unten auf die Steinplatten fallen. Doch die Scheibe zersprang, der Rahmen barst unter dem Aufprall seines Körpers, und so landete er auf den Dielen des oberen Saals. Der Einbruch hatte einen gewaltigen Lärm verursacht, schon hörte er Schritte im Erdgeschoß, dort, wo die Nachtwächterloge war. Er ahnte, welchen Weg sie nehmen würden, versteckte sich am anderen Ende der Galerie hinter einer Säule, ließ sie an sich vorbeilaufen und eilte dann unbemerkt die Treppen hinab. Während er die Männer oben aufgeregt reden hörte, schlich er in die Loge, nahm sich die Schlüssel vom Brett, schlich zum Keller und fand dort die Tür zum Magazin. Leise schloß er sie hinter sich, drehte den Schlüssel von innen um und ließ ihn stecken.

Finsternis empfing ihn. Er tastete nach einem Lichtschalter, fiel aber nur über etwas, das polternd zu Bruch ging. Langsam erspürte er sich den Weg vorwärts, nun ganz auf alle anderen Sinne vertrauend. Seine Nase führte ihn durch den stickigen Raum, seine Hände streckten sich tastend vor, leiteten ihn an Wänden und Säulen entlang, zwischen Schränken und Holzkästen hindurch. Der Raum war so riesig, wie er erwartet hatte. Er war jetzt ganz in seinem Element. Irgendein weiterer Sinn, der an die Stelle des nutzlos gewordenen Sehvermögens gerückt war, wies ihm bald wie schlafwandlerisch den Weg durch diesen Keller, als wäre er endlich selber zur Fledermaus geworden.

Mit einem Mal wurde die Spur heißer, er setzte seine Schritte schneller und sicherer, manövrierte behende durch einen Gang, bis er an eine Art Schrank stieß, dessen Türen mit Glas versehen waren. Er öffnete sie und ließ die Finger wie Tentakeln über die einzelnen Exemplare fahren. Das gleiche geschah mit dem Schrank rechts daneben, dann noch einen weiter, und dann ging er wieder zurück zum ersten. Jetzt zog er eine Schublade nach der anderen heraus, betastete die Stücke, roch, witterte.

Plötzlich hörte er es rumpeln, Geräusche kamen von oben. Man hatte Alarm geschlagen, vielleicht den Verlust der Schlüssel bemerkt. Er mußte sich beeilen. Er griff zu, ein weiterer Griff und noch einer. Dann durchfuhr es ihn. Er hielt ein Buch in den Händen, auf das er keinen einzigen Blick werfen konnte, und doch stand unerschütterlich für ihn fest, daß er es kannte. Seine Finger sagten es ihm. Es war der *Werther*, kein Zweifel möglich.

Er kam zurück an die Kellertür, drehte den Schlüssel erneut, öffnete den Flügel einen Spalt weit und lauschte. Es war jetzt stiller oben, doch hin und wieder drang Lärm aus verschiedenen Ecken. Mit dem *Werther* im Arm stieg er die Treppen hoch, fand den nun hell erleuchteten Ausgang menschenleer, die Eingangstür angelehnt, und verließ das Gebäude.

Als er wieder im Arbeitszimmer seines Vaters stand, hörte er die Sirenen über den Schloßplatz heulen. Sein Vater erwachte halb, murmelte Unverständliches, wollte sich aufrichten, doch Josef flüsterte nur: »Es ist nichts, Vater. Schlaf weiter.« Und Doktor Eisenstein fiel erneut in tiefen Schlummer.

Ohne die Kleider auszuziehen, legte er sich auf die Matratze am Fenster. Den *Werther* hielt er fest umschlungen, doch Schlaf fand er nicht. Nun, da er so nah, so innig mit dem Exemplar war, da er es liebkosen und streicheln konnte – war seine magische Wirkung verflogen. Im Magazin noch hatten ihn nie gekannte Sinne zu ihm geleitet, doch jetzt war es bloß ein Buch unter vielen, eines, das den ersehnten Zauber nicht ausüben konnte. Enttäuscht lag Josef wach, während er seinen Vater auf der anderen Tischseite atmen hörte. Vielleicht war es dessen Gegenwart, die ungewohnte, verfängliche Tatsache, mit dem Alten in ein und demselben Raum zu liegen, die ein reines Gefühl unmöglich machte? Gleichviel, sagte er sich, es stand fest: Der *Werther* war nicht, wonach ihn verlangt hatte. Er blieb unbefriedigt.

Nach einigen Stunden, der Morgen dämmerte bereits, stand er wieder auf und ging zur Tür des Arbeitszimmers. Den *Werther* legte er in eines der hohen schmalen Regale, ein wenig versteckt in die zweite Reihe, so daß der Alte ihn nicht auf den ersten Blick bemerken würde. Bei einer gründlichen Durchsuchung allerdings würde man das Buch wohl schnell finden. Er warf einen letzten Blick auf seinen schlafenden Vater und verließ das Zimmer.

Ein letztes Mal durchquerte er die toten Räume einer fremden Kindheit. Es war ihm plötzlich, als hätte er nur geträumt, einst hier gelebt zu haben – in Wirklichkeit jedoch war er der junge Schwarzkopf aus der Mindener Straße. Ein Josef Eisenstein mochte nur in seinem Kopf existieren.

Auf Zehenspitzen stieg er die Treppen hinab. Unten angekommen, lauschte er für einen Moment dem morgendlichen Gesang der Vögel und trat auf die noch menschenleere Parkstraße. Die Sirenen waren längst verstummt, aber sicher gingen die Blockwarte bereits ihrer Arbeit nach. Er ließ die Haustür einen Fußbreit offenstehen. Dann schlenderte er durch das erste Licht des Junitags in die Brauhausgasse, packte seine Sachen und machte sich auf zum Bahnhof. Wenige Stunden später saß er im Zug zurück nach Berlin.

BUCH EINS

NEW YORK, 1969

12

Irgendwann musste ich aus dem Traum, der mein Leben war, erwachen. Nach der Nacht, die wir in der Bibliothek von Park Slope verbracht hatten, ging die Sache ihrem Ende entgegen. Die letzte Sommersonnenwende des Jahrzehnts lag hinter uns, von nun an würden die Tage kürzer werden, die Nächte länger und die Mädchen älter. Ich hatte ein paar junge Damen gefunden, hübsch und süß und ohne Arg, doch liebeskrank war ich noch immer. Meine Suche fand kein Ende. Mein Verlangen wollte fortdauern, wollte mich überleben, mein innerer Trieb war nur größer und wilder und schmerzhafter geworden mit allem, was ich tat, und eines Tages würde er mich noch in den Wahnsinn treiben. Das war ich, dachte ich, all die Sinnlichkeit und Lust, die Begierde nach immer neuen Körpern, nach Anmut und Schönheit und Perfektion – es machte mich zu dem, was ich war, etwas anderes hatte ich nicht. Was danach kam – ein neues Jahrzehnt, ein neuer Abschnitt –, interessierte mich nicht. Ich wollte im Augenblick leben, brennen wie eine Feuerwerksrakete am 4. Juli, in alle möglichen Richtungen fliegen und in einem großen Knall in den Sternenhimmel explodieren. Lieber verglühen und untergehen, als meine Gefühle zu verraten. Eine Ahnung von Vergänglichkeit beschlich mich nach der Sonnenwende, beißend und bitter. Ich durfte keine Zeit verschwenden, morgen würde ich alt sein und bereuen. Wie recht ich doch hatte.

Ich studierte nicht. Das Semester war verloren, und es war mir egal. Meine Mutter würde jammern und klagen und drohen, das Pessach-Geschirr zu zerdeppern, und es dann doch nicht tun, und mein Vater würde schimpfen oder bloß zynisch lächeln, und mir war auch das egal. Sie waren weit weg, in Solomon County, lebten ihr jüdisches Leben in den Jüdischen Alpen, und ich war hier, in der großartigsten und schrecklichsten Stadt der Welt, in der besten aller Zeiten und in der schlimmsten, mit Eisenstein an meiner Seite. Den Hawthorne hatte ich zurückgebracht, meine Leseliste, die Eisenstein so kritisiert hatte, hatte ich weggeworfen, und stattdessen las ich *Portnoys Beschwerden*. Ich wanderte über den flirrenden Asphalt, streunte zwischen dampfenden Gullys und unter den tausend Augen die Häuserblocks entlang, durch Parks und Friedhöfe, über die Brücken und Avenues, lief den Sommermädchen hinterher und feilte an meiner Taktik. In der Nacht waren die Cafés voller Musik, Revolution hing in der Luft. Fern davon, gut zu sein oder gar voller Selbstvertrauen, machte ich doch eine gewisse Wandlung durch. Ich ging hin zu ihnen, mit schweißnassen Händen und trockener Kehle, doch ohne sie vorher stundenlang durch die Stadt zu verfolgen. Ich entschied schneller. Wer nicht folgen will, muss führen, wie Eisenstein sagte. Viele drehten sich einfach weg und gingen weiter, einige verpassten mir eine Ohrfeige, andere kicherten hysterisch – sie lachten mich aus, und es war mir egal. Das Verlangen war größer als die Angst vor der Demütigung. Und manchmal hatte ich Erfolg, und der Moment, wenn ein fremdes Mädchen mich anlächelte, mit mir sprach, mit mir flirtete und schließlich mit mir ging, entschädigte für alles. Hier war ich, küsste Mädchen und schlief mit ihnen und wollte mir nicht selbst leidtun.

Mädchen. Mädchen, die Kerzen anzündeten und zu viel tranken. Schnell beleidigte und schnell wieder versöhnte Mädchen. Mädchen wie Gespenster. Mädchen, die barfuß durch die Stadt liefen, mit wehenden, sonnenerleuchteten Haaren. Die ihre Instrumente, ihre Bücher, ihre Freudinnen im Arm hielten. Von Nostalgie überwältigte Mädchen.

Da war die braunäugige Samantha, klein und süß und dunkel, sie ging mir bis zur Brust. Wir kifften das Gras, das Eisenstein uns besorgte, im Sunset Park hinter den Astern. Da war Claudia mit den Totenkopfaugen, da war die Italienerin (Gianna? Gina? Giannina?), die uns Granatäpfel und Mandeltorte vom San-Gennaro-Fest mitbrachte, bei dem mitzugehen ihre Eltern sie Jahr für Jahr zwangen. Wir aßen im Liegen. Da war Mary Jane, siebzehn und Einser-Schülerin auf der East Orange High auf der Suche nach Herausforderungen, mit ihren blonden

Zöpfen, am Hinterkopf zu einem leuchtenden Kranz geflochten, und dem lautesten Lachen östlich des East River. Ich küsste sie unter dem Pfeiler der Brooklyn Bridge, wir machten Liebe auf dem grünen Gras hinterm Stadion. Da war Jessy aus Connecticut, sie trug Jeansrock und Wollschal im Hochsommer, ich lernte sie bei einer Ausstellung im Village kennen. Eine Kunststudentin, wie ich es anfangs auch von Gretchen gedacht hatte, malte selber und schenkte mir ein Selbstporträt, Kohle und Acryl auf Papier, zum Abschied. Ich hab es hier noch irgendwo. Da war Bertha, die Sportlehrerin, die mit ihrem Damenrad über den Broadway fuhr, die die Nächte durchmachte und die ihre Beine um den Nacken legen konnte, um meinen und ihren eigenen. Ich erinnere mich an Rita, Blumenkind der ersten Tage, Rita mit den hohen Wangen und den hohen Plateausohlen, die ununterbrochen plapperte und, wenn sie es mal nicht tat, versuchte, wie Janis Joplin zu singen, *the girl who sang the blues,* ach Rita!, ich erinnere mich auch an die mollige Sandy und ihre großen, weichen Brüste und an zwei andere, auf deren Namen es nicht ankommt.

Das war die Ausbeute eines endlosen, formlosen Sommers, waren meine Entdeckungen und meine Eroberungen. Ich war Seefahrer, Freibeuter und Feldherr zugleich. In den Mädchen eroberte ich die Stadt und entdeckte mein Leben, und in diesem neu entdeckten Leben war nun alles mit Eisenstein verbunden. Mein eigentliches Begehren aber richtete sich auf ihn, auf das Rätsel, das er war, das war meine Sucht. Ich wollte hinter sein Geheimnis kommen, ihn erkennen wie den verborgenen Sinn eines hermetischen Textes. Doch er wurde nur rätselhafter mit jedem Tag, den wir zusammen verbrachten, und je rätselhafter er wurde, desto größer und schmerzlicher wurde meine Sucht.

Die Dunkelheit der Juliabende verbrachten Eisenstein und ich in der feinen und in der nicht ganz so feinen Gesellschaft von New York. Das erste Mal, dass er mich zu einer Party mitnahm, kam es mir vor, als wäre er selber der Gastgeber und Hausherr, so weltläufig wandelte er durch die Räumlichkeiten, so souverän plauderte er mit den in Grüppchen stehenden Damen im Pelz und den Herren im Smoking. Auch er war elegant, elegant jedoch wie aus einer anderen Zeit. Mit seiner weißen Fliege und dem Flügelkragen sah er aus wie Fredric March in dem alten *Jekyll-und-Hyde*-Streifen aus den Dreißigern. Auf diesen Partys, auf denen ich stets mit Abstand der Jüngste war, trugen viele noch Fünfziger-Jahre-Cordanzüge mit breiten Revers und bunte Nylonhemden, doch Eisensteins Stil erinnerte an die Porträts eines George Grosz oder an die feinen Herrn in alten Schwarz-Weiß-Filmen aus Europa.

Wir kamen spät und gingen früh, aber während unserer Anwesenheit war er der Mittelpunkt des Geschehens. Er kannte die Leute, und die Leute kannten ihn. Sie umstanden ihn, umringten ihn, lachten, wenn er lachte, schüttelten den Kopf, wenn er es tat. Sie sagten *Mr Eisenstein,* wenn sie über ihn sprachen, und *Josef*, wenn er ihnen gegenüberstand. Und doch wahrten sie alle, als wäre es abgesprochen, Distanz. Seine Aura der Unberührbarkeit hielt sie auf Abstand, bildete einen unsichtbaren Ring um seinen Körper, den niemand zu durchbrechen wagte. Wenn er sprach und, was nicht selten der Fall war, die Grenzen des Konventionellen überschritt, dann fühlte man, er hatte in geistigen Angelegenheiten eine derart kühle Sachlichkeit, ein ehrgeizloses Wissen, dass er sich gar nicht erst damit abgab, seine Überlegenheit vor der Menge zu verbergen. Er gab niemandem die Hand, umarmte nicht, und jedem kam es wie selbstverständlich vor. Selbst wenn er mit anderen anstieß oder einer Dame Feuer gab und die Hand bis zu ihrem Mund ausstreckte, sogar wenn er sich dem Ohr eines Gesprächspartners näherte, um durch die Musik zu dringen – stets blieb der Abstand bestehen.

Wie anders war dieser Mann an diesen Abenden, wenn er inmitten von Professoren saß, mit Malern und Bildhauern plauderte oder sich von den Ratsmitgliedern die neusten Gerüchte aus dem Rathaus anhörte. Das war nicht der lichtscheue Müßiggänger auf seinem Diwan, nicht der durch die Passagen der Stadt streifende Flaneur im Mohairmantel und auch nicht der nach meinen Erzählungen Gierende in seiner Bibliothek. An diesen Sommerabenden war Eisenstein ein Mann ohne Eigenschaften und Vergangenheit. Er war der, den man niemals für jemand anderen hielt und den man doch nicht kannte.

Manche hielten ihn für einen Detektiv oder für einen ehemaligen Diplomaten aus einem fernen Land, oder für jemanden, der verdeckt im Auftrag irgendeiner Majestät arbeitete und seine wahre Existenz geheim hielt. Wie oft hörte ich die Leute über ihn reden, wenn er es nicht hören konnte. Und wie stolz war ich, als ich merkte, dass sie ihn noch viel weniger kannten als ich, sich aber einbildeten, sie wüssten etwas. Dabei wussten sie nicht einmal, dass er aus Deutschland kam, obwohl doch sein Name, sein Äußeres und sein ganzes Verhalten so fremd und unamerikanisch waren. Vielleicht lag es an New York, dass es nicht auffiel, oder daran, dass er Jude war. Manche hielten ihn für einen Geheimagenten des Mossad, und warum nicht? Was wussten wir schon? Manchmal trat er wie ein reicher Kunstsammler auf, dann wieder wie ein Bohemien. Manchmal unterhielt er alle Anwesenden mit Geschichten aus der Unterwelt, manchmal stand er bloß rauchend da und schwieg. An einigen dieser Abende wechselte er sogar die Aussprache, redete in einem altertümlichen Kolonistenakzent, als wäre er gerade erst von der *Mayflower* gestiegen; dann wieder sprach er wie der König von England, und ich wusste, dass das alles Absicht war, geplant und einstudiert, und zu den Rollen gehörte, die er spielte. Nur sein Jüdischsein konnte oder wollte er nicht verstecken. Er war das dunkle Herz der Partys, in dem alles zusammenfloss. Er war das Zentrum der Gespräche, dieser Welt. Meiner Welt.

Ich schwieg, stand abseits, beobachtete die Szenerie und die Blicke derer, die an anderen Ecken und in anderen Grüppchen standen. Niemand nahm Notiz von mir, ich war nur der junge Bekannte des großen Eisenstein, ein Bursche aus der Provinz mit Jeans und schlechten Manieren. Ich aber nahm Notiz von allem. Ich schlich durch die Hallen und Salons, huschte durch die Menge wie eine Maus im Gewimmel eines Marktplatzes – und lauschte. Das war meine Übung.

In einer leerstehenden Fabriketage im Meat Packing District hörte ich zum ersten Mal von den verschwundenen Frauen. Ein Journalist der *New York Times* machte den ihn umstehenden Müttern und Vätern mit ein paar Schauergeschichten Angst, zu denen er gerade recherchierte. Die hingen ihm an den Lippen, als er begann, vom jüngsten Fall zu erzählen.

»Frauen verschwinden in New York«, sagte er, »und das schon seit Jahren. Junge Dinger, die Jüngste gerade sechzehn geworden.«

»Junge Frauen verschwinden dauernd irgendwo«, sagte jemand. »Und die meisten von ihnen tauchen irgendwann wieder auf.«

Der Journalist, ein agiler Mann Mitte dreißig mit Hornbrille, ergrauten Schläfen und einem Schnurrbart aus Stahlwolle, saß mir schräg gegenüber, nach vorn gelehnt, als wäre er darauf bedacht, sein Sakko nicht zu verknittern; die anderen Männer und Frauen hatten sich um ihn versammelt. Eisenstein stand hinter mir.

»Von denen, die seit den letzten zwei Jahren nur in Manhattan und Brooklyn verschwunden sind, sind sogar recht viele wiederaufgetaucht«, sagte der Journalist.

»Na sehen Sie. Warum also der ganze Rummel?«

»Weil die Mädchen aus den Fluten des Hudson River aufgetaucht sind. Tot, mit blauen Lippen, und sehr leicht wiederzuerkennen. Aber mehr als nackt.«

»Mehr als nackt?«

»Gehäutet. Von Kopf bis Fuß. Oder eher: vom Hals bis zu den Knöcheln. Seit Monaten zieht man in dieser Gegend Frauenkörper aus dem Wasser, die vollkommen enthäutet sind. Ganze zwölf mittlerweile. Das sind keine Mädchen, die aus Liebeskummer mal für ein paar Tage von zu Hause weglaufen. Das ist eine Mordserie, die unsere unfähige Polizei noch immer nicht aufgeklärt hat.«

»Wie gruselig«, sagte die Frau neben mir, »wer würde so etwas tun?«

»Die Zeitungen nennen ihn den ›Skinner von Williamsburg‹. Solche Menschen gibt es nun mal, verschließen wir doch nicht die Augen davor.«

»Wieso Williamsburg?«

»Da hat man die erste Leiche gefunden, im Hafenbecken an der Franklin Street. Ein Mädchen aus Grace, einundzwanzig Jahre alt. Das Gesicht war intakt, nur ein wenig aufgeschwemmt nach drei Tagen im Wasser. Vom Kinn abwärts allerdings war die Haut vollständig entfernt worden, bis hinunter zu den Knöcheln. Die Füße wiederum waren unangetastet, als trüge sie Socken aus Haut. Und bei allen anderen das Gleiche.«

»Ein Psychopath. Und der Mörder läuft frei herum?«

»Bisher gibt es keine Anhaltspunkte. Millionen Verdächtige, aber keinerlei Spur. Da ist jemand unter uns, der unsere Töchter umbringt, und wir können nichts tun außer warten.«

»Das ist ja wie beim Würger von Boston.«

»Nicht ganz. Wie wir wissen, hat der Würger von Boston seine Opfer vergewaltigt und dann mit ihren Nylonstrümpfen erdrosselt. Die enthäuteten Mädchen allerdings sind nicht nur nicht vergewaltigt worden, es gab auch sonst keine Hinweise auf Gewalteinwirkung, wenn man das so sagen kann. Keine Spuren von Schlägen, keine Knochenbrüche, keine Schnitte ins Muskelfleisch. Nur saubere, chirurgische Schnitte. Die Todesursache konnte bisher nicht eindeutig festgestellt werden, aber es war weder Ersticken noch Ertrinken. Man fand die Mädchen wie sorgfältig getötete Tiere, die man für ihren Pelz begehrte.«

»Aber was soll jemand mit der Haut nur anfangen?«

»Früher hat man daraus Lampenschirme gemacht oder Sessel damit bezogen.«

»Widerlich. Wie kann man nur?«

»Wer tut so was?«

»Bestien. Menschliche Bestien.«

»Das Schlimme ist, dass es seit vierundzwanzig Monaten in New York und Umgebung noch viel mehr vermisste Frauen gibt, als bisher an Land gespült wurden. Und sehr viele davon passen in das Profil der bisherigen Opfer.«

»Was denn für ein Profil?«

»Jung und schön.«

»Das trifft natürlich auf so manche Frau in dieser Gegend zu. Wir können also mit noch mehr geschälten Wasserleichen rechnen, wenn wir Glück haben?«

»Wenn wir Glück haben? Haben Sie denn kein Mitleid mit den Angehörigen der Mädchen, Josef?«

»Das Mitleid versteckt sich oft in den kältesten Höhlen. Je mehr Morde, desto größer die Wahrscheinlichkeit, dass der Täter einen Fehler macht. Je mehr Leichen, desto mehr Spuren. Je mehr Opfer, desto sichtbarer wird das Muster.«

Das waren also die Wochen, in denen Eisenstein und ich Tage und Nächte zusammen verbrachten: wandernd, schauend, hörend, lesend, redend. Wir tranken Cocktails in der Oak Bar des Plaza Hotel, standen im Lärm des Gelächters und der Worte in Penthouses über den Dächern Manhattans, in Lofts, Clubs, Bars, Hinterhäusern, besuchten Matineen und Soireen und die Uraufführung eines Stücks, dessen Namen ich nicht notiert habe. Ich war sein Weggefährte, sein Confidant, sein Watson und Horatio. Von all den Menschen, die ihn nicht kannten, kannte ich ihn am besten.

Doch eines Abends, beim Sommerkonzert der Philharmoniker im Prospect Park, verlor ich ihn aus den Augen. In der ersten Hälfte hatten wir die Nationalhymne und Beethovens *Egmont*-Ouvertüre gehört, dirigiert von Josef Krips, und in der Pause standen wir an der Champagnerbar, wo wir zwei Damen begegneten, die Eisenstein anscheinend etwas schuldig waren und uns einen Drink ausgaben. Eisenstein, im weißen Cutaway, Brillantine im Haar, schwieg und trank den Champagner in zwei Zügen. Ich versuchte mich an einer Konversation, die beiden Damen aber wirkten nicht sonderlich interessiert. Bald wandte ich mich Hilfe suchend zu ihm, den ich hinter mir wähnte, doch er war verschwunden. Ich entschuldigte mich mit zwei verzweifelten Sätzen, irrte durch die Menge wie ein verlorenes Kind, über mir nur der sternklare Nachthimmel von Brooklyn. Kurz vor Ende der Pause gab ich meine Suche auf und kehrte zur Bar zurück. Die beiden Damen waren gegangen, sodass ich allein dastand, während man sich um mich herum für die zweite Hälfte zurechtmachte. Ich fühlte mich leer, wie ausgelaugt, und das, obwohl er nur zehn Minuten weg war. Auf unseren Plätzen würde ich ihn ja wiedersehen, dachte ich, also machte ich mich wieder auf den Weg dahin.

Da sah ich ihn plötzlich. Er stand mit einem Mann unter einer Ulme, dort, wo das Licht der Laternen nicht hinschien. Ich war erleichtert; offenbar hatte er einen alten Bekannten entdeckt und bloß ein paar Minuten ungestört sein wollen. Sie standen eng beieinander wie in vertrauter Unterhaltung. Und doch war ich verwirrt – warum war er so plötzlich verschwunden, warum so lange unauffindbar gewesen? Als der Pausengong zum dritten Mal ertönte, drehte Eisenstein sich abrupt um und ließ den Mann stehen, grußlos, wie mir schien. Der wiederum, ein Schwarzer mit silbrig leuchtenden Haaren im schick geschnittenen Anzug mit Einstecktuch, ging in die andere Richtung und verließ das Areal mit schnellen Schritten. Ich sah ihm mit mulmigem Gefühl hinterher, ohne zu wissen, warum. Eisenstein aber unterbrach meine Grübelei, als er mir lächelnd entgegenkam und ein »Komm schon« zurief.

Diese paar einsamen Minuten in der Menschenmenge des Prospect-Park-Konzerts waren nur ein Vorgeschmack auf das, was ich ein paar Tage später erlebte, doch diesmal ertappte ich ihn nicht mit einem anderen Mann, und diesmal kam er mir auch nicht lächelnd entgegen. Er beschimpfte mich und warf mich beinahe aus seiner Wohnung. Bloß ein Mädchen rettete mich.

Es war der Tag nach der Mondlandung, die wir zusammen in einem Schaufensterfernseher auf Coney Island verfolgt hatten. Am Tag danach, als die Paradewagen noch immer jubelnd und mit Lautsprechern, aus denen *Fly Me to the Moon* drang, durch die Straßen fuhren, fühlte ich mich, als hätte man mich,

Jonathan Armstrong Rosen, allein im Meer der Ruhe zurückgelassen – da war ich, ein Kind ohne Vater, und lief wie der einzige noch lebende Junge durch New York.

Meine Einsamkeit hatte mit der verschlossenen Tür seines Apartments am Morgen begonnen. Wieder befürchtete ich, dass er, wie schon ein paar Wochen zuvor, für mehrere Tage nicht auftauchen würde. Doch nun kannte ich ihn, wusste von seinen Wegen und Verstecken, diesmal würde ich ihn finden. Als Erstes klapperte ich die Buchläden auf der Lexington und der Fifth Avenue ab, besuchte sogar das Antiquariat, in dem ich Emersons Essays erstanden und den Verkäufer für einen Zwillingsbruder von Eisenstein gehalten hatte, ging dann in die Museen, wo ich ihn vor der *Anatomie des Dr. Tulp* vermutete, die er so liebte, saß am Pier 1, ging die Brooklyn Bridge auf und ab und aß bei Pedro zu Mittag, las abwesend die Zeitung und sah alle zwanzig Sekunden hoch. Doch Eisenstein blieb wie vom Erdboden verschluckt. Der Tag war melancholisch und unerträglich, aber nicht mehr süß. Da war es wieder: *Get back, Jojo.*

Am Abend führte mein Weg mich am Prospect Park vorbei nach Park Slope, und fast wie durch Zufall fand ich mich in der Sixth Avenue wieder. Ich durchquerte den Hinterhof, stand vor dem Backsteinbau und sah durch die vergitterten Fenster der Eingangstür ins Innere. Doch dort war es dunkel, Mr Rothbard hatte das Gebäude bereits verlassen und verriegelt.

Ich musste daran denken, wie wir hier am Morgen nach unserer ersten Nacht in der Bibliothek herausgekommen waren. Nach einem wilden unruhigen Traum aus längst vergangenen Zeiten war ich halb erfroren und gerädert erwacht, hatte die Bücher wieder in die Regale gestellt und mich auf die Suche nach Eisenstein gemacht. Dessen Liegestatt im Nachbargang war bereits geräumt, nur noch die Lücke an der Stelle, wo zuvor de Sades *Justine* im Regal gestanden hatte, ließ auf seine gestrige Anwesenheit schließen. Ich ging nach oben, wo der Saal bereits leicht vom Morgenlicht erhellt war, und fand Eisenstein in seinen Mantel gehüllt, ein Buch auf dem Schoß, im Lehnsessel an den Studiertischen.

Er führte mich zum hinteren Ende des Raums, wo er einen Metallschrank unter ein Oberlicht schob, hinaufkletterte und das Kupfergitter mit einem Ruck herauszog. Dann zwängte er sich durch den Schacht nach oben. Ich tat es ihm nach, und wir waren frei.

An diesem Abend nahm ich nun den umgekehrten Weg hinein in die Bibliothek. Das Fenster ließ sich mit einem Tritt eindrücken, das Gitter war offensichtlich nicht wieder befestigt worden. Ich stieg hinunter, glitt ab und kam schmerzhaft auf, da der Metallschrank nicht mehr stand, wo wir ihn bei unserer morgendlichen Flucht hatten stehen lassen.

Das Erdgeschoss lag dunkel und still da. Wenn Eisenstein hier war, hatte er meinen Sturz durchs Fenster vielleicht gehört. Entweder hielt er sich also weiterhin vor mir versteckt, oder er würde sein sinnloses Spiel endlich beenden. Ich ging Richtung Wendeltreppe. Aus der Krypta drang schwaches Licht herauf, vielleicht nur die Notbeleuchtung. Langsam stieg ich hinab, darauf bedacht, die Bücherstapel auf den Stufen nicht umzustoßen. Erneut überfiel mich die Kühle des Kellers, und wie damals ging ich die Regale ab, roch Leder, Bohnerwachs und Zigarettenrauch.

In der Tat, hier war geraucht worden, vor nicht allzu langer Zeit. Langsam schritt ich die Buchreihen ab, kam zu den beiden Gängen, in denen wir geschlafen hatten. Die *Justine* fehlte noch immer.

Plötzlich löste sich in meinem Augenwinkel ein Schatten aus der Dunkelheit. Ich hörte leise, schnelle Schritte, gerade wie die eines Dachses, doch konnte ich ihre Richtung nicht orten. Ich wandte mich um und um und um, bis mir schwindelig wurde, und schließlich meinte ich, durch die Regalreihen zu sehen, wie sich etwas am anderen Ende des Kellers, gut zwanzig Meter entfernt, bewegte. Ich zog ein großformatiges Buch aus dem Regal, hielt es mir wie einen mittelalterlichen Schild vor die Brust und kam zögerlich hinter dem Regal hervor. Langsam ging ich vorwärts. Etwas fiel um, etwas polterte, dann das rasche Tapsen weiterer Schritte, sodass ich versteinert stehen blieb. Der Lärm verstummte, der Schatten verschwand, ich war allein.

Wohl einige Minuten verharrte ich in dieser Position, das unbekannte Buch vor der Brust, bis ich mich wieder bewegen konnte. Ich wusste nicht, ob es Angst war oder Erstaunen oder Überlebensinstinkt, was mich da gelähmt hatte. Doch ich wusste, Eisenstein war hier gewesen, hatte mich bemerkt und war geflohen.

Am folgenden Tag dann war, wie befürchtet und erhofft, alles wieder beim Alten. Als wäre nichts geschehen, stand seine Tür offen, er saß im Morgenmantel am Arbeitstisch, unrasiert und mit blauen Ringen unter den Augen, und hatte ein Buch vor sich liegen. Und doch, es *war* etwas geschehen, das konnte er auch nicht durch das charmanteste Grinsen und eine Flasche Rotwein am Mittag vergessen machen. Wir gingen wieder zu Pedro, saßen wieder am Pier 1 und streiften durch die Straßen. Wir lagen auf den Diwanen, rauchten und hörten die Callas. Dann fasste ich mir ein Herz.

»Gestern Abend, in der Bibliothek …«

Sein Blick ließ mich verstummen.

»Jonathan«, sagte er und atmete hörbar aus, »der Tag war lang. Wir haben getrunken. Lass uns einfach hier liegen und Zeit vergehen lassen.«

»Aber gestern«, begann ich wieder, »was gestern geschehen ist …«

Er schwieg. Ich wusste, ich würde weitergehen müssen. Ich musste erfahren, was mich nichts anging, zu sehr hatte mich seine plötzliche Abwesenheit verletzt, und ich wollte nicht noch einmal verletzt werden.

»Gestern war ich in der Bibliothek. Das warst doch du, oder? Leugne es nicht, ich habe dich gesehen.«

»Einen Scheiß hast du.«

»Ich bin mir sicher, Josef. Ich will Gewissheit haben. Ich will nur wissen …«

»Du willst wissen, was du nicht zu wissen brauchst, Jonathan. Das ist die größte Sünde von allen. Du willst Gewissheit haben über mich, aber die kann dir niemand verschaffen.«

»Aber du kannst doch wenigstens sagen, wo du warst? Ich habe überall nach dir gesucht …«

»Was hast du? Gesucht? In dieser Stadt? Was bringt dich auf die geisteskranke Idee, du könntest in dieser Stadt jemanden finden, von dem du nicht weißt, wo er sich aufhält?«

»Aber du bist nicht irgendjemand. Ich kenne dich, wir haben so viel Zeit miteinander verbracht. Ich weiß, an welchen Orten man dich finden kann.«

»Offensichtlich ist das nicht der Fall, mein Junge, sonst hättest du mich gefunden. Offensichtlich kennst du mich nicht, kein Stück kennst du mich, und das wirst du auch niemals, wenn du nicht aufhörst, mir nachzustellen.«

Er richtete sich auf und sah mich an. Es war, als risse der Zorn ihn aus seiner Müdigkeit. Ich hob beide Hände wie zur Entschuldigung.

»Nachstellen? Ich wollte dich nicht belästigen oder so, ich wollte doch nur wissen …«

»Jaja, wissen wolltest du.« Er sprach nun Deutsch. »Damit fängt es an. Damit hört es auf. Wenn du im Garten Eden vom Baum des Wissens essen willst, solltest du lieber aufpassen, dass du es dir nicht mit dem Gärtner verscherzt, du dummer Jude.«

Er war aufgestanden und stand vor mir wie ein mächtiger Herrscher, in der Hand statt eines Zepters die leere Flasche Portwein.

Du dummer Jude. Er hatte mich tatsächlich einen dummen Juden genannt.

Einen Moment sahen wir uns an, beide sprachlos. Ich hatte Angst, er würde mir die Flasche über den Kopf ziehen.

»Du gehst jetzt besser, mein Sohn.«

Seine Stimme übertönte die Arie der Norma und ließ mich zittern.

Anfangs verstand ich nicht, konnte nicht begreifen, was er da gesagt hatte. Er jedoch blieb stehen, bedrohlich, gewaltig, die Brust halb entblößt, sein Haupt so mächtig wie das des Zeus hinter ihm an der Wand. Ich erhob mich und merkte, wie schwer mein Kopf war von dem Alkohol. Ein paar Worte stammelte ich hervor, wollte mich entschuldigen, erklären, doch er blieb hart. Dann wankte ich in Richtung Flur, nahm meinen Rucksack, drehte mich jedoch noch einmal um. Eisenstein stand weiter in der Mitte des Salons neben den Diwanen und dem Tisch.

»Damit fängt es an«, rief er erneut. »Damit hört es auf.«

Als ich jetzt die Tür zum Flur öffnete, stand sie plötzlich vor mir, blickte mir geradewegs in die Augen, zwinkerte mir zu und ließ mir keine Chance. Sie küsste mich so unvermittelt, dass ich ein paar Schritte nach hinten stolperte und beinahe in den Salon zurückfiel.

Stina. Die hatten wir vergessen. Eisenstein und ich sahen uns an. Dann begann er zu grinsen, das Blau unter seinen Augen war wie auf magische Weise verschwunden, und auch ich musste lachen. Wie konnten wir so dumm sein, über unseren Streit ein Mädchen zu vergessen, mit dem wir schon seit Tagen eine Verabredung hatten? Wir waren beide dumme Juden.

Doch nun war Stina da, die flachsblonde Christina Falk mit den spitzen Elfenöhrchen und den strammen Waden, sie stand vor mir auf hohen Hacken wie die dänische Olympiateilnehmerin im Eisschnelllauf, die sie einmal werden würde, und reichte mir ihre Jeansjacke. Urplötzlich wurde mir heiß und kalt, es war, als würde mir schlagartig der Alkohol aus den Venen gepumpt. Ich lächelte verlegen und wusste nicht, wohin mit mir. Angesprochen hatte ich sie vor einer Woche im Austerlitz, einem zweistöckigen Buchladen in Carnegie Hill, während Eisenstein mir vom Glückwunschkartenstand aus zuzwinkerte. Das war unser Lieblingsplatz geworden, unser bevorzugtes Revier. Die Mädchen hier waren hübsch und gebildet, und ich fühlte mich wie zu Hause. Es war wie Fischen. Man ging zwischen die Regale und kam mit einem Mädchen wieder heraus. Stina hatte an diesem Morgen in ihrem Schottenrock vor dem

Klassikerregal gestanden, ein Buch in der einen, eine Handtasche in der anderen Hand. Ich hatte mich ihr genähert, den Titel des Buches erspäht und mich neben sie gestellt.

»Wenn Sie Scott Fitzgerald mögen« (ich flüsterte beinahe, so nah war ich ihr, fühlte die Wärme ihres Körpers, roch ihr Vanillehaar), »dann wird Ihnen dieses Buch gefallen.«

Wahllos hatte ich ein Buch vor ihrer Nase aus dem Regal gezogen und ihr hingehalten. Erstaunt hatte sie mich angesehen, als hätte sie mit allem gerechnet, nur nicht damit, von einem jungen Mann bedient zu werden.

»Arbeiten Sie hier, *Sir?*«

»Kann man so sagen.«

»Und Sie denken, Pearl S. Buck und Scott Fitzgerald hätten viel gemeinsam?«

Ich sah jetzt auf das Buch, las den Titel und lachte. *Die Drachensaat.*

Dann lachte auch Stina.

»Dann arbeiten Sie aber noch nicht lange in Buchläden, oder?« Sie nahm mir das Buch aus der Hand und stellte es wieder zurück. »Oder nicht mehr lange.«

»Ich übe noch«, antwortete ich und sah ihr in die eisblauen Augen. Ein Strahlen wie das der dänischen See im Sommer. So ein Mädchen gibt es in Solomon County nicht, dachte ich.

Mit einem Satz drehte sie sich weg und ließ ihre Haare fliegen. Doch ein paar Meter weiter wandte sie sich wieder um und nickte mir zu.

»Dann üben Sie mal schön weiter. Übung macht den Meister.«

Unbeholfen folgte ich ihr, bis sie an der Kasse stand und *Zärtlich ist die Nacht* bezahlen wollte.

»Ist nicht für mich«, sagte sie. »Ist ein Geschenk.«

Und dann ... ja, und dann? Und dann? Ich erinnerte mich nicht mehr, was dann geschehen war zwischen uns beiden, denn ihre unerwartete Anwesenheit, der Streit mit Eisenstein ein paar Sekunden zuvor, sein Zorn, der viele Portwein nach dem Mittagessen hatten mich fertiggemacht, hatten mein Gehirn in Götterspeise verwandelt und ließen mich jetzt mit heruntergelassenen Hosen vor ihr stehen. Bildlich gesprochen, fürs Erste.

Sie hatte von Eisenstein offenbar keine Notiz genommen, und er hatte sich ins Schlafzimmer zurückgezogen, von wo er uns, wie ich vermutete, durch den Türspalt beobachtete, während wir schweigend nebeneinander auf dem Diwan saßen.

Was hatte ich ihr bloß erzählt letzte Woche an der Kasse des Austerlitz? Welche Masche hatte ich gehabt, welche Geschichte ihr aufgetischt? Buchhändler war ich wohl nicht mehr, so viel wusste ich noch, aber was war es dann? Machte ich eine Umfrage zum Leseverhalten von New Yorker Studentinnen? War ich Scout der Winterolympiade in Sapporo? Scott Fitzgeralds unehelicher Enkel, in dessen Wohnung sich alte, unveröffentlichte Briefe seines Großvaters befanden?

Es wollte mir nicht einfallen. Während ich ein sauberes Glas und Schinkenröllchen aus der Küche holte, ihr Portwein einschenkte, Leonard Cohen auflegte (zum Glück war das Verführerischste und Romantischste in Eisensteins Plattensammlung nun nicht mehr Jacques Offenbach), mich neben sie setzte und ihre weißen Knie unter demselben Schottenrocksaum betrachtete, überlegte ich so angestrengt, wie es mir unter diesen Umständen möglich war, denn wie sollte ich das Spiel weitertreiben, wenn ich nicht wusste, was ich für sie war? Erneut stieg mir das Blut in den Kopf.

Schließlich kam Bewegung in die Sache. Ich hatte wohl etwas zu lange schweigend und grübelnd und mit rotem Gesicht auf ihre Kniescheiben geblickt, und während Suzanne uns zum Fluss führte, mit Tee und Orangen aus China fütterte, rückte Stina ein wenig umständlich näher, nahm meine linke Hand und legte sie auf ihren Oberschenkel. Ich spürte die feste Muskulatur unter dem Stoff, fühlte die Wärme ihres Schoßes, die Kälte ihrer Hand auf meinem Handrücken ... *for you've touched her perfect body ...*

»Frierst du?«, sagte ich und bereute es im selben Moment. Stina aber funkelte mich nur an mit ihren Eiskristallaugen, öffnete die Lippen, sagte nichts.

Wir waren langsam. Bei *Winter Lady* hatte ich sie bis auf Schlüpfer und BH ausgezogen, und Leonard sagte: *Trav'ling Lady stay a while until the night is over …* da war sie Stina mein Schneekind, da hatte ich ihren Schwanenhals bewundert und die Beugen ihrer Arme gestreichelt. Bei *The Stranger Song* zog ich mich aus, langsam, unbeholfen, sanft, betrunken, während sie sich zurücklehnte und in die Decke einhüllte, langsam, scherzend, übermütig. Sie sah mir zu, sah mich an, sah zu mir hoch, als ich die Unterhose auszog und nackt vor ihr stand. Sie lächelte, und ich sang: *I told you when I came I was a stranger.* Bei *Sisters of Mercy* lagen wir beieinander unter der Decke, ich berührte ihren Körper, und sie berührte meinen, wir sahen uns in die Augen, und Leonard sagte: *they lay down beside me*, und wir wärmten uns an den Beinen des anderen, küssten uns bei *So long, Marianne*, ich zog sie vollständig aus, küsste ihre Brüste und leckte sie, sie nahm meinen Schwanz in die Hand, in ihre noch immer kühle, weiche Hand, sagte: *it's time we began*, lachen, weinen, weinen und lachen, als ich umständlich das Kondom auspackte und überstreifte, und bei *Teachers* endlich war ich über ihr, drang ein in sie, *her hair the gold that gold can be*, sie stieß einen Seufzer aus, wimmerte, flüsterte mir etwas ins Ohr, was ich nicht verstand, ich sah ihre feuchten Wimpern und sank über ihr zusammen, und Leonard sagte: *Is my passion perfect?*, und wir sagten: *No, do it once again …*

Am Schluss, am Schluss von *One of us cannot be wrong* pfiff und jaulte Leonard leise durch den fernen Salon, Stina und ich lagen eng und warm in unserem Schweiß auf dem Diwan, mein Gesicht an ihrer Brust, ihr Kinn an meiner Stirn, und dann war die Platte zu Ende, und das leise Klicken des Tonarms weckte uns.

So beschrieb ich es ihm später, als wir rauchend nebeneinanderlagen, zwei dumme, befriedigte Juden, nachdem Stina gegangen war.

»Darüber will ich mal ein Buch schreiben«, sagte ich.

»Tu's doch«, sagte er. »Traust dich ja doch nicht.«

Ich kann mich bis heute nicht erinnern, was ich Stina in dem Buchladen gesagt hatte. Es muss sehr überzeugend gewesen sein.

Lewis liebte Lisa, und Lisa liebte Lewis. Lewis und Lisa liebten einander so sehr, dass sie ihre Namen mit den Kieselsteinen vom Meeresufer an die Fensterscheiben des langsam verfallenden Strandhotels von Plymouth, Massachusetts, ritzten. *Lewis & Lisa* stand da inmitten eines zitternden Herzens aus Glas. Da waren sie siebzehn, hatten sich für ein paar Stunden zusammen von der Exkursion ihrer Klasse zur *Mayflower* davongeschlichen und waren Hand in Hand die Promenade des Nelson Beach entlanggegangen. Lewis liebte Lisa so sehr, dass er sein Training ausfallen ließ, um ihr mit den Geometrieaufgaben zu helfen. Lisa liebte Lewis so sehr, dass sie ihn ihre Brüste anfassen ließ auf der Rückbank seines Wagens, den er nach dem Kino hinter der Hester Street geparkt hatte.

Lewis' und Lisas Liebe überstieg sogar ihren Wunsch, im Kreise ihrer Familien einen fröhlichen 4. Juli zu feiern. Ihre Eltern sagten hinterher, sie hätten ihr Schicksal herausgefordert.

Am Unabhängigkeitstag des Jahres 1968 liefen sie von zu Hause, einem kleinen Ort namens Holden, Massachusetts, weg, um sich ungestört ihrer Liebe hingeben zu können. San Francisco war zu weit, also blieb New York, und New York schien zu dieser Zeit genau die Stadt zu sein, in der der Moment richtig war, um seine Unschuld zu verlieren. Am Tag ihrer Ankunft schlenderten Lewis und Lisa über die mit Sternen und Streifen beflaggte Fifth Avenue, gingen im Kellerman's essen, sahen einen Film im Seaview und spazierten dann am Ufer des Central Park zwischen Zoo und Bootshaus entlang, um die Schwäne zu füttern. Es war bereits dunkel, doch die Lichter der Großstadt und die Angst hinderten sie daran, irgendwo haltzumachen. Man hätte sie erwischen können, und dann wäre die Polizei gekommen und hätte sie wieder nach Holden zurückgebracht.

Hinter den Platanen im East River Park fanden sie eine Bank im Schatten der Williamsburg Bridge, fanden im Flüstern der

Stahlseile, im Rauschen des Meeres, das hinter ihnen ein paar Meter über die Ufer getreten war und nun direkt an den Rasen grenzte, ein lauschiges Plätzchen, um sich zu küssen, fanden seinen Schwanz an ihren Fingerspitzen, ihre Lippen unter seiner Hand, fanden hinter der Parkbank einen Wacholderbusch aus der Uferböschung wachsen, unter dessen Astwerk sie weich und warm liegen konnten, fanden dort ihre nackten Oberkörper eng umschlungen, fand Lewis' Schwanz Lisas Möse und Lisas Möse Lewis' Schwanz und fand sein Mund ihren Nacken, seine Zähne ihre weiche Haut in der Kuhle zwischen Schulter und Hals – und fanden sie den wunderschönen Kopf von Heidi Lynch. Er lag nur wenige Zentimeter entfernt von Lisas Gesicht, sodass Lewis erst zu träumen glaubte und meinte, sie hätte sich auf magische Weise verdoppelt. Doch das war ein anderes Mädchen, ein wenig älter als Lisa und hübscher, mit einer kleinen geraden Nase und feuchten roten Lippen, doch vom Hals abwärts, soweit er sehen konnte, war Heidi nackter als nackt. Lisa und Lewis erblickten die tote Heidi gleichzeitig. Es war ihnen, als wäre sie während ihres Rendezvous unter dem Wacholderbusch von den Fluten des East River angespült worden. Oder hatte sie schon eben dort gelegen, und sie sahen sie erst jetzt, da ihre Augen sich an die Dunkelheit gewöhnt hatten? Lisa stieß einen spitzen Schrei aus und rollte sich so plötzlich zur anderen Seite und von Heidi weg, dass Lewis das Gleichgewicht verlor und mit dem Gesicht auf den Boden gleich neben dem Kopf des Mädchens aufschlug. Er rappelte sich auf, stürzte Lisa hinterher, der es nicht gelang, ihren Schlüpfer wieder hochzuziehen, sodass auch sie stolperte und gefallen wäre, hätte Lewis sie nicht gefangen. Da standen sie, schwitzend, keuchend, panisch, mit heruntergelassener Unterwäsche, in der Hitze der Julinacht. Lisa schrie noch einmal und noch ein drittes Mal, doch die Lastwagen über ihnen verschluckten all ihr Schreien. Lewis umklammerte sie von hinten und wartete, bis sie sich beruhigte.

Ihr erster Gedanke war, wegzulaufen. Doch was, wenn sie jemand gesehen hatte? Wenn die Leiche irgendwann gefunden und man Leute befragen würde und diese Leute Lewis und Lisa genau beschreiben konnten? Da war so ein Pärchen, das kam aus dem Unterholz gekrochen, und sie waren sehr aufgeregt, da hab ich mir gleich gedacht, da stimmt doch was nicht? Ein Mörderpärchen aus Neuengland, das durch ganz Amerika reist, um unschuldige Menschen zu töten …

Lewis löste seine Umarmung und zog sich die Hose hoch. Auch Lisa strich ihren Rock glatt und richtete die Haare. Ihr zweiter Gedanke war, sich das Mädchen noch einmal genauer anzusehen. War sie wirklich tot? Sie hatte so friedlich ausgesehen, wie sie dalag im Unterholz, die Augen sanft geschlossen, die Lippen leicht geöffnet, den Unterkörper vom Wasser zart umspült …

Aber sicher war sie tot. Als Lewis und Lisa noch einmal unter den Busch krochen, stellten sie fest, dass sie nicht atmete. Der Anblick des rohen Fleischs ihrer Schultern, ihrer Brüste, ihres Bauches ließ Lisa erbrechen. Sie floh ein zweites Mal, Lewis jedoch blieb und sah hin. Heidis Fleisch war rot wie von einem Rind, das zum Ausbluten im Hinterzimmer der Schlachterei am Haken hängt. Eigentlich ein ganz interessanter Anblick, dachte er. Ein bisschen wie der Mann auf der Erklärtafel im Biologieunterricht. Man konnte die Muskeln ihrer Arme erkennen, den Bizeps, den Deltamuskel der Schulter. Sie schimmerten glatt und seidig. Man konnte die Sehnen zwischen Hals- und Brustmuskel ausmachen und das weißliche Fett ihres kleinen runden Bauchs. Alles in tadellosem Zustand, wenn man die Umstände bedachte, glattes rosa Muskelfleisch, hier und da gesprenkelt mit bläulich leuchtenden Algenresten. Das Gesicht machte den Eindruck, als wäre sie eben erst eingeschlafen. Lange konnte sie nicht im Wasser gewesen sein.

»Was sollen wir tun?«

»Lass uns das Richtige tun, Lewis.«

»Ja, Lisa. Das Richtige.«

Und Lewis fasste Heidi sanft am Kopf, spürte ihre nassen Haare und die Kopfhaut darunter, hob den Schädel an, der so leicht war wie ein kleiner Vogel in seiner Hand, und während Lisa mit den Füßen gegen Heidis Oberkörper drückte, schob er ihn Richtung Wasserlinie. Heidi lag noch einen Moment da, ihr Haar aufgelöst wie Schlingpflanzen, ihr Gesicht nun ganz unter Wasser, die rohen Brüste leicht darüber emporgehoben, lag da, als würde sie auf den richtigen Moment warten, bis die Wellen sie erfassten und wegtrugen in den East River. Vielleicht würde das arme Mädchen hinaus auf den Ozean gespült und irgendwo am anderen Ende der Welt von Fischern gefunden werden.

Ihr dritter Gedanke war gewesen, ihren Fund doch der örtlichen Polizei zu melden. Aber da saßen sie schon gemeinsam in Lewis' Wagen und hatten New York verlassen. Auf der gesamten Rückfahrt nach Massachusetts schwiegen sie. Als Lewis sie vor ihrer Haustür absetzte, blickte sie ihn nicht an. Lewis sah Lisa nie wieder. Viele Jahre später fand er in Plymouth das Strandhotel wieder, in dessen Scheibe sie damals Herz und Namen hineingeritzt hatten, doch das Hotel war renoviert worden und hatte neue Fenster bekommen.

13

Ich sah den Sommer seinem Ende entgegengehen auf einer von Bergahorn bestandenen Insel inmitten des Connecticut-Flusses nicht weit vom Örtchen Sunbury, Vermont. Es war der letzte Tag unseres Urlaubs auf dem Lande, ich stand barfuß im flirrenden Abendlicht, sah, wie die Sonne über den schwarzgrünen Hügeln von Orange County versank, und weinte. Es war mein Sommer, der da ging. Ich hatte gewusst, dieser Tag würde kommen, eines Tages würden wir wieder abreisen, die Gebetsfahnen, die man in die Äste gehängt hatte, würden ausbleichen, die Blätter sich verfärben und die Grillen verstummen. Bis zum nächsten Jahr, das mir unvorstellbar weit entfernt schien. Und wer versprach mir, dass dann, wenn ich nicht mehr zwanzig war, alles wieder so sein würde wie jetzt … so vollkommen?

Anfang August war New York unerträglich geworden. In der verdichteten Luft der Straßen standen die Gerüche von verbranntem Gras und aufgeweichtem Teer. Man fuhr mit heruntergekurbelten Fenstern im Schritttempo über die Avenue; nicht dass das die Dinge irgendwie abgekühlt hätte: nur, um nicht zu ersticken. Selbst Eisensteins Salon war in den gewitterschweren Nächten nicht mehr das Reich aus Weltabgeschiedenheit und Unantastbarkeit, das er einst gewesen war. Die Buchrücken begannen aufzuquellen, das Leder strömte einen immer schwüleren Duft aus. Ich hörte das Papier in den Schränken sirren wie ein Schwarm Heuschrecken, der kurz davor war, sich in die Lüfte zu erheben und den Himmel zu verdunkeln. Die Parks waren nur noch nach Sonnenuntergang bevölkert, und auch die Buchläden boten uns keine Zuflucht mehr. In der Montague Street gab es ein Kino mit klimatisiertem Saal, das europäische Filme zeigte; dort sahen wir *Die Stunde des Wolfs* und vergaßen den Sommer für anderthalb Stunden. Doch wir wurden für unseren Frevel, uns der Hölle entzogen zu haben, umgehend bestraft, als wir aus dem Dunkel in die klebrige Nachmittagshitze Brooklyns traten.

Die Leute verließen die Stadt, die Hundstage trieben sie aufs Land und mit ihnen die Mädchen, und so taten wir es ihnen nach.

Ich hatte nicht geahnt, dass Eisenstein ein Auto besaß, hatte sogar angenommen, er könne gar nicht fahren, sosehr war er für mich der Brooklyner, der zu Fuß geht und in ein Taxi steigt, wenn er mal ins nächste Viertel muss. Doch Eisenstein fuhr nicht nur, er fuhr sogar gut, und er hatte in einer Garage, fünf Minuten entfernt, einen alten Studebaker stehen, 53er Commander Starlight, weinrot mit weißen Kotflügeln. Am Abend vor unserer Abreise hatte er bloß gesagt, ich solle ein paar Sachen einpacken, wir hätten einen kleinen Ausflug vor uns, also kam ich am nächsten Morgen mit meinem Rucksack zur Willow Street, wo er schon unten vor dem Portikus stand und mich erwartete.

»Ich hoffe, du hast ein paar Bücher eingepackt. Könnte sein, dass wir länger wegbleiben.«

Doch ich hatte bloß Emersons Essays dabei, mit denen ich schon fast durch war. Und Wäsche nur für fünf Tage, wenn ich sparsam war.

In der Garage befreiten wir den Studebaker von seiner Plane, warfen unsere Sachen auf die Rückbank und fuhren los. Ich wusste nicht, wohin es ging, wie lange wir bleiben und ob wir je wiederkehren würden.

Wir fuhren die Interstate 87 hoch, am Hudson entlang, vorbei an Kingston und hinter Albany rechts ab Richtung Staatsgrenze. Links ab ging die Straße nach Liberty, doch da wollten wir nicht hin. Wir wollten raus, raus, immer nur raus. Das Land hoch, dahin, wo das Wasser nach Wein schmeckte und der Himmel zu unseren Sommeranzügen passte. Unsere Reise ging nach Osten. Die erste Nacht verbrachten wir in einem Motel in der Nähe von Rutland, für die zweite mieteten wir uns in einer kleinen Frühstückspension mit Ausblick auf den Killington Peak ein. Dann kam der Tag nach dem Mord an Sharon Tate. Der Himmel wie aus blauem Porzellan, Federwolken zart wie mit weißer Tusche draufgezeichnet, die Hügel und Täler von Vermont wie das letzte Stückchen Erde, das uns aus dem Paradies noch übrig war. Wir fuhren über Land, irgendwo zwischen Woodstock und Montpelier, im Radio lief *Helter Skelter*, und dann kamen die Nachrichten: Sharon Tate ermordet aufgefunden, gerade dreiundzwanzig Jahre alt, die hochschwangere Frau von Roman Polanski, dem Regisseur, und berichteten von den Umständen in den wenigen Einzelheiten, die bereits bekannt waren, und dass man die Mörder noch suchte. Zwei Männer in einem weißen Auto unbekannter Marke seien in der Nähe ihres Hauses am Cielo Drive gesichtet worden und nun auf der Flucht.

»Na, wir beide haben zumindest ein Alibi.«

Ich sah ihn an. Er lachte.

Wir hatten noch die Bilder im Kopf von Sharons Gesicht, ihrem makellosen Gesicht, ihre langen dunklen Hollywoodwimpern.

»Was meinst du, war sie die schönste Frau dieses Jahrzehnts? Die Miss Sixties? Ich denke schon. Sie wäre zumindest in die engere Auswahl gekommen, zusammen mit Gretchen und Medea und Stina Falk. Sharon Tate hätte ich gerne einmal aus der Nähe gesehen.«

»Die Chance ist nun leider dahin.«

»Vielleicht nicht so schlimm. Sie war schließlich schwanger. Ich kann mir nicht vorstellen, dass das ihrem Aussehen keinen Abbruch getan hat. Geschwollene Lider, Wasser in den Beinen, sprödes Haar, trockene Haut … Und erst die Dehnungsstreifen am Bauch. Scheußlich.«

»Hast du kein Mitleid? So jung war sie, wäre bald Mutter geworden, und das Kind haben sie auch getötet? Wer macht so was?«

»Jonathan, du hast sie doch gesehen. Du hast sie in *Tanz der Vampire* gesehen, oder? Und das, obwohl sie Perücke trägt. Denkst du, sie wäre immer so geblieben? Denkst du, ihre Schönheit wäre nicht dahingegangen wie ein Blatt im Herbst? Jetzt aber, wo sie tot ist, kann ihr niemand mehr ihre Schönheit nehmen. Sie wird nicht altern, es wird keine Fotos von einer faltigen oder operierten alten Frau in den Zeitschriften geben. So wird sie nur als der Engel in Erinnerung bleiben, der sie war. Zu jung, um zu sterben, sagen sie? Im Gegenteil, schon ein paar Monate später wäre sie zu alt dafür gewesen. Ihr Tod ist wahrhaft ein Glücksfall für dieses Mädchen.«

Der Tag nach dem Mord an Sharon Tate war der Tag, an dem mich zum ersten Mal eine leise Angst vor Eisenstein überkam.

Ein paar Nächte nach unserer Abfahrt aus Brooklyn, nach Aufenthalt in Weston und Montpelier, waren wir irgendwo in den Bergen gelandet, hatten uns Angelzeug besorgt und einen Besucherausweis für die öffentliche Bibliothek machen lassen. Es sah so aus, als würden wir bleiben. Woodsville war ein verschlafenes Nest an der Grenze zu New Hampshire, einzwängt zwischen die Hügel des White-Mountain-Nationalparks, idyllisch an den Hängen des Connecticut River gelegen, mit Steinbruch und Sägemühle, einem McDonald's, einem chinesischen Restaurant, einem Spirituosenladen und fünf Tankstellen. Wir übernachteten im Hotel Wentworth, einem viktorianischen Bau nicht weit von der Stahlbogenbrücke, zwei Zimmer mit Verbindungstür, Paravent und Blick auf den Fluss, mit dem Neuen Testament in der Nachttischschublade und ausgeblichenen Norman-Rockwell-Bildern über den Messingbetten. In meinem Zimmer war ein winziger Fernseher an die Wand geschraubt, in seinem stand ein verstimmtes Klavier, darüber ein Queen-Anne-Spiegel. Morgens kochte uns Ma Wentworth frischen Kaffee, dann gingen wir fischen, aber eigentlich lagen wir nur rauchend zwischen den Weißdornsträuchern am Ammonoosuc River, dem kleinen Nebenfluss, der hier in den Connecticut mündete, oder unter der Eisenbahnbrücke, die das Tal überspannte, sahen in die Sonne, warfen Steine in die Strömung oder widmeten uns unseren Büchern.

Nie in der ganzen Zeit hatte ich ihn so viel lesen sehen wie in diesen Tagen. Vor unserer Abfahrt war mir, als hätte ihn die Stadt mit ihrem Lärm und Rummel daran gehindert, sich ernsthaft auf Lektüre einzulassen. Er trank auch nicht mehr, höchstens abends ein Glas Wein. Nun aber, im Schatten der Ahornbäume von Vermont, las er konzentriert und in sich versunken und war nicht einmal abzulenken, wenn ein Fisch anbiss. Ich holte dann unseren Fang ein, gewöhnlich irgendeine Art Sonnenbarsch, enthakte ihn und warf ihn in den Kescher. Dann legte ich mich wieder ins Gras und nahm mein Buch zur Hand. Nach ein paar Minuten blickte Eisenstein hoch und fragte: »Hat was angebissen?«

Als machte er Urlaub von irgendwas. Die blauen Ringe unter seinen Augen, die ich in der Stadt so oft bemerkt hatte, waren verschwunden. Seine Stimme hatte ihren ironischen Ton verloren, sein Gesicht jede Anmutung von Überlegenheit. Manchmal wirkte er wie ein kleines Kind. Wir scherzten, wir erfanden Geschichten. Wir dachten uns Decknamen aus, unter denen wir operieren würden, sobald die Lage brenzlig würde: Ich sollte Joe Schwarzkopf heißen wegen meiner schwarzen Haare, und er würde sich Dick Fiddler nennen. Ich träumte davon, mein Leben so zu verbringen. Durch Amerika fahren, von den Redwood-Wäldern zum Golf von Mexiko, sich in einem verschlafenen Nest einquartieren, am Ufer liegen und warten, dass die Fische anbeißen. Durch den Hafer streifen, durch den blühenden Jasmin, die Seen hell, die Himmel weich … Maiskolben pflücken und sie rösten im Feuer am Fluss. Ein Fremder in einer fremden Welt sein. Die langen Abende auf einer Terrasse am Marktplatz sitzen und warten, dass die Mädchen anbeißen. Nachts das Werk des Teufels tun und am nächsten Morgen vor Sonnenaufgang wieder abreisen. Ein Mann werden. Ein Amerikaner. Ein Schegez mit strohgelbem Haar. Ein Presbyterianer. Kein Deutsch mehr sprechen, Schinken essen und sich nicht vor dem Tod fürchten. Und irgendwann, wenn die Zeit gekommen ist, im Sommer sterben, wenn die Erde leicht ist für Spaten.

Die Mädchen hier waren eine Herausforderung, zumindest zu Beginn. Sie gingen niemals allein auf die Straße, was die Sache weitaus schwieriger machte als in der Stadt. Es gab keine Supermärkte, in deren Gängen man für ein paar Minuten ungestört war, nur die kleinen Läden und Geschäfte auf der

Central Street. Es gab eine Milchbar und den Chinesen. Man konnte sich nicht verstecken, und wer hier Fremder war, den kannten alle Kinder und Männer und Frauen vom ersten Tag an. Und sie beäugten ihn misstrauisch.

»In Woodsville gibt's keine Blumenmädchen, die wie Janis Joplin singen«, sagte Eisenstein. »Und auch keine Studentinnen, die Sartre und Beauvoir lesen. Hier rauchen sie kein Pot, hier gehen sie sonntags im bodenlangen Kleid in die Kirchen und singen das Hosanna und *God Bless America*. Das macht die Sache ein wenig komplizierter.«

Vielleicht war das ja der Sinn unserer Ferien auf dem Lande: Wäre ich in der Lage, auch die normalen Christenmädchen von Vermont ins Bett zu kriegen, die blonden Schicksen in ihren weißen Kniestrümpfen, die von freier Liebe und der Pille nur in warnenden Worten in der Sonntagsschule gehört hatten – wenn überhaupt? Würde ich es schaffen, ihm auch davon zu erzählen?

»Aber hier gibt es auch keine Juden«, sagte ich. »Und keine exotischen Fremden, wie wir es sind. Abenteurer aus fernen Städten, gekommen, um die Mädchen aus ihrem engen Dorfleben mit Sonntagsbrunch und Tanz um den Maibaum zu entführen. Hier sind wir was Besonderes.«

»Ein Punkt für uns, würde ich sagen. Wir sind hier also die Vorreiter der Frauenbewegung. Lassen wir's drauf ankommen.«

Am zweiten Abend die kleine Jill, die mit ihren Freundinnen auf dem Parkplatz der Autoteilewerkstatt stand und gefrorenen Jogurt schlürfte. Wir mussten uns regelrecht durchkämpfen zu ihr, aber es lohnte sich. Wir suchten sie aus, weil sie die Unscheinbarste von den fünfen war, die sich schon seit einer halben Stunde nicht aus dem Schatten des Bistros lösen konnten, vor dessen Vordertür wir mit Rippchen und Kaffee saßen. Ich sah sie die Köpfe zusammenstecken, mit ihren Pferdeschwänzen wackeln und uns aus den Augenwinkeln beobachten, während sie die dicken Strohhalme ihrer Plastikbecher zwischen die Lippen pressten. Warteten sie auf uns?

Am dritten Abend Amy August, die Tochter des Angelladenbesitzers, mit Spange und langen blauen Fingernägeln, lispelnd, ein wenig zurückgeblieben. Amy sagte *basar* anstatt *bizarr* oder Worte wie *hyptonisieren,* verwechselte New York mit Newark und dachte, Vietnam sei in Afrika. Aber ihr Haar war so golden wie ein Weizenfeld, und sie war lebhaft und voller verrückter Ideen, und sie liebte ihren eigenen Körper.

Dann, schließlich, Marie. Unser Durchbruch. Marie Ziegler war eine andere Nummer. Allein schon vom Alter her – fünfundzwanzig war sie geworden in diesem Sommer. Sie war die Königin von Woodsville: wunderschön, klug, mit einem unschlagbaren Sinn für Humor und gute Literatur. Sie arbeitete in der Leihbücherei in der School Lane, wo ich mir den *Steppenwolf* ausleihen wollte, hauptsächlich wegen *Easy Rider* und so, doch sie empfahl mir *Bonjour Tristesse.*

»Françoise Sagan, das müssen Sie lesen.«

Sie sagte *Sir* zu mir, machte sich lustig über mich, den fünf Jahre Jüngeren, und blickte mich keck an mit ihren hellblauen Augen auf weißem Grund. »Sie war erst achtzehn, als sie das geschrieben hat. Lesen Sie es, kommen Sie wieder, und sagen Sie mir, ob das möglich ist, *Sir.*«

Während sie zwei Gastausweise anfertigte und unsere Namen auf den Karton schrieb – er Richard Fiddler, ich Joe Schwarzkopf, schließlich drohte die Sache brenzlig zu werden –, sahen wir ihr schweigend zu, betrachteten ihr kastanienbraunes Haar im Nachmittagslicht des Lesesaals und dachten dasselbe. *Wir kommen wieder.* Und da waren wir nun.

Wir fuhren auf der anderen Seite des Flusses, durch altes Land, rüber nach New Hampshire, unter den Weißkiefern und dem Augustmond, das Land der Abenaki erkunden. Er steuerte und schwieg, lauschte Woody Herman und dem Glenn Miller Orchestra im Radio und den Erzählungen seines jugendlichen Freundes auf dem Beifahrersitz. Ich erzählte ihm von Jills feuchter warmer Haut, dem Beben ihrer Bauchdecke, wenn man darüberstrich, davon, wie sich der Duft ihrer Haare mit dem des frisch von Ma Wentworth in Orangenseife gewaschenen Lakens auf meinem Bett vermischte, und vom zarten Ring ihrer Finger und ihres Daumens um meinen Schwanz. Erzählte ihm vom metallischen Geschmack der Spange auf Amys Zähnen, wenn man sie mit der Zunge berührte, vom Flaum auf ihrer Oberlippe, der in der Sonne tanzte, wenn sie stöhnte und seufzte und schwer und schwerer atmete, und dem Gefühl von Eiszapfen, die sich bis ins Rückenmark bohrten, wenn sie ihre Fingernägel in meinen Rücken versenkte. Erzählte von Marie, der süßen bleichen Marie Ziegler mit ihren blauen Augen, dem Gefühl von Pflaumenhaut auf ihren Brüsten, als ich neben ihr lag, sie hielt und streichelte unter dem wolkenlosen Sommerhimmel von Grafton County, dem Geschmack von Pflaumenfleisch, als ich sie küsste auf ihre runden blauen Lippen, und dem Duft von Pflaumenkonfitüre zwischen ihren Schenkeln. Wir beide am Ufer des Ammonoosuc, am späten Nachmittag, wenn die Hitze den Tag aus ihren Fängen ließ, Wasserminze und Schwertlilie, Wegerich und Sumpfdotterblumen an den Böschungen, Eisvögel taumelten und schossen umher, und es huschten ihre Schatten über die Bachforellen hin, Françoise und der *Steppenwolf* lagen zwischen unseren Knien. Das war so ein Mädchen, diese Marie. Eine richtige Frau. Die werd ich nie vergessen.

Dann wurde ich unterbrochen von Breaking News aus Hollywood und den Einzelheiten über den Mord an Sharon Tate und ihren Begleitern. Die Angreifer hatten die Anwesenden über das Grundstück und durch das Haus gejagt, gefesselt und geknebelt, es gab Schusswunden und Messerstiche. Ein einzelnes Opfer, ein junger Mann, wurde einundfünfzigmal mit dem Messer getroffen, mit dem Blut der Opfer und einem Handtuch schrieben sie *PIG* auf die Haustür. Sharon flehte um ihr Leben und um das ihres ungeborenen Kindes, bot sich selbst als Geisel an, doch die Angreifer hatten kein Mitleid und stachen sechzehn Mal auf sie ein. Erstachen sie und das Kind in ihrem Bauch. Eisenstein schüttelte den Kopf und stieß einen Seufzer aus, und für einen Moment hatte ich das Gefühl, er bereue seine Worte von vor ein paar Tagen.

»Wer würde so etwas tun?«, fragte nun auch er.

»Menschliche Bestien.«

»Sechzehn Messerstiche. Es ist so …«, er verdrehte die Augen wie über einen unkonzentrierten Centerfielder im entscheidenden Inning, »… so unprofessionell.«

Später hielt ich die Ausgabe von *Life* in Händen, für die Roman Polanski sich vor der mit Blut verschmierten Tür seines Hauses am Cielo Drive hatte ablichten lassen. Doch da war Eisenstein schon verschwunden.

Nach Marie Ziegler war das Eis gebrochen. Die Mädchen kamen zu uns. Es hatte sich rumgesprochen, dass dieses ungleiche Paar, das da Abend für Abend im Altweibersommerlicht auf dem Marktplatz saß, eine Möglichkeit war. Eine Verheißung. Ein Abenteuer. Und wenn man es geschickt anstellte, so, dass man ihnen auffiel, sprachen sie einen vielleicht an …? Doch zur gleichen Zeit bemerkte ich eine gewisse Ermüdung. Einen Anflug von Überdruss. Je besser ich wurde und je bereitwilliger die Mädchen waren, je weniger Widerstand sie leisteten und je schneller sie in meinem Bett lagen, desto geringer war die Erregung. Desto vorhersagbarer wurde alles. Ich bekam Angst, dass das, was in meinem Leben für die größte Aufregung gesorgt hatte, schon bald eintönig werden würde. Austauschbare Erlebnisse. Nicht, dass ich dementsprechend gehandelt hätte. Aber der Gedanke ließ mich nicht mehr los. War das möglich? War es möglich, die Mädchen irgendwann sattzuhaben?

Für einen kleinen Moment hatte man die enthäuteten Mädchenleichen von New York City vergessen. Nach den Berichten über die LaBianca-Morde machte man sich in den Bergen von Vermont keine Gedanken darüber, ob jetzt bald die Welt untergehen würde. Hollywood war nicht Woodsville, Hollywood war Hollywood, und Hollywood war weit weg. Doch sogar hier kam man bald darauf, dass die Tate-Morde und die Morde an Leno und Rosemary LaBianca einen Tag später etwas miteinander zu tun haben könnten: erneut Hollywood, erneut unzählige Messerstiche, gefesselte und geknebelte Opfer, die Buchstaben

WAR eingeritzt in die Bauchdecke des Mannes, *PIGS* und *RISE* mit dem Blut der Opfer an die Wände geschmiert. Doch die Polizei brauchte bis Dezember, um Charles Manson zu fassen.

Eisenstein aber beruhigte mich. »Überdruss ist eine der sieben Todsünden, Jonathan, und das wär er nicht, wenn er nicht dazugehören würde zu unserem Leben wie Wachen und Schlafen. Dieser Ekel vor dem Gewöhnlichen, bereits Erlebten ist nur ein Beweis dafür, dass du für Höheres geboren bist, Jonathan. *Die Welt hat nicht so einen Ekel an mir, als mein Ekel an dieser Welt ist,* heißt es bei Luther. Es gab schon Leute, die sich aus diesem Grund umgebracht haben, und das waren nicht die Geringsten. Das will ich dir nicht raten, Jonathan, auch wenn es im Grunde das Einzige ist, was uns übrig bleibt. Denn je stärker und lähmender der Überdruss und die Langeweile, desto größer wird auch der Anspruch an das Objekt deiner Lust. Diese Ermüdung kann so stark werden, wie sie will – der Schmerz, den dir die Begierde bereitet, lässt dich niemals in Ruhe. Endlos ist er, endlos ist sie. Du wirst Wege suchen müssen, dein Verlangen auf andere Weise zu reizen und auf wieder andere Weise zu stillen.«

Ich weiß nicht mehr, ob Eisensteins Worte mich damals beruhigten. Nach dem Tag jedenfalls, den ich mit Marie Ziegler unter dem Pflaumenbaum am Ufer verbracht hatte, waren mir andere Frauenkörper beinahe gleichgültig geworden. Sie galten mir nichts, die Mädchen von Woodsville und Umgebung, und dieses Gefühl machte mich fertig. Ich fühlte nichts, wenn sie in ihrer Mädchengruppe vor mir gingen und eine zurückblieb, um sich die Strümpfe zu richten, es reizte mich nicht, wenn sie sich noch einmal umdrehten zu mir, sich durch die Haare fuhren oder wenn sie mich anzwinkerten, und ich dachte nur an Marie, wenn ich mit einer an der Tankstelle ins Gespräch gekommen war oder in der Nacht an ihr Fenster klopfte.

Sie hatte mir aus *Bonjour Tristesse* vorgelesen, ihre Lieblingssätze, den Kopf in meinem Schoß, sodass ich ihre bleiche Stirn streicheln konnte, die kastanienbraunen Haare jetzt endlich über meine Schenkel gebreitet, das Kleid verrutscht, der Träger ihres BHs zwischen Schulter und Brust gelockert, meine linke Hand zitternd auf ihrem Schlüsselbein. Sie hatte mir Shakespeare-Sonette auswendig hergesagt, vom Honigatem des Sommers und der Zerstörungswut der Tage – *wer hält den Fuß der Eilenden zurück, hemmt ihren Raub, wahrt, was dem Tod geweiht?* Sie hatte mir von ihren Träumen erzählt, davon, dass sie vorhatte, in Rutland Englisch zu studieren, doch nach der Highschool Woodsville nicht verlassen konnte. Bei ihrer Mutter waren kurz nach Maries Abschluss Anzeichen von Chorea Huntington aufgetreten, Muskelzucken, unkontrollierte Bewegungen, dann Gedächtnisstörungen und Lähmung. Ihr Vater war im Krieg in Deutschland gestorben, und nun musste sie sich allein um ihre kranke Mutter kümmern. Ich hatte sie gefragt, ob sie nicht ein Fernstudium machen wollte, in den ruhigeren Stunden in der Bibliothek könne sie doch sicher Zeit zum Lernen finden, und vielleicht könnte sie später einmal als Lehrerin arbeiten. Vielleicht könnte ich sie ja dann, in ein paar Jahren, besuchen kommen, wenn sie vor einer Klasse stünde und den Kindern Shakespeare-Sonette zitierte.

Ja, ich wollte sie wiedersehen, aber nicht erst in fünf Jahren. Da war etwas gewesen zwischen Marie und mir. Was es aber war, entdeckte ich erst, als ich Eisenstein im Auto davon erzählen wollte und merkte, dass ich nicht konnte. Da war sie wieder, meine Beschreibungsimpotenz. In diesem Sommer war ich so gut geworden, all mein Erleben und Fühlen mit Worten wiederzugeben, dass ich schockiert war, als ich nun auf einmal versagte. Gewiss, ich konnte die Momente vor unseren Augen wiederauferstehen lassen, indem ich beschrieb, wie Maries Lachen klang in meinen Ohren oder wie ihre Brustwarze sich anfühlte, doch ich konnte dieses Etwas nicht in Worte fassen, das ich zwischen mir und Marie gefühlt hatte.

Eisenstein bemerkte mein Zögern.

»Mach diesen Fehler nicht«, sagte er.

»Was meinst du?«

»Verlieb dich nicht in eine.«

Wir hatten Woodsville für ein paar Tage verlassen, waren

auf dem Weg raus, über Montpelier und die überdachten Brücken von Vermont hoch bis zur kanadischen Grenze. Neues Revier erkunden. Neue Objekte der Lust. Doch jede Meile, die wir zwischen uns und Marie und ihren Platz in der Leihbücherei brachten, tat mir weh.

»Ich bin nicht verliebt. Es ist nur ... diese Marie war irgendwie etwas anderes. *Es* ist anders mit ihr. Sie war etwas Besonderes. Nicht wie die Mädchen zuvor.«

»Das kommt dir nur so vor, weil sie fünf Jahre älter ist und sich ein wenig mit Büchern auskennt. Obwohl ... Hermann Hesse? *Der Steppenwolf*? Das war nicht ihr Ernst, oder?«

»Wieso? Ich finde es sehr gut. Aber das ist es nicht. Sie ist einfach großartig.«

»Dann ist es, weil ihre Mutter krank ist und behindert und du Mitleid mit ihr hast und ihr helfen willst. Oder weil du bisher noch nicht mit ihr geschlafen hast. Groß ist immer nur, was man nicht erkennen kann.«

Er wandte mir sein Gesicht zu, langsam, so als ob es ihm leidtäte, dass ich krank geworden war. Er sah mich so lange an, dass ich Angst hatte, er würde von der Spur abkommen und den Studebaker gegen einen Ahornbaum fahren.

»Jonathan, was weißt du schon von ihr? Sie kennt dich nicht, du kennst sie nicht. Fick sie, lern sie ein paar Wochen lang kennen und du wirst sehen, dass sie genauso gewöhnlich und banal ist wie alle anderen Frauen auf der Welt.«

»Alle anderen? Wirklich? Das glaub ich nicht. Frauen sind auch Menschen wie du und ich.«

»Woher willst du das wissen? Hast du schon einmal unter den vielen, die du kennengelernt hast, eine getroffen, die nur halb so genial gewesen ist wie du und ich? Die unseren Witz besessen hat? Unser intellektuelles Vermögen? Die etwas anderes mit sich und dem Leben angefangen hat als Fingernägel lackieren und darüber nachdenken, was der eine oder der andere Typ von ihr hält?«

»Woher willst du wissen, dass es nicht so war? Vielleicht war es so. Vielleicht war eine dabei, die was auf dem Kasten hatte.

Wie soll ich das rauskriegen, wenn ich sie schon nach ein paar Tagen nicht mehr sehe? Wenn wir einfach wegfahren, bevor ich ihr Vertrauen gewinnen kann? Vielleicht ist es ja genau diese Marie, die so besonders ist.«

Doch er legte bloß den Finger an die Lippen, als wollte er nichts mehr von mir hören, und drehte die Musik lauter. »Hör dir das an, mein Junge. Benny Goodman. *Soft Winds.*«

Doch ich war nicht still, wollte nicht still sein, sondern laut und meine Gefühle in die Welt schreien. Ich vermisste dieses Mädchen schon nach einem Tag.

»Verdammt noch mal, diese Marie, das, was ich bei ihr erlebt habe, das ist einfach unbeschreiblich. Aber wie willst gerade *du* das jemals verstehen können.«

Ich bereute meine Worte im gleichen Augenblick. Doch Eisenstein sagte nur: »Mach diesen Fehler nicht, mein Junge.« Es klang wie eine Drohung.

Den Rest der Fahrt schwiegen wir. Ich verstand nicht, was ihn mehr kränkte: dass ich Gefühle für Marie Ziegler hatte, die über das rein Körperliche hinausgingen, oder dass ich ihm diese Gefühle nicht beschreiben konnte.

Als wir nach drei Tagen zurückkehrten und unsere alten Zimmer bei Ma Wentworth bezogen, sprachen die Leute schon nicht mehr über Sharon Tate. Die Mädchen von Woodsville tuschelten nicht mehr über uns, und auch in New York schien die Mordserie zu Ende zu sein, denn dass man das letzte Opfer, weiblich, jung, hübsch, gehäutet und ansonsten unversehrt nach gewohnter Manier, aus dem Fluss gezogen hatte, war nun schon drei Wochen her. Der Skinner von Williamsburg schien seinen Durst gestillt zu haben.

Nachdem ich meine Sachen in den Kleiderschrank gehängt hatte, ließ ich Eisenstein im Hotel zurück. Er wusste, ich ging, um Marie wiederzusehen.

»Richte dich nicht zu häuslich ein, Jonathan«, rief er mir nach, als ich bereits in der Tür stand. »Ein paar Tage, und die Straße hat uns wieder.«

Ich wurde wütend. »Wohin fahren wir?«

»Zurück. In die Stadt. Wir haben noch viel zu tun.«

»Was sollten wir schon zu tun haben? Was hast *du* denn schon zu tun? Auf dem Diwan liegen und rauchen?«

»Ich habe mein Leben, und du hast deins. Wir haben alle unser Ding zu tun. Das Semester fängt bald an, mein Junge, du musst Kurse belegen, dich auf die Zulassungsprüfungen vorbereiten.«

»Du meinst, ich soll meine Leseliste abarbeiten? Dieselbe, die du vor meinen Augen wegen der Antisemiten darauf zerrissen hast? Wegen eines Verses bei T. S. Eliot?«

»Du solltest dafür sorgen, dass du weiterkommst, junger Mann. Das letzte Semester hast du schon verpasst. Glaub mir, ich hab ein bisschen mehr Erfahrung in solchen Sachen. Ich sehe klar, und der Rest der Welt trägt eine Brille.«

Mir war klar, dass er recht hatte, doch so leicht wollte ich ihm nicht recht geben. »Meine Güte, du klingst wie meine Eltern.«

»Du kannst nicht dein ganzes Leben so weitermachen, oder?«

»Was weißt du von meinem Leben? Vielleicht vergeude ich noch ein Semester und danach noch eins. Und noch eins. Vergeude meine ganze Zukunft. Das College kann mich mal, die Professoren können mich mal. Was hat das überhaupt mit meinem Leben zu tun?«

Ich lief runter zum Ammonoosuc River. Die Schwalben kreisten tief über meinem Kopf, vielleicht würde es bald Regen geben. Ich ging vorbei an den Pflaumenbäumen und unter den Trauerweiden hindurch und ließ meiner Empörung freien Lauf.

Und da stand sie. Endlich sah ich Marie Ziegler wieder, und endlich erlebte ich die Reizung meines Verlangens, die Eisenstein gemeint hatte. Sie sah mich nicht, denn sie hatte mir den Rücken zugedreht, neben ihr stand ein Mann im Holzfällerhemd und hielt ihre Hand. Auch er, ein Riese geradezu, trotz Buckel zwei Köpfe größer als Marie, sah mich nicht. Eine Ewigkeit muss ich dort gestanden haben, versteckt hinter dem grünen Vorhang der Trauerweide. Dann presste er seinen Mund auf ihren, lange und wild, fuhr mit seiner knotigen Pranke durch ihr kastanienbraunes Haar, *mein* kastanienbraunes Haar, hielt mit der anderen ihre kleine bleiche Hand an seine Brust und tötete mich und erweckte mich zu neuem Leben.

Mein Verlangen, Marie dafür zu bestrafen, dass sie tat, was ich mit all den anderen Mädchen tat, MIT IHR ABER NICHT!, schnürte mir den Hals zu. Drei Tage nur war ich fort gewesen, drei Tage und drei Nächte, und schon hatte sie sich jemand anderen gesucht und machte am Fluss (am Fluss!, an UNSEREM Fluss!) mit ihm rum. Und dann so einen, einen kräftigen Idioten, einen Goj, einen Bauern, einen Holzfäller mit staubigen Stiefeln, der von Literatur und guten Büchern keine Ahnung hatte. Andere Frauen binden jahrelang gelbe Schleifen um die alte Eiche vor ihrem Haus, Marie aber wartete nicht einmal drei Tage auf mich. Sie hatte mich strafen wollen für meine Abwesenheit, anders konnte ich es mir nicht vorstellen. Las sie diesem Riesen etwa auch aus französischen Romanen vor? Zitierte sie Shakespeare? Als ich nun dastand und um Luft rang, merkte ich, wie stark das Gefühl war, das mich überkam, wie jemanden in einem Roman von de Sade, der sich selbst stranguliert, um größere Lust zu empfinden. Ich konnte nicht genug kriegen, konnte meine Augen nicht abwenden von den beiden, erging mich im Schmerz meiner Eifersucht.

Sie liefen ein Stück weiter bis zu den Haselnusssträuchern. Was war das nur für ein Flittchen. Während Marie sich mit ihrem neuen Lover ins Gras legte und begann, ihm die Hose zu öffnen, empfand ich Wut und Verzweiflung und Begeisterung und Geilheit zugleich. Und Traurigkeit. Bonjour tristesse. Marie wirkte abwesend und hastig, wie ein Tier, als könnte sie es gar nicht abwarten, von diesem Riesen bestiegen zu werden. Das Zurückgewiesensein machte mich ganz wild. Sollte ich nackt auf sie springen und mitmachen oder ihm meine Zähne in den Nacken schlagen oder ihr mit einem Stein aus dem Fluss das süße, bleiche Gesicht zertrümmern oder gleich beiden den Schädel spalten?

Ich entschied mich. Als er sie umdrehte, ihr Kleid hochschob und das Höschen runterzog, stand auch ich mit heruntergelassener Hose unter der Trauerweide, nur wenige Meter entfernt. Ich beobachtete die beiden durch die Blätter, sah, wie er ihre Knie auseinanderschob und dann hechelnd über ihr hing, den nackten und behaarten Arsch auf und ab stieß, es ging schnell und hart und laut, und sie schien es zu genießen. Das zu sehen, ihre Lust zu sehen, ihr Stöhnen zu hören, ließ mich explodieren, und noch während es geschah, wusste ich, dieses Gefühl würde mich früher oder später süchtig machen.

Auch Marie und der Riese wurden fertig, rappelten sich auf und klopften sich die Grashalme von den Kleidern. Sie gingen an mir vorüber, Hand in Hand, ohne mich zu bemerken. Ich wartete noch eine Weile mit heruntergelassener Hose und war befriedigt und angsterfüllt zugleich. Schließlich hatte ich doch erlebt, was er mir versprochen hatte. Mein Überdruss war während der Minuten, in denen ich Marie beim Ficken beobachtet hatte, verschwunden, und ich hatte eine Lust gespürt, die mir einen Grund zu leben gab, eine Lust, die mir kein einfaches Mädchen bereiten konnte, das nach ein paar Drinks mit mir aufs Zimmer ging. Und doch war da die Angst, eine hässliche, gelbliche Angst, von nun an dazu verdammt zu sein, diese Lust immer wieder spüren zu müssen. Würde ich irgendwann wie Eisenstein werden?

Am Abend dieses Tages saß ich allein auf der Terrasse des Chinesen am Marktplatz. Eisenstein kam nicht. Irgendwann zahlte ich meinen Wein und ging die Straßen nach ihm absuchen. In der Milchbar war er nicht, nicht an den Tankstellen und ebenso wenig im McDonald's. Mir rann der Schweiß von der Stirn bei dem Gedanken, er hätte mich verlassen, hätte einfach seinen Studebaker genommen und wäre allein nach Brooklyn gefahren.

Schließlich kehrte ich zu unserem Hotel zurück. Das war die letzte Möglichkeit vor der Bibliothek, in die ich mich nicht traute. Auf dem Weg die Treppen hinauf zu unseren Zimmern höre ich Musik hinter der Tür, leise, ununterscheidbar. Ich lege das Ohr an meine Tür. Frank Sinatra singt *Moonlight in Vermont*. Langsam öffne ich sie einen Spaltbreit. Drinnen ist alles leer. Der Fernseher an der Wand läuft und zeigt stumm die Abendnachrichten. Ein paar Napalmbomben aus Vietnam, Nixon, Walter Cronkite. Als ich weiter ins Innere vordringe, sehe ich ihn auf meinem Bett liegen. Es kommt mir erst vor, als wäre es Maries neuer Lover, der Riese, der dort unter meiner Bettdecke auf mich gewartet hat und beim Warten eingeschlafen ist. Doch es ist Eisenstein. Ich trete näher. Seine leicht geöffneten Augen fixieren mich nicht. Sie sind leer und glanzlos, als wäre er tot, doch sein Brustkorb geht unter der weißen Leinendecke langsam auf und ab. Da liegt er, sein Körper eine zurückgelassene Hülle und sein Geist fern von mir, fern von allem. Ich ziehe die Decke zur Seite. In der Ellenbeuge seines rechten Arms ist der Einstich von der Spritze, die nun vor dem Bett in einer silbernen Schale liegt, direkt auf meiner Ausgabe von Emersons Essays. Sein Oberkörper ist nackt, seine Haut gerötet, wie nach einem heißen Bad. Er zittert leicht. Ich setze mich neben ihn aufs Bett und betrachte ihn. Seine Augen bewegen sich jetzt, scheinen mich anzusehen, er hebt den Brustkorb ein wenig empor und haucht ein paar unverständliche Worte, als läge er im Sterben, dann wieder, während Frankie über die Brise eines Sommerabends singt und über das Trillern einer Wiesenlerche, verliert sich sein Blick ins Ungefähre, in sein künstliches Paradies.

Langsam hebe ich die Hand. Meine Finger suchen sein Gesicht, nähern sich zögernd den Schläfen. Ich wische ihm den Schweiß von der Stirn, berühre seine Augenbrauen, seine kalten Wangen und die grauen Stoppeln darauf. Ich streichle ihn. Streiche über sein Haar, seine schmalen, rissigen Lippen unter dem kurzen Schnurrbart, den Rücken seiner langen, geraden Nase, die Rundung seines Kinns und das dunkle Grübchen darin. Dieser fremde alte Mann. Wie schön er ist.

Nach einigen Minuten gehe ich rüber in sein Zimmer, lege mich auf sein Bett und schlafe ein.

Über Nacht kam der Regen, der lang ersehnte Regen, wie ihn die Schwalben vorausgesagt hatten. Ein Tiefausläufer zieht von Nova Scotia herunter, sagten sie in den Nachrichten. Die Welt kühlte ab. Auf einer Farm in Bethel wurden die Weiden zu Schlamm und Dreck, weil zu viele Leute drübertrampelten. Es gab zu wenig öffentliche Toiletten. Einer zerstörte die Nationalhymne und setzte seine Gitarre in Brand. Ein anderer wurde in seinem Schlafsack von einem Traktor überfahren.

Einen Tag später stand ich auf der Flussinsel im Connecticut River, fühlte den Sand zwischen den Zehen, sah die Sonne untergehen und nahm Abschied von Marie Ziegler und meinem Sommer der Liebe.

In der Lower East Side, nicht weit von der Williamsburg Bridge, im Schatten des klobigen Turms des Beth Israel Hospital, lag zu diesen Zeiten ein Lokal, in dem man unter sich war. Die Besucher des Lepke's schätzten die Atmosphäre, den Whisky und die Verschwiegenheit der Angestellten. Im Lepke's, hieß es, kann man ein Geschäft noch abwickeln, ohne dass man am nächsten Tag in Handschellen abgeführt oder mit Beton an den Füßen im Fluss versenkt wurde. Die Besucher des Lepke's saßen auf den Barhockern, rauchten, aßen Erdnüsse, belästigten die Kellnerinnen, unterhielten sich über die Zukunft der Jets und tranken Single Malts. Man hockte auf den grünen Lederimitatsesseln und aß Pellkartoffeln, saß unter den flackernden Bierreklamen und rauchte Zigarren oder versteckte sich in den mit Chromstangen voneinander abgetrennten Diner-Ecken und ließ es sich gut gehen.

Und normalerweise fühlte sich auch Ira Bloom im Lepke's wohl. Das lag nicht etwa daran, dass er Jude war. Die Juden waren lang schon gegangen. An sie erinnerte nur noch die Klarinette Benny Goodmans, die hier regelmäßig aus der Jukebox tönte. Es lag auch nicht daran, dass Ira Bloom schwarz war. Wenn er keine Farben sah, wieso sollte es ihn interessieren, ob andere sie sahen? Und es lag auch nicht daran, dass er schwul war. Dass die anderen Männer hier schmerbäuchige Schläger waren, Typen mit Aknenarben und behaarten Fäusten, oder blasse Buchhalter mit Silberblick, musste ihn nicht kümmern. Denn Ira Bloom war blind.

Dass er sich wohlfühlte, lag daran, dass man ihn hier nicht beachtete. Denn Ira Bloom, mit seinem vollen, silbrig schimmernden Haar und dem Goldring mit dem Davidstern an der linken Hand, war nicht nur ein Gentleman im karierten Anzug, der sanft lächelnd in einer der hinteren Ecken saß, sein Bier schlürfte und dem Swing lauschte. Ira Bloom war hier mehr als ein gewöhnlicher Kunde: Er wickelte seine Geschäfte im

Lepke's ab, weil er wusste, dass unter all den Männern weder jemand Angst vor ihm hatte noch dachte, er wäre was Besseres.

An diesem Abend aber, einem kühlen Herbstabend des Jahres 1968, fühlte Ira Bloom sich müde und ausgelaugt, als hätte er soeben eine Gallone Blut gespendet. Zu lange hatte man ihn warten lassen und zu heikel war die Angelegenheit, dass er die Stunden entspannt hätte absitzen können. Was glaubte dieser Kerl, wer er war?

Er wischte sich mit dem Einstecktuch über die Stirn, fühlte die Wut in sich aufsteigen, fühlte sein Herz gegen den Schaft der Pistole schlagen, er atmete schwer. Er verstand nicht, warum ihm Eisenstein das Buch nicht direkt ausgehändigt hatte. Er konnte nachvollziehen, dass er ihm nicht preisgeben wollte, wo seine Werkstatt lag oder in welcher Straße er wohnte. Aber so oft, wie er und Eisenstein sich in den letzten Wochen getroffen hatten, hätte sich doch sicherlich eine Gelegenheit ergeben, das Geschäft abzuschließen. Nicht einmal Blooms Blindheit war Eisenstein Versicherung genug. So musste er hier der Dinge harren.

Als Ira Bloom nach seinem vierten Bier vorhatte, das Lepke's zu verlassen, hörte er schwere Tritte die Treppe hinunterpoltern. Jemand humpelte auf ihn zu. Jerry. Eisenstein hatte recht gehabt. »Sie werden ihn nicht verfehlen.« Ein weiteres Mal dankte Bloom dem Schicksal dafür, dass es ihn blind gemacht hatte. Nach dem Humpeln zu urteilen, dem fauligen Atem, dem Ächzen und Röcheln, das dieser Mensch da bei jeder Bewegung ausstieß, musste es sich um eine Ausgeburt der Hölle handeln, die Eisenstein als Handlanger vorgeschickt hatte. Es war kaum zu glauben, dass sich Josef Eisenstein, ein Mann von exquisitem Geschmack und Stil, dieses Produkt einer kranken Fantasie hielt. Wie hielt er es aus, mit einem solchen Monster Tag und Nacht zusammenzuarbeiten? Offensichtlich, dachte Bloom, hatte dieser Jerry andere Qualitäten als eine angenehme Erscheinung.

Bloom setzte sich wieder. Sein Herz schlug schneller. Er hörte Jerry ein schweres Objekt, eingewickelt in Zeitungspapier, auf den Tisch legen. Er musste es anfassen.

»N-nein«, stammelte Jerry. Bloom fühlte Jerrys warme Spucke auf seiner Hand landen, die er auf die Zeitung gelegt hatte. »Erst Geld. Erst Jerry weg.«

Nachdem er sich die Hand mit dem Einstecktuch abgewischt hatte, zog er einen Briefumschlag hervor, legte ihn, so weit es ging, von sich entfernt auf die Bank und hörte, wie Quasimodo das Geld an sich nahm und sich grunzend davonmachte.

Bloom lächelte und schüttelte den Kopf. Er zog die Zeitung zu sich, öffnete sie und befühlte den in eine weitere Lage Papier gewickelten Quader, der wie eine antike Steintafel in seiner Hand lag. Bloom vergaß das Lepke's, vergaß die Menschen um sich herum, vergaß sich selbst.

Man hatte ihm nicht zu viel versprochen. Nachdem er die Verpackung behutsam entfernt hatte, fühlte er, wie makellos das war, was er da in der Hand hielt. Er musste es nicht einmal öffnen, um zu erkennen, dass sich das Geschäft mehr als gelohnt hatte. Wie einwandfrei die Oberfläche war, so glatt und blank und zart wie ein frisch herabgefallenes Blatt im frühen Herbst, wie die feine feste Rinde um die jeden Frühling neu aufsprießende Weidenrute, stark und biegsam zugleich, ja, wie die Haut eines jungen Sommerknaben. Der Widerstand in seiner Hand, die leichte Maserung des hellbraunen Leders, die meisterhafte Verarbeitung der Kanten, die perlmutternen Schließen, die geradezu erhabene Patina des Rückens, dunkel irisierend, als wäre er soeben gesalbt worden, mit Balsam versehen wie der Körper einer Mumie, die von nun an bis zum Ende der Jahrhunderte in der steinernen Gruft der Könige verwahrt sein sollte. Ein Kabinettstück im Handwerk der Buchmacherei, ein Kunstwerk, ein Geniestreich. Das war ein weiteres glorreiches Exemplar in seiner immer vollkommener werdenden Sammlung.

Bloom befühlte den auf dem Deckel eingeprägten Titel, er las mit den Fingern. *Ovid. Ars amatoria.* Er führte das Buch an sein Gesicht, nahm einen tiefen Zug und verging. All die Herrlichkeit der Welt. Töten könnte er dafür. Er musste es weglegen. Er durfte es nicht öffnen. Nicht hier.

14

Den Namen hatte ihr der Vater nach Dantes Führerin im *Paradiso* gegeben. Das sagte er zumindest, wenn er sie vorstellte. Und so hieß sie eigentlich Beatrice und lebte im Paradies, aber selber nannte sie sich Bea. Auf den Soireen, die Professor Ehrlich in seinem Upper-East-Side-Penthouse gab, erschien sie im Abendkleid, sah gelangweilt vor sich hin und rauchte. Sie mochte nicht älter als achtzehn sein, hatte schwarze Haare, die sie sich mit der Hand, die die Zigarette hielt, im Minutentakt von der Stirn strich, sodass ein ständiger Flor aus Rauch ihr schmales Gesicht umhüllte. Das ist ein Indianergesicht, dachte ich, als ich sie zum ersten Mal sah, kühn, dunkel und geheimnisvoll. Die Augen beinahe asiatisch, mongolisch, die Schultern unter den schwarzen Streifen ihres Kleids aus Elfenbein geschnitzt, die zerbrechlichen Finger lang wie die Streben eines andalusischen Fächers. Beatrice, sagte Professor Ehrlich, dessen ganzer Stolz sie war – neben einer Sammlung von Handschriften aus dem Trecento. Sie selber sprach nie über sich. Ich wünschte, sie hätte überhaupt niemals gesprochen.

Es war nicht leicht gewesen, in diesen Tagen nach New York zurückzukommen. Kurz vor Kingston war alles dicht. Kleinbusse mit T-Shirts statt Gardinen an den Fenstern verstopften die Straßen. Im Radio hieß es, eine halbe Million junger Menschen wollte nach drei Tagen Frieden und Musik zurück in ihre Heimatdörfer. Eine halbe Million, die in der Zwischenzeit ihre Autos einfach auf den Feldern hatten stehen lassen. Eine halbe Million, die Hälfte davon Mädchen. Und ich war nicht dabei gewesen.

Auf der Landstraße, die wir statt des Interstate Highway genommen hatten, stritten wir über mich und mein Leben.

»Ich will Dichter werden oder gar nichts«, sagte ich. »Ich will berühmt und berüchtigt werden oder mit siebenundzwanzig sterben. Ich will ein Apartment in Brooklyn haben, in dem tausend Bücher stehen, will Mädchen verführen und Gedichte schreiben wie Rimbaud.«

»Und einen großartigen Roman?«

»Vor allem einen großartigen Roman. Wozu also studieren?«

Er lächelte.

»Du kannst nicht mal darüber schreiben, wie es ist, eine Frau zu verführen. Wie willst du dann je einen großartigen Roman zuwege bringen?«

In Manhattan hatten wir unser Dandyleben wieder aufgenommen, gingen wieder auf Partys, tranken uns durch die Bars der Reichen und Schönen und derer, die sich dafür hielten, und warteten auf Mädchen. An diesem Abend hatten wir genau bis zu dem Moment warten müssen, da Professor Ehrlich ungefragt und in langen Erläuterungen zur italienischen Literatur die Herkunft ihres Namens preisgab und dabei auf das rätselhafte Mädchen zeigte, das dort mit übergeschlagenen Beinen am Fenster saß und sich bemühte, nicht hinzuhören.

Dieser unbeteiligte Blick, dieses Gelangweilttun, dieser Unwille, Interesse vorzutäuschen – das alles reizte mich ebenso, wie es ihn reizen musste. Die Kraft ihrer Reglosigkeit. Was könnte erotischer sein als die Abwesenheit jeglicher erotischen Intention in einer erregenden Frau? Wir mussten darüber keine Worte verlieren, ein Blick reichte, und wir hatten unser Ziel gefunden. Doch Bea war kein einfacher Fall.

Ich wusste, ich würde keinen Erfolg haben, wenn ich einfach zu ihr ging und sie ansprach – ich würde abblitzen wie die anderen jungen Männer, deren zersplitterte Knochen um ihre schmalen Füße verstreut lagen. Ich wusste, sie war noch Jungfrau und versteckte ihre Unsicherheit hinter einer Wand aus Verwöhnung und Unberührbarkeit. Während Eisenstein sich mit Professor Ehrlich über Savonarola unterhielt, näherte ich mich einer nicht allzu Schönen, die in einer Gruppe von Cordanzügen mit einem Cocktailglas in Beas Blickfeld stand. Ich machte ein paar Scherze, die ich mittlerweile auswendig kannte, berührte sie ein paarmal an der Schulter, lobte das Feldblumensträußchen an der Schleife ihres Kleids, bis ich mich wegdrehte und gelangweilt an meinem Glas nippend aus dem Fenster blickte. Meine neue Eroberung prostete mir nach ein paar Minuten, in denen ich sie ignoriert hatte, zu, dann drehte ich mich wieder zu ihr hin, hauchte ihr irgendeinen Unsinn über den Zustand der New York Jets in der kommenden Saison ins Ohr und fragte sie, ob sie dächte, Joe Namath würde seinen Rekord vom letzten Jahr brechen können. Ich hatte absolut keinen Schimmer, wovon ich da sprach, doch mein Mund war ihrem Ohrläppchen nah, und das allein war es, worauf es ankam.

Dann flüsterte auch sie mir etwas zu, woraufhin ich einen Schritt zurücktrat und sie mit großen Augen ansah, als hätte sie mir gerade ein unmoralisches Angebot gemacht. Ich wandte mich ein zweites Mal von ihr und ihrer Gruppe ab und sah nun Bea geradewegs ins Gesicht. Da saß sie, ein paar Meter entfernt, Drink und Zigarette in einer Hand, und hatte mir zugesehen. Ich verdrehte die Augen, als würde mir so ein Angebot jeden Tag gemacht. Ach, die Frauen. Wollen immer nur das eine …

Und Bea lächelte mich an.

Die nächste halbe Stunde sperrte ich mich in Professor Ehrlichs Badezimmer ein. Ich musste aus ihrem Blickfeld verschwinden, und sie musste sich Gedanken machen über mich, musste den coolen Typen mit den vor Witz und Intelligenz sprühenden Augen vermissen, bevor er aus dem Nichts wieder auftauchte und ihr Feuer gab. Diese qualvoll zähe halbe Stunde im Bad stand ich einfach nur da, betrachtete mich im Spiegel und biss mir in die Faust, um mich daran zu hindern, zu früh wieder auf der Bühne zu erscheinen. Irgendwann jedoch wurde das Klopfen an der Tür zu laut, jemand im Flur machte Scherze, da drinnen würde sich wohl jemand einen Schuss setzen, also öffnete ich, ging an dem Scherzbold vorbei zurück ins Wohnzimmer.

Ich konnte Eisenstein nirgends erblicken, vielleicht war er im Klavierzimmer und ließ sich von der Geliebten des Professors einen Drink reichen. Mühsam kämpfte ich mich durch die angeregten und belanglosen Unterhaltungen der Gäste und die Jazzposaunen bis zu Beas Platz am Fenster. Sie war verschwunden.

Panik ergriff mich. Hatte sie die Party verlassen? Aber sie

wohnte doch hier? Oder wohnte sie schon allein, irgendwo an der Upper East Side? Warum hatte ich bloß so lange im Badezimmer gewartet?

Schließlich kam ich zur Balkontür und sah hinaus in die Nacht von Manhattan. Da stand sie, drehte mir die nackte Stelle ihres Rückens zu, die ihr Abendkleid sehen ließ, und sprach mit einem Mann im schwarzen Anzug, einen Kopf größer als sie. Beide sahen hinaus auf die Dächer von Carnegie Hill. Der Mann drehte sich um zu mir, und ich erkannte sein Haifischgrinsen. Ich konnte Beas Gesicht nicht sehen, doch ich wusste, sie war im Gespräch mit ihm.

Ich verspürte den Drang, mich zu den beiden zu stellen, mich ins Gespräch einzumischen oder ihnen wenigstens zu lauschen, auch wenn das alles kaputt machen und er es mir niemals verzeihen würde. Aber schließlich war ich derjenige von uns beiden gewesen, der den ersten Schritt getan hatte, der erste von uns beiden, den Miss Pocahontas angelächelt hatte – wo war da die Gerechtigkeit? Nun war er es, der nur eine Handbreit neben ihr stand und sich ihr belangloses Geplauder anhörte. Zu nah an ihrem nackten Rücken und an einem Date irgendwann die nächsten Tage, vielleicht in Brooklyn? Vielleicht in seinem Atelier?

Also blieb ich im Rahmen der Balkontür stehen, einen Fuß im Wohnzimmer, den anderen draußen über den Häusern Manhattans, und beobachtete die beiden. Sie wischte sich imaginäre Strähnen von der Stirn, gestikulierte beim Reden, schwieg still beim Zuhören, dann lachte sie, legte den Kopf in den Nacken, sodass die schwarzen Haare ihr zwischen die Schulterblätter fielen, und betrachtete Sternbilder, die er ihr zeigte und die schon seit hundert Jahren über diesem Teil von New York nicht mehr zu sehen waren.

Ich hielt es nicht aus. Was, wenn er mir diesmal nichts abgab von ihr? Als Strafe für Marie? Später verstand ich nicht, woher dieses Gefühl genau gekommen war, denn er hätte ja nichts davon gehabt, sie alleine zu verführen, schließlich berührte er die Mädchen nicht einmal und ließ sich nicht von ihnen berühren, sondern war ganz und gar abhängig von meinen Berührungen und meinen Beschreibungen. In dem Moment aber, rechts von mir das Geplauder und die Jazzmusik, links das Tuten und Hupen der Madison Avenue, der unsichtbare Sternenhimmel über mir und in mir das Schwelen der Nacht, dachte ich nicht klar. Ich schritt auf das Pärchen am Balkongeländer zu, stellte mich rechts neben Bea und legte ihr eine Hand an die Schulter. Fest, beweglich, warm.

»Ich glaube, wir sind uns noch nicht vorgestellt worden. Joe Schwarzkopf.«

Ich wollte diese Schulter nicht mehr loslassen. Einfach meine Hand dort festkrallen, den daranhängenden Körper mit mir ziehen, hinter mir her, durch die Gesellschaft und an den staunenden Augen des Professors vorbei, ab durch den Flur ins Badezimmer, wo ich uns beide einschloss, sie auszog und in die Badewanne legte. Sollte sie nun meine Führerin ins Paradies werden.

»Was für ein Zufall«, sagte Bea zu mir. »Sie beide tragen den gleichen Namen. Sind Sie vielleicht Zwillinge und bei der Geburt getrennt worden?«

Ich bemühte mich, meine Wut auf Eisenstein zu verbergen. Nicht nur, dass er mir zuvorkommen wollte, jetzt verwendete er auch noch meinen Decknamen. Das war keine Altersschwäche, Mister Fiddler, das war pure Bosheit.

Sprachlos stand ich da. Bea ließ uns beide am Geländer stehen, ging zur Balkontür, drehte sich noch einmal um und rief: »Vielleicht sollten Sie beide sich erst mal vernünftig absprechen, bevor Sie auf die Jagd gehen. Ich wünsche Ihnen viel Erfolg.«

Und verschwand in Geplauder und Jazzmusik.

Ich sah Bea nie wieder, ebenso wie Marie. Von Marie habe ich hier in meinen Kartons noch die beiden Bücher, die ich nicht in die Leihbücherei von Woodsville zurückgebracht habe. Die Joe Schwarzkopf ihr gestohlen hat. Von Bea dagegen habe ich nur die Erinnerung an ihr höhnisches Lachen.

Wenn er ein Buch in die Welt setzte, verlor alles andere seine Bedeutung. Er erschuf es, und er war allein mit ihm, das war, was er konnte, das war, was er wollte. Und das war alles, was zählte. Wer die Menschen waren, die seine Bücher kauften, hatte keine Bedeutung für ihn. Er wusste, unter den Käufern waren Dekadente, Perverse, Gangster und Ganoven, Menschen ohne Gewissen, dafür mit dunkler Vergangenheit und zwielichtiger Gegenwart. Prominente, die unerkannt bleiben wollten, Menschen, die zu schnell an Geld gekommen waren und nur einen ausgefallenen Zeitvertreib suchten. Er hegte nicht die Illusion, der sich viele Handwerker hingaben – dass die Menschen, die für seine Kunst bezahlten, sie auch verstünden.

Wichtig war nur, dass das Buch in fürsorglichen Händen war. Ganz gleich, welche Monster sie in ihrem Leben auch sein mochten, die Sammler hatten eines gemein: die bedingungslose Liebe zu dem besonderen, dem kostbaren, dem einzigartigen Buch. Er stellte keine Fragen. Ihn kümmerte nicht, warum sie das Buch besitzen wollten. Entscheidend war nur, dass er wusste, sie würden es hüten wie ihren Augapfel und zu Lebzeiten nicht wiederhergeben. Nur so konnte er sich sicher sein, wo sie waren.

Er interessierte sich auch nicht für das Geld. Die Summen, die die Sammler bezahlten, finanzierten seine eigene Bibliothek, sein Apartment, ermöglichten ihm seinen Lebenswandel, und doch: Wenn es auf der ganzen Welt keine verrückten Sammler mehr gäbe, wenn niemand mehr für die Arbeit, die er verrichtete, auch nur das Geringste gezahlt hätte – er hätte es trotzdem tun müssen. Das war nicht nur das, was er konnte. Es war das, was er musste.

Ganz gleich, wer für wie viel Geld ein Buch bei ihm erwarb – er sah jedes seiner Werke als sein Eigentum für alle Zeiten. Er hatte es ins Leben gerufen, für immer war es sein. Ein Buch, das Josef Eisenstein erschuf, war keines, das gelesen wurde.

Es war allein dazu da, wahrgenommen zu werden. Und so war es ihm egal, um welchen Titel es sich handelte. Ob es eine Ausgabe des Neuen Testaments war, die er bearbeitete, Petrarcas Gedichte auf Pergament oder, wie heute, die *Liebeskunst* des Publius Ovidius Naso – es kümmerte ihn nicht. Das waren Kleinigkeiten, auf die er keinen Einfluss hatte und die dem Wert seiner Arbeit nur wenig hinzuzufügen hatten. Was in einem Buch geschrieben stand, sein Geist, sein Innerstes, hatte keinen Belang für das wahre Werk. Von Bedeutung war allein seine Oberfläche.

Wenn er ein Buch in die Welt setzte, musste er allein sein. Ungestört und unsichtbar. Und so stand er im Keller des Hauses in der Zweiundvierzigsten Straße, in einem kühlen, von vier mächtigen Säulen getragenen Ziegelsteingewölbe, das bloß von ein paar Glühbirnen erhellt wurde, und war der letzte Mensch auf dieser Erde. Es war sein Schlupfwinkel, seine Zuflucht und Festung. Ende des neunzehnten Jahrhunderts angelegt, hatte es erst als Kohlenkeller gedient, dann, nach seiner Erweiterung durch zwei in der Flucht gelegene Nebenräume, als Wein- und Vorratskeller für Cavaggio's, das italienische Restaurant im Erdgeschoss, und nach dem Krieg für ein paar Jahre als Abstellraum von René's Cars, die Autowerkstatt auf der New Utrecht Avenue. Nun aber, da sowohl die Familie Cavaggio als auch René längst verschwunden waren, gehörten die drei Kellerräume, zu denen nur noch eine schmale Treppe aus dem verriegelten Hinterhof hinabführte, niemandem mehr. Es gab hier keinen Besitzer und keinen Eintrag im Grundbuch. Es gab niemanden, an den man sich hätte wenden können. Aber wer sollte sich für diese Bruchbude schon interessieren?

Für die Menschen aus Sunset Park war das gesamte Gebäude nur ein weiteres Überbleibsel einer längst untergegangenen Zeit, das darauf wartete, abgerissen zu werden. Sie ahnten nicht, wer da unter ihren Füßen ganze Tage und Nächte verbrachte und was er dort tat. Sie kannten seinen Namen nicht. Niemand sah ihn eintreten, niemand hörte ihn arbeiten, niemand gab acht auf ihn, wenn er das Gebäude durch den Blechverschlag hinter den Mülltonnen in der Seitengasse verließ. Niemand bemerkte den weißen Lieferwagen der Marke Kaiser, der hier an manchen Abenden stand, niemandem fiel der bucklige Mann auf, der unter der Last der Kisten und Kartons ächzte, die er vom Wageninneren in den Keller und wieder zurück wuchtete.

Hier, in dieser kalten, fensterlosen Zelle, deren nackte Mauern bloß eine Kopie von Arcimboldos *Bibliothekar* schmückte, arbeitete Josef Eisenstein. Hier richtete er die Bögen vor, die er meist lose geheftet bekam, klebte Karten, Tafeln und Stiche an die richtigen Stellen, verband die Vorsätze mit dem ersten und dem letzten Bogen. Allein diese Arbeit verlangte höchste Konzentration und dauerte oft Stunden. Dann zog er die Heftfäden durch die Lagen, vernähte die Kordeln quer zum Rücken der Hefte und leimte den Buchblock. Hier schnitt er und stempelte er, falzte und faltete, rundete den Block und lockerte ihn. Hier heftete er Gaze und Pergament zwischen die Bünde. Dann verzierte er die Schnitte mit Goldlack oder Marmorweiß, musterte sie oder prägte sie, bis der Block schließlich gebunden werden konnte. Und diese Arbeit, die Verbindung des Blocks mit dem Einband, die Hochzeit des Papiers mit dem Leder, war die anspruchsvollste von allen. Papier und Druck, Satz und Illustration, Heftung und Schnitt – wenn er ein Buch in die Welt setzte, kam es auf das kleinste Detail an. So hatte er es gelernt, so tat er es von Anbeginn. Das Wichtigste aber war der Einband, waren Beschaffenheit des Leders und die Qualität der Verarbeitung. Für den Ovid hatte er sich eine Besonderheit ausgedacht, denn der Käufer gefiel ihm. Ein Mann wie dieser blinde schwarze Jude hatte etwas Besonderes verdient.

Eisenstein griff nach dem Einband, den er sich für solche Gelegenheiten aufgehoben hatte. Seit zwei Jahren nun wartete er luftdicht verpackt in der Kühle des Nebenraums. Eisenstein fühlte das Leder zwischen seinen Fingern zerfließen. Das war der Stoff, aus dem gute Bücher gemacht wurden. Bisher war es noch ungeprägt, ohne Posamente und Medaillon. Er hatte beinahe Angst, dem noch jungfräulichen Stoff seine Markierungen einzustanzen. Wie gut konnte er sich noch daran erinnern, wie er in ihren Besitz gekommen war. Ein solch himmlisches Wesen war sie, sanft und zart, grazil, von schlankem Wuchs und delikatem Anblick. Ein Botticelli-Engel. Heute Abend musste er sein Bestes geben. Sie sollte nicht umsonst gestorben sein.

Nach so vielen Stunden geradezu selbstzerstörerischer Arbeit, die er bis in die Nacht hinein vollbracht hatte, wieder aus seiner Höhle hervorgekrochen zu kommen und auf der nächtlich beleuchteten Straße zu stehen, kam ihm wie ein Wunder vor. Es verblüffte ihn ein weiteres Mal, dass er noch immer nicht der einzige Überlebende der Katastrophe war. Er hatte sich getäuscht. Nicht Jahre und Jahrhunderte hatte er dort unten verbracht, obwohl es ihm so vorgekommen war, als er mit der *Ars amatoria* beschäftigt gewesen war. Wie viel Zeit war vergangen, er hatte sie nicht gemessen, vielleicht ein ganzer Tag? Doch wie hätte er vorher enden können, bevor die Hochzeit vonstattengegangen wäre? Schon längst war der Augenblick gekommen, an dem aufzuhören unmöglich war. Der Atomkrieg hätte ausbrechen können – Eisenstein wäre nichts anderes übriggeblieben, als weiterzumachen, bis das Buch vollendet war. Er musste die Sache um ihrer selbst willen tun.

15

Vielleicht hatte er recht. Vielleicht musste ich vernünftig sein. Vielleicht würde ein neues Semester neues Glück bringen, eine neue Seite aufschlagen im Buch meines Lebens. Vielleicht war das Ganze ein Irrweg.

Also ging ich eines Morgens im späten August wieder zum Campus, setzte mich in einen Seminarraum der Lewisohn Hall und tat so, als wäre ich ein ordentlicher Student, ein guter amerikanischer Junge mit amerikanischem Optimismus, ein Schegez aus Neuengland mit einem moralischen Kompass und Zielen im Leben, zum Beispiel Polopartien und Fuchsjagden. Ich gab wirklich mein Bestes.

Das Mädchen aber, das ich in jenen Tagen kennenlernte, sagte mir später, sie hätte mich angesprochen, weil ich so wütend und so traurig zugleich aussah. Als hätte ich einen persönlichen Groll auf Dr. Castillo, den Dozenten unseres Ferienkurses über journalistisches Schreiben. Dr. Castillo war gerade mal Anfang dreißig, ein kleiner Mann spanischer Herkunft, mit funkelnden Augen, die er hinter einer dicken Brille versteckte, einem nicht zu seinem Alter passenden Schnurrbart und wilden Locken. Ich konnte ihn nicht leiden.

»Als hätte dir Dr. Castillo gerade deine Freundin ausgespannt, so hast du ausgesehen«, sagte sie. »Als würdest du auf schreckliche und grausame Rache sinnen.«

Ich glaubte ihr das nicht, weil ich nicht verstand, warum ein Mädchen wie dieses einen Jungen wie mich ansprechen sollte, ohne dass der vorher ein paar kluge Sprüche zum Besten gegeben hatte. Und ich verstand nicht, wie besonders ein Mädchen sein musste, wenn es mich ansprach, nur weil ich traurig und wütend auf sie wirkte.

»Das ist doch nur, weil er da in der Mitte steht und von allen angehimmelt wird, und du sitzt hier in der hintersten Reihe und denkst, du wüsstest das alles schon und wärst zu Höherem bestimmt.«

Vielleicht hatte sie recht. Aber mein Groll bezog sich nicht allein auf Dr. Castillo. Mein Groll galt der ganzen Welt.

An diesem Tag war ich nicht cool und lässig, hatte keinen Spruch drauf, ich war nur angewidert von der Sinnlosigkeit des Universums und der Columbia University im Speziellen. Hätten sie doch das ganze Gebäude abgerissen vor einem Jahr, hätten sie es gesprengt, es wär nicht schade drum gewesen.

»Warum bist du dann überhaupt hier, wenn du so denkst?«

Wir tranken Kaffee auf der Terrasse im Morningside Park.

»Ich weiß es nicht mehr. Das ist es ja.«

»Haben dich deine Eltern gezwungen?«

»Schön wär's. Dann wüsste ich es ja. Aber mein Vater hätte viel lieber gehabt, dass ich Architekt werde wie er oder zumindest Rechtsanwalt, und ich habe mich gegen ihn durchgesetzt, weil es für mich nichts anderes gab als Literatur und Schreiben und Bücher. ›Muss es denn unbedingt New York sein, mein Sohn‹«, ich ahmte die Stimme meiner Mutter nach, »›warum studierst du nicht in Monticello, dann musst du nicht jedes Mal so weit fahren. Du könntest sogar bei uns bleiben, das Geld für die Miete sparen.‹«

Sie hatte mich angesprochen. Sie war mir nicht aufgefallen während der Stunde, in der Dr. Castillo seinen Vortrag über die Geschichte der Glosse hielt, und das, obwohl ich hinten saß. Die meisten Besucher des Ferienkurses für journalistisches Schreiben waren Männer, älter als ich, erfahrener, smarter, was mich noch wütender machte. Vielleicht konnten sie Artikel schreiben oder sahen sogar ihren Namen hin und wieder in der Campuszeitung. Und dann waren da ein paar Studentinnen im Seminarraum IX, eine große Blonde mit großen Brüsten, die ich schon beim Hereinkommen geortet hatte, eine hübsche Chinesin, Caroline, die Dr. Castillo beim Namen nannte, wenn er sie drannahm, und noch ein paar ohne Bedeutung für mich. Dieses Mädchen aber hatte ich übersehen, und auch jetzt, wo ich ihr gegenüber am Holztisch auf der Terrasse des Morningside Coffeeshops im Park saß, dachte ich nicht darüber nach, wie schön sie war. Ich wollte nur mit ihr reden. Und mit Katharine Adler konnte man gut reden.

Wir redeten über unsere Ziele. Katharine (»meine Freunde nennen mich Kathy«) Adler wollte tatsächlich Journalistin werden, wollte die Welt verändern, das Establishment schockieren, wollte in Kriegsgebiete gehen, aus der Kampfzone berichten. Sie sprach von ihrer Bewunderung für Margaret Bourke-White und Martha Gellhorn und ihrer Faszination für Hemingway. Kathy war die erste Frau in meinem Leben, die Hemingway nicht rundheraus ablehnte, weder für seinen Stil noch für sein Gehabe. Wir redeten über die Bücher, die wir gerade lasen, ich über den *Steppenwolf*, sie über den *Untergang des Hauses Usher*. Edgar Allan Poe war ihr großer Liebling (»... aber nicht nur, weil ich aus Baltimore komme!«), sie zitierte ganze Gedichte und Sinnsprüche (»Erstaunlich, dass der Mensch nur hinter seiner Maske ganz er selbst ist!«). Was sie sagte, klang manchmal, als käme sie frisch aus einem Harold-Bloom-Seminar, aber ihre Begeisterung, der Ton der Schwärmerei in ihrer Stimme, der Glanz ihrer Augen, wenn sie sprach, unterschied sie von all den Jargon schwätzenden Trotteln, die sonst über den Campus liefen. Sie liebte an Poe, wie sie sagte, seine absolute Hingabe, seine Fähigkeit, sich selbst zu vergessen in all seinem persönlichen Leid, der Armut, der Sucht, dem Wahnsinn, sich selbst und alle Ansprüche an das kleine Glück preiszugeben und große Kunst zu vollbringen.

»Er berührt mich, und das ist alles, was ich will. Durch das Schreiben berühren und durch das Lesen berührt werden.«

Als ich zugab, dass ich mich manchmal gefürchtet hatte bei der Lektüre seiner Horrorgeschichten, lächelte sie.

»Sei froh, dass du Angst hattest. Was ich so spannend daran finde, ist der Gedanke, dass alles in diesen Büchern nur in uns ist. Das Haus der Ushers etwa, sein Zustand, sein Verfall, Rodericks Geisteskrankheit, dann die Erscheinung Madelines, ihre Auferstehung aus dem Grab – das sind Bruchstücke unserer Psyche. Seine Zwillingsschwester steht blutüberströmt vor seiner Tür! Das ist unsere dunkle Seite, die wir nicht begraben können. Und unsere Angst ist der Beweis dafür, dass wir uns damit identifizieren.«

»Du kannst dich mit Geisteskranken identifizieren?«

»Du etwa nicht?«

Am nächsten Tag sah ich sie wieder bei der Neueröffnung des Universitätsbuchladens am Broadway. Ich stand vor dem Regal für Kreatives Schreiben im ersten Stock, stöberte lustlos und nur deswegen, weil es hier für Studenten der Columbia fünf Prozent Ermäßigung gab. Ich hielt ein Buch in der Hand, hatte wahllos eine Seite geöffnet und blickte darauf, ohne zu lesen. Für eine Sekunde stand alles still, war alles perfekt, die Menschen um mich herum, die Buchstaben in meiner Hand, ich im schönsten Buchladen der schönsten Stadt der Welt. Ich atmete, sog die Luft durch die Nase ein, roch. Plötzlich musste ich an sie denken. So stark war mein Gedanke an sie, dass ich meinte, ihre Stimme zu hören.

»Ein Buch beenden –«, flüsterte sie mir ins Ohr, »das ist, als ob man ein Kind in einen Hinterhof locken und dort erschießen würde.«

Und noch bevor ich sie ansehen, bevor ich bemerken konnte, wie schön dieses Mädchen wirklich war, wusste ich, es war ihr Geruch gewesen, der Geruch nach Minze und Zimt, den das Parfum auf ihrer Haut und das Shampoo ihrer Haare verströmten und den ich gestern schon unbewusst wahrgenommen hatte, an der Kasse des Coffeeshops neben mir beim Bezahlen – es war ihr Geruch, der mich unbewusst an sie hatte denken lassen, so stark und entschieden offenbar, dass sie nun vor mir stand.

Ich hatte mich umgedreht, sie grinste mich an. Sie hatte mir über die Schulter geschaut und aus dem Buch gelesen, das ich in der Hand hielt und nun zuklappte und betrachtete. Truman Capote, *Kaltblütig*. Auch dieses Mal hatte sie mich zuerst gesehen, war sie auf mich zugegangen.

»Ist das ein Ratschlag für angehende Journalisten?«, fragte sie. »Vielleicht sollten wir dann lieber in einer anderen Abteilung suchen. Komm, lass uns gehen!«

Sie packte mich am Arm und zog mich mit sich, doch ich hielt noch den Capote in der Hand und wollte ihn zurückstellen. Also blieb ich stehen und nahm ihre Hand, die noch immer meinen rechten Unterarm umschloss, in meine linke und blickte sie an.

»Warte.«

Sie ließ nicht los, und auch ich hielt sie fest, und so standen wir mit eingehakten Armen da und sahen einander an. Dann nickte sie zum Regal hin.

»Willst du das wirklich durchziehen?«

»Was meinst du?«

»Journalist werden und so.«

»Was ist daran auszusetzen? Und irgendwas muss man ja machen.«

»Wenn du meinst ...«

Damit lockerte sie ihren Griff, drehte ihre Hand geschickt aus meiner und marschierte zwischen Büchertischen und Regalen durch den Laden. Doch ich ließ sie nicht entkommen, lief ihr nach und schob sie nach ein paar Metern zur Seite, zwängte sie zwischen meinen Armen und dem Regal für Fremdsprachiges ein.

»Was soll das heißen, bitte? Du hast doch selber gesagt, es wäre das Größte für dich, Auslandsreportagen zu schreiben. Die neue Martha Gellhorn werden und so. Hast du nicht gesagt, du wolltest durch das Schreiben berühren und durch das Lesen berührt werden?«

»Ja, aber das bin ich, und ich bin nicht du. Du willst beim Schreiben immer nur dich selbst berühren.«

»Vielleicht kommt der Appetit ja beim Essen?«

»Was Dümmeres habe ich ja wohl noch nie gehört. Wieso sollte man etwas essen, auf das man keinen Appetit hat?«

»Na ja, bevor ich verhungere und so ende wie Edgar Allan Poe.«

»Wenn du meinst ...«

Das machte mich verrückt, dieses *Wenn du meinst.*

Vielleicht hatte sie auch hier recht. Vielleicht war mein Anspruch an mich einfach nicht groß genug. Vielleicht war ich einfach nichts Besonderes, war kein Poe und kein Harry Haller, war nicht der besondere Typ, für den ich mich so oft hielt. Nicht mal eine Kurzgeschichte konnte ich zu Ende bringen, geschweige denn einen ganzen Roman schreiben! Vielleicht war ich nur Durchschnitt, und die Tatsache, dass ich es nicht wusste, war das Allerdurchschnittlichste an mir. War es nicht schließlich auch das, was mein Vater von mir hielt, wenn er sagte, ich sollte lieber Architekt werden? Scheißhausarchitekt, so wie ich, junger Mann, zu mehr bist du nicht zu gebrauchen. Erst konstruierst du das Scheißhaus, dann kannst du deine Knabenmorgenblütenträume dort runterspülen. So machen wir das in unserer Familie.

Ich hatte mit meiner Mutter telefoniert, sie sagte, dass er viel zu tun gehabt habe in den letzten Wochen, wegen Woodstock. Eine gute Zeit für öffentliche Toilettenanlagen. Sie würden sich freuen, wenn ich sie bald wieder besuchen käme. »Sind nicht grad Semesterferien? Da hast du doch Zeit, hochzufahren. Deine Wäsche muss bestimmt mal wieder gemacht werden, ich koche Rosenkonfitüre, und du kannst am See sitzen und lesen. Vater würde sich auch freuen.«

Ja? Hatte er das gesagt? Oder dachte sie es nur? Wie auch immer – der Gedanke, nur einen Tag am Swan Lake zu verbringen und meinen Eltern Rede und Antwort stehen zu müssen, mir die sarkastischen Bemerkungen oder auch nur das Treibhausschweigen meines Vaters beim Abendbrot anzutun, brachte mich aus der Fassung. Aber was sollte ich aus dieser Erkenntnis machen? Etwas Anständiges studieren, wie er es verlangte, oder auf mich hören und alles hinschmeißen?

Kathy, mit der ich so gut reden konnte, über Holly Golightly und unsere Lieblingsstellen im *Zauberer von Oz*, über Simon & Garfunkel und den Song, den Paul ihr gewidmet hatte, über Gott und die Liebe und all das und über das Zitat aus Anouilhs *Eurydice*, das mit Filzstift auf einen Zettel gekritzelt über ihrem

Bett hing: *Vielleicht bin ich nicht so, wie du mich wolltest. Aber ich bin da und ich bin warm, ich bin sanft und ich liebe dich.* – Kathy war die erste Frau, von der ich Eisenstein nicht erzählte. Ich wollte es nicht kaputt machen, wollte nicht, dass er so über sie sprach, wie er über Marie Ziegler gesprochen hatte. Er war herzlos, er war zynisch, aber das wurde mir nur in den Stunden klar, in denen mir jemand wichtig war, der nicht Josef Eisenstein hieß. Es gab sie irgendwo, die besondere Frau, es musste sie geben, davon war ich überzeugt. Ein verrückter Sommer war das.

Sie wohnte in einem Zehnquadratmeterzimmer auf dem Campus mit einem unverbaubaren Blick auf die nächste Häuserwand in drei Metern Entfernung. Hier war alles mit Büchern vollgestellt, Jeansjacken und Kleider lagen kreuz und quer auf dem Bett, Gipselefanten standen auf dem Fenstersims, und an der Wand hing ein Bild von Gandhi. Es war genau wie bei mir in East Harlem, nur noch unaufgeräumter. Und Kathy besaß offensichtlich mehr Bücher.

»Nicht alle gehören mir. Denk das bloß nicht, Jonathan.«

»Was wäre dann?«

»Dann denkst du vielleicht, ich hätte sonst keine Hobbys im Leben oder keine Freunde, nur imaginäre. Ich will nicht, dass du das denkst.«

»Ich denke gar nichts. Aber wem gehören die Bücher dann?«

»Die meisten sind aus der Bibliothek von Baltimore.« Sie nahm eins vom Boden und zeigte mir die Banderole. »Und ein paar haben Jungs dagelassen, die vor dir in diesem Zimmer waren.«

Wie lange habe ich über diesen Satz nachgedacht.

Verwirrt ließ ich mich auf die einzige freie Stelle auf ihrem Bett fallen und nahm wahllos ein Buch in die Hand. Fast hätte ich es von mir geworfen vor Schreck. Hawthornes *Scharlachroter Buchstabe*, die gleiche Ausgabe, die ich auch ausgeliehen hatte. Vielleicht war es sogar das Exemplar, das noch vor ein paar Monaten – ungelesen – auf *meinem* Bett gelegen hatte. Das konnte doch kein Zufall sein.

»Hat es dir gefallen?«

»Ganz großartig«, sagte sie. Sie stand vor mir, sodass ich nur den Umriss ihres schmalen Körpers vor dem Lichtquadrat des Fensters sah. »Ich habe danach alles von Hawthorne gelesen, aber der *Scharlachrote Buchstabe* ist sein Meisterwerk. Hester Prynne ist ein Engel und Teufel zugleich und dabei so menschlich. Findest du nicht auch?«

Ich strich langsam über den Buchdeckel, berührte die Seiten, führte sie mir ans Gesicht, nahm einen tiefen Zug, lächelte verlegen und schwieg. Das Buch roch tatsächlich nach Kathy.

Ihr Gesicht, das nun aus dem Schatten hervorkam, war meinem so nah wie nie zuvor. Sie legte ihre Hände auf meine Wangen, näherte ihre Lippen meinem Mund, schloss die Augen und küsste mich. Ich spürte ihre Knie an meinen. Meine Augen blieben einen Moment offen, doch sehen konnten sie nichts mehr.

16

Zum ersten Mal war ich froh darüber, dass es die Ferienkurse gab, die Seminarsitzungen, das Lernen in der Bibliothek. Vorher war mir das alles wie ein billiger Ersatz für das wahre Leben vorgekommen. Nun aber war es das, wofür ich lebte. Ich erwartete das kommende Semester mit Vorfreude. Eisenstein konnte ich sagen, ich müsse zu einer Sitzung, ohne dabei zu lügen. Ich ging zu Dr. Castillos Kurs für alle, die die restlichen Tage des Sommers an geschlossene Räume und ihr jugendliches Talent an den Journalismus verschwenden wollten, denn dort war *sie*. Doch das sagte ich nicht.

Ich tat, als hätte ich endlich entschieden, mein Studium fortzusetzen. Früh sterben konnte ich später noch. Ich versuchte mich erneut am *Scharlachroten Buchstaben*, las in ihrem Leihexemplar, wenn Kathy neben mir auf dem engen Bett ihres Zimmers eingeschlafen war. Und natürlich: Jetzt gefiel es mir auch.

Drei Mal trafen wir uns in Raum IX der Lewisohn Hall, saßen nebeneinander und konnten uns nicht konzentrieren. Für Dr. Castillo empfand ich nur noch Mitleid dafür, dass er da vorne stehen und sich zum Affen machen musste, während ich in der hintersten Reihe mit meinem Mädchen rummachte. Nach den Sitzungen gingen wir Kaffee trinken, spazierten durch den Central Park und sammelten Bucheckern. Einmal gingen wir spontan ins Metropolitan Museum, bewunderten die Mohnfelder van Goghs und die Seerosenteiche Monets.

Hand in Hand standen wir vor der *Frau mit Papagei* von Gustave Courbet. »Sieh nur«, sagte ich, »du hast ein früheres Leben gehabt. So siehst du aus, wenn du auf dem Bett liegst.« Und tatsächlich erinnerten mich die geröteten Wangen und das seidige, braune Haar, das sich wie ein Meer um den Kopf der Liegenden ausbreitete, an den Anblick von Kathy, wenn wir miteinander geschlafen hatten.

Ein paar Säle weiter hielt sie mich vor einer Marmorgruppe

eines Mannes mit seinen Söhnen an, ein hässlicher Kerl namens Ugolino mit verzweifeltem Ausdruck auf dem zerfurchten Gesicht.

»Sieh nur«, sagte sie. »Auch du hast anscheinend schon mal gelebt.«

Ich schnitt ihr eine Ugolino-Grimasse, fasste sie um die Hüften und hob sie hoch, und sie lachte, dass die Leute sich nach uns umdrehten. Wie leicht sie war, wie ein bunter Papagei.

Wir gingen ins Kino, sahen *Midnight Cowboy,* weil der ab achtzehn war und wir beide erwachsen und wir mit unserem Leben tun und lassen konnten, was wir wollten. Den ganzen Tag bekamen wir Nilssons *Everybody's Talkin'* nicht mehr aus den Ohren, und wenn einer von uns beiden gerade an etwas anderes dachte, summte der andere die Melodie erneut, und wir schlugen einander auf die Oberarme und lachten.

So verging eine Woche, so verging der August. Während dieser Tage kam ich immer später zu Eisenstein, manchmal erst am frühen Abend. Er fragte nie, wo ich gewesen war. Ein paar Stunden verbrachten wir zusammen, manchmal besuchte uns ein Mädchen. Er las mir aus der *Ilias* vor, ich erzählte ihm von Giannina oder Naomi. Dann ging ich nach Hause.

Es war nicht mehr wie vor Vermont. Es wurde nie wieder so. Und ich vermisste unser früheres Leben, wenn ich nicht mit Kathy zusammen war, wenn ich allein im Bett lag. Vermisste das Lesen und Rauchen und Trinken, die stundenlangen Streifzüge durch das charmante, schäbige, intime Brooklyn Heights, den Blick runter auf die Piers, die Musik, die Mädchen. Vermisste sein Gesicht, seine grauen Locken, seine dunklen Augen, seinen Geruch. War hin und her gerissen zwischen dem künstlichen Paradies seines Salons und Kathys warmen weichen Schenkeln, zwischen dem Duft von Rauch und Leder und dem der Kuhle unter ihren Achseln, der Berührung der Doré-Bibel und der Haut über ihrem Brustkorb, dem Gewicht eines mit Elfenbeinschnitzereien verzierten Florilegiums und dem ihres Körpers, wenn sie auf mir saß.

Auch sie wusste ja nichts von ihm. Auch sie fragte nie, wo

ich spätnachmittags hinging. Und wie bei Eisenstein gelang es mir genau sieben Tage, mir gegenüber zu rechtfertigen, dass ich ihr nichts von diesem Mann erzählte, weil er sie vielleicht gar nicht interessieren würde. Weil ich niemandem Auskunft schuldig war über mein Leben – nicht meinen Eltern, nicht ihm und auch nicht Kathy Adler. Am siebten Tag aber wusste ich, dass das Unsinn war. Doch ich wusste nicht, wessen Reaktion ich mehr fürchtete.

Schließlich traf ich eine Entscheidung, und mein Vater half mir dabei.

»Ich werde nächste Woche nicht zu den Sitzungen kommen«, sagte ich. Wir saßen an unserem Tisch unter den Hängebuchen im Morningside Park und tranken Kaffee. Kathy trug ein Kleid und hatte sich Schatten aus blässlichen Halbmonden auf die Lider gemalt. Sie wirkte traurig bei meinen Worten.

»Meine Mutter feiert ihren fünfzigsten Geburtstag, eine große Feier, und ich muss für ein paar Tage aufs Land.«

Natürlich hatte ich niemals vor, zu meiner Mutter zu fahren, sondern wollte die Tage wieder mit Eisenstein verbringen, so wie früher.

»Lass mich mitkommen. Wär doch eine schöne Überraschung für deine Eltern.«

»Ich glaube nicht, dass sie sehr erfreut wären.«

»Wie du meinst ...«

Sie spielte die Beleidigte, um nicht zugeben zu müssen, dass sie wirklich beleidigt war.

»Ich meine, über dich schon, ohne Frage, dich würden sie sicher gerne kennenlernen. Aber meine Eltern sind keine Menschen, die Überraschungsbesuche schätzen. Sie schätzen Überraschungen im Allgemeinen nicht. Ich weiß noch, wie mein Bruder eines Samstagmorgens unerwartet auftauchte, weil er Ausgang hatte und uns nichts gesagt hatte. Wir hatten uns gerade fertig gemacht für die Synagoge und standen im Anzug vor der Veranda, da fuhr ein Militärwagen vor, warf ihn raus und brauste davon, und da war er. Meine Mutter musste meinen Vater geradezu festhalten, damit er Sam nicht wieder vor die Tür setzte. ›Mein Haus, meine Regeln‹, sagt mein Vater immer.«

»Vielleicht müssen deine Eltern irgendwann mal lernen, dass sie nicht allein auf der Welt sind, was meinst du?«

»Wem sagst du das.«

»Und vielleicht musst *du* irgendwann mal lernen, nicht immer nach den Regeln zu spielen. Was meinst du?«

Ich zuckte mit den Schultern. Einerseits war ich froh, dass sie traurig war und alles daransetzte, mit mir zu kommen, meine Eltern kennenzulernen. Andererseits nervte es mich, und ich wünschte, sie hätte irgendwo einen Knopf, mit dem ich sie ausschalten könnte.

Doch sie beharrte. »Dann sag mich doch einfach an. Dann können sie sich drei Tage lang drauf vorbereiten, dass ihr Sohn seine süße kleine Freundin mitbringt. Hoffentlich reicht ihnen das als Frist. Du hast ihnen doch von mir erzählt, oder?«

»Ja, natürlich. Das müssten sie noch wissen.«

»Was?«

»Vielleicht haben sie es vergessen in der Zwischenzeit. Ich spreche nicht so oft mit ihnen wie du mit deinen Eltern.«

»Vergessen? Du meinst, deine Eltern könnten vergessen, dass du eine Freundin hast? Da hoffe ich mal, dass sie zu deiner Hochzeit rechtzeitig auftauchen.«

»So weit ist es ja noch nicht, oder?«

»Wenn du meinst …«

Aber Kathy hatte natürlich recht. Ich musste irgendwann beginnen, nach meinen eigenen Regeln zu spielen. Und so half mir mein Vater, ein Mann zu werden, ohne dass er es je erfahren hat.

Ich nahm Kathy mit zu Eisenstein. Es war ein Sonntag, einer dieser Tage, an denen es mittags noch Sommer ist und abends schon Herbst. Auf dem Weg nach Brooklyn Heights erzählte ich ihr, ich wolle ihr einen alten Freund vorstellen. Den Geburtstag meiner Mutter erwähnte ich nicht mehr.

Ich plante, sie ihm so vorzustellen wie die anderen Mädchen, die mit mir gekommen waren. Wo war der Unterschied? Auch sie hatte ich schließlich angesprochen, wenn auch erst, nachdem sie den ersten Schritt getan hatte. Auch sie hatte ich ins Bett gekriegt. Ich wusste, er würde die anderen Mädchen vor ihr nicht erwähnen, denn das war unser Erfolgsgeheimnis. Jede so zu behandeln, als wäre sie entweder die Erste oder die Letzte.

Doch als wir vor seiner Tür standen, war sie verschlossen. Nach ein paar Minuten machten wir kehrt. Auf dem Weg die Treppe hinunter war ich erleichtert und hoffte, sie würde nicht mehr fragen und die Sache wäre damit erledigt, auch die mit meinen Eltern. Unten auf der Straße blickte ich zurück, sah zu seinen Fenstern hoch und hatte kurz den Eindruck, er stehe dort oben und spähe zwischen den Vorhängen hindurch. Doch ich hatte mich sicherlich getäuscht.

Hätte ich es doch bei diesem ersten Versuch belassen. Am nächsten Tag, als ich allein hinging, war alles beim Alten, wie immer. Die Türen offen, die Vorhänge geschlossen, die Luft trüb und er auf dem Diwan, lesend. Doch diesmal erzählte ich ihm von ihr.

»Ich hab da eine Frau kennengelernt, die würde ich dir gerne vorstellen.«

»Lass mich raten: Fünfzig Jahre alt?«

»Was? Wie kommst du darauf?«

»Eine *Frau*? Keine Mädchen mehr, alter Knabe?«

Ich setzte mich ihm gegenüber.

»Mädchen, Frau ... ist doch egal. Ein weibliches Wesen von besonderer Qualität. Süß, liebreizend, wunderschön.«

»Na wunderbar. Du hast dich wieder verliebt, Jonathan.«

Ich sah ihn an. Diesmal wollte ich es nicht leugnen. Warum auch, was war schon dabei. Ich musste nach meinen eigenen Regeln spielen.

»Und wenn? Hast du dich noch nie in eine Frau verliebt, Josef? Hast du nie geliebt?«

Er hielt die Augen geschlossen und atmete tief. Er sprach, als wäre ich irgendwo weit weg am Telefon, an einer anderen Küste, in einem anderen Leben.

»Ich kann mich nicht erinnern. Ich habe es mal gedacht, aber es waren wohl doch nur ihre Brüste, die ich liebte.«

»Du solltest Kathys Brüste einmal sehen. Dann würdest du anders denken.«

Ich wollte nichts weniger als das.

»Kathy also. Kathleen, Katrina? Johnny und Kathy – wie hört sich das an?«

»Ich nenne sie Lenore.« Was gelogen war und doch stimmte – so nannte ich sie, aber das wusste sie nicht.

»Dann bring sie mal mit, deine Lenore. Damit ich anders denke.«

Ich fuhr also ein zweites Mal mit Kathy nach Brooklyn rüber, diesmal mit Erfolg. Im Korridor widerstand ich dem Drang, ihr ein paar Bücher zu zeigen, vielleicht die Ausgabe von Poes *Arthur Gordon Pym*, den Baltimore-Raubdruck von 1888, um sie wohlwollend gegenüber Eisenstein zu stimmen. Und im Salon widerstand ich dem Drang, sie zurückzuhalten, als sie ihm die Hand geben wollte. Doch das war nicht nötig. Mein Herz blieb stehen. In all den Monaten war dies der einzige Moment, in dem ich Eisenstein jemandem hatte die Hand reichen sehen. Gerade ihr, *meiner* Kathy. Eine kurze, viel zu lange Berührung. Dabei verbeugte er sich nicht, sondern sah sie an, musterte sie, musterte ihre Brüste, lächelnd. Zwinkerte er mir etwa zu?

Ich hätte es da schon merken müssen. Spätestens, als er die *Songs of Leonard Cohen* auflegte, hätte ich es merken müssen. Doch ich war dumm. Ich kapierte nichts, bis es zu spät war.

»Miss Adler, nehme ich an?«

Er war die Höflichkeit in Person.

»Kathy, bitte.«

»Wie ich gehört habe, sind Sie eine Liebhaberin guter Bücher?«

»Ich lese gern«, sagte sie.

»Tun wir das nicht alle?«

»Wenn Sie meinen …«

Eisenstein grinste. »Zumindest alle Anwesenden. Aber ich

würde denken, jemand mit Ihrem Nachnamen und Ihrer Ausstrahlung liest Bücher auf eine andere Weise als der Pöbel.«

Kathy zuckte mit den Achseln.

»Kommen Sie, ich möchte Ihnen etwas Besonderes zeigen.«

Ich setzte mich auf den Diwan, zündete mir eine Zigarette an und sah zu, wie sie ihm zu einem der Regale hinter dem Klavier folgte, dort, wo die philosophischen und psychologischen Bücher standen. Die beiden standen Schulter an Schulter und drehten mir ihre Rücken zu, während er einen Band über seinem Kopf aus der Reihe zog.

»Alfred Adler«, las sie, als sie das Buch in Händen hielt. »*Menschenkenntnis*. Ein schönes Exemplar.«

»Wissen Sie, was das heißt? Sprechen Sie Deutsch? Öffnen Sie die erste Seite. Sehen Sie? Signiert von Professor Adler persönlich. Vielleicht ein Verwandter von Ihnen, Frau Adler? Wo kommen Sie her?«

»Nicht, dass ich wüsste. Ich komme aus Baltimore.«

»Lenore aus Baltimore.« Er lachte. »Ich meine, wo kommen *Sie* her, Kathy?«

»Ich verstehe nicht.«

»Nun, ich würde denken, Sie kommen aus Österreich, nicht wahr? Mit diesem Namen, mit ihren blonden Haaren, mit ihrem hübschen Gesicht. Lassen Sie mich raten ... aus Salzburg?, aus Wien?, aus einem Schloss im Burgenland? Was meinst du, Jonathan?«

Ich schreckte hoch wie aus einem Tagtraum, stammelte etwas von Baltimore und Edgar Allan Poe, doch die beiden schienen mich nicht zu hören.

»Gut geraten. Die Familie meines Vaters stammt aus Eisenstadt am Neusiedler See.«

Er flüsterte ihr etwas zu, das ich nicht verstehen konnte.

Und dann kam der Moment, da ich Stina Falk wiedersah. Die dänische Eisprinzessin mit den strammen Waden. Einen Moment stand sie unschlüssig im Raum, wie groß sie war, ihr Blick ging von mir zu Kathy zu Eisenstein und zurück zu mir.

Dann fasste sie sich ein Herz, kam zu mir rüber und gab mir einen Kuss.

»Schön, dich wiederzusehen, Joe Schwarzkopf.«

Leonard sang, ich schwieg, und eine Ewigkeit verging. Wir standen zu drei Eiszapfen erstarrt.

Nur Eisenstein hatte seine Fassung behalten. Er schlenderte zum Schreibtisch und blätterte in einem Adressbuch.

»Ich muss mich entschuldigen, Kinder. Da habe ich wohl ein paar Termine durcheinandergebracht. Falk und Adler, das liegt aber auch so nah beisammen. Beides Vögel, nicht wahr?«

Nun konnte ich sehen, welches Mädchen schneller begriff. Eigentlich konnte ich stolz auf Kathy sein, denn sie war die Erste, die mir eine Ohrfeige verpasste, genau auf die Stelle, auf die Stina mich geküsst hatte. Dann rannte sie raus. Stina blieb noch ein paar Sekunden länger, ließ ihre Hand dann auf der gleichen Stelle meiner Wange landen, als hätte ich nicht gerade die andere hingehalten, und verließ den Salon, Kathy hinterher.

Was das Begreifen betraf, war ich lange aus dem Rennen. Ich begriff erst viele Stunden später, als ich allein im Bett lag. Es war seine Art, Rache zu nehmen.

Ohne Sprache müsste man sein. Sprachlos nach alldem, was geschehen ist. Doch man redete. Um sie herum redete man und plauderte und unterhielt sich und diskutierte und konversierte, lachte, war außer sich, trank, prostete sich zu, stieß miteinander an. Und redete weiter – wer redete, war nicht tot. Die ganze Welt hielt sich am Leben mit ihrem Geschwätz, als hätte sie Angst, zu vergehen, wenn sie nur einmal wirklich schweigen würde angesichts des Frevels. Angesichts der Mauern. Angesichts der Uniformen. Der Männer, wie sie näher kamen. Auf sie zu. Das Glühen in ihren Augen.

Das war, was sie dachte. Doch auch sie redete. Sie konnte nicht anders. Musste sprechen, immerzu, musste tiefe Erkenntnisse von sich geben, die doch immer nur die Gestalt von leeren Formeln und Floskeln annehmen konnten. Als wären sie sonst nicht. Als wäre *sie* sonst nicht. Sie musste reden, um die Stille in ihr zum Schweigen zu bringen. Die schrecklichste Vorstellung, noch immer: ohne Worte zu sein. Nicht erklären zu können, was geschehen war. Um damit das eine zu bekennen: Es wäre besser gewesen, nicht überlebt zu haben.

Es war Ruths Berufung, zu sprechen, es war ihr Wesen. Sprache war ihr aufgegeben von Jugend an. Seit ihrer Zeit als Schülerin eines Münchener Gymnasiums, seit ihren ersten Semestern in Tübingen und Freiburg, seit ihren ersten Diskussionen mit Studenten und Professoren. Seit ihren ersten Texten und vor allem dann in ihren Büchern waren die Worte die einzige Medizin, die ihr den Tod vom Leib hielt. Wie sollte sie gerade heute, da sie ihren zweiten dreißigsten Geburtstag feierte, still sein? Gerade jetzt musste sie reden. Vielleicht wäre in all dem Geschwätz ja ein Moment wahrer Erkenntnis verborgen, eine Möglichkeit, der Isolation zu entkommen?

Sie sah zu ihrem Mann hinüber. Wie er dastand, der Herr Professor. Deutsch geblieben war er trotz all der Jahre im Exil. Wie ernst er sich selbst nahm. Den Rücken streckte er durch, und die Brust reckte er empor, er legte die Stirn in Falten, hielt einen Arm hinterm Rücken versteckt … wie ein Soldat sah er aus, der kurz vor der Schlacht noch einmal gemustert wurde. Er würde die preußische Schule niemals aus den Gliedern bekommen, und wenn sie noch weitere dreißig Jahre in Amerika lebten. Nun, Ludwig war Geistesmensch und allein dadurch schon deutscher als alle anderen Anwesenden, mit seinem steifen Kragen und den Ellbogenflicken seines Sakkos stets im Reich des Abstrakten unterwegs, selbst wenn er Studentinnen auf einer Party in seiner eigenen Wohnung einen Vortrag hielt. Sein Leben war die Theorie. Das hatte Ruth, als sie noch keine dreiundzwanzig war, bereits am ersten Tag für den zehn Jahre Älteren eingenommen. Erst später dann war es die Flucht nach Amsterdam, die er ihr, dem Fräulein Weinberger, das damals gerade erst dreißig geworden war, ermöglicht hatte. Ein arischer Mann, der sie schützen konnte, wenigstens für ein paar Jahre.

»Haben Sie niemals daran gedacht, wieder nach Deutschland zurückzukehren, Mrs Bering?«, fragte jemand.

»Warum sollte ich? Solange ich mit Ludwig verheiratet bin, habe ich Deutschland doch jeden Tag hier bei mir zu Hause. Wie sagt er immer?« – und die Leute, die sie umstanden, stimmten ein – »Wo ich bin, ist Deutschland!«

Wie recht er hatte mit seinem Spruch. Dieser durch und durch in Abstraktionen lebende Mann war, noch mehr als das Grauen, das sich im Nebel der Vergangenheit versteckte, ihre ganz präsente und greifbare Mahnung, niemals wieder deutsch zu werden. Niemals wieder dran zu denken, auch nur einen Fuß auf deutschen Boden zu setzen.

Was geschehen war, konnte nicht vergessen werden. Es war so unvergesslich, dass Ruth es nicht aushielt, daran zu denken. Und so wusste sie an Tagen wie diesem, dass es erneut ihr Mann war, der ihr ins Gedächtnis rief, was sie sich einst geschworen hatte. Und sie damit ein zweites Mal vor dem Verstummen rettete.

Er war die Mahnung, die sie selbst vor der Versuchung bewahrte, in deutscher Sprache zu lesen, geschweige denn, zu schreiben. Diese Sprache, die ihr einstmals eine Heimat gewesen war. Ein deutsches Mädchen war sie einst gewesen, doch eine amerikanische Jüdin war sie jetzt, eine jüdische Amerikanerin durch und durch, war es hier in New York geworden, wo sie frei sein und schreiben und sprechen durfte und wo die Menschen ihr zuhörten. Der Tag ihrer Ankunft auf Ellis Island, vor genau dreißig Jahren, war der Tag ihrer zweiten Geburt, ihr eigentliches Zurweltkommen gewesen. Scholem alejchem, New York!

Das war nun also zu feiern. Fort mit den Gedanken über Ludwig und die Vergangenheit. Freunde da zu haben, selber Gastgeberin sein zu können, eine Frau von Welt, eine gefragte Gesprächspartnerin, eine Schriftstellerin, eine engagierte Publizistin, deren weltweiter Ruf den ihres Mannes seit Jahren übertraf – sie war dankbar und wollte ihre Dankbarkeit mitteilen. Dem Land, das sie aufgenommen hatte, das ihr all das ermöglicht hatte, worauf sie in einem früheren Leben nicht mehr zu hoffen gewagt hatte. Dieses Land, das sogar so gnädig gewesen war, ihr eine Tochter zu schenken.

Das alles beherrschende Thema an diesem Abend waren die Ereignisse in Prag. Der Einmarsch der Roten Armee, die Verhaftung Dubceks, Svoboda in Moskau. Dann ging es um Warhol und die Yankees, die erneut gestiegenen Preise für die Subway und das Attentat auf Bobby Kennedy. Jemand sprach auch von den toten Mädchen im Hudson und East River, jemand sagte, sie nannten ihn den Skinner von Williamsburg, jemand sagte, darüber würde man später sicher einen Film drehen. »Das ist doch makaber«, meinte eine Frau.

Später suchte Ruth nach ihrer Tochter. Sie erblickte sie schließlich durch die Scheibe des Wohnzimmerfensters, durch das man auf die Terrasse des Penthouseapartments der Berings in der West 40th Street sehen konnte. Dort stand sie, zusammen mit ihren beiden Freundinnen, drei Grazien unterm dämmernden Sommerhimmel Manhattans, die flimmernde Spitze des Empire State Building im Hintergrund. Jede ein Cocktailglas in der Hand, das ein paar eifrige Jungs ihnen immer wieder mit Gingerale nachfüllten, wie sie hoffte. Schließlich war Hannah noch nicht einmal einundzwanzig, ihr geliebtes Tochterkind, ihr Augapfel, ihr ganzer Stolz, der mit seiner ganzen Schönheit und Reinheit und Tugend in dieser hässlichsten aller möglichen Welten, in dieser Abwesenheit von Sinn und Vornehmheit, die man Gegenwart nannte, in dieser lächerlichen und unentrinnbaren Hölle von zwanzigstem Jahrhundert aufwachsen musste.

War es wirklich Stolz, was sie Hannah gegenüber empfand? Oder Mitleid? Ein eigenartiges Ziehen im Magen, wohltuend leer und kalt. War das etwa Neid? Die Eifersucht einer Mutter auf ihre eigene Tochter? Auch sie war einmal jung gewesen, hatte das Leben und die Männer und die Bücher und die Ideen und die ganze weite Welt noch vor sich gehabt. Auch sie war schön gewesen, vielleicht nicht so exotisch schön wie ihr Kind mit dem makellosen Antlitz und den dunklen geschwungenen Wimpern, aber doch auch ansehnlich und begehrenswert. Wie Hannah hatte sie auf Balkonen gestanden inmitten von Bewunderinnen, hatte sich aus der Ferne anhimmeln lassen von den Studenten des Philosophischen Seminars, hatte allein mit ihrer bloßen Gegenwart verzaubert.

Während die Musik und das Gemurmel aus dem Wohnzimmer nur noch schwach zu ihr drangen, verharrte sie für einen kleinen einsamen Moment in der Küche, durch das Fensterglas und so viele Jahre des Erwachsenseinmüssens getrennt von ihrer Tochter. Hannah stand unter den Sternengirlanden und lachte und wirbelte herum, klimperte mit den Armreifen und warf den Kopf in den Nacken. So jung war sie, gerade erst aus ihrem Kinderkörper heraus und in diese schlanken Glieder hineingewachsen, mit diesem länglichen Gesicht, den feinen Zügen, dem glatten Haar, das nun im späten Licht rötlich aufgleißte, mit ihren nackten Schultern und weißen Zähnen.

Ruth führte ein Leben, das ihr viel gegeben hatte im Austausch für all das Leid, das es ihr zugefügt hatte. Eine Dozentur an der Columbia, ein zweigeschossiges Penthouse am Bryant Park, zwei Minuten von der Public Library entfernt, in dem man den Intellektuellen von New York Häppchen servieren konnte. Bald schon würde auch das vorbei sein. Ihr Name mochte für einige Jahrzehnte Geltung haben in der Welt. Sie aber würde irgendwann alt und krank, hässlich, dumm und dann tot sein und ihre Erinnerungen mit ins Grab nehmen. Hannah Bering jedoch, die sich an nichts erinnern konnte, zum Glück, war jung und schön.

Ruth lehnte sich etwas vor über die Anrichte. Ihre Brüste berührten die Sektgläser, die ins Schwanken gerieten und klirrend ins Spülbecken stürzten. Nun überblickte sie die gesamte Terrasse. Hatte ihre Tochter fest im Blick. Sie betrachtete ihren jugendlichen Glanz und all die Verheißung, die in ihm lag, wusste nicht, war sie stolz oder neidisch, und konnte nicht aufhören, sie anzustarren. Hannah lachte. Jemand hatte einen Witz erzählt, vielleicht einer der jungen Männer mit den Frisuren, die mal wieder einen neuen Schnitt benötigt hätten. Wie betörend diese junge Frau da draußen war, wie verheißungsvoll, in ihrem schwarzen Abendkleid, dessen Ausschnitt ein bisschen zu tief war für ihren Geschmack, die Lippen voll, die Wangen vom Lachen und der New Yorker Nachthitze gerötet, eine Blüte im Haar.

Plötzlich wusste Ruth, es war Neid, was in ihr nagte.

Und dann sah sie den Mann. Abseits stand er, versteckt hinter der Magnolie in der hinteren Ecke der Terrasse, beinah unsichtbar im schwarzen Anzug, mit strengem Scheitel. Elegant, Ende vierzig, vielleicht älter. Sie hatte ihn bisher nicht bemerkt, vielleicht war er ein Freund von Ludwig, vielleicht nur ein Freund von Freunden. Und doch kam er ihr bekannt vor. Er lehnte an der Balustrade, rauchte und starrte sie an. Nein, nicht sie. Hannah.

In seinen Augen sah sie das Glühen.

17

Mein Verrat war nicht, dass ich mit Kathy schlief. Er war auch nicht, dass ich meine Liebe zu ihr vor ihm verschwieg. Mein Verrat an Eisenstein war, dass ich ihn ihr gegenüber verleugnete. Dass ich ihr erzählt hatte, ich führe zu meinen Eltern, wenn ich doch eigentlich nach Brooklyn ging, in seinem Salon saß und mit ihm über Mädchen sprach. Und dass ich ihm verschwieg, mit wem ich mich nach den Vorlesungen traf, empfand ich weniger als Verrat an Kathy denn als Heimlichtuerei, die in unserem Verhältnis zueinander nichts verloren hatte.

Aber was war das für ein Verhältnis? Kann man jemanden verraten, den man nicht kennt? Oder kannte ich Eisenstein doch besser, als ich geglaubt hatte – gut genug jedenfalls, um ihn enttäuschen zu können? Eigentlich hatte ich jedes Recht, ihm gegenüber Dinge zu verschweigen. Was erzählte er mir schon von seinem Leben ohne mich? Ich durfte ja nicht mal danach fragen! Und eigentlich hätte ich derjenige sein sollen, der wütend war. Eigentlich hätte ich ihn zur Rede stellen sollen nach der Geschichte mit Kathy und Stina. Doch mich schmerzte mein Versteckspiel so sehr wie die Tatsache, dass seine Tür nun wieder verschlossen war, wenn ich zu ihm ging.

Warum ging ich überhaupt zu ihm? *Er* war doch derjenige, der um Verzeihung hätte bitten sollen. Der zumindest eine Erklärung schuldig war. Er war derjenige, der unser stillschweigendes Einvernehmen gebrochen hatte, als er mich vor den beiden Frauen bloßstellte. Er hätte doch zu mir kommen müssen!

Drei Tage wartete ich und drei Nächte. Und als dies nicht geschah, als niemand einen Brief schrieb an mich, als niemand anrief oder klingelte – da hielt ich es nicht mehr aus und machte mich auf den Weg nach Brooklyn. Wie so oft.

Und ein weiteres Mal war seine Tür also verschlossen, ein weiteres Mal ärgerte ich mich, dass er es nie in Betracht gezogen hatte, mir einen Schlüssel anzuvertrauen, damit ich auf dem Diwan liegend auf ihn hätte warten können. Kann man jemanden verraten, der einem nie vertraut hat? Nach einigen Minuten begann ich, wie wild zu klopfen, vielleicht war er ja da und verleugnete sich vor mir. Ich hämmerte und rief, brüllte seinen Namen, rüttelte an der Klinke, warf mich gegen das Holz, sank schließlich zu Boden und rollte mich mit angezogenen Knien auf seiner Fußmatte zusammen. Ich weinte. Da lag ich wie ein einsamer Hund, der winselnd auf sein Herrchen wartet. Irgendwann musste er schließlich kommen.

Doch nichts geschah. Ich lief durch die Straßen und schlug mir an den Kopf. Warum, verdammt noch mal, hatte ich geweint? Warum war ich nicht wütend? Glaubte ich etwa, ich verdiente, was er mir angetan hatte? Hielt ich seine Bestrafung für gerecht? Ich wusste, meine Gedanken würden erst wieder an Klarheit gewinnen, wenn ich ihm alles erzählt hatte und er mir vergab.

Die einzige Möglichkeit lag in Park Slope. Schon einmal hatte ich ihn in der Bibliothek gefunden, als ich ratlos gewesen war. Ich musste es nur geschickter anstellen. Ich musste lautloser einbrechen als damals, durfte ihm keinen Hinweis auf meine Gegenwart geben, durfte ihm keinen Ausweg lassen. Doch all das war in dieser Nacht nicht nötig. Die Tür zur Bibliothek war nicht verschlossen. Aus dem Innern drang schwaches Licht. Der Posten von Mr Rothbard war leer, doch im Hauptsaal hörte ich etwas. Ich war nicht allein.

Ich schlich durch die Gänge und versuchte, unbemerkt zu bleiben. Es war kalt, die Luft dicht und stickig. Die Bücher in den Regalen starrten mich höhnisch an und tuschelten einander zu, als hätten sie mich erwartet. Es war das erste Mal, dass ich hier war und echte Angst verspürte. Das Licht stammte von einem papiernen Lampenschirm auf den Studiertischen. Dort lag ein aufgeschlagener Band. Aus dem Keller drang weiteres Licht in den hinteren Gang, das Geräusch wurde lauter. Es war, als arbeitete dort jemand, wie in einem Bergwerk.

Ich stieg hinab. Die Glühlampen an der Decke waren auf Notbeleuchtung geschaltet, sodass es grünlich schimmerte und die Regale nur schemenhaft zu erkennen waren. Am anderen Ende, dort, von wo der Lärm kam, tanzten Schatten an der Wand. Ich ging die Treppe hinunter und die Gänge entlang, auf Zehenspitzen, denn ich wollte ihm keine Gelegenheit geben, wie damals einfach in der Dunkelheit zu verschwinden.

Plötzlich brach der Lärm abrupt ab, und der Schatten hielt still.

Eine Stimme, matt, müde, erklang aus dem Nirgendwo.

»Du kommst gerade recht, Jonathan.«

Er keuchte hörbar.

»Recht wofür?«

»Ich brauche deine Hilfe, Junge.«

Jetzt sah ich ihn, wie er da hinten im letzten Gang zwischen den Regalen stand, die er beinahe vollständig geleert hatte. Die Bände lagen verstreut um seine Füße, nur wenige waren auf den Brettern geblieben. Er stand, den Kragen seines weißen Hemds weit offen, die Ärmel hochgeschoben, breitbeinig inmitten von Dutzenden Haufen und Stapeln der wertvollsten Bücher, als wären sie nur Abhub.

»Was suchst du?«, fragte ich.

»Kannst du dich noch an das *Justine*-Exemplar erinnern, das ich dir damals gezeigt habe? Das von der *MS Normandie*. Ich brauche es, jetzt.«

Ich sah ihm ins Gesicht. Keine Spur von Reue über das, was geschehen war. Keine Spur von Überraschung, mich erst nach drei Tagen wiederzusehen, und dann des Nachts hier unten. Seine Augen flackerten im grünen Licht, Schweißperlen glänzten auf seiner Stirn, seine Lippen bebten. So hatte ich ihn noch nie gesehen.

Glücklich darüber, dass ich ihn gefunden hatte, dass er nicht weggelaufen war, dass er mit mir sprach und sogar meine Hilfe benötigte, wagte ich nicht, Fragen zu stellen, sondern begann mit der Suche. Während ich die anderen Reihen durchging, fuhr er fort, in den Stapeln zu seinen Füßen zu wühlen, jedes Exemplar in die Hand zu nehmen und es dann hinter sich zu schleudern, sodass alle drei Sekunden ein Knall durch den Keller hallte. Nach einigen weiteren Minuten jedoch wurde er langsamer, stiller, er schien sich zu beruhigen.

Er erhob sich, stemmte die Fäuste in die Hüften und schüttelte den Kopf.

»Du weißt doch: *Und wenn wir auch die ganze Welt bereisen, um das Schöne zu finden – wir finden es nur, wenn wir es in uns tragen.*« Der Raum um uns herum schien größer zu werden. Ich hoffte für eine Sekunde, Gretchen würde eintreten und uns aus unserer Lage erlösen. Nichts geschah. »Vielleicht gehen wir also doch besser systematisch vor.«

»Bist du sicher, dass du die *Justine* damals wieder hierhingestellt hast? Vielleicht hast du sie an dem Morgen in ein anderes Regal geschoben oder sie sogar mit hoch genommen?«

»Möglich wäre es«, sagte er. »Wir haben also noch viel Arbeit vor uns.«

Ich ging zu ihm, stand ihm ganz nah gegenüber und sah in seine flackernden Augen. Die Pupillen waren riesig, sie vertrieben das Weiß der Iris hinter die Lider.

»Hast du was genommen?«, fragte ich.

»Möglich wär's. Vielleicht ist es aber auch nur die Anstrengung. Weißt du, in meinem Alter …«

Über seinem Kragen erhob sich eine Rötung wie von Fieber um seinen Hals.

»Red keinen Schmonzes. Du hast was genommen.«

Da die Wirkung seiner magischen Substanz offenbar langsam nachzulassen schien, übernahm er bald meine Art, das Buch zu suchen. Er schritt die Reihen rechts vom mittleren Gang ab, ich die linken. Nach einer halben Stunde schließlich fand ich sie. Es war der schwarze Einband. Meine Hände zitterten, als ich sie berührte. Erneut meinte ich zu fühlen, was ich damals gefühlt hatte, als ich sie zum ersten Mal berührte. Das Pochen. Das Atmen. Das Pulsieren darunter.

Ich ging zu ihm, hielt ihm die *Justine* entgegen.

»Ich hab sie!«

Er lief zu mir, wollte sie an sich reißen, doch ich hielt sie fest und entzog sie ihm. Er sah mich mit großen Augen an. Für einen Moment erinnerte er mich an einen Einbrecher, den man auf frischer Tat ertappt hatte. Das Haifischgrinsen war verschwunden, und da war auch kein charmantes Lächeln mehr. Eisenstein wirkte verwirrt.

Er streckte die Hand aus, zog sie dann aber zurück, als ich abwehrend einen Arm davorhielt.

»Du kannst sie haben«, sagte ich. »Aber vorher müssen wir reden.«

Er verschränkte die Arme vor der Brust, ich tat es ihm gleich, die *Justine* in beiden Händen. Er machte ein Gesicht, als fürchtete er, ich würde seinem Schatz einen Schaden zufügen. So hatte ich ihn noch nie gesehen.

»Worüber willst du reden?«

Als wäre nichts passiert, was es notwendig machen würde.

»Kathy …«

»Ach, die Brünette mit den großen Brüsten. Hast du sie wiedergesehen?«

Ich schüttelte den Kopf.

»Nein? Warum nicht? Sie schien mir interessiert an dir …«

»Du weißt genau, warum.«

»Die Sache mit Stina? Gut, ich gebe zu, das war ein wenig gemein. Aber seit wann ist das etwas, was dich von deinen Zielen abhält, mein Junge? Du hast mit einem Model wie Gretchen geschlafen, du hast die Mädchen von Vermont ins Bett gekriegt, da wirst du doch vor so einer kleinen Erhöhung des Schwierigkeitsgrades nicht zurückschrecken.«

»Das sollte es also sein? Ein Test für mich? Nur ein höherer Schwierigkeitsgrad im Spiel?«

»Warum nicht? Ist es nicht alles, worum es dir geht? Um neue Herausforderungen für deine Lust? Du solltest mir dankbar sein, Jonathan, dankbar für diese neue Möglichkeit, anstatt mich hier vor Gericht zu stellen. Du wolltest doch sehen, wie weit du gehen kannst. Du wolltest doch die Grenzen austesten. Du bist erst zwanzig und willst dich schon zufriedengeben? Du willst nicht sehen, ob du deine Kathy trotz dieses kleinen Missverständnisses noch ins Bett kriegst?«

Es führte zu nichts. Meine Aussprache geriet immer mehr zu einem Verhör, mit dem ich ihn zwingen wollte, sich zu rechtfertigen. Doch er hatte sich niemals gerechtfertigt und niemals um Entschuldigung gebeten, warum sollte er es gerade jetzt tun?

Ich hielt ihm erneut die *Justine* entgegen, er jedoch rührte sich noch immer nicht.

»Ich habe bereits mit Kathy geschlafen«, sagte ich. »Sie hat mir ihre Narben gezeigt.«

Sekundenlang standen wir einander schweigend im Mittelgang gegenüber, ich mit dem Rücken zum Ausgang, er zwischen mir und der Wand. Zwischen uns die *Justine* in meinen Armen wie ein Schutzschild. Doch ich wusste nicht mehr, wen von uns beiden sie schützte.

Eisenstein musterte mich, als hätte er mich eben erst kennengelernt. Sein Blick wanderte von meinem Gesicht zum Buch und zurück. Dann flüsterte er: »Ich hab's dir schon einmal gesagt, junger Mann, und ich sage es dir jetzt zum letzten Mal: Mach nicht diesen Fehler.«

»Ich bin nicht verliebt.«

Er erkannte meine Lüge schneller als ich. Er ging auf mich zu, wollte an mir vorbei, zur Treppe und hinaus. Das Buch schien ihm mit einem Mal egal zu sein. Als er auf meiner Höhe war, packte ich ihn mit einer Hand an der Schulter und wollte ihn zurückhalten. So sollte, so durfte es nicht enden. Er jedoch drehte sich nur um und sah mir in die Augen und legte seine Hand auf meine. Sie fühlte sich warm an, seine Hand, leicht und beweglich, sanft und doch fest. Ich blickte ihn an. Ich wusste nicht, was er tun würde. Dann holte er aus. Es war das Letzte, was ich sah.

★★★

Sein Schatten löste sich aus der Starre. Er wusste, lange konnte er nicht bleiben. Er hatte genug gehört.

Eisenstein war auf der Suche. Einen Platz musste er finden, an dem er nicht auffiel. Unter dem Magnolienbaum zu stehen war nur für eine Zigarettenlänge möglich. Am wenigsten Verdacht erregte er immer noch, wenn er sich in der Mitte des Salons unter die Anwesenden mischte. Es waren Idioten, gewiss, aber das kümmerte ihn heute nicht. Drittklassige Journalisten, Pseudointellektuelle, Schreiberlinge, die sich für große Geister hielten, weil ihre Bücher für ein paar Monate in den Fenstern der Buchhandlungen lagen, oder weltfremde Schmocks wie Bering, der Gastgeber des heutigen Abends. Auch Bering war ein Idiot. Aber er war ihr Vater.

Als Eisenstein Hannah zum ersten Mal erblickt hatte, war sie sechzehn gewesen. Ludwig und Ruth Bering hatten ihre Tochter zu einem Klavierabend Schubert und Debussy in der Carnegie Hall mitgenommen und Eisenstein, wie durch Zufall, hatte seinen Platz nur eine Reihe hinter ihnen. Hannahs Schönheit war auch da schon unübersehbar gewesen. Er hatte sie während des gesamten Konzerts gemustert, wie sie da vor ihm saß, die Haare hochgesteckt, die Schultern unbedeckt. Ihr Nacken war makellos, auch die Haut ihres Rückens ohne Fehler. Hell, fest und weich zugleich, zart und blass, keine Narben, nur einige Male hier und da. Die Schulterblätter leicht umspannt, darunter junge bewegliche Muskeln. Das rasche, unwillkürliche Straffen ihrer Glieder. Die Stränge zum Haaransatz hoch mit leichtem Flaum bedeckt. Er konnte seinen Blick nicht von ihr lösen. Während der *Wandererfantasie* hatte er den Drang unterdrücken müssen, dieses Mädchen, ihren Nacken, ihre Schultern noch an Ort und Stelle anzufassen.

Doch sie war noch nicht ausgewachsen. Ein, eher zwei Jahre würde es brauchen. Ihre volle Größe, den Umfang ihrer Statur, das volle Maß ihrer Brüste, Hüften und Schenkel würden dann erst den kurzen Zeitpunkt im Leben eines Mädchens erreicht haben, an dem sie der Idee ihrer Schönheit am nahesten kam. Wie eine Blüte im Moment ihrer vollsten Kraft und Ausdehnung, kurz bevor die Blätter welk werden und schließlich niederfallen. Wenn sie bis dahin nicht zu schnell wüchse und wenn in dieser Zeit auch nichts geschähe, was ihrer Haut Schaden zufügte, dann wäre sie vollkommen.

An diesem Abend auf der Terrasse des Penthouses in der West 40th Street sah er, dass sie so weit war. Sie war eine hochgewachsene, schlanke Frau mit zierlichen Brüsten. Und was für ein Glück: Sie trug ein Abendkleid, das Schultern und Rücken freiließ und das Dekolleté bis zum Brustbein. Hannah stellte ihre Schönheit zur Schau, sodass alle Anwesenden sich persönlich überzeugen konnten. Die Haut ihres Nackens war verdeckt vom Braun ihrer Haare, doch er spürte, alles war so, wie er es sich erhofft hatte. Ihr war bislang nichts Böses widerfahren.

Eisenstein sah sie am Geländer stehen, selbstzufrieden in der formlosen Ewigkeit ihrer Jugend mit dem Cocktailglas in der Hand, sah ihre Freundinnen, sah die Jünglinge, die sie umschwirrten, langhaarige Studenten in zu engen Jeans, die alles taten für ein Lächeln oder ein paar Sätze von ihr. Ein weiteres Glück, wie er feststellte, als er Hannah belauschte: Sie wohnte seit ein paar Wochen nicht mehr bei ihren Eltern, sondern in einer kleinen Wohnung in SoHo, wohin sie später in der Nacht zurückgehen würde. Er musste nur warten.

Nun gesellte sich die Gastgeberin zu der kleinen Gruppe, schenkte ihren Gästen Wein nach und gab sich interessiert. Ruth Bering trug ein Kleid, das dem ihrer Tochter in Farbe und Schnitt ähnelte, doch hochgeschlossen war bis zum Hals und die Arme bedeckte.

»Gefällt Ihnen die Party, Mr …?«

Sie streckte ihm ihre Hand entgegen. Er konnte Hannah in ihrer Mutter sehen – in einer Bewegung, in der stolzen Haltung des Kopfes, im Blick ihrer Augen. Das hatte ihn immer fasziniert: wie sich die Schönheit weiter fortpflanzt, als ginge sie durch die Körper der Menschen nur hindurch, um sie nach ein paar kurzen Jahren wieder zu verlassen und in das Kind einzufahren, das mit diesem Geschenk aufwuchs und glauben musste, es gelte ihm. Eisenstein sah, dass auch Mrs Bering einst eine schöne junge Frau gewesen war. Vor langer Zeit, in einem fernen Land.

»Ich amüsiere mich prächtig«, sagte er, legte die Handflächen vor der Brust zusammen und verbeugte sich leicht.

Mrs Bering stutzte, dann zog sie ihre Hand zurück, als hielte sie in ihr ein Geheimnis, das sie von nun an niemandem mehr zeigen wollte, und verbeugte sich ebenfalls.

»Ich glaube, wir sind uns noch nicht vorgestellt worden«, versuchte sie es ein zweites Mal.

»Oh doch, mit Verlaub. Wir kennen uns schon sehr lange. Vielleicht zu lange, will es mir scheinen. Erinnern Sie sich an das Schubert-Konzert in der Carnegie Hall? Ihr Mann war damals so freundlich, mich Ihnen vorzustellen. Ich bin ein begeisterter Käufer all Ihrer Bücher, Frau Bering.«

Die Anrede hatte sie sichtlich verwirrt. Anstatt zu antworten: Ach bitte, nennen Sie mich Ruth, wie alle hier!, sagte sie auf Deutsch zu ihm: »Und auch Leser, wie ich hoffe? Ich muss mich entschuldigen. Mein Gedächtnis wird nicht besser mit den Jahren.«

Eisenstein aber fuhr auf Englisch fort: »Nun, mit dreißig fangen die Probleme an. Als ich in Ihrem Alter war, bemerkte ich bei mir auch die ersten Unregelmäßigkeiten. Ich wachte auf und bedauerte, dass ich nun nicht mehr jung sterben konnte. Und alt werden ist ja keine Kunst. Man muss nur lang genug leben.«

Die Umstehenden lachten. Auch Mrs Bering schmunzelte ein wenig. Eisenstein wusste, dass sie ihm nicht traute. Sie war eine kluge Frau.

Für einen kurzen Moment dachte er, er hätte Hannah aus den Augen verloren. Doch dann lief sie plötzlich an ihm vorbei, ihre beiden Freundinnen wie die Dienerinnen einer jungen Kaiserin im Gefolge. Die Studenten blieben enttäuscht auf der

Terrasse zurück. Hannah verabschiedete sich von ihrer Mutter mit einem Kuss.

»Soll Vater dich nicht fahren, Schatz?«

»Ach, lass doch, Mum. Adele und Kitty begleiten mich. Ist doch nur eine halbe Stunde, wenn wir den Broadway entlanggehen.«

Hannah schenkte Eisenstein keinen Blick. Offenbar erinnerte auch sie sich nicht an ihn. Er war in ihrem kurzen Leben bislang nicht mehr als ein dunkler Schatten, der vor einer Ewigkeit ihr Blickfeld gekreuzt hatte.

Ruth Bering küsste ihre Tochter auf die Stirn. »Sei vorsichtig, mein Schatz.«

Dann machte Hannah sich auf, ihren Vater zu suchen, der sich mit ein paar Studentinnen in die Bibliothek verzogen haben musste.

Nun hieß es handeln.

»Ich sehe, wir benötigen Nachschub«, sagte Eisenstein, entwand Hannahs Mutter die fast leere Weinflasche und machte sich auf den Weg in die Küche. Dort stellte er die Flasche auf die Anrichte, ging durch die Diele zur Haustür und verließ die Party.

Es war eine drückende, gewitterschwere Nacht, der Himmel war von Scheinwerfern erleuchtet, den tausend Augen der Wolkenkratzer, die Bürgersteige voll mit Vergnügungssüchtigen, mit den Flatterhaften und Frivolen, die diese Stadt zu jeder Tages- und Nachtzeit ausspuckte. Eisenstein, den Mantel über den Arm geworfen, stellte sich in den gegenüberliegenden Hauseingang, zündete sich eine Zigarette an und wartete. Aus den offenen Fenstern über ihm drangen Gekreisch und Gelächter, die schwülstige Musik einer dieser neumodischen Bands, von irgendwoher ertönten Sirenen. Es war August, es war Samstag, es war New York. In dieser Nacht war alles möglich. Nach ein paar Minuten sah er die drei Mädchen aus dem Gebäude kommen, Arm in Arm über die Straße spazieren und zwischen Bushaltestelle und Nachtsupermarkt, Ecke Avenue of the Americas, stehen bleiben. Dann weiter. Wie laut sie waren, ihr Reden, Lärmen, Lachen. Die Armreifen der Mädchen klapperten beim Gehen aneinander. Drei junge Frauen in der prächtigen Sommernacht, auf dem Weg durch Manhattan, leichtsinnig und leicht bekleidet, beschwipst von der Musik und dem Lachen und der Aussicht auf all die Abenteuer, die das Leben für sie bereithielt. Leichte Mädchen, leichte Beute für all die Draufgänger da draußen.

Er setzte sich in Bewegung. Ihr Weg führte sie über die Fifth Avenue durch den Garment District und dann vorbei am Madison Square Garden Richtung Chelsea. Am pinienbestandenen Savoy Hotel vorbei und hinweg über den Lincoln Tunnel. Vorbei an Synagogen und Kirchen, Galerien und Nachtclubs. Die drei hatten es nicht eilig, nach Hause zu kommen, ganz entgegen dem Versprechen, das Hannah ihrer Mutter gegeben hatte. Auf der Tenth Avenue blieben sie erneut stehen. Eisenstein wartete in einigen Metern Entfernung unter dem Gusseisen einer Feuerleiter. In Hörweite. Allzu große Vorsicht musste er in dieser Nacht nicht walten lassen. Die drei waren so abgelenkt von ihrer eigenen Ausstrahlung auf die Rudel junger Männer, die ihnen hinterhersahen, pfiffen, sie ansprachen und dann lachend weiterzogen, dass sie ihn nicht einmal wahrgenommen hätten, wenn er minutenlang neben ihnen hergegangen wäre. Für jemanden wie ihn hatten Wesen wie diese einfach keine Augen. Sie waren selber schuld.

Sie standen eng zusammen, berührten einander unablässig an Armen und Schultern. Sie besprachen etwas, eine von ihnen fuchtelte wild in der Luft, die anderen lachten auf, schwangen ihre Handtaschen, schüttelten die Köpfe. Adele und Kitty wollten weiter nach Chelsea, ein paar Freundinnen treffen, tanzen gehen, sich vielleicht von ein paar Jungs zu einem Drink einladen lassen. Hannah aber zögerte, schien unschlüssig. Weiter ging es, einige Minuten südwärts, wieder schunkelnd und mit den Armreifen klappernd die Avenue entlang. Unter dem Bogen der Highline, die vom Meat Packing District hochführte, blieben sie erneut stehen. Hier war es ruhiger, für einen Moment waren sie allein. Eisenstein verbarg sich hinter einem Treppenaufgang. Nun, da sie im Dunkel der Eisenbahntrasse standen, stritten sie beinahe, ihre hellen Stimmen hallten von den Graffitiwänden und Stahlträgern zurück. Sie machten übertriebene Gesten, zogen einander an den Handgelenken in verschiedene Richtungen, dann lachten sie wieder und setzten den Weg gemeinsam fort.

Hannah aber steckte sich die Haare hoch, sodass man ihren Nacken sehen konnte, und ließ sich ein wenig zurückfallen. Adele und Kitty schritten untergehakt voraus, eine Melodie auf den Lippen. Offenbar war die Entscheidung gefallen, an der nächsten Ecke würde man sich voneinander verabschieden, Hannah zurück Richtung Broadway und nach Hause gehen, ihre Freundinnen für ein paar weitere überhitzte Stunden durch die Nacht ziehen.

Von da an war Hannah allein, hinter ihr nur der stille Schatten eines Mannes, von dem sie in ihrem kurzen Leben keine Notiz genommen hatte. Sie ging nun vorsichtiger, stiller, achtete darauf, nicht zu viel Aufmerksamkeit auf sich zu ziehen. Ihr war klar, dass sie, für die Dauer ihres späten Nachhauseweges auf sich selbst gestellt, nicht das Risiko eingehen durfte, in den Augen der anderen als das zu erscheinen, was sie war: ein junges, unsicheres, unerfahrenes, unschuldiges Mädchen. Es war kurz vor Mitternacht.

Doch sie brauchte keine Angst zu haben. Denn was sie nicht wissen konnte: Bis zur Ankunft in ihrer Wohnung hatte sie nichts zu befürchten. Er, der da hinter ihr schlich, der ihre Schritte verfolgte, er wachte über sie. Er würde sie beschützen. Ihr sollte kein Leid geschehen.

Ihre Schritte beschleunigten sich. Eine leichte Brise war aufgekommen, die ein wenig Kühlung brachte. Zehn Minuten wanderten sie, bis Hannah abrupt stehen blieb. Hatte sie ihn doch bemerkt? Nein, sie waren da. Sie standen vor einem niedrigen Haus in der Mitte des Blocks auf der Wooster Street, eine breite, zu dieser Uhrzeit ruhige Seitenstraße mit Kopfsteinpflaster, auf der nur noch ein paar Katzen einander jagten. Eisenstein, hinter einer Werbesäule wartend, sah Hannah in der Handtasche kramen. Er hörte es klimpern. Er hörte ihren Atem. War es kälter geworden? Sie stand mit ihren dünnen, nackten Beinen vor der vergitterten Tür des roten Ziegelsteingebäudes und suchte den Schlüssel. Sie fand ihn nicht. Vielleicht hatte sie ihn bei den Eltern liegen lassen? Musste sie nun den ganzen Weg bis zum Bryant Park zurücklaufen? Vielleicht würde sie dann lieber ein Taxi nehmen?

Es war alles ruhig jetzt. Für einen Augenblick schien die Zeit stillzustehen. Eisenstein löste sich aus dem Schatten der Säule und kam näher. Er sah ihren Nacken, nackt und bloß, im Licht der Laterne schimmernd, den Flaum ihrer Haare darauf. So weich, so zart. So nah. Sie hörte ihn nicht.

Dann zog sie ihren Schlüssel hervor, trat einen Schritt vor, sperrte auf und verschwand im Innern des Hauses.

18

Kathy tauchte nicht mehr bei den Vorlesungen auf. Im Morningside Park saß sie nicht, im Buchladen war sie nicht. Und als das Semester begann, fand ich sie auch nicht bei den Einführungsveranstaltungen. Nun hatte ich auch sie verloren, dachte ich.

Doch Mitte September klopfte es an meine Tür.

»Warum bist du nicht zu mir gekommen?«, fragte sie, als sie mit roten Augen auf meinem Bett saß, und erst da ging mir auf, dass ich sie zwar vermisst hatte, jedoch keine Sekunde auf die Idee gekommen war, sie könnte in ihrem Wohnheim genauso auf mich gewartet haben, wie ich auf Eisenstein gewartet hatte.

Sie hatte geweint. Aber nun war ihre Stimme voll Zorn.

»Du bist schließlich derjenige, der sich zu entschuldigen hat. Und jetzt lässt du mich auch noch herkommen, und ich bin so dumm und tue es.«

»Ich dachte, du wolltest nichts mehr mit mir zu tun haben ...«

»Ach? Und wenn es so wäre? Dann akzeptierst du es einfach und ziehst dich zurück in deine Höhle, anstatt meine Meinung ändern zu wollen? Anstatt um mich zu kämpfen?«

»Ich wollte nicht aufdringlich sein. Ich konnte ja verstehen, dass du keinen Kontakt mehr wolltest.«

»Ja, und ich hätte auch allen Grund dazu gehabt. Aber anscheinend ist es nicht so, du Dummkopf.«

Und sie nahm mich in den Arm, zog mich so heftig zu sich, dass es fast wehtat, und küsste mich.

Dummkopf war von nun an ihr Spitzname für mich. Der Sommer war groß gewesen, ein paar kühle Tage hatten sein Ende angekündigt, aber nun war er wieder da und Kathy mit ihm. Später sagte sie, es habe sie gewundert, dass ich überhaupt noch bei den Vorlesungen aufgekreuzt sei.

»Wie du dagesessen hast und nach mir Ausschau hieltest ...«

»Du hast mich gesehen? Du warst da?«

»Ich bin ein paarmal später gekommen, nur um zu sehen, ob du nach mir suchst. Und da wusste ich es.«

»Was wusstest du?«

»Dass du mich liebst, Dummkopf.«

Ihre Worte schmerzten. Jedes Mal, wenn sie darauf bestand, dass ich sie liebte, war es, als wollte sie mir ein Messer in die Brust rammen. Als wäre sie dabei gewesen in der Nacht, in der Eisenstein mich niedergestreckt hatte. Als hätte sie meine kurz davor geäußerten Worte gehört, als ich ihm versicherte, ich sei nicht in Kathy verliebt. Als ich sie verleugnete.

Eisensteins Faust hatte mich auf dem rechten Auge erwischt. Ich wusste nicht, ob mich der Schlag oder der Aufprall meines Hinterkopfs auf dem Kellerboden hatten bewusstlos werden lassen. Doch als ich aufwachte, war mir, als hätte ich das alles nur geträumt. Jedes einzelne Buch stand wieder säuberlich an seinem Platz im Regal.

Eisenstein war fort. Die *Justine* war fort. Ich war allein.

Diesmal allerdings suchte ich ihn nicht. Ich widerstand dem Drang, nach Brooklyn zu fahren, ihn inmitten des Gewirrs fremder Menschen zu suchen oder erneut zur Bibliothek zu gehen. Ich widerstand, so gut es ging. Lenkte mich ab, indem ich die Vorlesungen besuchte, die Bücher las, die mir die Professoren zu lesen aufgaben. Begann einen Roman, eine Liebesgeschichte, die im späten achtzehnten Jahrhundert spielen sollte. Der große amerikanische Roman sollte es werden, aber ich kam über zwanzig Seiten nicht hinaus. Traf mich wieder mit Kathy, fuhr mit ihr nach Coney Island und küsste sie am Strand von Brighton. Das war jetzt unser Ding, mit dem Q-Train runterfahren, eine Decke und einen Korb unterm Arm, uns in den Sand legen und lesen, küssen, gegen den Schlaf ankämpfen, schlafen. Die Haut noch einmal zu Gold werden lassen in den letzten Tagen des Sommers, bis an die Lippen gebräunt vor Hitze. Die Bagel essen, die Kathy gemacht hatte. Chet Baker im Radio hören, Stan Getz und Joao Gilberto. Den Kindern und den Wellen beim Spielen zusehen. Die Segelschiffe vor uns, die Motorflugzeuge über uns. Und dann, bei Sonnenuntergang, den Holzsteg entlang nach Astroland, Zuckerwatte kaufen und Fotos schießen und Rollschuh fahren mit meinem Coney Island Baby im Arm.

So ging es für ein paar Tage weiter. Jonathan-Dummkopf und Kathy streunten durch die Buchläden, gingen ins Kino, in *Alice's Restaurant*, warfen bei einer Lesung im Gaslight mit Biergläsern, hörten Musik, lagen mit einem Transistorradio hinter dem Stadion, den Kopf auf dem Schoß des anderen und ein Buch in der Hand. Es war perfekt, sie war meine große Liebe, diese kluge braunäugige wunderschöne Frau, ich liebte sie, und sie liebte mich, und ich fühlte mich zum Kotzen.

Wenn Kathy nicht da war, lenkte ich mich ab, indem ich in der Cafeteria der Columbia an meinem Roman schrieb. Meine Kamera hatte ich verstaut, was ich festhielt, hielt ich fest mit Stift, Papier und Schreibmaschine. Deswegen habe ich aus dieser Zeit kaum noch Fotografien, und auch von Kathy habe ich nur dieses eine Bild, das ich eines Nachmittags geknipst hatte, nachdem wir miteinander geschlafen hatten, das Bild ihres nackten Rückens mit dem Sternbild ihrer Muttermale darauf. In meinen Büchern jedoch reimt sich jeder Satz auf sie.

In dieser Zeit wollte ich nicht glauben, dass ich möglicherweise nicht zum Schriftsteller geboren war. Es konnte nicht anders sein, meine Geschichte, mein Leben, meine Gefühle waren etwas so Besonderes, und all das, meine Melancholie, mein Märtyrerdasein, meine Missverständnisse, all das prädestinierte mich doch dafür, den Großen Amerikanischen Roman zu schreiben. Doch bald schon verzweifelte ich an der Dummheit, die hinter jedem meiner Sätze auf mich lauerte, an meinem Mangel an Vorstellungsvermögen und meiner Unfähigkeit, die richtigen Wörter zu finden. Wenn Eisenstein nicht im Raum war, ergriff meine alte Impotenz wieder Besitz von mir. Ich warf all das bekritzelte Papier in den Mülleimer neben der Essensausgabe und schwor, niemals wieder eine Geschichte zu beginnen. Gab es nicht sowieso genug Bücher auf der Welt? Gab es nicht schon genug Menschen, die arm und unglücklich gestorben waren für die Kunst? Vielleicht sollte ich Marie Zieglers Beispiel folgen und einfach an eine Schule gehen. Lehrer war schließlich auch ein ehrbarer Beruf.

Als ich Kathy bei einem unserer Sonnenuntergangsspaziergänge davon erzählte, machte sie mir Mut.

»Du darfst nicht aufgeben, Dummkopf. Wie willst du feststellen, ob du dazu geboren bist, ein berühmter Schriftsteller zu werden, wenn du nicht dranbleibst? Zweifel nicht an dir. Denk immer an Poe, Dummkopf.«

Ich dachte an Poe, und ich dachte an Kathy. Jeden Tag habe ich an sie gedacht, eine Zeitlang wenigstens. Aber aufgegeben habe ich doch.

Die Wandlung wurde vollzogen.

Sie hatten sie geknetet und gewalkt, gepresst und gequetscht, gerieben und gestreckt, mit Falzbein und Bleiplatte durchwirkt, und nun, nach der stundenlangen Knochenarbeit, die Jerry und er hinter sich gebracht hatten, und nach all den Wochen und Monaten, die vergangen waren seit dem ersten Fund, war sie bereit. Für ihre Haut war es nun der letzte Schritt.

Eisenstein schwitzte. Er strich sich einzelne Strähnen aus der Stirn, stemmte die behandschuhten Hände in die Hüften und sah auf. Auch Jerry atmete schwer. Ein weiteres Mal wunderte sich Eisenstein über die unmenschliche Kraft, über die dieser Krüppel verfügte. Der Bucklige ging über die Arbeitsfläche wie ein Ochse im Joch, den Blick stets auf den Boden geheftet, auf die wenigen Quadratzentimeter vor seinen Füßen, und er machte erst halt, wenn Eisenstein ihm ein Zeichen gab. Dann hob er die Bleiplatte empor, mit der sie die Haut gelockert hatten, ließ sie am Tischbein hinuntersinken und wartete auf neue Befehle.

Im Grunde brauchte es vier oder fünf Männer für diesen Job. Aber wie hätte er vier Männer davon überzeugen können, ihr Geheimnis mit ins Grab zu nehmen? Bei Jerry jedoch erschien es ihm möglich. Fast stumm, stark wie ein Bär, dabei ängstlich und gequält von der Vorstellung der Höllenqualen, die Eisenstein ihm ausgemalt hatte. Was für ein Glücksfall dieser hässliche Kerl doch für ihn war.

Der Moment war gekommen. Ihre Haut, die ganz steif geworden war während der drei Monate Trocknungszeit, die sie zwischen den Leinen gespannt im Nebenraum verbracht hatte, war nun in einem heiklen Zwischenstadium, gleich dem noch unausgespannter Flügel eines Schmetterlings, der sich gerade frisch entpuppt hatte. Dem Stadium zwischen Vergänglichkeit und Ewigkeit. Dies war der Augenblick, an dem sich alles entschied. Wenn die Wandlung von Erfolg gekrönt wäre, hätten sie es geschafft. Der Übergang vom Flüchtigen zum Dauernden, von irdischer Materie zu himmlischer Substanz, von eitlem Dahinvegetieren zu unsterblichem Leben. Die Umgestaltung, die Rückkehr, wie er es nannte, vom töricht-zwecklosen Menschsein zum vollkommenen Buch wäre dann nur noch eine Frage der Zeit und ein paar weiterer Arbeitsgänge, die er allein durchzuführen hatte. Doch falls nicht, falls sie nur den kleinsten Fehler gemacht hatten, würde sich jetzt zeigen, wie sinnlos all die Mühen gewesen waren. Wenn beim Transport unsichtbare Risse entstanden waren, wenn sie zu viel oder zu wenig Beize verwendet hatten, wenn bei der Trocknung die Temperatur im Keller zu stark geschwankt hatte, dann konnte der gesamte Aufwand vergebens sein. Das Mädchen zu finden, zu töten, zu enthäuten, ihre Haut zu äschern, zu beizen, zu gerben, sie zu trocknen – all das wäre nichtig gewesen.

Sie warteten. Jerry, noch immer keuchend wie ein Hirschbulle nach langem Kampf, stand mit glasigen Augen da und sah nichts. Auch Eisenstein konnte nichts erkennen. Die Haut, die vor ihnen auf die Platte gespannt dalag, war so bleich und grau wie zuvor. Wie Mehl kam sie ihm vor, eine ausgerollte, platte Schicht staubtrockenen Mehls, noch immer. Blutarm, leichenfahl. Gewöhnlich. Noch immer.

Dann aber sah er die ersten Splitter, die Funken und Glimmer. Es war, als bewegte sie sich, als wäre da ein lebendes Wesen eingespannt zwischen die vier Ecken des Tischs, als würde es sich winden und drehen unter ihren begierigen Blicken. Die Schicht nahm eine leuchtende, fast fluoreszierende Tönung an. Die bleiche Färbung verlor sich und machte einer braunen Platz – ein sonniges Siena überzog die Haut, an manchen Stellen wie Bronze schimmernd in dem dunklen Licht des Gewölbes. Er wagte nicht, sich vorzustellen, welchen Eindruck sie machen würde, wäre sie erst geputzt, fixiert, auf Pappe gespannt, mit Prägungen versehen, um einen kostbaren Buchblock gewunden und stünde im helleren Licht einer Bibliothek. Der Gedanke an das Buch, das aus ihr werden würde, ließ ihn erzittern.

Behutsam löste er die Klammern an den vier Ecken, befreite

die Haut, die nun endlich zu Leder geworden war, aus ihrem Folterbett. Jetzt, da die Spannung nachließ, würde sich endgültig zeigen, ob er noch immer fähig war. Wenn die Oberfläche ihre natürliche Festigkeit beibehielt, dabei weich und geschmeidig blieb, war der Zeitpunkt gekommen, um den Auftrag einzuholen. Er wusste, mehrere Sammler befanden sich zurzeit in der Stadt, rissen sich um seine Bekanntschaft, baten darum, ihm ein Angebot machen zu dürfen. Einen von ihnen hatte Eisenstein ganz besonders im Blick. Lange genug hatte er ihn beobachtet, seine Wege verfolgt, seine Gier gesehen. Dieser Ira Bloom war ein Besessener, er wollte es wirklich. Er sollte es haben.

Denn in der Tat, es war vollbracht. Das Leder bewegte sich in seiner Hand, formbar, anschmiegsam, elastisch, fast wie Seide, zugleich aber zäh, stark und stabil in seiner Struktur, von herrlicher Farbgebung, honiggelb bis mahagonibraun, von verschwenderischem Glanz geradezu, der dem Auge schmeichelte, mit einer einzigartigen Maserung versehen, wie sie allein eine solche Haut spenden konnte. Ach, was war all das Saffian dieser Welt, all das Chagrin und Chamois und Hermelin, was waren Samt und Seide gegen das Leder aus der Haut eines schönen jungen deutschen Mädchens?

Eisenstein dachte an Heidi. Denn ein solches Mädchen, das war sie gewesen. Ihre Mutter war eine Deutsche, der Vater kam aus Scarsdale. Ihr Wesen so rein, ihr Körper so prachtvoll. Und so unerwartet, in diesem Bezirk der Stadt eine solche Blüte zu finden. Wie der Lotus aus dem Schlamm hatte sich dieses Mädchen aus dem Ghetto von Williamsburg erhoben. Eisenstein hatte es beinahe aufgegeben, in diesem Teil zu suchen, doch eines Frühlingsabends des Jahres 1968 hatte er sie unter einem Weidenbaum im Brower Park gefunden. Wie bezaubernd sie dagesessen hatte, träumend in ein Buch versunken. Allein.

Und nun war sie hier, bei ihm. Seine Fingerkuppen strichen sanft über ihre Haut. Ein Schauder durchlief ihn. Ihre vollkommene Haut, nun für immer in Sicherheit und vor allem Bösen da draußen geborgen.

19

Ich liebte Kathy, so schwer es mir fiel, das zuzugeben, und doch: Es dauerte nicht lange, bis ich die Entzugserscheinungen nicht mehr aushielt. Ohne seine volle und langsame Stimme, ohne das Deutsch seiner Vorfahren, ohne seinen Blick und seine Worte schien mir die Stadt, schien mir selbst Kathys Gegenwart nichts bieten zu können. Wenn ich in ihren Armen lag, dachte ich an ihn. Wenn sie mich streichelte, fühlte ich seine Hand auf meiner liegen. Sehnte mich danach, von ihm ins Gesicht geschlagen zu werden. Wenn wir miteinander geschlafen hatten und verschwitzt im Septemberlicht auf ihrem Bett im Wohnheim lagen, spürte ich den Drang, aufzustehen, zu ihm hinüberzugehen und ihm davon zu erzählen, wie ich es immer getan hatte. Manchmal dachte ich, dass ich nur noch mit Mädchen schlief, um es ihm später erzählen zu können. Dass im Erzählen erst der Akt vollendet wurde, seinen Höhepunkt erfuhr. Kathy merkte, dass ich sie angelogen hatte. Sie merkte auch, dass ich abwesend war, sah meinen Kummer. Aber ich sagte ihr nichts. Und sie fragte nicht mehr.

Schließlich fand ich mich allein auf den Straßen New Yorks wieder. Ich durchstreifte sie, wie wir es früher getan hatten, nun jedoch nicht mehr auf der Suche nach Mädchen. Erneut klapperte ich unsere Plätze ab, ging zu Pedro's Diner, zum Pier 1, ins Austerlitz, zum Café am Mount Sinai Hospital, ins Limelight. Ich ging ins Aurora, ging durch die Allen Street. Manchmal, abends, wanderte ich durchs Village und zu den Penthouses der Upper East Side, nur, um überall vor verschlossenen Türen zu stehen. Einmal traf ich Professor Ehrlich wieder, ohne seine Tochter, und sprach ihn an. Ob er Eisenstein in den letzten Tagen gesehen habe, fragte ich, doch er blickte mich nur verständnislos an, als hätte er mich noch nie gesehen, lächelte verwirrt und ging weiter.

Ich weiß nicht, wusste auch damals nicht, was ich mir davon erhoffte – es war, als würde ich den Erdkreis nach einer längst verstorbenen Geliebten absuchen müssen. Ich zog meine Kreise enger. Wagte mich wieder nach Brooklyn Heights und wartete hinterm Carroll Park in dem Restaurant auf ihn, in dem wir zum ersten Mal miteinander essen waren. Morgens meinte ich, sein Gesicht zwischen den Köpfen der Fußgänger auftauchen zu sehen. Mittags hielt ich einen Mann auf der Straße an, der seinen Hut trug. Nachmittags suchte ich ihn in den Schaufenstern, zwischen den Fahrgästen im Bus und unter den Pennern in der Montague Street. Abends kehrte ich zurück nach East Harlem, erschöpft und müde.

Ich ging zur Bibliothek. Mr Rothbard blickte von seiner Lektüre hoch, erkannte mich, nickte mir ausdruckslos zu, ließ mich passieren. Im Innern war es kühl und still, nur das Rauschen der Luftentfeuchter war zu hören. Ich suchte jeden einzelnen Gang ab, doch ich war allein. Auf dem Weg nach draußen fragte ich Mr Rothbard nach Eisenstein.

»Der Mann, mit dem ich damals gekommen bin ...?«

Rothbard aber tat, als ob er mich nicht verstünde, und wandte sich wieder dem Buch auf seinem Schoß zu.

An der Glastür wandte ich mich aus irgendeinem Grund noch einmal um und sah zurück ins Innere. Da erblickte ich den silberhaarigen Schwarzen, der in der Pause des Konzerts im Prospect Park mit Eisenstein zusammengestanden hatte. Er stand da im selben karierten Anzug, lugte hinter einer Säule hervor und sah in meine Richtung. Eben noch war ich mit Sicherheit der einzige Besucher gewesen, und nun stand dort dieser Mann? Erneut betrat ich den Saal. Der Mann blieb reglos an seinem Platz im Schatten der Säule stehen. Ich stellte mich ihm vor, nannte meinen Namen, und er machte eine Bewegung mit dem Kopf, als kenne er mich. Als hätte er mich irgendwo schon mal gesehen.

»Kann ich Ihnen helfen, junger Mann?«

»Sie kennen meinen Freund, Mr Eisenstein. Wissen Sie vielleicht, wo ich ihn finden kann?«

»Josef? Nun, er ist doch *Ihr* Freund, dann sollten *Sie* das auch wissen, nicht wahr?«

»Sie kennen ihn also?«

»Jeder hier kennt Josef Eisenstein.«

Und er zeigte mit einer ausholenden Geste auf die Bücherregale und Säulen und Wände, als umstünden uns die Geister längst verstorbener Ahnen.

»Haben Sie ihn in letzter Zeit gesehen?«

Er lächelte.

»In letzter Zeit gesehen … das kann man so nicht sagen, nein.«

Da erst bemerkte ich, dass er blind war. Er war einen Schritt aus dem Schatten hervorgetreten, sodass ich ihm mitten in sein dunkles, faltiges Gesicht blicken konnte und vor seinen leeren weißen Augen erschreckte. Ich stockte, stammelte eine Entschuldigung, doch er unterbrach mich.

»Wenn Sie Eisenstein suchen, wird es wohl das Beste sein, sich von ihm finden zu lassen.«

Ich verstand nicht, dankte ihm und verabschiedete mich.

Beim Hinausgehen fasste ich mir ein Herz.

»Verzeihen Sie meine Offenheit, Sir … ein Blinder in einer Bibliothek?«

Er aber war bereits wieder hinter seiner Säule verschwunden und wartete dort im Schatten darauf, dass ich ging. Dann rief er mir hinterher: »Wir sind alle nicht zum Lesen hier, oder?«

Immer länger wurden meine Streifzüge. Immer öfter sah ich ihn, immer heftiger wurde ich enttäuscht. Als ich schließlich auch abends nicht mehr heimging, sondern in Manhattan vor den Bars und Clubs lungerte, ins Metropolitan Museum ging, in die Oper, ins Konzert, allein in der Menge stand und den Zuschauerraum nach ihm absuchte, begann Kathy ein letztes Mal, Fragen zu stellen.

»Ich brauche ein wenig Zeit für mich«, sagte ich.

Und war das etwa nicht die Wahrheit? War nicht all die Zeit, in der ich Eisenstein suchte, Zeit für mich?

Dummkopf.

Ich erinnere mich nicht, wie ich plötzlich wieder vor seiner Tür gelandet war. Jedenfalls stand ich oben auf dem Treppenabsatz, atmete und lauschte. Es war wie beim ersten Mal. Und wie beim ersten Mal war die Tür nicht abgeschlossen. Doch dieses Mal erwartete mich niemand, kein Mädchen gab mir einen Kuss auf die Wange, kein Mann im Morgenmantel empfing mich. Die Regale im Flur waren verschwunden. Im Salon stand nur noch das Klavier, der Tastaturdeckel war zugeklappt, der Notenständer leer. Die Vorhänge hingen noch, doch ansonsten war alles ausgeräumt worden. Der Zeus zwischen den Fenstern hatte einen helleren viereckigen Abdruck auf den Ziegeln hinterlassen, und wo der Schreibtisch gestanden hatte, sah man noch vier runde Vertiefungen im Parkett. Auch im Atelier und in der Küche gab nichts mehr einen Hinweis darauf, wer hier einmal gewohnt haben mochte.

Nur für mich gab es diese flüchtigen Hinweise noch. Ich roch ihn in den Dielen, ertastete ihn in den Vorhängen, witterte sein Parfum in den Wänden und den unsichtbaren Möbeln, spürte noch immer den Duft von Zigarre und Büchern, zart, aber deutlich. Ich sank zu Boden. Dort saß ich, zusammengekauert, atmete die Erinnerungen ein und wartete. Doch nichts geschah. Dann ließ ich die Tür ins Schloss fallen und ging.

In den nächsten Tagen sprach ich mit den Anwohnern der Willow Street. Sie mussten doch etwas mitbekommen haben. All die Bücher, das konnte schließlich nicht unbemerkt über die Bühne gegangen sein. Aber niemand konnte mir Auskunft geben. Niemand wusste so recht, wer da überhaupt in der dritten Etage dieses Hauses gelebt hatte. Niemand hatte je von seinem Namen gehört. Ich durchstöberte die Zeitungen, suchte auf den Lokalseiten nach Meldungen über leerstehende Wohnungen, über Unfälle, Morde, seltsame Ereignisse, verschwundene Menschen. Über die enthäuteten Mädchen schrieben sie längst nicht mehr, hier und da fand ich im überregionalen Teil einen Artikel zu den Tate-LaBianca-Morden. Von Charles Manson schrieben sie noch nichts. Dafür gab es jetzt den Zodiac-Killer mit seinen Rätseln, aber auch das war weit weg. Ich ging die Vermisstenanzeigen durch, aber wer sollte schon nach Eisenstein suchen? Mir wurde klar, dass das alles vergebens war. Eisenstein war gegangen, und wenn er nicht gefunden werden wollte, würde ich ihn nicht finden. So war es immer gewesen.

Ich ging zum Hafen und suchte sein Angesicht im Schaum der Wellen. Früh eines Morgens Ende September stand ich am Pier 88, dort, wo damals die *MS Normandie* gelegen hatte, mit der *Justine* an Bord. Ich zitterte in der frühen Kälte des endenden Sommers, die Sonnenstrahlen stießen nur schemenhaft von Osten auf die Holzpfähle und die schwarzen Wellen des Hudson. Ich sah einem Passagierschiff hinterher, das soeben abgelegt hatte. Ganz oben im Gedränge stand ein Mann an der Reling, hielt einen Hut in der rechten Hand und winkte. Sein Mantel leuchtete hell durch den Morgennebel. Neben mir standen Menschen und winkten zurück, während das Schiff in der Dämmerung verschwand, und ich war sicher, dieser Mann dort winkte mir zu.

Und ich wusste auch, er konnte es nicht sein.

BUCH ZWEI

UNTER DER HAUT

Aus dem Leben eines Verbrechers

Zweiter Teil

I

Mit respektvollem Hutziehen, bewegt von der ihnen selbst kaum bewußten Achtung für einen solch untadeligen Mann, begegneten die Menschen der Spandauer Vorstadt dem Buchbindermeister Cornelius, wenn er, seine beiden blondbezopften, fröhlich hüpfenden Mädchen an der Hand, durch die Straßen ging – durch Rosenthaler und Auguststraße, durch das schattige Steindickicht der Hackeschen Höfe oder über das zugige Dreieck des Horst-Wessel-Platzes. Cornelius hatte sich einen Namen gemacht. Seine Werkstatt war auf dem Höhepunkt ihres Rufs, geschätzt für die Wertarbeit, die sie seit Jahren leistete, für die Behendigkeit und für die Kenntnis, die dort in der Sophienstraße zu Hause war. Eine angesehene Familie also waren die, die da im Haus Nummer 21 lebten – ein Witwer, seine zwei kleinen Töchter und ab und an des Witwers Schwester, die nach den Kindern sah, Einkäufe machte und die Stuben putzte. Und so wunderte es den Meister nicht, daß man ihnen dort, wo sie im Straßenbild einen vertrauten Anblick abgaben, einen guten Tag oder einen freundlich-deutschen Gruß entbot.

Den schweigsamen jungen Mann jedoch, der da bei ihnen unter dem Dach wohnte, sahen die Leute nicht. Auf der Straße erschien seine schmächtige Gestalt selten und nur, wenn die Dämmerung bereits angebrochen war; auch im Laden, hinter dem Verkaufstisch, ließ er sich nicht blicken, und nicht einmal die Blockwarte wurden seiner ansichtig. Er lebte unter ihnen wie ein Schatten.

Während Meister Cornelius noch immer das Gesicht der Buchbinderei war, mit Auftraggebern sprach und Verträge mit Zulieferern machte, war der junge Mann aber mit der Zeit zum schlagenden Herzen der Werkstatt geworden. Er war an jedem neuen Tag schneller und besser als am Tag zuvor. Er arbeitete geschickter und ausdauernder, und seine Kenntnisse in Lederverarbeitung, Punzerei und Goldschmiedekunst halfen ihm dabei, die Ergebnisse noch über die Erwartungen hinaus zu verbessern. Oft wirkte er die Nacht hindurch bis zum Morgengrauen im Keller des Ladens. Cornelius fand ihn dann unter die Werkbank gekauert, auf ein paar Lederhäuten ausgestreckt, die eigentlich für die Bücher gedacht waren. Hin und wieder brachte er ihn nach oben, ließ ihn auf dem Sofa im Wohnzimmer schlafen, während die Mädchen um ihn herumtollten, ihn aber nicht zu wecken vermochten. Nach einem hastigen Frühstück verschwand Eisenstein jedoch wieder in der Werkstatt und arbeitete weiter.

Für Cornelius war der junge Mann ein Geschenk. Er verlangte nicht viel, er aß bescheiden und arbeitete tüchtig, war zuverlässig, verschwendete das Material nicht und ging sorgfältig mit dem Werkzeug um. Geld schien ihn nicht weiter zu interessieren; in den zwei Jahren seiner Anstellung in der Buchbinderei hatte er nicht ein Mal nach einer Lohnerhöhung gefragt. Nicht mal nach einem freien Tag.

Cornelius war bewußt, daß der Ehrgeiz des jungen Mannes, dem er bald den Gesellenbrief ausstellen konnte, einen Grund haben mußte, der außerhalb seines Charakters lag. Er ahnte, daß es etwas ganz Besonderes war, das seinem Lehrling keine Ruhe ließ, und manches Mal ertappte er sich dabei, heimlich den Spuren seiner Arbeit nachzuforschen. Doch er kam und kam nicht dahinter.

Der Name dieses jungen Mannes ist, man wird es gemerkt haben, freilich ein Rätsel. Cornelius nannte ihn bei seinem Vornamen, Josef, und dies schien auch der ihm von seinen Eltern gegebene zu sein. Schon als Schüler, nun in der Werkstatt und als Untermieter in Haus Nr. 21 war er als Josef Schwarzkopf gemeldet; dies war also auch der Name, unter dem ihn die Behörden führten. Er selber jedoch wußte, daß seine Mutter und sein Vater Eisenstein geheißen hatten, und so rief er, wenn er in einsamen Nächten im Werkstattkeller mit sich selbst sprach, sich selbst auch bei diesem Namen.

Fieberhaft arbeitete Josef Eisenstein, denn so wollen wir ihn fortan nennen, an der Vervollkommnung seiner Fähigkeiten.

Er wußte, es würde Jahre dauern, bis er selber so geschickt und meisterhaft wäre, daß ihm das große Kunstwerk gelänge, doch es war nicht etwa so, daß er eine Wahl gehabt hätte. Nach seiner Rückkehr aus Weimar, als er ein weiteres Mal mit leeren Händen dagestanden hatte, seinem Traum keinen Deut nähergekommen, hatte ihn eine tiefe Betrübnis übermannt. Dieses Mal aber kannte er sie bereits. Diesmal gelang es ihm, dem Ersticken, dem Schmerz und der Mutlosigkeit zu entkommen. Er arbeitete. Er hatte keine Wahl.

Der *Werther* war es nicht gewesen. Andere Bücher dieser Art existierten, doch sie waren für ihn ungreifbar. Eines stand in Wolfenbüttel in der Bibliotheca Augusta, ein weiteres wurde bei einem Sammler vermutet, der in Prag lebte. Die übrigen Titel schienen sich im Ausland zu befinden, wenn man der Bibliographie Glauben schenkte, in Oxford, in der Königlichen Bibliothek zu Stockholm oder in der Biblioteca Marciana in Venedig. Wie sollte er je zu ihnen Zugang erhalten? Waren sie wirklich wie Walfische, die auftauchten, wann es ihnen beliebte, und er war ohnmächtig? In schwachen Stunden überkam ihn gar der Gedanke, daß auch die *Germania* damals gar nicht so eingebunden gewesen sein könnte, ja, daß selbst das Gefühl, das sie ihm damals gegeben hatte, eine bloße Einbildung gewesen war. Das überspannte Gefühl eines jungen Mannes von fünfzehn Jahren.

Doch die Worte seines Meisters im Ohr, daß es Bücher, die alles umfassen, die alles erhöhen, die alles verzeihen, durchaus gebe, arbeitete er weiter, und je mehr er lernte, erfuhr, schuf, desto größer wurde seine Gewißheit. Handgriff für Handgriff, Seite für Seite stand ihm klarer vor Augen, daß sein einziger Zweck in diesem Leben sein mochte, eine Formel zu finden, mit deren Hilfe es gelänge, ein solches Buch selber in die Welt zu setzen, und daß er nicht ablassen wollte, bevor er im Besitz dieser Formel war. Daß eine solche Formel existierte, daß sie Eingeweihten in früheren Zeiten bekannt gewesen war und daß auch er diese Weihe erlangen konnte, war von nun an der Leitstern seiner Tage und seiner Nächte.

Das Zimmer oben im zweiten Stock, eine stille Bude unterm Dach mit einem Fensterchen, das Blick auf die Sophienstraße, ihre Läden und Häuser, gab, hatte er ganz für seine Zwecke eingerichtet. Das war seins, so viel mehr noch, als es die Kammer bei Tante Ruth gewesen war. Die Bücher, die er hier beherbergte, waren tatsächlich in Sicherheit, kein Obergefreiter Meier würde je den Fuß hier herein setzen. An der Wand über dem Bett hatte er Regalbretter befestigt, am Fußende hingen ein paar Blätter, die er in einem Antiquariat unter Zuhilfenahme einer Rasierklinge aus einem Bildband geschnitten hatte. Da war der breitbrüstige Zeus des Phidias, eine Radierung von Maarten van Heemskerck, die Zeichnung eines anonymen Künstlers vom Michelangelo-Moses in Rom oder der *Bibliothekar* des Arcimboldo.

Wenn er nicht arbeitete, war er hier oben und las. Seine Handbibliothek war, da er auch die Kunst des Diebstahls perfektioniert hatte, wieder gewachsen, und doch zeichnete sie sich eher durch das Bemühen zu Distinktion und Finesse aus als durch bloßen Überfluß, auch wenn, wie Eisenstein sowohl bewußt als auch recht war, niemand außer ihm selbst sie je zu Gesicht bekommen durfte. Seine Lektüre bestand in jenen Jahren vor allem aus lateinischen und griechischen Werken. Er las die Klassiker; Homer, Theokrit, Ennius und Lukrez, die *Aeneis* des Vergil, des Schwans von Mantua, in einer holländischen Inkunabel von 1483, die Lieder des Pisander und Juvenals, die Briefe eines Horaz und eines Seneca, Apuleius' Erzählung von Amor und Psyche, ihm zur Hand in der 1469 im Folioformat gedruckten römischen Erstausgabe, Ciceros Reden sowie die geschichtlichen Abhandlungen Cäsars oder Plinius' des Älteren. Vor allem aber das *Satyricon* des Petronius. Für jüngere Werke brachte er kaum Interesse auf, denn Sprache und Stil, die er bei den Alten fand, schienen ihm so vortrefflich die Güte der Ausgaben widerzuspiegeln, die sie enthielten, daß er sich oft des Gefühls der Ergriffenheit, der bald andächtigen, bald bestürzten Rührung nicht erwehren konnte. Sie waren von einer Feinheit, die anzutreffen er heutzutage kaum mehr für möglich hielt: mal lakonisch, mal sentimental, bündig, manieriert, gewollt obszön, voller Zoten und Zweideutigkeiten und Gegensätze, voller Nuancen und raffinierter Kunstgriffe, gespickt mit Wortspielen und schillernden Vokabeln, mit Anspielungen und versteckten Zitaten, die aufzufinden ihm eine Freude war. Wie alles, allein durch schwarze Zeichen auf weißem Grund, eine höhere und höchste Bedeutung erhielt. Das waren Bücher, die er nur mit einer Hand lesen konnte.

»Stil«, sagte er dann und seufzte, während er das Buch auf die Brust sinken ließ, »Stil ist wirklich der Mensch selber.«

In schlaflosen Nächten, die ihn weder arbeiten noch lesen sahen, saß er an seinem Fenster, lehnte die Stirn an die Scheibe und überblickte die menschenleere Straße. Ihm war, als wäre er der einzige Mensch auf der ganzen Erde. Er hatte einen Kokon gefunden, in dem er ausharren wollte, solange es nötig war. Vor die Tür treten mußte er nicht, mit Menschen sprechen mußte er nicht. Cornelius' Schwester kochte täglich und stellte ihm einen Teller vor die Zimmertür. Man ließ ihn in Ruhe.

Nur für einige wenige Besorgungen schien es Eisenstein unumgänglich, das Haus zu verlassen. Wenn er an einem neuen Buch arbeitete, mit dem er seine Fertigkeiten veredeln wollte, wenn er neue Stoffe und Materialien ausprobierte, dann überließ er es nicht dem Meister, die benötigten Bestandteile anzukaufen, sondern stieg selber von seinem Ausguck herab, überquerte nach Einbruch der Dunkelheit die Straße und suchte eigenhändig in den Läden. Ausgiebig stöberte er zu diesem Zwecke bei den Schneidern und Leinenwebern der Vorstadt, die die exotischsten Stoffe im Angebot hatten, und immer wieder auch bei Herrenkonfektion und Textilwaren Kaminski, der Schneiderei schräg gegenüber von Haus 21. Und wie sich überhaupt die Geschäfte dieses Teils der Sophienstraße seit den zwanziger Jahren zu Anlaufstellen für das Außergewöhnliche entwickelt hatten, war auch Kaminski ein Ort geworden, an dem die ausgefallensten Geschmäcker Befriedigung fanden. Hier entdeckte Josef andalusische Wolle, Goldstoff, schwarzen Samt aus Persien, chinesischen Krepp, Atlas und Craquelé, Seide, Flanell oder Satin aus der Türkei, ein Gewebe, das den Eindruck von Feuchtigkeit machte, und überhaupt alles, was seine Hände und seine Augen begehrten, Textilien in den verschiedensten Farben, in Fuchsrot, in Mauve, Flieder oder Perlgrau. Eisenstein konnte sich nicht erklären, woher Kaminski, ein gemütlicher Mann mit mächtigem Bauch, Hosenträgern und weißem Hemd, dessen unterster Knopf stets gelöst war, all diese fremdartigen Stoffe bezog, und auch nicht, wer sonst bei ihm solche Ware erstand, doch er stellte keine Fragen und ließ sich die benötigten Stücke von Kaminski oder dessen Frau, die gelegentlich hinter dem Tresen stand, in Größe und Format zuschneiden.

Meister Szymon Kaminski, Ehemann der drei Jahre jüngeren Ewa und Vater einer achtzehnjährigen Tochter, die die Jüdische Oberschule in der Großen Hamburger Straße besuchte, war 1912 aus Warschau in die Stadt gekommen, hier bei Verwandten untergekommen und hatte wenige Jahre später seine Gesellenprüfung abgelegt. In den Jahren der Republik hatte er die Schneiderei Gottschick, ein kleines Geschäft unmittelbar neben der Sophienkirche, übernommen und es mit ihr zu einigem Ansehen und Wohlstand gebracht. Nun aber, da die Zeiten andere waren, lebten er und seine Familie größtenteils von Erspartem und von Zuwendungen der jüdischen Gemeinde. Ihr Laden lag jetzt zwischen dem Friedhof auf der einen und drei leerstehenden Geschäften auf der anderen Seite.

»Man ist ein lebender Leichnam«, pflegte Herr Kaminski zu sagen. Bis auf den Instrumentenhandel der Wolfs war seine Familie die einzige in diesem Teil der Straße, die geblieben war. Kaum jemand kaufte mehr bei ihnen, und die Juden, die kamen, hatten kaum Geld; den gelben Davidstern hatten ein paar Zivilisten im Juni auf die Scheibe gemalt. Doch Ewa und Szymon Kaminski wollten sich nicht einschüchtern lassen.

Meister Cornelius nun hatte seit seiner Ankunft in Berlin kurz nach dem Krieg mit nicht wenigen Familien in der Sophienstraße freundschaftliche Beziehungen unterhalten. Ein reger geschäftlicher Austausch hatte stattgefunden zwischen der Buchbinderei und den benachbarten Läden, vor allem aber mit Kaminskis Schneiderei. Als Cornelius' Frau noch lebte, waren gegenseitige Einladungen die Regel gewesen, und in den Sommermonaten hatte man mit den Kindern gemeinsam Ausflüge ins Umland unternommen. In diesen Tagen aber empfand Cornelius Pein, wenn er sich das Schicksal seiner Freunde vor Augen hielt, und noch mehr Pein, wenn er sich eingestehen mußte, daß ihm die Hände gebunden waren. Er hatte lernen müssen, daß Bekanntschaften wie diese sich nur aufrechterhalten ließen, wenn man die gebotene Vorsicht an den Tag legte. Daher freute es ihn, wenn er wußte, daß sein Geselle nach Einbruch der Dunkelheit bei den Kaminskis einkaufen ging – dies war weit unverfänglicher, als hätte man den Meister selbst dort gesehen.

Vielleicht aber reichte das nicht aus, sagte er sich. Man durfte sich schließlich nicht sein ganzes Leben von oben vorschreiben lassen! So kam es, daß er im Sommer '38 am hellichten Tag die Straße überquerte, in Kaminskis Laden eintrat und der erstaunten Frau Ewa vorschlug, mal wieder einen kleinen Ausflug zu unternehmen. Das Wetter verspreche einiges, vielleicht würden die Wolfs dazustoßen, vielleicht würde Isidor auf der Klarinette spielen, es wäre dann ganz wie früher. Man würde am nächsten Wochenende mit der S-Bahn nach Friedrichshagen fahren, am Müggelsee ein, zwei oder drei Boote mieten und für ein paar Stunden der Hitze der Stadt entkommen.

»Waren Sie schon einmal am Müggelsee?« fragte Cornelius die verblüffte Ewa. »Dort ist es herrlich!«

Er bereute seine Frage, noch bevor er den Laden wieder verlassen hatte. Die Gefahr, die auch für seine Töchter und seine Schwester in dem lag, das er soeben begonnen hatte, bereitete ihm Kopfzerbrechen. Doch schließlich besann er sich. Was sollte geschehen? Könnte man es ihm verbieten, mit einer befreundeten Familie eine Bootspartie zu machen – ihm, einem Witwer, einem vorbildlichen Deutschen, einem ehrlichen Arbeiter, der sich nichts hatte zuschulden kommen lassen? Das würden sie nicht wagen.

Die Kaminskis sagten zu, ebenso das Ehepaar Wolf einen Tag später, und in den folgenden Tagen schlug Meister Cornelius auch seinem Gesellen vor, mitzukommen. Man würde ihn dann einfach als Freund der Familie vorstellen, niemand konnte etwas dagegen haben – er kannte Familie Kaminski doch auch, und irgendwann mußte der Junge schließlich vor die Tür, dieses zurückgezogene Leben in der Stube da oben konnte doch nicht ewig so weitergehen …

Josef Eisenstein wußte selber nicht, was ihn veranlaßt hatte, die Einladung seines Meisters anzunehmen. Vielleicht hatte ihn die große Hitze willig gestimmt, unter der Berlin und er an diesem Augusttag litten. Er hatte am Morgen gut gearbeitet, der Mittag war zu schwül gewesen, selbst um zu lesen, seine Kammer hatte in einem dumpfen, unergründlichen, schweren Schweigen gelegen, das kaum auszuhalten gewesen war. Also gab er nach.

Man traf sich am Bahnhof Ostkreuz. Hier war genug Rummel, hier waren sie weit genug draußen, hier kannte sie niemand. Herr Isidor und Frau Irma Wolf, ein lustig anzuschauendes Paar, das aus Galizien stammte, beide klein gewachsen und mit dicker Hornbrille, wie Geschwister sahen sie aus, und wer vermochte zu sagen, ob sie es nicht sogar waren, hatten einen Korb mit Wein und Brot mitgebracht, ebenso Familie Kaminski, die eine Viertelstunde später eintraf.

Hier, unter den Brückenbögen der S-Bahn-Station, sah Eisenstein deren Tochter zum ersten Mal bei Tageslicht. Er hatte Milena Kaminski zwei oder drei Mal im Laden gesehen, wenn er um Stoffe gebeten hatte, doch im künstlichen Schein der Lampen war sie ihm nicht weiter aufgefallen. Auch sie hatte nie ein Wort an ihn gerichtet. Während sie nun aber in der Augustsonne am Bahnsteig standen und später, als sie gemeinsam im Abteil saßen und aus der Stadt hinaus ostwärts fuhren, fand er das Mädchen mit den tiefbraunen Haaren befremdlich und sonderbar, ohne daß er den Grund dafür hätte nennen können. Sie saß ihm gegenüber auf der Bank, die weißbestrumpften Beine über Kreuz, und hielt den Blick gesenkt. Auf Fragen, die

Meister Cornelius an sie richtete, antwortete sie höflich und knapp. Eine Weile später, als man über die Friedrichstraße schlenderte, hatten die Mädchen sie an der Hand genommen und gingen mit ihr laut plappernd einige Meter voraus, während Cornelius mit seiner Schwester und den beiden Paaren gemächlich nachfolgte. Eisenstein ging ganz hinten.

Auch am See hielten die Mädchen Milena ganz in Beschlag. Die kleine Elisabeth, nun zwei Jahre alt, konnte nicht anders, als mit ihr Nachlaufen zu spielen, bis sie beide müde im Sand saßen, und die Große flocht ihr lange Zöpfe ins Haar, an deren Enden sie die blauen Schleifen ihrer Puppe band. Man hatte Boote gemietet. Der Junge am Verleih hatte nur einen gelangweilten Blick auf die fremde Gruppe von Städtern geworfen und ihnen drei der älteren Kähne aus dem Schuppen geholt. Sie verließen das Seebad mit ein paar kräftigen Ruderschlägen und waren auf offenem Gewässer. Cornelius saß mit Szymon und Ewa in einem Boot, Milena mit Cornelius' Schwester und den Mädchen im anderen, und Eisenstein übernahm für das Ehepaar Wolf das Ruder im letzten.

Hier war es nun auszuhalten. Wie geschupptes Glas flirrte die Oberfläche im Sonnenschein. Ein paar Segelschiffe tanzten am Horizont, darüber die Möwen und Fischreiher, weit entfernt fuhr ein Fährschiff nach Erkner. Sie waren allein. Der Sommerhimmel wölbte sich über den Müggelsee und glänzte wie aus blauem Porzellan.

Nach einer halben Stunde vertäute man die Boote am Ufer, fand einen Platz zwischen Weiden und Birken, geschützt vor fremden Blicken durch Haselnußsträucher und Schilf, und breitete die Decken aus. Durch das Queckgras sah man wie durch lange Wimpern auf den still daliegenden Spiegel des Sees. Man lachte, man aß, man trank, man sprach. Herr Kaminski erzählte ein Märchen, das in den nahen Müggelbergen spielte, von einem im Teufelssee untergegangenen Schloß, von einem Mädchen, das sich dort verlief und nicht mehr wiederkam, und von einer Kutsche, die von vier Mäusen gezogen wurde, in der das Mädchen, zur Prinzessin geworden, in der Weihnacht durch den Wald fuhr und bisweilen dort von den Kuhjungen und Wanderern gesehen wurde.

Cornelius wäre es wie früher vorgekommen, wenn nur seine Frau dagewesen wäre. Er vermißte sie schmerzlich, doch die Freude, die die Kinder empfanden, als sie mit Milena spielten, das rege Gespräch der Männer und Frauen untereinander und nicht zuletzt die Tatsache, daß das Gesicht seines jungen Gesellen sich zum ersten Mal seit Monaten aufzuhellen schien, spendeten ihm Trost. Wenn die Wolfs und die Kaminskis ihre Welt für ein paar selige Stunden vergessen konnten, konnte er es dann nicht auch?

In Eisensteins Blick meinte er tatsächlich den Funken wiedererkennen zu können, der seit Monaten erloschen schien. Gewiß, der junge Mann hatte konzentriert gearbeitet, voller Hingabe und Fleiß, doch die Glut, die ihn im letzten Jahr noch angetrieben hatte, schien erkaltet zu sein. Als wäre seine Seele überreizt von einer schwierigen und gefährlichen, höchste Behutsamkeit erfordernden Arbeit. Nun aber machte sich erneut ein Glimmen bemerkbar. Sicherlich waren es die besonnte Luft, die laue Brise, der Duft nach Wiese und Wasser, vielleicht die Anstrengung, die das Rudern ihm abverlangt hatte, vielleicht das halbe Glas Wein – eine Rötung ließ sich blicken auf Eisensteins sonst so blassem Antlitz, sein Atem ging heftiger, seine Augen leuchteten.

Was Cornelius nicht ahnte, nicht hätte ahnen können, war, daß in Eisensteins Herzen dies alles keine Rolle spielte. Der Wein konnte seinem Geist in diesem Moment nicht das geringste anhaben, der Federwolken über ihren Köpfen achtete er nicht, und auch die ungewohnte Gesellschaft mit ihrer müßigen Plauderei, den Märchen und dem kronländischen Klarinettenspiel Herrn Isidors war es nicht, die ihn aus der Fassung brachten. Es war allein die Gegenwart des Mädchens, der Anblick der seltsam-zaubrischen Milena, wie sie dort mit den Kleinen im Gras herumtollte, auf Bäume kletterte, sich die Strümpfe beschmutzte, sich nicht genierte, in ihrem Alter alberne Purzelbäume zu schlagen und mit den beiden im hohen Gras Verstecken zu spielen. Als Milena, außer Atem, wieder zu ihrer Decke kam, die Mädchen ihr um den Hals fielen und sie zu Boden drückten, lachte sie laut auf, und ihr Lachen stieß in Eisenstein einen Ton an, den er niemals vergessen sollte. Ausgelassen, übermütig war es, ein freies, ein starkes, ein ungezähmtes Lachen, hellstrahlend und klar – und in dem Moment, da er gewahrte, daß sie glücklich war trotz allem, fand er sie unendlich berückend in ihrem selbstgemachten Vergnügtsein. Und wollte alles dafür tun, daß dieses Vergnügtsein niemals endete.

Nicht lange jedoch dauerte es, da bereitete ihm die Beobachtung, daß Milena offenbar auch ohne ihn heiter sein konnte, größeren Kummer. Sie schien ihm unmenschlich in der Art und Weise, wie sie ihn übersah. Wie sie ihm durch ihr bloßes Dasein das Gefühl gab, daß er nichts für sie galt! Höchst unnatürlich fand er das, verband doch nur sie beide die Gemeinsamkeit ihres Alters. Keinen Blick hatte sie für ihn, der beinahe sekündlich zu ihr hinsah, so oft und eindringlich, daß es den anderen sicher schon aufgefallen wäre, hätten sie nicht soviel Wein getrunken. Kein verstohlenes Blinzeln aus dem Augenwinkel, kein Zwinkern, nicht den Hauch eines Lächelns, das ihm hätte gelten können. Unmenschlich war sie, ein unmenschlicher, bezaubernder, fremdartiger Engel, und Abscheu und Haß mußte dieser Engel für ihn empfinden, anders war es nicht zu erklären.

Der Sonntag zog dahin, zu schnell, zu unwiederbringlich. Auch am Abend kühlte es kaum ab, doch die Schatten der Weiden wurden länger, und so entschied man, noch ein paar Runden auf dem See zu verbringen. War es Zufall, daß Eisenstein nun in Milenas Boot saß und sich anbot, sie und die Mädchen sicher nach Friedrichshagen zurückzurudern, oder hatte er seit Stunden allein auf diese Gelegenheit gewartet? Die Pärchen machten sich auf, trunken, lachend, und langsam zogen die Boote über den Horizont davon. Eisenstein zog hinterher, darauf bedacht, nicht als Schwächling dazustehen. Er entschied, den Weg abzukürzen und, statt wie die anderen in einem Bogen am westlichen Ufer entlang, in gerader Linie über den See zurück zum Bootsverleih zu rudern. Doch hier erfasste den Kahn ein stärkerer Wind und trieb ihn ab, begleitet vom Kreischen der Möwen, wieder zum Ufer zurück. Nun waren sie gezwungen, den See auf der anderen, der östlichen Seite zu umrunden.

Dieser Weg war weitaus länger als ihr ursprünglicher. Längst hatten sie die anderen Boote aus den Augen verloren, sie waren verschwommen in der blau und türkis schimmernden Linie zwischen Himmel und See, und nach einer halben Stunde auf dem Wasser waren die beiden Mädchen eingeschlafen. Still lagen sie da, eingehüllt in Jacken und Decken, ihre Puppen im Arm, gewiegt von den Fluten. Das Ufer wurde mit jedem Schlag unübersichtlicher. Hier führten keine Pfade mehr durch den hellen Birkenwald, sondern dicke, alte Eichen streckten ihre Äste weit auf das Wasser hinaus, so daß Eisenstein alle Kraft und Kunst aufbringen mußte, um unter ihnen hinweg und durch das Schilf zu steuern. Irgendwann verengte sich der See, mündete in einen kleinen Arm, dem Eisenstein versuchte zu entgehen, doch die aufkommende Brise und die Strömung trieben sie noch weiter Richtung Osten ab. Er gab es auf und legte die Ruderblätter ins Boot, so daß sie fortan zu schweben schienen. Sie gelangten durch einen Kanal in einen kleineren See, dessen Ufer waren menschenleer und von schwarzgrünen Kiefern bestanden. Die Ausflügler waren bereits wieder in die Stadt zurückgefahren oder in ihre Wochenendhäuschen im Wald eingekehrt. Mücken spielten im schwarzgoldnen Licht, Altgold unter den Buchen, pflaumenblau der Himmel. Kein Blatt bewegte sich. Sie zogen das Boot an Land, schoben es auf die seichte, sandige Böschung, behutsam, damit die Kinder nicht aufwachten, und sahen sich um.

Was sollten sie tun? Das Boot hierlassen, die Kinder auf den Arm nehmen und den Weg nach Friedrichshagen zu Fuß gehen? Warten, bis die anderen sie gefunden hätten? Hier übernachten und am Morgen zurückrudern? Alles schien gleichermaßen aussichtslos.

Es wurde stiller um sie herum. Milena war ein paar Schritte über den Sand gegangen und ruhte jetzt an einen Baum gelehnt, der aus dem Uferboden wuchs und sich schräg über die Wasserlinie erhob. Sie hatten bisher nicht miteinander gesprochen.

Nun rief sie zum ersten Mal seinen Namen.

Josef ging zu ihr, kam ihr nahe wie von einem unsichtbaren Faden gezogen, verharrte dann einen Fußbreit von ihr entfernt vor dem Baumstumpf, auf den sie ihren Kopf gebettet hatte. Er blickte sie an, fragend, erwartungsvoll, doch sie sagte nichts.

Hat sie ihn gar nicht gerufen? Hat er sich ihre Stimme bloß eingebildet? Aber auch sie blickt ihn an, als erwarte sie etwas. Zum ersten Mal sieht sie ihn. Sieht ihn an. Schauen ihre Augen tief in seine. Er kann jetzt Milenas Atem hören, kann das Braun ihrer Iris sehen, hinter ihr liegt der See in der tiefen Sonne, vor ihr steht er. Ihm ist, als müßte er sie jetzt gleich berühren, müßte sie um alles in der Welt packen, ihren Hals ergreifen, ihr um Taille und Brüste fassen, sie an sich ziehen.

Eine Ewigkeit standen sie einander gegenüber im Sand, reglos, atmend, ihre Körper nur eine Handbreit voneinander getrennt. Es dämmerte bereits – nur wenige Minuten bis zum Einbruch der Nacht.

2

Klar zu denken war ihm unmöglich geworden seit diesem Sonntag am Müggelsee. Die unendliche Minute am Baumstamm, Milenas tiefer Blick, die Stille zwischen ihnen, als sie Schulter an Schulter durch die Dunkelheit gerudert waren ... der Verdacht, daß Milena für ihn vielleicht doch ein leises Interesse hegte ... und zugleich seine Angst um ihr Leben. Die Unmöglichkeit, ihr näherzukommen, ohne sie einer tödlichen Gefahr auszusetzen. Fröhlich sollte sie sein, heiter ihr glockenhelles Lachen lachen, und er, so schwor er, würde alles dafür tun. Die Vorstellung von ihrer Haut, nach der er sich sehnte ... aber berühren durfte er sie nicht. Leben sollte sie, und seine Gegenwart war für sie eine unausgesprochene Drohung.

Er bekam sie nicht mehr aus dem Kopf. Seit seinem Einbruch in die Anna-Amalia-Bibliothek hatte er sich nicht mehr so lebendig gefühlt. Und zugleich seit seiner Nacht mit dem *Werther*, seit dem Abschied von seinem alten, schlafenden Vater nicht mehr so traurig und enttäuscht. Wie mußte er sich nicht nur verbieten, sie anzufassen, sondern auch, sie je wiederzusehen, ja, sogar an sie zu denken!

Nicht viele Tage ertrug er die Qual in seinem mönchischen Detachement, nicht viele schlaflose Nächte widerstand er der Versuchung eines Gedankens an die helle Haut ihres Halses. Doch schlaflos blieb er, auch wenn er fortan an sie dachte. Und er machte sich keine Gedanken darüber, was es ihm nützen könnte, ein Mädchen wiederzusehen, das niemals zu berühren er sich hochheilig geschworen hatte. Er hatte keine Wahl, er mußte sie wiedersehen. Also lauerte er ihr auf.

Morgens um sieben trat Milena aus der Tür der Wohnung ihrer Eltern, marschierte mit wehenden Haaren und Schößen über die Sophienstraße, bog in die Große Hamburger Straße ein und verschwand daraufhin im rotgeschindelten Haus der Jüdischen Oberschule. Erst um drei Uhr, freitags eine Stunde früher, verließ sie das Gebäude und begab sich ohne Umwege zurück zur Schneiderei. Die Tatsache, daß er sie sehen konnte, ohne daß sie ihn je bemerkte, befriedigte ihn. Doch nach einiger Zeit verlangte ihn nach mehr; es störte ihn, daß ihr Schulweg so kurz war und daß sie kaum je stehenblieb, bis sie wieder im Laden ihrer Eltern verschwunden war. An Wochenenden stand sie dort und half beim Aufräumen der Ware, aber vor dem Schaufenster fand er kein geeignetes Versteck, von dem aus er sie ungestört hätte beobachten können. Mitunter ging er am Laden vorbei, warf einen verstohlenen Blick hinein, nur, um dann enttäuscht weiterzuziehen und nach ein paar Metern umzudrehen, weil statt ihrer Frau Kaminski hinter dem Tresen stand.

Später verschaffte er sich Zutritt zu dem Hof, der zu den Hinterhäusern führte. Still wartete er da im Schatten, unter dem kümmerlichen Baum in der Mitte, lauschte und spähte und konnte nur raten, welches der Fenster das ihre war. Nie erschien eine wiedererkennbare Silhouette im Abendlicht, nie hörte er ihre Stimme aus einem offenen Fenster dringen. Wenn es dunkel war, kletterte er die Efeuranken hoch, um in die Zimmer im ersten Stock blicken zu können, doch er sah nur Kissen mit bunten Troddeln, alte Frauen mit Strickzeug und bebrillte Herren mit Jarmulke. Ihr Zimmer ausfindig zu machen würde ihm nicht gelingen, solange er nicht in die Wohnung der Kaminskis einbrach.

So endete der August, und der September war gekommen. Er hatte ihr am Nachmittag aufgelauert, wie üblich, hatte fünf Minuten hinter der Treppe zum Jüdischen Altersheim gewartet, bis die Pforten der Schule öffneten, hatte sie in der Menge entdeckt und verfolgt, wie üblich, und war an der Ecke Sophienstraße schon drauf und dran gewesen, aufzugeben, da sie nun sicher, wie üblich, einbiegen und bis zum nächsten Morgen um sieben in ihrer Festung verschwinden würde.

Heute aber wich sie von ihrem gewohnten Weg ab. Erstaunt folgte er ihr und fragte sich, welchen Grund sie haben mochte, nicht auf direktem Weg nach Hause zu gehen, zumal es zwar warm war, aber leicht regnete – kein Wetter, bei dem ein normales Mädchen sich spontan zu einem Nachmittagsspaziergang entschloß. Aber Milena war nun einmal ein fremdartiger Engel, und er folgte ihr.

Sie gingen am Koppenplatz vorbei Richtung Norden in die Invalidenstraße, am Weinberg vorbei zur Zionskirche und dann weiter durch die kopfsteinbesetzten Gassen der Spandauer Vorstadt. Auf dem Arkonaplatz blieb sie stehen, ohne sich umzublicken, als warte sie auf etwas oder jemanden. Nach einer Weile setzte sie ihren Weg fort, jetzt jedoch langsamer, unschlüssiger, mit zögerndem Schritt. In dem warmen Regen, der nun stärker geworden war, wirkte das um so eigenartiger. Es schien ihm, als hätte sie das Ziel ihres Spaziergangs aus den Augen verloren oder sich verlaufen. In sicherem Abstand blieb er hinter ihr, folgte ihr über Bürgersteige und Ampeln, durch Bernauer und Eberswalder Straße, über die Schönhauser Allee und unter der Hochbahn hindurch und weiter nach Norden.

In der Pappelallee verschwand ihre Gestalt plötzlich aus seinem Blickfeld. Er eilte ihr nach, bis zu einem schmalen Eingang zwischen zwei Mietshäusern, doch in dem Moment, da er um die Ecke kam und in den Hof trat, bemerkte er, daß Milena stehengeblieben war, nur einige Meter von ihm entfernt. Sie sah ihn an, blickte ihm geradewegs in die Augen. Beinahe wäre er in sie hineingestolpert, konnte sich gerade noch an einem Haken, der dort aus der Wand ragte, festhalten. Sie waren im menschenleeren Hof einer Autowerkstatt gelandet, standen im Regen zwischen einem ausrangierten Wagen und der weißgekalkten Mauer des Innenhofs.

Ein Geräusch schreckte sie beide hoch, und beide zur gleichen Zeit verschwanden sie unter dem Schutz einer kleinen Garage. Hier war es dunkel, trocken und still. Kein Wort war nötig. Er kam näher, sie ließ es geschehen. Wandte den Blick nicht ab von ihrem Verfolger. Er trat einen weiteren Schritt auf sie zu, sie regte sich nicht. Jetzt rückte auch sie näher, bis sie beide des anderen Atem auf ihrer Haut spüren konnten. Seine Beine zitterten, seine Hände waren blutleer, er fühlte ein Ziehen im Bauch, als wäre er dort von einem Hammer getroffen worden. Doch er sah nur sie, und sie sah nur ihn.

Sie lehnte sich an die Wand der Garage, lehnte den Kopf zurück, wie sie es damals am Baumstamm getan hatte. Er spürte das Wasser über seine Haare in den Nacken laufen und den Rücken hinunterrinnen. Er sah die Tropfen von ihrer Stirn fallen. Wieder fand er in ihrem Blick den Anflug von Erwartung. Diesmal ergriff er ihren schmalen Kopf, umfaßte ihn mit beiden Händen, zog ihn zu sich, bis er endlich die Haut ihrer Wangen und das Rot ihrer Lippen schmecken konnte.

Dann lief er davon.

3

Noch auf dem Weg zurück in die Sophienstraße ergriff die Überzeugung Besitz von ihm, daß Milena es nicht schaffen würde. Seine Berührung, sein Mund hatten sie dem Tode geweiht, und wie üblich würde dieser sich nicht lange bitten lassen. Er schloß sich ein. Drei Tage später, als er zum ersten Mal Werkstatt und Stube verließ, sah er sie jedoch wieder hinter dem Tresen. Am folgenden Morgen sah er sie das Haus verlassen und zur Schule gehen. Sie bemerkte ihn nicht.

Doch diesmal hielt er sich fern. Die Reue hörte nicht auf, an ihm zu nagen. Mit der Zeit kam ihm der Gedanke, daß es vielleicht irgend etwas gäbe, womit er seine Tat, wenn nicht ungeschehen, so doch wiedergutmachen konnte. Vielleicht gab es ein Wort, das er sprechen, oder ein Opfer, das er bringen konnte, das den Fluch von ihr nahm, bevor es zu spät war? Er empfand seine eigene Gegenwart, die Tatsache, daß sie beide in der gleichen Straße wohnten, unerträglich – der Gedanke daran, welcher Gefahr er sie damit aussetzte, ihr so verboten nah zu sein, bereitete ihm Kummer. Er dachte daran, die Stadt zu verlassen, aufs Land zu fliehen und erst wiederzukehren, wenn das alles vorüber war. Doch wie sollte das möglich sein? Wovon sollte er leben? Und wie sollte er anderswo die Formel für sein Buch finden?

Also blieb er, wo er war, und hielt still. Er arbeitete, las, sah aus dem Fenster. Hin und wieder besuchte er den alten Abramsky, trank Tee mit ihm, und sie wechselten im Dämmer ein paar Worte über Bücher. Er verbot sich jeden Gedanken an ihre Haut, ihren Duft, den Geschmack ihrer Lippen. Er verbarg sich vor ihr.

Milena aber wußte nicht, warum ihr stiller Freund damals geflohen war, und sie wußte auch nicht, warum er ihr seitdem nicht mehr auflauerte und hinterherlief. Aufgewühlt war sie nach Hause gegangen, und an den nächsten Tagen hatte sie sich auf dem Schulweg stetig nach ihrem Verfolger umgesehen. Weitere Umwege und Abstecher hatte sie gemacht und an frühen Abenden Spaziergänge, doch Josef ließ sich nirgends blicken. Daß es ihm gefallen hatte, hatte sie gespürt, und alles hätte sie erwartet von ihm in diesem Moment, doch nicht, daß er sie einfach stehenließe. Sie schloß, ihn durch ihre Forschheit überfordert zu haben. Erst jetzt kamen ihr die Gedanken, die sie schon früher angestellt hätte, wenn sie ein vernünftiges Mädchen hätte sein wollen. Nämlich daß Josef Schwarzkopf und Milena Kaminski keine Zukunft hatten und daß ein Kuß ihre beiden Leben nur schlimmer machen würde. Daß eine Wiederholung, daß auch nur ein Wort zwischen ihnen ihr Schicksal besiegeln würde.

Aber sie hatte getan, was sie getan hatte, und sie war nicht der Mensch, dies zu bereuen. Sie mußte ihn wiedersehen. Wer wußte in dieser Welt schon, was richtig war und was falsch? Wer wollte ihr sagen, wie ihre Zukunft aussehen würde oder wieviel Gegenwart ihr überhaupt noch gegeben war?

Warum sollte sie diese Zeit nicht genießen? Was sollte ihr schon geschehen?

Nun also folgte sie ihm. Stand im Innenhof des Hauses auf der gegenüberliegenden Straßenseite, in dem Cornelius' Buchbinderei untergebracht war, und spähte in die Fenster. Wartete in ihren freien Stunden darauf, daß Josef herauskam. Es bereitete ihr Vergnügen, das Lauern und Jagen, es weckte einen ungekannten Reiz ihn ihr. Doch es war fruchtlos. Er ging nicht mehr zur Schule, sie wußte nicht, wo genau er wohnte, und daß das Licht, das aus der Dachkammer fiel, seines war, konnte sie nur ahnen. Um Gewißheit zu erlangen, hätte sie dort einbrechen müssen.

Also tat sie es.

An einem Samstag nahm sie die Thora ihrer Eltern aus dem Schrank, eine hebräische Ausgabe vom Ende des vorigen Jahrhunderts, die in den letzten Jahren einigen Schaden gelitten hatte. Das Buch in ein unauffälliges Leinentuch geschlagen, überquerte sie die Straße und betrat Cornelius' Geschäft, wo sie den Meister im Verkaufsraum antraf.

»Vielleicht lohnt sich eine Reparatur gar nicht?« fragte sie.

Er sah sie lange an. Wechselte den Blick von ihr zur Thora, die da ausgewickelt auf dem Tuch vor ihm lag, und zurück. Traute er ihr nicht über den Weg? Doch schließlich nahm er das Buch zur Hand und stieg die Treppe zur Werkstatt hinab.

Milena stand allein im Laden. Eine Treppe auf der anderen Seite führte in die Wohnräume hinauf. Sie erklomm sie eilig, lauschte an jeder Tür, hörte hier das Gekicher der beiden Mädchen, roch dort den Duft frischgebrühter Suppe aus der Küche und ging weiter. Immer höher stieg sie, bis sie vor der letzten Tür angekommen war, hinter der sie Josefs Kammer vermutete.

Sie lauschte erneut, das heiße Gesicht an die kühlen Bohlen der Tür geschmiegt. Nichts war zu hören. Nach einigen Minuten faßte sie sich ein Herz, ergriff die Klinke und drückte sie nieder. Die Tür war verschlossen.

Unten im Laden war sie noch immer allein. Sie stöberte in den Schränken und Schubladen nach Schlüsseln, erfolglos. Jetzt hörte sie Stimmen aus der Werkstatt heraufdringen. Vorsichtig lugte sie die Treppe hinunter und sah den Meister neben Josef hinter der Werkbank stehen, über die Thora der Familie Kaminski gebeugt. Um sie herum hingen zahllose Lederhäute an den Wänden und von der Decke, hinten standen Schränke voller Instrumente, Werkzeuge und Materialien, Tuben und Fläschchen, unzählige Bürsten, Pinsel, Scheren und Zangen, und auf den Arbeitsplatten lagen Stoffe, Holz, Karton und Papier und halbfertige Bücher verstreut am Boden. Es wirkte auf sie wie eine geheime Fälscherwerkstatt. Die Männer, die Köpfe verschwörerisch zusammengesteckt, murmelten etwas, was Milena nicht verstand. Sie machte unwillkürlich ein Geräusch, doch bevor die beiden ihre heimliche Beobachterin bemerkten, zog sie sich zurück und verließ den Laden.

So ging es die nächsten Tage. Milena wartete ab, bis Cornelius den Verkaufsraum verlassen hatte, öffnete die Ladentür nur einen Spalt weit, um die Glocke nicht zum Läuten zu bringen, und beobachtete die beiden Männer über die Stiege. Bisweilen kam Cornelius wieder hoch, dann versteckte sie sich hinter dem Kasten der Standuhr, bis sie wieder allein war. Dreimal noch versuchte sie, die Schlüssel zur Dachkammer, von der sie jetzt sicher war, daß Josef darin schlief, zu finden, dreimal noch stieg sie die Treppe bis ganz nach oben und lauschte. Dreimal noch drückte sie die Klinke. Vergebens.

Es kam der Tag, an dem Milena Meister Cornelius mit seinen beiden Töchtern an der Hand aus dem Haus treten und würdevoll die Sophienstraße entlangschreiten sah. Sofort schlich sie zur Ladentür, fand sie unverschlossen, huschte hinein und hörte ihn im Keller arbeiten. Da stieg sie zu ihm hinab.

Er hatte sie nicht erwartet, und doch hatte er sich, trotz seines selbstauferlegten Verbots, seit dem Tag, an dem Meister Cornelius mit der Thora in die Werkstatt gekommen war und ihm sagte, Milena habe sie vorbeigebracht, so oft vorgestellt, sie wiederzusehen, daß ihm die Wirklichkeit jetzt wie ein Theaterstück vorkam, das treu den Vorgaben seines Schreibers folgte.

Er sah sie hinabkommen. Sie trug das gleiche Kleid, das sie am Müggelsee getragen hatte.

»Ist das mein Buch?«

Eisenstein, als er begriff, daß dies Milenas erste echte Worte an ihn waren, stammelte, stockte, dann fand er nur einen Satz, der ihm bereits im Moment des Aussprechens sinnlos vorkam.

»Das ist die Thora.«

»Schaffst du es?« fragte sie.

»Sie ist recht alt, die Bindung ist hinüber, und viele Seiten sind nicht gut erhalten. Wird einige Arbeit sein.«

»Ja …«, sie war näher gekommen, stand ihm gegenüber vor der Werkbank und sah ihm in die Augen, »… aber, schaffst du es?«

»Ich glaube schon.«

»Das Buch ist für uns sehr wertvoll, weißt du? Es ist die Grundlage von allem. Seit ich denken kann, liest Vater daraus vor. Aber der viele Gebrauch hat den Einband aus dem Leim gehen lassen. Und du hast die Tintenflecken sicher gesehen. Eigentlich wird es dadurch unbrauchbar. Meinen Eltern wäre wirklich sehr daran gelegen, wenn sie sie eines Tages wieder in einem guten Zustand in Händen halten könnten.«

»Ich habe versucht, die Flecken mit dieser Lösung zu entfernen.«

Er griff nach einem Fläschchen im Regal, öffnete den Verschluß und ließ Milena daran riechen. Sie verzog das Gesicht.

»Entschuldige, ich hätte dich warnen sollen. Aber mit solchen Lösungen bekommt man Flecken raus, ohne Druckerschwärze und Papier zu stark zu schädigen. Man muß die Buchstaben allerdings nachziehen. Sieh her ...«

Er blätterte und wies mit dem Finger auf eine Stelle, an der man eine hellere Umrandung ausmachen konnte. Die hebräischen Zeichen jedoch waren wiederhergestellt worden, so daß man kaum einen Unterschied zu den nicht betroffenen Stellen sah.

Mit dem Ausdruck von Verwunderung sah Milena ihn an. Fragend blickte er zurück.

»Wie hast du das geschafft? Es ist perfekt geworden. Die Buchstaben zu malen muß Stunden gekostet haben. Aber wie ist das möglich? Kannst du Hebräisch?«

Er schüttelte den Kopf.

»Nein ... ich kann es nicht lesen. Ich habe nur versucht, zu erahnen, wie es aussehen müßte, und habe mich an den nebenstehenden Buchstaben orientiert.«

Es war das erste Mal in ihrem kurzen gemeinsamen Leben, daß er sie anlog.

»Das ist seltsam«, sagte sie. »Du hast die Punkte an diesen Stellen genau richtig gesetzt ... auch die Akzente, und sogar die Teamim.«

Derart vertieft in die Arbeit an diesem Buch war er gewesen, daß ihm nie der Gedanke gekommen war, daß es in der Tat eines genauen Verständnisses des Textes bedurfte, um hier richtig zu korrigieren, und daß die Wahrscheinlichkeit, daß ein des Hebräischen Unkundiger hier die korrekten Punkte unter, zwischen und über die Zeichen setzte, gegen null ging.

Und so folgte eine weitere Lüge der ersten.

»Ich habe eine andere Thora-Ausgabe zum Vergleich herangezogen.«

»Es muß dich Tage gekostet haben, die entsprechenden Passagen zu finden.«

»Ich sag ja, es wird einige Arbeit sein. Eine Heidenarbeit, sozusagen.«

Er lachte, und sie lachte, und der helle Ton ihrer Stimme durchströmte das Gewölbe der Werkstatt und seine Brust. Wie oft hatte er an dieses Lachen denken müssen …

»Vielleicht kann ich dir helfen, damit es schneller geht. Ich könnte dir sagen, wie viele Punkte wo gesetzt werden müssen. Falls du die Stelle in deiner anderen Thora nicht auf Anhieb findest. Vielleicht könntest du dich dann schneller wieder den anderen Büchern widmen. Und ich könnte die Thora schneller nach Hause zurückbringen. Wir feiern in ein paar Wochen das Laubhüttenfest, und wie soll das gehen ohne sie?«

»Du willst mir helfen?«

Milena nickte.

»Ich weiß nicht, ob Cornelius so glücklich darüber wäre, dich hier unten anzutreffen.«

»Im Augenblick ist er aber nicht da, oder?«

»Nein, im Augenblick nicht. Im Augenblick sind wir allein.«

Er friert nicht, obwohl er nackt ist. Er betrachtet ihre Hüfte, ihren Bauch, ihre Brüste, den schlanken Hals, ihren ganzen Körper, wie er da auf den Decken aus Leder unter der Werkbank liegt. Auch sie friert nicht. Ihre Haut ist eben und weich und weiß. Ihr Kopf ist gebettet auf den Überresten der ausrangierten Bücher und auf den Einband der Kaminskischen Familienthora, die sie bei ihrer Kollision, dem Zerren und Drücken, dem Küssen, dem Ausziehen, bald Kampf, bald Tanz, heruntergestoßen haben. Nun ist sie nackt und bloß vor ihm, und ihm bleibt keine andere Wahl, als ihren Körper an jeder einzelnen Stelle zu berühren. In seinen Lippen ein kribbelndes Gefühl. Seine Finger erkunden ihre Ohrläppchen, gleiten über Schläfe und Wange und Kinn, hinab über Kehlkopf und Schlüsselbein, erfühlen die Knochen ihrer Schultern und die Rippen unter der dünnen Decke aus Haut. Er riecht an ihren Brustwarzen, benetzt sie mit Speichel, kostet die Falte zwischen Busen und Brustkorb. Der geht heftig auf und ab, und darunter bewegt es sich, als wäre ein kleines Tier dort eingesperrt. Er hört ihr Herz pochen. Atemlos halten seine Fingerspitzen den Flaum ihres Bauches fest, vergraben sich im Ansatz ihres Schamhaars. Schließlich stellt sie ein Bein auf, so daß er ihr Geschlecht ertasten kann. Es ist fast schöner, als ein kostbares Buch zu betrachten. Sie hat die Augen geschlossen. Er hört nur ein leises Seufzen aus ihrem Mund, dann klingt es wie Jammern, still und unterdrückt, ein wimmerndes Keuchen, und später ein Stöhnen.

Auch sie hält ihn fest, während sie ihn gewähren läßt, liebkost ihn, küßt ihn, zieht an seinem Haar. Als er auf ihr liegt, halten ihre Hände seinen Rücken umklammert und spüren seine Wirbel auf und nieder gehen, seine Rippenbögen sich wölben, das Muskelfleisch seines Hinterns fest und kalt werden. Sie öffnet die Augen in dem Moment, da er sich höher schiebt auf ihr und mit langsamen, unsicheren Bewegungen in sie zu dringen versucht. Sie sieht nur seinen braunen Lockenschopf und halb sein verzerrtes Gesicht, darüber die Holzplatte der Werkbank, die ihnen Obdach gibt in dieser Stunde. Sie dreht den Kopf zur Seite und betrachtet die Einbände, die Bögen aus Papier, die Fetzen aus Stoff und Leder, dazwischen ganze und halbe Bücher, Nägel, Meißel, Scheren und Messer, die um sie verstreut liegen. Sie ertastet ein Messer und spürt die kalte, harte Klinge auf ihrer Haut. Sie umschließt es ganz, dann greift sie zu und fühlt, wie das Blut fließt.

Warum soll sie diese Zeit nicht genießen? Was soll ihr schon geschehen?

In der Werkstatt war es dunkel geworden. Durch die Fenster fiel nur schwach das Licht der Straßenlaterne. Ihre Eltern vermißten sie sicher schon. Eisenstein hatte über sie beide ausgebreitet, was er an schützendem Material fand, und hielt Milena erschöpft im Arm. Er fühlte die Haut ihrer Schultern sanft an seiner Brust, sie fühlte die Ader an seinem Hals weich gegen ihre Stirn klopfen. Umhüllt vom schwarzen Samt aus Persien, von Satin, Filz, Wolle und Seide und von den Fellen der Lämmer und den Häuten der Kälber und Schweine, lagen sie eng, wie zwei Larven im selben Kokon, in der feuchten, pochenden Wärme des Bluts, des Spermas, des Speichels, des Schweißes, und fühlten die Nacktheit des anderen Körpers, als wäre es ihr eigener. Dann schliefen sie ein.

4

Milena wollte und wollte nicht sterben. In den folgenden Monaten sahen sie sich jeden Tag, und an jedem Morgen fragte Eisenstein sich aufs neue, ob ihr in der Nacht etwas zugestoßen sei, und bei jeder Begegnung war er aufs neue erleichtert, sie lebend wiederzusehen. Noch vor Tagesanbruch spähte er aus dem Fenster seiner Kammer und sah sie bald den Bürgersteig entlangkommen. Dann lief er hinunter in den Verkaufsraum, vergewisserte sich, daß Cornelius nicht da war, und ließ sie herein.

Sie half ihm in der Werkstatt. Bei so mancher Arbeit konnte sie ihm zur Hand gehen. Sie konnte Farben mischen und verdünnen, Pinsel auswaschen, ihm die Nägel und Nieten reichen, die er benötigte, sie konnte Kartons in die rechte Form schneiden, Zwirn einfädeln, Lederwaren kaufen gehen. Eisenstein war sich sicher, daß sein Meister sie, vielleicht auch ihn fortschicken würde, wenn er erführe, daß Milena so regelmäßig bei ihnen verkehrte, waren sie und ihresgleichen doch mehr und mehr zu einer Gefahr für seine Töchter geworden. Also vergaß er, es ihm zu sagen.

Und auch Milena sagte ihren Eltern nichts. An dem Abend, als ihre Tochter mit mühsam gerichteten Kleidern spät nach Hause kam, schimpften sie nicht, waren nicht erbost über ihr langes Fortbleiben, stellten keine Fragen. Sie schlossen sie bloß in die Arme und nahmen ihr das Versprechen ab, sie nie wieder durch ihr Verschwinden zu beunruhigen.

Schon am nächsten Tag mußte Milena dies halbherzig gegebene Versprechen brechen. Eisenstein hatte an der Schule auf sie gewartet, und nachdem sie ein paar Minuten im Abstand von fünf Metern hintereinander hergegangen waren, bogen sie in eine Seitenstraße ein, suchten sich ein geschütztes Plätzchen und küßten einander. Später machten sie einen Umweg über die Oranienburger Straße und versteckten sich für eine Weile zwischen Spree und Schloß Monbijou. Es waren gestohlene Momente, dem strengen Zeitplan ihrer Tage abgeluchste Augenblicke der Heimlichkeit, und jedesmal wurden diese Augenblicke ein wenig länger. Die Vorsicht, die sie beide dabei walten lassen mußten, trieb sie an, vergrößerte ihr Verlangen nur noch. Das Unerlaubte reizte sie.

Milenas Eltern mochten bemerkt haben, daß sich am Verhalten ihrer Tochter etwas geändert hatte, doch noch immer schimpften sie nicht, sondern schüttelten bloß traurig die Köpfe, wenn ihre Tochter ein weiteres Mal zu spät war.

Als sie ihnen schließlich die restaurierte Thora wiederbrachte und offenbarte, wer sie instand gesetzt hatte, ahnten sie, was sich abspielte, und wechselten tiefe Blicke. Aber Ewa und Szymon Kaminski hatten andere Sorgen. Sie sahen, daß das Warenhaus Wertheim umbenannt wurde. Sie hörten, daß nach den Ärzten nun auch die jüdischen Rechtsanwälte ihre Zulassungen verloren. Sie lasen, daß sie bis Jahresfrist Kennkarten zu beantragen hatten, die sie je drei Reichsmark kosten sollten und auf denen ein großes, gelbes J gedruckt sein würde. Sie hörten, daß dort, da sie nicht Itzig und Zipora hießen, bald Israel und Sara hinter ihren Vornamen stehen würde. Und sie hörten, daß das Außenministerium Gespräche mit der polnischen Regierung führte, in denen es auch um die Zukunft der in Deutschland lebenden Polen gehen sollte. Sie hörten von Evian und von Aussagen eines fremdländischen Staatsvertreters, man könne keine Juden aufnehmen, wolle man nicht die eigene Rasse gefährden.

»Niemand will sie«, zitierte Szymon in diesen Wochen die Schlagzeilen, und Ewa sagte: »Hilfe also keine. Aber Moral!«

Milena wußte, daß es ihren Eltern nur noch mehr Kummer bereiten würde, hätte sie ihnen von ihrem Geliebten erzählt. Also schwieg sie weiterhin darüber, warum ihre Schulwege immer länger und ihre Nachmittagsspaziergänge immer ausgedehnter wurden. Ihr Versprechen war schließlich gewesen, sie nicht mehr durch ihr Fortbleiben zu beunruhigen – und zur Beunruhigung, meinte sie, hätten ihre Eltern eben keinen Grund, solange sie weiterhin jeden Abend nach Hause kam.

Im September erkundeten sie Plätze und Straßen der Stadt, die Hügel, Wiesen, Parks und Wälder eroberten sie: den Wasserturm in Prenzlauer Berg, die Werder von Tegel und das Strandbad, den Teufelssee im Grunewald, die seltsamen Skulpturen im Park von Blankensee, den Musentempel dort. Sie fuhren erneut nach Friedrichshagen, aßen ein Eis auf der Friedrichstraße. Dann ruderten sie über den See, kamen an eine einsame Stelle und vergaßen die Zeit unter einem Apfelbaum im Ufersand. Eisenstein, erschöpft vom Rudern, hatte den Kopf auf Milenas Schoß gelegt. Sie hielt ein Buch in der linken Hand und las mit sanfter Stimme, die rechte auf seine heiße Stirn gelegt.

So ging der Sommer dahin. Noch immer weigerte sich Milena, über ihre gemeinsame Zukunft nachzudenken. Auch Eisenstein schien die Frage, was aus ihnen werden würde, nicht in den Sinn zu kommen. In den Stunden, die er mit ihr zusammen war, vergaß er die Arbeit in der Buchbinderei. Nicht nur war dieses Mädchen interessanter als die meisten Bücher, ihre Unterhaltung abwechslungsreicher, ihr Antlitz reizender – es war das Gefühl, daß Milena Kaminski wirklich etwas an ihm lag, daß sie sich einließ auf ihn, ihm zuhörte. Ihn sah. Wenn er einmal etwas später zum vereinbarten Treffpunkt kam, fand er sie ungeduldig vor, auf der Stirn eine kleine sorgenvolle Falte, und sah, wie sein Erscheinen den Ausdruck von Erleichterung in ihre Augen zauberte.

Und selbst wenn er in der Werkstatt stand und am Einsatz neuer Materialien oder der Entdeckung neuer Methoden forschte, dachte er an sie. Der Sinn all seiner Mühen schien ihm in den Hintergrund gerückt und mit ihm die Sehnsucht nach dem Gefühl, das Frieda und die *Germania* in ihm ausgelöst hatten. Lange Jahre hatte er sich diese Sehnsucht bewahrt, hatte sie ihn angetrieben, war die Suche nach ihrer Erfüllung sein einziger Lebenszweck gewesen. Nun aber, da er mit Milena geschlafen hatte, da er Zeit mit ihr verbringen, sie küssen und streicheln konnte, da sie mit ihm sprach und ihm zuhörte, war diese Sehnsucht nur noch als ein vager Widerhall präsent. Wenn er allein war, kam ihm zuweilen der Gedanke an die *Ger-*

mania, doch dann mußte er zugeben, daß Milenas Gegenwart ihm stärkeren Trost spendete als jedes noch so kostbare Exemplar. Mochten Bücher auch vielseitiger, lehrreicher und auch einfacher aufzubewahren sein als eine einzige Frau, wog ihm doch das, was er mit Milena erlebte, ganze Bibliotheken auf.

An manchen Abenden, wenn sie sehr mutig war, kam sie mit zu ihm aufs Zimmer. Er ließ die Ladentür unabgeschlossen, als Cornelius und die Mädchen bereits in ihrer Wohnung zu Abend aßen. Milena schlich die Treppe hoch und trat ein, ohne anzuklopfen. Dann lag sie auf seinem Bett, während er auf dem Hocker am Fenster saß, denn sie machten kein Licht, für ihre Zwecke reichte der Schein der Abendsonne aus. Josef hatte ein Buch aus dem Regal genommen und las ihr vor. Zum ersten Mal in seinem Leben mußte er sich Gedanken darüber machen, an welchen Büchern ein anderer Mensch Gefallen finden könnte. Er konnte Milena schließlich nicht den Petronius vorlesen. Also entschied er sich für die *Gesta Romanorum*, die er in einer unscheinbaren, aber makellosen Ausgabe besaß und die durch die lebhafte Vielfalt ihrer Geschichten beeindruckte. Ganz besonders gefiel Milena die Sage von Pyramus und Thisbe, so daß Josef am darauffolgenden Abend nicht anders konnte, als zu den *Metamorphosen* des Ovid zu greifen, um die Fassungen zu vergleichen, und dann überzugehen zu den Fabeln von Niobe, Apollo und Daphne oder Philemon und Baucis. Ein paar Kostproben aus Ovids *Liebeskunst* wagte Josef schon bald darauf, allerdings nur die unverfänglichen. So vergingen die Herbstabende; er saß am Fenster, den Kopf auf die Faust gestützt, und las im Dämmerlicht leise aus seinen Büchern, sie lag auf dem Bett, hatte die Augen geschlossen und lauschte. Die Geschichten umgaben sie wie ein schützender Mantel und verbargen sie so vor der Welt. Dann wurde es dunkel.

Als es kühler wurde, begann Eisenstein damit, Milena in die Bibliotheken und Buchläden mitzunehmen. Lange hatte er mit dem Gedanken gehadert, sie an die heiligen Stätten seines Lebens zu führen, hatte Bedenken gehabt, ihr damit zuviel von sich preiszugeben, oder auch nur befürchtet, sie würde daran keinen Gefallen finden. Doch dieses Mädchen hatte sich ihm unter der Werkbank hingegeben, hatte seine Büchersammlung gesehen und ihn am Müggelseestrand geküßt! Also faßte er sich ein Herz und ging mit ihr in die Bücherei nach Friedenau oder an den Boxhagener Platz – überall dorthin, wo man sich nicht auszuweisen hatte –, und so kamen sie schließlich auch zum Laden des alten Abramsky. Im Inneren war es an diesem sonnigen Oktobernachmittag noch dunkler als gewöhnlich, denn auf die Scheiben hatte man mit roter Farbe *Jude* und ein Gesicht mit großer Nase gepinselt. Sie saßen beieinander, tranken Tee, sahen sich Bücher an. Abramsky blinzelte in die Finsternis.

»Wie heißt du, Kind?« fragte der Alte.

Als Milena ihren Namen nannte, lehnte Abramsky sich zurück und schwieg. Eisenstein versuchte noch einige Male, ein Gespräch zu beginnen, fragte nach neuen Wagner-Aufnahmen oder erzählte von seiner Arbeit in der Werkstatt. Doch der Antiquar verzog nur die Mundwinkel und blieb stumm.

Erst nach einer Weile, als der Tee getrunken war und die beiden sich zum Gehen bereit machten, winkte Abramsky Eisenstein zu sich herab. Seine Stimme klang matt und belegt.

»Mein Junge«, flüsterte er, so daß Milena, die bereits an der Ladentür stand, es nicht hören konnte, »verlieb dich nicht. Verlieb dich nicht in so eine!«

Milena Kaminski starb noch immer nicht. In Eisenstein regte sich der Verdacht, daß seine Anwesenheit den Fluch, den seine Berührung auf sie gebracht hatte, in Bann hielt. Solange er nur in ihrer Nähe war, glaubte er, würde ihr nichts geschehen.

Und tatsächlich schien seine Gegenwart in diesen Tagen für sie wie ein Schutzversprechen zu sein. Während sie Zeuge wurden, wie in der Tauentzienstraße ein Juwelierladen von Jugendlichen überfallen wurde und die mit ausgebeulten Uniformtaschen herausstürmenden Hitlerjungen »Zur Hölle mit dem Judenpack!« riefen, ließ man sie unbehelligt. Die etwa zwei

Dutzend Jungen machten einen Bogen um die beiden, und es wunderte Eisenstein nur, daß sie nicht auch noch die Kappe vor ihnen zogen. Anderentags kam ihnen ein Heer graugekleideter Männer und Frauen entgegen, bewacht von Soldaten der SS. Die Straßen waren von Schaulustigen gesäumt, unter die Eisenstein und Milena sich mischten. »Schutzhaft«, hörten sie einen sagen. »Verbrecher und Kommunisten«, den nächsten. »Sachsenhausen«, einen dritten. Dann zogen sie weiter, als wäre nichts geschehen. Vor Landauers Kaufhaus standen sie, Jungs kaum älter als er, mit großen Schildern und grimmiger Miene, und auf dem Kurfürstendamm prügelte eine Gruppe Uniformierter die Leute aus einem Tanzlokal; doch die beiden blieben für alle unsichtbar.

Ende Oktober war er erneut ihr Schutzengel. Für ein paar Besorgungen war er bereits am frühen Freitagmorgen unterwegs gewesen und hatte die Polizisten das Haus von Altmetallhändler Horowitz betreten sehen. Als sie nach wenigen Minuten mit der gesamten Familie herauskamen, Herr und Frau Horowitz bloß einen Mantel über dem Nachthemd, einen Koffer in der einen, die Kinder an der anderen Hand, kehrte er um und klopfte bei den Kaminskis. Er brauchte wertvolle Zeit, um Szymon und Ewa zu überzeugen, daß sie jetzt die polnischen Juden holen kamen, doch schließlich folgten sie ihm mit Milena in Cornelius' Werkstatt, ohne daß die Polizisten sie sahen. Erst nach ein paar Stunden kehrte die Familie wieder in ihre Wohnung zurück. Der Spuk war vorbei.

Je stärker ihre Verbindung nun wurde und je öfter Eisenstein glaubte, Milena beschützt zu haben, desto unmöglicher wurde es, die Wahrheit zu beichten. Schon damals, als er geleugnet hatte, des Hebräischen mächtig zu sein, hatte er seine Lüge mit so vielen Einzelheiten glaubwürdig machen müssen, daß ihm ein Geständnis immer peinlicher wurde. Wie undenkbar war ihm nun jegliche Offenbarung seiner wirklichen Identität geworden! Wenn auch ihr Umstand, daß dieser Josef Schwarzkopf arisch sei, jeglichen Gedanken an eine gemeinsame Zukunft von vornherein verboten hatte, hatte er doch auf zauberische Weise dazu beigetragen, daß Milena noch immer lebte. Daß sie und Mutter und Vater Kaminski noch hier waren, auch wenn man die polnischen Juden bereits in großer Zahl deportiert hatte, sprach er allein der Tatsache zu, daß kein Mensch auf der Welt ihn eigentlich kannte. Ihr zu sagen, daß er der Jude Eisenstein sei, wäre dem Eingeständnis ihres Endes gleichgekommen.

Wollte er weiterhin ihren Kopf aus der Schlinge ziehen, mußte er mit seinem Versteckspiel fortfahren. Mehr noch, er mußte es perfektionieren. Selbst wenn es bedeutete, daß sie ihn niemals wirklich kennen würde. Selbst wenn sie in dem Moment, da sie hinter die Lüge käme, entschied, ihn zu hassen.

In einigen seltenen Augenblicken hatte Josef den Eindruck, daß Milena ihm nicht bedingungslos traute, und wie wollte er es ihr übelnehmen? Er erzählte ja kaum je von sich und verriet ihr auch nicht, woher er all das Geld hatte, mit dem er sie nach Potsdam oder ins Theater ausführen konnte. Vielleicht ahnte sie sogar tief in ihrem Innern, daß etwas mit ihrem Geliebten nicht stimmte. Doch dabei, den Schwindel weiter aufrechtzuerhalten, half ihm Anfang November eine Frau, die er bereits für tot erklärt hatte.

5

Sie gaben den *Kaufmann von Venedig* im Hebbel-Theater. Milena und Eisenstein saßen auf der oberen Galerie und warteten gespannt auf die Darbietung der Gastspieltruppe. Er hatte mit deren Namen nichts verbunden, und auch der Name der Schauspielerin, die die Portia darstellte, sagte ihm nichts. Und doch wollte er nicht an Zufall glauben. Daß er seine Mutter auf diese Weise wiedersah, nach fast zehn Jahren, erschien ihm nicht nur als Omen, sondern auch als Einverständnis des Schicksals mit seinem Leben. Seine Mutter, die in der Josefstadt als Ilse Berger auftrat und nun sogar in die Reichshauptstadt gekommen war, hatte die gleiche Formel angewendet wie er. Für alle sichtbar und doch verborgen hatte sie nicht nur überlebt, sie feierte sogar Erfolge.

Ihre Verkleidung war ausgezeichnet, sie trug eine schwarze Perücke und war stark geschminkt. Als das Stück begann und Portia zum ersten Mal auf die Bühne trat, erkannte er sie nicht. Auch als er sie die Worte »Wer ist der Kaufmann, wer der Jude?« sprechen hörte, ahnte er nichts. Dann aber, als sie im vierten Aufzug als Anwalt verkleidet, die lange Perücke durch eine kurze graue ersetzt, am Bühnenrand stand und einem abstoßend buckligen Shylock ihren Monolog über den Wert der Gnade hielt, traf ihn die Erkenntnis wie ein Schlag.

»Fühlst du dich nicht wohl, Josef?« fragte Milena, die seine Aufgeregtheit bemerkt hatte.

Er hatte Mühe, ihr gegenüber die Fassung zu bewahren. Er schwieg.

»Sollen wir gehen? Willst du frische Luft schnappen?«

»Es ist nichts.«

Und wirklich – was war schon? Da stand eine Frau, mit der er nicht erst seit zehn Jahren nichts mehr zu tun hatte, sondern im Grunde schon seit dem Tag, der seiner Geburt gefolgt war. Eine fremde Frau, an die er kaum je dachte, eine Österreicherin, die ihn nicht ein Mal aufgesucht hatte, als sie in Berlin gewesen war. Eine Großdeutsche mit arischem Namen, von der er nicht bloß durch die Balustrade der Galerie und hundert Köpfe im Parkett getrennt war. Seine Mutter war Ruth Schwarzkopf und sein Vater im Krieg gefallen. Wenn er Herrn Dr. Eisenstein hatte verraten können, was kümmerte ihn da diese Frau?

Aber ob es die Gegenwart seiner Freundin war, die ihn milde stimmte und nachdenklich, oder die bloße Überraschung, die seine Seele an diesem Abend ohne Schutz hatte dastehen lassen, oder gar die Überlegung, daß diese Ilse Berger, wenn sie seine wirkliche Mutter war, die Lüge vor Milena viel glaubhafter machen konnte – während das Stück seinen Gang nahm, entwickelte er eine derartige Faszination für ihr Spiel, daß er für ein paar Stunden in Bann geschlagen war. Er hing an ihren Lippen, bewunderte ihre grazilen Bewegungen, verfolgte jedes einzelne von Portias Worten, als spräche Fanny Eisenstein zu ihm. Zum ersten Mal nur zu ihm. Und als der letzte Vorhang fiel, war sein Entschluß gefaßt.

Mit Milena an der Hand kämpfte er sich die Treppen hinunter und durch die Menge der Besucher im Foyer. Er fand den Bühneneingang, doch zwei breitschultrige Männer in Uniformen verweigerten ihnen den Zutritt. Also eilte er durch die Gruppen der herausströmenden Zuschauer ins Parkett, Milena folgte ihm zögerlich. Am Bühnenrand blieben sie stehen. Er rief seine Mutter. Einmal, zweimal. Ein drittes Mal. Dann tat sich etwas hinter dem Vorhang.

Milena sah ihn nur fragend an.

»Ich will dir jemanden vorstellen.«

»Das war unsere letzte Vorstellung in Berlin. Morgen reisen wir ab.«

In der Garderobe saßen Milena und Eisenstein auf Hockern, während seine Mutter sich abschminkte. Ihre Anwaltsperücke hatte sie abgesetzt, sie steckte bereits in einem taillierten Abendkleid mit blauen Rüschen an Kragen und Ärmeln. Die beiden hatten gewartet, bis die anderen gegangen waren, und nun durften sie der Rückverwandlung der Portia in die berühmte Ilse Berger beiwohnen. Von einer Rolle in die nächste.

»Es freut mich, dich wiederzusehen«, hatte sie gesagt, als das Paar, begleitet von einem der Uniformierten, eingetreten war. »Leider habe ich nicht viel Zeit – man erwartet mich zur Dernierenfeier. Wie geht es dir?«

Sie war an ihrem Schminktisch sitzen geblieben und hatte die beiden über den Spiegel angesehen. Kurz musterte sie das Mädchen an der Seite ihres Sohnes, dann wandte sie sich wieder ihrer Arbeit zu. Abschminken, aufschminken.

Eisenstein mußte sich noch immer zwingen, in dieser Frau seine Mutter zu sehen. Das Bild, das ihm von den Menschen geblieben war, die ihn damals in Berlin zurückgelassen hatten, war längst verblichen. Nun fand er hier eine Dame vor, die mit ihm nicht mehr zu tun hatte als irgendeine Passantin auf der Sophienstraße. Fanny war schlank mit dünnen Armen und wirkte hochgewachsen; selbst auf dem Stuhl hielt sie die Wirbelsäule gerade, als befürchtete sie, unmittelbar zusammenzusinken, wenn sie der Schwerkraft auch nur für einen Moment nachgäbe. Sie hatte noch immer diese großen, dunklen Augen, jetzt aber waren sie von leichten bläulichen Schatten umgeben. Nicht sonderlich nordisch, nicht mehr als ihr Sohn jedenfalls, aber für ihre Zwecke schien es zu reichen.

Er meinte, sich an ihre Stimme zu erinnern. Es war die Stimme, die durch die Tür des Schlafzimmers in der Parkstraße hindurch erklungen war, wenn sie deklamiert oder gesungen hatte. Auch hier hatte eine Veränderung stattgefunden. Es war immer noch eine Theaterstimme, und selbst jetzt, da sie zu dritt in der Garderobe saßen, hörte man es. Aber sie hatte sich einen Wiener Akzent antrainiert, den sie offenbar auf der Bühne ablegen und hinterher wieder anziehen konnte, wie es ihr beliebte.

»Hast du von Vater gehört?« fragte er.

»Ich habe ihm einmal einen Brief aus Wien geschickt. Er hat nie geantwortet.«

»Ich habe ihn besucht.«

»Du warst in Weimar? Wie geht es ihm?«

»Es geht ihm gut.«

»Offensichtlich will er nichts mehr mit mir zu tun haben.«

»Ich hatte nicht den Eindruck ...«

»... aber vielleicht ist das nicht der richtige Gesprächsstoff für einen solchen Augenblick. Wie ich hörte, war heute ein ranghoher Vertreter der Regierung im Publikum. Der Herr Minister wird sogar zur Dernierenfeier erwartet.« Sie schüttelte den Kopf, fuhr sich mit wilden Handbewegungen durch die Haare und stand auf. Eisenstein bemerkte die feinen grauen Strähnen, die sich an ihrem Haaransatz zeigten. »Du mußt entschuldigen, ich bin noch ein wenig angespannt. Wie fandet ihr die Vorstellung?«

Milena fand sie großartig.

»Großartig?« Fanny, die Hände in die Hüften gestützt, lachte. »Du machst mir Spaß, Mädchen. Warst du schon einmal im Theater?«

Milena nickte, doch Fanny, die jetzt wieder mit dem Spiegel beschäftigt war, sah sie nicht.

»Offensichtlich nicht. Also sei dir verziehen. Du kannst es nicht wissen, aber die Vorstellung heute war eine Katastrophe. Das goldene Kästchen hat geklemmt, und Bassanio war ganz von der Rolle. Habt ihr es gehört? Im dritten Akt hat er doch tatsächlich gesagt: ›Versprich mir Wahrheit, und ich bekenne Leben‹! Und das, wo wir heute so hohen Besuch hatten. Ich bin nur froh, daß wir morgen wieder abreisen. Diese Stadt ist geschmacklos, findest du nicht auch? Kein Vergleich zu Wien. Ich sage immer: So glücklich wir alle sind, nun wieder zum Reich zu gehören, so glücklich kann sich Preußen fühlen, daß Wien jetzt zu ihm gehört. Weißt du, Wien hat etwas Exquisites, etwas Feines, das meinem Wesen immer mehr geschmeichelt hat als dieses garstige Berlin mit seiner Großmannssucht.«

Eisenstein überlegte, ob die Vorführung bis hierher bereits ausreichte, aber vielleicht war es gut, dem Ganzen noch bis zum letzten Akt zu folgen.

»Kommst du aus Berlin, Mädchen?«

Milena nickte erneut, dann ließ sie ein deutliches Ja vernehmen.

»Ich bin hier geboren. Aber meine Eltern stammen aus Warschau.«

»Aus Warschau?«

Fanny sah auf und musterte Milena ein zweites Mal, jetzt mit dem Anflug eines Verdachts im Blick.

»Müßtet ihr dann nicht längst wieder dort sein? Ich habe gehört, alle Polen gehen jetzt nach Hause ...«

»Alle polnischen Juden, ja.«

»Also, Milena ...?«

»Also ... was?«

»Was macht ihr dann noch hier? Habt ihr eine Sondererlaubnis bekommen?«

Milena schüttelte den Kopf und sah zu Boden.

»Ich bin überzeugt, es wird euch in Warschau besser ergehen. Hier ist es doch eigentlich kein wahres Leben mehr für euch, oder? Die Menschen lassen es sich nicht länger gefallen. Mein Mann ist zuständig für die Säuberungen in Wien, und was er manchmal erzählt, mag ich kaum glauben. Zustände sind das!«

Eisenstein erhob sich.

»Geschützter«, fuhr Fanny fort, »wären die Juden in einem Land, in dem es nicht so viele von ihnen gibt wie in Deutschland.«

Hastig griff er nun Milenas Hand und zog sie mit sich, fort von hier. Doch als die beiden an der Tür standen, winkte Fanny ihren Sohn noch einmal zu sich.

»Mein Kind, sag mir nur eins: Seid ihr verlobt?«

Zu flüstern hielt sie nicht für nötig. Er schüttelte den Kopf.

»Das freut mich.«

Es waren die letzten Worte, die Josef Eisenstein von seiner Mutter hörte.

6

Er hatte die Lüge mit einer Wahrheit gestärkt, hinter der sich eine weitere Lüge verbarg. Da Milena nun glaubte, die Wahrheit zu kennen, fiel sie weiter auf die Lüge herein. Längst waren nicht all ihre Fragen beantwortet, doch nun, da sie seine Mutter kennengelernt hatte, gehörten Teile seines Lebens einem Bereich an, über den nichts zu wissen klug, gar lebenswichtig war. Und was nützte es auch, nachzufragen? Eisenstein konnte schweigsam und zurückgezogen sein wie eine Schildkröte, und solange sie keine gemeinsame Zukunft hatten, blieben solche Fragen sowieso ohne Sinn. Und diese gemeinsame Zukunft, so unwirklich sie bereits erschienen war, war jetzt vollkommen unmöglich geworden, wenn die Mutter ihres Freundes eine berühmte deutsche Schauspielerin war.

Er erzählte ihr nie, warum seine Eltern ihn nach Berlin gebracht hatten, und auch seinen wirklichen Namen sollte sie nie erfahren. Das Verhalten seiner Mutter aber erstickte jeden Keim eines Verdachts, mit seinem Wesen könnte irgend etwas nicht stimmen. Von nun an wunderte Milena sich weniger über seine Schweigsamkeit, über seine Rätselhaftigkeit, seinen Drang zur Einsamkeit.

Und auch sie mußte ja schweigsam sein. Niemandem durfte sie von ihrem Geliebten erzählen. Aber mit wem hätte sie ihr Hochgefühl auch teilen sollen? Ihre Freundinnen, ihre Kameradinnen aus der Oberschule hätten sie sicherlich für meschugge erklärt.

Ihren Eltern gegenüber blieb sie verschlossen, obgleich sie ahnen mochten, wo und mit wem sie ihre Zeit verbrachte. Doch solange die nicht nachfragten, war sie auch nicht gezwungen zu lügen. Meister Cornelius durfte ebenfalls nichts erfahren; die Folgen wären unabsehbar gewesen. Und auch zu dem älteren Freund, dem Buchantiquar, nahm er sie nicht mehr mit.

Diese Umstände bewirkten, daß das Zusammensein des jungen Paares eine enge, aber auch abgesonderte, ausschließende

Verbindung war. Wenn sie miteinander waren, waren es nur sie beide, für alles andere hatten sie keinen Sinn. Waren sie getrennt, lebte Eisenstein sein abgekapseltes Leben in Keller und Kammer und Milena das ihre in der Schule, in der Schneiderei und im Wohnzimmer der Familie. Sie dachten an den anderen, doch sprechen konnten sie von ihm nicht.

Gemeinsam hatten sie beide nur einander und die Bücher. Das war ihre Welt – der Ovid und die *Gesta Romanorum*, die *Unterhaltungen deutscher Ausgewanderten*, Auerbachs *Dorfgeschichten* und Adalbert Stifters *Bunte Steine*. Denn nun las auch Milena vor, während Josef auf dem Bett lag. Sie brachte, wenn sie bei ihm war, eines ihrer Bücher oder eines aus dem Schrank ihrer Eltern mit. Es waren darunter romantische Erzählungen aus einer alten Anthologie, Tiecks *Reise ins Blaue hinein*, *Romeo und Julia auf dem Dorfe* von Keller oder die Sage von Lancelot und Guinevere, aber auch jüdische Legenden: die von den sechsunddreißig Gerechten oder die über den Baal Schem Tov, die jiddischen aus dem *Ma'assebuch* oder die über Rabbi Löw aus Prag, oder Geschichten aus dem Sohar oder einem hebräischen Volksbuch namens *Sefer ha-Jaschar*.

Besonders aber liebte Milena die polnische Literatur, denn sie sprach und las polnisch und brachte Josef mitunter ein paar Wendungen bei. Ihre Eltern besaßen die historischen Romane von Kraszewski und Sienkiewicz; Milena las ihm daraus auf polnisch vor und versuchte sodann, es zu übersetzen. Eine eigene Ausgabe besaß sie hingegen von Adam Mickiewicz' Epos *Pan Tadeusz*, ein zerschlissener Druck in Halbleinen von 1882, der so oft zur Hand genommen worden war, daß schon die Seiten herausfielen. Milena schwärmte geradezu von der Geschichte der Rückkehr des Herrn Thaddäus Soplica auf sein Adelsgut nach Litauen, seiner Liebe zu Zosia und ihrem Kindermädchen, der schönen Telimena, der Verwirrung der Gefühle, seiner Unfähigkeit, den eigenen Vater wiederzuerkennen, und der Versöhnung der verfeindeten Familien am Ende. Sie schwärmte und entbrannte und las, und nachdem sie sie vom ersten bis zum letzten Gesang vorgelesen hatte, schenkte sie ihm das Buch.

Auch Eisensteins Sorgen waren nach dem Abend in Ilse Bergers Garderobe kleiner geworden. Zu wissen, woran er war, ließ ihm die Zukunft offen und voller Möglichkeiten erscheinen. Er dachte an ihr »Das freut mich« und dann an das »Das muß ja auch irgend jemand machen« seines Vaters. Daß seine Eltern ihn verlassen hatten, stellte sich jetzt als sein Glück heraus. Vielleicht hatten sie recht gehabt. Wenn er nur stillhielt, würde ihnen nichts geschehen.

So wachte er über Milena. Am Morgen begleitete er sie zur Schule, am Nachmittag holte er sie ab. Des Nachts beobachtete er die Straße von seinem Dachfenster aus. Den Eingang zur Schneiderei konnte er nicht sehen, doch Lärm und Lichter hätte er bemerken müssen. Er aß kaum und wenn, dann hastig. Schlaf wollte er sich nicht gestatten. Nun war er ihr Engel, und Engel schlafen nicht.

Das ging ein paar Tage und Nächte lang so. Eines Abends aber übermannte ihn die Müdigkeit, während er am Fenster saß und seinen Kopf an die Scheibe gelehnt hatte. Er fiel in einen tiefen, traumlosen Schlaf.

Als er am Morgen des zehnten November erwachte, ahnte er nichts. Erst als er um kurz vor sieben einen Fuß vor die Tür der Werkstatt setzte und die Steine und Bretter auf den Bürgersteigen sah, rannte er los. Die Sophienstraße lag in noch größerer Dunkelheit als sonst. Viele Straßenlaternen waren demoliert, das Glas der Lampen zersplittert. Die Scherben klirrten unter seinen Sohlen, als er zur Schneiderei lief. Es roch nach kokelndem Holz, nach verbranntem Papier, doch er konnte nicht sagen, woher der Gestank kam. Auch die Schaufenster der Kaminskis waren zertrümmert, die Schneiderpuppe lag auf dem Kopfsteinpflaster, daneben Fetzen, Federn und die Füllung aus aufgerissenen Kissen.

Er betrat den Laden. Auch hier war dieselbe Zerstörungswut am Werk gewesen. Die Regale waren ausgeräumt, auf dem Boden lagen Überbleibsel von Stoffen, Scherben des zerbrochenen Spiegels und leere Textilballen. Die Schranktüren waren mit Äxten bearbeitet worden, sie standen offen und hingen aus den Angeln. Tisch und Stühle waren zertrümmert. Auf den Tresen hatte man einen Davidstern geschmiert, die Kasse lag zerschmettert dahinter, und das Ölgemälde von Corinth, das an der Wand gehangen hatte, lehnte aufgeschlitzt zwischen Scheren, Nadeln, Zwirn und Maßbändern an der umgestürzten Nähmaschine.

Eisenstein stolperte durch den Verkaufsraum und lief die Treppen zur Wohnung hoch. Er klopfte und wartete. Nichts geschah. Er hörte sein Herz pochen. Er klopfte ein weiteres und ein drittes Mal, dann rief er Milenas Namen.

Herr Kaminski öffnete, sein Gesicht war bleich, seine Brillengläser beschlagen. Im Hintergrund ging Frau Kaminski händeringend durch die Stube. Von Milena keine Spur.

»Milena geht heute nicht zur Schule.«

Damit schloß Herr Kaminski die Tür vor Eisensteins Nase.

Er lief auf die Straße. Noch immer war kein Mensch zu sehen. Jetzt nahm er die Sofas und Sessel wahr, die hier und da auf dem Asphalt lagen. Man mußte sie aus den Fenstern geworfen haben. Er ging bis zur Großen Hamburger Straße und auf der gegenüberliegenden Seite bis zur Rosenthaler Straße zurück. Sogar die Säulen des Kaufhofs hatten sie beschmiert. Der Instrumentenhandel der Wolfs war ebenfalls heimgesucht worden. Geigenkästen lagen offen wie schwarze Särge auf dem Pflaster, die Trompeten zerquetscht, die Trommeln zerschlagen. Von Herrn und Frau Wolf fehlte jede Spur. Der einzige Laden auf dieser Seite, der verschont geblieben war, war die Buchbinderei Cornelius.

Der Meister, noch im Schlafrock, holte ihn herein.

»Es ist besser, jetzt nicht vor die Tür zu gehen.«

Eisenstein stellte Fragen, doch Cornelius wußte nicht, was er antworten sollte.

Bei seiner Arbeit konnte er sich nicht konzentrieren. Solang er nicht wußte, was mit Milena war, waren die Bücher ihm egal. Auch am Nachmittag, als die meisten Scherben weggekehrt waren, konnte er sich keinen Reim darauf machen. Die Prügelei auf dem Kurfürstendamm, der Strafzug nach Sachsenhausen – all das hatte er mit eigenen Augen gesehen, aber das Werk der Zerstörung, das er hier zu Gesicht bekam, wirkte so viel mächtiger auf ihn. Nicht nur war er bestürzt darüber, daß es Milena hätte treffen können – es erschütterte ihn, daß er es verschlafen hatte!

Er war nicht bei ihr gewesen in diesen Stunden.

7

Dann ging alles sehr schnell. Man hörte, daß sich ähnliches nicht nur im gesamten Stadtgebiet, sondern überall im Land ereignet hatte. Es war etwas anderes als die Aktionen im Sommer, als man die Asozialen und Schnorrer, die Zigeuner und die Vorbestraften weggebracht oder Razzien im Café Reimann durchgeführt und eine Handvoll Juden verhaftet hatte. Dieses Mal hatten die Leute nicht dabeigestanden oder darüber hinweggesehen, als ein Trupp Braunhemden ein paar Landstreicher zusammenschlug. Dieses Mal hatten sie mitgemacht. Dieses Mal war die Polizei in den Kasernen geblieben. Dieses Mal hatten die Feuerwehren nicht gelöscht. Dieses Mal hatten sie am Morgen des zehnten November in der Auslage des Geschäfts Kurt Levy in der Frankfurter Allee nach passenden Schuhen gestöbert.

Nun war es allen deutlich, daß etwas zu Ende gegangen war. Eisenstein lief durch die Straßen wie irre. Unter den zahlreichen Läden, die es getroffen hatte, war auch die Gerberei. Herr Benjamin war fort, seine Werkstatt in der Landsberger Straße stand leer. Die Tempel der Stadt waren zerstört, ihre Kuppeln geborsten, das Gestühl verbrannt, der Friedhof in der Großen Hamburger Straße geschändet. Allein die Neue Synagoge in der Oranienburger Straße schien ein Wunder verschont zu haben. Man erzählte sich Geschichten, denen er kein Gehör schenken wollte, von Frauen, die an den Haaren die Treppe heruntergeschleift worden waren, von einem Mann, dem sie sein künstliches Bein zerbrochen hatten, von einem alten Ehepaar, das man im Auto fortgeschleppt hatte – die Frau hatte man zum Spaß auf die Kühlerhaube gesetzt, dann hatte man sie an der Panke die Uferböschung hinabgeworfen. Aus den Synagogen hatten sie Chanukka-Leuchter mitgehen lassen und Thoraschmuck aus Silber, auf die Gebetbücher und Thorarollen hatten sie uriniert, bevor sie sie mit Petroleum übergossen und anzündeten.

»Jehova macht Pleite«, hieß es.
»De Menschhayt is gewordn meschugge«, hieß es.
»Das ist der Volkszorn, der sich entlädt«, hieß es.
»Ein Menetekel«, hieß es. »Aber für wen?«

Auch in Abramskys Antiquariat hatten sie gewütet. Bücher waren auf die Straße geschmissen worden, dort lagen sie noch immer im Dreck. Eisenstein kauerte entsetzt vor ihnen, trug sie dann zurück ins Ladeninnere. Dort saß Abramsky in seinem Sessel, und man hätte bei diesem Anblick fast denken können, es wäre alles wie immer, wäre nicht seine Hose am Knie zerrissen gewesen und klaffte ihm nicht eine blutende Wunde über dem rechten Auge. Der Alte sah ihn nicht an. Auch als Eisenstein nach und nach die Buchreste in den Laden brachte, sprach er nicht mit ihm. Es war, als wollte er ihn durch sein Schweigen bestrafen.

Ein letztes Mal ging das Ehepaar Kaminski die Sophienstraße entlang, in die sie vor mehr als zwanzig Jahren gezogen waren. Ein letztes Mal verkauften sie ihre Stoffe, diesmal zu Schleuderpreisen. Ein letztes Mal besuchten sie Meister Cornelius. Sie baten ihn, einige unersetzliche Wertsachen aufzubewahren, darunter auch die Familien-Thora.

»Wenn wir wiederkommen, lösen wir sie wieder ein. Versprochen.«

Milena war nicht bei ihnen. Eisenstein, der sie seit Tagen nicht gesehen hatte, fühlte sich ohnmächtig. Es kränkte ihn nicht nur, daß er seine Geliebte in dieser Nacht nicht hatte schützen können, sondern auch, daß er offenbar machtlos bleiben sollte. Dort oben zu sitzen wirkte nicht mehr. Wie hätte er von dort auch verhindern sollen, daß das Schicksal seinen Lauf nahm? Also stieg er hinab und sprach mit Cornelius. Er versuchte, ihn zu überzeugen, die Kaminskis bei sich aufzunehmen, sie in der Werkstatt wohnen zu lassen oder in seiner Dachkammer, auch wenn ihm klar sein mußte, wie unmöglich dieser Vorschlag war. Dann versuchte er, Milenas Eltern zu überreden, wenigstens noch ein paar Wochen zu warten, bis die

Aufregung sich gelegt hatte. Bisher habe sich die Lage noch immer wieder normalisiert. Doch er wußte, daß all das nicht mehr galt. Sie hatten ihren Laden bereits verkauft, zu einem ähnlichen Spottpreis wie den Bestand. Der jüdische Gemeinschaftsfonds zahlte ihnen nichts mehr. Für die Zugfahrt hatten sie ihr letztes Geld ausgegeben.

Vielleicht hatte seine Mutter ja recht. Vielleicht waren sie in Warschau tatsächlich besser aufgehoben. Schließlich würden sie unter Verwandten leben, vielleicht in einem eigenen Viertel, wo sie geschützt waren. Vielleicht hätten sie dort die Chance, sich ein neues Geschäft aufzubauen, eine neue Existenz. Vielleicht würde Milena dort ihren Schulabschluß machen können.

Vielleicht konnte alles noch gutgehen. Wenn man nur stillhielt …

Noch ein Mal sahen sich die beiden Liebenden unter dem Wasserturm am Prenzlauer Berg. Sie schworen einander, daß es nicht das letzte Mal sein würde.

»Wir sehen uns wieder.«

»Wenn alles vorbei ist.«

»Es wird vorbeigehen.«

»Das muß es.«

Dann starb Abramsky. Jeden Tag hatte Eisenstein ihn besucht, sich stets nach Einbruch der Dämmerung über den Eingang zum Wohnhaus ins Antiquariat geschlichen. Anfangs hatte der Alte sich gewehrt, wollte ihm den Zutritt verweigern. Doch er war schwach, nur halb bei Bewußtsein. Abramsky blieb nun auch nachts im Sessel sitzen, erhob sich nur noch, wenn es unbedingt nötig war. Lesen konnte er schon lange nicht mehr, und nun, da sie das Grammophon zerstört hatten, erklangen im Antiquariat auch kein Wagner und kein Strauss mehr. Seine Verfassung war schlecht. Er bekam nur schwer Luft. Die Wunde am Auge hatte sich entzündet. Eisenstein fütterte ihn mit Suppe und Brot, wechselte den Verband und tupfte die eitrige Stelle mit Alkohol ab. Der Alte benötigte richtiges Essen und eine anständige medizinische Behandlung. Doch er weigerte sich, seinen Laden zu verlassen.

»Wenn ich sterbe«, flüsterte er heiser und blinzelte in die Dunkelheit, »dann hier. Nicht auf ihren Straßen, nicht in ihren Krankenhäusern. Hier, bei meinen Büchern will ich sterben.«

An einem Abend mußte Eisenstein ihn aus dem Sessel hieven, um ihn zur Toilette zu bringen. Er griff den Alten unter den Achseln, zog ihn zu sich hoch und legte den Arm um seinen kurzen, knochigen Rücken. Er war federleicht. Nachdem er ihn wieder zurückgetragen und in den Sessel plaziert hatte, ließ Abramsky für ein paar Sekunden seinen Griff um Eisensteins Schultern nicht los, und auch er verharrte für einen zu langen Moment über den Alten gebeugt, die Hände hinter dessen Rücken, als wollten sie einander umarmen.

Am nächsten Tag war Abramsky tot. Eisenstein kam erst kurz vor Mitternacht in die Oranienstraße. Vier Männer in Schwarz trugen den kleinen Körper auf einen Handkarren und schoben ihn durch die nachtstillen Straßen. Schwarze Schuhe, schwarze Mäntel bis zum Boden – selbst ihre Hüte, unter denen die Schläfenlocken hervorbaumelten, waren schwarz. Er folgte ihnen Richtung Norden bis Gesundbrunnen, beobachtete, wie die Polizei den Trupp immer wieder anhielt und wie die Männer den Handkarren abstellten, ein Papier aus der Manteltasche zogen und, unter lauten Worten und belustigten Blicken, passieren durften. Nach zwei Stunden Fußmarsch durch die kalte Nacht waren sie in der Schulstraße angekommen und verschwanden dort mit Abramskys Leichnam hinter den hohen Toren des Jüdischen Krankenhauses.

Am nächsten Tag, dem 12. November, verließen auch die Kaminskis ihre Wohnung. Sie schlossen nicht ab. Es war noch vor Tagesanbruch. Eisenstein, der nach seiner Rückkehr nicht geschlafen hatte, sah sie zu dritt über die Sophienstraße gehen, jeder mit einem Koffer in der Hand. Er folgte ihnen ein paar Straßenecken durch die menschenleere Stadt, dann sah er sie auf der Monbijoubrücke im Herbstnebel über die Spree verschwinden.

8

Josef Eisensteins Einsamkeit war nun keine selbstgewählte mehr. Oft ging er an Milenas Wohnung vorbei, sah im Laden einen neuen Besitzer einziehen. Stand im Hof und blickte hinauf zu den dunklen Fenstern. Las die Geschichten, die er mit ihr gelesen hatte, las den *Pan Tadeusz*, übte sein Polnisch. Suchte die Orte auf, an denen sie gemeinsame Augenblicke verbracht hatten. So heftig empfand er diese neue Phase, in die sein Leben eingetreten war, daß er bis zum Ende des Jahres kaum einen vernünftigen Handgriff tun konnte. Alles, woran er gearbeitet hatte, erschien ihm sinnlos. Doch er wußte nicht, wen er dafür hassen sollte, außer sich selbst. Schließlich hatte *er* nicht alles dafür getan, Milena zu beschützen. Schließlich war *er* eingeschlafen in der einzigen Nacht, in der er hätte wachen sollen. *Er* war es gewesen, der Abramsky dem Tode geweiht hatte. *Er* war es gewesen, der nicht Schiwe gesessen und kein Kaddisch gesprochen hatte. Und *er* hatte seine Arbeit nicht getan.

Mit Beginn des neuen Jahres wuchs in ihm der Wille, all dies zu überwinden. Er stand in seiner Werkstatt und strich gedankenverloren über die Seiten einer *Mein Kampf*-Ausgabe, die sie vor wenigen Wochen zur Ausbesserung hereinbekommen hatten. Es war eine limitierte und numerierte Liebhaberausgabe von 1925, in rotem Kalbsleder, mit Goldschnitt und Lesebändern in Schwarz, Weiß und Rot. Beschädigt war es am Buchdeckel durch Stockflecken und befallen vom Bücherwurm auf beinahe jeder Seite, doch da sie vom Verfasser eigenhändig signiert worden war, hatte der Besitzer gehofft, ihren Wert durch eine fachgerechte Sanierung erhalten zu können. Dies war nun Eisensteins Aufgabe.

Er blätterte ein wenig darin, las unwillkürlich ein paar Worte und fand sich Stunden später tief in die Lektüre versunken wieder. Er konnte kaum sagen, was er da gelesen hatte, so durcheinander ging es und so besessen schien der Verfasser von allem zu sein, worüber er schrieb: von der Kolonialpolitik, dem Wert des Boxens, dem Dadaismus als Bolschewismus der Kunst, von der Flottenbaupolitik Japans, der Mädchenerziehung und der Volksgesundheit und schließlich vom jüdischen Volk. Es war Eisenstein beim Lesen, als würde er einem grausigen Unfall zusehen, von dem er die Augen nicht abwenden konnte.

Aber einige Wendungen fanden in ihm, ob bewußt oder nicht, dennoch einen Widerhall. *Der Stärkste ist am mächtigsten allein*, hieß es da. Humanität sei bloß Ausdruck einer Mischung von Dummheit, Feigheit und eingebildetem Besserwissen. Von kraftvollen Geistern in kraftvollen Körpern war die Rede, von festem Charakter, Entschlußfreudigkeit und Willenskraft, von der Verschwiegenheit und vom Willen zur Tat. *Die großen Epochen unsres Lebens*, las er, *liegen dort, wo wir den Mut gewinnen, unser Böses als unser Bestes umzutaufen.* Und zur Tat schreiten wollte auch er, tüchtig sein wollte auch er, verschwiegen und stark und eine große Epoche seines Lebens beginnen.

Je ferner Milena ihm nun wurde, desto näher trat die Erinnerung an sein Werk wieder an ihn heran – das Wissen darum, wozu er eigentlich bestellt war in seinem Leben. Seine Wehrlosigkeit wurde ihm mehr und mehr eine unausgesprochene Folge der noch immer nicht vollendeten Arbeit. War das Mädchen vielleicht nur eine fruchtlose Ablenkung gewesen? Daß er abgelassen hatte von seinem eigentlichen Streben und daß eine Frau vermocht hatte, ihn vom Zweck seines Daseins abzubringen, empfand er nun als großen Frevel. Es hatte ihn schwach und angreifbar gemacht! Und so war das Zeichen seines Schicksalssterns, daß Milena ihm fortgenommen worden war. Er sollte, er mußte weiterarbeiten.

Ein weiteres Mal also nahm er all die Anstrengung auf sich, die es bedeutete, eine noch unklare Richtung einzuschlagen, einem nur halb erahnten Zielpunkt zuzustreben, einen undeutlich ausgehauenen Pfad zu verfolgen. Er schwor sich: Sollte er Milena je wiedersehen, dann nur, wenn er im Besitz der Formel war. Mit dem Buch in seinen Händen.

Unnachgiebiger als je zuvor machte er sich an die Arbeit. Seinem Körper, seinen menschlichen Bedürfnissen ließ er keine Schonung zukommen. Er hätte nicht anders gekonnt; sich selbst gegenüber nachsichtig zu sein wäre einer Auslieferung gleichgekommen. So unbarmherzig und selbstvergessen er seinem eigenen Glück gegenüber auch war, tröstete ihn doch der Fortschritt, den er machte, über Verlust und Schmerz hinweg. Die Auftragsbücher restaurierte er mit einer Geschwindigkeit und Kunstfertigkeit, die Cornelius sprachlos machten. Die übrigen Stunden des Tages und der Nacht widmete er seiner Suche. Der Schnee, der im Januar auf die Dächer der Stadt fiel, sah ihn nicht. Das schwache Licht der Februarsonne sah ihn nicht. Kaum, daß er nach der Arbeit in seine Kammer hochstieg. Man brachte ihm bald das Essen in den Keller hinab. Er schlief unter der Werkbank wie in einem Alkoven, gehüllt in Stoff und Leder.

Er verließ den Keller erstmals wieder im März. Da fand er heraus, daß das Verschwinden von Siegfried Benjamin auch sein Gutes hatte, denn niemand kümmerte sich mehr um die alte Gerberei in der Landsberger Allee. Seit der Nacht im November war sie unberührt geblieben. In der Osternacht des Jahres 1939 brach er dort ein, machte sich erneut mit den Instrumenten, den Stoffen und Chemikalien vertraut, erinnerte sich an die Worte Meister Benjamins und versuchte sich an seiner ersten eigenen Haut. Es war die eines Kalbs, dessen Fell er beim Schlachter geschenkt bekommen hatte. Nach ein paar Wochen gedankenlosen Arbeitens war daraus ein passables Stück Leder geworden, borstig zwar, aber durchaus fest. Dann kaufte er sich einen ganzen Hasen beim Fleischer und zog ihm eigenhändig das Fell über die Ohren. Einer jedoch sollte nicht ausreichen. Der erste und auch der zweite wurden eine schmutzige Angelegenheit, eine Schweinerei geradezu. Er bekam kaum einen Fetzen vom Körper ab, der größer war als seine Handfläche. Beim dritten aber schaffte er es, das Fell so sanft vom Fettgewebe zu lösen, daß kaum Blut floß. Auch aus diesem Fell fabrizierte er ein ansehnliches Stück Leder.

Bald aber merkte er, daß, soviel er auch arbeitete, so intensiv er sich auch mit allem beschäftigte, was ihn auf dem Weg zur Erschaffung des vollkommenen Buches weiterbringen konnte, der letzte Schritt erst noch zu gehen war. Alles, was er in diesen Wintermonaten schuf, war ungesehen, es war exzellent, es waren Meisterstücke. Aber das große Werk ließ weiter auf sich warten.

Er erinnerte sich an Frieda, an die *Germania*, an den *Werther*. Er erinnerte sich an das Plakat am Alexanderplatz und an seinen Traum in Abramskys Laden. Und er erinnerte sich daran, was es hieß, deutsch zu sein. Er mußte die Sache um ihrer selbst willen tun. Also packte er den Koffer mit ein paar Büchern, Hemden und Messern, stieg aus seinem Keller empor und machte sich erneut auf die Suche.

Sie war ein paar Jahre jünger als er. Sie lebte seit ihrer Geburt auf dem Land, und das Heidekraut und die frische Luft hatten ihrer Haut eine feste, feine Struktur verliehen; an den Schultern biegsam, federnd und nachgiebig wie eine Weidenrute, am Rücken makellos, weiß und glänzend. Sie nahm Reitstunden seit frühen Jahren, und das hatte der Haut ihrer Schenkel offenbar Halt und Kraft gegeben. Ihre Brüste waren hoch und mädchenhaft, dazu fand sich auf ihren Wangen die Farbe von Rosenblättern am Morgen und an Nacken und Hals eine Zartheit ohne Beispiel. Ihr Name war Katharina von Reventlow.

Eisenstein hatte den Zug nach Templin genommen, hatte sich in einem Gasthof einquartiert und war in den Abendstunden zum Herrensitz hinausgewandert. Am ersten Tag, wie er da unter dem Birnbaum stand, bemerkte er, daß sich einiges verändert hatte. Der Graf war offenbar nicht anwesend, nur ein paar Bedienstete huschten durch die Gemächer oder über den Hof. Im ersten Stock zeichnete sich auf den Gardinen die Silhouette der Gräfin ab, die reglos am Fenster stand.

Am zweiten Abend sah er sie. Katharina saß still in ein Buch versunken auf dem Lesesessel ihres Vaters im letzten Saal des Westflügels, ganz wie im vorigen Jahr. Ihr Vater war, wie Eisenstein im Dorf erfahren hatte, vor einigen Monaten versetzt worden und befand sich fern von daheim auf wichtiger Mission für das Vaterland. Die Frauen waren allein auf dem Herrensitz derer von Reventlow.

Am dritten Abend nahm er den Koffer mit. Nach Einbruch der Dunkelheit wanderte er unter einem vollen, kalten Mond an Seen vorbei und durch Fichtenwälder, stellte sich erneut an den Stamm des Birnbaums und ging dann, als er sicher war, daß die Bediensteten in der Vorburg verschwunden waren und die Gräfin oben in ihren Gemächern, zum Hauptportal hinauf. Er drehte den Schlüssel im Schloß, öffnete und schlich durch Halle und Jagdzimmer in die Bibliothek. Seine Hände erinnerten sich an die Mechanik der Tür, empfanden die gelernten Handgriffe, bewegten sie leise. Katharina hörte nicht, als er den Türflügel öffnete. Nur der Schein des Mondes, der durch den Spalt zwischen den schweren Vorhängen durchs Fenster und auf ihr blondes Haar fiel, tauchte den Raum in ein fremdartiges Licht. Langsam, ohne daß irgendein Geräusch mich verriet, trat ich zu ihr, die im Nachthemd mit dem Gesicht zum Fenster saß, während ihr Rücken, nur von einem Wollschal bedeckt, in die Finsternis wies, aus der ich kam. Als ich den Sessel hätte berühren können, beugte ich mich über sie und sah, was sie las. Sah ihre langen Finger über die Seiten gleiten, die versunkene Geste, mit der sie umblätterten, die weißen Handflächen, die das Buch hielten, die schlanken Handgelenke, geschmückt von feinen silbernen Armbändern. Es war *Der Findling* von Kleist. Mein Blick fuhr über ihr Nachthemd hinauf zu ihren Schultern und über den Hals hinab zum Dekolleté. Ich ahnte die Rundung ihrer Brüste, meinte zu spüren, wie sie sich zwischen den berüschten Kragen des Nachthemds erhoben. Ihre Brust hob und senkte sich, begleitet vom Ton der Luft, die schwer und langsam ein und aus ging, und ich mußte an Milena denken, deren auf und ab gehenden Brustkorb ich sooft beobachtet hatte, während sie schlief. Katharinas Brüste waren kleiner, doch ihr gesamter Torso ein wenig breiter als der schlanke Rumpf Milenas. Die Haut über ihren Schlüsselbeinen war straff und eben, selbst am Hals war sie faltenlos. Ihr Nacken, den ich unter den langen blonden Locken, die an den Seiten ein wenig nachlässig hochgesteckt waren, durchschimmern sah, war schlank und gerade, bedeckt von leichtem, blondem Flaum. Dies alles war herrlich. Es gehörte ganz mir.

»Dein Vater hatte recht. Du liest wirklich gerne.«

Für eine Sekunde dachte ich, sie hätte mich gar nicht gehört. Oder hatte ich es nur gedacht und gar nicht in ihr Ohr gehaucht? Vielleicht war sie auch so tief in die Lektüre versunken, daß sie meine Worte mit in die Geschichte des Buches genommen hatte, wo Nicolo, indem Blässe und Röte auf seinem Gesicht wechselten, ihr versicherte, daß sie nichts zu befürchten habe. Dann aber zuckte sie, drehte ihren Kopf zurück und sah mir, seliger Moment der Erkenntnis, aus ihren klaren blauen Augen ins Gesicht.

Im gleichen Moment legte ich ihr meine Hände von hinten um den Hals und verging bei dem Gefühl, das die Berührung ihrer Haut meinen Fingern gab. Ich meinte es noch stärker zu empfinden, wenn das Mädchen nicht einverstanden war mit dem, was geschah.

9

Allein der Mond war sein Zeuge. Als kreisrunde Scheibe aus vergilbtem Packpapier hatte er am Himmel gestanden und still zugesehen, wie Josef Eisenstein sein Werk vollbrachte. Doch was er gesehen hatte, war nicht ruhmreich gewesen, nicht ehrenvoll und nicht schmeichelhaft. Es hatte ganze vier Minuten gedauert, bis Eisensteins Hände sie erstickt hatten, und dabei war die Haut ihres Gesichts erst rötlich, dann blau angelaufen, schließlich angeschwollen. Kleine Äderchen an Schläfen und Lidern waren hervorgetreten. Mit ihren Fingernägeln hatte sie ihm, schlimmer aber: hatte sie sich selbst Abschürfungen an Hals und Gesicht beigebracht. Ihr gesamter Rumpf hatte sich in seinen Todeszuckungen verkrampft, und als sie schließlich, mit rotgemaserten Augäpfeln, reglos vor ihm lag, er ihr das Hemd aufgeknöpft und über den Kopf gezogen hatte, mußte er feststellen, daß ihre Haut von der Anstrengung an vielen Stellen verhärtet, am Bauch sogar weißgestreift war. Sie durch die Säle, durch den Flur, über die feuchten Steine des Platzes und hinaus in den Wald zu tragen war gefährlich gewesen. Der unruhige Schlaf ihrer Mutter, ein grundloser Blick aus dem Fenster in den nächtlichen Hof, oder der späte Drang eines der Bediensteten, der ihn noch einmal zur falschen Zeit hinaus in die Kälte und auf den Abort zwang, und Katharina wäre auch sein letztes Mädchen gewesen.

Auch die Häutung gelang nicht wie erhofft. Seine Instrumente erwiesen sich, trotz aller Vorbereitung in Benjamins Gerberei, als ungeeignet für einen solchen Zweck. Der Glanz des bleichen Mondes über dem Wald von Herzfelde schien zu spärlich auf die Lichtung zwischen den Fichten, und seine Angst, von einem nächtlichen Wanderer, einem Jäger vielleicht, ertappt zu werden, ließ seine Hände zittern. Der Frost hatte ihr die Poren zusammengezogen, das Blut war zu schnell geronnen. Als Eisenstein ihr beim Kragenschnitt die Haut von der linken Schulter löste, erschreckte ihn der Schrei des Kauzes so sehr, daß er sein

Messer in der Nähe ihrer Kehle einige Zentimeter zu tief in sie versenkte und so den Knochen der Halsrippe spürte. Blut schnellte hervor, als schlüge ihr Herz noch immer; es spritzte ihm in die Augen, und er mußte sich mit dem Handrücken trocken wischen. Ein Mädchen zu häuten, so zeigte sich ihm in dieser Nacht, war etwas anderes, als einem Hasen das Fell über die Ohren zu ziehen. Er brauchte noch viel Übung.

Und doch – es kam der Tag, da war es ihm gelungen, aus dem, was von Katharina von Reventlow übrigblieb, etwas Schönes zu machen. Mit einem halben Quadratmeter Häuten aus Rückenpartie, Bauch und Brust im Koffer war er nach Berlin zurückgefahren. Ihre Überreste hatte er im Moor gelassen, es kümmerte ihn nicht, ob sie je gefunden werden würden, er hatte, was er wollte. In langen Nächten in Benjamins Werkstatt trocknete, beizte und gerbte er sie, dann nahm er sie mit in die Sophienstraße. Schließlich war er darangegangen, das rechte Buch zu erwählen. Lange hatte er darüber nachgedacht, welches es sein mußte, doch erst als er seine Restauration des *Mein Kampf*-Exemplars beendet hatte, war es ihm klargeworden. Er nahm es noch einmal mit in die Werkstatt, löste dort das rote Kalbsleder vom Deckel und schlug Katharinas Haut um den nackten Einband. Fern davon, zufrieden zu sein, merkte Eisenstein doch, daß ihm trotz aller Schwierigkeiten etwas Neues gelungen war. Dieses Buch sollte er später als sein erstes bezeichnen, so wie er auch das Mädchen aus der Uckermark stets als sein erstes bezeichnete. Denn obzwar Katharina von Reventlow nicht die erste in der Reihe derer war, deren Leben auf so unheilvolle Weise das seine gekreuzt hatten, und auch nicht die erste, auf deren Körper sein Begehren gefallen war, so gebührte ihr doch die Ehre, als sein erstes Experiment zu gelten, daß er mit voller geistiger Klarheit und allein für die Schönheit seiner Haut zu opfern bereit gewesen war. Und endlich war es soweit: Er hatte ihre Schönheit aufgehoben – vernichtet und doch bewahrt und sublimiert zugleich.

Ein paar Wochen behielt er das Buch bei sich. Erst stand es, unscheinbar und von Cornelius unbemerkt, auf dem Regal hinter der Werkbank, von wo aus er es stets sehen konnte, dann nahm er es mit hoch unters Dach und legte es neben sein Bett, zuoberst auf den Stapel der Bücher, die ihn nachts zu trösten vermochten. Nach einiger Zeit aber spürte er, daß das Buch dabei war, seine Wirkung auf ihn zu verlieren. Er bekam Angst, daß es ihm damit so ergehen würde wie mit dem *Werther*, den er in Armen gehalten hatte, ohne Lust zu empfinden. Es war eben noch nicht vollkommen. Also entschied er, das Buch loszuwerden.

Ein drittes und letztes Mal in seinem Leben fuhr er nach Templin. Nun, beinahe ein halbes Jahr seit dem tragischen Verschwinden ihrer Tochter, das aufzuklären sie die Hoffnung noch nicht aufgegeben hatten, weilten der Graf und seine Frau, in ihrer gemeinsamen Trauer unverhofft vereint, auf dem Herrensitz. Seine Geschäfte hatte der Graf für den Sommer ruhen lassen, er hatte einen Ermittler angestellt, sich auf Katharinas Spur zu begeben, und ertrug seine Ohnmacht nur im Wechsel von stillen Partien Gin Rommé am Kamin, einsamen Suchgängen durch die angrenzenden Waldgebiete und nächtlichen Sitzungen in der Bibliothek – dort, wo man Katharinas Nachthemd und Schal an einem Frühlingsmorgen gefunden hatte.

Daß er vor nun einem Jahr die Schlüssel zum Haupthaus und zur Bibliothek dem seltsamen jungen Büchernarren aus der Hauptstadt anvertraut und wieder an sich zu nehmen versäumt hatte, hatte Reventlow vergessen, und sowenig es ihm eingefallen war, dies der Polizei und seinem Ermittler anzugeben, sowenig erinnerte ihn nun die Gestalt des unangemeldet am Schloß erscheinenden Herrn an den jungen Mann von damals. Andernfalls hätte die Polizei ihre Nachforschungen vielleicht auf den Raum Berlin gelenkt und nicht, wie bislang, in den umliegenden Dörfern und Städten, in den Wäldern und Mooren der Schorfheide gesucht.

Denn noch immer nahm man an, nahmen auch ihre Eltern zur eigenen Beruhigung an, daß Katharina davongelaufen war.

Von allen Möglichkeiten schreckte diese sie offensichtlich am wenigsten, obgleich der Fund ihres Nachthemds, ihres Wollschals und eines aufgeschlagenen Buchs auf dem Sessel eine andere Sprache sprachen. Sie sorgten für den Zweifel, der nicht aufhörte, an Graf Reventlow zu nagen.

»Sie kannten meine Tochter nicht, junger Freund«, sagte er daher zu Eisenstein am Frühstückstisch. »Aber wenn Sie sie gesehen hätten, hätten Sie gewußt, daß sie nicht der Mensch war, der von zu Hause fortläuft. Sie war ein fröhliches Mädchen, hatte das Leben noch vor sich. Sie hatte doch alles hier.«

Eisenstein nickte. In Reventlows Augen sah er den Kummer. Er wußte: Das hatte *er* getan.

»Aber auf der Heide, an den Seen war keine Spur von ihr. Die Dorfbewohner haben, bis auf haltloses Geschwätz, keine Hinweise, nicht einmal Andeutungen auf ihr Verschwinden. Sie ist wie vom Erdboden verschluckt.«

Eisenstein nickte.

»Aber lassen wir das«, fügte der Graf hinzu, »sprechen wir über Geschäftliches. Sie sehen vor sich einen gebrochenen Mann. Es gibt nur wenig, was mein Gemüt aufhellen könnte.«

Eisenstein zog das Paket hervor, das er im Rucksack verborgen gehalten hatte. Ein Angebot zu machen, hatte er dem Grafen in seinem Brief versprochen, das dieser sicherlich nicht würde ablehnen wollen. Und nun zögerte er nicht weiter, sondern entblätterte das Buch aus dem Leinenpapier, schob es dem Hausherrn über den Tisch und beobachtete dessen Reaktion.

Eisenstein war entzückt. Während der Graf das Buch zur Hand nahm, langsam über den eigenartig samtigen Einband strich, seine Maserung bewunderte, den Rücken betrachtete, in den Seiten blätterte und an ihnen roch, zeigten sich in seinem Gesicht Trost und Linderung. Seine Augen glänzten, von einer kleinen Träne benetzt.

»Die Liebhaber-Ausgabe von 1925! Und so ... makellos!«

Beinahe versagte ihm die Stimme.

»Es ist ein Einzelstück«, versicherte Eisenstein. »Ganz und gar ... einmalig.«

Der Graf mußte sie besitzen, er zahlte alles für sie. Und als er Eisenstein schließlich verabschiedete, mit deutschem Gruß und Hackenschlagen, war nichts als Dank in seinen Augen.

Eisenstein hatte recht behalten: Ein solches Buch konnte ein solcher Mensch unmöglich ablehnen. Und es war sein Werk. Das hatte *er* getan.

Im Zug nach Berlin war er sich sicher, auf dem rechten Weg zu sein. Endlich hatte sich ihm ein Zugang aufgetan, der allein für ihn bestimmt war. Diesen Mann zum Weinen gebracht zu haben war sein Triumph – ein Sieg, den ihm niemand nehmen konnte. Die Möglichkeiten, die ein Mensch auszuschöpfen in der Lage war, der nicht durch den Hemmschuh eines Gewissens in seinem Gang durchs Leben gehindert ist, eröffneten sich Eisenstein wie eine alte Bibliothek mit all ihren verloren geglaubten Schätzen. Es war ihm, als wäre er mit einem Mal im Besitz eines Schlüssels, der ihm selbst zu den Bibliotheken von Alexandria, Babel und Caesarea Einlaß gewährte.

Aber dann, im August des Jahres 1939, nahmen die Dinge eine Wendung.

10

Der Krieg war da. Noch war kein Schuß abgegeben worden, hatte kein Panzer die Grenze überrollt, war kein Mann gefallen. Und doch wußte Eisenstein seit Wochen, seit Lebensmittelmarken und Kleiderkarten ausgehändigt wurden, seit sie die Pferde von den Äckern geholt und in die Kasernen gebracht hatten, daß Mobilmachung nichts anderes bedeuten konnte. Jeder, der wie er *Mein Kampf* von der ersten bis zur letzten Seite gelesen hatte, mußte es wissen.

Ein Brief war gekommen. Bereits in dem Moment, als Cornelius und Eisenstein den Umschlag mit dem Reichsadler über dem Hakenkreuz öffneten, war ihnen klar, was geschehen würde. Zum Arbeitsdienst zog man die Jahrgänge '18 und '19 ein, und Herr Josef Schwarzkopf, geb. 6. Februar 1919 in Berlin, wohnhaft Sophienstr. 21, Berlin 1, hatte sich einzufinden beim Sitz der Arbeitsgauleitung Gau IX in Friedenau. Lange würde es nicht dauern, bis man wußte, wo die Front verlief.

Cornelius brachte ihn zum Bahnhof.

»Nur eines kann ich mir vorstellen«, sagte er, »was uns teurer zu stehen käme als die deutsche Niederlage. Der deutsche Sieg.«

Dann schulterte Eisenstein sein Bündel und bestieg den Zug.

Arbeitsdienst, wie er in den folgenden Tagen merken sollte, bedeutete, die Geeigneten unter den Jüngsten zu selektieren und die anderen für einen Stundenlohn von fünfzig Pfennig Straßen anlegen, Pfade in den Wald hauen und Sümpfe ausheben zu lassen. Den Geeigneten wurde vorgeschlagen, sich freiwillig zum Wehrdienst zu melden.

Wie mußte Eisenstein sich wundern, daß man auch an ihn herantrat eines Morgens, als er kaum zwei Wochen im Arbeitsdienst verbracht hatte. Er hatte in einer Pause am Straßenrand gesessen und in seinem *Pan Tadeusz* geblättert, da baute sich der Feldmeister vor ihm auf und befahl ihm mitzukommen. Eisenstein konnte sich kaum erklären, womit er, der scheue, stille Mann, dessen Ausdauer nicht reichte, um für drei Stunden Gräben auszuheben, diese Ehre verdient haben sollte. Geschickt war er, in der Tat, konnte Meißel und Messer und Schere führen wie kein zweiter, aber ob dies die Fähigkeiten waren, die im Feldzug gegen Polen von Nutzen waren, der nun begonnen hatte, bezweifelte er. Bald aber offenbarte ihm der Feldmeister, wofür man ihn einzusetzen gedachte.

»Schreiben sollen Sie, Arbeitsmann Schwarzkopf. Schreiben! Sie können doch polnisch?«

Er ergriff die Gelegenheit und log.

»Na pewno.«

In der Kompanie, in die er Ende September kam, traf er auf Männer, denen die Uniform schlaff um die Knöchel hing, deren Mützen zu groß und deren Stiefel zu schwer für ihre schmächtigen Beine waren. Das waren bebrillte, hohlwangige Jungen mit milchigen Gesichtern, schmaler Brust, unsicherem Gang und dürren Fingerchen. Nicht unbedingt Aushängeschilder der Herrenrasse. Wenn sie aber in ihrem Element waren, sah man ihnen die körperlichen Mängel nicht an. Die Fähigkeiten dieser Männer lagen, dies wurde Eisenstein rasch deutlich, auf einem anderen Feld als dem des Panzerfahrens, des Schießens, des Schützengrabenaushebens. Es waren Künstler. Männer des Wortes, Männer des Bildes, Männer, die mit Leinwand und Bleistift und Schreibmaschine umzugehen verstanden. Das war die Propaganda-Kompanie PK 558, und zu ihr sollte Eisenstein nun gehören.

Er fand keinen Hinweis darauf, was ihn in den Augen der Offiziere geeignet erscheinen ließ. Es gab welche, die das Polnische flüssiger beherrschten als er. Und auch ihre Einstellungen teilte er nicht. Unter den Journalisten und Schriftstellern, den Zeichnern und Malern und Fotografen, den Regisseuren und Kameramännern waren nur wenige, die nicht der Partei angehörten. Sie alle sprachen von der Front wie von einem Strandurlaub. Lauthals droschen sie ihre Parolen vom Untermenschentum der Polen, manche aus standfester Überzeugung, manche mit nur mühsam verhohlenem Unbehagen in der Stimme.

Nach Ablauf einer behelfsmäßigen Grundausbildung an Karabiner, Pistole und Handgranate, der Unterweisung in Gefecht und Wachdienst, bekam Eisenstein schließlich eine Fotokamera ausgehändigt. Die Schulung an der Leica dauerte nicht mehr als drei Tage, dann wurde er zum Sonderführer ernannt. Und sonderbar fühlte es sich an, denn Sinn und Zweck der Tätigkeit, die er im Generalgouvernement würde ausüben müssen, wenn es soweit war, wurden ihm noch immer nicht offenbart. Nur einmal, bei einer abendlichen Unterhaltung mit einem Journalisten aus Hamburg, erhielt er eine Andeutung. Der Journalist, der wohl erkannt hatte, daß der stille Eisenstein nicht nur aufgrund seiner mangelnden Erfahrung, sondern auch wegen der Unbestimmtheit seiner politischen Einstellung, ja, vielleicht auch aufgrund einer ins Elementare reichenden Wesensverschiedenheit nicht recht zu ihnen paßte, näherte sich seinem Ohr und flüsterte: »Sie erkennen, wer gut lügen kann.«

Am ersten Oktober sah Eisenstein die Sophienstraße zum letzten Mal. Am folgenden Montag setzte sich die Kompanie in Bewegung. In langen Eisenbahnwaggons, über lange Schienenstränge, durch lange Birkenwälder fuhren sie ostwärts. Es ging nach Warschau.

Nicht Stolz war es, den sie empfanden. Nicht die Erhabenheit, die zu verspüren man ihnen, den Angehörigen eines überlegenen Volks, versprochen hatte. Nicht die Hochstimmung des Ehrgefühls, teilzunehmen an dieser geschichtlichen Stunde. Es war Neid. Nichts als Neid. Freilich unterdrückten sie das Gefühl nach Kräften, mühten sich, hinter schneidig-würdevollem Auftreten, hinter hämischem Grinsen oder einem verächtlichen Blick ihre Mißgunst zu verbergen, und so war es ihnen kaum bewußt. Aber der Anblick, den die Stadt bot, der Eindruck, den ihre zerstörten Fassaden hinterließen, weckte in ihnen eine traurige Eifersucht auf das Können der anderen. Und diese Eifersucht war zwiefach: Sie galt der Meisterschaft des Aufbauens, der Fertigkeit derer, die über Jahrhunderte mit all ihrem Wesen, mit all ihrer Kunst an einer solchen Stadt gewirkt hatten, an Kathedralen, Kirchen und Synagogen, an Palais und Palästen und Schlössern, an stolzen Bürgerhäusern und prachtvollen Boulevards, an Brücken, Parks und Gärten. Und zugleich galt sie denen, die dabei waren, all diesen Prunk in Trümmer zu legen, den Meistern der Zerstörung, der Kunst des Krieges, galt sie der Kraft und Courage derer, die von ganzen Straßenzügen nur Schutt übriggelassen hatten, der nun in geraden sauberen Bergreihen die Alleen säumte, die sie auf ihrem Weg nach Warschau hinein entlangfuhren. Da fühlten sie still bei sich: Sie waren weder Schaffende noch Zerstörende. Sie waren nichts als eine Bande von Lügnern.

Für all das hatte Eisenstein jedoch keinen Sinn. Er hatte keine Zeit für Stolz, Neid, Eifersucht oder Selbstanklage. Ob das alles existierte oder in ein paar Monaten dem Erdboden gleichgemacht wäre, kümmerte ihn nicht. An allen Ecken hielt er Ausschau nach Milena. So oft vermeinte er, sie erspäht zu haben, wollte er aus dem Wagen springen und zu ihr hinlaufen, doch stets war es vergebens. Ihm wurde deutlich, daß Milena sicher alles andere tun würde, als Spalier zu stehen, wenn die deutschen Truppen durch Warschau marschierten. Die Stadt war ein Heuhaufen und Milena die Nadel darin.

Dann erhielt er endlich seinen Auftrag. Man gab ihm drei Filmrollen, schickte ihn bei Tagesanbruch vor die Tore der Kaserne und erwartete brauchbares Material bis vor Sonnenuntergang. Am ersten Tag begleitete ihn Sonderführer Kris. Silvester Kris, ein Fotograf, der bereits seit einigen Wochen in der Stadt war, zeigte ihm die geeigneten Gassen und Viertel, gab ihm Ratschläge, was Beleuchtung, Winkel und Schärfe anging, wie man die Leute ansprach und ins rechte Licht rückte, und ein paar große Worte über seine Sendung: »Die Kamera muß deine Waffe sein! Das hier ist die Niststätte der Pest, Josef! Es geht um Deutschland, um seine Genesung, um seinen Kampf! Es geht um die Wahrheit! Und du bist ihr Verkünder, Josef!«

Doch bald schon, als Kris sah, daß Eisenstein verstanden

hatte, was er hier abliefern sollte, teilten sie die Stadt auf und gingen ihrer Wege.

Am zweiten Tag entdeckte Eisenstein Mirów. Das Viertel streckte sich vor ihm aus und krümmte sich wie ein rachitischer Krüppel. Jede Gasse, jeden Winkel suchte er ab, alles knipste er. Die fehlenden Pflastersteine, die tiefen Pfützen, den Unrat auf den Gassen, die Fässer mit den Heringen und den Aalen und die Bretter vor den Läden der Färber und Beizer. Hier würde er fündig werden, hier war es gar nicht nötig, zu lügen. Er mußte bloß mit offenem Verschluß durch die Straßen laufen. Allein den Gestank, der überall um die Ecken trieb, konnte er nicht auf Zelluloid bannen. Jeden Schwarzbärtigen mit dunkler Miene lichtete er ab, jedes Mädchen in Lumpen, jedes alte Weib mit Kopftuch. Die im Dreck Fußball spielenden Kinder der Krochmalna. Die fluchenden Marktfrauen, sich um einen Laib Brot streitend. Einen Jungen, der auf dem Bürgersteig lag wie tot, von Menschen umringt. Daneben ein Haufen Stroh. Die untätig und mit leerem Blick herumstehenden Straßenhändler mit ihren Bauchläden. Die buttermilchsaufenden Waisenkinder. Die Männer mit ihren struppigen Bärten und den staubigen Pelzmützen, die wippenden Kantoren, ein Gebetsbuch in der Hand. Alle wurden sie in diesen Tagen zu seinem Objekt.

Das machte nun auf ihn den stärksten Eindruck. Die Juden, die er in seinem Leben kennengelernt hatte, von seinen Eltern angefangen über seine Mitschüler Goldfarb, Levitsky, Seligmann, über die Ladenbesitzer der Sophienstraße bis hin zu Herrn und Frau Kaminski und Milena und schließlich zu sich selbst (konnte er sich überhaupt noch dazuzählen?), hatten stets in Widerstreit mit dem Bild gelegen, das er in Berliner Straßen auf Plakaten gesehen hatte und in der Wochenschau. Nun aber sahen sie *ihn* an: der Schuhputzer, die blondbezopfte Schülerin, die auf dem Kutschbock der alten Droschke kauerte, der man die Räder abgenommen hatte, der besoffene Bettler, der aus dem Zeitungspapier aß, der Rabbi vor dem Tempel. Offene, mitleidslose Blicke. Man starrte ihn an, als wäre *er* hier der Aussätzige. Respekt hatten sie keinen vor seiner Uniform. Vielleicht erkannten sie ihn? Wußten, was und wer er wirklich war, hatten seine Verkleidung durchschaut? Du bist nischt a Deitscher, Kind, bist nur a Schmock. Bist einer von uns und willst es nicht sein. Kannst es nicht mehr.

Von Milena keine Spur. Er kehrte zur Kaserne zurück.

Am dritten Tag ließ er seine Uniform in einem Winkel und ging in Zivil. Von Milena weiterhin nichts.

Am vierten Tag versteckte er die Kamera. Nun mußten sie ihn als einen der ihren anerkennen, durften ihn nicht mehr von sich stoßen. Aus einem Fenster drang Musik, da spielte jemand Klavier. Eisenstein hoffte, es sei Chopin. Vor einer koscheren Fleischerei sprach er einen Mann an, wechselte ein paar Worte auf polnisch mit ihm. Der Mann musterte ihn und antwortete auf deutsch: »Du bist nicht von hier, oder?«

»Ich bin aus Berlin.«

»Was machst du dann hier? Die Berliner sind alle in Praga. Weißt du das nicht?«

Am fünften Tag überquerte er die Weichsel und ging, ohne Uniform und Kamera, durch die Straßen von Praga. Bäuerinnen mit leeren Körben, die Gänse mit der Weidenrute vor sich hertrieben; Märkte mit roten Holzbuden für Obst, Kohlköpfe, Kleider und Stiefel; Arbeiter mit krummen Beinen. In einer Teestube fand er ein paar Männer, die um einen Tisch saßen und Skat spielten. Diese machten ihm den Eindruck, als wären sie nur auf der Durchreise. Wie auf gepackten Koffern saßen sie da in ihren leichten Mänteln, die Hüte griffbereit. Das waren keine rumänischen Chassiden, keine, die man aus dem Warthegau hierhergebracht hatte, das waren, er konnte es nicht anders nennen, echte Berliner. Sie sprachen berlinerisch, hatten Pomade im Haar, trugen gestärkte Hemden und Schlips, hatten Überschuhe an, und wenn sie von der Heimat erzählten, meinten sie Alexanderplatz, Wannsee, Tiergarten und Ku'damm. Hier war er richtig.

Nach einigen Spielen und einigen Tassen Tee begannen sie, ihn auszufragen. Ob er Herrn Soundso kenne oder diese Familie und jene. Ob er Neues wisse – was immer das jetzt noch sein konnte. Er fand es seltsam. Was sollte er den älteren Herren von ihrer Stadt erzählen? Er begann, von sich zu sprechen. Als er »Spandauer Vorstadt« sagte, zeigte niemand eine Reaktion. Als er »Sophienstraße« sagte, horchte einer auf. Und als er »Schneiderei Kaminski« sagte, stand der, der aufgehorcht hatte, vom Tisch auf und ging vor die Tür. Eisenstein folgte ihm. Draußen schwiegen sie sich an. Eisenstein meinte, die Reaktion des anderen mißgedeutet zu haben, und wollte gerade wieder hineingehen, da sprach der Mann ein paar leise Wörter zu ihm. Es klang, als hätte er ihn beim Vornamen genannt, aber woher sollte der Fremde ihn kennen? Es mußte etwas anderes bedeuten.

Am sechsten Tag machte Eisenstein sich auf den Weg nach Józefów. Der Mann hatte ihm nicht verraten, was sich dort befand oder wen er dort antreffen würde. Er hatte nur den Weg in das kleine Dorf im Süden von Warschau beschrieben, geblinzelt und dann den Zeigefinger auf die Lippen gelegt.

Auf dem Weg entlang des Weichselufers machte Eisenstein sich Gedanken. Er hatte keine Vorstellung davon, was genau er tun würde, wenn Milena vor ihm stünde. Sie umarmen und küssen und mit ihr fortgehen. Weiter zu denken schien ihm bisher nicht nötig gewesen, und auch jetzt wollte er es nicht. Es mußte sich ergeben. In die Kaserne zurückzukehren war vielleicht schon an diesem Abend unmöglich. Die Gefahr, die er eingegangen war, indem er Uniform und Kamera zurückgelassen hatte, war übergroß. In den letzten drei Tagen hatte er zu schlechte Arbeit abgeliefert, denn er hatte auf seinem Rückweg von Praga bloß hastig ein paar Aufnahmen von gelangweilt im Rinnstein sitzenden Jungen oder von dem Gerümpel auf der Straße gemacht. Es würde auffallen, sobald die Bilder entwickelt waren. Und jetzt, wo er sich anschickte, in den Untergrund zu gehen, war die Angelegenheit noch viel heikler geworden.

II

Es war ein Marsch von drei Stunden, an Schloßplatz und Universität vorbei, dann weichselaufwärts, hinaus aus der Stadt, bis er zu einer weiten, schilfbestandenen Flußaue kam, die das Städtchen Józefów und das Ufer voneinander trennte. Die Uniform hatte er erst hier ausgezogen, als er sicher war, keinem Wachposten mehr zu begegnen. Er hatte sie um Pistole und Leica gewickelt und in einem Baumstumpf versteckt; nun ging er als einfacher polnischer Mann weiter, in den Taschen nur unverfängliches: einen Brotlaib und eine alte polnische Ausgabe des *Pan Tadeusz*. Er sah nur noch wenige Häuser, rechts und links stiller, breiter Straßen, verstreut unter hohen Tannen gelegen; kleine graue Gebäude, von deren Türen aus ihn weißbekittelte Frauen mißtrauisch ansahen. Er überquerte eine Landstraße und bog in einen Pfad ab, der durch ein Waldstück führte. Von hier an vertraute er auf sein Gespür, ging er vorbei an Gemüsegärten, brachliegenden Feldern, Angelteichen, verlassenen Scheunen. Danach eine Reihe von Zäunen, gesäumt von dichten Kiefern, hinter denen uneinsehbar Grundstücke lagen. Irgendwann hielt es ihn an. Als er vor dem mit Efeu und wildem Wein zugewachsenen Tor stand, legte er seine Hände auf die Gitterstäbe und wartete. Hier mußte es sein.

Er drückte die Klinke, trat ein und durchquerte den mit Gerümpel und alten Kübeln vollgestellten Garten. Es hatte den Eindruck, als wäre schon vor Jahren der letzte Bewohner des verfallenen Häuschens verstorben oder fortgezogen. Moos bedeckte das schwarze Holzwerk, ein feines, verworrenes Gespinst aus regenbenetzten Spinnweben hing von den Dachkrempen bis über die matten Fensterscheiben. Auch Fußspuren im Lehmboden konnte er keine finden. Doch sobald er sich dem Eingang auf zehn Schritt genähert hatte, hörte er das Quietschen der Türangeln. Aus dem Dunkel trat eine alte Frau. Sie unterschied sich nicht von den Kittelweibern, die ihn auf der Straße gemustert hatten, auch sie war klein und derb, breitschultrig gebaut und von einem ausgewaschenen Kopftuch verhüllt, unter dem graue Haarsträhnen hervorkamen.

Eisenstein wartete. Sie blinzelte aus kleinen Augen zurück. Er war sich nicht sicher, ob sie ihn überhaupt sehen konnte – vielleicht hatte sie nur gehört, daß jemand durchs Gartentor gekommen war? Sie sagte etwas auf polnisch, was er nicht verstand. Er nickte bloß. Dann trat sie zurück ins Innere und schloß die Tür erneut.

Eisenstein wartete. Er wußte, daß man ihn beobachtete, doch er konnte nicht ausmachen, von wo. Ein Kuckuck flog hastig von einem Tannenwipfel ab, der dreimal hin und her wippte, dann war alles still.

Er zog den *Pan Tadeusz* hervor, hielt ihn so, daß er zu sehen war, und näherte sich der Tür. Er legte den Band auf die Türschwelle, trat dann ein paar Schritte zurück.

»Ein verlorenes Buch«, rief er auf polnisch. Und dann auf deutsch: »Vielleicht gehört es jemandem, den Sie kennen?«

Eisenstein wartete. Nichts geschah. Nach ein paar Minuten ging er durch den Garten zurück zum Tor, langsam, lauschend, dann öffnete er das Gitter und trat wieder hinaus. Ein letztes Mal blickte er zurück. Da sah er die Tür aufgehen und eine Hand aus dem Dunkel nach seinem Buch greifen. Die Tür wurde geschlossen, er wartete. Hinter Efeu und Wein stand er jetzt, wohlwissend, daß sie ihn noch immer sehen konnten. Eine Ewigkeit dauerte es. Dann öffnete sich die Tür ein drittes Mal, ein drittes Mal quietschten die Scharniere, doch dieses Mal trat niemand heraus. Die Tür blieb einfach einen Spaltweit offen. Dahinter Finsternis.

Wieder näherte Eisenstein sich dem Häuschen, blieb vor der Tür stehen, lauschte. Er trat ein, ohne zu klopfen. Dann verschwand er im Innern.

Er erkannte Milena an ihren Brüsten. Sie waren das erste, was er spürte von der Umarmung im Dunkeln: ihre großartigen Brüste, von denen er monatelang geträumt hatte und die er nun durch sein Hemd und ihre Bluse hindurch wiedererkannte. Mit dieser Berührung wußte er: Er hatte es geschafft, er war am Ziel. Dann erst spürte er ihre Hand auf seinem Rücken, fühlte die Bewegung ihrer Taille, roch ihren Duft, hörte ihre Stimme. Es war ihm alles vertraut.

Milena führte ihn durch einen dunklen Korridor zehn Holzstufen hinab in den Keller. Hier saßen, beim Schein zweier Öllampen, Männer und Frauen auf Kisten und Säcken. Ein Dutzend Gestalten, die ihn schweigend anblickten. Milena wies auf einen Platz, setzte sich eng daneben und liebkoste ihn. Sie fragte ihn aus, wollte wissen, wie es ihm ergangen sei, was Meister Cornelius treibe, wie es überhaupt in Berlin zugehe und in der Sophienstraße. Wer ihre Schneiderei nun besitze. Wie er sie gefunden habe, wie er nach Warschau gelangt war.

Und nun erst, mit großem Schrecken, erkannte er, daß er ihr unmöglich die Wahrheit erzählen konnte. Schon gar nicht, solange sie nicht allein waren. Solange die Männer und Frauen in dem schattig-feuchten Gewölbe unter Tage um sie waren, erfand er eine Geschichte, und was er da erfand, wurde zu der Geschichte, die er auch später allen erzählte, die es hören wollten. Er begann von seinem Weg in den Berliner Widerstand zu erzählen, von Freundschaften mit Kommunisten und Sozialdemokraten, flocht Anekdoten seiner Erlebnisse mit den Büchersammlern hinein, beschrieb ihre Zusammenkünfte, als wären es konspirative Treffen zum Sturz der Regierung. Er schilderte seinen Fußmarsch über die Oder bis nach Posen und seine Fahrt versteckt im Erntewagen bis Warschau. Bei seiner Erklärung, wie er zu ihnen in das Gartenhäuschen gefunden hatte, konnte er weitgehend bei der Wahrheit bleiben. Erst sprach er langsam und leise, am Ende jedes Satzes unsicher, wie der nächste zu beginnen hatte. Doch im Verlauf der Lüge, die er spann, wurde er sich seiner Rede sicherer, und auch die Mienen der anderen hellten auf. Man lockerte die Glieder, begann zu sprechen, schenkte ihm Wodka ein. Man glaubte ihm.

Milenas Blässe schwand, ihre dunklen Augen glänzten, als wären sie wieder in Berlin und säßen auf einer Bank auf dem Wittenbergplatz oder am Ufer des Müggelsees. Sie tat, als wäre ihr nie etwas schlimmes zugestoßen. Sie gluckste und rieb ihr Bein an seinem Bein, es war Eisenstein beinahe unangenehm vor den anderen. Sie gab ihm den *Pan Tadeusz* zurück und befahl ihm, den anderen daraus vorzulesen.

»Wir wollen doch hören, was dein Polnisch macht, Panie Józefie!«

Er begann, und als seine Stimme nach ein paar Versen, die er gut zu kennen meinte, fester geworden war, stimmten alle Männer und Frauen ein, und man deklamierte im Chor, daß es durch den Keller schallte: »Liebe ... Göttliches Wort, ihm kommt an erhabner Größe nur ein einziges gleich, das göttlich wie dieses ist: Heimat!«

Milena klatschte und lachte, und die anderen klatschten und lachten mit.

Und erst Jahre später verstand er, daß sie an diesem traurigen Tag nur deswegen so fröhlich gewesen war, weil sie ihn, den vermißten Geliebten, wiedergesehen hatte.

Als der Tag fortgeschritten war, begriff er, daß ihm der Rückweg abgeschnitten war. Es war zu spät, in die Kaserne zurückzukehren, ohne Verdacht zu erregen und Milena und die gesamte Gruppe in Gefahr zu bringen. Am Abend, als die Männer und Frauen vor Trunkenheit und Melancholie verstummt waren oder schlummernd auf ihren Matratzen lagen, gab Milena, die ihren Kopf in den letzten Stunden auf seine Schulter gelegt hatte, Eisenstein einen Kuß, stand auf und zog ihn mit sich. Sie traten vor die Tür, nachdem sie sich versichert hatten, daß die Luft rein war. Im Garten stehend, hielten sie einander umschlungen und vergaßen die Zeit.

»Wo sind deine Eltern, Milena?«

»Es geht ihnen gut. Sie sind untergekommen. Getrennt zwar, aber Vater sagt, es ist besser so.«

»Das wird nicht mehr lange so sein, Milena.«

»Ich weiß. Deswegen sind wir hier. Wir warten.«

»Aber wir müssen fort von hier!«

Sie schüttelte den Kopf.

»Wir marschieren einfach nach Osten. Vielleicht nach

Lublin. Oder weiter, wenn's nötig ist. Wir schlagen uns durch. Irgendwann sind wir in Rußland.«

Doch sie hielt ihm den Mund zu.

Er schwieg und schmeckte die Haut ihrer Handfläche, salzig und süß.

»Du schläfst heute bei uns«, sagte Milena leise. Dann nahm sie ihm die Hand vom Mund und sah ihm in die Augen.

Doch in dieser Nacht kehrten sie nicht mehr in den Keller zurück.

Er führte sie durch die Dämmerung zu einer der Scheunen neben den Teichen, an denen er auf seinem Weg hierher vorbeigekommen war. Zurück würden sie heute nicht mehr finden, der Himmel war stockfinster geworden. Alles war still, und doch spielte jemand Chopin. Sie brachen ein Schloß auf, legten zwei Leinensäcke über das Stroh, betteten ihre Köpfe auf des anderen Arm und küßten sich.

Sie hatten aneinander die entzückendste Freude. Sie hatten miteinander die bezauberndste Nacht. Erst als der Morgen graute, schliefen sie ein.

Es war zu spät. Im Keller war man sicherlich schon wach, hatte ihre Abwesenheit bemerkt. Milena wirkte besorgt. Und auch Eisenstein litt. Es ließ sich nicht länger aufschieben, über ihre Zukunft zu entscheiden. Zur Kaserne zurückzukehren war völlig ausgeschlossen. Aber vielleicht noch einmal nach Warschau zurück? Einen Rucksack, Proviant, ein zweites Paar Stiefel kaufen. Seine Uniform, die Pistole und die Leica aus dem Baumstumpf holen. Am Nachmittag zurückkehren und Milena mitnehmen – sie würde ihm folgen, wenn er nur entschlossen genug voranging. Und dann nach Osten, nach Rußland, in die Freiheit.

Am Tor küßte sie ihn ein letztes Mal. Er sah ihr nach, sie ging hinein, er sah zu Boden, dann brach er auf.

Zehn Minuten war er gegangen, durch das Waldstück zurück, an den Teichen und der Scheune vorbei, da hörte er das Brummen der Motoren. Quer über das Stoppelfeld blickte er und sah dort, am Horizont, drei Militärwagen über die Landstraße fahren. Zwei mit offenem Verdeck, einer mit breiter Ladefläche. Davor zwei Motorräder. Sie fuhren in die Richtung, aus der er kam.

Er rannte zurück. Auf dem Pfad hörte er schon die Rufe der Soldaten, und als er in den Weg einbog, der zum Häuschen führte, sah er die Wagen vor dem Tor stehen, Türen und Ladefläche geöffnet, daneben die Motorräder. Er sprang über den Seitengraben ins Gebüsch und versteckte sich hinter Zaun und Kiefer, von wo aus er atemlos und mit wild schlagendem Herzen zusah.

Aus der Haustür drang Lärm. Gepolter und Schreie. Ein Schuß, ein zweiter. Dann wurde alles still. Zwei Offiziere traten hinaus. Hinter ihnen Männer und Frauen aus dem Keller, die Hände über den Köpfen. In ihrer Mitte zwei weitere Offiziere mit gezückten Pistolen und die alte Polin mit dem Kopftuch. Er konnte Milena nicht sofort erkennen, doch, dort, ganz hinten, das mußte sie sein. Ihr braunes Haar, das dunkle Kleid, das er in der Nacht noch in den Händen gehalten hatte. Auch sie hatte die Hände erhoben, hinter ihr weitere Soldaten. Sie trieben sie durch den Garten und zum Tor hinaus, wo Eisenstein sie aus den Augen verlor. Er hörte Wagentüren knallen, die Motoren aufheulen.

Eisenstein sprang wieder auf den Weg zurück. Er stellte sich ihnen entgegen, wollte sie zwingen, anzuhalten, und wenn es das Leben kostete. Er war bereit. Empfing sie mit ausgebreiteten Armen und dargebotener Brust. Hier stand er und konnte nicht anders.

Doch sie nahmen die andere Route, fuhren fort von ihm, rumpelten zurück durch den Wald, wurden kleiner am Horizont und verschwanden. Sie hatten ihn nicht gesehen.

BUCH DREI

ERSTER TEIL

Israel, 1990

I

Ich schreibe nicht mehr. Das ist eine seltsame Erkenntnis – vor allem, wenn man sie niederschreibt. Aber sie ist deswegen noch keine Lüge, sondern eher eine Kurzfassung meines jetzigen Lebens. Ich lebe nicht mehr als Schreibender. Ich denke nicht als Schreibender. Was ich erfahre, verwandelt sich mir nicht mehr unmittelbar in Stoff für Romane und Erzählungen. Ich führe mein Leben nicht mehr als jemand, der lebt, um ein anderes Leben zu erfinden.

Bis auf diese Seiten hier. Aber dass ich jetzt noch einmal zu Stift und Papier greife, wie früher, um Sätze zu verfassen, Geschichten zu schreiben – um zu erzählen! –, ist nur eine Ausnahme. Eine letzte.

Was mir früher undenkbar erschien – am Leben zu sein, ohne dass die Literatur einen Zweck in diesem Dasein hätte –, jetzt ist es meine Lebensweise. Und ich bin trotzdem da. Ich ziehe meine Grapefruits, ich wässre die Melonen. Ich hole den Dünger aus der Gemeinschaftsscheune, ich warte die Traktoren, ich bessere die Treibhäuser aus, schneide Unkraut. Ich ernte die Früchte meiner Arbeit und verschenke sie, man schenkt mir Geld dafür, und ich lebe, nein, existiere noch ein paar weitere Tage. Und das war's dann auch schon.

Meine unfertigen Manuskripte habe ich auf dem Feld verbrannt, vor Jahren schon, die Schreibmaschine verstaubt auf dem Speicher. Meine Romane aus der New Yorker Zeit verkaufen sich schlecht. Aber das stimmt mich milde, denn es gibt wenig Dinge in meinem Leben, die ich mehr bereue, als diese drei Bücher veröffentlicht zu haben. Hätte ich damals doch auf die Worte meines Verlegers gehört, ich solle mir besser ein Pseudonym zulegen. *Jonathan Rosen*, das klinge so … jüdisch. Hier in Israel habe ich dann darüber nachgedacht, einen anderen, einen überjüdischen Namen anzunehmen, wie es viele vor mir getan haben: Yehonatan Ben Shmu'el etwa oder Elia Vered oder so. Aber das ist nun Geschichte, meine Geschichte, und mit der muss ich leben.

Dass ich wieder schreibe, zum letzten Mal, ist die Schuld eines Buchs, das nie existiert hat. Ich lese in meinen alten Notizheften von dem Großen Amerikanischen Roman, den sich der übermütige junge Student vorgenommen hatte, sehe die Skizzen, die er in der Cafeteria der Columbia University angefertigt hat, sehe Schreibpläne, sehe ein paar erste Versuche, Kapitelanfänge: Die Geschichte eines Juden in Amerika sollte es werden. Und sehe, dass dieser Roman nie geschrieben wurde und ich irgendwann aufgehört habe, an ihn zu glauben. Das Päckchen aus New York, das tagelang ungeöffnet auf der Veranda stand, hat mich in Trance versetzt. Ich träume nun von einem früheren Leben, davon, wie es war und wie es hätte sein können. Meine Aufzeichnungen von damals zu lesen, die Tagebücher, all die Eindrücke und Gedanken, die ich im Sommer '69 notiert habe, über die Frauen und die Bücher und das alles, und über Eisensteins Verschwinden … es lässt mich abtauchen in eine untergegangene Welt.

Ich zögere, diesem Gefühl, dessen sanfter Schmerz mich bedrückt, seinen schönen und ernsten Namen zu geben: Nostalgie. Sie hüllt mich ein wie Seide, weich und ermattend, und trennt mich von den anderen.

Es ist seltsam, aber im Kibbuz Beit Oren gibt es keine Junggesellen und auch keine Witwer, als wäre das nicht der normale Gang der Dinge. Es ist für mich also nicht schwer, hier einsam zu sein. Aber es macht mir nichts aus, I have my books and my poetry to protect me. Ich lese die alten Pilgerberichte, Peter Füsslis Jerusalemfahrt, Ignatius von Loyola natürlich oder die *Peregrinatio in terram sanctam* von Bernhard von Breidenbach von 1484. Ich besitze eine schöne Ausgabe von 1863, mit Holzschnitten des holländischen Malers Erhard Reuwich. Ich lese von den christlichen Eremiten, die hier einst am Berg Karmel gewohnt haben, in Nachahmung des Propheten Elija.

Heilige Männer waren sie, die der Welt entsagten. Sie dienten unserem Gott auf höchst tapfere Weise. Besonders an jenem Ort, der über der Stadt Porphyria nicht weit weg vom Kloster der Heiligen Jungfrau Margareta liegt und Elijasquelle heißt. Dort bereiteten sie in bienenkorbförmigen, bescheidenen Zellen, gleichsam als Bienen des Herrn, Honig geistlicher Süßigkeit.

Diese Quelle ist von Beit Oren nur eine halbe Autostunde entfernt, ich besuche sie manchmal, wenn es mir im Kibbuz zu heiß wird und die Gärten der Bahai zu voll sind. Es ist die Grotte, in der sich Elija vor dem Zorn des König Ahab versteckt gehalten hat, bevor er dann ein paar Jahrtausende später in Persien wiedergeboren wurde und mit Joseph Smith geplaudert hat. Und dann kamen die byzantinischen Mönche und die Karmeliter und nun komme ich und lebe wie sie, fliehe den Bischof und die Frauen, lebe wie Elija in meiner Höhle im Karmel, *a fortress deep and mighty than none may penetrate*, und die Welt ist ein Felsen, und alles, was man je von ihr zurückbekommt, ist der Widerhall der eigenen Stimme. Und mein einziger Fleiß sind Honigmelonen.

Man sieht das nicht gern. Wenn du am Schabbat den Toaster anmachst, wenn du unsere Feste nicht feierst, interessiert's hier keinen. Wenn du in die Stadt fährst und die Kibbuz-Schekel für Nutten ausgibst, hebt keiner nur eine Augenbraue. Wenn du jesuitische Bücher liest – völlig egal. Du kannst auch wieder Wagner hören, und jeder hat Verständnis. Aber wehe, du fängst an, nicht mehr im Speisesaal zu essen, oder du gehst nicht mehr zu Moishe dem Friseur! Wehe, du bringst dich nicht mehr mit ganzem Herzen ein in die Angelegenheiten der Gemeinschaft. Da ist auch ihr Mitleid begrenzt, selbst wenn dir deine Frau weggelaufen ist.

Die Chawerim bitten mich, wieder zu den Versammlungen zu kommen. Sie drängen darauf, ich solle doch wieder an den Abstimmungen teilnehmen. Man muss von mir kaufen, muss mir mein Geld geben, aber sie hätten es lieber, wenn ich mich mehr um die Belange des Kollektivs kümmern würde. Und ich kann nicht anders als ihnen zustimmen. Ich brauche den Zionismus nicht, und er braucht mich nicht. Was nützt es, in einer Kommune zu leben, wenn man um alles in der Welt keine Gesellschaft haben will? Wenn nicht bald etwas geschieht, werde ich auch von hier fortgehen müssen. Vielleicht ziehe ich dann in die Wüste. Aber eigentlich bin ich in meinem Leben weit genug gekommen, bin von Erdteil zu Erdteil gereist, und als ich im Kibbuz ankam, war mein erster Gedanke: Hier wirst du sterben.

Es musste ja so kommen. Jetzt haben sie mir zur Strafe eine Touristin zugewiesen, eine Mitnadevet, die uns für einen Monat helfen soll. Sie heißt Goldman, Jonathan, wie Nahum Goldmann, kannst du dir das vorstellen? Das muss doch ein gutes Zeichen sein! Natürlich musst du sie aufnehmen, Jonathan, sie ist Amerikanerin wie du, Jonathan, sie kommt aus New York wie du, Jonathan, und außerdem bist du der Einzige, der ein Zimmer frei hat, seit Jahren schon, Jonathan.

Ja, Jonathan, seit Esther fort ist, belegst du mehr Wohnraum, als dir zusteht, und das ist nun schon ein paar Jährchen her. Dass sie gegangen ist, dafür kannst du nichts, wir verstehen das, und es tut uns leid. Aber dass du irgendwann wieder das freie Zimmer zur Nutzung bereitstellen musst, sollte dir schon lange klar sein.

Die Alternative wäre: Ich ziehe bis Chanukka in ein kleineres Haus, ein Einpersonenhaus, und gebe mich mit einem Schlafzimmer, einem Wohnzimmer und einer kleineren Küche zufrieden. Gebe damit endlich zu, dass ich es nicht geschafft habe. Müsste außerdem einen Teil der Bücher weggeben, denn die bewohnen seit Langem schon den Raum, den meine Exfrau für sich beansprucht hatte. Also ist es keine Alternative.

Und ja, Sally Goldman ist jemand aus der Heimat, sie lebt in der Stadt, in der all diese Aufzeichnungen entstanden sind. Sie ist interessiert an der Kibbuzidee, sie unterstützt den zionistischen Gedanken und will helfen. Solche Leute brauchen wir, jetzt mehr denn je. Sie ist bestimmt nett, und dass ich sie jetzt schon nicht leiden kann, hat sicher nichts mit ihr zu tun. Ist wie immer meine Schuld.

Aber musste es ausgerechnet eine Frau sein?

So viel Zeit hatte er selten. Dieses Mädchen, das da soeben aus der Gittertür getreten war und nun die Wooster Street Richtung Broome entlangging, hatte keine Eile. Wohin sie unterwegs war, wusste er. Welchen Weg sie nehmen würde, ebenfalls. Die beiden zurückliegenden Freitagabende hatte sie den gleichen Weg genommen, Broome Street, Broadway, Lafayette, dann weiter am Columbus Park vorbei bis zur Bowery, wo sie in einem Eckhaus verschwand, um erst nach zwei Stunden mit roten Wangen und leuchtenden Augen wieder herauszukommen.

Ihr Schritt aber war schneller gewesen als heute. Jetzt war sie ein wenig früher dran. Vielleicht war es auch die Hitze des Abends, die sie langsamer gehen ließ. Es war Anfang September, und seit Tagen stöhnte die Stadt unter einer Schwüle, die auch nachts nicht abnahm. Auch an diesem Abend, es war acht Uhr, der Himmel noch hell und wolkenlos, stand die Glut in den Straßen und strahlte in einer betäubenden Tiefe von den Mauern. Das Mädchen war leicht bekleidet, trug Matrosenschuhe und kurze Jeans, die ihre Oberschenkel sehen ließ, darüber ein weites, weißes T-Shirt, das im Gehen flatterte. Ihre kastanienfarbenen Haare hatte sie zu einem losen Zopf gebunden und am Hinterkopf hochgesteckt. Über der linken Schulter hing ein Turnbeutel, in dem ihre Ballettsachen verstaut waren.

Vor ihrer Tür gewartet hatte er, und fünf Minuten früher als an den vergangenen Wochenenden, an denen er sie verfolgt hatte, verließ sie nun das dreistöckige Haus mit der roten Ziegelsteinfassade, das da zwischen die weitaus höheren Gebäude auf der Ostseite der Wooster Street gequetscht stand. Da hatte der Meister sein Mal gemacht. Hatte den Winkel in den Türrahmen geritzt, hatte die Zeichen des Tieres hinterlassen, für ihn, den gehorsamen Diener.

Fünf Minuten früher, und doch verlief alles nach Plan. Jerry setzte sich in Bewegung. Er wusste, er hatte gesündigt und so gottlos gelebt, dass keine Aussicht auf Vergebung mehr war durch Jesus Christus, unseren Herrn. So lüstern war er gewesen in Gedanken, so voller Neid und Faulheit und Trunksucht, achtlos hatte er den Namen des Herrn im Munde geführt, so himmelschreiend gehurt hatte er und gemordet mit bedachter Zustimmung und freiem Willen, durch seine Schuld, durch seine Schuld, durch seine große Schuld, dass ihn die Gewissheit des Schicksals niederdrückte, wie ihn sein Körper von Beginn an niedergedrückt hatte. Nichtswürdig war er geboren, nichtswürdig hatte er gelebt, nichtswürdig würde er sterben. Und doch quälte sie ihn, die Furcht vor der Strafe, die ihm bestimmt war. Ein einziger Weg blieb ihm noch, der Weg von Demut und Gehorsam, von Hingabe und Aufopferung für ein höheres Ziel. Nicht zwei Götzen konnte er dienen, und wenn Christus ihn zurückgestoßen hatte, so musste es eben ein anderer Jude sein. Denn der hatte ihn erhört in der Stunde der Not, Sein wertes Wort war ihm erklungen. In Seine Hände hatte er sein Leben gelegt, in Seine zarten, eisernen Hände. Seinem Willen unterwarf er sich, Seinen Zeichen folgte er und Seinem Ruf. Seine Werke zu vollbringen, war er fortan bestellt auf Erden, nicht zweifeln durfte er an Seiner Macht, nicht wehren der Bestimmung, Folge leisten musste er und dienstbar sein zu Seiner höheren Ehre.

Und so tat Jerry, wie ihm geheißen ward.

Auf Höhe der White Street holte er auf, war jetzt nur noch wenige Meter hinter ihr. Er meinte, wieder den Geruch ihres Schrittes zu riechen. Ja, das war er. Der Duft. Er schloss die Augen, folgte dem Aroma, das ihn gefangen genommen hatte. Er lechzte danach, sie wieder von vorne zu sehen, wie damals, ihr hübsches Gesicht, ihren schmalen Hals, ihre kleinen Brüste unter dem T-Shirt. Ihn verlangte danach, sie anzufassen, sie zu umgreifen und zu sich zu ziehen. Ihren Duft einzusaugen wie den einer seltenen Blume. Aber warten musste er, Geduld zu haben, war ihm aufgegeben. Gegen den Trieb angehen musste er, so hatte der Meister befohlen. Seinen Plan musste er ausführen, Sein Werk vollenden, dann, und nur dann, würde der Herr ihn erhören.

Nach fünfzig Metern bog sie rechts ab in die Baxter Street,

dann wieder links in die Bayard Street. Hier, an den Ausläufern des Columbus Park, unter dessen hohen Ahornbäumen die Straße in stille Dunkelheit sank, kam er mit ihr auf gleiche Höhe. Hier war es, hier musste es geschehen. Er griff nach ihrem linken Arm, während er mit seiner rechten Hand ihren Kopf umfasste und ihr so den Mund verschloss. Dann zog er sie mit einem kräftigen Ruck zu sich herüber. Ganz eng lag nun ihr kleiner Ballettmädchenkörper an seinem ungeschlachten Rumpf. Wie ein kleines Tier. Stark war sie, gewiss, das regelmäßige Üben hatte ihre Muskeln beweglich und drahtig werden lassen. Doch Jerry war stärker. Drei Schritte brauchte er, mehr nicht, dann waren sie zwischen den Autos, die hier auf einem kleinen Hof geparkt standen, verschwunden. Er fühlte, wie sie sich bog und drehte unter seinen Fäusten, entwinden wollte sie sich seinem Griff, doch vergebens war all das Flehen ihrer Augen. Er hatte die Herrschaft über ihren Körper an sich gerissen, er war es nun, dem sie für die nächsten Augenblicke gehörte.

So viel Zeit hatte er selten. Vielleicht, so dachte er, war es seine Hässlichkeit, die dieses Mädchen gefügig machte. Der Anblick, den er bot, seine bloße Erscheinung ließ sie erstarren, ließ jegliche Hoffnung auf Rettung schlagartig aus ihren Gliedern fahren.

Denn der Herr ist deine Zuversicht, der Höchste ist deine Zuflucht.

Sein Herz raste. Es bereitete ihm kein Vergnügen. Er hatte keine Lust daran.

2

Ich muss mich darauf konzentrieren, Sally als Menschen wahrzunehmen. Nicht bloß als Frau. Dass sie tatsächlich aus New York kommt, in East Harlem gewohnt und jetzt ein Apartment West 112th Street Ecke Amsterdam hat, macht die Sache nicht besser.

»Das ist in der Nähe von St John the Divine, oder? Am Morningside Park?«

»Genau da! Wenn ich aus der Tür trete, stehe ich praktisch vor dem Portal der Kathedrale. Du hast New York also nicht ganz vergessen in den letzten zehn Jahren.«

»Kann man diese Stadt denn je vergessen?«

Wir sitzen auf der Veranda, trinken Bier und sehen den Wolken zu, wie sie sich über dem Karmel vor die untergehende Sonne schieben. Ein lauer Wind kommt auf, die Luft ist nicht mehr so feucht wie vor ein paar Tagen. Der Abend geht dahin.

Sie sagt, dass sie von der großen Anzahl an Büchern bei mir beeindruckt ist. »Ich habe Literaturwissenschaft studiert, weißt du. Die große Literatur hat mich immer schon fasziniert.«

»Aber dann bist du doch Journalistin geworden?«

»Das war eben die Zeit damals. Ich wollte teilnehmen, wollte was bewirken, und das kann man eben nicht, wenn man Aufsätze über Aufsätze zum französischen Minnelied des Mittelalters in Fachzeitschriften veröffentlicht. Ich war beim SDS, habe Mary McCarthy gelesen und Susan Sontag. Ich wollte immer so sein wie Susan, wollte schreiben wie sie, reden wie sie, leben wie sie. Wollte eingreifen, etwas bewegen. Und dann schien mir auf einmal die ganz große Literatur ganz klein gegen die Probleme, die wir mit Vietnam und Watergate und Barry Goldwater hatten.«

Tatsächlich hat sie eine gewisse Ähnlichkeit mit Susan Sontag; langes braunes Haar, hier und da graue Strähnen. Tiefdunkle Augen, hohe Wangenknochen. Als hätte ihre intellektuelle Schwärmerei die Physiognomie gestaltet.

»Dann warst du das also, die mir '68 den Zugang zum Studentensekretariat der Columbia verweigert hat«, sage ich. »Deinetwegen musste ich ein Semester später anfangen.«

Ich lache, sie lacht.

»Was ist schon ein Semester gegen den Weltfrieden? Damals hatten wir noch Ideale. Etwas, wofür es sich zu kämpfen lohnte. Das war bei dir sicher nicht anders.«

Wir alle hier in Eretz Israel lügen, wenn man uns auf unsere Vergangenheit anspricht, jeder weiß das. Um den anderen zu schonen oder uns selbst. Ich habe mir angewöhnt, eine schöne Geschichte zu erzählen, die ich mir in einsamen Nächten ausgedacht habe, etwas vom Widerstand, meinen kommunistischen Idealen, meinem Leben in Haight-Ashbury als Bassist in einer Band, meinen Drogenexperimenten ... Bisher hat es immer plausibel geklungen, doch heute zerfallen mir die Wörter im Mund und klingen so falsch, wie sie sind. Warum nicht irgendwann die Wahrheit erzählen? Ich hab nur danebengestanden, war nie auf einem Marsch dabei, nicht ein einziges Mal festgenommen haben sie mich, und für anständige Drogen war ich auch zu feige, hab immer nur geredet und so getan, als würden mich irgendwelche Vietnamesen kümmern und die Schwarzen im Süden und die Situation der Frauen. Während ich doch nur ficken wollte und den Großen Amerikanischen Roman schreiben und berühmt sein. Die leidende Menschheit hat mich einen Scheißdreck interessiert, und Männer habe ich immer nur danach beurteilt, wie viele Frauen sie gehabt und wie viele Bücher sie gelesen haben.

Aber davon erzähle ich ihr nicht. Auch nicht von ihm.

Wir sprechen von damals und über die Stadt. Über die Museen und Konzerthallen, die Musik und die Leute, über die Jesus-Freaks, Rastafaris, Orange People und Hippies. Mir waren sie immer zu politisch, ihre Ideologie verstellte ihnen den Blick auf das wahre Leben und die Beschaffenheit der Dinge, Sally hingegen waren sie nicht politisch genug. Wir sprechen über unsere Lieblingscafés, den Pier 1, Fulton Ferry und die Wavertree, über die Filme, die wir gesehen, die Musik, die wir gehört haben.

Und wir sprechen über das Lesen und über die Bücher.

Wie wir uns an das Lesen erinnern, scheint das Einzige zu sein, was Sally und ich gemeinsam haben. Wir erinnern uns, wie wild und ungezügelt man damals las, wie vielleicht kurz nach dem Krieg und dann nie mehr. Wie gefährlich das Lesen einst war, ein Abenteuer. Wir lasen ohne Rücksicht und ohne Scheu, im Café, in der Subway, am Fluss und immer wieder in der kühlen Dunkelheit der Bibliothek. Eine fiebrige Suche nach Intensität, eine Gier nach ekstatischer Erfahrung in der Literatur – eine Verlangen, das manchmal sogar befriedigt wurde. Bei mir wie bei ihr. Es stellt sich raus, dass sie verdammt belesen ist. Ihre Favoriten erstaunen mich: *Rosemary's Baby*, *Jeder stirbt für sich allein*, *Naked Lunch*, Althusser, Villons Balladen …

»Bei einem Mörder kann man immer auf einen extravaganten Stil zählen.«

»Was liest du zurzeit?«

Sie holt ihre Reiselektüre aus ihrem Zimmer.

»Was Französisches.« Sie reicht mir ein abgegriffenes lila Taschenbuch. *Bonjour Tristesse.*

»Bin erst in der Mitte, aber …«

»Aber …?«

»Ich hasse es jetzt schon. Sie ist so … naiv. Tut so unschuldig. Ich weiß, Madame Sagan war erst achtzehn, als sie das schrieb, aber trotzdem. Ich find's kitschig.«

»Ist schon lange her«, sage ich, »aber ich glaube, mir hat's damals auch nicht gefallen.«

»Ich denke, ich lese es nicht weiter.«

»Was? Du kannst doch ein Buch nicht einfach in der Mitte aufgeben.«

»Warum nicht?«

»Es braucht uns. Ein Buch ist auf seine Leser angewiesen, um am Leben zu bleiben. Wenn du es nicht ausliest, tötest du es in der Mitte seines Lebenswegs.«

Sally schüttelt den Kopf.

»Unsinn. Bücher brauchen uns nicht. Wir brauchen sie, um zu überleben. Aber die Bücher führen ihre Leben in den Bibliotheken auch, ohne dass sie jemals jemand liest. Im Grunde sind wir im Leben der Bücher nur Gäste, und wenn wir zu lange bleiben, stören wir nur.«

»Du meinst, sie wollten uns am liebsten wieder loswerden?«

Ich lache und versuche, dabei überlegen zu klingen. Sie beachtet mich nicht.

»Eigentlich sind Bücher auch der Grund, weshalb ich hier bin«, fährt sie fort. Sie nimmt mir *Bonjour Tristesse* wieder aus der Hand und betrachtet es wie eine seltene Pflanze. »*Exodus* von Leon Uris oder *Morgendämmerung* von Elie Wiesel. Seit ich die gelesen habe, wollte ich nach Israel. Aber vor allem mein Lieblingsroman: *Portnoys Beschwerden.*«

»Ich hab noch nie eine Frau getroffen, der dieser Roman gefallen hat«, sage ich.

Sie blinzelt in die Abendsonne. »Es gibt immer ein erstes Mal.«

Am nächsten Morgen fühle ich mich schuldig. Dabei hätte ich vor einer Woche noch geglaubt, ich würde jeden verfluchen, der kommt und mir vom Jenseits erzählt: von jenseits des Großen Teichs, vom Land meiner Eltern, von den Orten meines Erwachsenwerdens, vom Sommer '69. Aber es bereitet mir Vergnügen, und zusammen mit den Tagebüchern, die ich jetzt wieder aufschlage, berührt mich das alles irgendwie. Ich kann nicht anders, als mit ihr ein paar Erinnerungen zu teilen.

Wir stehen auf der Gemeinschaftswiese vor dem östlichen Tor, es ist Winter und einundzwanzig Grad am frühen Morgen, die Sonne versteckt sich noch hinter Nazareth. Es wird ein heißer Tag werden. Ich zeige ihr, wie man die Wassersprenger so ausrichtet, dass während des Tages alle Partien der Rasenfläche gleichmäßig befeuchtet werden.

»Das ist seltsam, oder? Wir hätten uns vor zwanzig Jahren auch über den Weg laufen können, so unwahrscheinlich wäre das gar nicht gewesen. Ich in Harlem, du in Harlem. An der

Uni. Stattdessen treffen wir uns hier am anderen Ende der Welt.«

»Vielleicht haben wir uns ja schon einmal gesehen. Waren vielleicht in der gleichen Vorstellung, ohne es zu wissen. *Zabriskie Point* zum Beispiel? *Alice's Restaurant*? *Midnight Cowboy?*«

Wir summen die Melodie von *Everybody's Talkin'* und schmunzeln.

»Wer weiß? Das ist ein anderes Leben, ich erinnere mich an nicht viel.«

»Warum bist du nicht in New York geblieben?«

Ich erzähle von meinen Büchern, die es mir ermöglicht haben, in Montauk ein Studio zu mieten und ein paar Sommer mit meiner damaligen Frau aufs Meer zu blicken. Bis sie mich dann wegen eines Rechtsanwalts aus den Hamptons verließ. Ich erzähle von meiner Aliyah, meiner ersten Reise nach Israel und den ersten Probemonaten im Kibbuz. Wie ich meine zweite Frau kennenlernte, wie ich mit ihr nach Beit Oren zog und wie auch sie mich dann verließ. Sie bringt mich zum Reden, diese Frau.

»Aber warum gerade Israel?«, fragt Sally.

»Und der HERR sprach zu Abram: Gehe aus deinem Vaterland und von deiner Freundschaft und aus deines Vatershause in ein Land, das ich dir zeigen will.«

Meine einstudierte Antwort. Wie lange habe ich sie nicht mehr benutzt. Plötzlich springen die Rasensprenger an, und wir laufen kreischend von der Wiese.

Sie wohnt im unteren Zimmer, schläft dort, wo Esther in den letzten Monaten unserer Beziehung geschlafen hat. Sie hat sich von mir ein paar T-Shirts geliehen, die sie im Bett anhat. Sie hatte zum Schlafen nur Pyjamas eingepackt, und die sind ihr nun, in der Hitze der israelischen Nacht, zu warm. Es ist etwas an ihr. Weiß auch nicht. Ich kenne diese Sally Goldman erst seit zwei Tagen, aber sie weiß schon fast alles von mir. Wenn ich nachts durchs Haus gehe, finde ich ihre Tür angelehnt.

Am Nachmittag spazieren wir durch die Olivenhaine, besprühen die Orangenbäume mit Gift, legen Rattenköder aus.

Dann sehen wir uns den Steingarten an, entfernen das Unkraut zwischen den Kakteen, heben dort ein paar Löcher aus, wo morgen die neuen Oleanderbüsche hinkommen sollen. Für eine Frau des Wortes macht sie sich recht gut, mit Sicherheit besser, als ich mich angestellt habe in den ersten Monaten im Kibbuz. Die Chawerim waren schon kurz davor zu verzweifeln angesichts der Ungeschicktheit des Amerikaners, hatten schon überlegt, ob sie ihn nicht lieber in der Verwaltung einsetzen und Schecks ausstellen lassen sollten. Doch er war hartnäckig und legte alles daran, die Arbeit zu machen und zu lernen, was nötig war. Er wollte nicht mehr in geschlossenen Räumen sitzen, wollte keine Schreibmaschine mehr bedienen, sondern raus aufs Feld, unter die Zypressen und die Sonne der Levante.

So eine wie Sally könnten wir hier gut gebrauchen. Sie gibt ein hübsches Bild ab, wie sie da steht mit dem Spaten, sich mit dem Unterarm den Schweiß von der Stirn wischt, den Strohhut in der Hand. Der Wind kommt von Osten, aus der Wüste, er ist warm und trocken. Er fasst unter Sallys T-Shirt, bläst es auf, und ich sehe die feinen Linien, die ihr verrutschter BH auf der Haut hinterlassen hat. Sie ist braun geworden in den letzten Tagen.

»Vermisst du die Heimat nicht, Jonathan? Denkst du nicht daran, was du aufgegeben hast?«

»Was sollte ich schon vermissen? Den Gestank und Lärm von New York? Den Müll im East Village? Die Junkies und die Penner vor der Grand Central Station?«

»Ich habe Angst, ich könnte die Stadt vermissen. Du weißt doch, wer einmal dort gelebt hat, den lässt sie nicht mehr los.«

»Mich hat sie wieder ausgespuckt. Ich war wohl ungenießbar.«

»Ich glaube, ich würde all das Leben vermissen. Versteh mich nicht falsch, ihr führt ja auch ein Leben, es ist sogar sehr lebendig, und wenn ich die Kinder barfuß über die Wege laufen sehe, wie sie Fangen spielen und die Ziegen füttern, dann kommt mir das alles sehr lebendig vor. Aber in New York ist es doch etwas anderes. Man ist mittendrin, man hat alles vom

Leben. Die Liebe, den Hass, die Wut, die Enttäuschung, die Angst.«

»Die Angst?«

»Oh, wie oft hatte ich schon Angst in New York. Und das war irgendwie auch das Leben. Die schlimmsten Gestalten lockt diese Stadt an, menschliche Bestien, Kinderschänder, Vergewaltiger, und zu wissen, dass man mitten unter ihnen lebt und sie mitten unter uns, das hat doch eigentlich viel von seinem Reiz ausgemacht.«

Ich lache.

»Das wäre wohl das Letzte, was mich an einer Rückkehr nach New York reizen würde. Die Vorstellung, Tür an Tür mit einem Psychopathen zu wohnen.«

»Ich gebe zu, es ist ein wenig seltsam. Aber die Zeiten, in denen es hieß, es geht ein Mörder um, wo es in allen Zeitungen stand und die Leute von gar nichts anderem mehr geredet haben, die sind mir doch fast noch mehr in Erinnerung geblieben als irgendwelche Diskussionen mit Schmalspurintellektuellen über Vietnam oder das Recht auf Verhütung und die zweite Welle des Feminismus.«

Ich verstehe sie. Auch ich erinnere mich an die Schlagzeilen, an die aufgeregten Gespräche in den Salons und den Ausdruck in den Gesichtern der Mütter und Väter, wenn ihre Töchter nachts alleine nach Hause kommen wollten. Auch wenn ich mir nicht vorstellen kann, wie solche Erinnerungen ein Grund sein können, New York zu mögen.

»Ich weiß noch, wie sie die gehäuteten Frauen aus dem Wasser gezogen haben, als wären es Fische. Mehrere Jahre ging das so, Monat für Monat fand man die Leiche eines Mädchens, dem von Kopf bis Fuß die Haut abgezogen worden war. Alles junge, hübsche Frauen, die verschwunden sind und erst Wochen später wieder auftauchten. Ich war damals gerade einundzwanzig und allein in der Stadt. Ich bin im Dunkel meines kleinen Apartments aufgewacht, schweißgebadet, und hab an mir herabgefühlt, ob meine Haut noch an mir dran war. Was so ein paar Meldungen im Kopf eines jungen Menschen alles anstellen können.«

Ich erinnere mich. »Der Skinner von Williamsburg.«

»Dir hat er damals sicher keine Angst gemacht. Du hattest vielleicht Angst vor den Latinos am Yankee Stadion oder den Schwarzen in den Straßen der Bronx, aber das kann ein Mann einfach lösen, indem er eben bestimmte Viertel nicht betritt. Eine junge Frau dagegen hatte damals schon Angst, wenn sie nachts allein aufgewacht ist und ein Geräusch hörte und darauf wartete, dass das Geräusch seinen Ursprung preisgab.«

Und genau diese Vorstellung ist es, die sie New York vermissen lässt? Was stimmt mit dieser Frau nicht?

»Soweit ich weiß«, sage ich, »ist der Mörder nie gefasst worden.«

»Ich habe das noch ein paar Jahre verfolgt, aus rein journalistischem Interesse, versteht sich. Das letzte Mädchen wurde im Herbst '69 gefunden, hinter ein paar verbeulten Mülltonnen auf Wards Island. Danach hat es schlagartig aufgehört, und lange Zeit hatte man nicht den Ansatz einer Erklärung. Die Polizei war ratlos. Wer er war. Warum es alles so junge Mädchen waren. Warum das mit der Haut. Und warum er sie nicht vergewaltigt hat.«

»Vielleicht war es kein *er*?«

»Das habe ich auch für einige Wochen in Betracht gezogen. Ich fand es unfair, dass man solche Taten ausschließlich Männern zutraut. Vielleicht war das der Grund für die Unfähigkeit der Polizei, den Skinner zu identifizieren. Die Presse behauptete noch Monate danach, er hätte seinen Durst bloß vorübergehend gestillt und warte nur darauf, erneut zuzuschlagen. Aber als dann einfach gar nichts mehr geschah, ließ man das Thema fallen. Bis ...«

»Bis?«

»Ein paar Jahre später stieß man bei Abrissarbeiten in der Zweiundvierzigsten Straße in Sunset Park, Brooklyn, auf einen Keller, der offensichtlich jahrelang nicht betreten worden war. Es handelte sich um eine Werkstatt unter Tage, mit Werkzeugen und Vorrichtungen für alle möglichen Zwecke, in der Mitte in den Estrich eingelassen ein Loch, ausgegossen mit Beton, zwei

Meter Durchmesser. Die Bauarbeiter fanden darin Gewehre, Revolver, ein paar Messer und verständigten die Polizei. Der leitende Ermittler tippte erst auf ein Versteck der Mafia, aber dafür waren es wiederum zu wenig Waffen. Ihm fielen die Lederhäute auf, die an den Wänden und über Gestellen hingen. Er ließ sie untersuchen, und was stellte sich heraus? Einige der Proben waren Leder aus der Haut von Menschen. Daraufhin schaltete sich das FBI ein, und man hatte eine Spur.«

»Wem gehörte die Werkstatt?«

»Das hat man nicht rausbekommen. Man befragte die gesamte Nachbarschaft und bekam ein paar Hinweise auf frühere Besitzer und Mieter, bis man eine Liste von Namen hatte. Die aber waren alle, wie sich herausstellte, von Personen, die bereits länger tot waren. Bis auf einen Einzigen. Ein Kunstsammler namens Richard Fiddler. Ein unbeschriebenes Blatt. Man suchte ihn auf, doch seine Wohnung in Brooklyn Heights stand schon seit Jahren leer. Von Fiddler keine Spur.«

Sie setzten sich in Bewegung. Eisenstein, dem die Geräusche im Laderaum das Zeichen gegeben hatten, dass alles nach Plan lief, rangierte den Transporter zurück, fuhr über die Bayard Street in die Bowery und dann über den FDR Drive nordwärts. Anfangs war er missmutig gewesen über die Stelle, an der es geschehen sollte, denn von der kleinen Seitenstraße in Chinatown aus bis nach Wards Island war es eine Fahrt von einer halben Stunde, bei erhöhtem Verkehr von vielleicht vierzig Minuten. Damals mit Heidi war es schneller und vor allem sicherer gewesen. Wenig Ampeln, wenig Fußgänger, wenig Polizei. Hier jedoch, an einem Freitagabend im Herzen von Manhattan, gingen sie ein größeres Risiko ein. Eine Straßensperre, eine Umleitung, eine Wagenkontrolle, eine abendliche Gruppe protestierender oder auch nur feiernder Studenten – all das konnte zwischen sie und ihre sichere Ankunft am Betriebshof von Wards Island kommen.

Doch in der Kürze der Zeit, in der gehandelt werden musste, gab es keine bessere Möglichkeit. Hannah vor dem Haus ihrer Eltern zu entführen wäre weitaus schwieriger gewesen. Mehr Publikum, weniger ruhige, uneinsehbare Ecken. Und es gab kein Muster, das ihm die Sicherheit gegeben hätte, dass das Mädchen an diesem Abend und zu genau dieser Uhrzeit diese Straße entlanggehen würde, an der er warten konnte wie die Spinne im Netz.

Auf dem Parkway schließlich wurde es besser. Sie kamen gut durch, der abendliche Verkehr war dezent, ein Hoch auf die New Yorker Straßenbehörde! Hin und wieder standen sie an einer Ampel, hin und wieder hörte er es im Laderaum poltern. Dann war wieder alles still. Er hoffte, dass seiner Fracht, die dort hinten mit Jerry allein war, nichts zugestoßen wäre. So kurz war er vor dem Ziel, so nah dem Endpunkt all seines Strebens der letzten Wochen – es durfte nichts schiefgehen.

Behutsam parkte er vor dem Gittertor des Betriebshofs.

Einen Moment blieb er im Wageninnern sitzen. Spähte und lauschte. Hier war es menschenleer, wie immer. Der Hof war ein riesiges, von Efeu und Buchshecken zugewachsenes Gelände, versteckt zwischen Bahntrassen auf der einen Seite, Hell Gate und dem Ufer des East River auf der anderen. Bis auf das ferne Dröhnen einer Fähre vom Harlem River drang kein Geräusch an Eisensteins Ohr. Auch hinten im Wagen schien nun alles ruhig zu sein.

Als Eisenstein ausstieg, traf ihn die Hitze des Abends wie ein Schlag. Er zog das Jackett aus, warf es auf den Fahrersitz, schob die Hemdsärmel hoch und ging zu der grünen Wand hinüber, vor der er den Lieferwagen geparkt hatte. Nach zwei weiteren Blicken überprüfte er den Draht, der ihm anzeigte, dass seit seinem letzten Besuch niemand hier gewesen war, öffnete das quietschende Gitter, schob Pflanzen und Wurzeln zur Seite und kehrte zum Transporter zurück. Ohne den Motor wieder anzustellen, löste er die Handbremse, ließ den Wagen die abschüssige Einfahrt hinunterrollen, hielt dann wieder und schloss das Tor hinter ihnen. Vor ihm lag der Hof in der Dämmerung, ein mit rostenden Subway-Zügen, alten Güterwaggons und leeren Kabelrollen vollgestelltes Areal, das vor zehn Jahren stillgelegt worden war und seitdem nur noch alle drei Monate von zwei gelangweilten Sicherheitsbeamten der MTA für eine halbe Stunde abgeschritten wurde, um Graffitisprayer zu vertreiben.

Langsam rollte er weiter. Der Weg hinunter zur Wagenhalle, von Schrottteilen und Wurzeln übersät, war in so schlechtem Zustand, dass er Angst hatte, seine Fracht zu beschädigen, wenn er zu schnell führe. Neben der Halle war ein kleineres Häuschen, eine ehemalige Werkstatt, zu der eine Rampe hinführte. Er zündete den Motor wieder. Hier musste er wenden, um mit dem Heck durch den Eingang der Werkstatt zu fahren. Oben angekommen, stieg er aus, öffnete das Tor, ließ die Tauben herausflattern, setzte dann den Wagen vorsichtig einige Meter in das Gebäude hinein, bis nur noch der Fahrraum im Freien stand, und schaltete den Motor ab. Dann kurbelte er die Fenster herunter, drehte das Radio an und warf eine Kassette ein. Die *Goldberg-Variationen*, gespielt auf dem Cembalo von Wanda Landowska, eine Aufnahme aus dem Jahr 1933.

Durch die hohen gotischen Fenster drang die Abendsonne wie durch Bleiglas und tauchte das Innere der Werkstatt in ein goldenes Zwielicht. Vor ihm lag eine beinahe leere Halle, gefüllt nur mit alten Blechcontainern und dem Geruch nach Rattendreck. Von den Decken hingen spinnenwebenverzierte Stahlketten und Taue, dazwischen hatten sich die Tauben ihre Nester gebaut. Zwischen den beiden Gruben rechts und links, die einstmals für Arbeiten an der Unterseite der Loks gedient hatten, erstreckte sich eine unbenutzte Betonfläche, darauf stand ein massiver Steintisch. Das alles, die Gruben, die weite Fläche, das Licht, der Tisch, war ideal für seine Zwecke. Alles war so still und schön hier, hell und leise klang allein der Ton von Landowskas Cembalo aus dem Autoradio und hallte von den Wänden wider.

Er ging zurück zum Lieferwagen, nahm seinen Werkzeugkoffer vom Vordersitz, öffnete die Hecktür und blickte Jerry in die Augen. Er sah sofort, Jerry hatte gesündigt. Schuldbewusst schlug der den Blick nieder. Hinter ihm lag Hannah auf der Decke, die er für sie ausgebreitet hatte. Nackt, das Haar aufgelöst, bewusstlos.

Eisenstein holte aus, mit dem schweren Eisenkoffer in der Hand, doch er brauchte nicht zuzuschlagen. Der bucklige Jerry krümmte sich winselnd an der Seite der Ladefläche und gab ihm den Weg frei. Hastig suchte Eisenstein Hannahs Körper nach schadhaften Stellen ab, kniete vor ihr, erkundete ihre Glieder, forschte nach Verunstaltungen, nach blauen Flecken, Rissen, Abschürfungen. Er musste wissen, ob ihr etwas Böses geschehen war. Falls dieser verkrüppelte Idiot sie beschädigt und damit so kurz vor dem Ziel alle Mühen zunichtegemacht hätte – wäre es allein seine, Eisensteins Schuld. Warum war er dieses Risiko ein weiteres Mal eingegangen, Jerry dort hinten bei dem Mädchen zu lassen?

Doch während die erste Goldberg'sche Variation erklang, sah er, dass sie Glück hatten. Hannah war unversehrt. Er beugte sich über sie, nahm einen Topf Vaseline aus dem Koffer und rieb seine Handflächen damit ein, bis sie warm waren. Er begann an den Waden. Quadratzentimeter für Quadratzentimeter musste geölt werden, einmassiert in langsam kreisenden Bewegungen, behutsam, mit ausreichendem Druck der gesamten Hand, von den Schienbeinen über Knie und Oberschenkel bis zum …

Plötzlich schnellte Hannah hoch, stieß einen seltsam krächzenden Schrei aus und fuchtelte wild mit den Armen. Ihr Oberkörper war auf der Höhe seines Kopfes. Sie schlug um sich, traf ihn mit ihrer kleinen Faust am Genick. Rasant sprang sie auf, knallte jedoch mit dem Kopf an die Wagendecke, taumelte und versuchte, ins Freie zu gelangen. Dabei stieß sie mit Jerry zusammen, der mit emporgerecktem Hals zurückwich. Hannah, nackt, rasend vor Wut und Furcht, hechtete nach draußen und riss den Buckligen mit sich. Beide blieben an der Kante der Arbeitsgrube stehen, hatten einander im Arm wie in einem seltsamen Tanz, der kräftige Jerry, noch immer außer Fassung, und Hannah, noch immer ohne rechte Besinnung. Für den Bruchteil einer Sekunde standen sie dort in der Luft, niemand von beiden wusste, was geschehen würde. Dann riss sich Hannah mit einem zweiten Schrei von ihrem Angreifer los, der nun zum Angegriffenen geworden war, den Halt verlor, die zwei Meter durch die Luft purzelte und unten auf den Beton prallte.

Hannah schaute hinab. Der Anblick des starr zwischen Eisenstangen und Werkzeugteilen liegenden Körpers versetzte ihr einen seltsam euphorischen Schub. Sie hatte keinen Schimmer davon, was geschehen war oder wo sie sich befand, sie wusste nur, sie hatte den fremden Mann, der ihr Leid hatte zufügen wollen, besiegt, und nun lag er dort im Dreck und winselte.

Sie wollte sich gerade umdrehen, da spürte sie jemanden hinter sich. Sie fühlte ihren Puls versagen, als er ihr Mund und Nase zuhielt. Seine Hand an ihren Lippen war heiß und feucht. Sie konnte ihre Arme nicht bewegen, konnte nicht fortlaufen, ihre Beine gaben nach. Im Niedersinken fühlte sie die kalte

Schneide des Messers an Hals und Kieferknochen, fühlte ihre Ader gegen den Stahl pochen und dann, warm, feucht, lind, ihr eigenes Blut, das ihr an Brust und Bauch hinunterlief bis in den Schoß hinein.

Von irgendwoher war sanft ein Cembalo zu hören.

3

Wie gut es sich anfühlen kann, belogen worden zu sein. Man ist enttäuscht, und doch ist man dem anderen dankbar dafür. Erfahren zu haben, wie es ist, benutzt zu werden. Wie es ist, nicht der Einzige zu sein, der andere benutzt.

Ich kann nur leider nicht behaupten, im ersten besten Moment Verdacht geschöpft zu haben, nicht bei *Alice's Restaurant* und dem *Midnight Cowboy*, nicht einmal dann, als sie den Skinner erwähnte. Jetzt, wo ich es niederschreibe, lache ich über meine Naivität – selbst, als sie die Willow Street erwähnte, war ich nicht davon abzubringen, an einen unheimlichen Zufall zu glauben. Vielleicht habe ich einfach nicht damit gerechnet, dass einmal eine Frau kommen und mir so eiskalt etwas vormachen würde. Ich fühle mich benutzt, aber sie sagt: »Der Reiz der Erkenntnis wäre doch gering, wenn nicht auf dem Wege zu ihr so viel Scham zu überwinden wäre.«

Zumindest weiß ich jetzt, woran ich bei ihr bin. Und ich lache auch darüber, auf sie hereingefallen zu sein, obwohl ich mir schon von unserem ersten Treffen an gesagt habe, ich wolle in ihr nur den Menschen wahrnehmen und nicht die Frau. Offenbar hat mich das alles doch noch nicht verlassen, meine peinliche Abhängigkeit von allem Körperlichen, diese beklagenswerte Fixierung auf die Reize der weiblichen Figur. Wie Sally sich bewegt im Abendlicht, ihre schlanken Handgelenke, die Farbe ihrer Wangen und Lippen, der Duft ihrer Haare. Wenn das Absicht war vom FBI, mir genau so eine zu schicken – gut gespielt.

Nach einer Woche hat sie ihre Maske fallen lassen. Ich will glauben, aus Einsicht, dass ihre Lüge moralisch falsch war. Vielleicht aber hat sie auch nur gedacht, der arme Kerl kommt von allein nie dahinter. Sie musste es mir also erst offenbaren. So konnte sie mir weder die Vorstellung lassen, sie interessiere sich tatsächlich für *mich*, für Jonathan Rosen aus New York, wohnhaft Kibbuz Beit Oren, Haus 21, weil er so aufregend ist und gut aussehend und so ein begabter Schriftsteller, dem nur ein wenig Inspiration fehlt, noch konnte sie warten, bis ich von selbst darauf gekommen wäre, was sich hier abspielte, und meine eigene Täuschung erkannt hätte.

Am Morgen sitzt sie auf der Veranda. Ich komme nach meinen Yoga-Übungen nach draußen und sehe sie dort sitzen, im grauen Sweatshirt mit dem Columbia-Schriftzug auf der Brust, in kurzer Jogginghose, die Haare hochgesteckt, die Beine zum Schneidersitz verschränkt. Ich setze mich neben sie und höre ihre Geschichte.

»Du kannst dich doch an die Aufregung damals erinnern. All die panischen Schlagzeilen, all die Angst, die er verbreitet hat. Landesweite Fahndung nach einem unbekannten Täter. Abendliche Treffen in der Stadthalle, Bürgerwehren. Und die Ohnmacht des FBI, der Hohn, den man über uns ausschüttete. Die Eltern der Mädchen hatten einen Fonds gegründet, aus dem private Ermittler bezahlt wurden. Weil wir es offensichtlich nicht schafften. Wenn eine solche Verbrechensserie nicht innerhalb eines Jahres aufgedeckt werden kann, fangen die Ersten an, von einem verwunschenen Fall zu sprechen. Und dann ergibt eins das andere. Das ist einfach so. Man glaubt daran, dass es einer dieser Fälle wird, die niemals gelöst werden. Weil irgendetwas Magisches an ihnen haftet. Die Indizien, denkt man, liegen eigentlich alle auf dem Tisch, nur hindert irgendein Zauberspruch alle Beteiligten daran, klarzusehen und die richtigen Schlüsse zu ziehen. Und dann denkt man, dass nichts anderes möglich ist, als auf den Moment zu warten, in dem der Fluch gelöst wird. Solch ein Fall wird niemals zu den Akten gelegt, bevor der Täter nicht gefunden wurde. Aber er ruht. Offiziell heißt es dann *Akte geschlossen*, aber er schlummert nur seinen Dornröschenschlaf. Bis etwas geschieht, was den Bann von ihm nimmt, sodass der Ritter in der schimmernden Rüstung sich dem Turm nähern kann.«

»Und du bist jetzt dieser Ritter?«

»Ich war es einmal. Wir verfolgen den Skinner von Williamsburg nun seit mehr als zwanzig Jahren. Nach der Entdeckung der Werkstatt in Brooklyn schöpften wir für ein paar Monate wieder Hoffnung. Die Vermieterin von Richard Fiddlers Wohnung in der Willow Street sagte uns, die Räumlichkeiten stünden seit Jahren leer, aber die Miete lande trotzdem pünktlich am Monatsanfang auf ihrem Konto, und da habe sie keine Fragen stellen wollen. Als wir das Konto überprüfen, sehen wir, dass das mit den Zahlungen noch ein paar Jahre so hätte weitergehen können. Aber die letzte Einzahlung stammte tatsächlich aus dem Jahr 1969. Also checken wir alle Flüge ins Ausland in dem Jahr, aber es gibt keinen Passagier unter dem Namen Fiddler. Meine Kollegen halten das für einen Trick, ein Spiel, um uns abzulenken. Jemand entwickelt eine Theorie von einem Ring, einer Mädchenhändlerbande, die überall in der Stadt falsche Hinweise streut, und davon, dass es gar keinen echten Richard Fiddler gebe. Das scheint auf einmal allen plausibel. Aber ich bin nicht überzeugt. Also gehe ich noch einmal zu der Werkstatt in Sunset Park, stöbere noch einmal in den Kellergewölben, auf die niemand Anspruch erhebt. Nach einigen Nachforschungen treffe ich den ehemaligen Besitzer des Ladens, der über der Werkstatt lag, ein Italiener namens Cavaggio, und der beschreibt mir den Mann, der ihm die Räume im Untergeschoss 1966 abgekauft hat: Mitte vierzig, mittelgroß, stattlich, in eleganten Tweed gekleidet. Schwarzes, leicht gelocktes Haar, Jude. Er zeigt mir den Namen auf dem Kaufvertrag: *Mr Josef Schwarzkopf.*

Wir haben einen weiteren Namen und eine weitere Spur – oder besser: Ich habe sie. Das FBI konzentriert sich auf die Version mit dem Mädchenhändlerring, und von da an muss ich allein weitermachen. Ich fahre nach der Arbeit durchs Land, verbringe meine Urlaubstage damit, nach Josef Schwarzkopf zu suchen. Aber es gibt niemanden mit diesem Namen, auf den Cavaggios Beschreibung zutreffen würde, selbst unter den Toten nicht. Zehn Jahre habe ich in meiner Freizeit an dem Fall gesessen. Und als ich meinen Job irgendwann an den Nagel hängte, habe ich nicht mehr geglaubt, er könne jemals gelöst werden. Bis vor ein paar Monaten …«

Ich will es gar nicht hören. Ich weiß nicht, was ich ihr glauben soll. Ich weiß auch nicht, warum ich überhaupt noch mit ihr spreche.

»Es war ja nicht alles gelogen«, sagt sie.

Es ist seltsam, diesen Satz nicht aus dem eigenen Mund zu hören.

»Heißt du überhaupt Goldman? Oder war das nur ein Trick, um bei den Zionisten gut anzukommen? Und hast du wirklich Literaturwissenschaften studiert?«

»Ich sage dir, all das ist die Wahrheit. Ich konnte nur eben nicht hier ankommen und sagen, ich bin vom FBI und suche deinen früheren Freund, den Serienmörder.«

»Warum nicht? Es wäre wenigstens ehrlich gewesen.«

Ich führe mich auf wie ein kleines Mädchen.

»Ich musste dein Vertrauen gewinnen.«

»Das ist dir nicht gelungen.«

Ich renne davon und schließe mich in meinem Zimmer ein.

★★★

Er musste ihre Sachen verwenden, um sie abzutrocknen, bevor das Blut gerann. Ihr weißes T-Shirt war sofort tiefrot. Der Blutfluss ließ sich nicht stillen, daher hängte er ihren Kopf über die Kante der Grube und ließ es ablaufen. Das Ergebnis war nicht viel anders als das, das er geplant hatte. Die früheren Mädchen waren auch über der Grube ausgeblutet. Nur war alles ein wenig ruhiger und zivilisierter vor sich gegangen, und er hatte die *Goldberg-Variationen* ohne ärgerliche Unterbrechungen hören können. Nachdem er die Kassette etwas zurückgespult hatte, ans Ende der Aria, widmete er sich wieder seiner Aufgabe. Weitere Störungen waren wohl kaum mehr zu erwarten.

Er sah ihr Blut auf den armen Jerry hinunterplätschern, der röchelnd und ächzend nach Luft schnappte. Eisenstein konnte nicht sagen, ob Jerry sich die Wirbelsäule oder das Genick gebrochen hatte, er sah nicht schlechter oder besser aus als vorher. Doch dem Stöhnen nach zu urteilen und der Tatsache, dass Jerry seit mehreren Minuten fast reglos dalag, musste es wohl etwas Ernsthaftes sein.

Egal, es galt, den Plan zu erfüllen. Es war zu heiß an diesem Abend, als dass er Zeit hätte verschwenden können. Hannahs Haut konnte er auch hinterher noch von Blut und Schmutz befreien, jetzt musste er zusehen, dass er sie sauber vom Muskelfleisch trennte, ohne dass weitere Schlagadern beschädigt wurden, die die Arbeit nur unnötig erschwert hätten. Er musste sein Vorhaben, die Haut noch am Körper einzufetten, aufgeben. Die Temperatur in der Werkstatt ließ ihn schätzen, dass ihm für den gesamten Vorgang etwa eine halbe Stunde zur Verfügung stand, viel weniger als an kühleren Tagen, aber immer noch machbar, wenn er sich konzentrierte.

Er wünschte nur, Jerry würde endlich mit dem Röcheln aufhören da unten. Er hatte das Autoradio schon voll aufgedreht, aber bei diesen Hintergrundgeräuschen konnte er die leiseren Stellen nicht genießen. Heute, dachte er, wäre die Gould'sche

Aufnahme sicher geeigneter gewesen – aber wer konnte schon ahnen, dass Jerry gerade heute das Chloroform nicht richtig berechnen würde? Doch dann gewann die Musik ihre magische Kraft über ihn. Die Noten wurden lebendig und flimmerten und hüpften um ihn her – elektrisches Feuer fuhr durch seine Fingerspitzen –, der Geist, von dem es ausströmte, überflügelte all seine Bedenken. Vorsichtig senkte er die Spitze des Messers an der Stelle unter Hannahs linkem Fußknöchel in die Haut. Nur wenige Millimeter waren hier nötig, so zart war diese Stelle. Knapp über der Sehne führte er die Schneide entlang, mit sanftem Druck, gleichmäßig, wie ein Geiger seinen Bogen führte er die Klinge, umrundete den Fuß, passierte die Achillessehne und kam exakt an der Stelle unter dem Knöchel, an der er angesetzt hatte, heraus. Er legte das Messer zur Seite. Mit den Fingerspitzen hob er die Haut unter der Wade an und wartete. Es war kein Blut zu sehen. Die Sehnen waren intakt.

Dann schnitt er die Innenseite des Unterschenkels entlang, hoch zum Knie, bis zur Kniekehle und zum Innenband. Wenn es ihm gelang, den Eingriff in einem Schnitt bis zum Leistenring hoch vorzunehmen, hätte er mindestens einen halben Quadratmeter zusammenhängenden Materials. Hannahs Knie, so stellte er wieder mit Genugtuung fest, waren weich, faltenlos und ohne Narben. Es gelang ihm. An der Scham setzte er erneut an, wagte einen Rundschnitt um den Oberschenkel, führte die Klinge exakt unter der Gesäßhälfte hindurch und kam wieder am Ansatzpunkt heraus.

Erneut legte er das Messer weg. Schon jetzt konnte er in seinen Fingerspitzen den tadellosen Aufbau erspüren, die perfekte Struktur, die Vollkommenheit dieses Stoffs. Er hatte sich nicht getäuscht.

Das rechte Bein gelang ihm ebenso gut. Er betrachtete beide Streifen, dann legte er sie behutsam auf die Decke im Lieferwagen. Er war entzückt, zwei Folio-Bücher konnte man daraus machen, er sah sie vor sich. Doch es hieß, sich zu sputen. Eine Viertelstunde mochte ihm noch bleiben, Frau Landowska war bereits bei der Gigue und Herr Eisenstein noch nicht einmal beim Oberkörper. Nun musste er den Rumpf vor den Armen angehen, weil es das größere zusammenhängende Stück ergab. Es war bedeutend komplizierter als die Beine, mehr Rundschnitte waren nötig, die Organe durften nicht verletzt werden. An den Rippen war beinahe kein Fleisch zwischen Brustkorb und Haut. Wie schlank sie war. Eine wahre Ballerina. Für ein paar Jahre hätte sie vielleicht tanzen können und die Menschen mit ihrer Kunst erfreuen. Aber wie vergänglich wäre das gewesen im Vergleich zu der Kunst, die sie jetzt ermöglichte!

Er spürte das Fleisch unter seinen Händen härter werden, das war das Blut, das aufgehört hatte zu fließen und sich nun zu verdicken begann. Ihr Hals schien fast trockengelegt, nur noch vereinzelte Tropfen fielen auf Jerry hinab, der merklich stiller geworden war. Eisenstein ergriff eine Hochstimmung. Als er Hannah ein wenig anhob und zu sich zog, sah er den Flaum ihrer Haare im Abendlicht schimmern wie Bernstein, so weich, so golden, so nah. Genau wie damals im Konzertsaal, während der *Wandererfantasie*. Und nun Bach. War das Leben nicht wunderschön?

Nachdem er die Häute übereinander in den Wagen gelegt und die Türen verschlossen hatte, zog er Hannah hoch und hielt sie in seinen Armen. Sein weißes Hemd, das bisher bloß rote Spritzer abbekommen hatte, sog sich voll mit ihrem Blut. Er trug sie hinaus ins Freie. Einige hundert Meter hinter der Wagenhalle führte ein Pfad zum Ufer des East River. Er genoss den Weg, der ihn zu einer einsamen Stelle mit Blick auf Astoria und Triborough Bridge führte. Ganz hinten, im Westen, ging die Sonne unter und sandte ihnen beiden ihre letzten Strahlen. Hannahs süßer Kopf lehnte an seiner Schulter. Er roch den Duft ihrer Haare. Leicht war sie. Er meinte fast, sie flöge, als er über der Kaimauer stand, sie losließ und ihr nachsah, wie sie die drei Meter hinunterglitt in die dunklen Fluten.

Der Mai war gekommen. Der Winter war vorbei. Die Krokusse blühten, und Männer in Unterhemden standen auf ihren Balkonen und säten Kresse. Eisenstein saß am Fenster des kleinen Diners in Brooklyn, das er morgens gerne aufzusuchen pflegte, weil es nicht zu voll war und man guten Tee serviert bekam. Aber an diesem Morgen, einem kühlen Frühsommersamstag, war er hier, weil er sich verabredet hatte. Er wartete auf ein Mädchen.

Er widmete sich der Zeitung und seiner Tasse Darjeeling und dachte an die Vergangenheit. Der Tod seines Gehilfen hatte ihn doch mehr getroffen, als er es damals bei der Heimfahrt von Wards Island, mit seiner Beute auf der Ladefläche, geglaubt hatte. Er hatte zu diesem Zeitpunkt nicht gewusst, ob Jerry tot war, und es war ihm auch egal gewesen. Denn der arme Krüppel war stumm und dumm und konnte weder lesen noch schreiben, welche Gefahr konnte also von ihm ausgehen, wenn er überlebte?

Doch schon bald, nachdem er Hannahs Haut in den Keller der Zweiundvierzigsten Straße gebracht, sie ausgewaschen und gebeizt hatte, hatte er eingesehen, dass er Schwierigkeiten bekommen würde, wenn es ans Walken ging. Diese Arbeit hatten sie bislang nur zu zweit geschafft, und das unter größten Anstrengungen. Wie sollte er es allein bewerkstelligen? Wie sollte die Wandlung geschehen, wenn er allein zu schwach war? Und wie sollte es dann mit seinem Geschäft weitergehen?

In den Wintermonaten hatte er seine Bücher an Sammler aus der gesamten Welt verkauft, und die meisten davon waren mit der Haut von Heidi Lynch bezogen gewesen. Eines war an einen seltsamen Russen gegangen, eines an eine Gruppe schwedischer Krimineller, ein weiteres an einen Geschäftsmann aus Hongkong und ein paar kleinere Formate an mehrere Interessenten aus Südamerika. Ovids *Ars amatoria* hatte Jerry noch persönlich dem blinden Ira Bloom übergeben. Nun aber brauchte Eisenstein Nachschub. Er hatte ein paar Kleinkriminelle aus der Bronx angeheuert, vier Puerto-Ricaner, an die er über den Cousin des Typen, der auch heute wieder in dem Diner servierte, gekommen war. Die waren stark gewesen, und verstanden hatten sie anfangs auch nicht, worum es hier ging. Hatten ihren Job erledigt, ihren Lohn empfangen und keine Fragen gestellt. Irgendwann aber, im Januar, war Eisenstein zu Ohren gekommen, dass die Leute munkelten. Gerüchte waren im Umlauf, man hörte so dies und das. Der Verdacht, dass einer der Latinos doch etwas gerafft hatte und ein paar unkluge Worte hatte fallen lassen, ließ ihn nicht ruhig schlafen. Er brauchte sechs Kugeln für die vier Männer, und das tat ihm sehr leid.

Mit Beginn des neuen Jahres schien aber doch Gras über die Sache gewachsen zu sein. Das Gerede war verstummt, er konnte sein Geschäft wieder aufnehmen. Er verarbeitete das Leder, das ihm geblieben war, zu ein paar prachtvollen Exemplaren, zu einer *First-Folio*-Ausgabe von 1638, die seit Jahrzehnten als verschollen galt, zu einer Schedelschen *Weltchronik*, erschienen 1493 bei Koberger, Nürnberg, in doubliertem Band mit Plattenprägung, Rocaillestil des neunzehnten Jahrhunderts, und zu einer kleinformatigen Dünndruckausgabe von Goethes *Faust* in Fraktur.

Aber irgendwann, so wusste er, würde der Tag kommen, an dem er neues Leder benötigte. Als es im März wieder Spargel zu kaufen gab, fühlte er seinen Trieb erwachen. Er sah den Mädchen hinterher wie ein Wahnsinniger, sah sie vorbeigehen und musste sich hüten, sie anzusprechen. Die Tatsache, dass er nun keine Mädchen mehr mitnehmen konnte, allein weil er nicht wusste, wie er ihre Haut verarbeiten sollte, drohte ihn wahnsinnig zu machen. Es war ihm, als wäre er lüstern und impotent zugleich.

Er musste einen Ersatz für Jerry finden. Vielleicht kam es nicht so sehr auf die bloße körperliche Kraft an. Vielleicht waren auch andere Talente von Vorteil. Es musste ein einzelner Mann sein, ein naiver, leicht zu beeinflussender Mann, der ein Geheimnis für sich behalten konnte.

Er klapperte die Gerbereien ab, hörte sich bei Kürschnern und Taschnern um. Vergeblich. Er machte seine Runden durch die Metzgereien und Schlachthöfe, fuhr frühmorgens mit seinem Studebaker bis nach New Jersey raus, sah sich die Leute an, die mit Fleisch umgehen konnten. Da waren bullige Typen mit stierem Blick unter ihnen, doch keinem traute er einen solchen Job zu. Er wollte fast aufgeben, da fiel ihm auf dem Parkplatz des Westville Kosher Market auf Staten Island ein schmächtiger Bursche auf, höchstens zwanzig Jahre alt, noch Flaum um die Lippen. Er schleppte einige Kisten Hähnchenkeulen in eine Halle, kam dann zurück, setzte sich für einen Moment auf die Ladefläche seines Lieferwagens und zündete sich eine Zigarette an. Das war kein gewöhnlicher Fleischausfahrer, eher ein Student, der einen Aushilfsjob erledigte. Aber mit Fleisch kannte er sich offenbar aus, und einen Führerschein hatte er auch. Irgendetwas an dem Jungen faszinierte ihn. Sein Blick, tieftraurig und sentimental. Ein romantischer Hähnchenkeulenausfahrer.

Plötzlich nahm der Junge eine Kamera hervor, stellte sich neben seinen Wagen und begann, Bilder zu knipsen. Nach jeder Aufnahme machte er ein paar Sekunden Pause, fixierte sein Motiv und schoss wieder los. Dann legte er die Kamera weg, trat seine Kippe aus und stieg in den Wagen. Eisenstein folgte ihm.

In den nächsten Tagen bestätigte sich seine Vermutung. Ein Student der Literaturwissenschaft, mit künstlerischen Ambitionen und dem schönen Namen Jonathan Michael Rosen. Lebte in einem Wohnheim in Harlem, besuchte ein paar Vorlesungen an der Columbia und sah den Frauen hinterher. Mehr als das, er verfolgte sie regelrecht. Nicht, dass er je eine ansprach in den Dutzend Stunden, die Eisenstein auf seinen Fersen war. Aber oft hatte er eine über mehrere Straßenzüge hinweg verfolgt, mit der Kamera um den Hals, war mit ihr in Kleidergeschäfte und Buchläden gegangen, hatte hinter Säulen versteckt auf sie gewartet, wenn sie irgendwo stehen blieb, um sich einen Bagel zu kaufen, hatte hier und da ein heimliches Foto gemacht wie ein

Privatdetektiv und war ihr bis nach Hause gefolgt, wo er sich den Namen vom Klingelschild in ein Notizheft schrieb. Seine Beute waren immer die Hübschen und Jungen gewesen. An den Älteren und Hässlicheren war er achtlos vorbeigelaufen, selbst wenn es Stunden dauerte, bis wieder ein mögliches Opfer vorbeikam. Der Junge hatte seine Vorlieben. Und er hatte Geschmack.

Schließlich, als die Magnolien gerade verblüht waren, entschloss sich Eisenstein, den Jungen zu testen. Auf der Seventh Avenue fand er eine hübsche Prostituierte und lud sie auf einen Kaffee ein. Als er sie sich näher ansah, stellte er fest, dass sie nicht nur wirklich ausnehmend hübsch war – rotblonde Haare, Schmollmund, ein bezaubernder Augenaufschlag –, sondern auch witzig, klug und talentiert. Das definitive Mädchen, könnte man sagen. Er gab ihr den Namen, der am besten zu ihr passte, dazu ein paar Scheine und ein altes Buch, nannte ihr Ort und Zeit und schickte sie los.

Als sie den Diner betrat, erkannte er sie nicht gleich. Sie trug Lederjacke und Rock, dazu einen Rucksack über der Schulter und sah aus wie eine Kunststudentin. Doch sie hatte ihn bereits von draußen erspäht, zwinkerte ihm zu und setzte sich an einen freien Tisch in der gegenüberliegenden Ecke. Nur wenige Sekunden später stolperte der Junge herein, unbeholfen sah er sich um, die Absicht seines Besuchs konnte er nur schlecht verbergen. Er nahm unweit des Mädchens Platz und wartete. Wartete darauf, dass die Hölle zufror. Das Mädchen zog das Buch hervor und blätterte darin. Eisenstein zögerte, in der vagen Hoffnung, dass der Junge doch noch seinen Mut zusammennehmen würde. Doch nichts geschah.

Dann bitte. Wer nicht führen will, muss folgen.

Er trank seinen Tee aus, legte die Zeitung zur Seite und ging auf sie zu.

»Und wenn wir auch die ganze Welt bereisen, um das Schöne zu finden – wir finden es nur, wenn wir es in uns tragen.«

4

Heute Morgen ist sie bereits wach, als ich runterkomme, und hat Kaffee gemacht, den sie mir bringt, sobald ich mit dem Yoga fertig bin. Ich versuche zu meditieren, aber ich kann nicht nichtdenken. Ich höre sie in der Küche hantieren, dann geht sie durchs Wohnzimmer, dann höre ich lange Zeit nichts und denke darüber nach, wo sie ist und was sie macht und wie ich ihr zeigen kann, dass mich das nicht interessiert.

Ich gehe wieder zu den Schießübungen in die Halle, weil ich hoffe, ich könnte mich dabei abreagieren. Keine fünfzehn Minuten später steht sie neben mir in voller Ausrüstung, gibt ein paar Kostproben ihrer Kunst und sieht mir dann zu. Ich weiß, sie will mich ärgern, aber sie kann mich mal. Ich bin ganz ich selbst, ich atme tief ein und aus. Nach ein paar Fehlschüssen (seit Jahren habe ich keine Pistole mehr angefasst, mein Auge ist schwächer geworden, und meine Hand zittert) stellt sie sich hinter mich und korrigiert meinen Stand. Sie schiebt meine Füße mit ihren gerade, legt die Hände auf meine Schultern und drückt sie nieder. Ich lasse es geschehen, schließlich ist mir diese Frau egal. Im Steingarten hat sie bereits ein paar Felsen weggerollt, bevor ich mit der Schubkarre ankomme. Ich danke ihr mit einem Kopfnicken. Die Oleanderbüsche sind gekommen, wir pflanzen sie gemeinsam in die Löcher, die wir gegraben haben, und schweigen dabei. Sie weicht mir nicht von der Seite.

So vergehen die Tage. Mein Trick ist, sie nicht rauszuwerfen. Sie hat nur noch fünf Nächte hier im Kibbuz, dann muss sie so oder so die Koffer packen, und ich werde den Teufel tun, ihr zu zeigen, dass ich nicht einmal diese Zeit abwarten kann. Von mir aus kann sie bis dahin so tun, als würde sie sich für das Kibbuzleben und die zionistische Idee begeistern. Sie ist mir nicht wichtig genug, als dass ich sie vor die Tür setzen wollte.

In der Nacht höre ich nicht, wie sie die Treppe hochkommt. Ich höre nicht, wie sie meine Tür öffnet, wie sie in mein Zimmer schleicht und sich neben mich setzt. Als ich erwache, erschrecke ich nicht. Ich erkenne ihre Silhouette im Mondlicht sofort, das wundert mich. Vielleicht hat mein Körper sie auch am Geruch erkannt, vielleicht habe ich von ihr geträumt oder träume noch immer.

Wie lange hat sie da schon gesessen, auf der Bettkante, eine Hand auf meiner Decke, nur wenige Zentimeter neben meinem Arm, die andere auf ihrem nackten Oberschenkel? Als sich meine Augen an das Mondlicht gewöhnt haben, sehe ich, sie trägt mein T-Shirt, das weiße, das ihr viel zu groß ist, und Hotpants aus Stoff. Sieht sie mich an? Jetzt merke ich, dass mein Schwanz steif ist, schon die ganze Zeit steif war, als hätte ich etwas Aufregendes geträumt, das ich bereits vergessen habe. Und dann denke ich, sie hat mich angefasst, während ich schlief. Ja, ich meine, mich an ihre Hand zwischen meinen Beinen zu erinnern, die gleiche Hand, die nun unschuldig auf ihrem Schenkel liegt. Sie hat mich angefasst! Doch das kann nicht sein, das kann nicht sein.

Sie hebt die Decke an und schlüpft darunter. Ich spüre ihre Brüste an meinem Oberkörper, ihr Bein drängt sich zwischen meine, und eine Zeitlang halte ich die Vorstellung aufrecht, sie habe sich bloß einsam gefühlt da unten in ihrem Zimmer und wolle nur ein wenig Wärme und an meiner Seite einschlafen, schließlich sind wir erwachsene Menschen. Aber sie tut alles, um mir diese Illusion zu rauben. Während wir miteinander schlafen, bin ich überwältigt, pendle zwischen Lust und Müdigkeit, Wut und Erstaunen. Sally hingegen ist zielstrebig, sie kümmert sich nicht um mich. Ich komme mir vor wie ein Zitronenbonbon, das sie gedankenlos gegen die Innenseite ihrer Zähne klappern lässt.

Als wir später nebeneinanderliegen, flüstere ich: »Warum bist du zu mir gekommen? Warum ausgerechnet zu mir?«

Doch Sally ist bereits eingeschlafen.

In den wenigen Stunden, die ich in dieser Nacht geschlafen habe, habe ich von Eisenstein geträumt. Seit Jahren zum ersten

Mal. Irgendeine verrückte Geschichte, dass er in einer Höhle in den Bergen hauste, wo er von wildem Honig und Heuschrecken lebte und auf einem Stein meditierte und Yoga machte, und dass ich morgens hinfuhr und ihm Kaffee servierte. Die Vorstellung, ihn ganz aus meinem Kopf verbannt zu haben, ist also dahin, wie auch sonst, nach all den Erinnerungen, die Sally in mir wachgerufen hat, an die Columbia, das Village, den Sunset Park, Coney Island ... Und dann an die Willow Street, Brooklyn Heights und den Namen Josef Schwarzkopf und ihre Beschreibung der äußeren Erscheinung dieses Mannes. Wie auch sonst, nachdem ich mit einer schönen, fremden Frau geschlafen habe und niemand da ist, dem ich davon erzählen kann.

Als ich aufwache, weiß ich, dass Sally den Falschen sucht. Eisenstein war in diesem Sommer beinahe ununterbrochen mit mir zusammen, ich war sein Alibi. Er hätte keine Zeit gehabt, nebenbei achtzehn Morde zu begehen. Wenn Eisenstein ein Mörder gewesen wäre, was wäre dann ich? Ein Komplize, ein Confidant? Ein Mittäter? Ich weiß, sie liegt falsch, weil sie falsch liegen muss.

Wir frühstücken Rühreier und Speck, Datteln, Joghurt und Honig. Sally hat Kaffee gemacht. Sie sitzt auf der Veranda im T-Shirt von letzter Nacht, das rechte Bein, noch immer nackt, auf die Bank gestellt, die Ferse an den Körper gezogen. Sie gibt mir einen Kuss.

»Ich habe mich so sehr in diesen Fall hineingesteigert, dass ich mein ganzes Leben vernachlässigte. Zwei Jahre dauerte es, dann kam die Quittung. Ich war pleite. Mein Mann wollte die Scheidung. Im Nachhinein bin ich ihm dankbar, doch damals dachte ich, er hätte schon ein wenig mehr Geduld zeigen können. Vielleicht noch ein oder zwei Jahre mehr, oder vielleicht hätte er mir einfach mehr zeigen können, dass er an mich glaubte. All meine Kollegen wandten sich von mir ab, mein Chef überließ mir nur noch die unangenehmsten Fälle, ich wurde nicht befördert. Schließlich schmiss ich hin. Und als ich auf mich allein gestellt war, ohne Job, ohne Mann, musste ich beweisen, wie wichtig mir dieser Fall, wie wichtig mir die

Wahrheit ist. Und ich habe gemerkt, sie ist mir wichtiger als mein eigenes Glück.«

Ich denke an Sallys Körper und an die letzte Nacht. Der Sex mit ihr war der Preis dafür, dass sie das nach alldem sagen kann und ich es ihr nach alldem glaube. Er war's wert. Er war auch ihre Geschichte wert.

»Ich hab mich durchgeschlagen. Nach ein paar Monaten hatte ich eine Privatdetektei in der Ridge Street, wo ich mit ein paar Heiratsschwindlern und Seitensprüngen das nötige Geld verdiente, um mich damit wieder auf die Jagd nach dem Phantom zu begeben.«

»Warum bist du zu mir gekommen?«

»Ich habe mich damals so sehr mit all den Mädchen identifiziert, weil ich so alt war wie sie und auch in New York lebte und meine Eltern aus Deutschland kamen. Ich habe das Schicksal dieser Mädchen, ihre kurzen Leben, studiert, bis ich sie besser kannte als mein eigenes. Ich habe angefangen, sie zu lieben, und mit jedem Körper, den man fand, wurde meine Liebe zu ihnen stärker – als wären wir, die jungen hübschen Mädchen von New York, alle eine große Familie, alle Schwestern, und er unser aller schrecklicher Vater, der uns missbrauchte und zerstört zurückließ. Als ich mir die Bilder der Leichen wieder und wieder ansah, wurde mir klar, ich hätte auch dort liegen können, aufgeschwemmt, die Haut von den Gliedern gezogen, nur noch rotes, rohes Fleisch. Der Gedanke, dass sie heute in meinem Alter wären, macht mich noch immer krank. Als ich dann die Detektei hatte, habe ich alle Hinweise wieder und wieder umgedreht. Ich bin so oft zu den Angehörigen gefahren und habe sie ausgefragt, dass selbst die Höflichen unter ihnen, diejenigen, die sahen, dass ich doch nur helfen wollte, mich irgendwann vom Hof jagten. Der Zeitpunkt war gekommen, an dem nicht einmal mehr die Opfer mit mir zu tun haben wollten. Aber es war nicht ganz umsonst.

Im Sommer 1980 setze ich mich in eine Vorlesung über die Literatur der italienischen Frührenaissance. Das Trecento, Boccaccio, Petrarca. Dante. Der Professor, ein frühzeitig gealterter Mann, spricht leise und langsam mit gebrochener Stimme. In seinen Augen sehe ich die Trauer um seine tote Tochter. Beatrice Ehrlich, genannt Bea, geboren 1949 in Newark, verschwunden am einunddreißigsten August 1969. Ein hübsches, vielversprechendes Mädchen, das nicht einmal zwanzig Jahre alt wurde. Zum letzten Mal gesehen wurde Bea auf einer Party, die Professor Ehrlich in seinem Penthouse in der Upper East Side gegeben hatte. Drei Wochen später tauchte ihre Leiche aus den Fluten des Hudson empor. Enthäutet vom Kiefer bis zu den Fußknöcheln. Todesursache: Kohlenmonoxidvergiftung. Das achtzehnte Opfer des Skinners, und aller Wahrscheinlichkeit nach sein letztes. Es wurden später noch weitere Leichen gefunden, weit entfernt an den Küsten Long Islands, aber die Gerichtsmediziner gingen davon aus, dass diese Mädchen schon länger im Wasser lagen oder zumindest länger tot waren als Beatrice Ehrlich. Das Seltsame an dem Fall und der Grund, warum ich von ihm immer am stärksten angezogen wurde, war, dass es Zeugen gab, die gesehen haben wollten, wie Beatrice in der Nacht nach der Party mit einem Mann am Arm durch die Straßen Manhattans spaziert ist. Solche Aussagen gab es bei keinem der anderen Opfer.

Nach der Vorlesung spreche ich mit Professor Ehrlich, wir gehen auf einen Bagel in die Cafeteria. Er erkennt mich nicht mehr, es sind drei Jahre vergangen, da ich ihm zum letzten Mal mit Fragen auf den Leib gerückt bin. Ich selber habe an diesem Tag nicht an große Neuigkeiten geglaubt, schon damals hatte mir Ehrlich nichts Besonderes erzählen können, aber ich wollte mir nichts vorwerfen lassen. Jetzt aber, als er mich nach meiner ersten Frage zu Bea wiedererkennt und ich mich darauf gefasst mache, seine Schimpftirade abzubekommen, verzichtet er darauf, mich zum Teufel zu wünschen. In ihm ist nur Schmerz, keine Wut, kein Hass.

Und dann kommt die Rede auf Schwarzkopf. Ich erwähne Ehrlich gegenüber den Namen und bemerke, wie er zuckt. Als führe ihm eine böse Erinnerung durch den Kopf. Ich versuche es ein zweites Mal.

– Sie haben den Namen schon einmal gehört?
– Ich kann mich nicht erinnern.
– Aber das sagt Ihnen was?
– Ich habe damit abgeschlossen.
– Denken Sie, Ihre Tochter würde es Ihnen danken?
– Schwarzkopf?
– Schwarzkopf.
– Ein deutscher Name. Vielleicht war es auch nur ein Traum, eine Spinnerei meines verwirrten Gehirns. Es ist vielleicht nichts. Aber ein paar Monate, nachdem sie Beatrice gefunden hatten, sprach ich mit einer meiner Studentinnen, die damals, an dem Abend, auf meiner Party war. Sie sagte, sie hätte Bea auf der Veranda mit einem Mann sprechen sehen. Per Zufall wäre sie ihnen so nah gekommen, dass sie einige Worte hätte aufschnappen können. Er hat sich ihr als Mr Schwarzkopf vorgestellt, sagte sie. Sie wisse das so genau, weil ein paar Minuten später ein zweiter, jüngerer Mann dazugekommen ist, und der hätte sich mit dem gleichen Namen vorgestellt, und da hätte meine Tochter gelacht. Ich habe das später wieder vergessen, weil ich niemanden mit dem Namen Schwarzkopf kenne, keinen alten und auch keinen jungen Mann. Ich nahm an, diese Studentin wollte sich nur wichtigmachen vor mir.
– Vielleicht nicht.
– Sie denken, da ist doch etwas dran?
– Ich will Ihnen keine Hoffnung machen.
– Das können Sie auch nicht.
Der Skinner hat also einen Komplizen gehabt. Ab jetzt suche ich nach zwei Männern, die den gleichen Namen tragen. Noch einmal gehe ich die Liste derer durch, die damals auf Ehrlichs Party gesehen wurden. Und nun entdecke ich den Namen, der mich anspringt wegen seiner Ähnlichkeit mit Josef Schwarzkopf. Ein Mann namens Josef Eisenstein. Ich sehe in den Akten, dass er damals wie alle anderen Anwesenden befragt und als unverdächtig eingestuft wurde. Ich überprüfe ihn noch einmal, und als ich die Passfotos sehe, denke ich, er würde auf die Schilderung von Cavaggio passen. Nun sehe ich genauer hin. Ge-

boren 1919 in Berlin unter dem Namen Josef Schwarzkopf, eingezogen zur Wehrmacht 1939 und noch im gleichen Jahr geflohen, über Paris und Amsterdam nach New York gekommen, wo er nach dem Krieg im East Village gemeldet war. Mosaischen Glaubens, wie es damals noch hieß. Keine Angaben zu Berufen, keine polizeilichen Einträge etc. Ich überprüfe seinen aktuellen Wohnsitz, ein Loch in der Allen Street, Lower East Side, in das seit Jahren niemand mehr einen Fuß gesetzt hat. Offenbar ist er hier raus, als er zu ein bisschen Geld gekommen ist, und hat sich dann unter falschem Namen das Apartment in der Willow Street gemietet und unter einem anderen falschen – der offenbar sein richtiger ist, wenn er nicht schon bei der Einwanderungsbehörde gelogen hat – die Kellerräume in der Zweiundvierzigsten Straße gekauft. Eisensteins Spuren verlieren sich im September 1969, sieben Tage nach seinem Verhör auf der Polizeiwache von Midtown Nord. Drei Wochen nach dem Verschwinden der Beatrice Ehrlich.

Ich gehe die Angaben der INS durch, durchforste die Archive der Schiffsunternehmen, kontaktiere die Fluggesellschaften. Wenn er deutscher Jude ist, gibt es ein paar Möglichkeiten, die als Allererstes infrage kommen: Deutschland, Österreich, Schweiz. Und Israel. Ich ersuche um Amtshilfe bei den zuständigen Stellen, den Zollverwaltungen, dem Auswärtigen Amt, Interpol. Auch die Botschaft in Tel Aviv weiß nichts. Keine Einträge zu einer männlichen Person dieses Alters, weder mit dem Namen Fiddler noch mit den Namen Schwarzkopf oder Eisenstein in diesem Zeitraum. Auch die anderen gemeldeten Auswanderer passen nicht auf die Beschreibung. Der Mann ist ein Geist.

Schließlich bleibt mir nur Ostberlin. Aber die US-Behörden verweigern jegliche Zusammenarbeit. Ich erbitte Kontakt zum Ministerium für Außenhandel, doch man will nichts davon hören. Das FBI steht nicht hinter mir, und alles, was mit DDR zu tun hat, ist eine Angelegenheit, mit der man so wenig wie möglich zu tun haben will. *Das ist ein paar Nummern zu hoch für dich, Sally.* Ich erkenne, dass man den Skinner gar nicht wirklich finden will, sondern mehr als zufrieden ist, dass die Öffentlichkeit so langsam jegliches Interesse an dem Fall verliert. Aber Sally Goldman hat die Dinge schon immer um ihrer selbst willen getan und nicht, weil sie Erfolg versprachen.

Über einen Kontaktmann, einen alten Freund beim FBI, gelingen mir noch ein paar Telefonate mit der Zollverwaltung der DDR. Zwei Briefe werden hin und her geschickt, ein paar Aktenauszüge, die nichts aussagen, aber dafür ausreichen, mir Gewissheit zu geben. Es ist die richtige Richtung, zumindest die einzige. Ich habe das Gefühl, dass da etwas ist, was sie uns verschweigen. Vielleicht haben sie jemanden, auf den meine Suchanfrage passen würde. Ich denke, sie denken, wir würden ihn für einen ostdeutschen Spion halten, und da haben sie sich entschieden, uns in dem Glauben zu lassen. Die Spur verschwindet. Eisenstein bleibt mein Phantom.

5

Zwanzig Jahre war alles still um ihn. Es war wie eine Strafe für mich: zwanzig Jahre Stumpfsinn. Nach dem Fund des Kellers flammte noch einmal ein Funke Hoffnung auf, aber es half nichts. Vergeblich blätterte ich die Zeitungen durch, hörte den Polizeifunk, bestach Ex-Kollegen, die mir Akten kopierten. Ich begann, mir andere, weniger frustrierende Fälle zu suchen. Mein Gefühl, dass ich, nur ich, auf der richtigen Spur war, schlummerte gut verborgen im Hinterkopf.

Aber jetzt, seit alles so schnell geht, stehen die Dinge anders. Seit dem Herbst weiß ich, meine Chance ist gekommen. Es ist ein Glücksfall, nicht nur, dass die Grenzen offen sind, die Behörden in Schockstarre und die ganze Situation ein einziges Chaos, sondern auch, dass es für alle so überraschend kommt. Damit, dass sein Schutzschild zerbricht, dass die Mauern, die ihn zwei Jahrzehnte versteckt hielten, so plötzlich fallen, konnte er nicht rechnen. Ich darf ihm keine Zeit lassen.

Ende November flog ich nach Berlin. Als die Nachrichten kamen, packte ich meine Unterlagen zusammen, holte ein paar Informationen ein und buchte ein Ticket nach Tegel. Am Kurfürstendamm treffe ich meinen Kontaktmann. Fjodor Netschajew, ein ehemaliger KGBler, war ein halbes Jahr vor dem Fall der Mauer in den Westen geflohen. Ironie des Schicksals, wie er selber sagt, und offenbar ein Zeichen dafür, dass auch die, die es hätten wissen müssen, nichts voraussahen. Seitdem die Grenze nicht mehr kontrolliert wird, geht er täglich rüber und macht Geschäfte mit beiden Seiten. Er fährt für mich ins Zentrale Aufnahmeheim Röntgental, kopiert mir die 1969er-Akten des Aufnahmeheims Barby und des Bezirksheims Weißensee, die nun dort gelagert werden, und nennt mir den Namen eines Mannes, bei dem ich eine Waffe und Munition kaufen kann. Er ist mit Dollar zufrieden.

Ich brauche nicht lange, um auf die richtige Fährte zu stoßen. Es waren nicht viele, die im Herbst dieses Jahres übersiedelten.

Als ich die Unterlagen durchsehe, fällt mir die spärliche Akte eines Mannes auf, von dem man noch in Barby ein Passfoto gemacht hat. Es ist ein wenig verwackelt und schlecht belichtet und Netschajews hastige Kopie verbessert die Sache nicht, aber das Gesicht darauf weist so viele Ähnlichkeiten mit dem in Eisensteins Ausweis auf, dass ich mir jetzt sicher bin. Der Name auf der Akte: Ralph Emerson. Geboren 1921 in Milwaukee, Wisconsin. Ich vermute, dass er sich für seinen Neuanfang im Osten als Amerikaner ausgegeben hat. Ich finde einen Brief an das Ministerium des Innern, datiert vom November 1969, abgestempelt in Köln, eigenhändig und unleserlich unterschrieben, in dem Mister Emerson eine Voranfrage stellt. Kein offizielles Antwortschreiben vorhanden. Dann Informationen über den Grenzübertritt Bahnhof Friedrichstraße und ein paar Protokolle über Vernehmungen, die in den drei Tagen im Aufnahmeheim stattfanden. Nichts Auffälliges. Er gibt an, aus weltanschaulichen Gründen in der DDR leben zu wollen. Zu seiner Vergangenheit in den USA erzählt er eine Geschichte, die so offensichtlich an den Haaren herbeigezogen ist, dass ich mich wundere, wie die Behörden sie ihm abnehmen konnten. Dass er eine Ausbildung als Gerber und Buchbinder absolvierte, sich in Duluth, Minnesota, einem kommunistischen Wanderzirkus anschloss und so nach New York City kam, wo er sich bis zur Ausreise mit Gelegenheitsjobs durchschlug und dem Marxistisch-Leninistischen Kampfbund beitrat. Auf die Frage, warum er so gut Deutsch spreche, sagt er aus, er sei als Kind in einer Kolonie der Amischen in der Nähe von Madison, Wisconsin, aufgewachsen. Dann noch ein paar Worte zu seiner stramm sozialistischen Weltanschauung. Mehr nicht.

Ich bin mir sicher, dass jeder Übersiedler irgendwo eine weitaus größere Sammlung an Dokumenten hat als die, die man für die normalen DDR-Bürger angelegt hat. Ein zweites Mal treffe ich mich mit Netschajew, bitte ihn um Kopien aus dem MfS. Er sieht mich mit großen Augen an, dann blickt er auf die Dollarscheine und verschwindet.

Die Kopien der Stasi-Akte sind allerdings noch spärlicher,

als ich befürchtet habe. Keine Informationen zu einer möglichen deutschen Vergangenheit. Keine Informationen über sein Leben in den USA, die meine bisherigen Nachforschungen bereichern könnten. Weder Bestätigung noch Entkräftung seiner Geschichte. Kein zweiter Name, kein Hinweis auf ein Pseudonym. Nur ein weiteres Foto, ebenfalls von mangelhafter Qualität, sowie die Protokolle der Observierung, die zwei Wochen nach der Entlassung aus Barby stattfand. Darin heißt es, Herr Emerson erledige die ihm zugewiesene Arbeit zufriedenstellend. Dann findet sich ein Eintrag, datiert auf Januar 1973: Antritt Stelle als Hilfsarchivar der Deutschen Staatsbibliothek, Außenstelle Berlin-Friedrichshagen. Und eine Adresse in der Nähe: Josef-Nawrocki-Straße 31.

Je näher ich ihm komme, desto verwirrter bin ich. An der Grenzübergangsstelle Friedrichstraße zerbreche ich mir den Kopf. Einerseits bin ich mir nun sicher, dass es sich bei Emerson um Josef Eisenstein alias Josef Schwarzkopf handelt. Was ich in New York über Eisenstein-Schwarzkopf-Fiddler gesammelt habe: Beschreibungen, alte Passfotos, Datum des Verschwindens, passt mehr oder weniger zu den Einreisedaten, den Angaben zum Alter, den Fotos dieses Herrn Emerson … zumindest widerspricht es ihnen nicht. Aber vielleicht will ich das, nach so vielen Jahren, die ich in diese Spur investiert habe, einfach nur glauben? Auf der anderen Seite ist da noch mein Zweifel. Selbst wenn ich recht habe, selbst wenn Emerson Eisenstein ist: Wie wahrscheinlich ist es jetzt noch, dass dieser Mann tatsächlich der Skinner von Williamsburg ist und achtzehn Menschenleben auf dem Gewissen hat? Und dass ich die Einzige bin unter all den Strafverfolgungsagenturen der Welt, die das weiß? Wenn ich recht habe, haben wir hier einen der gefährlichsten Männer des Jahrhunderts, einen Serienkiller, einen Psychopathen, der nur deswegen nicht auf der Liste der zehn meistgesuchten Flüchtigen steht, weil das FBI keinen Namen hat – und dann soll er einfach so in den Osten gegangen sein, ohne dass das MfS etwas über seine Vergangenheit herausgefunden hat? Dann soll er zwei Jahrzehnte im Arbeiter-und-

Bauern-Staat gelebt haben, ohne dass man sein wahres Ich erkannt hätte? Entweder handelt es sich hier um ein Genie des Versteckspielens, um jemanden, der die Geheimdienste gleich mehrerer Staaten zum Narren halten kann (ausgerechnet Sally Goldman aber nicht!), oder ich liege einfach falsch. Doch dann wieder: Warum das ganze Theater mit der Übersiedlung, der falsche Name, die falsche Geschichte? Wenn Eisenstein-Emerson wirklich nur ein unbescholtener amerikanischer Kommunist wäre, warum dann lügen? Und ist seine spärliche Akte nicht besonders auffällig? Kriminelle, die in den letzten dreißig Jahren in den Osten gingen, gab es genug, und unter den Schuldenmachern und Vorbestraften auch nicht wenige, die sich einer Fahndung entziehen wollten. Vielleicht gab es da eine halboffizielle Verfahrensweise. Vielleicht hat man in einigen Fällen absichtlich nicht so genau hingesehen?

Schließlich bleibt mir keine Zeit mehr für Zweifel. Es ist Heiligabend, und ich mache mich auf in den Osten. Seit Wochen funktioniert der Nahverkehr nur unzuverlässig. Auf einmal fehlen Fahrer, manche kehren erst nach ein paar Tagen zurück, manche bis heute nicht. Ganze Busse verschwinden. Kurzzüge werden eingesetzt, die Außenbezirke nur noch sporadisch angefahren, auf Kursbücher und Fahrpläne verlässt sich niemand mehr. Meine S-Bahn bringt mich bis Ostkreuz, dort stehe ich unter Hunderten von Menschen jeden Alters in der Kälte, Männer, Frauen, Kinder, die aus den östlichen Gebieten gekommen sind und nun in dicken Mänteln auf Anschluss nach Westberlin warten. Ab hier bin ich die Einzige, die die S-Bahn in die Gegenrichtung besteigt. Nach einer Stunde geht es bis Köpenick, dort ist Endstation, und ich stehe einsam auf einem zugigen Bahnsteig. Weiter nach Osten gehe ich zu Fuß, während sich über mir Gewitterwolken zusammenballen, vorbei an Plattenbauten, dann durch ein Villenviertel, durch den Wald bis zum Ufer des Müggelsees. Ich unterquere die Spree durch einen Fußgängertunnel und bin in Friedrichshagen. Hier, in einem menschenverlassenen Städtchen, dem man seine Kolonistenvergangenheit noch ansieht, umgeben im Norden von

Wald und im Süden vom See, finde ich, in Blickweite zum Ufer, die Josef-Nawrocki-Straße.

Es ist ein kleines Apartment im Erdgeschoss des Mietshauses Nr. 31, die Fenster sind mit dichten Gardinen versehen, davor ein zugewachsener Garten. Die Terrassentür auszuhebeln ist keine große Schwierigkeit. Als ich in der Wohnung stehe, ergreift mich plötzlich wieder das Gefühl absoluter Gewissheit. Es ist die gleiche Masche wie damals in der Allen Street. Ich verstehe nicht ganz, was mich so gewiss sein lässt, aber die Räume haben diese Aura, dieselbe wie die in Manhattan 1980. Alles ist provisorisch. Alles ist falsch. Eine Alibiwohnung. Ein paar Sperrholzmöbel, ein nie gebrauchtes Sofa und der Staub von Jahren auf den Oberflächen. Die stille, undurchdringliche Atmosphäre nie gelüfteter Räume. Auf dem Schrank ganze drei Bücher, denen man auf den ersten Blick ansieht, dass sie niemals auch nur aufgeschlagen wurden: das Telefonbuch von Berlin, der zweite Band des *Kapitals* und der erste der *Wanderungen durch die Mark Brandenburg*. Die Leitung des Telefons ist tot. Das Wasser läuft rostrot aus den Hähnen.

Wer je hier gelebt hat, hat dies nur für ein paar Monate getan. Er hat gewartet, bis die Durchleuchtung vorbei war, so lange ein unverdächtiges Leben geführt, seine Arbeit im Archiv zufriedenstellend erledigt und sich, sobald er sicher war, dass man das Interesse an ihm verloren hatte, abgesetzt. Wohin auch immer.

Ich trete in den Garten hinaus, stehe auf zerbrochenen Ziegelsteinen, zwischen denen Unkraut wuchert. Ein Mann kommt aus einer Garageneinfahrt, sieht mich an und zieht den Hut. Ich spreche Deutsch mit ihm, doch er scheint mich nicht zu verstehen. Oder will es nicht.

»Herr Emerson?«, rufe ich ihm hinterher.

Er dreht sich um. Als ich ihm die Passfotos zeige, staunt er. Er mustert mich erneut, sieht sich auf der Straße um, und als er merkt, dass wir allein sind, fragt er: »American?«

Ich nicke, und er sagt ein paar Sätze, die ich nicht verstehe. Auf meinen fragenden Gesichtsausdruck hin zeigt er über den See hinweg Richtung Süden und sagt nur ein Wort: »Teufel«.

Mein Weg führt mich über verwilderte Pfade am Ufer des Müggelsees entlang. Die Gewitterwolken sind mittlerweile über uns hinweggerollt. Das Erdreich ist sandig und weich. Es ist kalt. Ich frage mich, was ich hier mache. Wie soll ich mit der seltsamen Angabe des Mannes weiterkommen, einem Fingerzeig und einem kaum verstandenen Wort? Auf Quadratmeilen hin nur Wasser und Wald. Nichts, was an die Hand der Kultur erinnert, kein Steg und keine andere Fahrstraße sichtbar als ein verwirrendes Flussnetz, das sich durch endlose Forstreviere zieht, kein Hüttenrauch steigt auf, keine Herde weidet an den Ufern entlang, nur eine Fischmöwe schwebt langsam über dem See. Einen unbedachten Schritt weiter nach Osten, und ich bin in Sibirien. Aber dann merke ich, dass es keine Alternative gibt. Der Pfad führt durch den Wald und über sanfte Hügel, und erst nach einer Stunde komme ich an eine Abzweigung. Ein verwittertes Schild weist mir widerwillig den Weg westwärts zurück nach Köpenick. Auf dem anderen Brett, das den kleineren Pfad nach Süden entlangzeigt, entziffere ich mit Mühe das Wort *Teufelssee*.

Ich würde grinsen, wäre es nicht so kalt. Von allen Orten eines Landes, an denen ich einen Serienmörder gesucht hätte, wäre einer, der diesen Namen trägt, sicherlich der letzte gewesen. Doch nun bin ich da.

Der Weg wird beschwerlicher, der Boden tiefer, lehmiger. Langsam lichtet sich der Wald, und zwischen den Stämmen der Kiefern erblicke ich schließlich den Umriss einer Hütte, daneben das Ufer eines runden, schilfbestandenen Teichs, der seinen Namen nicht unverdient trägt: Die Wasseroberfläche ist dunkel, moorschwarz und glänzt wie ein Onyx. Ein leichter Nebel schwebt darüber. Hier weht kein Wind, aber die Binsen wiegen hin und her und rascheln, als flüsterten sie einander etwas zu. Ansonsten ist es still. Es riecht nach Morast und faulendem Laub.

Ich verstecke mich hinter einem Baumstamm und ziehe die Waffe. Die Hütte, ein von einer mächtigen Eiche beschattetes Blockhaus mit einem Stoß Holz vor der Tür, ist bewohnt, aus dem Ofenrohr über dem geschindelten Dach steigt, schnurgerade in den grauen Himmel hinein, ein fahler gelblicher Rauch. Die Fenster sind verdeckt, vor einem steht ein Fahrrad. An einem Campingtisch lehnt eine Angelrute. In den Teich hinein führt ein Steg, daneben steht ein kleiner Werkzeugschuppen. Ganz hinten ein Plumpsklo. Falls er mich gesehen hat, ist es bereits vorbei. Aber mein Gefühl sagt mir, dass ich vorsichtig war und den Überraschungseffekt noch immer auf meiner Seite habe. Ich fühle mich wie ein unerwarteter Gast am Weihnachtsabend.

Also schleiche ich, so gut das Eichenlaub und die glatten Tannennadeln es erlauben, an der Seite der Hütte entlang. Ich werfe einen Blick durch die matten Scheiben, doch im Innern ist alles schwarz. Es gibt keinen Hinterausgang. Wenn er da ist, sitzt er in der Falle. An der Frontseite öffne ich langsam das Fliegengitter, reiße die dahinterliegende Holztür auf und springe mit vorgehaltener Pistole hinein. Ich will etwas rufen, wie ich es noch immer gewohnt bin: *FBI*, *Hände hoch!*, einen seiner Namen oder auch nur *Stehen bleiben*. Es ist nur ein einziger Raum, mit Kochstelle über dem Kamin, der ein wenig Wärme ausstrahlt, einem schmalen Bett unterm Fenster, einem Tisch und einem Stuhl. Holzdielenboden, darüber ein billiger Teppich. In der hinteren Ecke eine Spüle aus Emaille, daneben ein mit Linoleum belegtes Brett als Arbeitsfläche. Die Wände verdeckt von vollgestellten Bücherregalen. Ich bin allein.

Weit kann er nicht sein. Ich will zur Tür hinaus, da fällt mir auf dem Tisch, auf dem unaufgeräumt zwischen benutzten Tellern und Tassen und einer offenen Flasche Rotwein eine Menge Stifte, Papiere und Bücher liegen, ein älteres Buch ins Auge, schwer, dunkelrot, von größerem Format als die anderen. Ich stecke die Waffe ins Holster und nähere mich. Dann ziehe ich es hervor. Auf dem ledernen Umschlag in weißer Schrift das Wort: *EISENSTEIN*.

Gerade will ich es öffnen, da verdunkelt sich der Raum. Ruckartig drehe ich mich um und sehe jemanden in der Tür stehen. Das Licht dringt hinter ihm schräg in die Hütte, sodass ich nur die Umrisse einer schwarzen Gestalt erkenne. Da steht ein Mann, groß, breitschultrig, er hält etwas mit beiden Armen, und bis ich die Waffe erneut gezogen habe, lässt er es fallen und springt aus dem Türrahmen. Ich haste hinterher, stolpere über die Holzscheite auf der Schwelle und falle hinaus in den Dreck. Ich sehe, wie er sich auf das Fahrrad schwingt und in die Pedale tritt, die Mantelschöße flattern wild hinter seinem Rücken. Ein paar Hundert Meter renne ich hinterher, doch er ist schneller und verschwindet schließlich im Dunkel des Waldes.

Ich folge dem Pfad. Auf dem feuchten Grund hat sein Rad deutliche Spuren hinterlassen, doch kurz vor der Weggabelung wird der Weg fester, sandiger, und dann verlaufen die Reifenabdrücke im Nichts. Ich muss mich entscheiden. Nach Westen Richtung Köpenick, wieder nach Friedrichshagen oder die Verfolgung vorerst aufgeben und zurück zur Hütte gehen. Da fällt mir auf, dass ich in der rechten Hand die Waffe, in der linken aber noch immer das Buch halte. Aus irgendeinem Instinkt heraus habe ich es nicht fallen lassen, selbst als ich über die Holzscheite stolperte, mich aufrappelte und ihm hinterherlief. Erneut lese ich die weißen Buchstaben auf dem roten Einband, wie einen Gruß oder eine Warnung: *EISENSTEIN*. Während ich meinen Puls beruhige und unter dem verwitterten Wegweiser stehe, öffne ich das Buch ein zweites Mal.

6

Später glaube ich, dass ich seine Spur an diesem Tag verloren habe, weil ich an der Kreuzung stehen blieb und anfing zu lesen. Als wäre das sein letztes Mittel, seine letzte Scharade, um Verfolger, die ihm zu nahe gekommen sind, abzuschütteln, wie eine Echse, die ihren Schwanz abwirft, wenn der Jäger ihn gepackt hat. Bis zum Einbruch der Dunkelheit laufe ich durch Friedrichshagen, suche sein Fahrrad, seine Gestalt, frage die wenigen Passanten aus. Nach und nach wird alles still und noch leerer als zuvor. In den Fenstern leuchten Kerzen, ich höre Menschen singen. Irgendwann bin ich die Einzige hier draußen, mit nichts als meinen Atemwolken vor mir. Ich kehre zurück in die Josef-Nawrocki-Straße, ohne rechten Glauben. So dumm wird er nicht sein. Es ist kalt, durch die Balkontür dringt der Frost, die Heizung funktioniert nicht. Ich lege mich auf das enge Bett, nachdem ich Kissen und Decke entstaubt habe. Ich mache kein Auge zu. Es ist Heiligabend, und ich schlafe im Bett eines Serienkillers, rechts neben dem Kopf sein Buch, links meine Pistole.

In der Nacht beginnt es zu schneien. Am nächsten Morgen streife ich vor Sonnenaufgang durch Friedrichshagen, aber es hat keinen Sinn. Bis auf eine einsam die Bölschestraße heraufruckelnde Straßenbahn ist alles still und menschenleer. Auch im Wald, auf dem Weg zurück zum Teufelssee, ist es hoffnungslos. Der Schnee hat alle Spuren zugedeckt. Ich kehre zur Hütte zurück. Der Platz davor ist seit dem Schneefall nicht beschritten worden, der Ofen ist erloschen, die Holzscheite liegen kreuz und quer auf der Schwelle. Ich stelle den Raum auf den Kopf, finde jedoch nichts, was belastender wäre als das Buch in meiner Jackentasche. Eisenstein hat hier ein einsames, zurückgezogenes Leben geführt, mit Büchern, Weinflaschen, Malzkaffee und Unmengen an Tütensoljanka. Die Bücher in den Regalen sind zum größten Teil auf Deutsch, manche auf Russisch, und wurden tatsächlich gelesen, wie man am Grad ihrer Abnutzung erkennen kann. Klassiker der Weltliteratur, würde ich sagen: Goethe, Schiller, Lessing, Kleist, Fontane, Übersetzungen von Shakespeare und Cervantes, Tolstoi und Dostojewski im Original. Auch sonst keine Hinweise auf New York oder überhaupt auf eine amerikanische Vergangenheit. Ein paar Notizzettel auf dem Tisch, unleserlich beschrieben. Ein Plattenspieler Marke Ziphona, daneben etwa vierzig Platten. Aufnahmen von Wagner, Richard Strauss, Mahler und so weiter, Opern, Lieder, Klavierkonzerte. Die *Goldberg-Variationen*. Alles Klassik bis auf zwei Scheiben von Bob Dylan, eine von Leonard Cohen und das Weiße Album der Beatles. Zwei Anzüge im Kleiderschrank, ein paar Hemden, ein Satz Bettwäsche. Der Besitz eines alleinstehenden Mannes. Ich vermute, dass Eisenstein jeden Morgen mit dem Rad durch den Wald nach Friedrichshagen gefahren ist und dort im Archiv der Staatsbibliothek seinen Dienst geleistet hat, um dann nachmittags wieder in der Wildnis zu verschwinden. Anscheinend kann man auf diese Art ein langes, unentdecktes Leben führen.

Er kommt nicht wieder, wie erwartet. Ich bleibe noch zwei Tage in Friedrichshagen, bis es mir gelingt, ein paar Männer anzuheuern, die die Hütte bewachen. Ich kopiere das Buch von vorn bis hinten und faxe alles ans FBI, dann buche ich den Flug nach Tel Aviv. Im Flieger lese ich Eisensteins Buch erneut. Sosehr ich nun endgültig weiß, was ich immer schon wusste – dass ich auf der richtigen Spur bin –, sosehr ist mir auch klar, dass diese Seiten für die Eierköpfe in New York nicht als Indiz in dieser Sache taugen. Zu absonderlich. Mrs Goldman spinnt mal wieder, werden sie sagen. Ein Herr Ralph Emerson aus Milwaukee, Wisconsin, wohnt seit 1969 in seiner Hütte im Wald bei Berlin und ist im Besitz eines Buchs, dessen Autor ein gewisser Josef Eisenstein ist und in dem es irgendwie um … worum geht? Was soll das beweisen?«

Sie macht eine Pause und sieht mich an.

»Willst du gar nicht wissen, was drinsteht?«

Warum bist du zu mir gekommen, Sally Goldman?

Jetzt weißt du's, Jonathan Rosen.

Sally erhebt sich vom Frühstückstisch. Ich sehe ihr durch die Verandatür hinterher, wie sie in ihr Zimmer geht in ihren knappen Stoffhosen, wie ihr zerzaustes braunes Haar, achtlos hochgesteckt, bei jedem Schritt wippt, und hasse sie dafür, dass sie mich so einfach hat verführen können, und bald werde ich sie auch noch hassen müssen für das, was sie mir nun antut. Sie kommt wieder und legt das Buch vor mich hin. Mit den Fingerkuppen streiche ich über die weißen Lettern auf dem tiefroten Einband, wie ich es von ihm gelernt habe. Fein und weich, mit vollen, echten Narben, eher wie für einen Handschuh gemacht, wahrscheinlich Maroquinleder oder Nappa. Ein schlichtes Werk, schmucklos gehalten, unaufdringlich. Keine Verzierungen, keine Ornamente, bis auf die Schrift keinerlei Prägung im Leder. In den Buchstaben EISENSTEIN, auffallend weit voneinander entfernt, mit Blattgold in vorgestanzte Vertiefungen eingetragen, erkenne ich eine Centaur, die Schriftart, die er so liebte. Eine dünne dunkle Naht betont dezent die Ränder. Geschätzt zweihundert Seiten, die schwer, aber gleichmäßig in der Hand liegen. Ich biege es, doch es leistet Widerstand. Ich halte es mir ans Gesicht, ich rieche Tabak und Leder, Papier und Tinte. Ich habe den Eindruck, als wäre das Buch zugleich jahrhundertealt und gerade erst fertig geworden. Ich öffne es.

Josef Eisenstein. Unter der Haut.
Aus dem Leben eines Verbrechers.
Erster Teil.

Als ich mir das Titelblatt genauer ansehe, staune ich. Die Buchstaben, ebenfalls in Centaur, sind von Hand geschrieben, mit schwarzer Tinte, aber so gerade und gleichförmig, dass der Leser auf den ersten Blick getäuscht wird und denkt, es handle sich um einen Druck. Meine Überraschung verstärkt sich noch, als ich weiterblättere und sehe, dass der gesamte Text von Hand geschrieben ist. Doch die Zeilen sind auf den Millimeter genau gleich lang, schnurgerade und ohne merkliche Neigung an den Enden. Die Kapitelanfänge weisen kunstvoll verzierte Initialen auf, am Schluss finden sich stilisierte Anker als Schmuckelement. Es wirkt wie eine mittelalterliche Handschrift in einer modernen Schriftart, dabei harmonisch, ebenmäßig, vollendet. Auch nach längerem Suchen kann ich keine Unregelmäßigkeiten erkennen, keinen fehlenden i-Punkt, keinen zu langen t-Strich, nicht einmal einen Tintenfleck. Alles ist gewissenhaft ausgeführt, fehlerlos wie die Abschrift einer Thora. Es muss Jahre gebraucht haben, um alles in einer derartigen Qualität herzustellen. Ich blättere weiter nach hinten. Dort sind ein paar Seiten frei gelassen, als würde noch etwas fehlen.

»Als wäre der Schreiber bei der Erstellung unterbrochen worden.«

Sally hat sich wieder neben mich auf die Bank gesetzt und schlürft ihren kalt gewordenen Kaffee. Ich beginne, wahllos einige Absätze zu lesen. Blättere vor und zurück. Es scheint so etwas wie ein Roman zu sein, eine Abenteuergeschichte, Frauen kommen drin vor und Bücher und Nazis, das alles spielt, soweit ich sehen kann, in Weimar und Berlin, in einer längst vergangenen Zeit. Und zwischendurch immer wieder in New York. Ich muss Sally recht geben.

»Diese Geschichte wird dir beim FBI tatsächlich nicht weiterhelfen.«

Sie lehnt sich zu mir herüber, ich spüre ihren nackten Ellbogen auf meinem Unterarm. Sie schlägt das Buch hinten auf und tippt mit dem Zeigefinger auf eine Stelle auf der vorletzten beschrifteten Seite.

»Diese Geschichte vielleicht nicht«, sagt sie, während ich ein zweites und ein drittes Mal hinsehe, »aber du.«

Und ich lese meinen Namen.

Dies ist der Moment, an dem ich die Entscheidung bereue, kein Pseudonym verwendet zu haben und auch in Israel keinen anderen Namen anzunehmen. Natürlich konnte es Sally nicht schwerfallen, einen vierzigjährigen New Yorker Autor mit dem Namen Jonathan Rosen hier ausfindig zu machen. Ein paar Tage später aber bin ich sogar dankbar dafür. Denn jetzt lebe ich doch noch einmal das Leben, das ich mir immer gewünscht habe. Ich verbringe meine Tage und Nächte mit Schreiben und Lesen. Ich bin in Israel. Und an meiner Seite sitzt eine hübsche Frau und wartet darauf, meine Sicht der Dinge zu lesen. Ich will erst nachts mit ihr reden, nachdem wir miteinander geschlafen haben. Aber meistens ist sie dann nicht mehr wach, und dann summe ich ihr *Lay Down Sally* vor ... *rest you in my arms ... don't you think you want someone to talk to ...*

Ich schreibe noch ein letztes Mal, jetzt ist es meine Geschichte. Und zugleich lese ich seine. Der Wechsel verwirrt mich, oft weiß ich nicht, in welches Buch ich nun wieder geraten bin, alles ist konfus, in meinem Kopf und auf den Seiten. Aber schließlich soll ich hier zur Aufklärung eines Verbrechens beitragen, und so tue ich mein Bestes.

Wenn ich lese, höre ich seine Stimme. Ich bin überzeugt davon, dass ich nicht nur seine Handschrift vor mir liegen habe, dass nicht nur der Seitenspiegel, der Satz, die Bindung und überhaupt die gesamte äußere Erscheinung des Buches sein Werk ist, Proben seiner Kunst, die er mir immer verheimlicht hat, sondern dass Eisenstein auch den Text verfasst hat. Die ganze Geschichte klingt, in all ihrer Selbstbezogenheit, in all ihrer Romanhaftigkeit, selbst in der eigenartigen Tatsache, dass er von sich selbst in der dritten Person schreibt, so sehr nach ihm, dass ich ihn vor mir sehe, wie er nachts beim Schein der Öllampe in seiner Waldhütte am Tisch sitzt und sie niederschreibt.

Mein Schreiben wird mehr und mehr zu einem Wettbewerb mit dem, was ich lese. Ich bemühe mich, es ihm gleichzutun, wie ich es immer getan habe: mich bemühen. Seine Geschichte ist exzellent, meisterhaft geschrieben und makellos, meine dagegen dilettantisch und unbeholfen, sie ufert mir unter den Fingern aus, nimmt Formen an, die ich nicht mehr beherrsche. Meine Beschreibungsimpotenz hat, vielleicht durch Sallys Gegenwart, seltsame Züge angenommen. Es kommt etwas raus, endlich, aber ob es fruchtbar ist, kann ich nicht sagen. Und doch ist es wahr, wenigstens das, zum ersten Mal.

Sally liest Kapitel für Kapitel. Zwischendurch muntert sie mich auf, kocht mir Kaffee und nennt mich »Jonathan Harker«.

»Wie kommen Sie mit dem Bericht Ihrer Reise in die Karpaten voran, Mr Harker?«, fragt sie mit süffisantem Lächeln, während sie mit der dampfenden Kaffeekanne auf die Veranda tritt. Ich spanne einen neuen Bogen in die Schreibmaschine und will sie »meine Mina« nennen, doch dann denke ich, viel eher ist sie mein Van Helsing, also schweige ich und tippe drauflos.

Nach ein paar Tagen wirkt sie enttäuscht. Erst denke ich, sie könnte eifersüchtig sein auf die vielen Mädchen, deren Namen ich auf diesen Seiten aufliste. Dann aber merke ich, dass die Aufzeichnungen des Jonathan Harker zwar ihre Vermutungen bestätigen, sie jedoch keinen Schritt weiterführen. Ihr forensischer Verstand sucht nach Details, die ich nicht liefern kann. Als hätte Eisenstein mir damals verraten, wo er sich im Falle einer internationalen Strafverfolgung versteckt halten würde!

Sally drängt mich, tiefer in meiner Erinnerung zu graben.

»Schreiben Sie auch das Nebensächlichste auf, Mr Harker. Eine unbedachte Bemerkung, der Titel eines Buches, der Name eines Menschen. Ein Blick von ihm, ein Gedanke von Ihnen. Auf das kleinste Bruchstück kann es ankommen. Vielleicht messen Sie ihm keine Bedeutung zu, und doch kann es den entscheidenden Hinweis enthalten.«

Also sehe ich meine alten Fotos zum hundertsten Mal durch, lese die Notizen von damals wieder und wieder. Dann erzähle ich Sally die Geschichte meiner Tagebücher.

»Nachdem Eisenstein damals verschwunden ist, habe ich von Kathy Adler nichts mehr gehört. Einmal noch war sie bei mir, einmal noch schliefen wir miteinander. Dann ging sie fort. Ich wachte in meinem Zimmer auf, und sie war weg. Meine Notizbücher hatte sie mitgenommen. Ich nahm an, dass sie darin nach Antworten suchte, über mich und meine Lügen, über Eisenstein. Es ist seltsam – Kathy habe ich nie vergessen, aber meine Notizbücher sehr wohl. Erst als vor ein paar Tagen dieses Paket ankam, musste ich wieder an sie denken. Und dann tauchst du hier auf.«

»Woher weißt du, dass Kathy sie dir geschickt hat?«
»Wer sollte es sonst getan haben?«

Heute lese ich den Schluss von Eisensteins Roman. Ich nehme seine Virtuosität persönlich. Aber so großartig er auch geschrieben ist – ich weiß nicht, worüber ich empörter sein soll: über die Andeutung, dass mein definitives Mädchen nicht mehr als eine Hure war, von ihm bezahlt, um mit mir zu flirten, sich von mir verführen zu lassen, nur damit er mich hat verführen können und benutzen, zu einem Zweck, den ich nie erfüllt habe. Gretchen: eine Prostituierte. Mein erstes Mal: eine Lüge. Darüber, dass *Unter der Haut* es mit den Fakten offensichtlich nicht so genau nimmt. Oder darüber: dass der Roman auf diese Weise endet: dass er eben nicht endet.

So geht es eine Woche. Schreiben, lesen, Sally, bis wir beide auf dem gleichen Stand sind. Tagsüber schweigen wir, nachts schlafen wir miteinander. Unser Sex ist wie der zweier Ertrunkener, die einander wiederbeleben. Ich schiebe den Moment vor mir her, an dem wir über unsere Lektüre sprechen müssen. Morgens, beim Meditieren, ertappe ich mich dabei, auf die Geräusche zu lauschen, die sie im Haus macht. Wenn irgendwo Wasser läuft, stelle ich mir vor, sie duscht. Zehn Minuten später merke ich, dass es nur der Hahn in der Küche war. Dann wieder höre ich sie auf dem Speicher herumgehen, als würde sie meine Sachen nach belastendem Material durchforsten. Wir essen zusammen, mal koche ich, mal sie, und niemand spricht ein Wort außer Bitte, Danke und LeChaim. Wenn wir draußen sind, auf dem Feld, unter den Orangenbäumen, im Steingarten, dann sind wir wie ein altes Ehepaar, das sich nichts mehr zu sagen hat und doch jeden Handgriff des anderen ergänzt. Wenn wir durch die Straßen gehen, merke ich, dass die Kibbuzim Sally lieben. Und das nicht nur, weil sie Goldman heißt. Sie bewundern ihre Kraft und Geschicklichkeit, ihr hübsches Lächeln. Die Art, wie sie mit den Kindern spielt. Ihre Offenheit, ihre freundliche Ausstrahlung. Sie winken ihr zu und hoffen darauf, dass sie für immer bleibt. Es wäre ihnen wahrscheinlich lieb, wenn ich verschwände und von jetzt an Sally Goldman in Haus 21 wohnen würde. Ein weiterer Grund, sie zu hassen.

Später nehme ich Sally zur Sporthalle mit. Sie zeigt mir ein paar Techniken beim Krav Maga, sogar Moshe, unser Instructor, ist beeindruckt von ihr, und so schnell ist der von niemandem beeindruckt, der nicht auf israelischem Boden geboren ist. Ich darf ihr Sparringspartner sein, und in dem Moment, da sie mir mit dem Handrücken die Nase zerquetscht und mich auf die Matte wirft (mit dem rechten Arm umschlingt sie meinen Hals, mit dem linken federt sie den Aufprall meines Hinterkopfs ab, ganz so, als würde sie mich zu Bett bringen), wird mir plötzlich etwas klar. Sie hat es auch gelesen! Da liege ich mit blutender Nase und erkenne: Das, was Eisenstein über mich geschrieben hat, über Gretchen, über mein erstes Mal – das hat auch Sally gelesen. Und sie denkt ganz offensichtlich, seine Worte entsprächen den Tatsachen. Das heißt, sie denkt, meine Geschichte wäre falsch.

»Was Eisenstein schreibt, ist ein einziger Schwindel. Nichts als Schmonzes.«

»Bei einem Mörder kann man immer auf einen extravaganten Stil zählen«, sagt sie, »aber das macht es nicht weniger wahr.«

Wir sitzen am Abend auf der Veranda, ohne das Licht anzumachen. Wir trinken zwei Flaschen Maccabee, blicken in den Sternenhimmel über Haifa und brechen unser Schweigen.

»Es ist ein Roman, mehr nicht. Ich kannte Eisenstein gut genug, um zu verstehen, dass das genau seine Masche war. Sachen erfinden, die wahr klingen.«

»Warum sollte er das tun?«

»Das sollte ich dich fragen, Sally. Warum sollte ein international gesuchter Mörder erst in die DDR fliehen und dann dort eine ins kleinste Detail gehende Geschichte seines Lebens verfassen, in der er im Grunde gesteht, dass er der Skinner von Williamsburg ist? Warum sollte er sich zwanzig Jahre lang im Wald verstecken, nur um sein Geständnis jedem, der ihn findet, auf den Präsentierteller zu legen?«

»Du denkst also, Eisenstein ist nicht der Skinner? Dein Eisenstein, der sich zufälligerweise genau eine Woche nach dem Zeitpunkt, als man ihn zum Verschwinden von Beatrice Ehrlich verhört hat, aus dem Staub gemacht hat? Er ist nicht mal eben nach Kanada gegangen und hat sich dort eine Hütte in den Wäldern gemietet, auch nicht nach Westdeutschland oder nach Israel, nein, das hat ihm nicht gereicht. Er ist sogar hinter den Eisernen Vorhang gegangen, an den einzigen Ort, an dem er vor einer internationalen Verfolgung sicher sein konnte! Und dieser Mensch hat zufälligerweise ein Buch auf seinem Tisch liegen, das er ganz offensichtlich selbst geschrieben hat und das von einem Mann handelt, der schöne deutsche Mädchen häutet? Ein bisschen viel Zufall, Jonathan.«

»Aber es ist doch reine Fantasie. Es ist Literatur, mehr nicht, das musst du doch einsehen, Sally!«

Tatsächlich war ich beim Lesen hin und wieder geneigt, das zu glauben. Die Story kam mir irgendwie bekannt vor, wie etwas, was ich schon einmal so ähnlich in irgendeinem Roman gelesen hatte. Und auch bei dem, was ich selber in den letzten Tagen geschrieben habe, kommt es mir so vor. Die Grenze zwischen dem Leben und den Büchern verwischt, bei mir wie bei ihm.

Sally lässt nicht nach.

»Glaubst du, ein Mensch, der getan hat, was der Skinner getan hat, denkt in den Maßstäben der gewöhnlichen Menschen? Hast du nie den *Seewolf* gelesen? Wir sprechen hier nicht von einem Verbrechen aus Leidenschaft oder einer Impulstat, sondern von kaltblütiger Heimtücke in achtzehn Fällen. Achtzehn junge Frauen, ohne dass wir wüssten, warum sie sterben mussten! Es geht nicht um Geld, nicht um Rache, nicht einmal um Sex. Wer in der Lage ist, wieder und wieder zu entführen, wieder und wieder Menschenleben zu nehmen, seine Opfer wieder und wieder zu verstümmeln, maschinell fast und bestialisch zugleich, der ist besessen von irgendeinem Ziel, das ihm alles andere nichtig erscheinen lässt, selbst das eigene Leben. Solche Typen kennen nichts anderes mehr. Und manche dieser Typen sind größenwahnsinnig genug, dass sie es irgendwann auf die Spitze treiben, aus Langeweile oder Überdruss oder eben Größenwahn. Meine Theorie lautet: Neunundsechzig hat Eisenstein sich noch rechtzeitig absetzen können, aber danach ist ihm seine Existenz im real existierenden Sozialismus schal geworden, und da er das Handwerk des Tötens hier nicht hat fortsetzen können, ist er schließlich darauf verfallen, seine Geschichte aufzuschreiben, um irgendwas für die Nachwelt aufzuheben. Woher sonst die intimen Kenntnisse in Lederverarbeitung und Buchkunst? Woher sonst die Schilderung der Wohnung von Ruth Bering? Die Beschreibung von Hannah Berings Aussehen? Das ist keine Fiktion, es entspricht den Tatsachen, Jonathan.«

»Hat man Hannahs Leiche denn irgendwann gefunden?«

»Nein. Sie gilt noch immer als vermisst.«

Sally trinkt einen Schluck Bier. Es ist dunkel geworden um uns, aber die Luft ist noch immer warm und riecht nach Hibiskus. Dann sagt sie: »Hast du was zu rauchen da? Ich hätte Lust ...«

Aber ich habe nur eine Zigarre, die ich vor Monaten in Tel Aviv gekauft habe, Marke *El Duque* aus Buenos Aires. Ich hole sie aus dem Arbeitszimmer und beobachte Sally, wie sie sie anzündet.

Sie pafft drei blaue Wölkchen in die Luft und sagt: »Wer beim Töten von jungen Frauen Lust empfindet, der findet auch Vergnügen daran, einen solchen Roman zu schreiben. Und umgekehrt. Wie kommt man auf die Idee, eine solche Geschichte in all ihrer Detailliertheit zu erfinden, wenn man die Lüste seiner Hauptfigur nicht teilt? Wenn man sie nicht selber am eigenen Leib empfunden hat? Es ist gewissermaßen ein Psychogramm des Autors selbst. Am meisten Vergnügen dürfte er aber empfinden, wenn er weiß, dass ihn andere auch noch lesen und sich vor Grausen abwenden. Ein solcher Typ will gesehen werden, das ist es, was ihn antreibt, das ist seine ganze Existenzberechtigung: dass die Welt ihn wahrnimmt. In einem Punkt gebe ich dir recht, Jonathan. Diese Sache mit den Büchern in

Menschenleder ist eine Finte, eine Lügengeschichte, die er uns erzählt, wie der Zauberer, der mit ein paar billigen Handbewegungen vom Eigentlichen ablenkt. Es gibt Leder aus der Haut des Menschen, ich habe das damals recherchiert, als man die Stoffe in der Werkstatt fand. Und es mag auch solche Bücher geben, aber das sind absolute Seltenheiten, so etwas wird seit Jahrhunderten nicht mehr gemacht. Und doch gibt es keinen Zweifel: Emerson ist Schwarzkopf und Schwarzkopf ist Eisenstein und Eisenstein ist der Skinner von Williamsburg. Offensichtlich spielt er mit uns. Er spielt mir dir, Jonathan, wie er immer mit dir gespielt hat.«

Seltsamerweise ist die Story mit dem Menschenleder das Einzige, was ich Eisensteins Buch abgenommen habe. Nicht, dass ich ihm selber zugetraut hätte, Haut in Leder zu verwandeln und Bücher damit zu binden, aber dass es in seiner Bibliothek das ein oder andere Exemplar gegeben haben könnte, das in Menschenhaut gebunden war, erscheint mir nicht ganz unmöglich. Wahrscheinlich wäre er auf ein solches Buch besonders stolz gewesen. Vielleicht habe ich im Sommer 1969 sogar einmal eins in der Hand gehalten, wer weiß?

Aber selbst wenn Sally recht hat und Emerson Eisenstein ist, beweist das gar nichts. Ich nehme an, dass er einfach eine Geschichte aufgeschrieben hat, in der er die damaligen Ereignisse, das Aufsehen, das der Skinner von Williamsburg in New York erregt hat, mit einer Räuberpistole um kostbare Bücher und böse Nazis zu einem unterhaltsam zu lesenden Roman verbunden hat, mehr nicht. Er hat sich einfach überlegt, was sich alle damals überlegt haben, als die Leichen gefunden wurden: Was will dieser Mann mit der Haut dieser Mädchen? Und dann hat er begonnen, daraus den Roman zu spinnen, den ich immer schreiben wollte, nur, um mir zu zeigen, dass er es kann, ich aber nicht. Aber das sage ich Sally nicht. Soll sie doch glauben, was sie will.

Bis zum Tag vor ihrer Abreise kann ich das aufrechterhalten. Ich unterdrücke den Gedanken daran, dass sie von mir genau das Gleiche denkt: Soll er doch glauben, was er will. Selbst wenn er recht hat und einige historische Schilderungen nicht den Tatsachen entsprechen, so ist doch offensichtlich, dass die Grundidee des Romans ein Bekenntnis ist, oder besser gesagt: das prahlerische Zeugnis des eigenen Wahnsinns, die Selbstauslieferung eines geisteskranken Mannes.

Aber im Grunde ist es völlig gleichgültig, was wir denken. Eisenstein bleibt unauffindbar.

An unserem letzten Abend ist es kühler geworden. Sie hat ein Sweatshirt übergezogen, doch ihre schlanken braunen Beine sind nackt wie immer. Heute machen wir nicht ganz so lange, nehmen wir uns vor. Ihre Maschine nach LaGuardia geht morgen früh um sechs. Wir trinken Bier auf der Veranda und rauchen zum Abschied die Zigarre zu Ende, als eine Art Friedenspfeife. Ich denke nicht, dass einer von uns Lust hat, den anderen wiederzusehen. Und doch waren die Wochen mit ihr für mich nicht nur schlecht.

»Findest du?«, fragt sie.

»Es gab ja auch gute Seiten«, sage ich und proste ihr zu. »Meine Schießkünste sind besser geworden, mein Sexleben ist zum letzten Mal für ein paar israelische Winternächte erwacht, und ich habe zweihundert Seiten geschrieben, die ich nicht sofort weggeworfen habe.«

Sie nickt und nimmt einen Schluck aus der Flasche.

»Man sollte es nicht meinen«, sagt sie, »aber auch für mich war es nicht nur ein Reinfall. Ich habe zwar mein letztes Geld für ein paar schlechte Kopien von der Stasi ausgegeben, für eine Makarow, die ich nicht gebraucht habe, als es darauf ankam, und für die Flüge von Berlin nach Tel Aviv und zurück in die USA. Ich bin nicht nur pleite, sondern habe hier, bei dir, auch jede Spur von Eisenstein verloren. Aber ich war einmal im Land der Väter, und dann auch noch in einem Kibbuz. Außerdem habe ich ein paar interessante Geschichten gelesen, seine und deine. Und der Sex war tatsächlich ganz gut. Ob's das wert war? Wer weiß …«

Sie lächelt mich an und zieht genüsslich an der Zigarre. Ich habe das dringende Bedürfnis, ihre Lippen zu küssen. Aber sie lässt nicht vom Ende der Zigarre ab, hält es fest umschlossen und kaut darauf herum. Ich kann nicht warten, rücke näher zu ihr hin, bis ich ihren Oberschenkel an meinem spüre. Die linke Hand lege ich auf ihre Schulter, mit der rechten will ich ihr die Zigarre aus dem Mund ziehen. Doch sie schlägt meinen Arm weg und packt ihn am Handgelenk, dreht ihn mit einem ihrer Krav-Maga-Griffe, bis es schmerzt und ich zurückzucke. Dann nimmt sie sich die Zigarre aus dem Mund, bläst einen schönen Ring aus bläulichem Rauch in den Nachthimmel und lacht.

Sie sieht mich an und lässt mich los. Ich schaue ihr in die Augen. Jetzt nähert sie sich mir, legt sich meine Hand auf ihr Bein und hält mich mit der anderen am Nacken fest, wie ein Hasenjunges.

Sie beugt sich zu mir, bis unsere Lippen nur noch einen Fingerbreit voneinander entfernt sind. Ich schließe die Augen und warte.

Plötzlich springt sie auf, meine Hand fällt von ihrem Oberschenkel, sie stößt den Tisch nach vorn, sodass er beinahe umkippt und rennt ins Haus. Ich bleibe sitzen, lösche die Glut der Zigarre und wische die Bierpfützen vom Tisch. Nach einer Minute kommt sie wieder, in der Hand hält sie zerknitterte Zeitungsseiten, die sie vor mir ausbreitet. Sie tippt mit dem Zeigefinger auf eine Stelle, als wäre sie ein antiker Feldherr.

»Warst du schon mal in Argentinien, Jonathan?«

Noch nicht.

BUCH DREI

ZWEITER TEIL

Argentinien, 1990

I

Wenn Sally recht hat … wenn Eisenstein der war, für den sie ihn hält … wenn Eisenstein Mädchen getötet hat, deren Eltern deutschstämmig waren … gehörte dann auch Kathy Adler aus Baltimore, Maryland, zu seinen Opfern? War sie seine Letzte? War das seine wirkliche Rache an meinem Verrat? War *er* der Grund, warum sie sich nie mehr bei mir gemeldet hat? Aber von wem stammt dann das Päckchen mit meinen Tagebüchern?

Jetzt kannst du dir aussuchen, ob dich diese Vorstellung eher mit Grauen erfüllt oder ob sie deinen Schmerz lindert.

»Darauf kommt es nicht an, Jonathan. Es ist nur wichtig, ob es wahr ist oder nicht.«

Es stellt sich heraus, dass er sie offenbar nicht angerührt hat.

»Nach meinen Informationen«, sagt Sally, »hat sie ihr Studium an der Columbia beendet, ist dann Englischlehrerin geworden, nach Boston gezogen und hat geheiratet. 1981 ist sie gestorben.«

Wie leicht sie das dahinsagt.

»Du wusstest, dass Kathy tot ist, und hast mir nichts erzählt?«

»Ich wollte warten.«

»Worauf, zum Teufel?«

»Bis es dir wieder gut geht.«

»Es geht mir wunderbar! Es ging mir nie besser! Hast du gedacht, ich verkrafte es nicht, das zu erfahren? Kathy Adler ist nur ein Mädchen, mit dem ich in einem anderen Leben mal für ein paar Wochen glücklich war. Ich bin ein erwachsener Mann, verdammt.«

Aber sie hat meine Erinnerungen gelesen. Wem will ich noch was vormachen?

»Gewiss, Jonathan, das bist du. Aber von deiner emotionalen Verfassung her hast du einen eher labilen Eindruck auf mich gemacht, und ich muss sagen, deine Reaktion beweist nicht unbedingt, dass ich falschlag.«

»Warum sagst du mir es dann jetzt?«

»Weil ich jetzt glaube, dass es doch etwas mit dem Fall zu tun hat.«

Ich sehe an ihr vorbei aus dem Fenster. Wir sind über den Wolken, fliegen der Sonne entgegen.

»Wie ist sie gestorben?«, frage ich.

»Lungenkrebs. Sie war zweiunddreißig.«

Ich war bereits dankbar dafür, angelogen worden zu sein. Ein weiteres Mal ist nicht nötig. Was verheimlicht sie mir noch? Wir sitzen nebeneinander im Flugzeug, zehntausend Meter über dem Atlantik, auf dem Weg zurück in die Neue Welt. Flug 772 nach Buenos Aires, Zwischenstopps in Madrid und Rio de Janeiro. Sallys Maschine nach New York haben wir noch gestern Nacht storniert und stattdessen zwei Tickets nach Argentinien gebucht. Jetzt, da ich mein eigenes Geld einsetze, kommt es mir erstaunlich vor, dass sie mich so schnell überzeugt hat mit ihrer Zeitungsgeschichte. Ich kann verstehen, dass man beim FBI nicht nur traurig war, sie losgeworden zu sein. Diese Frau hat die Macht, einen Mann von den grotesken Erklärungen zu überzeugen, und davon, Schritte zu tun, die er noch im gleichen Moment bereut.

Vielleicht war es die Wirkung des Kusses, der seit dem gestrigen Abend auf der Veranda immer noch nicht stattgefunden hat und nun ungreifbar zwischen uns schwebt. Ich sei der letzte Strohhalm, an den sie sich klammert, weil nur ich Eisenstein, wenn wir vor ihm stünden, wiedererkennen würde. Damit kriegt sie mich rum. Du bist die letzte Brücke zu Wahrheit und Gerechtigkeit, Jonathan.

Es war nur ein großes Viereck. Nur eine Doppelseite Zeitungspapier, aber genug für Sally, um all ihre Pläne über den Haufen zu werfen und stattdessen ans andere Ende der Welt zu reisen. Und mich mit sich zu ziehen. Ich habe sie noch nicht so aufgekratzt erlebt, nicht so fieberhaft und überschwänglich, wie seit gestern, seit unserer vermeintlich letzten Nacht. Auch jetzt kann ich sie kaum davon überzeugen, die Augen zuzumachen und ein paar Stündchen zu schlafen.

»Was kannst du denn jetzt noch tun?«, frage ich. »Ruh dich aus, es wird noch anstrengend genug.«

Sie schließt die Augen, atmet hörbar aus und lehnt sich zurück. Dann lehnt sie sich wieder nach vorne. Sie hält mein Handgelenk fest und blickt mir tief in die Augen, als müsste sie mir etwas gestehen.

»Ich denke nicht, dass Eisenstein Jude ist.«

»Was?«

»Und ich denke, die Ermittlungen werden mir recht geben, wenn es so weit ist.«

»Jetzt spinnst du wirklich, Sally. Warum sollte er bitte schön kein Jude sein?«

»Verstehst du nicht, Jonathan? Er gibt uns mit der einen Hand ein Stück Wahrheit, um uns mit der anderen Sand ins Gesicht zu werfen. Diese ganze Geschichte, die Menschenlederbücher, dieses Nazi-Ding … das ist nur seine Rechtfertigung vor der Welt. Das ist der Freibrief eines Mörders, seine Entschuldigung dafür, jungen Mädchen die Haut abgezogen zu haben. Deswegen hat er *Unter der Haut* überhaupt geschrieben, und deswegen hat er es in seiner Hütte liegen lassen: damit ich es finde und ihm glaube.«

»Warum waren seine Opfer dann allesamt Töchter deutscher nichtjüdischer Einwanderer?«

»Vielleicht war das einfach sein Ding, so wie John Wayne Gacys Ding männliche Teenager waren und das von Jack the Ripper Prostituierte. Diese Sache, für die sie töten, ist solchen Menschen das Einzige, was ihnen wichtig ist. Ihr Fetisch. Wenn sie ins Gefängnis gehen oder auf den elektrischen Stuhl, ist oft das Einzige, was sie bedauern, die Tatsache, dass sie es nun nicht mehr ausüben können. Es geht ihnen um ihre Handschrift. Für manche ist es die Art, wie sie töten, ihr *modus operandi*. Manche töten nur durch Erwürgen, manche mit Gift, manche halten ihre Opfer erst über Tage gefangen, foltern, vergewaltigen sie dutzendfach. Für andere ist es der Ort, ein Highway in den Wäldern oder Kinos, für wieder andere ist es eine Nachricht, die sie der Öffentlichkeit hinterlassen wollen, oder irgendein Glaube, eine Weltanschauung. Und für einige sind es eben die Opfer selbst, ihr Beuteschema. Manche stehen auf kleine Jungs, manche töten alphabetisch nach den Vornamen ihrer Opfer. Manche töten Frauen, die sie an ihre Mutter erinnern, und manch einer eben hübsche Mädchen mit deutsch klingenden Vornamen. Und hinterher konstruiert er eine Geschichte um sich herum, die seinen Taten einen höheren Sinn gibt. Die sein Verbrechen sublimiert. Eine Rationalisierung seiner Triebimpulse, wenn man so will, ex post und für die Nachwelt. So, wie der Roman es beschreibt, sieht es nach Rache aus. Aber ich denke, Eisenstein ist nur ein ganz gewöhnlicher Deutscher. Vielleicht ein Mitläufer. Vielleicht hat er sogar selber Schuld auf sich geladen zu dieser Zeit, war einer, der einfach nur seine Pflicht getan hat, ohne sich was dabei zu denken. Vielleicht stimmt der Rest der Geschichte ja: ein Mann, aufgewachsen in Berlin-Charlottenburg als Josef Schwarzkopf, Sohn von Ruth Schwarzkopf. Sein Vater im Ersten Weltkrieg gefallen. Und er ist nur deswegen die ganze Zeit nicht als Jude aufgefallen, nicht in der Schule, nicht bei den Behörden, weil er eben keiner war! Alles nur ausgedacht, um sich selbst freizusprechen, während seine gefälschte arische Identität eigentlich von Beginn an die echte war.«

»Du weißt nicht, wovon du redest. Du kanntest ihn nicht. Wenn ich eines weiß, dann das: Eisenstein ist jüdisch wie du und ich. Ich wusste das vom ersten Tag an, und in jedem Moment, den ich mit ihm verbrachte, wurde es mir klarer.«

»Du hast nie dran gezweifelt?«

»Warum sollte ich?«

Sally stellt mich also vor die Wahl. Meine oder ihre Version der Erzählung. Entweder ist Eisenstein Jude und unschuldig, oder er ist eine menschliche Bestie, die sich selbst als Opfer darstellen will und zu diesem Zweck über Jahrzehnte hinweg ein verdammt aufwendig gestaltetes Potemkinsches Dorf um sich herum errichtet hat. In diesem Fall bin ich drauf und dran, hinter die Kulissen zu blicken und festzustellen: Alles ist hinfällig, was ich in meinem Leben geglaubt habe. Gretchen hat es nie aus freien Stücken mit mir gemacht, und er war nie mein Freund.

Gibt es nicht noch eine dritte Möglichkeit? Kann er nicht mein Freund *und* Jude *und* Mörder sein?

»Wenn er Jude wäre, denkst du wirklich, er würde sich an den Nazis rächen, indem er zwanzig Jahre später ihre Kinder abschlachtet? Denkst du das wirklich, Jonathan?«

Ja, was denkst du, Jonathan?

Schließlich fallen ihr die Lider doch zu. Ich richte ihr Kissen und ziehe ihr die Decke unters Kinn, dann setze ich meine Kopfhörer auf, höre Eric Clapton und komme zu ein paar Minuten, in denen ich nachdenken kann.

Und Kathy Adler? Ist bereits vor neun Jahren gestorben, ohne dass ich es erfahren hätte. Nichts ist mir geblieben von ihr bis auf meine eigenen Wörter in Notizbüchern, die sie mir weder gestohlen noch in einem Ausbruch liebevoller Sentimentalität zurückgeschickt hat. Keine Fotos von ihr, wie sie nackt auf dem Bauch liegt, ein Buch vor sich, die Füße baumeln empor, das Sonnenlicht fällt auf ihr Bett und ihren Hintern. Von uns am Strand von Brighton, eine Decke und einen Korb unterm Arm, von uns im Sand, liegend und lesend, küssend, schlafend. Nur noch verblassende Erinnerung an ihre Haut aus fahlem Gold, an den Geschmack der Bagel, die sie für mich machte, als erste Frau nach meiner Mutter. Chet Baker im Radio hören. Den Kindern und den Wellen beim Spielen zusehen. Die Segelschiffe vor uns, die Motorflugzeuge über uns. Und dann, bei Sonnenuntergang, den Holzsteg entlang nach Astroland, Zuckerwatte kaufen und Fotos schießen und Rollschuh fahren mit meinem Coney Island Baby im Arm. Meine Verwirrung über Eisenstein vermischt sich mit einer Art Trauer, der Einsicht, sie jetzt nie mehr sehen zu können. Kathy Adler aus Baltimore, Maryland. Lenor', die ich verloren. Eine Art Sehnsucht, die mir die Brust zerreißt, der nun nicht mehr wahr zu machende Wunsch, sie unbedingt noch einmal zu treffen, ihre Stimme zu hören, noch einmal ein Wort mir ihr zu wechseln, vielleicht über ein Buch, über Edgar Allan Poe oder den *Scharlachroten Buchstaben.*

Und jetzt, auf einmal, weiß ich, ich habe sie geliebt.

Ich spüre Tränen in den Augenwinkeln. Dann drehe ich mich zu Sally. Sie ist eingeschlafen.

In Rio de Janeiro telefoniert Sally erneut mit New York. Offensichtlich ist auch dort ein wenig Bewegung in die Sache gekommen. Eisensteins »Roman« hat, wie vermutet, für ebenso wenig Meinungsumschwung gesorgt wie bei mir, was sich seltsam anhört, wenn man nur seinetwegen zehntausend Meilen von zu Hause entfernt im Wartesaal eines brasilianischen Flughafens sitzt. Aber für einen ihrer ehemaligen Kollegen hat der Text doch ausgereicht, um Ex-Agentin Goldman ein paar logistische und forensische Unterstützungen zu versprechen. Man kommt ihren Anfragen nach, wenn auch langsam und über Umwege. Noch von Berlin aus hat sie Fotografien von Eisensteins Hütte mitsamt Proben der Bucheinbände zum FBI geschickt. Es tut gut, dass sie mir diesmal recht geben muss.

»Drei Proben«, sagt sie, als sie vom Telefon wieder in den Wartebereich zurückkommt. »Drei Bücher waren gebunden in Leder aus der Haut eines Menschen.«

Sie reicht mir einen Zettel, auf dem ich ihre Handschrift erkenne: *Homer, Odyssee. Pierre Menard, Don Quijote. Marquis de Sade, Justine.*

Ich meine, es wieder in den Fingern spüren zu können. Sanft, lebendig, wie ein kleines, schlafendes Tier. Ich blicke Sally an. Sie hat meine Geschichte gelesen, sie weiß es. Ich denke an die Nacht, als ich Eisenstein in der Bibliothek fand, als er die *Justine* suchte und mich k. o. schlug, weil ich sie ihm nicht geben wollte. Wenn es dasselbe Exemplar ist, das atmende, unter dessen Haut das Blut pochte, wenn es über zwanzig Jahre und ein Weltmeer hinweg dasselbe war … *Justine, oder Vom Mißgeschick der Tugend* … was folgt dann daraus? War das der Grund für sein seltsames Verhalten? Für seine tagelange Abwesenheit? Hat er zu dieser Zeit schon seine Flucht vorbereitet?

Im gleichen Moment also, in dem sie mir recht gibt, erhärtet sich auch der Verdacht, dass ihre Version der Geschichte wahr ist.

»Aber das sind alles bekannte Exemplare, Kuriositäten der Buchkunst. Die stehen sogar im Lexikon der Bibliophilie, im Eintrag zu *anthropodermischer Buchbindung*. Nichts davon ist von ihm. Ich würde mich ja freuen, wenn es so wäre. Wir könnten das heute alles analysieren. Man nimmt die DNA des Buchs und vergleicht sie mit Proben der Frauenkörper. Eine Locke im Tagebuch, eine angeleckte Briefmarke ... Wir könnten das heute auch mit den Lederhäuten aus der Zweiundvierzigsten Straße machen, doch mir glaubt ja keiner. Es würde Wochen dauern, aber vielleicht, vielleicht hätten wir dann endgültig Gewissheit.«

Die scheint es auch für mich nicht zu geben. Für ein paar Tage habe ich gedacht, Kathy Adler hätte mir, ohne Grund, ohne Gruß, meine alten Tagebücher zurückgeschickt. Aber nun ist sogar meine Erinnerung daran, dass sie sie nach unserer letzten gemeinsamen Nacht in East Harlem hat mitgehen lassen, hinfällig. Jetzt erscheint es mir wie nur ein weiterer unter den tausend dummen Gedanken, die ich aus Faulheit und Selbstbezogenheit in den letzten Jahren gepflegt habe, verbürgt durch nichts, was der wirklichen Wirklichkeit angehören würde. Sally hatte das Zeitungspapier schon einige Tage zuvor auf dem Speicher entdeckt und sich nichts dabei gedacht, doch in dem Moment auf der Veranda, als ich sie küssen wollte und sie mich, hat die argentinische Zigarre sie wieder daran erinnert und mir den Kuss vorenthalten.

Erst da hat sie verstanden, was ich ihr hätte sagen können, wenn sie nur gefragt hätte: Es war das Packpapier, in das die Notizbücher eingeschlagen waren, als sie mich aus den USA erreichten. Aber auch ich habe ja nicht darauf geachtet, und daran ist ebenfalls Sally schuld. Wenn ich gewusst hätte, dass Kathy nicht mehr lebt, hätte ich sicher sorgfältiger auf die Verpackung geachtet. Der Poststempel sagte New York City, aber eingeschlagen waren sie in den Sportteil des *Argentinischen*

Tageblatts, Ausgabe vom 28. 12. 1989. Ihr Weg hatte sie über große Umwege zu ihm geführt.

Ein bisschen viel Zufall, Jonathan.

Wie gut wir uns doch ergänzen, Sally und ich.

Er hat mir eine Nachricht zukommen lassen, die nur ich hätte verstehen können, aber sie war die Einzige, die sie tatsächlich verstanden hat.

Er will, dass wir ihn finden. Dass *ich* ihn finde. Er will mich wiedersehen. Er spielt mit mir.

2

Wir leben hier nur nachts. Ich weiß nicht, wie wir unter diesen Umständen, in unserer Verfassung, sinnvoll suchen sollen. Tagsüber sind die Straßen von Buenos Aires unerträglich heiß, es ist Sommer im Januar und wir leiden unter dem Jetlag. Nach Anbruch der Dunkelheit erwachen wir, gehen in eine Bar namens Zum Edelweiß und nehmen etwas zu uns. Unser Abendessen ist unser Frühstück. Später flanieren wir unter den Akazien der Avenida Erich Kleiber, hören eine Gruppe Tango spielen, sehen den Männern und Frauen beim Tanzen zu und wissen nicht, ob wir noch träumen. Am zweiten Tag kauft Sally eine Waffe in einer dunklen Ecke von Palermo, erst dann fahren wir nach Belgrano und suchen die Hauptstelle des *Argentinischen Tageblatts.* Der Redakteur in der Calle Ciudad de La Paz spricht Deutsch. Er arbeitet für eine Zeitung, die hundert Jahre lang täglich erschienen ist, gegründet von zwei Schweizer Einwanderern und seitdem mehrere Male verboten worden. Im Krieg, sagt er, sei das *Tageblatt* das Organ der Exildeutschen, der geflohenen Widerstandskämpfer und der deutsch-jüdischen Gemeinde gewesen. Seit einiger Zeit gebe es nur noch eine wöchentliche Ausgabe, aber mit vier verschiedenen Regionalteilen, alles auf Deutsch. Offenbar lohnt es sich in Argentinien noch immer, für die Deutschen zu schreiben. Oder immer wieder. Auch in der Druckerei spricht man Deutsch. Ein Setzer sieht sich unsere Seite an und deutet auf die Kürzel am unteren Rand. Er sagt uns, was wir hören wollen: Regionalausgabe Córdoba.

Von Buenos Aires aus nehmen wir den Überlandbus. Eine Fahrt von sechs Stunden ins Landesinnere, nach Nordwesten, den Paranáfluss hoch, vorbei an Rosario. Sally ist erst aufgeregt, aber als die Nacht über die Pampa hereinbricht, schläft sie mit dem Zeitungspapier in der Hand ein. Ich liege wach und blicke an ihr vorbei aus dem Fenster. Alles wirkt unecht, wie aus einem billigen Western. Die Sterne des Südens am Himmel, darunter riesige Rinderherden auf unüberschaubaren Weiden, über die der Mond sein Schwefellicht wirft, Gauchos, die mit brennender Zigarette im Mundwinkel im Sattel sitzen und uns nachsehen. Diese ganze Fahrt ist ein Witz. Wir suchen in diesem gottverlassenen Niemandsland am Ende der Welt nach einem Mann, der sich seit einem Vierteljahrhundert erfolgreich jeglicher Verfolgung entzogen hat, und das alles aufgrund und mithilfe einer zerknitterten Zeitung sowie des unzuverlässigen Erinnerungsvermögens eines Ex-Schriftstellers.

Zum ersten Mal kommt mir der Gedanke, dass ich nicht wissen werde, was ich tun soll, wenn wir recht haben. Wenn wir ihn finden, wenn ich meine Pflicht getan und ihn identifiziert habe, werde ich ihn dann endlich umarmen? Nein, Sally wird ihn auf der Flucht erschießen, und wenn ihr das nicht gelingt, wird sie ihn festnehmen, den Behörden übergeben, er wird den USA ausgeliefert werden und ein gerechtes Verfahren bekommen, an dessen Ende die Todesstrafe stehen wird. Und ich werde dabei geholfen haben.

Wird das mein zweiter Verrat an ihm? Aber kann man jemanden verraten, den man nicht kennt? Vielleicht werde ich gleichzeitig mit ihm auch mich selbst ausliefern, als sein Kompagnon und Komplize ... wer soll mir glauben, dass ich von alldem nichts mitbekommen habe?

Ich sehe Sally an und frage mich, ob sie das wirklich von mir verlangt. Den einzigen Freund auszuliefern. Der Schlaf lockert ihren Griff um das Papier, es gleitet aus ihrer Hand und fällt ihr in den Schoß. Ich hebe es auf, streiche es glatt, und jetzt, da ich es mir ein tausendstes Mal ansehe, fällt mein Blick auf eine kleine Überschrift im Teil *Vermischtes*. Es ist ein kleiner, bildloser Artikel über eine ehemalige Kolonie, die Colonia Admiral Spee, nur ein paar Stunden von Córdoba entfernt. Das ist also dieses Gefühl der Gewissheit, von dem Sally immer spricht.

In Córdoba, einer von Blechhütten umsäumten Stadt zwischen Sierra und Ebene, treffen wir den Regionalchef des *Tageblatts*, einen breitbeinig dastehenden Mann namens Blumenau. Señor Blumenau hat Hosenträger an und einen Bleistiftstummel hinter dem Ohr, und doch kann er uns nicht weiterhelfen.

»Diese Ausgabe«, sagt er, »kann in einem Umkreis von dreihundert Meilen überall gekauft worden sein, es gibt allein hier in der Stadt sieben Verkaufsstellen. Wir schreiben schließlich für die gesamte Provinz!«

Er kopiert uns eine Liste mit Verkaufsstellen im Umland; Tabakläden, Buchhandlungen, Bahnhöfe; etwa fünfzig Adressen. Sally sieht mich ratlos an, aber ich bin mir sicher und zeige auf einen Namen: Tabaquería Avenida Comandante Langsdorff, Colonia Admiral Spee.

»Wo ist diese Stadt?«, frage ich Blumenau auf Deutsch.

»Oh, das muss ein Versehen sein, diese Liste ist offenbar nicht mehr auf dem neuesten Stand. Die Colonia Admiral Spee existiert schon lange nicht mehr.«

»Aber hier steht doch die Adresse«, beharre ich.

»Wie gesagt: Die Liste ist nicht aktuell. Die Colonia war früher einmal ein Badeort am Ufer der Laguna Mar Chiquita, im neunzehnten Jahrhundert gegründet von einer Handvoll verrückter Schwaben, die hier ihren Pietismus ausleben wollten. Die Siedlung verkam in den zwanziger Jahren und war fast vergessen. Später kamen ein paar Nazis und bauten alles wieder auf. Nach dem Krieg wurde der Ort dann zu einem beliebten Ausflugsziel, mit großen Hotels und teuren Restaurants, Strandpromenaden und einem Vergnügungspark. Aber vor ein paar Jahren trat der See über die Ufer, und die Straßen wurden überschwemmt. Heute lebt da keiner mehr, und ich bezweifle, dass man unsere Zeitung dort bekommt.«

Er lacht, ich aber nicke Sally zu. Draußen erzähle ich ihr von meiner Ahnung, denn mehr ist es nicht. Eine Stunde später sitzen wir im Bus Richtung Nordosten. Anscheinend hat Señor Blumenau recht, denn die Colonia Admiral Spee wird nicht mehr angefahren. Der Bus hält, nach zwei Stunden Fahrt über Schotterwege, an einer Kreuzung im Nirgendwo. Der Fahrer weist uns mit ausgestrecktem Arm den Weg, eine schnurgerade, durch die Pampa schneidende Landstraße entlang, schließt dann die Türen und fährt los. Wir gehen zu Fuß weiter.

Wir wissen beide, dass es die falsche Entscheidung war. Die

Sonne steht hoch am wolkenlosen Himmel, die Steppe ist karg und grau, den einzigen Schatten spenden ein paar traurige Pferde, die mitten auf der Fahrbahn stehen und Dornsträucher fressen, die den Beton überwuchern. Salzluft zwickt uns in der Nase, als befänden wir uns auf dem Grund eines urzeitlichen Meeres, das längst verdunstet ist. Ein Wildhund läuft uns über den Weg, sieht uns an und zieht dann unbeirrt weiter durchs Nirgendwo. Als wir nach einem Marsch von anderthalb Stunden die Häuser der Siedlung erkennen können, sind wir drauf und dran umzukehren.

Wir haben kein Wasser, und wenn der Ort wirklich so verlassen ist, wie man sagt, und es nun, da wir die verfallenen Fassaden erkennen können, auch den Anschein macht, sind wir verloren. Aber zurückzugehen ist ebenso zwecklos. Bis der nächste Bus an der Abzweigung vorbeikommt, liegen wir schon am Straßenrand, Hand in Hand zwar, aber verdurstet. Also stellen wir uns unserem Ende und betreten die Ortschaft.

Über die verdreckten Straßen rollt kein Auto und kein Bus, niemand reitet oder fährt Fahrrad, alles liegt in einer stillen Hitze und brütet vor sich hin. Aber hier und da löst sich ein Schatten aus der Häuserwand, überquert die Straße, nickt uns zu und geht weiter. Jemand mit Angelzeug kommt vorbei, dann eine Frau im weißen Kleid, wie ein ungewaschenes Hochzeitskleid sieht es aus, und tatsächlich, in ihrer Hand hält sie Schleier und einen verwelkten Blumenkranz. Auch sie beachtet uns nur kurz. Ein jüngerer Mann sitzt grimmig auf der Schwelle vor einem verrammelten Hutgeschäft und spielt Karten mit sich selbst. Jeder scheint hier seiner Wege zu gehen, alles wirkt, als ginge es schon Jahrzehnte, Jahrhunderte so. Auf den Bürgersteigen stehen Palmen, die mal wieder gestutzt werden müssten. In den Gebäuden gibt es hier und da Läden, deren Türen offen stehen, und manchmal sehen wir jemanden hineingehen und wieder herauskommen, einen Korb in der Hand oder eine leere Plastiktüte. Ganz hinten erhebt sich die Ruine eines vollständig entkernten Fabrikgebäudes ohne Dach.

Wir sprechen die Einheimischen an und fragen sie nach der

Avenida Comandante Langsdorff, zweimal auf Spanisch, einmal auf Englisch, doch dreimal vergebens. Man schaut uns bloß ratlos an und schüttelt den Kopf. Der vierte, ein alter Mann in ausgebeulter Cordhose, mit braunem, zerfurchtem Gesicht und weißem Bart, hinter dem ein paar letzte dunkle Zähne hervorlugen, nuschelt einige Sätze, die ich schließlich als Deutsch erkenne.

Wir gehen gemeinsam durch die verfallenen Straßen. Auf einem weiten Platz steht ein Betonsockel, doch eine Statue fehlt. In seinem Schatten schläft ein Hund. Wir sehen die Gerüste des Vergnügungsparks, die eingestürzte Spur einer Achterbahn, ein halbes Riesenrad, ein Karussell ohne Pferde. Nach zehn Minuten kommen wir zu dem Tabakladen mit dem Namen Comandante Langsdorff. Ein unter Arkaden verstecktes Räumchen, in dem man früher Pfeifen und Zigarren erstehen konnte. Nun sind die Schaufenster leer. Am Tresen dreht sich der Alte eine Zigarette und unterhält sich ein paar Minuten auf Deutsch mit dem Tabak kauenden Besitzer über Fußballergebnisse, als hätte er uns vergessen. Ich unterbreche sie und frage den Besitzer nach dem *Tageblatt*, da schaut der Alte wieder zu uns auf, er erinnert sich und lacht.

»Das *Tageblatt* erscheint nur noch wöchentlich, junger Mann. Wissen Sie das nicht?«

Der Besitzer, ein dicklicher Mann im weißen Unterhemd, das schüttere Haar streng gescheitelt, hat einen schneidenden Ton am Leib und spricht ein Deutsch, das ich lange nicht gehört habe.

»Aber man kann es hier kaufen?«

Er nickt und holt ein Exemplar unter dem Tresen hervor. Ich bezahle.

»Wir suchen einen Mann.«

Sally legt Eisensteins Bild auf den Tresen, die Männer sehen kurz hin und zucken dann die Achseln.

»Hier lebt niemand mehr«, sagt der Alte dann, zumindest glaube ich, das verstanden zu haben. »Die Stadt ist völlig ausgestorben.«

Dann grinst er zahnlos.

Später betreten Sally und ich eine Bar in der Nähe des Strands. Wir sind die einzigen Gäste. Es ist heiß, ein Radio spielt einen Marsch, die Musik wird vom Ventilator übertönt, durch die matten Scheiben dringt kaum Licht. Die Bedienung, eine sechzigjährige Frau mit langen grauen Haaren und wettergegerbten Zügen, als hätte sie ihre Vergangenheit draußen auf dem See in einem Fischerboot verbracht, bringt uns Bier und eine Schale Erdnüsse. Über der Schulter hängt ihr ein staubiger alter Lappen, mit dem sie ständig über alle Oberflächen wischt, auch über unseren Tisch, als die Gläser schon draufstehen.

Als ich sie auf den verrückten Alten anspreche, nickt sie.

»Aber Herr Schäfer hat schon recht«, sagt sie. »Ausgestorben ist hier alles. Wenn Sie gesehen hätten, wie es vor der Flut war, würden Sie es verstehen.«

Über der Bar hängt ein Bild, sie nimmt es vorsichtig herunter und wischt mit dem Fetzen darüber, bevor sie es uns gibt.

»Das war die Colonia Admiral Spee in ihren besten Zeiten. Sehen Sie hier, die Promenade, die Ausflügler mit ihren Sonnenschirmen, alle sind in Weiß gekleidet, der Vergnügungspark, da konnte man Zuckerwatte kaufen, das war für uns Mädchen damals das Größte, und später, als wir älter waren, konnte man sich mit den Jungs hinter der Geisterbahn treffen und rauchen, Sie wissen schon. Sehen Sie hier, die hübschen Pferdekutschen, die Straßen waren geschmückt mit Lampions und Hibiskusblüten, die Palmen waren hoch und prächtig. Hier sieht man noch den alten Kirchturm, und ganz im Hintergrund, sehen Sie: das Gran Hotel Viena. Ein Prunkstück, ein Palast. Das waren noch Zeiten.«

»Früher war eben alles besser«, scherze ich.

»Die Aufnahme ist von 1950. Können Sie sich das vorstellen? Vierzig Jahre später leben wir schlechter und sind ärmer. Alles geht den Bach runter. Und wer ist schuld?«

»Die Juden?«, frage ich.

»Die Juden? Unsinn. Das Waldsterben! Der saure Regen!«

»Hier in Argentinien?«

»Hier natürlich nicht, aber in Deutschland. Denken Sie, was in Deutschland passiert, hätte keine Auswirkungen auf das globale Klima? Denken Sie, ein See tritt einfach so über seine Ufer und nimmt uns alles, was wir hatten? Grundlos?«

»Wahrscheinlich gibt es dafür eine gute Erklärung«, sage ich.

»So ist es. Und die lautet: das Waldsterben! Die Argentinier haben sogar ein Wort dafür: ›el waldsterben‹. Da sehen Sie's!«

»Aber ganz früher, in den Zwanzigern, gab es doch auch schon einen solchen Niedergang. Das war nicht ›el waldsterben‹.«

»Jetzt kommen Sie mir nicht wieder mit den Juden.«

»Gott bewahre.«

Ich nippe an meinem Bier. Es schmeckt schal und riecht nach Fisch.

»Mein Großvater ist 1880 aus Bremerhaven hier angekommen. Er stammte aus Todtnau im Schwarzwald. Er hat mir oft von damals erzählt, von der ersten und zweiten Generation der Einwanderer. Sie sind mit dem Wetter nicht klargekommen, mit den heißen Sommern, den harten Böden und den Moskitos. Waren halt Schwaben, hat mein Opa immer gesagt, was will man erwarten, er selber kam ja aus Baden. Damals hieß die Kolonie auch noch Neu-Schwabenland. Irgendwann sind ihnen die jungen Männer abhandengekommen, sind abgewandert oder weggestorben, und es gab jahrelang fast nur Frauen in Neu-Schwabenland. Erst als die Besatzung der *Admiral Graf Spee* die Sache in die Hände nahm, ging es wieder aufwärts.«

»Ein deutsches Schiff? Mitten in der Pampa?«

Nun geht sie wieder hinter den Tresen, hängt die Stadtansicht zurück und nimmt das Bild daneben ab. Sie befreit es vom Staub, und hervor kommt ein riesiges Militärschiff mit Gefechtstürmen, Radaranlagen, Torpedoschotten und einem bronzenen Adler auf Eichenlaubkranz mit Hakenkreuz auf dem Vorderdeck.

»Die *Admiral Graf Spee* war ein Panzerkreuzer der deutschen Kriegsmarine. 1939 kaperte sie im Südatlantik neun britische Handelsschiffe, ohne ein einziges Todesopfer. Aber in der Schlacht vom Río de la Plata wurde sie so stark beschädigt, dass sie in den Hafen von Montevideo einlaufen musste. Die britischen Kreuzer bewachten die Mündung des Flusses, sodass ein Auslaufen immer unmöglicher wurde. Kapitän Langsdorff entschied, die *Spee* im Hafenbecken zu versenken. Dort liegt sie heute noch.

Die Besatzung, einundachtzig Mann, wurde daraufhin in Buenos Aires interniert, doch freigelassen, nachdem sich Kapitän Langsdorff, auf der Flagge des Schiffes liegend, erschossen hatte. Sie zogen ins Landesinnere und stießen im Frühling 1940 zur Kolonie. Sie renovierten die Häuser, erneuerten die Straßen, heirateten die jungen Frauen und siedelten sich hier an. Es war ein Paradies. Die Straßen hatten Namen wie Lavendelweg, Goethestraße oder Unter den Linden, und auf dem Platz auf der Mitte, wo jetzt nur noch der Sockel steht, grüßte der Alte Fritz von seinem Pferd herab.«

»Das waren noch Zeiten«, sage ich und trinke mein Bier aus.

Dann sieht sie sich Eisensteins Bild an, zuckt mit den Schultern und wischt über den Tisch.

Wir gehen an der Promenade entlang, die eine niedrige Steinmauer von der Straße trennt. Wie die gesamte Ortschaft ist sie mit den Überbleibseln der Vergangenheit übersät, verrottende Zeitungspapiere, Schrottteile, Pferdekutschen, rostige Fahrradrahmen, eine Schiffsturbine. Der Strand, der hier einst war, ist verschwunden, nur ein langer, mit weißen Schaumklecksen besprenkelter Streifen braunen Schlamms ist übrig geblieben, in den ein verwitterter Holzsteg hineinragt, ohne die Hoffnung zu haben, je wieder das Wasser berühren zu dürfen. Dahinter beginnt grau und verschleiert der See. Ganz im Westen, am Horizont, erkennen wir das Bild aus der Bar wieder: die Umrisse des Gran Hotel Viena.

3

Ana spricht kein Deutsch. Die Frau am Ufer des Mar Chiquita ist die Erste, die wir in Argentinien treffen, die mit uns nur Spanisch und Englisch spricht. Sie steht unter einer Palme, sieht auf die Wasseroberfläche hinaus und malt. Vor ihr lehnt eine großformatige Leinwand an der Staffelei, in der einen Hand hält sie Pinsel und Palette, in der anderen eine Zigarette, auf einem Klapptisch neben ihr liegen Ölfarben und auf dem Boden steht eine Flasche Schnaps.

Sally zeigt ihr Eisensteins Bild, aber auch hier die gleiche Reaktion. Sie zuckt mit den Achseln.

Sie bietet uns einen Schluck aus der Flasche an. Wir setzen uns auf einen Baumstamm in den Schatten und sehen ihr beim Malen zu. Von hier aus sieht man die Konturen des Ortes sich über der Promenade erheben, die Fahnenmasten, den in sich zusammengesackten Kirchturm, die Überbleibsel des Riesenrads. Wir befinden uns einen halbstündigen Fußmarsch außerhalb des Ortes, stehen auf einem Uferpfad inmitten von Schilf und einbeinigen Flamingos. Hier ist es etwas angenehmer, ein milder Nordwind weht, einige Schritte westwärts mündet ein schmaler Fluss in den See, und die Nähe zum Wasser kühlt die Luft ein wenig ab. Ich betrachte die Leinwand, betrachte den See, kann jedoch keinerlei Ähnlichkeiten feststellen.

Es ist aussichtslos. Vielleicht hat Eisenstein sein Äußeres so stark verändert, dass ihn auf den Kopien niemand wiedererkennt. Vielleicht lügen sie auch alle, oder sie sind blind oder vergesslich wie der alte Herr Schäfer, dieses Inzuchtgebräu aus pietistischen Schwäbinnen und Nazisoldaten.

Oder er war tatsächlich nie hier.

Ich schätze Ana auf etwa fünfzig. Sie trägt einen breiten Strohhut und Sonnenbrille, sodass ich ihre Augen nicht sehe. Aber sie wirkt schön auf mich. Ihr Haar ist dunkel und gepflegt, ihr Gesicht ebenmäßig, sie bewegt sich langsam und wirkt nicht so verrückt wie die Nazischwaben. Und doch ist etwas an ihr, das mich beunruhigt. Dann und wann nimmt sie einen Schluck aus der Flasche und hält sie uns hin, wir lehnen ab, doch beim dritten Mal greift Sally zu, und dann trinken wir zu dritt und versaufen diesen glühend heißen Januartag zwischen den Halmen wilden Knoblauchs, bis die Sonne schräg überm Horizont steht. Während Ana die Farben mischt und den Pinsel schwingt, spricht sie in einem artikulierten Oxford-Englisch mit uns, das auch nicht undeutlicher wird, als die Flasche leer ist.

»Wissen Sie, wie die Indianer den See in ihrer Sprache nennen? ›Das Meer der Abwesenheit‹. Schöner Name, nicht?«

Wir fragen Ana, ob sie Herrn Schäfer kennt, oder den Tabakladenbesitzer oder die Kellnerin der Bar. Doch sie sieht nur auf den See hinaus.

»Hier lebt niemand mehr«, sagt sie dann. »Diese Stadt ist ausgestorben, schon seit Jahren.«

Sally und ich sehen uns an.

»Dann wohnen Sie also nicht in der Kolonie, Señora Ana?«

»Es ist lange her. Da führte ich ein Leben wie alle anderen auch, mit Tanz um den Maibaum und Schützenfest und Feuerwerk zur Sonnwendfeier. Diese Stadt war der Stolz der ganzen Provinz, ach was, ganz Argentiniens. Wenn man es sich leisten konnte, kam man für den Sommer hierher, wegen des guten Klimas und des Salzwassers. Der See hatte früher einen höheren Salzgehalt als das Tote Meer. Und die Stadt war prächtig und schön. Sind Sie an dem Kino vorbeigekommen? Das Miramar, das war auch so ein Prachtstück. Dort haben wir uns sonntags Filme angesehen, *Es war eine rauschende Ballnacht* mit Zarah Leander und Marika Rökk, oder *Die Büchse der Pandora* und solche Sachen. Und nach der Vorstellung stand man auf der Promenade mit einem Glas Sekt oder einem jungen Kavalier an der Hand und sah aufs Wasser hinaus. Aber dann kam die Flut und nahm uns alles, unsere Häuser, unsere Freunde, unser Leben. Lange Zeit war ich die einzige Überlebende, ich dachte, sie würden schon irgendwann wiederkommen, aber niemand kam, und dann habe auch ich es nicht mehr ausgehalten und bin gegangen. Ich konnte die Erinnerung an die alten Zeiten nicht ertragen, die die Ruinen in mir hervorgerufen haben.«

»Wohin sind Sie gezogen?«

»Buenos Aires. Ich habe einige Jahre dort in Once verbracht, dem jüdischen Viertel. Dort bin ich Malerin geworden und habe gelernt, dass es im Leben auch noch andere Dinge gibt als Tanz um den Maibaum und einmal Marika Rökk am Sonntag. Den Talmud. Die Männer. Die Kunst. In der Reihenfolge.«

»Und doch sind Sie heute wieder hier.«

»Ich wohne ganz in der Nähe. Ich habe es irgendwann nicht mehr ausgehalten unter all den Juden. Viele von ihnen sind hier geboren oder schon vor '38 hergekommen, über Paraguay oder Mexiko. Die wissen doch gar nicht, wovon sie sprechen, aber das hält sie nicht davon ab, dir zu erzählen, wie schlimm alles war. Meine Mutter ist Ende 1940 mit mir auf dem Arm nach Argentinien geflohen, da war ich keine drei Monate alt, direkt aus dem besetzten Polen, direkt aus der Hölle auf verschlungenen Wegen. Und schließlich konnte ich es nicht ertragen, die Erinnerung an die alten Zeiten schwächer werden zu sehen. Wenn ich diese alten Orte nicht aufsuche, die Orte der Zerstörung und des Schreckens, dann trocknet mir meine Farbe schneller aus, als mir lieb ist. Also ist mir die Sichtweite zur Kolonie eine ständige Mahnung jeden Morgen und jeden Abend, wenn ich aus dem Fenster sehe.«

Während sie spricht, nehmen die Farben auf ihrer Leinwand langsam Kontur an. Sie malt abstrakt, aber doch nach konkreten Dingen in der Natur, es erinnert mich an Bilder von Paul Klee, die ich letztes Jahr in Jerusalem gesehen habe. Ich meine, die Wasseroberfläche erkennen zu können, stilisiert, ein marmornes Trapez, die Linie der Bucht, darüber tote Zweige, Fahnenmasten, eine fahle Sonne (oder den Mond?) in einem samtschwarz schimmernden Himmel, vielleicht einen Flamingo mit gespreizten Flügeln, vielleicht einen Engel? Und ganz links, hinter Schilf versteckt, den grauen Quader des Gran Hotel Viena.

»Sie hätten sehen sollen, wie es früher war«, sagt sie, als hätte sie meinen Blick und meine Gedanken erraten. »Das Hotel war immer das Erste in der Stadt, auch wenn es ein paar Meilen außerhalb lag. Meine Mutter sagte, die Soldaten der *Admiral Spee* hätten es '40/41 gebaut, in dem Jahr, als sie mit mir hier ankam. Wir haben später sogar einige Jahre darin gewohnt, Mama und ich, das muss bis '45 gewesen sein. Weil die Kolonie nicht genug Wohnhäuser hatte, hat man das Viena als Unterkunft für die Flüchtlinge aus Deutschland zweckentfremdet. Meine frühesten Erinnerungen stammen aus unseren beiden Zimmern in der obersten Etage. Ich kann mich noch an den Blick aus dem Fenster erinnern, weit über den See konnte man gucken, bis zum Nordufer hin und bis Paraguay. Ich erinnere mich an die goldenen Knäufe und goldenen Ziffern an der Tür des Zimmers. Sechshundertvierzehn, leicht zu merken: das Jahr, in dem Jerusalem von den Persern besetzt wurde. Ich erinnere mich an die langen Korridore, die Speisesäle, die große Halle. Ab zehn Uhr morgens stiegen die Frauen in die Hotelküche hinab und kochten das Essen aus den Ländern, aus denen sie gekommen waren, und um die Mittagszeit brachten sie es nach oben auf die Gänge und in die Zimmer und jeder aß, der essen wollte. Auch später, als Mama und ich schon in der Försterstraße wohnten, ging ich noch oft dorthin. Alles war immer voll, voller Leben und Gerüche und Worte, voller Juden, die Deutsch sprachen oder Jiddisch und an den Treppenaufgängen Backgammon spielten. Und in der Halle mit den gigantischen Kristallleuchtern saß ganz Europa noch einmal zusammen in all seinem Glanz und trank Tee. Irgendwann wurde das Hotel in drei Klassen eingeteilt, im Erdgeschoss die dritte Klasse, dann die zweite darüber, und das oberste Geschoss, wo wir gewohnt hatten, war für die Reichen und Schönen. Nur sie hatten den Seeblick, die anderen mussten sich mit Palmen begnügen. Aber direkt nach dem Krieg gab es keine Klassen, alles mischte sich wild durcheinander, alles war über den Haufen geworfen. Dann, ich war etwa zehn, hieß es, im Viena hielten sich ein paar hochrangige Nazis versteckt. Jeder im Ort wusste es, aber keiner nannte Namen. Wir sollten da nicht hingehen, wir

Kinder; da sind Männer, die spielen mit Schlangen, hat man uns gesagt. Das ging ein paar Jahre so, dann sind sie sie losgeworden. Besser gesagt, sie haben sie mit vorgehaltenem Gewehr ins Wasser gehen lassen. Die jungen Männer und Frauen kamen aus dem Ort, drangen ins Hotel ein, zerrten die alten Männer aus ihren Betten, trieben sie die Treppen runter und raus, dann über die Promenade an den Strand und hinein ins Wasser, immer weiter, immer tiefer, bis keiner von ihnen mehr stehen konnte, und dann haben sie einfach gewartet, bis es zu Ende war. Als Mädchen habe ich immer nach Uniformen oder Naziskeletten Ausschau gehalten, wenn ich am Strand spielte. Einmal haben meine Freundinnen und ich im Schilf eine Augenklappe gefunden, die haben wir dann reihum aufgesetzt und sind damit ins Dorf marschiert, das war ein Spaß. Als die Nazis weg waren, kamen die Touristen. Und dann, vor zehn Jahren, die Überschwemmung – der See trat über die Ufer, zerstörte die Straßen, weichte die Grundmauern auf. Man stand bis zu den Hüften in der Flut. Alles verfiel, die Menschen zogen fort. Bald aber werden wieder ein paar kommen, so wie es zurzeit aussieht. Die Geschichte wiederholt sich auf die seltsamste Weise.« Und dann spricht sie doch Deutsch, nur diesen einen Satz: »Man kann in der Welt nicht genug versteckte Orte für deutsche Flüchtlinge haben, oder?«

Sie nimmt einen letzten Schluck aus der Flasche, betrachtet ihr Bild und sagt, jetzt wieder auf Spanisch: »Bis es so weit ist, wohnen dort nur ein paar Flamingos und ich.«

Und tut, als ob nichts gewesen wäre. Zum Abschied sage ich ihr, dass mich ihr Bild an Paul Klee erinnert. Sie schmunzelt.

»Ich male jetzt nur noch so. Meine Mutter hat mir von ihm erzählt, sie hat Klee noch gekannt, 1940 in Paris, kurz vor seiner Flucht und seinem Tod in Port Bou. Da war sie noch schwanger mit mir.«

Nach ihrem Vater frage ich nicht.

4

In wenigen Stunden wird die Sonne verschwunden sein, dann gibt es für Ana nichts mehr zu malen und für uns nichts mehr zu suchen. Wir lassen sie an ihrem Platz zurück und beeilen uns. Der Weg zum Viena ist mühsam. Wenn Ana das tatsächlich jeden Tag geht, mit Staffelei und Leinwand bepackt, muss sie kräftiger sein, als sie wirkt. Die Moskitos kommen. Das Erdreich wird tiefer, die Wasserlinie ist kaum noch zu erkennen. Ich spüre den Alkohol schwer in meinem Blut. Wir haben seit heute Morgen weder gegessen noch anderes getrunken als Bier und Schnaps. Der Trampelpfad verläuft sich im Unterholz und wird hier und da von Ysop und dichten Akazienbüschen überwuchert. Ein paar Flamingos weisen uns den Weg. Unsere Erzengel.

Vor uns erstreckt sich der graue Kasten des Hotels. Ein länglicher, frei stehender Bau, dem man den Prunk seiner alten Tage an den Blendarkaden und weiten Balkonen, an den mächtigen Säulen und den hohen, giebelartigen Fenstern noch ansieht, was einen umso traurigeren Eindruck auf uns macht. Nun wirkt er eher wie ein Hochbunker, das Überbleibsel einer Grenzbefestigung aus irgendeinem längst verlorenen Krieg. Er wirft, da hinter ihm die Sonne untergeht, lange Schatten auf den See. Früher mögen hier elegante Promenaden gewesen sein, blühende Bäume inmitten geräumiger Plätze, geschmückte Laternen, die die Fassade hell erstrahlen ließen. Nun sind nur noch ein paar abgestorbene Stämme übrig, die dürr und bleich wie die Finger eines Toten in den Himmel ragen. Es wirkt eher, als hätte hier einst ein Feuer gewütet und einen versteinerten Wald voller Asche und Schlacke und schwarzer Knochen zurückgelassen. Wir nähern uns dem Gebäude über den brüchigen Beton des Vorplatzes, in der Nase den Geruch von Schwefel und Rosmarin. Die Fenster im Erdgeschoss sind mit Brettern vernagelt, in den oberen Etagen meist eingeschlagen, oder sie fehlen ganz. Ich denke an den zahnlosen Herrn Schäfer.

Vor dem Haupteingang, einem breiten Portal, zu dem eine steinerne Treppe hinaufführt, liegen tiefe Pfützen, als hätte das Meer der Abwesenheit ihn erst kurz vor unserer Ankunft freigegeben. Wir betreten das Hotel und stehen in dem, was einst die Lobby gewesen sein muss. Uns empfängt das modrige Aroma von schimmligem Holz. Die Kristallleuchter, von denen Ana sprach, sind fort; von den Decken hängen lange Spinnweben und von den Wänden Fetzen der Tapete, die sich in der feuchten Luft gelöst hat. Darunter nackte Ziegelsteine. Es herrscht vollkommene Stille. Unter unseren Füßen knirscht der Sand. Als wir durch die Halle gehen und Richtung Speisesaal kommen, zieht Sally ihre Waffe.

Nachdem wir die unteren Räume, die Küchen, den Verwaltungstrakt und die Heizräume abgesucht, im Musikzimmer das Klavier ohne Saiten gesehen haben, in der Bibliothek die Regale ohne ein einziges Buch, steigen wir die Treppe hoch. Sally winkt, sie will mir sagen, dass ich den anderen Aufgang nehmen soll, während sie von hier kommt, aber ich will nicht und tue so, als verstünde ich nicht. Im ersten Stock gehe ich hinter ihr her. Ich frage mich, wovor ich Angst habe. Wenn er wirklich hier ist, wenn ich ihn wirklich wiedersehe nach all den Jahren und er mich, dann wird er seinen alten Freund wohl kaum umbringen. Und noch einmal k. o. schlagen lasse ich mich nicht; nicht von einem Siebzigjährigen. Aber vielleicht würde er Sally etwas antun, und dann sähe ich mich gezwungen, sie zu verteidigen. Und in diesem Fall weiß ich nicht, was geschehen würde.

Wir werfen einen Blick in jedes Zimmer. In diesem Stockwerk sind es vor allem Doppelzimmer mit angrenzendem Bad. Ihre Türen stehen sperrangelweit offen, mit den Schlüsseln in den Schlössern, teilweise sind sie aus den Angeln gefallen oder fehlen ganz. Bettgestelle sind noch da, doch die Matratzen sind verschwunden. In den Bädern sind die Duschvorhänge zerrissen und fleckig vom Schimmel, hier und da tropft es aus einem Hahn in ein rostiges Becken. Von Raum zu Raum erobern wir den Bunker. Ich streiche mit den Fingern über die holzvertäfelten Wände und meine, ihr Alter zu spüren. In den Korridoren hängen Bilderrahmen, manche leer, andere zersplittert, in einigen stecken Porträtaufnahmen von bärtigen Männern mit steifem Kragen in Sepia, Damen mit matronenhaften Hüten und Schleiern, Familienaufnahmen mit sechs Kindern, die älteren Söhne in Sakko und Weste, die jüngeren im Matrosenanzug, die Töchter im weißen Kleid mit Schleife. Plötzlich habe ich Kindergeschrei in den Ohren, spielende Mädchen, tobende Jungs. Ich höre die Männer, höre die Frauen. Ich höre ihr Deutsch, ein ernstes Geraune, höre ihr Jiddisch, biegsam und weich, dann Italienisch, aufgeregt plappernd, und Französisch, fast wie ein Lied, ich höre ihr Polnisch säuseln und zischen und dann ihr Russisch, traurig und wild. Ein Mädchen im grauen Kleid läuft an mir vorbei, ruft mir etwas zu, doch ich verstehe sie nicht. Ich rieche Ysop und Rosmarin, Kreuzkümmel, Kardamom, Koriander und alle Düfte der Welt von unten aus der Küche zu uns dringen, meine, sie unter der Zunge zu schmecken, schmecke Sauerkraut, Essig, Meerrettich, ungesäuertes Brot, gebratenes Hähnchen, gehackte Leber und Nieren, Fisch, Minze, Senf, dann Tabak und das Leder der Sättel und Schuhe und Gürtel und Bücher und die Rosenkonfitüre meiner Mutter. Ich sehe die Juden gestikulieren oder auf der Stiege hocken, die Köpfe über ein Backgammonbrett oder eine Ausgabe der Mischna zusammengeduckt, sehe sie mit dem gesenkten Haupt gegen die Wand stehen, die Handflächen emporgehoben, wippend, murmelnd. Ein paar Männer haben ihre Instrumente ausgepackt, Klarinette und Geige, Ziehharmonika und Mandoline, von unten erklingt das Klavier, nun stehen sie beieinander wie immer an der Treppe und spielen ein Streichquartett, eine Mazurka, eine Polonaise, einen Walzer oder singen ein galizisches Lied. Ich sehe die kleine Hannah an der Hand ihrer Mutter durch die Zimmer gehen, ihre Mutter ist eine elegante Frau mit aschgrauem Haar, das sie im Nacken zu einem lockeren Zopf gebunden hat, sie spricht leise und blickt mich aus sanften braunen Augen an.

Plötzlich verstummt die Musik, doch nur fast. Während jemand einsam die Fidel spielt, sehe ich sie die Nazis vertreiben.

Männer und Frauen stürmen die Treppen hoch, bis ganz nach oben, Gepolter und Geschrei und Schüsse. Ich sehe die alten Männer in langen Unterhosen vom Fenster aus die Promenade entlangmarschieren, die Hände über den Köpfen, als wenn das noch nötig wäre. Ein paar deutsche Rufe, das Plätschern des Wassers, als wären Schlangen darin, es brodelt, der See ist aufgeregt. So geht es stundenlang, die Fidel spielt einen langsamen Walzer, bis es schließlich ganz still wird.

Wir steigen in den letzten Stock. Die Nazis sind nun fort, und auch sonst sind die Geister verstummt. An den Wänden der Korridore hängen weitere Fotografien in zerbrochenen Rahmen, es sind unzählige alte Schwarz-Weiß-Aufnahmen, kleine und große, ein Bilderbuch von Landschaften und Städten, dessen Seiten wir beschreiten. Als hätte jeder, der einmal im Viena wohnte, ein Bild seiner Heimat hinterlassen. Eine süddeutsche Altstadt, schmale giebelständige Häuser, vielleicht Nürnberg, vielleicht Augsburg, die Altstadt von Warschau, die Altstadt von Rotterdam, Danzig und Lübeck, das Holstentor, der Eiffelturm und der Pont Mirabeau, das Brandenburger Tor und das Stadtschloss, die Kathedrale von Reims und der Kölner Dom, der Hradschin, München und Wien, die Kollegienkirche von Jena, Dresden. Ein Gang liegt ganz im Osten, da sind Königsberg, Białystok und Sankt Petersburg, Krakau und Lublin und Lemberg und Tschernowitz, Budapest und Preßburg. Ganz hinten der Bosporus, die Akropolis, Baalbek, Heliopolis, Alexandria, Damaskus und dann Haifa und Tel Aviv und der Felsendom. Menschen gibt es hier keine mehr, nur Steine, Steine und Himmel. Es ist dunkel geworden, es ist Nacht über Europa, und wir schleichen durch seine Gassen, gehen durch das Tor, vorbei am Sächsischen Palais und am Hotel Reichshof, über die alte Carolabrücke und den Spittelmarkt, an der Frauenkirche und an St Michael's Cathedral entlang. Sally geht mit erhobener Pistole voraus, doch hier ist niemand mehr, vor dem man sich hüten müsste. Sie bleibt so plötzlich stehen, dass ich gegen ihre Schulter pralle. Raum 614 ist der einzige, dessen Tür geschlossen ist.

Ich weiß, dass er nicht schläft. Er liegt in dem schmalen Bett am Kopfende des Raumes, mehr eingehüllt als bedeckt von einem hellen Laken, auf dem seine Hände ruhen, die Finger verschränkt. Das Abendlicht, das schräg durchs Fenster dringt und den Raum in tiefes Orange taucht, fällt auf sein Gesicht. Ich höre Sally hinter mir durch die Tür kommen, ins Nebenzimmer laufen, dann ins Bad. Ich bleibe stehen. Ich weiß, dass uns nur ein kurzer Moment zu zweit gewährt ist. Ich betrachte ihn. Seine Augen sind geschlossen, er lächelt. Kein Haifischgrinsen, sondern eine stille Seligkeit. Sein feiner Schnurrbart liegt weiß auf einer tief zerfurchten Oberlippe.

Hier liegt er wieder auf meinem Bett im Hotel Wentworth, im Radio spielt Benny Goodman, ich bin wieder zwanzig. An der Wand hängt ein vergilbter Zettel mit den Worten: *Vielleicht bin ich nicht so, wie du mich wolltest.* Ich will ihn berühren, sein Gesicht streicheln, das ich so gut kannte und das nun, mit einem Mal, das Gesicht eines Siebzigjährigen ist. Doch in dem Moment betritt Sally das Zimmer. Die nächsten Augenblicke, ihre Handgriffe, wie sie ihm den Puls fühlt, Hals und Nacken betastet, seine Haut nach Einstichen absucht, bekomme ich nur vage mit. Der Raum wird dunkler, meine Augen verschleiern sich. Ich stehe am Hudson River, es ist früher Morgen, noch kalt und neblig. Ich zittere und blicke ostwärts auf die Holzpfähle und die schwarzen Wellen, dem Schiff hinterher, das ihn mir wiederbringt, dort steht er oben an der Reling, hält seinen Hut in der rechten Hand und winkt. Sein Mantel leuchtet hell durch die Dämmerung. Ich winke zurück.

In der Ferne höre ich Sally erneut durch die Räume gehen, seine Sachen durchsuchen, alles auf den Kopf stellen. Öffnet Schränke, sucht unter Bett und Tisch, wühlt in den Koffern und Taschen. Sie hofft noch immer, irgendetwas zu finden, eine Sicherheit, ein Beweisstück. Ein Geständnis in Form eines Fetzens menschlicher Haut, und sei er noch so klein. Gewissheit. Ein Zeichen, dass unsere Reise zu Ende ist. Ich stehe nur still da und weiß, sie wird es nicht finden.

Dann kommt sie wieder. Schüttelt den Kopf.

Wir sitzen nebeneinander auf der Kante seines Bettes und blicken zum Fenster hinaus. Der Mond geht auf über den Wassern des Meers der Abwesenheit, wie eine ferne Scheibe aus Papier hängt er über einem Marmorsee. Dann fällt mir der Nachttisch ins Auge, ein kleines Mahagonischränkchen. Darauf liegt, neben einer leeren Plastikflasche, einem Bleistift und der silbernen Schale mit der Spritze, ein Schlüssel. Er passt auf die oberste Schublade. Ich öffne sie, finde ein Neues Testament auf Spanisch und darunter ein Buch in rotem Einband. Es ist das Einzige, was wir mitnehmen, als wir das Hotel verlassen.

Draußen ist die Luft noch immer warm und drückend.

»Er hat sich die Spritze selber gesetzt«, sagt Sally. »Aber sicherlich hat er sich nicht selber so sorgfältig zugedeckt und die Augen geschlossen.«

Doch als wir zu Anas Stelle kommen, ist sie weg. Pinsel und Palette liegen neben der Schnapsflasche im Sand. Ihr Seebild hat sie fertiggestellt, aber nicht mitgenommen. Leere Fahnenmasten unter einem samtenen Himmel, das graue Hotel, die Flügel des Flamingos. Es lehnt dort im Mondlicht an der Staffelei und träumt von vergangenen Zeiten.

Die Kolonie ist still und leer. Durch die Straßen weht ein leichter Wind aus Norden und bläst Plastiktüten und Zeitungen vor uns her. Es wirkt, als wären tatsächlich alle Menschen, die hier jemals lebten, schon seit langer Zeit fort. Die Stadt ist ausgestorben, wie man hier sagt.

Sally und ich setzen uns auf die kleine Steinmauer der Strandpromenade und schauen zum See hinaus. Über uns hängt der papierne Mond, er betrachtet uns, wie wir dort nebeneinandersitzen, sieht, wie unsere Gesichter sich spiegeln im Wasser. Ich ziehe das Buch aus meiner Tasche, lege es auf mein Knie und auf ihres. Der Einband schimmert tiefrot im Schein der Nacht. Ich befühle es lange, streichle die weißen Buchstaben. Dann öffne ich die erste Seite.

DANKSAGUNG

Einige Menschen haben die Entstehung dieses Romans begleitet und unterstützt. Besonders danken möchte ich Uwe Kalkowski vom Blog kaffeehaussitzer.de, der schon früh an den Roman geglaubt und ihn für den Blogbuster-Preis nominiert hat. Ich danke dem Team der AVA INTERNATIONAL und ganz besonders meinem Agenten Markus Michalek, ohne den »Unter der Haut« niemals das Licht der Welt erblickt hätte. Ich danke meinem Lektor Andreas Paschedag vom Berlin Verlag – seine unermüdliche Arbeit, sein literarischer Verstand und präziser Blick sind für mich unabdingbar geworden.

Schließlich danke ich meinen wundervollen Töchtern für ihre Geduld und ihren Zuspruch und meiner geliebten Frau für all das Gute in meinem Leben.